옵서버

OBSERVER

Copyright © 2022 by Robert Lanza and Nancy Kress
All rights reserved.
Korean translation rights arranged with Aevitas Creative Management, New York
through Danny Hong Agency, Seoul.
Korean translation Copyright © 2025 by Contents Group Forest Corp.

이 책의 한국어판 저작권은 대니홍 에이전시를 통해
Aevitas Creative Management와 독점 계약한 (주)포레스트북스에 있습니다.
저작권법에 의해 한국 내에서 보호를 받는 저작물이므로 무단 전재와 복제를 금합니다.

옵서버

로버트 란자·낸시 크레스 지음·배효진 옮김

ORSERVER

리프

일러두기
1. 주석은 모두 옮긴이 주이다.
2. 원서에서 강조를 위해 사용된 이탤릭체는 본문에서 볼드체로 처리했으며, 인물의 속마음이나 내면 독백 등 표현에 사용된 이탤릭체는 그대로 유지했다.
3. 단행본은 『』로, 신문기사는 《》로, 영화·TV 방송은 ◇로 구분했다.

차례

프롤로그 008

1부 014
2부 198
3부 318
4부 424

에필로그 547

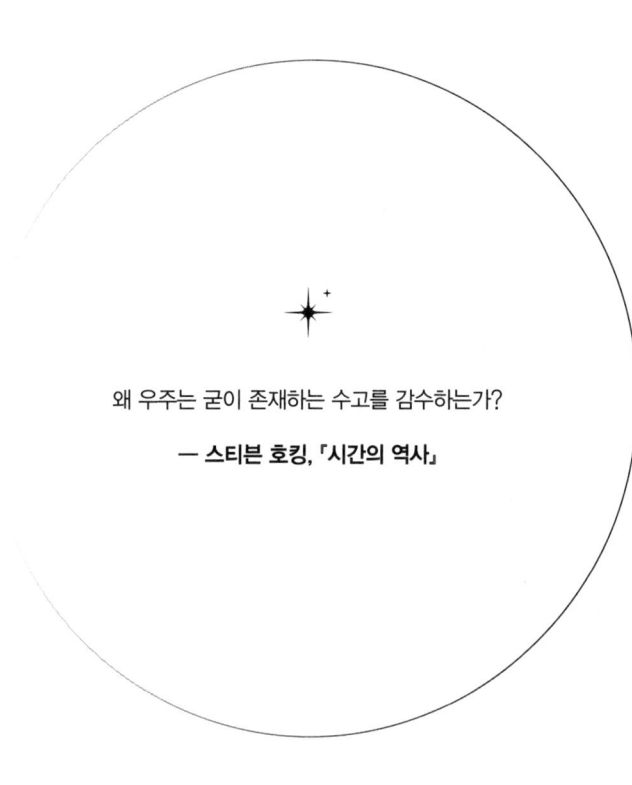

왜 우주는 굳이 존재하는 수고를 감수하는가?

— **스티븐 호킹, 「시간의 역사」**

(**프롤로그**)

아무도 노인에게 소식을 전하고 싶어 하지 않았다.

그들은 그의 침실 밖 안뜰, 산책로를 감싸는 넓은 차양 그늘 아래 모여 있었다.

아침 햇살이 비스듬히 비쳐 드는 주거동은 세 개 구역 가운데 하나로, 단지 서쪽 끝에 있는 중앙 정원을 둘러싸는 네모난 형태로 지어졌다. 이제 막 동이 튼 이른 아침, 짭조름한 바다 내음을 품고 카리브해에서 불어오는 바람이 코끝을 스쳤다. 공기는 상쾌하고 선선했다. 그러나 세 사람의 귀에는 굳게 닫힌 노인의 방문 뒤로 에어컨이 최대 출력으로 쌩쌩 돌아가는 소리가 똑똑히 들렸다. 가사 관리를 총괄하는 제임스는 1940년대 할리우드 영화에서나 볼 법한 화려한 실크 가운 차림에 슬리퍼를 신고 있었다. 그는 경찰이 도착하자마자 야간 근무를 서던 기술팀 직원이 가장 먼저 연락한 사람 중 하나였다.

줄리안은 경찰을 따라 시신을 확인하러 갔다.

노인에게 이 사실을 알리러 온 보안 기술자 두 명이 간절한 눈빛으로 제임스를 바라보았다. 그는 가운의 허리끈을 단단히 조이며 말했다. "그분을 굳이 깨울 필요가 있나요? 왓킨스 박사님이 아신다고 해결될 일도 아닌데. 연세도 많고 몸도 편찮으시니 그냥 주무시게 두죠."

기술자들은 아무 대답도 하지 않았지만, 주고받는 눈빛에 테라바이트 단위의 용량도 모자랄 수많은 의미가 담겨 있었다. 프로젝트에 직접 관여하지 않는 사람은 모를 수도 있지만, 왓킨스 박사는 응당 이러한 상황이 발생하면 즉시 알아야만 했다. 그때 제임스가 번뜩이는 해결책을 떠올렸다. "와이거트 박사님을 깨웁시다!"

와이거트가 아직 아무런 연락도 받지 못한 것은 줄리안이 그에게 섬 경찰과 절대 대화하지 말라고 못을 박았기 때문이었다. 그 젊은 기술자들은 와이거트가 지나치게 솔직한 구석이 있어서 그랬을 것이라 짐작했다. 물론 이 생각을 입 밖으로 내지는 않았다. 그러나 경찰은 이미 자리를 떠난 뒤였다. 그들은 고개를 끄덕였고, 제임스는 와이거트에게 전화를 걸었다.

와이거트 역시 가운 차림에 슬리퍼를 신고 나타났다. 하지만 그의 가운은 그를 기다리던 젊은이 셋보다도 더 오래된 것처럼 보였다. 제임스는 경찰에게 들은 내용을 빠짐없이 설명했다. 와이거트는 천천히 고개를 끄덕이더니 방문을 두드렸다.

"대체 누가—아, 조지, 자네였군. 무슨 일인가?"

와이거트는 안뜰을 둘러싼 다른 방들과 마찬가지로 작고 흰색으로 칠해진, 그러나 유독 횅한 느낌을 주는 방으로 들어갔다. 왓킨스는 호화로운 것에도, 집을 꾸미는 것에도 관심이 없었고, 벽이나 서랍 위에 개인적인 물건 하나 올려 두지 않았다. 와이거트는 문 너머에서 들었던 소리가 에어컨이 아니라 시끄럽게 돌아가는 전기 히터였다는 사실을 깨달았다. 방 안은 마치 사우나 같았다. 샘의 건강 문제에 필요한 조치였을까? 의사가 아니라 물리학자인 와이거트로서는 그 이유를 알 길이 없었다.

"샘, 사고가 있었네."

노벨상을 받은 천재 과학자 새뮤얼 루이스 왓킨스가 침대 옆 스탠드를 켜고 힘겹게 몸을 일으켰다. 깎아 놓은 듯 날카로운 광대뼈와 불빛에 빛나는 대머리가 보였다. "무슨 사고? **데이터랑 장비는 무사한가?**"

"그래, 무사하네. 다이빙 사고야. 데이비드 위크스 선생이 사망했네. 줄리안이 경찰과 시신을 확인하러 갔네만, 위크스 선생이 틀림없다고 하더군." 왓킨스와 대학 시절부터 친분이 있던 와이거트는 갈등을 싫어했지만, 그가 욕설을 퍼부을 것을 각오했다. 왓킨스는 위크스에게 다이빙을 그만두라고 말했었다. 아니, 말한 게 아니라 명령했었다.

거친 욕설은 쏟아지지 않았다. 대신 왓킨스는 무언가에 깊이 집중하는 듯 보였다. 그의 비범한 두뇌가 빠르게 돌아가며 수많은 가능성을 상상하고, 조합하고, 분석하고 있다는 뜻이었다. 그 두뇌가 그들 모두를―적어도 와이거트만큼은 자신이 오게 되리라 결코 생각조차 못 했던―이곳, 카리브해의 외딴섬에 지어진 단지로 이끌었다.

그러나 왓킨스는 오직 한마디를 내뱉었다. "얘기해 봐."

"줄리안이 아직 출입 기록을 확인하진 못했지만, 아무래도 위크스 선생이 간밤에 나갔던 모양이야. 경찰 말로는, 오늘 아침에 한 어부가 위크스 선생의 시신이 산호초 위쪽에 걸려 있는 것을 발견했다고 하네. 웨이트 벨트는 풀려 있었고, 부력 조절기가 일부 부풀어 시신이 떠오른 거지. 오리발에 이곳 주소가 쓰여 있었고. 경찰은 상어에게 공격당한 흔적이나 타살 흔적은 없다고, 아마 위크스 선생이 심장마비 발작을 일으키면서 물 밖으로 빠져나오려다 사망한 것 같다고 추정하고 있어."

왓킨스가 말했다. "젠장, 멍청한 놈 같으니. 내가 그렇게 하지 말라고……" 그는 말끝을 흐리며 흰 벽을 응시했다.

"그렇지." 와이거트는 짧게 대답했다. 더 무슨 말을 할 수 있겠는가? 열린 문을 통해 따스한 온기와 환한 햇살이 흘러들어왔다. 단지의 벽 위로 태양이 떠오른 것이다.

왓킨스는 한참 동안 침묵을 지켰다. 와이거트는 그의 오랜 친구가 1년 전 프로젝트에 합류한 위크스와의 개인적인 추억을 떠올리는 것인지, 아니면 핵심 멤버를 잃어 프로젝트가 위기에 처한 상황을 고민하는지 알 수 없었다. 프로젝트에서 요구하는 특수한 수술을 맡아 줄 신경외과 의사를 찾는 것은 결코 쉬운 일이 아니었다. 침묵이 길어지고, 더 길어지고, 또 길어지자, 와이거트는 더 이상 참을 수 없었다.

"샘, 내가 그러면……"

"자네는 신경 쓸 것 없어." 그가 말을 이었다. "조지, 난 시간이 얼마 남지 않았네."

모두가 알고 있지만, 누구도 그의 앞에서는 입 밖에 내지 않던 그 사실을 왓킨스가 직접 언급하자 와이거트는 당황해서 말문이 막혔다. 그는 있는 그대로 말하기로 했다.

"나도 알고 있네."

"그야 그렇겠지. 제임스네 주방 직원들까지 다 알고 있을걸. 자, 이제 해거티를 좀 불러 주게."

"변호사?" 왓킨스의 또 다른 오랜 친구 빌 해거티는 이곳과 관련된 인물 가운데 유일하게 단지 바깥, 섬 바깥에서 살고 있었다. 그와의 모든 연락은 강력하게 암호화된 이메일을 통해서만 이루어졌다.

"그래, 오늘 바로 들어오라고 해."

"하지만 오늘은—"

"오늘 당장." 왓킨스는 병으로 피폐해진 얼굴을 일그러뜨리며 말했다. "우리 프로젝트는 미래를 위해 너무 중요한 일이라 모든 경우의 수를 미리 생각해 뒀지. 플랜 B가 있네."

OBSERVER

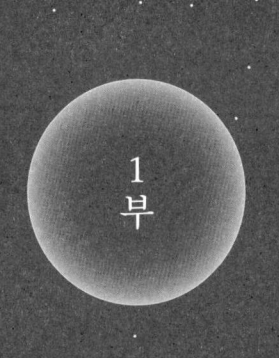

3개월 전

병원 징계 위원회를 나서는 캐로의 발걸음이 휘청거렸다. 회의실 탁자에 앉아 있는 의사들을 돌아보지 않고 고개를 꼿꼿이 든 채 후들거리는 다리에 힘을 주었다. 아무도 따라 나오지 않았다. 자신을 생각해 시간을 주려는 의도였겠지만, 그리 달갑게 느껴지지 않았다. 이들은 방금 그녀의 미래를 산산이 부숴 버렸으니까.

캐로는 애써 마음을 다잡고 페어레이 메모리얼 병원 복도를 걸었다. 뚜벅뚜벅 발걸음을 옮기는 동안 마주 오며 형식적으로 고개를 까딱이는 레지던트와 의대생, 행정 직원 두 명에게 고개를 끄덕여 보였다. 엘리베이터는 만원이었다. 그녀는 비상계단으로 향했다. 철제 계단에 울리는 자신의 발소리 외에는 아무것도 들리지 않는 그 공간의 고요함이 오히려 반가웠다.

그녀는 자신이 지나치게 비관하는 거라고 입 속으로 되뇌었다. 다른 병원도 있는데.

이곳에 있기엔 내 능력이 아깝다.

폴 베커를 신고하지 않을 수도 있었다.

아니, 나는 옳은 일을 한 것이다.

아니면 메이지에게 청문회에서 증언해 달라고 부탁하지 않을 수도 있었다.

그러나 그 생각만 하면 여전히 너무나 가슴이 아프다. 캐로는 메이지가 친구라고 생각했었다. 하긴 그녀가 믿었던 많은 것들이 알고 보니 사실이 아니었다.

원하던 모든 것이 곧 손에 잡힐 듯 눈앞에 아른거리다가 끝내 손가락 사이로 모래알처럼 빠져 나간다면 어떻게 해야 할까?

계단을 내려온 캐로는 무거운 문을 열고 나와 화장실을 지나쳤다. 그리고 그곳에, 사람들이 로비에서 죽치고 앉아 있지 못하게 할 목적으로 두었지만 전혀 제 기능을 하지 못하는 등받이 없는 의자에 그녀가 가장 보고 싶지 않았던 사람이 앉아 있었다.

엘렌이 캐로를 보더니 벌떡 일어났다. "언니…… 아! 청문회가 잘 안 풀렸구나."

여동생 엘렌은 누구도 알아채지 못할 때도, 심지어 캐로가 자기 속마음을 말하긴커녕 눈에 띄고 싶지 않을 때조차도 캐로를 꿰뚫어 볼 수 있었다.

"엘렌, 나 그 얘긴 안 하고 싶은데."

"당연히 그렇겠지. 언니는 항상 그러니까. 하지만 말해야 해. 그렇게 속에 담아 두면 더 힘들어지기만 할 거야."

엘렌은 무엇이든 마음속에 쌓아 두거나 억누르지 않는 것이 중요하다고 여겼다. 긍정적인 태도를 잃지 않고, 밝은 면을 찾아야 한다고 믿었다. 그녀가 어떤 삶을 살았는지 생각하면 실로 놀라운 신조였다. 캐로는 그런 동생이 무척 존경스러웠지만, 지금은 방금 일어난 일에 대한 비현실감이 한층 깊어지면서 엘렌이 아닌 자신이 곤경에 처했다는 사실이 믿기지 않았다. 이는 그들의 어린 시절부터 청소년기, 성인이 된 이후까지의 모든 삶을 부정하는 것이었다. 그들 자매의 각본은 일찌감치 짜여 있었다. 엘렌이 허우적거리면 언니인 캐로가 구해 주는 것. 오늘 있었던 일이 다른 수많은 의미를 지닐 수 있겠지만, 그녀에게는 세상을 완전히 뒤흔드는 현실의 반전이었다.

"같이 나가자." 엘렌이 말했다. "지금 바로. 환자를 봐야 한다거나 회의, 수술 들어가야 한다는 말은 안 통해. 오늘 하루는 다 비어 있는 거 아니까. 어제 언니가 말했잖아. 내가 언니를 억지로 끌고 가는 한이 있더라도 우린 저 앞에 불법 주차 중인 내 차에 타는 거야." 그러고는 순간 어조를 바꾸며 덧붙였다. "언니…… 내가 지금 여기 와 있으려고 얼마나 고생했는지 알지?"

캐로도 알고 있었다. 또한 엘렌이 그 위협을 정말로 실행에 옮길 만큼 힘이 세고 뻔뻔스럽다는 사실도 알고 있었다. 엘렌은 미식축구 선수라고 해도 될 정도로 체격이 좋았지만 캐로는 겨우 57킬로그램밖에 나가지 않았다.

엘렌은 누가 곤란해지든 전혀 개의치 않아. 조심 좀 하라고 아무리 가르쳐도 저 애한테는 아무 소용이 없다니까.

"알았어, 가자." 캐로가 말했다.

로비는 사람들로 바글거렸다. 퇴원을 앞두고 환한 웃음을 짓는 환자와 그 환자의 휠체어를 미는 간호사, 그리고 그 옆을 따르는 행복한 가족들, 부산스럽게 뛰어다니는 영상의학과의 트릴링 박사가 보였다. 스타벅스 커피를 든 의대생 둘이 지나가다 한 명이 "안녕하세요, 소암스 왓킨스 박사님" 하고 인사한 뒤 대화를 마저 이어갔다. 일상적인 대화였다. 그들은 캐로에게 방금 무슨 일이 있었는지 전혀 알지 못했다. 병원에서 열리는 청문회는 비공개가 원칙이라 아무도 몰라야 하지만, 의대 4년과 수년에 걸친 신경외과 레지던트 과정, 펠로우 1년까지 마친 캐로는 병원이 결코 원칙대로 흘러가지 않는다는 사실을 잘 알고 있었다. 이곳에서는 어떤 비밀도 오래가지 못했다.

엘렌의 차에 주차 딱지가 붙어 있었다. 엘렌은 딱지를 보지도 않고 핸드백 안에 쑤셔 넣고는 몇 블록을 운전해 아일랜드풍 술집 비슷하게 꾸며놓은 어느 술집 앞에 차를 세웠다.

"대낮부터?" 캐로가 물었다.

"이런 날엔 한잔해야지."

"안 해도 돼."

"그렇게 말해도…… 그래, 그럼. 아이스티 같은 거 마시든가."

술집은 어둡고 손님이 거의 없었다. 켈트풍 느낌의 가사 없는 곡들이 자연스럽게 이어지며 흘러나오고 있었다. 그들은 딱딱한 나무 의자가 있는 칸막이 좌석에 앉았다. 손질은 둘째치고 빗질부터 필요해 보이는 헝클어진 검은 머리를 하고서 엘렌이 웨이터에게 말했다. "아이스티 두 잔이요."

술집에서 아이스티라니, 엘렌에게는 칼을 내주고 무릎을 꿇는 것이나 다름없었다. 캐로는 애써 미소 짓다가 문득 엘렌이 이곳에 데려와 줘서 다행이라는 생각이 들었다. 이곳이라면 그녀가 가장 사랑하고 신뢰하는 사람에게 속마음을 털어놓을 수 있을 것이다.

엘렌이 입을 열었다. "그래서, 징계 위원회에서 언니 말을 안 믿어 줬어?"

캐로가 온 힘을 짜내 겨우 답했다. "믿고 싶지 않았던 거지. 결국 결과는 같지만."

"하지만 목격자가 있었잖아! 그 의사, 언니 친구 메이지인가 누가 있다고—"

"친구 아니야. 이젠." 그 짧은 세 마디 말에 감춰져 있던 아픔이 드러났고, 캐로는 두 손으로 얼굴을 감쌌다.

엘렌은 천천히 캐로의 손을 잡아 내렸다. 캐로의 오른손이 그녀의 손을 꽉 쥐고 놓을 줄을 몰랐다. 엘렌이 말했다. "언니?"

"청문회는 한마디로 '이쪽 주장 대 저쪽 주장'이었어. 메이지가 상황을 직접 목격한 건 아니었으니까. 파티에서 폴 베커 박사가 날 그 방으로 끌고 갔을 때 위층엔 아무도 없었거든. 그래도 내가 위원회에 메이지를 불러 증언을 들어야 한다고 했어. 메이지는 베커가 꽤 취해 있는 모습도 봤고, 우버 택시가 오지 않아서 우리가 거의 마지막까지 파티에 남아 있었다는 것도, 내가 코트를 가지러 위층에 갔다가 셔츠 단추 하나가 뜯긴 채로 잔뜩 당황해하며 내려왔다는 것도 알고 있었어. 방금 무슨 일이 있었는지 내가 그날 밤에 바로 얘기도 했단 말이야. 메이지는 알고 있었다고. 그런데 청문회에서 베커가 모든 일을 부인하자마자 메이지도 똑같이 말하더라. 자기는 아무것도 못 봤고, 나한테 아무것도 못 들었다고."

"**거짓말했다고?**" 거짓말이라곤 전혀 못 하는 엘렌이 되물었다. "왜?"

"당연히 자기를 지키려고 그랬겠지. 넌 폴 베커가 얼마나 영향력 있는 사람인지 몰라서 그래. 신경외과장인 데다가 국내외 명성도 자자하고. 내가 아는 외과 의사 중 가장 실력자, 말 그대로 스타야. 지난주만 해도 수술 경계도 불분명한 그 다형 교모세포종을 완벽하게 절제해 내더라니까. 다른 의사였으면 떼어 내기는커녕 감히 뇌 조직을 건드릴 엄두도 못 냈을 부위일 텐데, 그 사람은—"

"알 게 뭐야. 그래 봐야 개자식인데. 언니를 강간하려 했잖아."

"그렇게까지는 안 갔을 거야. 그냥 술김에 좀 저질스럽게 더듬은 거지. 어쨌든 네 말이 맞아, 개자식이야." 캐로는 미소를 지으려 했지만 지어지지 않았다. "내가 진짜 강간당했으면 그나마 DNA 증거라도 남았을 텐데."

"그런 게 뭐가 필요해! 경찰에 가서 고소하라니까!"

"아냐. 청문회 때처럼 질 게 뻔해. 이쪽은 이렇게 말하는데…… 저쪽은 또 저렇게 말하겠지. 그래도 어쩌면…… 어쩌면 이제부터는 적어도 병원에서 그 사람을 좀 더 눈여겨볼지도 몰라."

웨이터가 아이스티를 가져왔다. "스카치도 두 잔 주세요. 스트레이트로." 엘렌이 말했다.

이번에는 캐로도 반대하지 않았다. 웨이터가 자리를 뜨자 엘렌이 불쑥 물었다. "언니, 언니는 왜 화가 안 나? 왜 펄펄 뛰지 않는 거야?"

"화 나." 그녀가 엘렌 쪽으로 몸을 숙이며 탁자에 기댔다. "하지만 병원에서 화를 낼 수는 없어. 넌 이해 못 하겠지만 난 그렇게 단련해 왔는걸. 수술실에서 감정을 드러낼 수는 없는 노릇이니까."

그게 얼마나 도움이 됐겠냐마는. 어쨌든 캐로는 엘렌에게조차 수술실에서 자신을 전투기 조종사라고 상상한다는 사실을 털어놓을 생각이 없었다. 자제력이 필수였고, 흔들리지 않는 평정심, 무슨 일이 벌어져도 허둥대지 않는 냉정한 판단력이 필요한 곳이었다. 하지만 그렇게 말하면 너무 거창하게 들릴 것 같았고, 심지어 어이없어할 수도 있었다. 엘렌에게 침착함의 가치를 설명하는 것부터가 의미 없기도 했다. 캐로는 또 다른 문제를 꺼냈다.

"이건 내가 전문의 시험을 마치고 페어레이에서 일할 가능성이 완전히 사라진다는 뜻이야. 절대 안 될 거라고. 그리고 그런—"

"그렇지만 언니도 스타잖아! 평가고 뭐고, 전부—"

"그건 맞지만—"

"그리고 연구도! 무슨 뇌 지도를 연구해서 어디 실리기까지 했다고—"

"들어 봐. 아니, 내 말 좀 들어 보라니까. 그래, 나 실력 좋아. 아주 좋지."

캐롤라인 잰 너무 자만한다니까. 겸손이라는 걸 가르칠 수가 없어.

캐로가 말을 이었다. "그게 오히려 문제야. 내가 신경외과 수술도 하고 연구도 하니까 내가 일할 수 있는 곳, 일하고 싶은 곳은 새로운 치료법이 개발됐을 때 임상 시험을 진행하는 대형 병원뿐이야. 그런데 이 도시에는 페어레이 말고는 그런 병원이 없어. 주 전체에 여기 하나라고."

"그래." 엘렌이 대답했다. 그들은 스카치가 나올 때까지 말없이 앉아 있었다. 엘렌은 자기 잔을 반쯤 비웠다. "그래도 이건 불공평해, 언니."

"맞아, 불공평하지." 캐로는 함께 일했던, 자신이 존경했던 그 의사들이 자신을 믿어 주리라 생각했었다. 청문회가 끝날 무렵, 캐로는 배신자 메이지를 제외하면 그곳의 유일한 여성이었던 보렐라 박사를 바라보았다. 하지만 그녀는 반들거리는 회의실 탁자로 시선을 떨구고는 다시 고개를 들지 않았다.

캐로는 순진했다. 아니, 더 깊은 차원의 문제였다. 청문회에 참석한 의사들은 매일 같이 수없이 많은 부조리와 맞닥뜨리고 있었다. 어린아이가 백혈병에 걸린다거나, 세 아이를 둔 젊은 아버지에게 생긴 양성 수막종이 하필이면 쉽게 제거할 수 있는 오른쪽 전두엽 연질막이 아닌 뇌간에 위치해 신경이 파괴되고 마비가 온다거나, 환자 A, B, C에게는 효과를 보였던 시험 단계의 약물이 환자 D에게는 원인 모를 치명적인 결과를 낳는다거나……. 캐로는 이런 깊은 부조리를 마주하는 게 일상인 의사들이라면 적어도 서로 간에 있었던 일은 더욱 공정하게 처리할 거라고 기대했다.

그러나 이익을 우선하는 병원에서 일이 그렇게 돌아갈 리 없었다. 혹은, 달리 생각해 보면, 베커가 혐의를 모두 부인하는 상황에서 청문회에 참석한 다른 의사들에게 어떤 확실한 증거도 없었으니 그렇게 될 수밖에 없었을 것이다. 이쪽은 이랬다고 하고 저쪽은 저랬다고 하고…… .

캐로는 갑자기 깊은 상실감에 휩싸였다. 파티에서 좀 더 일찍 나섰더라면, 코트와 스웨터를 위층에 두고 오지 않았더라면, 지난 몇 주 동안 폴 베커와 농담을 주고받지 않았더라면. 자격시험이 끝나면 동등한 동료가 될 것이었기에 거리감을 누그러뜨리려 그녀가 친근하게 건넨 농담을 그는 이성적 관심의 표현으로 받아들였던 것이 분명했다. 그간 있었던 수많은 일 중 단 한 가지라도 다르게 흘러갔더라면. 그러나 결국 여기서 중요한 건 오직 하나였다. 엘렌이 그것을 입 밖에 내자 캐로는 깜짝 놀랐다.

"다 그 개자식 때문이야. 언니는 또 어찌 됐든 이 난리가 언니 탓이라고 생각하고 있었지? 왜냐면 언니는 모든 걸 다 통제할 수 있어야 하니까. **하지만 그건 불가능해.**"

캐로는 대답하지 않았다. 엘렌이 신경외과에 대해 조금이라도 알았다면 결코 그렇게 말하지 않았을 것이다. 캐로는 자신이 통제할 수 없는 것들이 얼마나 많은지 너무나도 잘 알고 있었다. 수술이 되지 않는 척추 손상이나 완전히 제거할 수 없는 다형 교모세포종, 응급실로 가는 구급차에서 터지는 동맥류……. 캐로와 엘렌이 다른 점이라면 캐로는 늘 상황을 통제하기 위해 분투하고, 실패하면 그것을 자신의 부족함으로 여기는 반면 엘렌은 배짱이 좋은 것인지 운명에 체념하는 것인지 삶에서 주어지는 것이 무엇이든 순순히 받아들였다.

"안젤리카는 어떻게 지내?" 캐로가 물었다.

"그대로지."

안젤리카는 언젠가 이 세상에서 사라져 더 이상 엄마인 엘렌과 언니인 케일라의 삶을 좌우하지 않게 되기 전까진 늘 그대로일 것이다. 그들은 캐로의 유일한 가족이었고, 캐로는 지금껏 그들을 위해 뭐든 다 해 주려 했다. 못 할 것이 없었다. 이제는 다 망쳐 버렸지만.

"보고 싶을 거야." 엘렌이 말했다. "당연히 언니 일을 제일 잘 할 수 있는 곳으로 가야지. 우리 언니 잘나가는 의원 나리잖아."

캐로는 자신도 모르게 웃음을 터뜨렸다. "요새 누가 의원이라 한다고."

"두개골 마법사. 뇌 수술 장인. 회백질을 지배하는 자."

"그런 말은 **대체 어떻게** 생각해 내는 거야?"

엘렌은 알 수 없는 미소를 지었다. 그리고 이내 진지한 표정으로 말했다. "난 잘 지낼 거야. 언니가 정말 너무 보고 싶겠지만, 어떻게든 잘하고 있을 거야."

"알아." 그와 같은 상황에서 누구도 그녀만큼 할 수 없을 정도로 엘렌은 잘 해내고 있었다. 캐로가 다른 곳에 가서 돈을 괜찮게 벌게 되면 그녀에게 돈을 보낼 수 있을 것이다. 엘렌에게는 돈이 필요했다. 사회복지기관에서 안젤리카에게 제공하는 지원은 턱없이 부족했고, 엘렌이 자선 가게에서 아무리 부지런히 옷을 구해 와도 금세 맞지 않을 정도로 케일라는 쑥쑥 자랐다. 아무짝에도 쓸모없는 그녀의 남편은 보호관찰관과도 연락이 두절되어 1년이 넘도록 아무 소식도, 돈도 보내오지 않았다. 하지만 엘렌에게 절실했던 것은 돈만이 아니었다. 힘겨운 일상을 견딜 수 있게 곁에서 도와줄 다른 이가 필요했고, 안젤리카를 감당할 수 있는 사람은 거의 캐로뿐이었다.

"어디 지원할 거야?" 엘렌이 물었다.

"아직 모르겠어. 찾아봐야지. 전문의 시험도 다음 달이고."

"음, 일단 난 화장실에 가야겠다."

홀로 남은 캐로는 다 포기하고만 싶은 생각을 밀어냈다. 어쨌든 그녀가 살아있는 뇌를, 그 부드럽고 말랑한 회색 덩어리 속을 현미경으로 들여다보고 메스나 레이저를 갖다 댈 때마다 생각을 베어 버리는 것이나 다름없지 않은가. 기억을 자르고, 인식을 자르고, 움직이고 말하고 생각하는 능력을 자른다. 칼날이 살짝만 미끄러져도, 신경이 하나만 끊어져도, 녹아내리는 눈송이처럼 부서지기 쉬운 것이 생각이다. 생각은 아무것도 바꾸지 못한다. 오직 행동만이 변화를 불러온다. 파티는 이미 벌어진 일이고 청문회 역시 지나간 일이다. 모두 돌이킬 수 없는 과거이니 캐로는 이제 앞으로 나아가야 했다. 다른 도시로, 그녀가 바라던 삶과는 다른 삶으로. 엘렌과 아이들을 보러 가능한 한 자주 오면 된다. 할 수 있다. 항상 그래 왔으니까. 최악의 순간은 이미 지났으니까.

　엘렌은 반쯤 남은 스카치를 마시지 않았고, 캐로는 잔에 손도 대지 않았다. 엘렌이 화장실에 간 사이 캐로가 미리 계산을 했다. 그러고는 엘렌의 핸드백을 뒤져서 찾은 주차 딱지를 자기 주머니 속으로 찔러 넣었다.

02

최악의 순간은 아직 끝이 아니었다.

이틀 뒤, 캐로가 아침 회진을 마칠 무렵 드본 라인하트가 병원 복도에서 그녀를 멈춰 세웠다. 돌이켜 보니 그때 캐로는 자신이 수술한 젊은 환자 한나 글릭의 병실을 나서며 입가에 미소를 띠고 있었다. 하루 전, 캐로의 스승인 플라이샤우어 박사는 전두엽에 발생한 2등급 성상세포종으로 몸 오른쪽이 마비된 글릭의 개두술을 캐로에게 맡기고는 한 발짝 물러서 지켜보며 만족스러운 듯 고개를 끄덕였다. 글릭은 이제 오른발을 꼼지락거리며 움직일 수 있게 되었고, 그녀의 10살 딸은 커서 의사가 되고 싶다고 말했다.

캐로를 살게 하는 것은 바로 이런 순간들이었다.

"드본! 어떻게 지내?"

드본이 캐로의 팔에 손을 얹으며 말했다. "캐로, 잠깐 얘기 좀 할래? 이리 와 봐. 보여 줄 게 있어."

"안 돼. 나 지금—"

"네가 꼭 봐야 하는 거야. 진짜로. 농담 아냐."

캐로는 그를 뚫어지게 바라보았다. 이제 심장 전문의가 된 드본과는 의대 시절부터 친구였다. 그들은 시체를 해부하고 공부하면서 인턴, 레지던트 기간 내내 불평도 늘 함께 나눴다. 캐로와 당시 남자친구, 드본과 그의 아내 헬렌이 블루리지 산맥에서 주말을 보낸 적도 있었다. 여행 비용이 넉넉하진 않았지만, 강의를 듣지 않는 것만으로도 행복한 시간이었다. 안젤리카가 사고를 쳐서 돈이 필요했을 때 캐로에게 돈을 빌려 준 것도 드본이었다.

그는 빈 병실로 그녀를 데려가 문을 닫았다. 걱정스러운 듯 찡그린 짙은 갈색 눈가가 눈에 들어왔다.

"너 트위터 해?"

"아니. 그럴 시간이 어딨어."

"지금 논란이 생겼어."

그녀는 어리둥절해서 고개를 갸우뚱했다. "논란? 무슨 논란?"

"너에 대해서."

"내가 무슨—"

"네가 베커를 성희롱으로 고발했다는 얘기가 온라인상에 퍼졌어. 네가 혐의를 제기했고 베커는 부인했다는 것까지."

그녀도 반쯤 예상하고 있었다. 복도에서 그녀를 향한 시선들, 대부분 어색한 표정이었지만 비난의 눈빛이나 동정의 눈빛을 보내는 이들도 있었다. 메이지가 퍼뜨렸을까? 아마 그렇겠지. 거짓말쟁이들은 주변 사람들한테 자신을 정당화하려 하니까. 그리고 벤자민 프랭클린도 뭐라고 했더라? "세 명 중 두 명이 죽어야 비밀을

지킬 수 있다"라고 했었지. 캐로는 어떤 시선이든 그냥 무시하기로 했다. 몇 달 뒤면 어차피 여기 있지도 않을 테니까. 펠로우 기간도 끝나고 전문의 시험도 통과하면 베커든 메이지든 멋모르고 떠드는 누구든 다 뒤로 하고 다른 도시에서 일하고 있을 것이다.

"드본—"

"일단 들어봐, 캐로. 내 말은…… 네가 알아야 할 게, 요즘 무슨 일이든 안 그런 게 없지만 네 청문회 소식도 트위터에 퍼졌고 처음엔 안타깝다는 의견이 많았어. 그런데 점점 사람들이, 많은 사람이 한마디씩 끼어들기 시작했어. 요새 남성 단체들 때문에 여성 인권이 거센 역풍을 맞고 있거든. 합당한 부분이 전혀 없진 않은데 그 단체들 대부분은 여자들이 재미로, 아니면 돈을 뜯어 내려는 목적에서 남자들을 성범죄로 고소하고 다닌다고 생각하는 분노에 찬 어그로꾼들이야. 얘들이 두개골에 발생한 악성 종양으로 수술 부위도 애매한 상태에서 베커가 구사일생으로 살려 낸 환자를 발견하고 이때다 하고 달려든 거지. 이 환자도 의학 지식이 좀 있어서 자기가 받은 수술이 얼마나 위험했고 베커가 얼마나 수술을 잘 해 낸 건지 알고 있었거든. 그래서 페이스북에 그 얘길 올렸는데 '어벤져어어어'라는 어그로꾼이 그걸 자기 커뮤니티에 퍼 가서 판을 벌인 거야. 거기가 자기들 표현으로는 '선량한 남성들의 적'을 공격하는 데 주력하고 있는 큰 조직이거든. 그래서 미투 운동에 대한 반발의 일환으로 너도 적으로 간주하기로 한 것 같아. 이 자식들이 아무나 붙잡고 바닥까지 끌어 내리면서 기뻐하면 다른 사람들도 온라인에서 읽은 내용을 곧이곧대로 믿고 한몫씩 거든다니까. 너에 관한 끔찍한 트윗이나 게시물들 수위가 점점 높아지고 있는 데다 개수도 엄청나게 많이 쏟아지고 있어."

캐로는 간신히 두 마디를 뱉었다. "얼마나 많은데?"

드본이 숨을 깊게 들이쉬었다. "리트윗까지 4만 개 이상. 계속 늘어나고 있고."

"설마!"

"그렇다니까. 보여 줄게—"

"아냐." 캐로는 이게 뭐가 됐든 반드시 혼자 봐야 할 것 같다는 생각이 강하게 들었다.

그도 이해한 듯했다. "그래. 하지만 나중에 언제든 얘기하고 싶으면, 오늘 밤이라도 헬렌이나 나랑 의논하고 싶거나 하면—"

"고마워, 드본. 그냥 그 트윗 어떻게 보는지만 알려 줘."

"'해시태그 캐롤라인 언더바 의사 살인자'라고 검색하면 돼. 띄어쓰기 없이." 그는 망설이듯 뒤를 한 번 돌아보고는 병실을 나섰다.

캐로는 문을 닫고 시트가 덮여 있지 않은 침대 옆에 섰다. 텅 빈 병실은 스산했고, 바이탈 사인 모니터는 소리 없이 고요했으며, 환자용 식탁 위에는 아무것도 없었다. 그녀는 휴대 전화를 켜 이것저것 눌러 본 끝에 트위터에 접속할 수 있었다. 그리고 발견했다.

너무나 **많은** 트윗을.

    ┗ 사람 목숨 살리는 의사를 물고 늘어지는 이 년을 십자가에 매달아 죽여 버립시다.

    ┗ 해고해야지.

    ┗ 남자 수술하게 두면 안 될 듯.

ㄴ 배를 가르고 불태우자!

ㄴ 캐로 소암스 왓킨스는 거짓말쟁이, 거짓말쟁이, 거짓말쟁이.

ㄴ 착한 남자들 인생 망치려는 여자들이 너무 많다.

ㄴ 난 날뛰는 년들이 좋던데 한번 자보고 싶네.

ㄴ 닥쳐, 농담할 때가 아니라고. 이 나라 의료 체계는 거지 같아.

ㄴ 너나 닥쳐, 이 개새끼야.

ㄴ 캐롤라인 소암스 왓킨스를 미국의사협회에서 제명해야 해.

ㄴ 무슨 의료계 거물이랑 친척 아닌가? 특권 의식에 찌든 돈 많은 백인 년 같으니.

ㄴ 입만 열면 거짓말하는 그딴 유전자를 퍼뜨리지 못하게 불임으로 만들어 버려.

ㄴ 규탄하자!

ㄴ 그래—쫓아내자!

ㄴ @캐롤라인소암스왓킨스를해고하라 여기에서 탄원서에 서명할 수 있어요.

ㄴ 진짜 엿 같네. 이 나라에서 진짜 피해자는 남자들임.

ㄴ 내일 웨스트버지니아 크로이든 페어레이 메모리얼 병원 앞에서 아침 8시에 시위할 건데 오실 분?

ㄴ 나 갈래.

ㄴ 저도요.

ㄴ 하! 웃기네!

ㄴ 저요.

ㄴ 나.

ㄴ 나 크로이든 살고 여동생이 베커 선생님한테 수술받음. 나도 감.

ㄴ 저도 감.

　ㄴ 참여합니다.

　ㄴ 기름에 튀겨버리자.

　ㄴ 아니, 선량한 남자 여섯 명만 모아서—

캐로는 떨리는 손으로 휴대 전화 화면을 껐다.

내일이다. 병원 밖에서 그녀를 지탄하는 시위가 열린다. 누가 정말 올까? 경찰을 불러야 할까? 폭력 사태가 벌어질 수도 있을까?

자신 때문에.

가만히 서 있던 캐로는 무릎에 힘이 빠지는 느낌에 휴대 전화를 시한폭탄처럼 켠 채 급히 병실 침대 가장자리에 걸터앉았다. 많은 악성 트윗이 리트윗되었다. 몇 달째 접속하지 않은 페이스북에는 들어갈 용기조차 나지 않았다.

청문회 때는 엘렌 덕분에 마음을 다잡을 수 있었다. 하지만 이번은 경우가 다르다. 병원 앞에서 시위가 벌어지고 경찰까지 오게 한 의사를 고용할 곳은 어디에도 없을 것이다. 모든 희망과 꿈, 뼈 빠지게 일한 수년의 세월, 엄마가 자신과 엘렌을 상속에서 제외한 후로 받은 대출들…… 좋은 병원에 취직하지 못하면 대출을 어떻게 갚을 수 있겠는가? 엘렌과 아이들을 어떻게 계속 돕겠는가? 다른 과와 달리 신경외과는 간판 하나 걸고 혼자 개업할 수 있는 분야가 아니었다.

모든 미래 계획이…….

이곳에 얼마나 오래 앉아 있었는지 알 수 없었다. 이윽고 문이 열리더니 직원 한 명이 불쑥 들어왔다. "여기 계시면 안—아, 죄송합니다, 박사님. 환자분이 들어오실 예정이라 병실을 정리해야 해서요."

"네, 그렇죠, 네." 캐로는 자신이 무슨 말을 하고 있는지도 모를 지경이었다. 그러나 혼란스러운 감정과 달리 다리는 확고하게 일어서서 문으로, 문밖으로, 무엇이 기다리고 있을지 상상조차 할 수 없는 곳으로 나아가기 시작했다.

03

캐롤라인 소암스 왓킨스 박사에게

　우리가 만난 적은 없다만 나는 네 종조부, 그러니까 네 할아버지의 형인 새뮤얼 루이스 왓킨스다. 내 이름은 들어 본 적 있겠지.

　내가 가족들과 그리 가깝진 않지만 네가 의학을 전공했다는 소식을 접한 뒤부터 계속 관심은 가지고 있었어. 수석 연구원 루베 플라이샤우어와 DBS(뇌 심부 자극술)의 신경 효과 분석에 관한 논문을 공동 저술한 것도 흥미로웠고. 듣기로는 이제 신경외과 전문의 자격시험을 마쳤다지? 그리고 최근 맹목적이고 악의적인 비난 여론으로 인터넷이 시끄러워지는 바람에 병원 임용이 어려울 수 있다는 것도 들었단다.

　그래서 말인데, 내가 있는 카리브해에 위치한 개인 병원에 의사로 오는 건 어떤가? 신경외과 수술과 임상 연구를 함께 할 수 있는 자리야. 급여는 다른 곳에서 제시하는 것보다 높을 거다. 자격을 갖추고 있어도 아무에게나 제안하지 않는 특별한 기회라고 보면 돼. 관심이 있다면 지금 이 편지에 적힌 메일 주소로 연락 다오. 우리가 잘 맞을지 직접 만나서 이야기 나눌 수 있게 내 변호사인 윌리엄 H. 해거티 씨가 병원으로 오는 비행편을 잡아 줄 거다.

며칠 안에 답을 주겠나? 신경외과 의사 자리를 계속 공석으로 둘 수는 없으니.

진심을 담아,
새뮤얼 왓킨스

04

"뭐라고?" 엘렌이 물었다.

"아마 일자리 제안 같아."

"정말? 어딘데? 안젤리카! 안 돼, 얘야, 안 돼!"

대변 냄새가 방으로 흘러들어왔다.

다섯 살이지만 두 살 정도로 보이는 안젤리카가 낡은 거실 한 구석에 놓인 플라스틱 기저귀 교환대 위에서 몸부림쳤다. 아이는 잔뜩 화가 난 듯 조그마한 얼굴을 붉힌 채 가느다란 팔다리를 허우적거렸다. 말도 못 하고 걸을 줄도 모르는 안젤리카는 이처럼 자신이 할 수 있는 유일한 방법으로 분노를 표현하곤 했다. 뜻대로 움직이지도 못하는 팔다리를 있는 힘껏 마구잡이로 휘두르는 것이다. 엘렌은 딸을 붙잡는 데 익숙했지만, 캐로의 말을 듣느라 고개를 위쪽으로 젖힌 상태였다. 하필 그때 안젤리카가 몸을 옆으로 휙 돌렸고, 그 바람에 항문에서 대변을 빼내고 있던 튜브가 빠지며 황

토색 대변이 여기저기 튀었다.

캐로가 안젤리카를 힘주어 잡았다.

"가서 씻고 와. 여긴 내가 정리할 테니까. 쉿, 울지 마, 안젤리카, 괜찮아."

아이는 울음을 그치지 않았다. 괜찮지 않았다, 전혀. 안젤리카는 심한 낭성 섬유증과 산소 부족으로 인한 뇌 손상을 안고 태어났다. 엘렌은 하루에도 몇 번씩 아이의 코와 목, 폐에서 비정상적으로 두꺼운 점액을 빨아내고 직장에서 변을 빼내야 했다. 저소득층 의료보장 제도를 통해 매일 돌봄 서비스를 받을 수 있었으나, 그마저도 몇 시간에 지나지 않았다. 그녀는 안젤리카를 보살피느라 일을 제대로 할 수 없었고, 생활보조금도 부족했다. 늘 돈이 문제였다.

캐로는 부드러운 손길로 안젤리카를 씻겼다. 아이의 작은 몸이 어느새 진정되었다. 엘렌과 똑같이 맑고 밝은 갈색 눈을 가진 아이는 자신이 말을 건넬 수도, 달려가 꼭 안길 수도 없는 이모를 가만히 올려다보았다. 그러나 캐로는 안젤리카가 꼭 자신을 알아보는 것 같았다. 이 작은 아이도 자기를 어루만지는 조심스러운 손길과 살결에 와닿는 따스한 햇살, 배가 부르고 기저귀가 폭신할 때의 안락함을 느낄 수 있을 것이다. 아무리 뇌가 손상되었다고 해도 그 안에는 사람이, 어쩌면 희미하게나마 자신이 사랑받고 있다는 것을 느낄 수 있는 사람이 있다.

엘렌이 돌아와 안젤리카에게 옷을 입혔다. 그러고는 아이가 스스로 지탱할 수 없는 무거운 머리를 어깨로 받치고서 잠들 때까지 낡은 거실을 이리저리 거닐었다.

"휴!" 엘렌은 평소와 같은 밝은 미소를 지으며 말했다. "됐다,

이제 생각이란 걸 할 수 있게 되었으니 그 일자리 얘기 좀 해 봐! 좋은 데야?"

"모르겠어." 캐로가 대답했다.

"모르겠다고? 왜? 어딘데?"

캐로가 주머니에서 편지를 꺼냈다. 엘렌에게 지금보다 더 부담을 주고 싶지 않았고, 솔직히 부끄럽기도 했기 때문에 지난 두 달 동안 여기저기서 거절당한 일을 전부 얘기하지는 않았다. 그녀에 대한 항의 시위는 뉴스 기사 사진에서 보이는 것보다 규모가 작았지만, 경찰이 오고 난 후에도 페어레이 메모리얼 병원 정문을 막을 정도였다. 의사에게 이래라저래라하는 것이 즐거운지 트위터와 페이스북, 인스타그램에 비방글도 끊이지 않고 올라왔다. 캐로는 그들이 신나게 떠들어 대는 거짓말 속 행동들을 한 적이 없었고, 그들이 말하는 것처럼 부유한 특권층에 남성 혐오자도 아니었다. 하지만 온라인에서 아무리 그렇게 호소해 봐야, 불난 데 기름을 붓는 격이었다. 병원들은 물론 그 많은 조롱과 비난이 사실과 다르다는 것을 알고 있었지만, 그녀가 국내에서 가장 뛰어난 의사를 '무고'했다는 것 또한 알고 있었다. "유감스럽게도 귀하는……"

엘렌이 다시 물었다. "언니, 어디서 온 거냐니까?"

"어디가 아니라 누구. 우리 큰할아버지야."

엘렌이 안젤리카를 안고 서성이던 발걸음을 멈췄다. "말도 안 돼! 그 노벨상 받으신 분?"

"바로 그분."

"근데 어디 계시는데? 지난 15년 동안 어디 계셨대? 그 약 발명하고 나서 그냥 자취를 감추셨다고 했잖아!"

"맞아. 그런데 지금은 케이맨 제도에서 개인 병원을 하고 계시거나 아니면 최소한 무슨 관련이 있으신 것 같고, 내가 와서 신경외과 의사 자리 면접을 봤으면 하시나 봐."

"갈 거야?"

"몰라. 어떻게 알겠어. 생각 나는 검색어는 다 구글에 쳐 봤고, 미국의사협회에도 확인해 봤는데 검색해도 아무것도 안 나오고 이 병원인지 뭔지가 미국에 있는 게 아니라 협회에도 정보가 없어. 그 해거티라는 변호사한테 연락하니까 급여 얘기 말고는 전부 얼버무리더라고. 여기서 무슨 일을 하는지도 모르는데 이해도 안 된 상태에서 그냥 뛰어드는 게 과연 맞는 걸까?"

안젤리카가 칭얼거렸다. 엘렌은 다시 아이를 달래기 시작했다.

"너 피곤해 보인다. 애 나한테 줘." 캐로가 말했다.

그녀는 엘렌에게 안젤리카를 넘겨받았다. 팔에 안으니 꽤 묵직했다.

엘렌이 물었다. "그래서 얼마 준대?"

캐로가 금액을 말했다.

"미쳤어! 진짜로? 그런데도 안 가 본다고? 그렇게 그냥 거절해도 되는—아니 신경외과 의사는 원래 그만큼 받고 시작해?"

"그럴 리가. 어마어마한 수준이야. 나보다 훨씬 경력 많은 사람도 얼마든지 부를 수 있을걸. 그러니까 뭔가 수상하다는 거야."

엘렌이 생각에 잠겼다. "아냐. 노벨상 수상자잖아. 불법적인 일로 자기 평판을 위태롭게 할 이유가 있겠어?"

"모르지. 근데 미국에서 불법인 것들이 해외에서는 합법인 경우가 많아. 특히 케이맨 제도에서는 돈만 많으면 더 그래. 그렇다고 생각도 안 해 봤다는 건 아냐. 오히려 편지를 받고부터 내내 고민했는데―"

현관문이 벌컥 열리더니 케일라가 엉엉 울면서 들어왔다. "싫어! 다 싫다고!" 케일라는 소파 쪽으로 홱 내던졌으나 바닥에 굴러떨어져 버린 책가방을 뒤로 하고 손바닥만 한 자기 방으로 달려갔다.

엘렌이 옆을 지나는 딸을 붙잡았다. "케일라, 무슨 일이야?"

"놔!"

캐로는 안젤리카를 달래던 것을 멈추고 그들을 바라보았다. 올해 여덟 살인 케일라는 평소 안젤리카가 필요로 하는 보살핌에 맞춰진 생활 환경 속에서도 차분했고 다정하기까지 했다. 그러나 지금은 눈물범벅이 되어 엘렌의 손에서 벗어나려 버둥거리고 있었다. 결국 아이는 빠져나오지 못했다.

"케일라, 엄마가 무슨 일인지 알아야지. 뭐 때문에 그렇게 속상한지 얘기해 줘. 얼른. 누가 싫은데?"

"다 싫어! 제시랑 아바랑 릴리! 걔네가…… 걔네가……"

"걔네가 무슨 말을 했어?"

"내 생일 파티도 안 올 거고 우리 집도 다신 안 올 거래. 맨날 똥 냄새랑 약 냄새 난다고!"

엘렌의 얼굴이 일그러지며 흐느껴 우는 작은 아이를 꼭 끌어안았다. 캐로는 동생의 얼굴에서 좋은 부모라면 언젠가 마주하게 되는 아픔을 읽을 수 있었다. 아이가 처한 상황을 바로잡아 줄 수 없다는 무력함에서 오는 쓰라린 고통이었다.

엘렌이 에릭과 쫓기듯 결혼하고 몇 달 뒤 캐로가 의대에 들어

갔을 무렵 케일라가 태어났다. 엘렌이 진통을 시작했을 때 에릭은 어김없이 '친구 놈들과 한잔하러'가 있었고, 캐로가 엘렌을 병원으로 데려갔다. 첫 아이치고 놀라울 정도로 빠르게 순산하는 동생의 손을 옆에서 잡아 주었다. 케일라가 세상에 나오자 엘렌이 감격에 찬 목소리로 외쳤다. "아, 이리 주세요! 아들이에요, 딸이에요?"

"여자아이야." 의사가 답하기도 전에 캐로가 말했다. "너무 예쁜 공주님이야!"

"저 안아 볼래요!"

간호사가 아기를 엘렌의 품에 안겨 주었다. "잠깐만이에요."

엄마와 아이를 보고 있자니 캐로는 자신도 모르게 눈물이 왈칵 쏟아질 것만 같았다. 동생은 기적 같으면서도 너무나 평범하고, 또 무엇보다도 큰 기쁨을 주는 일을 해냈고, 갓 태어난 이 완벽한 존재는 엘렌뿐 아니라 그녀의 삶에도 새로운 의미를 가져다주었다. 언니이자 미래의 의사, 이모. 그녀는 캐로 이모가 된 것이다.

엘렌이 말했다. "캐롤라인이라고 부를래."

"안 돼." 캐로가 반사적으로 답했다. "내 이름은 안 되지. 이 아이는…… 이 아이 그 자체잖아. 봐, 얘 좀 봐, 엘렌!"

"그러면 언니 이름을 살짝 바꿔서. 그러고 싶어. 샬럿, 케이틀린. 아니—케일라!"

"케일라." 캐로는 여전히 태아 기름막이 덮여 있는 아기의 볼을 쓸며 속삭였다. "안녕, 케일라."

"우리 왜 우는 거야?" 엘렌이 물었다.

"몰라." 간호사가 아이를 씻기고 몸무게를 기록해 두려고 안고 나가자, 의사로서는 그럴 수 없었지만 그 순간만큼은 눈물을 훔치고 있던 캐로가 울먹이며 대답했다.

다시 지금, 캐로는 좁디좁은 임대 주택을 찬찬히 둘러보았다. 카펫은 안젤리카가 친 크고 작은 사고로 얼룩져 있었고 거실은 안젤리카에게 필요한 보조기구로 가득했다. 엘렌이 자는 싱글 침대와 안젤리카의 아기 침대로 꽉 찬 방 그리고 케일라의 방 사이 낡은 화장실도 그나마 하나뿐이었다.

엘렌이 부드럽게 무언가 속닥거리자 케일라가 조용해졌다.

오늘 캐로가 엘렌의 집에 온 진짜 이유가 바로 이것일까? 편지를 보여 주기 위한 것도 있지만, 물론, 이 모습…… 이 모든 걸 다시 한번 보기 위해?

늘 부족한 돈.

혼자 감당하기 벅찬 안젤리카.

힘들어하며 눈물을 쏟는 케일라.

어마어마한 급여.

캐로가 말했다. "엘렌, 나 마음 바꿨어. 네 말이 맞아. 바보가 아니고서야 그 정도 돈을 준다는데 적어도 확인은 해 보는 게 맞지. 케이맨 제도로 가야겠어."

05

"안 됩니다." 왓킨스가 누워 있는 침대 옆에 주치의인 라일 루스킨 박사가 서 있었다. "죄송해요, 박사님, 하지만…… 안 됩니다. 아직은 안 돼요."

와이거트는 긴장했다. 새뮤얼 왓킨스에게 안 된다고 말하는 사람은 단 둘뿐이었는데, 루스킨은 그중 하나였지만 와이거트는 아니었다. 루스킨에게 동의해야 할까? 왜 다들 싸우지 못해서 안달이지? 와이거트가 숫자를 더 좋아하는 것도 당연했다. 알고리즘과 씨름할 수는 있어도 머리통을 깨 버릴 수는 없으니까. 물리학은 의학보다 훨씬 덜 소모적이었다.

그러나 왓킨스가 평소처럼 벌컥 화부터 내지 않아 와이거트는 깜짝 놀랐다. 그는 그저 "그러면 언제?"라고 물었다.

루스킨이 대답했다. "예측이 어렵다고 말씀드렸습니다."

"대충이라도 얘기해 봐, 그러니까. 며칠? 몇 주? 몇 달?" 왓킨스가 목소리를 높였다.

"그렇게 딱 확정지어 말씀 못 드리는 것 아시잖습니까. 거기 휴대 전화에 실험 데이터 가지고 계시면서. 다시 좀 보세요. 지금 그런 상황이―"

"봤네! 내가 이미 본 수치 얘기만 할 거라면 자네를 여기 둘 이유가 없지 않은가?"

"알고 계셔도 한 번 더 말씀드릴 수는 있지요. 제대로 안 들으신 게 분명하니까요. 박사님은 췌장암입니다. 췌장암은 환자마다 예후가 아주 다양하고요. 게다가 새로 진단받은 바이러스 감염도 심각하시잖아요. 그 문제가 해결되기도 전에 비응급 수술이라니요. 특히 안전성도 검증되지 않은 뇌 수술을 받으실 수는 없습니다. 박사님은―"

"검증됐어." 와이거트가 과감하게 나섰다. 어쨌거나 사실은 사실이니까. "줄리안을 봐."

"그 사람은 서른다섯 살이잖아요." 루스킨이 말했다. "무쇠처럼 튼튼한 사람이고요. 박사님은 경우가 다르죠. 솔직히 말씀드리면 그 수술 감당 못 하실 겁니다. 바이러스도 치료하고 체력도 좀 기르기 전까지는요. 그래도 어려울 수도 있고요."

"내가 감당할 수 있을지 없을지 모르지 않나! 자네도 방금 이 암이 환자마다 예후가 다르다고 해 놓고!" 왓킨스의 목소리가 위협하듯 쩌렁쩌렁 울렸다. 와이거트는 그것이 무엇을 의미하는지 알고 있었다. 곧 폭풍 같은 분노가 몰아칠 것이다.

"박사님 몸 상태는 제가 압니다." 루스킨이 선수 치듯 우레와 같은 목소리로 말했다. "그걸 정확히 말씀드리는 것이 암 전문의로서 제 역할이고요."

"자네 역할은 내가 수술받을 수 있는 몸 상태로 만드는 거야! 이 프로젝트는 과학이 인류에 남긴 가장 큰 공헌이 될 거고. 웬 의사 나부랭이가 나한테 안 된다고 한다고 그대로 중단될 줄 아는 거라면—"

"저는 진실을 말씀드리는 겁니다. 그러니 제 말을 들으시거나 아니면 다른 의사 나부랭이를 찾으시죠."

갑자기 왓킨스의 목소리가 가라앉았다. "맞네, 라일. 내가 자넬 고용한 건 진실을 듣기 위해서니 자네는 그렇게 하는 것이 맞지. 미안하네."

와이거트가 흠칫했다. 약 때문인지 왓킨스의 기분이 오락가락하는 것을 자주 보았어도 그는 매번 놀라곤 했다. 하지만 루스킨은 왓킨스에게 가장 중요한 한 가지를 꺼낸 것이다. "진실." 그들 모두에게 유일하게 중요한 것이기도 했다. 그들이 이 섬, 이 철통같은 보안이 유지되는 곳에서 이 죽어 가는 천재와 함께 있는 유일한 이유였다.

왓킨스가 물었다. "대략 얼마나 남은 것 같나, 라일?"

"바이러스가 완치된다고 하면 5~6개월 정도, 어제 말씀드린 것과 같습니다."

문손잡이가 돌아가더니 수간호사인 프랭클린이 왓킨스의 아침 식사가 담긴 쟁반을 들고 문을 엉덩이로 밀며 뒷걸음질로 들어왔다. 와이거트는 그녀의 가늘고 성긴 빨간 머리, 파란 눈, 넓적한 얼굴을 볼 때마다 아일랜드 농부 같다는 생각을 떨칠 수 없었다.

그녀가 사실 폴란드계이며 농부와는 거리가 멀다는 것을 아는데도 그랬다. 한번은 줄리안에게 '고정관념에 얽매여 있다'라며 한마디 들은 적도 있었지만 때로는 고정관념이 관찰에 도움이 된다는 것을 그에게 애써 설명하지는 않았다. 와이거트의 유모였던 켈리는 아일랜드 출신이었고, 그는 켈리에게 보았던 농민 특유의 기질을 프랭클린과 연관 지어 생각했다. 다재다능하면서도 고집스러운 면이 있었고, 다정한 듯 까칠했다. 어릴 적 유모가 무서웠던 것처럼 프랭클린이 약간 겁나기도 했다. 프랭클린은 루스킨과 더불어 왓킨스에게 안 된다고 말할 수 있는 또 다른 사람이었다. 줄리안은 왓킨스에게 맞서지 않고도 결국은 어떻게든 자기 뜻대로 하곤 했지만, 어쨌든 직접적으로 안 된다고 말하지는 않았다.

"자, 왓킨스 박사님. 아침 식사는 남기지 말고 다 드시는 거예요. 어제 저녁때처럼은 곤란해요." 프랭클린이 말했다.

왓킨스는 프랭클린과 그녀가 내민 쟁반을 내키지 않는 눈빛으로 쳐다보았다. "지금 한창 얘기 중인데 나중에 가져다주게나."

"지금 드셔야 해요." 그녀는 침대 옆 탁자에 쟁반을 내려놓고는 팔짱을 꼈다.

왓킨스가 쏘아 보았다. "나중에 다시 갖다 달라고 말했네."

지원군을 부르는 데 주저함이 없는 프랭클린이 루스킨을 바라보았다. "선생님?"

"드세요, 박사님. 이쯤에서 마무리하죠. 체력도 기르셔야 하고요." 루스킨이 말했다.

"젠장, 알았네. 이젠 또 누구야? 내 방이 갑자기 도떼기시장이라도 된 건가? 아, 자네였군, 에이든. 들어와. 라일, 고맙네. 카밀라,

이제 나가 봐."

의사와 간호사가 방을 나섰다. 와이거트도 그들을 따라 나가려 했지만, 왓킨스가 가로막았다. "남아 있게." 와이거트는 그대로 멈췄다.

에이든 에버하트가 들어오며 문을 닫았다. 와이거트의 눈에는 소프트웨어 업계 사람들은 직책에 비해 너무 어려 보였다. 에이든과 그의 상사 줄리안은 특히 더 그랬다. 그나마 줄리안은 30대였지만, 에이든은 스물네 살이었고, 언뜻 보기엔 열다섯 살쯤으로도 보였다. 줄리안이 이 프로젝트의 사이버 보안 책임자 자리를 에이든에게 맡기기에는 그가 너무 어리지 않은가? 적어도 줄리안은 자기 소프트웨어 팀원들이 왓킨스를 '박사님'이라고 부르도록 했다. 자기들 마음대로 불렀다면 뭐라고 했을지 누가 알겠는가? 샘? 마법사 대장님? 죽음의 지배자? 다들 판타지 컴퓨터 게임이나 하는 것 같던데. 와이거트가 몸서리를 쳤다.

오래전에 세상을 떠난 아내 로즈의 목소리가 들리는 듯했다. *자기는 무슨 빅토리아 시대 사람 같아, 정말.*

왓킨스가 에이든에게 말했다. "무슨 일인가?"

"캐롤라인 소암스 왓킨스에 대한 모니터링 보고서입니다, 박사님."

왓킨스가 침대 위에서 자세를 고쳐 앉았다. 담요가 들썩이며 앙상한 왼쪽 다리가 삐져나왔다. "그래, 한번 보지."

"짐작하신 대로 여기 오기 전에 3주를 달라고 한 것은 '신변 정리'를 위해서가 아니었습니다."

"당연히 아니었겠지. 딱히 정리할 만한 일이랄 것도 없잖아. 나를 캐 보려던 거겠지, 안 그랬으면 내가 오히려 실망했을 거야."

"네, 박사님. '도니 코크로치'라는 활동명을 쓰는 해커 도널드 리차드 히블러를 고용했더군요. 아주 뛰어나지도 않지만, 그럭저럭 실력이 나쁘진 않은 모양입니다. 연락처를 어떻게 얻었는지 모르겠네요. 이메일에 적혀 있지 않은 걸 보니 아마 누구한테 직접 들었을 것 같습니다. 처음 연락한 이후로는 쭉 이메일로 소통했고요. 그 해커는—"

와이거트가 불쑥 끼어들었다. "개인 메일을 해킹한 겁니까?"

에이든과 왓킨스가 동시에 그를 쳐다보았지만, 와이거트는 주저하지 않고 말을 이었다. "샘, 프로젝트 시작하면서 불법적인 일은 하지 않기로 합의했잖나."

왓킨스가 말했다. "그랬지, 조지. 하지만 이번만이네. 꼭 필요한 일이야. 데이비드 위크스가 그렇게 어처구니없이 무의미한 죽음을 맞이하게 될 줄 누가 알았겠나."

"그렇지만—"

"'그렇지만'은 없어. 에이든, 내 조카 손녀나 이 코크로치라는 사람한테 자네가 이메일을 해킹했다는 사실을 들킬 일은 없지?"

"전혀 없습니다." 에이든이 자존심이 상한다는 듯한 표정으로 답했다.

그래, 적어도 자기 일에 자신은 있나 보군, 와이거트는 생각했다.

에이든이 물었다. "계속해도 될까요?"

"계속하게." 왓킨스가 말했다.

"전체 보고서를 암호화해서 보내 드렸는데 요점은 박사님과 이곳, 자금 출처에 관해 알아내려 했다는 겁니다. 일단 코크로치가 박사님에 대해 찾은 건 공식 기록뿐이고, 이곳에 대해서는 건축 기록과 저희 장비 주문 내역 몇 가지 정도, 이 부분은 어쩔 수 없었습니다. 그리고 건물 외벽이나 섬이 어떻게 생겼는지, 그래봐야 관광객들이 자동차나 드론, 헬리콥터에서 찍을 수 있는 수준의 사진이고 중요한 정보가 될 만한 것은 없습니다."

"자금 관련해서는?"

"알아내려는 시도는 있었지만 박사님이 갖고 계신 유령 회사들이나 케이맨 은행 계좌 등을 설계한 사람이 누군진 몰라도 아주 잘 처리했더군요. 코크로치가 얻어 낸 게 거의 없을 겁니다. 뭐가 됐든 캐롤라인—"

"소암스 왓킨스 박사요." 와이거트가 자신도 모르게 정정했다.

에이든은 고개를 끄덕였지만, 와이거트는 그 이면에 깔린 조소를 느낄 수 있었다.

"죄송합니다, **소암스 왓킨스 박사님**이죠. 하지만 왓킨스 박사님과 소암스 왓킨스 박사님이 헷갈릴 것 같아서요."

왓킨스는 이를 무시하고 물었다. "그런데 코크로치를 고용할 돈은 어디서 난 거지? 처음 보고서에서는 그 아이나 동생이나 근근이 살고 있는 데다 의대 학자금 대출도 엄청나고 달리 친척도 없다고 했잖아."

와이거트도 알고 있는 내용이었다. 물론 새뮤얼 왓킨스만큼은 아니지만. 캐롤라인 소암스 왓킨스 자매는 경제적으로 여유롭게 자란 편이지만, 돌아가신 부모님의 유언장에서는 상속에서 완전히 배제되어 있었다. 유산은 전부 어떤 발레단에 갔다고 한다. 왓킨스도 이유는 모르는 듯하지만, 참 고약한 일이 아닐 수 없다. 발레리니! 물론 훌륭한 일이긴 해도…… 가족 간에 갈등이 심했던 모양이다. 와이거트는 가끔 자신과 로즈에게 아이가 없어서 다행이라는 생각이 들었다.

에이든이 말했다. "캐롤라인, 아니 소암스 왓킨스 박사님이 친구한테 돈을 빌렸습니다. 페어레이 메모리얼 병원의 심장 전문의인 드본 라인하트요."

"좋아, 좋아. 이제 빚이 더 많겠군."

"네, 그렇습니다. 다른 세부 사항은 모두 보고서에 있습니다."

"알았네. 잘했어, 에버하트. 이제 가 보게."

와이거트는 왓킨스의 칭찬에 에이든이 얼굴을 살짝 붉히는 것을 보고 전보다 조금 호감이 갔다.

에이든이 나간 뒤, 와이거트가 말했다. "이제 오는 거군."

"내일모레야. 해거티가 여권 갱신도 빨리 처리해 놨고, 다른 준비들도 다 끝냈어. 그 아이 여권이 만료되었더라고."

"여기서 일하지 않겠다고 하면 어떻게 하지?"

"수락할 거야." 왓킨스가 말했다. "그 병원에서 겪은 일은 말도 안 되게 부당했지만, 요즘 세상이 다 그런 것 아니겠나. 그리고 우리한텐 잘된 일이기도 하고. 고과도 아주 잘 받았던데."

그 말은 에이든이 병원 기록까지 해킹했다는 건가? 아니, 왓킨스는 그런 불법적인 일을 용납하지 않을 것이다. 비록 왓킨스가 이 프로젝트를 위해서라면 뭐든 하려고 할지 모른다는 의심이 간혹 들기는 하지만.

글쎄, 자기는 안 그럴 거야? 머릿속에서 로즈의 목소리가 들

렸다.

안 그래. 와이거트가 대답했다. 그러나 그 역시 이 프로젝트를 위해 웬만하면 거의 뭐든 할 수 있을 것 같았다. 왓킨스와 줄리안이 각자의 천재성을 발휘해 다듬긴 했지만, 어쨌든 이 프로젝트의 이론적 근간은 그의 것이었으니까. 와이거트는 그 두 사람이 자신들의 목적을 위해 그의 이론을 이리저리 손볼 때도 이를 결코 잊지 않았다. 자신들의 영생만을 바랄 때도.

왓킨스가 베개에 기대어 눈을 감았다.

"통증이 심한가, 샘? 프랭클린 부를까?" 와이거트가 말했다.

"그럴 것 없네. 그 여자는 눈엣가시야, 지금도 충분히 옆구리가 콕콕 쑤시는 것 같은데. 곧 있으면 진통제가 들겠지. 이야기나 좀 하자고, 조지. 예전 얘기라도 해 봐…… 지금 이렇게 되기 전에. 가능하면 아주 옛날얘기면 좋겠군."

와이거트는 오랜 동료에게 해 줄 수 있는 것이 생겨 기뻐하며 잠시 고민 후 입을 열었다. "우리가 옥스퍼드에서 처음 만난 그날 밤 기억하나? 막 도착해서 주변에는 짐가방이 한가득 쌓여 있고, 자네는 길을 잃은 듯 안뜰에 서 있었지."

왓킨스는 여전히 눈을 감은 채 빙그레 미소를 띠었다. 안심한 와이거트는 이야기를 계속했다.

"나는 우연히 거길 지나고 있었는데, 자네가 누가 들어도 미국식 억양으로 고함쳤지. '어딜 봐도 숫자가 안 쓰여 있는데 젠장, 나보고 방을 어떻게 찾으라는 거야?'"

"고함은 아니었어."

"아주 고래고래 고함쳤어. 내가 방을 같이 찾아주니까 자네가 히스로 공항 면세점에서 산 꽤 괜찮은 브랜디를 권했잖아. 나는 또 어떤 막돼먹은 미국인이 어찌저찌 옥스퍼드에 밀고 들어왔나 보다 싶었는데 대화 주제가 분자 물리학으로 넘어가면서 어찌나 소양이 깊은지 아주 감명받았다네."

"자네만큼은 아니지." 왓킨스가 말했다.

"응." 와이거트는 짧게 답하고 말을 이었다. "그래도 뛰어나지. 그 뒤로는 우리 둘 다 물리학이고 뭐고 제대로 취해 버렸지."

"난 자네보다 덜 취했었어. 자네는 예나 지금이나 술을 못 마시잖나." 왓킨스가 말했다.

"자네는 대학에서 본인 사무실도 잘 못 찾았으면서. 그것만 못 찾은 것도 아니고 말이야. 진짜 내가 옆에 없었으면 어떻게 됐을지 누가 알겠나."

"'꿈꾸는 첨탑의 도시'*는 무슨." 왓킨스가 콧방귀를 뀌는가 싶더니 서서히 잠에 빠져들었다. 와이거트가 그 모습을 지켜보고 있을 때였다. 갑자기 문이 벌컥 열리며 프랭클린이 부산스럽게 다시 들어왔다.

"박사님! 손도 안 대셨잖아요! 다 식었겠네!"

왓킨스가 눈을 떴다. 그는 프랭클린을 쩌려보며 스크램블드에 그 한 조각을 포크로 집어 들었다. "나가게."

"다 드시는 걸 제 눈으로 보기 전까지 한 발짝도 안 움직일 거예요. 싹 다 비우셔야 해요."

---

* 영국의 옥스퍼드를 가리키는 별명으로, 대학 건물의 아름다운 첨탑이 빚어내는 풍경에서 유래했다.

누구나, 새뮤얼 왓킨스조차도 예외 없이 다른 이의 말에 따라야 할 때가 있는 법이다.

06

 캐로가 떠올릴 수 있는 가장 오래된 기억은 실제로 일어난 일이 아니었다. 모두가 그렇게 말했다, 엄마도, 아빠도, 유모도. 캐로는 몇 년이나 씩씩거리며 "정말 그랬다고! 진짜라니까!" 하고 화를 내곤 했다. 하지만 그날의 기억을 더 잘 설명할 수 있을 만큼 자랐을 즈음에는 더 이상 다른 사람과, 심지어 엘렌과도 이야기하고 싶지 않았다. 엘렌은 이해하지 못했을 것이다. 사실 그 누구도, 캐로 자신도 이해되지 않았으니 말이다.
 그럼에도 그 기억은 여전히 선명하게 남아 있었다. 여섯 살이었나? 아니면 일곱 살? 캐로는 뒷마당에서 담요 위에 누워 하늘을 떠다니는 구름을 바라보고 있었다. 그런데 갑자기 구름이 사라지고 그녀마저 사라졌다. 그녀는 훗날 '우주의 구조'라고 부르게 된 것에 스며들어 어디에도 없는 동시에 어디에나 있었다. 그녀는 구름이자 풀이었으며, 바람이었고, 팔 위를 기어가는 개미였다. 모든

것은 그녀였고, 그녀는 모든 것이었다.

 이날의 경험이 이미 다양한 사례로 기록된 다른 초자연적 사건들과 유사하다고 판단해 측두엽 간질 발작을 일으켰던 건 아닐까 추측할 수도 있다. 그러나 재발 없는 딱 한 번의 발작? 의학적으로 가능성이 낮은 일이었다.

 게다가 수십 년이 지난 지금도 그 '현상', 신경 과부하인지 망상인지 모를 그 발작은 여전히 생생했다. 두개골을 윙윙대며 자르는 수술용 뼈 톱 소리, 스며 나오는 진홍색 핏빛, 손끝에 전해지던 네덜란드 치즈 같은 뇌의 질감만큼이나 현실적으로 다가왔다. 캐로는 보통 과학적으로 설명할 수 없는 현상을 경계하는 만큼 그 기억을 무시하려 했다. 하지만 비행기가 케이맨 브랙에 가까워지면서 아래로 보이는 영화처럼 푸르른 바다, 눈부시게 선명한 녹색 섬, 순백의 모래보다 그날 일이, 이렇게나 오랜 시간이 지났는데도 더 현실적으로 느껴졌기에 그녀는 다시 그때의 기억이 떠올랐다.

 대체 지금 여기서 뭐 하는 거지?

 그러나 이에 대한 답은 그 옛날 기억보다도 더욱 달갑지 않은 것이었다. 도무지 왜 그러는지 짐작조차 할 수 없는 악의적인 어그로꾼들이 아직도 그녀를 물어뜯고 있어서 엘렌이 '개떡 같은 상황'이라 했던 인터넷 논쟁이 여전히 끝날 기미가 보이지 않았던 것이다. 엘렌은 이렇게 말했다. "언니가 걔들한테는 새로운 먹잇감이야. 정치인이나 여배우에서 넘어온 거지. 게다가 언니는 의사잖아. 그러니까 계급 의식 때문에 괜히 더 반감을 사는 거야. 인터넷 들어가지 마. 그냥 보지 말고 있어. 좀 시들해지면 내가 말해 줄게."

 하지만 캐로는 간지러운 곳을 긁지 않고는 못 배기듯 도저히 인터넷을 끊을 수 없었다. 물론 이 경우는 가렵기보다 세균이 살을 파먹는 것 같은 느낌에 가깝긴 했지만.

한껏 집중한 표정으로 노트북을 들여다보고 있는 옆자리 소년도 이 개떡 같은 소동을 알고 있을까? 어쩌면 가담하고 있지는 않을까? 소년은 캐로를 딱 한번 흘깃 보더니, 관심을 두기엔 너무 나이가 많다고 생각했는지 색색의 폭발이 난무하는 컴퓨터 게임에 푹 빠져들었다.

승무원의 목소리가 흘러나왔다. "우리 비행기는 곧 캡틴 찰스 커크코넬 국제공항에 착륙하겠습니다. 모든 전자기기는 넣어 주시고 테이블과 좌석 등받이를 제자리로 해 주시기 바랍니다."

소년은 그 안내 사항을 하나도 따르지 않았다. 캐로가 그의 팔을 살짝 건드렸다. 그는 마치 공격이라도 당한 것처럼 화들짝 놀라며 이어폰을 뺐다. **"뭐예요?"**

"안내 방송 나왔어요. 도착한 것 같아요. 노트북 정리하래요."

"아, 감사합니다." 소년은 의외로 아이 같은 천진한 미소를 지어 보였다.

캐로는 다시 창밖으로 시선을 돌렸다. 이게 가장 괴로운 부분이었다. 누구든 의심하게 된다는 것. 이제는 비행기에서 만난 어수룩한 아이조차도 자신을 신나게 조롱하며 삶을 망치려 드는 사람은 아닐지 의심하지 않을 수 없었다. 그녀와 비슷한 처지에 있는 다른 사람들에게도 일어나고 있는 일이었다. 농담 한 번, 클릭 한 번 잘못하거나, 심지어 작은 행동이 왜곡되고 과장되고 부풀려져 본래 의도와는 전혀 다른 것이 되면서 직장에서 잘리고 친구를 잃곤 했다. 제물로 올려진 사람이 실제로 죽지는 않고, 그 장면을 무한히 반복해서 볼 수 있다는 점만 제외하면 흥미로운 오락거리로 여겨지던 18세기의 공개 처형과 다를 바 없었다.

의사로서의 삶은 끝났어도 그녀는 살아 있었다. 어떻게든, 그 '어떻게'가 문제지만, 케이맨 브랙에서 평판을 회복할 수만 있다면 다시 일어설 수 있을 것이다.

벤 클라비라는 사람이 공항에 마중을 나오기로 되어 있었다. 구글에 검색해 보니 동명이인이 열댓 명은 나왔지만, 그중 어떤 벤 클라비를 만나게 될지, 또 그 사람이 큰할아버지와는 어떤 관계인지 전혀 알 수 없었다. 애초에 새뮤얼 루이스 왓킨스에 대해서도 누구나 아는 사실들 말고는 별로 아는 것이 없었다.

왓킨스는 장내 미생물이 장의 면역 세포에 보내는 신호 체계를 바꾸는 유전자 변형 박테리아를 개발하고 특허를 냈다. 이 세포들은 다시 골수에서 형성되는 세포에 보내는 신호를 바꾸어 아데노바이러스를 신속하고 효과적으로 공격하는 면역계 세포를 생성했다. 왓킨스는 이 공정 과정과 결과를 모두 제약 회사에 판매해 거액의 로열티 지분을 보유했고, 회사는 이를 기반으로 오늘날 세계에서 가장 많이 판매되는 약인 '아키노'를 개발했다. 아키노는 재채기와 기침, 콧물로 인한 고통을 덜어 주었고, 근무 시간 손실이 줄면서 산업계에서는 수십억 달러에 달하는 병가 손실 비용을 절약해 주었다. 이 발견으로 왓킨스는 노벨 생리의학상을 받았고, 흔히 '감기 치료제'라 불리는 성과로 그는 막대한 부를 얻었다.

그러나 이것이 그가 왜 신경외과 의사를 찾고 있으며, 왜 일반적인 채용 경로를 통하지 않는지에 대한 설명이 되지는 않았다.

하긴 근래 들어 캐로가 이해할 수 없었던 것이 한둘이 아니었다. 그녀는 아래로 보이는 열대의 섬이 점점 가까워지고, 하나뿐인 활주로에 비행기가 착륙해 천천히 멈춰 설 때까지 창밖에서 눈을 떼지 않고 지켜보았다.

"소암스 왓킨스 박사님이시죠? 케이맨 브랙에 오신 것을 환영합니다. 제가 벤 클라비입니다. 이쪽으로 오세요."

그는 캐로보다 조금 어려 보였다. 길에서 세 번쯤 스쳐도 네 번째에야 처음 본 듯 느껴질 만큼, 전혀 특별할 것 없는 평범한 인상이었다. 햇볕에 그을린 피부에 옅은 갈색 눈, 모래색 머리칼까지. 색깔로 치면 베이지 같은 사람이랄까. 그녀는 관광객이 바글바글한 공항을 나와 후텁지근한 오후 햇살이 내리쬐는 바깥으로 그를 따라갔다. 벤은 캐로의 여행 가방을 뚜껑 없는 지프차 뒷좌석에 던져 넣고는 그녀에게 차 문을 열어 주었다. 어색해하는 모습으로 보건대 평소에는 잘 그러지 않는 것 같았다.

"몇 가지 여쭤봐도 될까요?" 차가 움직이기 시작하자 캐로가 물었다.

"물론이죠. 이 섬에 대해 궁금하신 모양이군요."

"아니요. 병원에 대해서요. 병상은 몇 군데인지, 직원은 몇 명인지, 접수처나 아니면 그—"

"아, 그런 부분은 왓킨스 박사님이 다 알려 주실 겁니다."

"거기서 일하시는 것 아니었나요?"

"네. 전 사이버 보안 쪽이요. 하지만 병원에 대해서는 말씀드릴 수 없어요."

놀라움과 불안함이 맞부딪쳤다. "못 하시는 건가요, 안 하시는 건가요?"

벤은 싱긋 웃었지만, 어딘가 모르게 석연치 않은 느낌이었다. "둘 다요. 그래도 왓킨스 박사님과 와이거트 박사님이 전부 말씀해 주실 겁니다."

"와이거트 박사라는 분은 누구죠?"

"그분과 왓킨스 박사님, 줄리안 데이가 이 프로젝트를 시작하셨어요. 와이거트 박사님이 물리학자시고요."

물리학자가 왜 필요하지? "차 좀 세워 봐요!"

그가 정말로 차를 멈춰서 살짝 놀란 캐로는 몸을 돌려 그를 똑바로 바라보았다. 그들은 아직 해안가 주택들과 아이스크림 가게, 기념품 가게가 즐비한 큰길을 지나고 있었다. "대답해 주지 않으면 여기서 내리겠어요, 벤 클라비 씨. 지금 당장이요."

갑자기 그의 얼굴에 두려움이 번졌다. "그럴 수 없습니다, 박사님. 전 권한이 없어요. 이러시면 안 됩니다…… 아니, 걱정하실 게 전혀 없다니까요. 병원에서는 임상 연구를 진행 중입니다. 사실 병원보다 연구 시설에 가깝죠. 물리학자가 있는 건 양자 효과와 관련된 뇌 연구라서 그렇고요. 저는 물리학도, 의학도 모르는 그냥 사이버 보안 담당입니다. 하지만 박사님을 모셔가지 않으면 제가 정말 곤란해져요. 그리고 친척이시잖아요, 네? 못 믿으실 게 뭡니까!"

캐로는 그를 자세히 살폈다. 클라비는 거짓과 진실을 동시에 말하고 있었다. 그녀가 도망갈까 두려워하는 것은 진심인 듯하나, 병원에서 이루어지는 연구에 대해 정말로 하나도 모를 리가 없었다. 그렇지만……. 지금 벌어지고 있는 상황과 관계없이 그간 온라인에서 당한 수모 때문에 더 의심이 드는 것은 아닐까? 상당 부분은 그런 것 같았다. 물론 합당한 의심일 수도 있겠지만, 그와 별개로 누군가 말을 얼버무릴 때마다 위협을 느끼는 것은 터무니없는 일이었다. 폴 베커와 있었던 일이나 청문회, 인터넷에서 공격당하기 전에는 이렇게 쉽게 겁먹지 않았었다.

그녀가 사과했다. "죄송합니다, 클라비 씨. 제가—"

"벤이라고 불러 주세요. 다들 그렇게 부르거든요." 그가 대답했지만, 아까와 마찬가지로 어딘가 찝찝한 느낌이었다. 왜일까?

"무례하게 굴어서 죄송해요. 마저 가면서 이 섬에 관해 설명해 주실 수 있을까요?"

그는 차분하면서도 원망이 묻어나는 듯한 목소리로 이런저런 이야기를 들려주었다. 가 버리겠다는 그녀의 협박에 심장이 덜컥 내려앉았을 것이다. *처음부터 이래서야 새로운 동료들이랑 잘도 친해지겠네.*

벤은 케이맨 제도에 있는 세 섬 가운데 중간 크기인 케이맨 브랙의 길이가 약 19킬로미터에 너비는 2킬로미터 정도라고 설명했다. 암초와 맹그로브 늪지로 둘러싸인 가파른 절벽으로 이루어져 섬 대부분이 해발고도 40미터 이상이며, 강은 없지만 풍부한 샘물이 곳곳에서 솟아 나온다. 크리스토퍼 콜럼버스가 1503년에 이곳을 발견했고, 이어 1586년에 프랜시스 드레이크도 이 섬에 상륙했다. 17세기와 18세기에는 해적들의 거점이 되기도 했다. 이곳에서만 찾아볼 수 있는 독특한 암석 케이맨나이트는 보석이나 예술품을 만드는 데 사용된다. 또, '케이맨'은 카리브어로 '악어'라는 뜻이며, '브랙'은 게일어로 '절벽'을 의미한다. 사실 캐로가 이미 구글에서 본 내용이긴 했다.

하지만 주변을 둘러보는 것만으로도 많은 것을 알 수 있었다. 케이맨 브랙의 서쪽, 바다와 닿아 있는 지역에는 공항, 해변 리조트, 관광 명소들과 판잣집부터 저택까지 수많은 집들이 있었다. 차가 섬 안쪽으로 접어들면서 지형이 점점 높아졌다. 더 이상 바다는 보이지 않았지만, 여전히 바람을 타고 짭조름한 소금기가 느껴졌다. 그들은 오가는 사람 하나 없이 처음 보는 나무들만 죽 늘어선 비포장도로를 달리고 있었다. 깃털이 화려한 새들이 나무 사이로 날아다녔다.

그때, 벤이 급브레이크를 밟았다. 캐로는 대시보드를 꽉 붙들어 몸을 지탱했다.

"죄송해요. 이구아나가 우선이라서요." 벤이 말했다.

깜짝 놀랄 만큼 못생기고 거대한 이구아나가 천천히 도로를 가로질러 지나갔다. 온몸은 초록빛에 발이 까맸고, 잠시 멈춰 하품을 쩍 하더니 비늘로 뒤덮인 꼬리를 질질 끌며 바위를 넘어 숲속으로 들어갔다.

캐로가 물었다. "저건 얼마나 큰 거예요?"

"수컷은 최대 길이 60센티미터에 무게 10킬로그램까지 자랄 수 있어요. 이곳과 리틀 케이맨에서만 서식하는 시스터 아일랜드 바위 이구아나죠. 멸종 위기라 보호종이고요. 여기도 75마리밖에 없대요."

"위험한가요?"

"과일이나 꽃한테는 위험할 수도 있겠네요."

"그러면 아까 그 밝은색 새는 뭐였어요?"

"못 봤는데, 아마 앵무새였을 거예요. 앵무새 보호구역이 있거든요."

벤이 더 설명하지 않아서 캐로도 말없이 앞만 보고 있었다. 더 볼 만한 것도 거의 없었지만. 야자나무, 야자나무가 아닌 나무, 땅딸막한 소나무, 도로 한가운데 떨어져 있는 코코넛. 벤은 그 코코넛을 차로 치고 지나갔다. 집들이 점점 줄어들다가 지프차가 갑자기 방향을 틀고 또 한 번 틀더니 창문 없는 높은 벽과 보안 카메라로 둘러싸인 커다란 건물 앞에 섰다. 정문 역시 창이 없고 나무로 되어 있어 마치 중세 시대의 굳건한 성문 같았다.

무슨 병원이 창문도 없지?

벤이 말했다. "병원보다는 연구 시설에 가까운 곳이라고 말씀드렸죠."

"그 양자 효과와 관련된 뇌 연구라는 게 어떻게 진행되는지는 말씀 안 해 주셨잖아요."

"네, 안 드렸죠." 그가 휴대 전화에 코드를 입력하자 정문이 중세 성의 쇠창살 문처럼 위로 스르륵 올라갔다. "연구 단지에 오신 것을 환영합니다."

캐로에 대한 와이거트의 첫인상은 체구가 작다는 것이었다. 그녀는 와이거트의 어깨높이도 채 되지 않았다. 날씬한 몸에 카키 바지, 흰 윗옷을 입은 모습이 스무 살처럼 보였다. 그러나 눈이 마주친 순간, 와이거트는 생각을 바꿨다. 그녀는 새뮤얼 왓킨스의 눈, 그 차가운 금속 같은 회색 눈을 하고 있었다.

"아, 어서오세요, 박사님. 저는 조지 와이거트라고 합니다."

캐로가 손을 내밀었다. "안녕하세요, 와이거트 박사님. 캐롤라인 소암스 왓킨스입니다."

악수에서 힘이 느껴졌다. 벤 클라비는 캐로의 짐을 들고 진작에 자리를 떴고 와이거트와 그녀만 정문 바로 안쪽, 정원으로 이어지는 현관 지붕 아래 서 있었다. 로즈를 제외하면 한번도 여자와 편하게 있어 본 적이 없었던 와이거트는 이제 어떻게 해야 할지 고민했다.

하지만 고심할 필요가 없었다. "저희 큰할아버님을 뵙고 싶은데요. 데려가 주실 수 있나요?" 캐로가 물었다.

할 일이 생겼군. 그러나 그가 입을 떼기도 전에 제임스가 로비로 뛰어왔다. "소암스 왓킨스 박사님이시죠? 저는 왓킨스 연구 단지의 지배인, 제임스 워너라고 합니다. 환영합니다! 오시는 길은 편안하셨나요? 짐은 계실 방으로 올려보내도록, 아 누가 이미 가져간 모양이네요. 배가 고프시진 않으시고요? 아직 저녁은 몇 시간 남았는데 배고프시면 얼른 준비해 드릴 수 있습니다. 아니면 음료수라도?"

소암스 왓킨스 박사는 그 야단스러운 환대에도 당황하지 않고 친절하게 대답했다. 와이거트는 그 모습에 플러스 점수를 주었다. 예의란 중요한 법.

"감사하지만 괜찮아요. 와이거트 박사님께서 할아버님께 데려다주시기로 했거든요."

그녀는 제 맘대로 와이거트를 친근하게 조지 박사님이라고 부르거나 자신을 캐롤라인으로 불러 달라고 하지 않았다. 이것도 플러스. 와이거트는 그녀보다 40살은 더 많았고, 어딜 가도 보이는 줄리안의 소프트웨어팀부터 해서 연구 단지 사람들이 이미 서로 지나치게 허물없이 지낸다고 느끼던 차였다. 그럼에도 불구하고 그녀와 함께 2구역 중앙 정원을 지나면서 불안이 스멀스멀 올라왔다. 꽃밭과 피크닉 벤치 위로 야자수가 그늘을 드리우는 2구역은 시원하고 쾌적했지만, 그리 중요한 공간은 아니었다. 사방이 흰 페인트로 칠해져 있고 자그마한 욕실이 딸린 좁은 침실이 둥글게 배치되어 있으며, 마찬가지로 꽃과 피크닉 테이블이 놓인 정원이 있는 1구역도 크게 다를 바 없었다. 와이거트가 보기에 1구역은 관리가 되고 있긴 하지만 서비스라곤 전혀 없는 미국 모텔 같았다. 차이점이라면 아치형 통로에 네온사인만 없을 뿐이었다.

왓킨스가 있는 방은 왼쪽 첫 번째 방이었다. 와이거트는 더욱 불안해졌다.

왓킨스가 그녀를 마음에 들어 하지 않는다면…….

그녀가 왓킨스를 마음에 들어 하지 않는다면…….

왓킨스와 자신이 그녀가 프로젝트에 합류하도록 설득하지 못한다면…….

와이거트는 여기에 인생을 바쳤다. 이제 와서 실패하는 것을 볼 수는 없었다.

와이거트는 방문을 똑똑 두드렸다. 변호사 빌 해거티가 문을 열었다. 왓킨스는 여전히 바이러스 감염으로 씨름하고 있었고, 오늘은 컨디션이 좋지 않은 편이었다. 침대에 앉아 있는 모습이 평소보다 더 노쇠해 보였다. 와이거트는 그녀가 사뭇 놀랐다는 것을 느낄 수 있었다.

해거티가 먼저 입을 열었다. "소암스 왓킨스 박사님, 저는 윌리엄 해거티라고 합니다. 이곳으로 오실 수 있게 일정을 잡았었죠."

"안녕하세요." 캐로가 인사했다. "왓킨스 박사님이시군요?"

'새뮤얼 할아버지'라 부르지 않았다. 다시 생각해 보니 아주 부적절한 호칭이긴 했다.

"그래." 왓킨스는 목이 쉰 듯한 거친 소리로 대답하고는 잠시 기다렸다. 와이거트는 왓킨스가 그녀를 시험하고 있다는 것을 알아차렸다. 그녀는 눈치챘을까?

캐로가 침대 쪽으로 다가갔다. "뵙게 되어 기뻐요. 그런데 무슨 암인가요?"

해거티의 얼굴에 놀라움이 드러났지만, 와이거트는 내심 흡족했다. 직설적이네. 왓킨스라면 그 편을 더 좋아할 것이다.

왓킨스가 답했다. "췌장암. 4기라네."

"그러면 예후는······."

"말기야. 얼마 남지 않았어. 한데 자네 의사들이 뭐 제대로 알기나 하나?"

"모르죠. 그저 통계에 기반한 가능성만 말씀드릴 뿐이니까요. 이미 아시겠지만요. 유감입니다."

와이거트가 다시 긴장했다. 두 사람은 서로를 경계하듯 응시하고 있었다. 뭘 기대했던 걸까? 침대맡에 서서 딸처럼 다정하게 왓킨스를 걱정해 주는 것? 아니면 알랑거리며 비위를 맞추는 것? 이 여자는 그럴 생각이 없다. 적어도 아직은. 물론 그녀를 데려온 이유를 거의 듣지 못했으니 경계할 만도 하다. 해거티가 입단속을 단단히 시켰다.

"네가 왜 이곳에 오게 됐는지 궁금하겠지." 왓킨스가 말했다.

"네. 그렇죠."

해거티가 끼어들었다. "법적 구속력이 있는 비밀 유지 계약서에 서명하기 전까지는 안 됩니다. 보안실 회의실에 서류가 있어요. 박사님—"

갑자기 왓킨스의 표정이 고통으로 일그러지며 경련이 일어났다. 그의 얼굴에서 핏기가 싹 가셨다. 캐로는 침대 가까이 가서 그의 손목을 잡고 맥박을 쟀다. "모르핀은 주사하고 있나요? 저 링거는 왜 안 들어가고 있죠? 담당의는 어디 계세요?"

해거티가 말했다. "카밀라를 불러올게요."

경련이 가라앉고 왓킨스가 힘없이 축 늘어졌다. 그는 겨우 입을 열어 더듬더듬 한마디씩 내뱉었다. "전에는…… 이런 적…… 없었어. 이렇게 심한 적은."

프랭클린이 급히 문을 박차고 들어와 왓킨스의 팔에 패치를 붙이고는 이마에 스캐너를 대어 보았다. "열은 없으시네요."

캐로가 물었다. "모르핀은요? 왜 IV 링거가 아닌 패치를 쓰시는지 여쭤봐도 될까요, 선생님?"

"저는 의사가 아닙니다. 임상 간호사예요. 그리고 왓킨스 박사님은 바늘을 싫어하세요."

"그러면 담당 선생님을 뵐 수 있을까요?"

"배나 비행기를 타고 리틀 케이맨으로 가신다면요."

캐로의 눈이 휘둥그레졌다. "여기 암 전문의가 없다고요? **병원에요?**"

해거티가 말했다. "소암스 왓킨스 박사님, 지금은 종조할아버님께서 매우 피곤하신 것 같습니다. 이야기도 좋지만 먼저 계약 서류에 서명부터 해 주시는 것이 어떨까요."

와이거트는 그때쯤에야 그녀가 꽤 예쁘다는 것을 알아차렸다. 캐로는 왓킨스에게 시선을 떼지 않고 있었다. "박사님?"

왓킨스는 눈을 감은 채 들릴락 말락한 목소리로 답했다. "나중에…… 하게. 조지가 설명해 줄 거다."

캐로는 의문이 가득한 표정으로 와이거트를 쳐다봤다.

아니, 안 돼, 나 말고! 왓킨스 박사와 줄리안이 설득이나 이런

저런 설명을 먼저 하기로 했었다. 줄리안은 어딨지?

해거티가 말했다. "일단 저랑 가시죠, 소암스 왓킨스 박사님."

프랭클린은 방을 나서는 그녀의 뒷모습에 대고 기분이 상한 듯 덧붙였다. "의사가 하는 일은 저도 대부분 할 줄 안다고요."

한 달 전 경찰이 와이거트에게 사고의 원인이 되었을 만한 데이비드 워크스의 다이빙 습관에 관해 물었던 보안실에는 연구 단지 안팎을 비추는 감시 카메라 화면이 띄워진 컴퓨터 여러 대와 잠금장치가 걸려 있는 사물함들이 빙 둘러 있었다. 기술자 두 명이 자리에 앉아 화면을 모니터링하다가 처음 보는 의사가 들어오자 그녀를 슬쩍 훔쳐보았다. 사무실 뒤쪽 작은 회의실에는 낡은 탁자와 의자 여덟 개가 놓여 있고 커피포트와 커피잔, 꾸준히 간식거리가 채워지는 쟁반이 기다란 선반 위에 있었다. 줄리안을 비롯해 정리정돈과는 거리가 먼 그의 팀원들이 비공식적 휴게실로 사용하는 탓에 과자 봉지와 누군가 마시던 커피잔, 선크림 튜브, 야구 모자들이 여기저기 나뒹굴고 있어 와이거트는 웬만하면 들어가지 않는 곳이었다.

캐로는 계약서들을 꼼꼼히 읽어 보았고 해거티와 와이거트 모두 그 모습에 마음이 놓였다. 해거티는 변호사로서 그녀가 자신이 하는 서명이 무엇에 관한 건지 충분히 이해하길 바랐다. 한편, 줄리안이 와서 설명을 대신해 주길 바라던 와이거트는 시간이 조금이라도 지체되는 것이 반가웠다. 자신은 그녀에게 과학적 원리를 설명하게 될 줄 알았고, 심지어 약간 기대하고 있기까지 했으나 그 외 연구 단지에서 어떤 역할을 하게 될지에 관한 그녀의 날카로운 질문에 답하고 싶지는 않았다.

"좋아요." 캐로가 마지막 장을 탁자 위로 밀며 말했다. "우주 종말이 올 때까지 누구한테도 무엇에 대해서든 아무것도 말할 수 없다는 거잖아요. 이해했어요. 그러니까 이제 이 시설은 어떤 곳인지, 목적이 뭔지, 저는 무엇을 해야 하는지 말해 주세요."

해거티가 서류를 모아 정리했다. "그 부분은 와이거트 박사님께 부탁드리겠습니다. 만나서 반가웠습니다, 소암스 왓킨스 박사님. 다음에 또 뵙겠습니다."

그녀는 미소를 지었지만 시선은 오로지 와이거트를 향하고 있었다. 그는 우선 자신이 잘 아는 주제를 선택했다. "박사님은 양자 물리학에 대해 얼마나 알고 계세요?"

그 질문에 놀랐을지 모르겠으나, 그녀의 표정에는 아무 변화가 없었다. "아주 잘 알지는 못하고 뇌와 관련된 내용만 아는 정도예요. 아무래도 수술은 더 큰 범위를 다루니까요. 물론 칼슘 이온이 예를 들면 기억이나 신경세포 흥분성 같은 다양한 기전에 관여한다든가 이온이 양자 현상의 지배를 받을 만큼 작다는 것 정도는 알죠."

대화의 물꼬는 텄지만, 아주 좋은 출발점이라고 할 수는 없었다. 와이거트는 이중 슬릿 실험이나 양자 얽힘, 하이젠베르크의 불확정성 원리 등 그의 이론을 이해하는 데 필요한 여러 개념을 건너뛰고 설명을 시작했다. 그런 것들은 나중에 해도 늦지 않다. 게다가 소암스 왓킨스 박사는 신경외과 의사였다. 관련된 물리학을 세세한 사항까지 다 이해할 필요는 없었다. 아직은. 지금으로서는 그녀의 수술이 가치 있는 일에 쓰이게 되리라는 것을 납득시킬 수 있도록 프로젝트의 큰 틀 정도만 제시하면 된다. 와이거트는 이온에서 우주 전체로 화제를 전환했다.

그는 말했다. "수 세기에 동안 과학자들은 이렇게 가정했죠. 이 우주는 존재하고 늘 존재해 왔으며, 이것은 우리의 인식과 관계없다고요. 물론 동의하지 않는 사람들도 몇 명 있었지만요."

"철학자 조지 버클리 말씀이군요." 캐로가 대꾸하자 와이거트는 깜짝 놀랐다.

"바로 그렇습니다!" 버클리에서부터 시작하면 되겠다. "그렇다면—"

"와이거트 박사님, 제가 여기서 하게 될 일이 버클리와 무슨 상관이 있는지 모르겠습니다."

"아니, 저는…… 음…… 조금만 참고 들어주세요, 박사님. 다 연결이 되고 박사님이 하실 역할을 설명하려면 이렇게 접근하는 것이 가장 좋을 것 같아서요."

캐로가 고개를 끄덕이자 와이거트는 안심한 듯 말을 이었다. "버클리는 우리가 이 우주에 대해 알고 있는 것은 모두 우리의 감각을 통해 얻어진다고 지적했습니다. 예컨대 '빨강'이라는 것은 실존하지 않습니다. 소방차를 봤을 때 눈의 세포들이 망막에 닿는 빛을 '빨강'으로 받아들이는 것뿐이니까요."

"그렇죠." 캐로의 대답에서 그가 불필요하게 기초적인 설명을 하고 있다는 투가 느껴졌다. 와이거트는 황급히 다음으로 넘어갔다. 그녀의 기분을 상하게 할 정도로 쉽지는 않으면서 혼란을 줄

정도로 깊지는 않게 설명해야 했다. 사람을 대하는 데 도가 튼 줄리안이라면 적절한 수준을 찾았을 텐데. 와이거트도 노력 중이었지만, 그의 이론은 너무나 혁신적이었다. 정립하는 데만 수년이 걸렸고 왓킨스에게 내용을 완전히 이해시킨 뒤 줄리안을 찾아 설득하는 데도 오랜 시간이 필요했다. 이후 줄리안이 기술과 소프트웨어를 개발하느라 걸린 시간은 말할 것도 없다. 최소한 왓킨스나 줄리안은 그의 이론을 제대로 이해하기 위해 필요한 수학적 지식이 있었다. 하지만 이 의심 가득한 젊은 외과 의사는 그렇지 않을 것이다.

그는 다시 질문을 던졌다. "박사님, 양자 거품의 중첩에 대해 이해하고 계십니까?"

캐로가 뜻밖에도 장난기 어린 미소를 지었다. "그걸 이해하는 사람이 있나요?"

와이거트는 자신도 모르게 웃음이 나왔다. 경계심을 보이지 않을 때면 그녀도 퍽 유쾌한 성격인 것 같았다. 그가 말했다. "없겠죠, 완벽하게 이해하는 사람은. 매년 새로운 발견이 이루어지니까요. 하지만 기본만 설명하자면 '양자 거품'이란 우주에 존재하는 근본적인 '물질', 그러니까 전자 같은 기본 입자가 나오기도 전에 존재하는 물질을 가리키는 말입니다. 그리고 '중첩'은 양자 거품이 물질도 에너지도 아니라 어느 쪽이 될 확률만을 가진다는 의미입니다. 간단히 말하면 여러 가능성의 집합체라고 할 수 있겠죠. 이 점이 정말 중요합니다. 예를 들어 원자의 일부로서 전자가 존재한다고 할 때 그 전자 역시 입자나 에너지의 파동이 될 확률로서 존재하는 거예요. 이건 과학적으로 명확하게 확립된 사실이고요."

와이거트가 계속 설명했다. "그러면 그 전자나 양자 거품의 어떤 부분이 언제 물질이나 에너지가 되는지를 결정하는 것은 무엇일까요? 우리는 그에 대한 답 또한 100년도 더 전부터 알고 있었습니다. 여러 가능한 상태의 중첩으로 존재하던 입자는 관찰될 때 물질이나 에너지로 변하고, 이것이 '파동의 붕괴'입니다. 즉, 우리가 현실이라 부르는 것을 창조하는 건 사실 관찰자인 거죠."

캐로는 꽤 오랫동안 생각에 잠겨 있었다. 그녀의 표정이 무엇을 의미하는지 읽을 수 없었던 와이거트는 말을 이어갔다.

"방금 이야기한 내용과 그 외 모든 것을 종합하면 결국 우리가 현실을 이해하는 방식에서 급진적인 변화가 생겨납니다. 물론 직접적으로 얘기하지는 않았지만 1600년대 버클리가 암시했던 것과 같죠. 바로 우리가 관찰하기 전에는 아무것도 존재하지 않는다는 겁니다. 아무것도요."

"아무것도요? 이 탁자가 존재하지 않는다는 건가요? 이 방도 존재하지 않고요?"

"제가 관찰하고 있으면 저에게 존재하는 거죠. 제가 마음속에서 만들어 낸 정신적 구성체라고 할까요."

캐로가 얼굴을 찌푸렸다. "그렇다면 박사님은 지금까지 비유적으로 얘기하신 거네요."

"아니요." 또 다른 목소리가 대답했다. "말 그대로입니다."

이제 살았다, 줄리안이다. 와이거트는 문 열리는 소리를 듣지 못했다. 그러나 줄리안이 나타나자 그녀는 다른 여자들이 으레 그러듯이 눈을 동그랗게 뜨고 자세를 곧게 하고는 잠시 그를 뚫어져라 바라보았다.

키가 크고 밝은 금발에 청록빛 눈을 가진 줄리안은 미국인이라면 누구나 바이킹 영웅으로 떠올릴 법한 인상이었다. 그렇게 눈에 띄는 잘생긴 외모로 여자들이 늘 관심을 보이면 어떤 기분일까? 와이거트는 자신이 그런 처지가 될 일이 없다는 것을 진심으로 감사히 여겼다. 굳이 듣고 싶지 않았지만, 이런 좁은 곳에서 불가피하게 생기는 잡다한 소문들에 따르면 줄리안의 '연애사'는 파란만장했다. 전에 신경 방사선과인지 마취과인지 여기서 일하던 어떤 의사와 얽힌 적이 있었다고 했던 것 같은데? 또 어떤 젊은 여자도 줄리안 때문에 프로젝트에서 빠졌다고 하지 않았나?

캐로는 눈을 내리깔았다. 속눈썹이 파르르 떨렸다. 찰나의 순간이었지만, 와이거트는 지금껏 그녀가 보이려고 했던 냉철하고 당당한 태도와는 사뭇 다른 약한 모습을 본 것 같았다. 문득 줄리안이 여자들에게 불러일으키는 혼란으로부터 그녀를 보호하고 싶은 마음이 들었다. 이 여자는 너무 어려 보이지 않은가.

"저는 줄리안 데이라고 합니다." 그가 탁자에 앉으며 손을 내밀었다. "소프트웨어 개발 책임을 맡고 있죠. 캐롤라인 소암스 왓킨스 박사님 맞으시죠? 이곳을 찾아주셔서 얼마나 기쁜지 모릅니다. 정말 환영합니다. 다만 박사님이 보시기 전에는 이 탁자가 존재하지 않는다는 사실을 알게 되신 점은 유감이에요."

"저로서는 믿기 어렵네요." 캐로가 대꾸하자 와이거트는 그녀가 아까의 침착한 모습을 되찾은 것 같아 다행스러웠다. "제 눈에는 꽤 견고해 보이는걸요."

"바로 그겁니다. 박사님이 보시기에 그렇죠. 물론 저에게도 그렇게 보여요. 저도 똑같이 보고 있으니까요. 그리고 당연히 조지 박사님에게도 그럴 거고요."

"방에 아무도 없으면 이 탁자가 존재하지 않을 거라는 말씀이신가요?"

"제가 드리고 싶은 말씀은, 아니, 물리학에 따르면 누군가가 관찰하기 전까지 이 탁자가 모든 가능한 형태로 존재할 수 있다는 거예요. 어떤 모습의 탁자든 될 수 있는 중첩된 양자 정보가 흐릿한 구름처럼 존재하고 있다가 앞서 거쳐 간 수많은 이들과 마찬가지로 캐롤라인 소암스 왓킨스가 방에 들어와 관찰하는 순간, 짜잔! 탁자가 있는 겁니다."

"대학생들이 기숙사에서나 할 법한 토론이네요. 아주 기본적인 솔립시즘^{Solipsism}*이잖아요."

"아니요, 그렇지 않아요. 조지 박사님이 방금 설명해 드린 내용은 모두 이론적으로 확실한 것은 물론 점점 더 많은 실험적 증거를 통해 뒷받침되고 있는 과학적 사실입니다. 기회만 주신다면 할아버님, 조지 박사님과 제가 분명히 보여 드릴 수 있습니다. 커피 한 잔하시겠어요?"

"아니, 괜찮아요. 그리고 보여 주시는 그대로 제가 믿을 거라 확신하시지는 않으시는 편이 좋을 것 같네요."

줄리안이 싱긋 웃으며 새파란 눈을 반짝 빛내자 캐로는 고개를 돌려 시선을 피했다. 줄리안이 추파를 던진 건가? 아니면 그녀가? 와이거트는 이 상황이 썩 달갑지 않았다. 그도 대화에 끼었다.

---

* 유아론(唯我論), 자신만 존재하고 그 밖의 다른 존재물은 모두 자신의 의식 속에 있다고 보는 철학적 입장.

"아마도 박사님은 관찰이 이루어지기 전까지 탁자가 존재하지 않는다면 왜 우리가 모두 같은 탁자를 관찰할 수 있는 건지 의아하시겠죠."

"그렇습니다." 줄리안이 말을 받았다. "우리는 왜 저 모서리의 움푹 팬 곳과 남미 대륙 모양을 한 이상한 얼룩까지 똑같은 탁자를 보는 걸까요? 왜 캐롤라인 박사님의 눈에는 깔끔한 직사각형의 나무 탁자가, 제 눈에는 둥근 이탈리아 천연 대리석 탁자가 보이지 않는 걸까요?"

잘난 척은, 와이거트는 생각했다. 그런데 대체로 남자보다는 여자가 고급 대리석 탁자를 볼 가능성이 높지 않나? 아니면 요즘 소위 말하는 '고정관념'을 탈피해 반대로 말하는 것이 줄리안의 매력 포인트 중 하나인 건가? 헷갈렸다.

와이거트는 다시 마음이 편해지는 물리학의 영역을 찾았다. "줄리안이 말한 질문에 대한 답은 합의된 실재가 생겨나는 것과 관련이 있는데 이 부분은 나중에 마저 다루는 게 어떨까요."

"맞습니다." 줄리안이 맞장구를 쳤다. "지금은 우선 조지 박사님의 이론에서 구체적으로 어떤 역할을 맡게 되시는 건지 알고 싶어하시니까요."

"네, 그렇죠." 캐로가 다시 날을 세우며 대답했다. 그러나 와이거트는 그녀가 현실이 존재하는 방식에 대해 방금 새롭게 들은 내용을 곱씹으며 고민하고 있다는 것이 느껴졌다. 물론 반박하고 싶은 점이 많겠지만, 시간만 충분하다면 그녀가 제기하는 의문에 모두 답할 수 있으리라 확신했다. 물리학이 뒷받침하고 있으니.

줄리안은 옆 테이블에 놓인 커피포트에 손을 뻗었다. "음, 저는 커피를 마셔야겠어요. 이제 더 안 물어봅니다…… 커피 드실 분? 아, 캐롤라인 박사님. 크림이랑 설탕도 넣을까요?"

"'캐로'예요." 그녀가 말했다. "괜찮아요, 그냥 블랙으로 주세요. 와이거트 박사님, 아까 '이 우주'라고 말씀하셨죠. 두 번이나요. 혹시 이곳이 아닌 다른 우주도 존재한다는 뜻인가요? 다중 우주론이요?"

"네." 와이거트가 대답했다. "그런데 에버렛이 말하는 분할과는 다른 의미에서요. 왜냐하면—"

"그래요." 캐로가 말을 끊었다. "우주가 얼마든지 여러 개 존재할 수 있겠죠. 저도 자세히는 몰라도 다중 우주론을 들어 본 적은 있어요. 하지만 이 시설에서 어떤 연구가 이루어지고 있는지, 신경외과 의사가 왜 필요한지는 아직도 말씀을 안 해 주셨어요."

와이거트가 우물쭈물했다. "그 전에 먼저 이해하셔야 할 부분이 너무 많아서—"

"당장요." 그녀의 단호한 어조에 와이거트가 움찔했다. 대학 시절 이후 왓킨스를 제외하고 그에게 그런 식으로 말하는 사람이 없었다. 이렇게 강인한 면이 숨겨져 있었기에 신경외과 의사가 되기까지 길고도 힘든 과정을 견뎌 낼 수 있었을 것이다. 와이거트에게는 그녀의 이런 모습이 전반적으로 좋게 보였다.

그때 줄리안이 그녀에게 커피잔을 건네며 맞은편에 앉더니, 한 단계씩 천천히 이론을 설명하려던 와이거트의 계획을 순식간에 망쳐 버렸다.

"제가 질문 하나 드리겠습니다." 줄리안이 입을 열었다. "영원히 살 수 있다면 어떨 것 같아요?"

08

캐로가 줄리안을 멍하니 바라보았다. 그녀로서는 전혀 예상하지 못한 질문이었을 것이다.

줄리안이 다시 말했다. "그래요, 너무 뜬금없었던 것 같긴 하네요. 하지만 이게 이 프로젝트의 핵심입니다."

"아니에요!" 와이거트가 다급히 소리쳤다. "줄리안, 박사님이 오해하시겠어!"

"그렇지 않아요. 일반 대중이 이 프로젝트에서 주목할 만한 부분은 영생에 대한 것이고, 지금 이 방에서는 박사님이 바로 그 대중이에요. 분명히 말해 두자면, 저희가 무슨 마법 약이나 유전자 조작으로 영원한 삶을 가능하게 하려고 하는 게 아닙니다, 캐로 박사님. 저희는 사람들이 대개 생각하는 것과 실제 현실은 다르기 때문에 영생은 이미 존재한다는 것을 과학적으로 증명하려는 거예요. 어때요 조지 박사님, 이렇게 말씀드리면 될까요?"

"그래. 아니! 다 빼먹고 그렇게만 설명하면—"

"맞아요, 설득이 되려면 아무래도 배경 설명까지 자세히 다 해야겠죠. 그래서 캐로 박사님, 저희 연구를 박사님께서 어떻게 도와주실 수 있는지 보여 드릴게요. 단지 내 연구 구역을 잠깐 같이 둘러보면 어떨까요?"

캐로는 잠시 충격을 추스르고 무슨 말을 해야 할지 생각하다가 자리에서 일어났다. "여기까지만 듣겠습니다. 공항으로 돌아가겠어요. 할아버님도 그렇고 여러분이 여기서 하려는 일이 신경외과 수술을 통해 뇌가 현실을 '창조'하는 방식을 바꾸는 거라면, 제가 드릴 수 있는 말씀은, 대단히 죄송하지만, 제가 보기에 여러분은 미쳤어요."

와이거트의 낯빛이 파랗게 질렸다. 줄리안이 말했다. "미쳤다는 표현도 뇌 가소성만큼이나 참 쉽게 바뀌는 것 같습니다. 최근 신경 가소성 연구에서 나온 놀라운 결과들은 들어보셨겠죠. 박사님이 하신 말씀이 본질적으로는 맞지만, 결코 그게 다가 아닙니다. 여기까지 오시느라 고생하셨는데 적어도 저희가 여기서 뭘 하고 있는지 한번 보고는 가셔야죠."

이곳을 아무리 돌아본다 한들, 이미 들은 그 모든 황당무계한 이야기를 납득할 수 있을까? 하지만 처음 뇌 지도에 관심을 갖게 됐을 때와 같은 호기심이 불쑥 일어 캐로는 결국 고개를 끄덕였다. 잠깐 둘러본다고 손해 볼 건 없겠지. 또, 엘렌을 도울 수 있는 천문학적인 급여와 끝난 줄 알았던 의사로서의 커리어를 노벨상 수상자의 추천서를 받아 다시 시작할 가능성, 무엇보다도 신경외과 수술을 집도할 기회를 그냥 이렇게 날려 버려도 될까?

그래, 사람을 좀비로 만드는 1950년대 뇌 절제술 같은 걸 하라고 하면 거절하면 되지.

캐로가 말했다. "이 커피는 안 마셔도 될 것 같아요, 죄송해요."

"신경 쓰지 마세요." 줄리안이 답했다. "가시죠."

보안실을 나서면서 그녀는 어깨 너머로 뒤를 힐끗 쳐다보았다. 와이거트가 작은 싱크대에서 마치 수술을 하는 듯 정확한 손놀림으로 커피잔을 꼼꼼히 헹구고 있었다.

줄리안이 정원을 지나며 말했다. "1구역은 이미 보셨고, 전부 주거동이에요. 그리고 이쪽이 2구역입니다. 보안실만 빼면 제임스의 영역이라고 할 수 있죠. 제임스는—"

캐로가 웃으며 대답했다. "이미 만났어요. 지배인이라고 소개하시던데요."

"그랬을 겁니다. 제임스는 저기 보안실 맞은편에 문 보이시죠, 그 바로 옆 사무실에서 청소팀을 관리하거든요. 직원들은 대부분 외부에서 출퇴근하고요." 그가 정원을 빙 둘러싸고 있는 방문을 하나하나 가리키며 설명을 이어갔다. "나머지는 주방, 직원 휴게실, 세탁실, 창고, 체육관입니다. 그리고 저쪽, 저 반대편에 가림막이 열려 있는 곳이 구내식당이고 아침은 6시부터 10시, 점심은 12시부터 2시, 저녁은 6시부터예요. 사실 주방이 늘 열려 있어서 아무때나 드실 수 있긴 합니다. 직원들에게 말씀하시면 방으로 가져다 주기도 하고요. 음식이 아주 특출나진 않지만 먹을 만하더라고요."

캐로가 지금은 텅 빈 식당 안을 슬쩍 들여다보았다. 천장은 낮았고, 철제 테이블과 접이식 의자, 아무 장식도 없는 흰 벽, 플라스틱 가림막을 친 대기 줄이 보였다. "학식이라고요?"

줄리안이 씩 입꼬리를 올렸다. "좀 웃기죠. 조지 박사님이 왓킨스 박사님과 함께 옥스퍼드를 다니셨거든요. 이후에도 계속 거기서 연구하면서 강의도 하시고 했는데 그때 익숙해지셔서 그런지 그때가 그리우신 건지 이름 짓는 센스가 그래요."

캐로는 열대 지방에 어울리는 카키 반바지에 노란 폴로티셔츠를 입은 줄리안과 달리 단추 달린 반소매 셔츠에 줄무늬 넥타이를 맨 와이거트의 모습이 마치 턱시도를 입고 해변을 돌아다니는 것만큼이나 어색한 차림이었다는 것이 생각났다. 물리 실험실에서는 커녕 미국 전체에서 교수 가운을 입지 않은 지 백 년도 더 됐는데도 그가 교수 가운을 입은 장면을 상상하기 어렵지 않았다.

줄리안은 지문 인식으로 열리는 문 앞으로 그녀를 데려갔다. "여기가 3구역입니다."

이번에도 넓은 정원이 있었다. 그러나 피크닉 테이블이나 야자수는 보이지 않았고 가운데에 화단이 하나 있긴 했지만 1구역과 2구역에 비해 그리 관리가 잘되고 있는 것 같지 않았다. 앞선 구역보다 분위기가 무거운 곳임이 분명했고, 지문 잠금장치로 굳게 닫힌 문들이 정원을 에워싸고 있었다. 문에 어떠한 표지도 없는 것이 이 구역에 출입하는 사람들은 모두 어디가 어딘지 알고 있는 모양이었다.

줄리안이 엄지손가락 지문으로 문을 열었다. "3구역 이쪽은 병원이에요. 지금 당장은 안 쓰고 있지만 그래도 돌아보시죠."

"안 쓰고 있다는 건—"

"질문은 잠시만요. 나중에 설명할게요. 약속해요." 줄리안이 지어 보인 사람 좋은 미소를 캐로는 애써 무시했다. 자신의 매력을 너무나 잘 알고 있는 것이 분명한 이 정신 나간 잘생긴 남자에게 휘둘릴 수는 없었다.

실험실, 방사선실, 수술 준비실이 딸린 수술실 하나, 회복실, 간호사실까지 그녀가 아는 병원의 모습 그대로였지만, 병실이 네 개에 중환자실 침대가 두 개뿐이었다. 그리고 사람은 아무도 없었다. "사람들은 어디—"

"병원 직원들은 대부분 지금 없어요. 박사님이 여기서 수술을 시작하시게 되면 다들 단지로 돌아올 겁니다. 제 얘기를 조금만 더 들어주세요. 아직 돌아볼 곳이 많이 남았는데 다 보시고 나면 제가 드리는 말씀을 이해하는 데 도움이 될 거예요."

페어레이 메모리얼 대신 **여기**라니, 그녀가 이렇게 생각하는 동안 줄리안은 그 '병원'을 나와 정원을 가로질러 또 다른 문 쪽으로 향하며 말했다. "확실히 여기 남겠다고 하시면 그때 지문을 받아 갈게요. 아무튼 이 구역 때문에 연구 단지 전체가 존재하는 거예요."

"제가 관찰하고 있어서 이곳이 존재하는 줄 알았는데요." 캐로가 대꾸했다.

줄리안이 웃음을 터뜨렸다. "그러면 잘 관찰해 주세요."

그들은 보안실 뒤에서 본 회의실보다 훨씬 크지만 똑같은 가구가 비치되어 있는 다른 회의실을 지나갔다. 창문이 없는 쪽 벽에 화이트보드가 걸려 있었다. 이어서 구석에 책상과 파일 캐비닛이 있는 더 큰 방이 나왔다. 책상과 캐비닛이 놓인 반대편에는 거대한 컴퓨터 콘솔 두 개가, 그 사이에는 간이침대와 눈부신 장비들이 줄지어 서 있었다.

캐로가 물었다. "efMRI가 있다고요? 진짜로요?"

"사용해 본 적 있으세요?"

"네."

페어레이 메모리얼 병원에는 efMRI(사건 관련 기능적 자기공명영상)가 없었다. 사실 미국 전역에도 겨우 10여 대 있을까 말까였다. 기능적 MRI를 더욱 개선한 이 장비는 출시된 지 불과 몇 년밖에 되지 않았고, 믿기 어려울 정도로 선명하고 상세한 뇌 활동 이미지를 기록할 수 있었다. 캐로와 폴 베커는 뇌 지도 작업을 하면서 efMRI를 사용하기 위해 존스 홉킨스 병원에 두 차례 방문한 적이 있었다. 그렇게 오가는 동안 베커는 단 한 번도 '부적절한', 캐로의 인생을 송두리째 바꿔 놓은 것치고는 참 밋밋한 단어지만, 어쨌든 그런 행동을 전혀 보이지 않았다. 물론 술에 취해 있지 않기도 했지만.

efMRI에 연결된 케이블은 또 다른 번쩍거리는 커다란 기계와 이어진 선만 밖으로 드러나 있고 나머지는 벽으로 들어가 있었다. 줄리안이 말했다. "저기 거대한 녀석은 일본에서 온 최신 기계에요. 심층 이미지를 재구성하죠. 일단 이 기계가 뇌 데이터를 학습하고 나면 재구성 알고리즘을 사용해 인간이 떠올리는 이미지를 최적화하고 시각화해서 기록할 수 있습니다. 해상도와 디테일 모두 끝내주죠. 그전 모델들보다 훨씬 낫다니까요."

"저 다른 케이블들은 어디로 연결되나요?"

"암호화 장치요. 이 실험에서 나오는 데이터는 여기서 처리할 수 있는 것보다 훨씬 더 많은 연산이 필요하거든요. 왓킨스 박사님이 MIT 슈퍼컴퓨팅 클러스터 사용료를 내셔서 데이터를 위성으로 전송하고 있어요."

캐로는 케이블 선들, 생각을 읽는다는 기계, efMRI를 가만히 바라보았다. 이곳에 들어가는 어마어마한 돈에 말문이 턱 막혔다. 그에 비하면 자신의 급여는 극히 일부였다. 그러나 아직도 그 돈을 벌기 위해서 그녀가 정확히 무엇을 해야 하는지 모르고 있었다.

"그런데 줄리안 씨, 뇌 기능에 대한 임상 시험을 진행하는데 왜 물리학자와 소프트웨어 개발자가 시설을 안내해 주시는 건가요? 도대체 어떤 연구 실험이길래요? 그리고 왜 저 말고는 의료진이 하나도 없고, 무엇보다 이게 영생을 '증명'하는 것과 다 무슨 상관인 거죠?"

그녀는 마지막 말을 입 밖으로 뱉는 것조차 터무니없이 느껴졌다. 귀신이나 마법이 실제로 존재한다거나, 반려 식물 모형이 인기 있는 이유를 증명하려고 하는 것처럼.

"설명하기 어렵긴 해요." 줄리안이 대답했다. "사실 임상 시험이라고 부르는 것도 별로 적합하지 않은 것 같고요. 말하자면 연구 프로젝트라고 할 수 있는데 저희도 당연히 의료진이 있죠. 말 안 해도 아시겠지만 왓킨스 박사님, 그리고 이곳 환자들과 왓킨스 박사님의 치료를 담당하는 라일 리처드 루스킨 박사님도 있어요. 내일 만나게 되실 겁니다. 신경 방사선과, 마취과 의사도 곧 섬으로 돌아올 거고, 카밀라 프랭클린의 간호팀도 금방 들어올 거예요. 전 신경외과 의사인 데이비드 어니스트 위크스 선생님은 안타깝게도 지난달에 다이빙 사고로 돌아가셨지만 백업으로 와주신 랄프 이건 선생님이 계시고요. 다만 그분은 전문의를 딴 지 얼마 되지 않은 계약직이어서 이번에 원하던 자리를 제안받아 로스앤젤레스로 가실 거고요. 박사님의 수술 보조 자리에 정규직으로 모실 분은 이미 찾고 있습니다."

"어떻게 단기 계약직으로 사람을 쓸 수 있었던 거죠?"

줄리안이 훤칠하고 탄탄한 몸을 콘솔에 기대며 느긋하게 미소 짓자, 캐로는 다시 한번 그의 매력에 끌리는 것을 느꼈다. 그가 말했다. "랄프는 제 친척이에요. 그렇긴 해도 진짜 의사이고, 저희는 환자들에게 최고의 의료 서비스를 제공하고 있습니다."

"그런데 그분들이 진짜 환자는 아니죠? 아픈 게 아니잖아요. 연구에 참여하는 피실험자 아닌가요?"

"맞아요. 뇌 지도화 분야에 새로운 지평을 열어 과학에 기여하고 싶어 하는 분들이죠. 저희가 여기서 무엇을 왜 하려고 하는지 완벽하게 이해하게 되면 박사님도 분명 저희와 함께하실 겁니다."

와이거트도 했던 말이다. 캐로가 줄리안에게 뭐라 대꾸하기도 전에 그가 문을 밀고 들어왔다. 어딘지 모르게 조바심과 기대감이 묘하게 뒤섞인 표정이었다.

"소암스 왓킨스 박사님, 할아버지께서 제게 줄리안과 함께 나니며 설명이 추가로 필요한 부분이 있으면 보충하라고 하셔서요. 그러니까, 음, 박사님이 여기서 하시게 될 일을 더 이해하기 쉽게 물리학적 배경을 설명드릴게요."

불안한 표정이 스치는 줄리안의 모습에 캐로는 순간 웃음이 새어 나왔다. 그는 아마 와이거트가 너무 깊고 복잡한 수준까지 설명해서 그녀가 따라가지 못하고 연구 자체에 흥미를 잃게 될지도 모른다고 생각했을 것이다.

그러나 와이거트는 간단한 이야기부터 시작했다. "다중 우주에 대해서는 들어 본 적 있다고 하셨죠?"

"대충은요."

"좋습니다! 수학에서는 우리가 인식하는 우주가 수많은 우주 중 하나일 뿐이라고 합니다. 사람이든, 개든, 코끼리든, 누군가에 의해 관찰이 이루어질 때마다 우주는 그 관찰에서 비롯될 수 있는 모든 결과를 포함한 가능성의 가지를 뻗어 나가죠."

"매번이요? 그러면, 뭐, 잠재적으로 존재할 가능성이 있는 우주가 무한히 생겨나는 건가요?"

"그렇죠! 잘 이해하셨군요. 보시면 파동 함수와 양자의 결어긋남이란 게—"

줄리안이 그의 말을 잘랐다. "캐로 박사님은 아직 파동 함수까진 안 가셔도 될 것 같은데요. 제가 좀 끼어들어도 될까요?"

"물론." 와이거트는 선뜻 대답했지만 파동 함수나 결어긋남 현상* 같은 심오한 수학적 개념들을 펼쳐 놓을 생각에 들떠 있는 게 분명했다. 깊게 주름진 그의 얼굴이 환해지는 걸 보며 캐로는 점점 그에게 호감이 들었다. 수술만 하는 것이 아니라 지위, 돈, 병원 내 정치 관계 등을 이리저리 저울질하면서 동시에 수술이 실패했을 때의 후유증까지 물리쳐야 하는 외과 의사들에게서는 볼 수 없는

---

* 외부와의 상호작용으로 양자 결맞음이 손실되어 양자 중첩과 얽힘이 사라지는 현상.

열정, 이 남자는 단순하고도 흔들림 없는 열정으로 자신의 전문 분야를 사랑하고 있었다. 적어도 물리학 때문에 누가 죽을 일은 없지 않은가.

보통은.

줄리안이 말했다. "조지 박사님이 말씀드린 대로, 관찰에 따른 아주 많은 잠재적인 우주가 이 우주에서부터 갈라져 나와 존재합니다. 그 관찰의 주체가 코끼리라 할지라도요. 아까 조금 놀라시는 것 같았거든요. 조지 박사님이 코끼리를 참 좋아하셔서요."

와이거트가 맞장구를 쳤다. "정말 멋진 동물이에요. 아주 머리가 좋죠. 하지만 결어긋남이 발생하는 순간—"

"그러나 우리는 인간의 관찰로 갈라져 나오는 우주를 다루고 있어요." 줄리안이 또다시 그의 말을 끊었다. "각 우주는 지금 우리가 살아가는 이 우주와 동일하게 시작했다가 이후 우리가 인식하는 '우리의 현실'에서는 벌어지지 않는 다른 일들이 생기면서 스스로 진화합니다. 저희가 진행 중인 연구는 수년 전부터 계속해 온 것이고, 이 연구의 기반이 되는 이론을 세운 조지 박사님의 경우 수십 년은 했을 겁니다. 저희는 인간의 의식이 다른 우주의 분기로 들어갈 수 있도록, 아니, 정확히 말하면 다른 우주를 창조할 수 있는 방법을 발견했습니다. 물론 육체적 존재는 이곳에 남기 때문에 몸이 가는 건 아니에요. 하지만 뇌 속 깊이 각인된 알고리즘을 모두 바꾸면 의식이 다중 우주의 다른 분기로 들어가게 됩니다. 여기서 알고리즘은 감각기관에서 뇌로 전달되는 데이터를 해석하는 역할을 하는데, 일례로 '빨강'을 만들어 내는 것도 알고리즘이죠."

"다른 우주로 들어간다고요?" 캐로가 되물었다.

"창조하고 그 안에서 살아가는 겁니다. 아까 회의실에서 탁자가 존재하는 현실을 뇌가 창조한다고 얘기했던 것처럼요."

"어떻게 그럴 수 있는데요?" 어떤 대답이 돌아올지 짐작하면서도 그녀는 질문을 던졌다.

"고도로 프로그래밍된 칩을 수술로 뇌에 이식해서 더욱 고도화된 프로그램이 구동되는 저 컴퓨터와 연동시키는 거죠." 줄리안이 간이침대 위로 케이블이 늘어진 거대한 기계를 가리켰다.

"줄리안 씨, 와이거트 박사님…… 정말 그런 일이 실제로 가능할 거라고 믿는 건가요?"

"세 가지 근거가 있습니다." 줄리안이 그녀를 날카롭게 주시했다. "첫째, 조지 박사님의 계산에 따르면 가능합니다. 둘째, 뇌가 현실을 인식하는 방식을 바꾸는 것은 사실 우리 모두에게 전혀 낯설지 않은 일입니다. 꿈을 꿀 때라든가, 의식 변화를 유도하는 약물을 먹거나 고열이 날 때를 생각해 보세요. 예를 들자면, 저는 지난밤 맨발로 해변을 거니는 꿈을 꾸었습니다. 파도치는 바다를 보며 철썩거리는 소리를 들을 수 있었고 발밑에 깔린 자갈까지도 생생히 느낄 수 있었어요. 우리는 잠에서 깨어나면 끝이라고 꿈을 대수롭지 않게 여기지만, 조지 박사님이 말했듯이 우리가 경험하는 모든 것은 그저 우리 뇌 속에서 소용돌이치는 양자 정보에 불과합니다. 깨어 있든 꿈을 꾸고 있든, 우리가 겪는 생물물리학적 과정은 같아요. 제 머릿속 알고리즘이 해변과 파도, 자갈을 창조한 거죠. 알고리즘은 사고가 모든 정보를 통합하는 데 사용하는 도구니까요. 우리가 아는 삶은 관찰자에 의해 결정되며, 이 때문에 우리는 익숙한 우주를 벗어나지 못하는 겁니다. 하지만 알고리즘을 바꾸면 또 다른 '현실'을 창조할 수 있어요.

그리고 셋째, 저는 뇌에 이식된 칩이 어떤 기능을 하는지 알고 있습니다. 제가 경험했거든요. 데이비드 위크스 선생님이 돌아가시기 전에 이식을 받은 유일한 사람이 바로 접니다."

캐로가 물었다. "그분이 뭐요? 당신 뇌에 컴퓨터 칩을 이식했다고요?"

"네, 전 사이보그예요."

당신 미쳤어.

캐로가 그 말을 입 밖으로 내뱉으려는 순간, 와이거트가 나섰다. "결어긋남 현상과 파동의 붕괴에 대해 제가 조금만 더 설명해 드려도—"

"나중에요, 박사님." 줄리안이 말했다. "지금 캐로 박사님이 궁금해서 견딜 수 없으실 것 같은데 나머지 질문들도 마저 할 기회를 드리죠."

그러나 어떻게 그렇게 어처구니없는 망상에 빠질 수 있죠? 하고 묻는 것은 과학적 논리와 거리가 멀었기에 캐로는 생각을 제대로 정리하지 않고 질문부터 쏟아 내고 싶지는 않았다. 우선 지금까지 들은 것들을 되짚어 보아야 했다. 어제 얼마나 잤더라? 많아 봐야 3시간 정도였니. 의대를 다니면서 잠을 충분히 자는 사람은 없으니 수면 부족은 익숙했지만, 단순히 몸이 피곤한 것이 아니라 정신적, 지적으로 지쳤다. 잠보다는 혼자 생각할 시간이 더 필요했다. 하지만 잠을 자야겠다는 것이 좋은 핑계가 될 터였다. 그녀가 말했다. "사실 좀 피곤하네요."

"그러실 만합니다." 줄리안이 답했다. "비행기도 두 번이나 타고 지금껏 내내 이 모든 이야기를 들으셨으니 말이죠. 그러면 방으로 안내해 드릴게요."

"감사합니다."

캐로가 뭐라 더 말하기도 전에 문이 벌컥 열리더니 어떤 남자가 들어와서 줄리안을 불렀다. "팀장님, 경찰이 왔어요. 왓킨스 박사님은 아프시다고 했더니 다른 책임자를 불러 달라고 해서요."

줄리안이 일어섰다. "알았어. 캐로 박사님, 이쪽은 저희 보안팀 수석 엔지니어인 에이든 에버하트입니다. 와이거트 박사님이 방으로 안내해 드릴 거예요. 왼쪽에서 여섯 번째 방이요, 박사님." 그가 말을 마치고 문밖으로 사라졌다.

와이거트가 머뭇머뭇 그녀를 바라보며 입을 열었다. "결어긋남 현상에 대해 조금 더 알고 싶으시면—"

캐로가 말을 막았다. "나중에요, 와이거트 박사님. 당장은 저부터가 좀 어긋난 느낌이라서요."

그러자 와이거트는 허황된 이론을 좇는 과하게 학구적인 얼굴에서 순식간에 푸근한 노인의 얼굴로 바뀌었다. 캐로는 그 모습에 놀라 너털웃음을 터뜨렸다.

09

"경찰이 왜 또 왔던가? 위크스의 죽음에 대해 더 물을 게 있었나?" 왓킨스가 침대 옆에 서 있던 줄리안에게 물었다. "조사가 다 끝난 줄 알았더니."

"그건 맞아요." 줄리안이 대답했다.

와이거트는 문가에 서 있었다. 루스킨 박사는 아마 내일쯤부터 왓킨스가 휠체어를 타고 밖으로 나갈 수 있을 것이라 했다. 와이거트도 그렇게 되길 바랐다. 작고 더운 방안은 답답했다. 물론 왓킨스는 자기 방이 어떤지는커녕 방을 찾아온 다른 사람들이 답답하든 말든 그리 신경 쓰는 편이 아니었다.

왓킨스가 다시 물었다. "그러면 경찰이 왜?"

"두 가지를 얘기하더라고요. 일단 누가 단지 동쪽으로 통하는 도로에서 시스터 아일랜드 바위 이구아나를 차로 쳤다는데 아마 하역장으로 들어오던 트럭이었을 것 같아요. 오늘 아침에 물품 배송이 왔거든요."

줄리안의 말에 왓킨스가 코웃음을 쳤다. "멍청한 도마뱀 따위. 멸종하게 내버려 두라고 해. 우리가 업체 운전사들까지 책임질 필요는 없잖아. 경찰한테 벌금은 트럭 기사들에게 매기라고 했나?"

"아뇨, 제가 냈어요. 저희가 지방 당국에 밉보일 처지는 아니잖아요. 아시겠지만."

"상관없어." 왓킨스는 이구아나와 경찰, 업체, 벌금을 모두 손짓 하나로 일축했다. 종잇장 같은 살갗이 겨우 덮고 있는 뼈만 남은 길쭉한 손이 와이거트의 눈에 꼭 해골 같아 보였다. 안색이 조금 나아지긴 했지만, 수척한 얼굴은 여전히 고통으로 굳어 있었다. 와이거트는 그가 마른 장작이든 생나무 장작이든 쌓아 둔 장작더미를 번쩍번쩍 들어 올리던 시절을 떠올렸다. 그 모습은 천재 과학자라기보다는 나무꾼에 가까웠다. 한번은 스코틀랜드를 여행하다가 들어가고 싶었던 구석기 시대의 무덤 입구를 가로막고 있던 거대한 바위를 치운 적도 있었다. 그 시절에는 아무것도 그를 막을 수 없었다.

로즈가 말했다. *지금도 저분을 막을 수 없어. 당신과 저분을 막을 수 있는 건 아무것도 없다고.*

왓킨스가 줄리안을 다시 불렀다. "경찰이 또 뭘 말했지?"

"저희 법인 등록 서류를 다시 달라더군요."

"왜지? 이번 달에만 벌써 세 번째 아닌가? 이번에는 또 누가 달라는 거지? 규정에 들어가는 건 하나도 빠짐없이 새기다시피 해서 줬지 않은가!"

줄리안이 말했다. "이번에는 인력에 대한 지적입니다. 병원에 간호사 수가 부족해서 의료 규정에 맞지 않는다고요."

왓킨스가 섬뜩할 만큼 차분한 어조로 말했다. "우리가 여기 있는 이유가 바로 그 의료 규정이 사실상 없는 것이나 마찬가지라서 일세. 그랜드 케이맨에 있는 비비안 그랜트의 연구소에서는 인간을 복제하겠다고 장난질하고 있는데! 그리고 우리 간호사가 1명인지 6명인지 아니면 600명인지 도대체 어떻게 알고 주둥이를 털어대는 거지? 내가 그 지적 사항 좀 읽어 봐야겠네. 분명 내부 사람이 신고했을 거야."

"네. 그런데 누군지 알 것 같기도 합니다. 제 잘못이에요, 박사님. 제가 사실…… 지금은 그만둔 마취과의 사라 둘린과 만났었거든요. 그런데 그게 좀 안 좋게 끝나서 어쩌면 사라가—"

왓킨스의 얼굴이 시뻘게졌다. "둘린 선생이랑? 어떻게 그렇게 멍청할 수 있지? **생각**이란 걸 하긴 한 건가? 그러다 그 여자가—"

"아니요, 안 했습니다." 줄리안이 대꾸했다. 이제는 그도 화가 난 듯했다. "저는 그 여자를 믿었으니까요. 제 실수고, 죄송합니다. 하지만 저희 모두 꼼짝도 못 하고 여기에 갇혀 있잖아요. 사라와 전 서로에게 끌렸고, 제가 도 닦는 사람은 못 되어서요."

그들은 서로를 잡아먹을 듯이 노려보았다. 마침내 왓킨스가 입을 열었다. "둘린 선생이 다른 얘기도 떠들고 다닐 가능성은 얼마나 되나?"

"없습니다. 경찰이 돌아가자마자 제가 해거티 씨에게 전화했으니 곧 사라에게 연락이 갈 겁니다. 사라도 물론 비밀 유지 계약서에 서명했기 때문에 한번만 더 어기면 저희도 지옥 끝까지 쫓아가 법적 대응을 할 거예요. 자기 커리어를 잃을 위험을 무릅쓰지는 않겠죠. 제 판단 착오였고, 사라도 복수심에 신고했겠지만, 앞으로 다시는 이런 일 없을 겁니다."

"그래야지. 어떤 이유로든 당국이 들쑤시고 다니는 건 질색이야. 자네도 알다시피 우리가 약점 잡힐 만한 부분이 많으니까. 아, 그리고 내 조카 손녀를 '만날' 생각은 추호도 하지 말게!"

왓킨스의 말에 줄리안이 얼굴을 붉혔다. "박사님이 관여하실 일은 아니죠. 그리고 어차피 복수 같은 것에 집착하는 타입도 아니실 것 같던데요."

"수술만 잘해 준다면 무슨 타입이든 내 알 바 아니야. 여기 있을지 말지 얘기하던가?"

"아직이요."

"자네가 보기엔 남을 것 같나?"

줄리안이 주저했다. "잘 모르겠습니다. 캐로 박사님은 읽어 내기 쉽지 않아요. 겉으로는 침착해 보이지만, 속으로는 감정이 혼란스러우신 것 같아요."

왓킨스가 와이거트를 바라보았다. "조지?"

"나도 아직 잘 모르겠네."

줄리안이 덧붙였다. "캐로 박사님은 대단히 똑똑하시죠. 하지만 뇌 지도화 연구에 관심을 두고 있던 그분에게조차 저희 아이디어가 너무 급진적이니까요."

와이거트가 말했다. "하지만 우리에게는 **증거**가 있지."

왓킨스가 보탰다. "우리에게는 돈도 있어. 캐롤라인은 의대 학자금과 동생네 아이들 때문에 돈이 절실한 상황 아닌가. 더 벌 수 있다면 큰 동기부여가 될 거야. 노벨상 수상자와 공동 작업을 통해 연구 결과를 출판할 기회도 그렇고. 만약의 근원을 과소평가하면 안 되지."

줄리안이 낮은 목소리로 말했다. "성경에서 만악의 근원이라고 한 건 돈 자체가 아니라 돈에 대한 사랑이었어요."

"그게 그거지." 왓킨스가 대꾸했다.

"그렇지 않습니다. 하지만 박사님과 성경 구절을 갖고 왈가왈부할 마음은 없습니다. 랄프가 가면 빈자리를 채울 백업 의사 찾는 일은 어떻게 되고 있죠?"

왓킨스가 불쑥 답했다. "내가 알아보고 있네."

"자네가 알아보고 있다고? 나는 줄리안이 하는 줄…… 아니 내 말은…… 샘, 자네가?" 와이거트는 놀라서 되물었다.

"조지, 나도 노트북 정도는 쓸 수 있어. 아직 안 죽었다고."

와이거트가 의도한 바는 아니었으나 병을 앓게 된 이후로 왓킨스가 이런 식으로 반응하는 것이 하루 이틀도 아니었던 터라 그는 아무런 말도 하지 않았다.

왓킨스가 말을 이었다. "소암스 왓킨스 박사와 다시 한번 이야기하고 싶어. 이리로 좀 불러 주게, 줄리안."

프랭클린이 분주히 들어와 왓킨스와 실랑이를 벌인 끝에 약을 먹이고는 다시 툴툴거리며 나갔다. 입원해 본 적이 없는 와이거트는 간호사라면 뒤에서 조용히 일해야 한다고 생각했다. 물론 프랭클린이 저렇게 툴툴댈 수 있는 것도 다 이유가 있었다. 실력이 뛰어난 간호사인 데다 왓킨스 돌보는 일에 온 마음을 다하고 있으니까. 게다가 어릴 때부터 알고 지낸 사촌지간이기도 하고.

사촌, 조카 손녀…… 왓킨스와 줄리안은 아무리 몇십 년 동안 왕래가 없었어도 마술사가 모자에서 토끼를 꺼내듯 필요할 때마다 친척을 만들어 내는 것 같았다. 가족이 없는 와이거트는 마음 한구석이 허전했다. 하지만 로즈가 죽기 전에는 가족이 필요하다는 생각이 들지 않았다. 로즈가 있었으니까.

에이든 에버하트가 문 앞에 나타났다. 줄리안이 반응했다. "에이든?"

"소암스 왓킨스 박사님을 불러 달라고 하셨다면서요. 제임스를 보냈는데 찾지 못했습니다. 제가 출입 기록을 살펴보고 근무 서는 직원에게 물어 봤더니, 명부에 적진 않았지만 박사님이 30분 전에 단지를 나간 것으로 확인되었습니다. 사라지셨어요."

10

캐로의 방은 왓킨스가 있던 곳과 같이 사방이 흰 벽에 침대와 협탁, 서랍장, 책상만 간신히 들어가는 좁은 방이었다. 창문 하나가 정원 쪽으로 나 있었고, 문 하나는 욕실로, 다른 하나는 그녀가 옷에 신경을 많이 썼다면 너무 작다고 느꼈을 법한 벽장으로 이어져 있었다. 그러나 왓킨스의 방과 달리 누군가가 창문에 파란 커튼을 달고 침대에는 파란색과 노란색 무늬의 화사한 이불을 덮어 놓았다. 책상 위에도 노란 들꽃이 가득한 꽃병이 놓여 있었다. 제임스의 작품일 것이다. 캐로는 그에게 잊지 않고 감사 인사를 해야겠다고 생각했다.

그녀는 여행 가방을 풀지 않은 채 책상 위에 노트북을 올려놓고 검색을 시작했다.

올해로 76세인 조지 와이거트는 런던에서 태어나 이튼 학교를 졸업하고 옥스퍼드 대학교에 진학해 물리학과 수학에서 모두 최우등 학위를 받았다. 이후 옥스퍼드에서 연구를 계속하며 동료 심사를 거쳐 유수의 물리학 학술지에 수많은 논문을 발표했다. 영국 왕실과 먼 친척뻘인 로즈 리 베스버러와 결혼했지만, 그녀는 16년 전 세상을 떠났다. 아내가 사망한 후 와이거트는 미국으로 이주했고, 왓킨스와 마찬가지로 세간의 이목에서 사라졌다.

이어 줄리안 데이, 에이든 에버하트, 벤 클라비도 각각 검색해 보았다. 에버하트와 클라비에 대해서는 각각 캘리포니아 공대와 매사추세츠 공대를 우수한 성적으로 졸업했다는 것 외에는 별다른 특별한 점을 찾기 어려웠다. 반면 줄리안에 대해서는 꽤 많은 정보를 얻을 수 있었다. 35세인 그는, 캐로는 들어본 적 없는 업계에 큰 파장을 일으킨 소프트웨어를 개발해 실리콘 밸리에서 천재로 불렸던 인물이었다. 그는 8년 전 자기 회사를 차렸고, 5년 전 깜짝 놀랄 정도의 거액을 받고서 회사를 매각한 뒤 업계를 떠났다.

한편 데이비드 위크스는 신경외과 전문의로, 한 달 전 익사 사고로 숨졌다는 기사가 지역 신문에 났다.

그리고 랄프 이건과 카밀라 프랭클린도 모두 정식 의료 종사자였다. 캐로는 연구 단지에 대해 의심스러운 점을 발견할 수 없었다.

그러면 경찰이 줄리안을 찾아온 이유가 뭘까?

엘렌에게 전화를 걸었다. "여보세요, 엘렌, 나 무사히 잘 도착했어. 그런데 지금 상황을 현실적으로 좀 생각해 봐야 할 것 같아."

"좋지. 현실 하면 또 나잖아. 거긴 어떤데?"

"섬은 너무 아름다운데 여긴 국방부보다 보안이 철저한 것 같고, 다들 나한테 친절하긴 하지만—"

"안젤리카! 안 돼! 아, 끊어야겠다. 나중에 다시 전화할게. 케일라, 이모 전화 좀 받아 볼래?"

캐로는 이해했다. 엘렌과 전화할 때마다 두 번에 한 번꼴로 갑자기 안젤리카에게 급히 달려갈 일이 생겨 통화가 중단되거나 끊기기 일쑤였다. 자식들에게 지극정성이지만 넉넉하지 않은 형편에 안젤리카 같은 아이를 둔 상황에서는 어쩔 수 없는 일이었다.

케일라가 전화를 받았다. "안녕, 의원 이모!"

"케일라! 그거 엄마한테 배운 거야?"

"응, 두개골 마법사 이모!" 케일라가 깔깔대며 답했다. 캐로는 여덟 살짜리 아이 특유의 사랑스러운 웃음소리에 마음이 환해지는 듯했다.

"이모가 두개골 마법사면 케일라 머리에 주문을 걸지도 모르니까 조심해야겠네!"

"내가 더 달리기가 빠른걸, 회색 뇌를 지배하는 이모!" 케일라가 또다시 깔깔거렸.

"그럴 수도 있고 아닐 수도 있지. 다음에 만나면 시합해 보자."

"그래! 나 오늘 학교에서 무슨 일 있었게?"

"글쎄."

케일라는 루시, 모건, 노아라는 이름의 아이들, 잘 만들었다는 건지 제대로 못 만들었다는 건지 모를 밀짚 팔찌, 수학 시간 동안 주고받았다는 쪽지에 관한 복잡한 이야기를 길게 늘어놓았다. 캐로는 이야기를 따라가기를 포기하는 대신 한 번씩 호응해 주었다. 친구들이 집에 놀러 오지 않겠다고 해서 풀이 죽어 있던 때보다 기분이 좋아진 듯한 모습에 기뻤다. 케일라는 "그러더니 노아 말이 올리비아가 더 좋다는 거야! 진짜 그랬다니까!"라며 이야기를 마무리했다.

"세상에!" 캐로가 말했다. 올리비아 얘기를 앞에서 했었나?

"그러니까! 그리고 내일은—가야겠다. 포스터 아줌마 오셨어."

포스터 아줌마는 누굴까? 캐로가 말했다. "엄마 다시 바꿔 줘."

"안 되는데, 아직 안젤리카랑 화장실에 있거든. 끊을게, 이모, 사랑해!"

"이모도 사랑해."

결국…… 현재로서 엘렌과 함께 상황을 되짚어 볼 수는 없었다. 캐로는 혼자 생각을 정리해야 했다.

하지만 여기서는 안 된다. 방은 너무 답답했다. 이 방도, 단지도, 상황도 모두 답답했다. 그녀는 밖으로 나가 텅 빈 정원을 가로질러 중앙 구역으로 향하는 문을 지났다. 식당에서 달그락거리는 소리와 말소리가 들려오긴 했지만 주변에는 아무도 보이지 않았다. 요리하는 냄새가 났다. 마지막으로 먹은 것은 마이애미 공항에서 팔던 입에 쩍쩍 들러붙는 부리토였지만, 음식은 항상 그녀의 관심 밖이었다.

단지를 나가 산책을 한다면 누가 막을까? 말도 안 되는 생각이었다. 죄수도 아닌데. 적어도 이쪽 정문은 잠겨 있지 않았고, 보안실에 앉아 있던 젊은 여직원이 캐로가 나가자 고개를 까닥였을 뿐이었다.

그녀는 비포장도로를 따라 걸어 내려갔다. 태양이 엷은 구름 뒤로 서서히 숨으며 강렬하게 내리쬐던 햇빛을 누그러뜨렸다. 작은 초록 도마뱀 하나가 단단하게 다져진 흙길 위로 휙 지나갔다. 나무들 사이로 발길이 많이 오간 흔적이 있는 오솔길이 여러 갈래로 뻗어 있어 안심이 되었다. 사람들이 이곳으로 하이킹을 다닌다는 뜻일 것이다. 캐로는 다른 길보다 넓어 보이는 세 번째 오솔길로 들어섰다. 주위가 온통 초록빛이었다. 10월이 케이맨 제도에서 가장 비가 많이 오는 달이라는 사실이 떠올랐다.

방에 있던 꽃과 비슷한 노란 꽃들이 보였고, 정체 모를 꽃을 피운 관목들도 있었다. 15분쯤 걷다 보니 목덜미에서 땀이 나면서 가슴골 사이로 주르륵 흘러내렸지만, 마음이 한결 차분해지고 이성적으로 생각할 수 있었다. 무엇이 그렇게 불안했던 걸까? 페어레이 메모리얼에서 동료들과 종교적, 정치적 신념이 달라도 아무 상관 없었던 것처럼 이 사람들과 물리학을 바라보는 견해를 같이하지 않아도 연구에 참여하는 데는 전혀 문제가 없을 것이다. 와이거트 박사에게 남은 설명을 듣고 연구가 타당한지, 기존의 뇌 지도화 기법을 발전시킬 가능성이 있는지 판단한 뒤 이곳에서 일할지 말지를 결정하면 된다. 그녀에게는 선택의 자유가 있으니까.

빚더미에 치이고 먹여 살릴 가족까지 있는 상황에서의 선택의 자유.

구부러진 오솔길을 따라가던 캐로는 자기 키보다 살짝 더 큰 가느다란 나무 아래에 기대어 섰다. 커다랗고 짙은 녹색 잎들이 드리운 그늘에서 잠시 쉬기로 했다. 바다 냄새가 났지만, 바다가 보이거나 파도 소리가 들리지는 않았다. 5분만 더 쉬고 다시 돌아갈 것이다. 돌아가서 목욕도 하고 저녁도 먹고 잠도 잘 것이다. 그러면 내일은 맑은 정신으로 다시 생각할 수 있을 것이다.

캐로의 눈이 감겼다 떠지더니 이내 다시 스르르 감겼다.

답답한 방에 꽃이 가득하다. 꽃이 너무 많아 메스꺼울 정도로 달콤한 향이 진하게 풍겨온다. 사람이 너무 많은 가운데 세 여자가 있다. 시커먼 바닷물이 방안에 차올라 소용돌이치며 여자들의 검은 옷을 끌어당긴다. 그들을 깊은 곳으로 끌어 내릴 듯 위협적으로 넘실거린다. 그런데 그것은 바다가 아니었고, 물은 더더욱 아니었다. 그것은 따끔거리고 날카롭게 찔러 오는 독을 품은 검은 안개, 캐로가 스스로 만든 검은 안개였다. 그녀가 만들어 낸 것이었다—

엄마가 말했다—

엘렌이 말했다—

캐로가 말했다…… 말하고 또 말했다—

그녀는 화들짝 놀라 잠에서 깨어났다. 무언가 오솔길 위로 쿵 떨어졌다.

앉은 자리에서 펄쩍 뛰어오르다가 머리에 나뭇잎이 스쳤다. 섬에 위험한 동물이 있었나? 왜 미리 확인할 생각을 못 했지? 혹시 지금—

벤 클라비가 모퉁이를 돌아 나타났다. "세상에, 맙소사! 박사님, 메이든 플럼 옆에서 떨어지세요!"

메이든 뭐라고? 따뜻한 공기 중에 갑자기 톡 쏘는 냄새가 코를 찔렀다.

"거기 닿으셨어요? 닿으셨군요. 그러면 일단 옷부터 벗으세요. 조심해서. 까만 수액이 묻은 부분은 만지시면 안 돼요. 메이든 플럼이라는 나무인데 닿기만 해도 가려움증과 화상을 일으키거든요. 굉장히 예민한 식물이라서요. 게다가 잎을 건드리면서 수액도 나온 모양이에요. 수액 냄새가 나네요. 옷 전부 벗으세요! 조심하시고요. 여기요!" 그는 자신의 셔츠를 벗어 그녀에게 던지고 등을 돌렸다.

캐로는 가려움이 느껴지지 않았다. 무슨 허접한 신고식 같은 건가? 하지만 나무줄기에서 나온 까만 수액이 정말로 등에 묻어 있었다. 그녀는 우선 얇은 티셔츠를 벗었다. 수액이 속옷까지 스며 있었다. 결국 그녀는 속옷과 치마까지 벗고 무릎까지 오는 벤의 셔츠를 걸쳤다. 나무에서 나는 알싸한 냄새와 함께 남자 특유의 땀 냄새와 방충제 냄새가 났다.

"나뭇잎이 얼굴에 닿았어요." 그녀가 말했다.

"큰일이네요. 당장 돌아가야겠어요. 저 줄기를 보시면 껍질이 벗겨져서 수액이 나오고 있죠? 거기에 등을 기대셨어요!"

"제가 알았을 턱이 있나요? 식물학자도 아니고."

"제 말이요." 벤이 쌀쌀맞게 대꾸했다. "어디 가시는지 말씀도 안 하셨으니. 어서 출발하시죠."

오솔길 끝에 지프차가 세워져 있었다. 벤은 캐로가 앉을 수 있도록 조수석에 방수포를 깔았다. 그녀가 물었다. "어떤 증상이 나타날까요?"

"내일부터 최대 2주 정도 미친 듯이 가려울 겁니다. 피부가 민감하면 궤양이 생길 수도 있고요. 혹시 옻 알레르기가 심하신 편인가요?"

"옻이 오른 적이 한 번도 없어서요."

벤이 믿을 수 없다는 표정으로 그녀를 힐끗 쳐다보았다. 누구나 야외 활동을 즐긴다고 생각하는 모양이었다. 캐로는 스스로가 한심하게 느껴졌다. 케이맨 브랙에 온 지 겨우 4시간 만에 의사에서 환자가 되어 버렸다.

"자극을 유발하는 성분이 뭐예요? 우루시올?"

"의학적으로는 뭐라고 부르는지 모르겠어요."

"물에 녹아 없어질 수도 있을까요?"

"아니요. 여긴 조심해야 할 식물이 아주 많아요. 홍두나 재스민꽃이라고도 부르는 능소화도 그렇고, 만치닐 나무(독사과 나무)로 알려진 히포마네 만치넬라 이건 정말 위험해요. 스페인 탐험가인 폰세 데 레온이 죽은 것도 바로 이 만치닐 독 때문이죠. 열매에—"

캐로는 그가 식물학적 지식을 더 늘어놓지 못하게 막았다. "이 식물과 접촉한 경우 따라야 할 지침이 어떻게 돼요?"

"제가 박사님을 단지로 모셔가면 카밀라 프랭클린이 상태를 봐 드릴 거예요."

이미 캐로가 기분을 상하게 한 간호사의 보살핌을 받아야 한다니, 갈수록 태산이었다.

그러나 카밀라는 신속하고 프로다운 대처를 보여 주었다. "접촉 후 두 시간 이내에 오셨네요. 그건 다행이에요. 피부에 약간 영향이 있을 수 있겠지만 그 정도면 괜찮은 편이에요. 이걸로 몸을 전부 싹 닦으세요." 그녀는 캐로에게 전용 세정제 통을 건넸다.

"염증이 전신으로 퍼질 수도 있나요?"

"그럴 수도 있어요. 세정제로 닦아 낸 다음에는 라임 주스가 가려움증 완화에 제일 효과적이에요. 물론 완전히 없애진 못하겠지만요."

"가렵진 않아요."

"네, 원래 처음 24시간 정도는 가려움이 나타나지 않아요. 접촉량과 민감도에 따라서도 다르고요. 눈은 안 만지셨죠? 본인도 모르게 땀을 닦는다든가?"

"안 그랬던 것 같아요."

"좋아요. 이제 몸을 닦으시고요. 옷이랑 셔츠는 이 안에—"

"셔츠는 벤 거예요."

"이젠 아니에요. 다 이 가방 안에 넣으세요. 신발, 양말도요."

유일한 다른 신발은 샌들뿐이었고, 야외에서 걷기에 적합하지 않았다. 그러나 캐로는 지시에 따랐다. 그녀는 화장실에서 나오면서 프랭클린에게 말했다. "카밀라, 뭐랄까. 이런 것도 모르냐는 식으로 저를 대하지 않아 줘서 고마워요. 임상에서 열대 의학 쪽은 못 돌았거든요. 잘 처치해 주셔서 정말 감사해요."

카밀라는 굳은 표정을 풀며 환하게 미소를 지었다. "천만에요, 박사님. 저는 케이맨 제도에서 평생을 살아서 메이든 플럼 피부염은 수없이 봤죠. 박사님은 저희 신경외과 의사지 피부과 의사가 아니잖아요."

저희 신경외과 의사.

지쳐 쓰러지듯 잠에 빠져들어 생각보다 늦게 일어났다. 캐로는 침대에 누워 낮의 열기로 방이 훈훈해지는 것을 느끼며 어제 줄리안과 와이거트 박사에게 들은 이야기를 곱씹고 있었다.

다중 우주론에서는 그 행동을 실행한 사람에 의한 관찰을 포함해 어떤 행동이 관찰될 때마다 우주가 분기된다고 설명한다. 전자가 관찰될 때 모든 가능한 결과가 발생할 수 있는 것과 마찬가지로 각 분기는 관찰로 도출될 수 있는 모든 가능한 결과를 나타낸다. 관찰되기 전까지 전자는 단순히 불확정적인 가능성의 집합으로 존재한다. 그러나 관찰이 이루어지면 전자는 특정 위치를 가진 파동이나 입자로 '붕괴'되어 경로를 이어간다. 줄리안과 와이거트 박사에 따르면 이처럼 우주의 다른 분기들도 컴퓨터 칩과 인간의 결정에 의해 '창조'된다고 할 수 있다.

캐로 자신도 지금껏 얼마나 많은 선택을 해 왔는가? 그녀는 자신의 삶을 무수히 많은 가지를 뻗어 나가는 나무로 상상해 보았다. 가지 하나하나는 자신이 선택할 수 있었던 길을 보여 주었다. 만약 오빠의 장례식에서 엄마가 그토록 심한 말을 하지 않았더라면, 캐로가 화를 참았더라면, 수십 년 동안 가족들 간에 끓어오르던 분노가 폭발해 혼돈으로 치닫지 않았더라면? 만약 그녀와 엘렌이 상속에서 제외되지 않았더라면? 만약 의대 진학 대신 다른 진로를 택했더라면? 엘렌이 쓰레기 같은 놈과 결혼하지 않았거나 안젤리카를 낳지 않았더라면, 아니면 안젤리카를 시설에 맡기고 일을 했더라면? 이런 선택들, 와이거트 박사가 '관찰'이라 부르는 그 수많은 결정이 삶을 전혀 다른 길로 이끌었을 것이다.

그렇지만 이런 것들은 굳이 양자 물리학을 들먹이지 않아도 자명했다. 인생을 나무나 길에 비유하는 건 익히 들어 봤을 법한 표현이니까. 그러나 줄리안과 와이거트 박사는 그런 경로가 실제로 존재하고, 다중 우주의 다른 분기에서 창조(이 부분에 대해서는 여전히 혼란스러웠다)될 수 있다고 주장했다. 게다가 줄리안이 실제로 그렇게 했다고도.

전자는 관찰되기 전까지 물질로 존재하지 않을 수도 있지만, 줄리안은 전자가 아니었다. 물론 그녀 자신도 마찬가지였다. 다만…… 그녀 역시 전자와 원자, 분자로 이루어져 있지 않은가? 그리고 그녀의 뇌에서 신경 전달을 매개하며 정보를 전달하는, 전하를 띤 미세한 입자들, 그녀의 모든 경험과 생각을 좌우하는 그 입자들…… 그것들 또한 양자 효과의 영향을 받지 않나? 그렇다. 적어도 이것만큼은 의심할 여지가 없는 과학적 사실이었다. 그녀가 자료에서 읽은 내용까지는 일단 와이거트 박사의 이론이 일리가 있었다. 이미 검증된 실험들에 기반하고 있었고, 논리에서 어떤 오류도 찾을 수 없었다. 캐로가 혼잣말을 했다. "나는 캐롤라인 소암스 왓킨스라는 존재로 붕괴된 양자 거품으로 이루어져 있다."

아니, 그녀가 생각했다. *나는 혼란으로 이루어져 있어.* 캐로는 휴대 전화를 꺼내 엘렌에게 전화를 걸었다. 받지 않았다. 그녀는 메시지를 남긴 뒤 이어서 메일을 보냈다.

갑자기 허기가 몰려온 캐로는 식당으로 향했다. 아침 식사 시간은 거의 끝났지만 영어가 서툰 주방 직원이 오트밀과 커피를 내주었다. 캐로는 그들이 매일 연구 단지로 출근하며 적지 않은 급여를 받을 것이라 짐작했으나, 이들 중 아무도 3구역에는 발을 들이지 않을 것 같았다. 문득 그곳을 누가 청소하고, 제멋대로 자란 화단을 누가 관리하는지 궁금해졌다. 줄리안이나 와이거트 박사, 아니면 벤 클라비가 대걸레나 모종삽을 들고 있는 모습을 상상하면!

줄리안이 맞은편 의자에 털썩 앉았다. 캐로는 어제 메이든 플럼 때문에 소동을 일으킨 것에 대해 놀리거나 한소리할 줄 알았으나, 그는 그저 인사만 건넸다. "좋은 아침입니다! 루스킨 박사님이 왓킨스 박사님을 먼저 보고 박사님도 봐 주실 거예요. 눈을 비비진 않으셨죠?"

"네."

"좋아요. 잠자리는 편안하셨고요?"

"네, 덕분에요. 혹시 와이거트 박사님은 나오셨나요? 다중 우주에 대해 몇 가지 좀 여쭤보고 싶어서요."

"저한테 물어보세요. 제가 그래서 조지 박사님보다 먼저 온 걸요. 무시무시한 방정식에서 구해 드리려고요. 게다가 데이비드 위크스 선생님이 컴퓨터 칩을 심은 유일한 사람으로서 수술에 관한 질문도 답해 드릴 수 있고요."

"그 부분은 신경외과 의사인 이건 선생님께 직접 여쭤보고 싶어요."

줄리안이 씩 웃었다. "물론 그러셔야죠. 아무리 제 머리라도 사람 머리에 칼을 어떻게 대는지 제가 설명할 수는 없을 테니까요. 하지만 캐로 박사님, 제가 알기로 박사님도 파킨슨병으로 인한 떨림을 완화하기 위해 뇌 자극 칩을 이식하는 비슷한 수술을 하신 적이 있으시잖아요."

"저에 대한 조사가 꽤 철저하시네요."

"제가 원래 조사 하나는 철저히 하거든요." 그는 이렇게 답하며 자신의 뻔뻔함이 질린다는 양 과장된 몸짓을 보였다.

타고난 연기에 캐로는 웃음이 터졌다. 그녀는 엄한 선생님 같은 목소리를 흉내 내며 말했다. "당장 그만둬요, 젊은 양반!"

줄리안은 두 손을 가지런히 모으며 순순히 대답했다. "알겠어요, 선생님."

세상에, 그녀가 **시시덕거리고** 있었다. 하지만 그의 짓궂은 미소, 그리고 그 눈빛을 보면……

캐로는 자세를 바로잡고 진지하게 말했다. "받으신 이식에 대해 궁금한 게 있긴 해요. 수술에 관한 부분과 개인적인 경험에 관한 부분 둘 다요."

"개인적인 부분은 쉽죠. 제가 다중 우주의 다른 분기에서 경험했던 걸 녹화해 뒀거든요."

"녹화라고요?"

"네." 그가 여유 있는 미소를 지으며 말을 이었다. "어제 3구역을 돌아보면서 최첨단 심층 이미지 재구성 장비 보셨던 것 기억하시죠? 의식이 다중 우주의 다른 분기로 들어가면 그 장비로 뇌에서 경험하는 이미지를 기록해요."

"좋네요." 그녀는 대답하면서도 안 그래도 이미 머리가 복잡한 상황에서 이 새로운 변수를 어떻게 받아들여야 할지 감이 잡히지 않았다. "그러면 그 녹화본을 봐야겠네요. 하지만 그 전에, 하나만 더 물을게요. 왓킨스 박사님께 남은 시간은 얼마나 되죠?"

"4개월에서 6개월 정도."

예상했던 대로였다. "그분과 일한 지는 오래되셨나요?"

"왓킨스 박사님과 조지 박사님은 이 프로젝트를 15년 전에 시작했어요. 두 분이 옥스퍼드에서 아주 절친이었거든요. 저는 몇 년 뒤에 합류했고요."

15년이라. 그래서 그때쯤 새뮤얼 왓킨스와 조지 와이거트가 동시에 자취를 감췄던 것이군. 다만 '절친'이라는 표현이 그들 둘에게 썩 어울리는 것 같지는 않았다.

"그 녹화본 지금 좀 봐도 될까요? 괜찮으시면요."

"물론이죠. 그러면 저희…… 아, 랄프. 아직 새로 오신 상사분께 인사를 못 드렸겠네. 여기는 캐로 소암스 왓킨스 박사님, 이쪽은 백업을 맡아 줄 랄프 이건 선생이에요. 당분간만이지만요."

이건은 캐로를 향해 고개를 살짝 끄덕이고는 무언가 할 말이 있는 기색이 역력한 표정으로 의자에 풀썩 앉았다. "그게 말이죠…… 제가 여기서 상사를 모시고 일할 새도 없을 것 같아요. 병원에서 LA로 오는 날짜를 앞당길 수 없냐는 연락이 왔어요. 거기 외과의 한 분이 동맥류로 갑작스럽게 돌아가셔서 2주 뒤에 와달라고 하더라고요. 이렇게 소암스 왓킨스 박사님이 오시자마자 뒤도 안 돌아보고 떠나는 모양이 되어 정말 죄송하긴 한데, 괜찮다고 하시면……."

줄리안은 잠깐 멈칫하는 듯하더니, 이내 진심 어린 축하를 전했다. "걱정하지 마. 수술 일정은 조정해서 빨리 마무리하면 되고, 이미 다른 의사도 뽑으려고 준비 중이니까. 축하해, 랄프. 존 삼촌이 엄청 좋아하시겠다."

이건은 새로 맡게 될 직책에 관해 이야기했다. 한때 캐로가 바라던 바로 그런 자리였지만, 이제는 아무 상관 없는 일이었다. 그녀는 이건에게 축하의 말을 건넸다.

왼쪽 얼굴이 가려워지기 시작했다. 캐로는 얼굴을 벅벅 긁었다.

줄리안이 말했다. "수술 일정 말이야, 그대로 로레인이 첫 순서니까 오늘 오후쯤 캐로 박사님께 필요한 것들…… 수술 전에 알아야 할 게 뭐든 공유드리고 내일 같이 수술 들어가면 될 것 같아."

그러자 이건이 캐로에게 말했다. "제가 로레인의 수술 전 차트를 포함해 데이비드 선생님과 제 데이터를 모두 가지고 있습니다. 이메일로 보내 드릴 테니 괜찮으시면 함께 검토하시죠. 언제가 편하세요?"

일이 너무 빨리 진행되고 있었다. 캐로는 내일 수술에 참여할 생각이 없었다. 결정을 내리려면 더 알아보아야 할 것이 많이 남았기 때문에 아직 이곳에 머물겠다는 말도 하지 않았다. 그러나 이건의 데이터를 살펴본다고 나쁠 것도 없을 것이고, 어쩌면 줄리안에게 정확히 뭐라고 말할지 정하는 데 도움이 될 수도 있다.

"1시는 어때요?"

"좋아요. 병원 라운지에서 뵙죠. 실례지만, 저는 이제 전화를 좀 하러 갈게요. 반가웠습니다, 박사님."

이건이 바삐 자리를 떴다. 캐로가 줄리안에게 물었다. "존 삼촌이라고요?"

"랄프는 제 5촌 조카거든요. 첫 환자로 만나게 되실 로레인은 제 여동생이고요. 보안이 생명이죠."

"왜 그렇게까지 보안이 철저해야 하는데요?"

줄리안은 팔꿈치를 탁자에 대고 몸을 앞으로 기울였다. "캐로 박사님, 이건 정말 혁신적인 시술이에요. 물론 이건도 수술 자체는 별로 어렵지 않다더군요. 아마 박사님 수준에는 너무 쉬울지도 몰라요. 하지만 완전히 새로운 기술이고, 언젠가는 세상에 알리겠지만 지금은 관련 규정조차 없으니 조심해야 해요."

"그리고 이게 다 미국 밖이어야 가능한 거죠?"

"그렇습니다." 줄리안의 미소가 약간 굳어졌다. "그러면 이제 녹화본을 보러 가시겠어요?"

"네." 캐로는 갑자기 등에 느껴지는 가려움을 무시하고 일어나서 그를 따라갔다.

3구역은 어제와 다를 바가 없었다. 줄리안이 말했다. "efMRI는 익숙하다고 하셨죠. 이미 아실 수도 있겠지만 심층 이미지 재구성 장비는 심층 신경망 기반의 기계 학습을 활용해 efMRI 이미지에서 복잡한 뇌 활동의 계층 구조를 분석합니다. 그다음에는 생성 네트워크가 이미지를 보강하고 정교하게 다듬어요. 이런 과정을 통해 애니메이션을 제작할 때처럼 연속된 이미지들이 빠르게 이어지는 영상 형태의 녹화본이 나오게 됩니다. 첫 번째 세션을 시작하기 전부터 제 뇌에 있는 시각화 데이터를 재구성 장비에 학습시켰어요. 저 침대에 무려 122시간 동안이나 누워 있었죠." 그가 간이침대를 가리켰다. "점점 복잡해지는 이미지를 보면서요. 고양이, 울타리 위에 있는 고양이, 울타리 위에서 걷고 있는 고양이, 땅에 있는 고양이, 땅에서—"

"무슨 말인지 알겠어요." 캐로가 말했다.

"심층 이미지 재구성 결과가 제가 보고 있던 사진과 거의 완벽히 일치하게 나오자, 저희는 울타리에서 뛰어 내리는 고양이의 모습과 같이 움직이는 이미지로 넘어갔습니다. 결국 제가 이 장비에 연결된 상태에서 머릿속으로 떠올리는 것을 무엇이든 재현할 수 있게 되었죠."

"생각을 읽을 수 있는 거네요."

"제가 기계에 연결되어 있을 때 뇌의 시각적 영역을 말씀하시는 거라면 맞습니다. 하지만 안타깝게도 청각적 영역은 아니에요. 로레인도 이미 같은 절차를 거쳤기 때문에 다음에 이식받을 몇 명의 데이터와 함께 로레인의 데이터도 저 안에 저장되어 있어요. 저희 팀이 기본 소프트웨어를 개발하느라 몇 년을 쏟아부었는지 몰라요. 이제 기존 데이터를 기반으로 공통 요소를 활용할 수 있어서 이후 이식자들은 학습에 드는 시간이 훨씬 단축될 겁니다. 이식자가 늘어날수록 장비도 점점 더 똑똑해지는 거죠."

캐로는 efMRI와 컴퓨터 장비들 사이에 놓인 병원 침대를 다시 한번 쳐다보았다. 베개 위로 케이블이 어지럽게 널려 있었다. 순간 그 모든 것이 끔찍한 첨단 고문 기계처럼 느껴졌다.

줄리안이 나지막이 말했다. "아프진 않아요, 혹시 그 생각 중이시라면."

"시각화 훈련이 아프지 않다는 건 저도 알아요."

"네, 그렇죠. 죄송합니다. 두 번째 준비 작업은 시간이 더 오래 걸렸는데, 제가 만들어 낼 다중 우주 분기에 대한 정보를 입력해 소프트웨어를 프로그래밍하는 것이었습니다. 초기에는 새 다중 우주 분기가 현재 이 세계와 거의 동일하게 나오게끔 데이터를 구성했습니다. 알고리즘이 제대로 작동하는지 확인하려면 최대한 단순하게 가야 했으니까요."

그가 계속 설명했다. "그 데이터든 나중에 개발될 다른 데이터든 모두 제 머리에 부착된 이 전도체를 통해 칩으로 전송됩니다."

줄리안은 상체를 숙이고 숱 많은 금발 머리를 양손으로 갈라 보였다. 이어 캐로의 눈에 들어온 것은 그의 뇌 깊숙이 연결된 와이어 끝을 감싸고 있는 작은 티타늄 덮개였다.

그가 자세를 바로 하며 말했다. "제 머릿속 칩에는 정보를 처리하는 새로운 알고리즘이 들어 있습니다. 개발하는 데만 10년이

걸렸죠. 마지막으로 데이비드 위크스 선생님이 이 칩을 이식한 거고요."

캐로는 그를 멍하니 바라보았다. 줄리안은 마치 모든 과정이 딱딱 맞아떨어졌다는 듯 말했지만, 절대 그럴 리가 없었다. 뇌 연구는 그런 식으로 되는 게 아니었다. 뇌 자체가 그런 식으로 단순하게 작동하지 않는다. 분명 전제의 오류나 잘못된 접근법과 같은 수없이 많은 시행착오와 좌절을 겪었을 것이다.

줄리안이 말했다. "이렇게 생각해 보세요. 의식적인 관찰자는 양자 불확정성을 뚜렷하게 정의할 수 있고, 그로 인해 확률 파동*이 붕괴되어 새로운 우주의 분기가 형성됩니다. 제가 바로 그 우주의 관찰자였던 거죠. 물론 제 신체는 여기 남아 있었지만, 의식은 아니었으니까요. 그리고 저는 제가 창조한 그 분기를 제어할 수 있었습니다. 물리적 현실은 얼마나 많은 관찰이 이루어졌으며 그 관찰이 얼마나 밀집되어 있는지에 따라 달라지기 때문에 그 다중 우주의 분기를 제 의지대로 바꿀 수 있었던 겁니다. 이 부분에 대해서는 조지 박사님이 더 자세히 설명해 주실 거예요. 중요한 건 제가 들어갈 우주가 실재하며 *제 의식이 그 우주를 창조했다는 사실이죠.*"

그의 목소리에서 어쩐지 캐로를 불안하게 만드는 들뜬 기색이 느껴졌다. 마치 자신에게만 보이는 무언가를 응시하고 있는 듯했다.

---

* 입자가 존재할 확률 분포를 나타내는 추상적인 개념.

"컴퓨터가 꺼지고 제가 돌아왔을 때도 제가 생성한 우주는 계속 굴러갔습니다. 제 관찰로 그 우주가 존재하게 되었지만, 그 안에 또 제가 만들어 낸 다른 관찰자들이 많이 있었으니까요. 사람들, 동물들, 새들처럼요."

"그러니까, 신이 되었다고 생각하시는 거네요."

"생각하는 게 아니라 사실입니다."

더는 참을 수 없었다. 캐로가 다시 말했다. "그냥 환각일 수도 있잖아요? 아주 강렬한 환각이라 진짜처럼 느껴졌던 거죠. 차라리 그냥 LSD(환각제)를 한 번 했으면 수십억을 아꼈을 텐데요."

그는 전혀 기분이 상하지 않은 듯 웃음을 터뜨렸다. "캐로 박사님, 박사님은 전혀 그런 거 안 해 보셨을 것 같은데요."

틀린 말은 아니었다. 학부 시절에도 파티보다는 공부에 집중하곤 했었다. 하지만 그건 중요하지 않았다. "아니, 줄리안—"

"박사님은 이게 제 망상이거나 아니면 그냥 꿈 같은 소리라고 생각하시는 거죠? 마음대로 맞춤형 우주를 만든다니 뭐니. 하지만 아닙니다. 이건 현실이 어떻게 작동하는지 밝혀내는 아주 중요한 연구예요. 과학계의 패러다임을 바꿔 놓을 체계적인 이론이고요. 물론 아직 해결되지 않은 미지의 영역도 있지만, 저희가 하나하나 증거를 찾아가고 있어요. 일단 의식이 현실을 창조하는 순간을 담은 첫 번째 기록이 있습니다. 꼭 보셨으면 해요."

그가 거대한 컴퓨터 화면을 켰다. "여기 처음 부분은 보시다시피 별거 아닙니다."

화면 속 줄리안이 침대에 누워 있었다. 에이든 에버하트가 한쪽 모니터 앞에 있고, 키 큰 흑인 여자가 또 다른 모니터 앞에 자리

잡고 있었다. 조금 떨어진 곳에 서 있는 다른 사람들도 보였다. 줄리안의 머리에는 기계와 연결된 케이블이 꽂혀 있었다. 제단 위에 올려진 희생자가 떠올랐지만, 옆에서 서성이는 와이거트가 피에 굶주린 사제 같지도 않았고 무엇보다 아즈텍 제물이 청바지에 아르마니 폴로 셔츠를 입었을 리도 없었다.

캐로는 자신이 약간 흥분 상태일지도 모른다고 생각했다.

와이거트가 고개를 끄덕이자 줄리안이 엄지를 들어 보였고, 화면이 잠시 어두워졌다. 그리고 다시 켜졌을 때는 이미지를 알아보는 데는 전혀 문제가 없었지만, 거의 느껴지지 않을 정도로 가벼운 바람에 살랑이는 얇은 커튼을 통해 보는 것처럼 화면이 살짝 흐릿했다.

같은 방이었다. 줄리안은 머리에 꽂힌 케이블이 사라진 채 서 있었다. 와이거트와 다른 사람들은 온데간데없었다. 줄리안이 방문을 열자, 그 너머로 캐로가 알던 회의실이 아니라 굳게 닫힌 문이 빙 둘러싸고 있는 3구역의 정원이 펼쳐졌다. 잡초가 무성한 화단은 캐로가 기억하는 모습 그대로였지만, 그 옆에 커다랗고 화려한 분수대가 있었다. 바위 위에 놓인 반쯤 벌거벗은 사람과 날뛰는 말을 형상화한 조각상들 사이로 물이 졸졸 흘렀다. 전체적으로 어딘가 낯익은 느낌이었다. 저 호화로운 분수를 어디서 봤더라?

줄리안이 분수 쪽으로 천천히 걸어가 손을 뻗었다. 물줄기가 손가락 위로 튀어 올랐다. 그는 주머니에서 25센트 동전을 꺼내 흩어지는 물줄기 사이로 던졌다.

로마에 있는 트레비 분수구나. 캐로는 사진으로만 봤을 뿐, 로마에 가본 적이 없었다. 줄리안은 가 봤을까? 분수가 매우 정교하고 선명하게 보였다.

문이 열리더니 와이거트가 나타났다. 줄리안은 활짝 미소를 지었고, 와이거트도 등대처럼 환하게 웃으며 둘은 악수를 나눴다. 녹화는 거기서 종료되었다.

줄리안이 캐로를 돌아보며 물었다. "어때요?"

"뭐가요? 저는 여전히 이 영상이 심층 이미지 재구성 장비가 당신 머릿속에서 뽑아낸 자세하고 이상한 환각 영상이 아니라고 할 이유를 못 찾겠는걸요."

"아닙니다. 환상이 아니었어요." 줄리안이 단언했다. "제가 이게 실제로 일어났다는 확실한 증거를 지금 당장 보여 드릴 수는 없어요. 아직은, 이식을 받은 사람들이 더 많아지고 그 데이터를 분석하기 전까지는요. 그리고 제가 지금부터 말하려는 건 와이거트 박사님이나 왓킨스 박사님 같은 과학자라면 아마 동의하지 못할 거예요. 저도 과학자지만, 저는 실험실에서 요구하는 기준에 맞지 않더라도 분명히 '진짜'라고 할 수 있는 경험의 방식이 존재할 수 있다고 생각합니다. 박사님은 과학적으로 설명할 수는 없지만 분명히 실제로 일어난 일이라고 확신했던 경험 없으세요?"

여섯 살이었나? 아니면 일곱 살? 캐로는 뒷마당에서 담요 위에 누워 하늘을 떠다니는 구름을 바라보고 있었다. 그런데 갑자기 구름이 사라지고 그녀마저 사라졌다. 그녀는 훗날 '우주의 구조'라고 부르게 된 것에 스며들어 어디에도 없는 동시에 어디에나 있었다. 그녀는 구름이자 풀이었으며, 바람이었고, 팔 위를 기어가는 개미였다. 모든 것은 그녀였고, 그녀는 모든 것이었다.

줄리안은 그녀의 표정을 조심스레 살피며 말을 이었다. "그런데 실험실에서 중요한 기준 중 하나가 반복성이지 않습니까. 같은 실험을 했을 때 동일한 결과가 나와야 한다는 거요. 이게 유일한 기록이 아닙니다. 저는 이 우주의 분기를 두 번 더 찾아갔고, 그때마다 녹화 내용이 일치했어요. 약물에 의한 환각이나 꿈, 심리학에서 말하는 다른 어떤 '변화된 상태'가 여러 날 간격을 두고 똑같이 나타난 사례가 있던가요?"

캐로의 등과 얼굴이 다시 가려웠다. 어린 시절 뒷마당에서 겪었던 그게 꿈이든 환각이든 망상이든, 그 변화된 상태는 한 번도 되풀이되지 않았다. 그러나 틀림없이 일어난 일이었다.

그렇다고 해서 무언가 증명되는 건 아니었지만.

가려움이 점점 더 심해졌다.

줄리안이 말했다. "처음에 창조되는 다중 우주 분기는 대부분 이런 식으로 비슷할 겁니다. 칩 프로그래밍 작업이 덜 들어가니까요. 하지만 결국, 그 분기를 떠날 때 의식이 이용할 수 있는 정보가 충분하다면 이식자가 과거를 다시 만들어 낼 수도 있을 겁니다. 인생의 어느 한 시점으로 돌아가거나, 심지어 지구의 과거로 들어갈 수도 있겠죠. 박사님이 떠나더라도 계속 흘러갈 우주의 어느 분기에서 이전에 있었던 일을 재현하면서 이곳과 다른 결과로 이어지게 할 수 있어요. 메이든 플럼 나무에 기대지 않았던 우주에 들어갈 수 있는 거예요. 생각해 보세요, 박사님! 과거를 다시 살고, 바꿀 수 있어요. 상상 속에서뿐만 아니라 지금 이 현실만큼이나 명확하게 실재하는 의식 세계에서요."

답답한 방에 꽃이 가득하다. 꽃이 너무 많아 메스꺼울 정도로 달콤한 향이 진하게 풍겨온다. 사람이 너무 많은 가운데 세 여자가 있다. 시커먼 바닷물이 방안에 차올라 소용돌이치며 여자들의 검은 옷을 끌어당긴다. 그들을 깊은 곳으로 끌어 내릴 듯 위협적으로 넘실거린다. 그런데 그것은 바다가 아니었고, 물은 더더욱 아니었다. 그것은 따끔거리고 날카롭게 찔러 오는 독을 품은 검은 안개, 캐로가 스스로 만든 검은 안개였다. 그녀가 만들어 낸 것이었다—

그녀가 본의 아니게 더 단호하게 대꾸했다. "다시 살고 싶지 않은 과거도 있어요."

그는 캐로를 잠시 바라보다 나직이 대답했다. "맞습니다. 하지만 오빠분이 돌아가시지 않은 과거를 만드실 수도 있고—"

"거기까지." 캐로가 말했다.

그녀는 줄리안과 에단의 죽음에 관해 이야기할 생각이 없었다. 엘렌이 아니라 캐로의 뜻이긴 했지만, 그 주제는 엘렌과 있을 때조차도 입에 담지 않았다. 그러나 그 끔찍했던 장례식과 그 후의 더욱 힘들었던 순간들은 메이든 플럼 나무 아래 앉아 있었을 때 그랬던 것처럼 여전히 꿈에 나타나 그녀를 괴롭혔다.

"죄송합니다." 줄리안이 사과했다. "하지만 이 기본 개념을 꼭 이해하셔야 해서요. '저 바깥'에는 양자 정보 외에는 아무것도 없기 때문에 우리의 뇌는 '저 바깥'에서 무언가를 보지 않아요. 내장된 알고리즘을 통해 뇌가 수없이 많은 파동을 끊임없이 붕괴시키면서 머릿속에 현실을 만들죠. 사실 뇌 활동으로 굉장히 다양한 일이 가능하지만, 알고리즘이 그 경험을 제한하는 거예요. 그럼에도 불구하고 그 **가능성**이 늘 존재하는 거고요. 중세 철학자들도 이 사실을 알고 있었어요. '물질은 결코 결핍을 벗어나지 못하며, 하나의 형상 아래에 있는 한 다른 형상을 결여하고 있다.' 토마스 아퀴나스가 남긴 말처럼요. 제 뇌에 들어 있는 칩은 보통 우리가 깨어 있는 동안 '이 현실'이라고 여기는 것 외에는 접근할 수 없게 차단하던 알고리즘을 바꿨습니다."

"그러면 케이맨 제도의 정원에 트레비 분수가 흐르게 하는 것 대신 타임스퀘어에 에펠탑을 세운다거나 동네 쇼핑몰에 바빌론의 공중정원을 갖다 놓을 수도 있다는 거네요?"

"그렇게 비꼬는 식으로 단순하게 표현하면 당연히 말도 안 되는 것처럼 들리겠죠. 하지만 양자 역학이 처음 등장했을 때도 터무니없는 취급을 받았어요. 다윈의 진화론이나 과학적 사고의 혁신을 일으킨 이론들 대부분이 마찬가지였고요. 그리고 다시 말씀드리지만요, 수술만 보면 뇌에 이 칩을 이식하는 것이나 박사님이 뇌 심부 자극을 위한 전극을 심던 것이나 다를 게 없어요."

"전혀 다르죠. DBS는 치료를 위한 거잖아요."

"그리고 이건 아주 혁신적이고 가치 있는 연구죠. 세상을 바꿀 연구."

"저는 의사예요, 줄리안 씨. 사람을 살리는 일을 하지, 실험 대상으로 삼지 않아요."

"동정적 사용도 결국 의료 실험이에요. 할아버님이 죽어 가고 있잖아요."

그녀는 입을 떡 벌리고 줄리안을 바라보았다. "이게 '동정적 사용'이라니, FDA 예외 규정은 말기 환자들을 위한 실험 약물에만 적용된다고요!"

줄리안이 침착하게 말했다. "이 연구는 왓킨스 박사님의 삶 전부예요. 돌아가시기 전에 연구를 진척시키는 것도 동정적 사용이라고 할 수 있어요."

"그게 무슨…… 대체 뭐라고 해야 할지……."

"로레인, 신경 방사선과 의사, 마취과 의사, 간호팀까지 다들 이미 여기로 오고 있어요. 캐로 박사님, 부탁인데 다시 한번만—"

다른 목소리가 들려왔다. "줄리안, 그만." 두 사람 다 와이거트가 방에 들어오는 소리를 듣지 못했다. 그는 캐로 옆으로 다가와 그녀를 보호하듯 어깨에 손을 얹었다. 캐로는 올려다본 노인의 눈에서 깊은 이해심을 읽을 수 있었다.

"시간을 좀 드려야지." 와이거트가 줄리안에게 말했다. "자네도 이 모든 걸 받아들이기까지 얼마나 오래 걸렸는지 기억 안 나. 캐롤라인 박사님은 이제 겨우 하루도 채 안 됐어."

"네, 알겠습니다." 줄리안은 뭔가 더 말하려는 것 같았지만, 그 순간 카밀라 프랭클린이 화산이 폭발하듯 방안으로 뛰어 들어왔다. "여기 계셨군요, 소암스 왓킨스 박사님! 온 사방을 찾아 헤맸잖아요! 루스킨 박사님이 상태를 보러 오셨는데…… 아이고, 긁지 마세요! 얼른 가요. 루스킨 박사님도 기다리시고, 당장 라임 주스도 있어야겠네요."

"혹시 그거 말고—"

"라임 주스가 더 나아요. 아, 여기 계세요, 박사님."

키가 크고 호리호리한 남자가 카밀라를 따라 들어왔다. 캐로는 긁고 싶은 충동을 참을 수 없었다. 루스킨 박사는 피부에 닿지 않도록 조심하며 그녀의 얼굴을 빛이 비추는 쪽으로 기울여 살폈다.

"제대로 진찰할 수 있는 곳으로 가야겠어요. 하지만 확실한 건 카밀라 말대로 라임 주스가 필요할 겁니다."

줄리안이 물었다. "그러고 나면 캐로 박사님이 수술에 들어가실 수 있을까요?"

루스킨이 그를 쳐다보며 답했다. "줄리안, 당신이 더 잘 알잖아요. 피부 궤양이 생길 위험이 없다는 걸 확인하기 전까지는 수술하실 수 없습니다. 최소 일주일은 기다려 봐야 해요."

캐로도 줄리안에게 말했다. "제가 여기 남을지 말지도 아직 결정 안 했다고 말씀드렸잖아요." 왜 아무도 믿어 주지 않는 걸까?

와이거트가 말했다. "줄리안, 루스킨 박사가 진찰할 수 있도록 해 줘야지. 그리고 에이든 에버하트가 자네를 찾는 것 같던데."

캐로는 와이거트가 자신을 위해 조심스럽지만 분명하게 나서는 모습을 물끄러미 바라보았다. 굴곡진 얼굴과 자글자글한 주름 사이로 따뜻한 눈빛이 느껴졌다. 이 프로젝트가 성공하려면 그녀의 실력이 꼭 필요하다고 생각하는 것은 그도 줄리안이나 왓킨스와 다르지 않았지만, 압박하거나 회유하려 들지 않았다. 그리고 처음으로 그녀를 '캐롤라인'이라고 불렀다.

"감사해요." 캐로는 와이거트에게 인사하고 루스킨 박사를 따라 방을 나섰다.

11

늦은 오후, 와이거트와 줄리안은 1구역 정원의 피크닉 벤치에서 왓킨스를 만났다. 프랭클린이 그를 담요로 꽁꽁 싸매고 휠체어에 태워 데리고 나왔다. 거의 하루 종일 잠을 자서 그런지, 왓킨스 상태가 아침보다 훨씬 나아 보였다. 마침내 그 끈질긴 바이러스 감염에서 회복될 기미가 보이는 것 같았다. 정원 잔디 위로는 그림자가 길게 드리워지고 공기에는 바다 내음이 감돌았다. 와이거트는 왓킨스가 누워 있던 숨 막히게 덥고 갑갑한 방에서 다시 모이지 않게 되어 다행이라 생각했다.

줄리안이 말했다. "기운을 좀 차리셔서 다행입니다, 박사님. 하지만 안타깝게도 또 문제가 생겼습니다. 그것도 두 가지나요."

왓킨스가 인상을 찡그렸다. "내 조카 손녀 때문인가? 그 애가 나가려 한다면—"

"그분과 관련된 건 맞지만, 나간다고 해서가 아닙니다. 여기 말고는 딱히 다른 선택지가 없어 보이지만, 제 생각엔 아직 결정을 내리지 못하신 것 같아요. 그런데 어제 혼자 산책하러 나가셨다가 하필 메이든 플럼 나무 밑에 앉아서—"

왓킨스가 욕설을 내뱉었다. "얼마나 안 좋은데?"

"루스킨 박사님 말이 최소 일주일은 수술을 하면 안 된답니다. 카밀라가 거의 배 한 척은 띄울 만큼 라임 주스를 엄청나게 쏟아붓고 있긴 한데, 달리 방법이 없는 것 같아요. 문제는 LA 병원에 갑작스럽게 공석이 생겨 랄프 이건이 원래 계획보다 일찍 떠나게 됐다는 겁니다. 여기 있을 시간이 2주밖에 안 남았는데 캐로 박사님이 수술에 들어가도 된다는 허락을 받을 때쯤이면 랄프가 떠나기까지 남은 시간이 얼마 없는 상황입니다."

와이거트가 물었다. "수술을 혼자 할 수는 없나?"

"보조 없이요? 안 되죠. 복잡한 수술까진 아니지만, 뇌 수술은 **뇌 수술**이에요. 캐로 박사님도 동의하지 않을 거고, 동의해서도 안 되는 일이에요. 수술 일정을 다시 잡아야 합니다."

와이거트는 순서를 따져 보았다. 줄리안의 여동생이 먼저였고, 에이든과 기술팀의 다른 누가 있고, 그다음이 와이거트 자신이었다. 왓킨스가 직설적으로 말했기 때문이다. "우리 둘 다 일흔여섯 아닌가. 이 고물 뇌에 MRI로도 안 보이는 뭔가가 있을지 누가 알아. 캐롤라인도 미리 연습을 좀 해야지."

줄리안이 말했다. "로레인한테는 이미 비행기 일정을 바꾸라고 했고, 간호팀도 대부분은 연락이 닿을 것 같지만 바바라와 몰리는 벌써 마이애미로 출발했답니다. 도착하면 여기서 저희랑 죽치고 있을 수밖에 없겠네요. 젠장. 그리고 캐로 박사님의 백업을 찾는 문제도 있습니다. 이제 더 부를 의사 친척이 없어요."

왓킨스가 입을 열었다. "내가 여기 올 만한 다른 신경외과 의사를 찾은 것 같아."

줄리안의 눈빛이 날카로워졌다. "찾으셨다고요? 누구요? 그 사람은 왜 오겠다고 하는 거고, 또 저희가 그 사람을 어떻게 믿을 수 있죠?"

"아직 얘기 중이네. 확실해지면 말하지." 어둠이 짙어지면서 지붕 밑에 달린 조명이 하나둘 켜졌다. 왓킨스는 손을 들어 어깨를 감싼 담요를 단단히 여몄고, 와이거트는 그 손이 떨리는 것을 보았다. "또 다른 건?"

줄리안은 사업 이야기를 했다. 와이거트는 귀를 기울이지 않았다. 그는 과거의 샘을, 또 다른 우주의 한 분기에서라면 잠시나마 과거의 모습이 될 수도 있을 샘을 떠올리고 있었다.

"이제 안으로 들어가셔야죠, 박사님." 프랭클린이 말했다. 와이거트는 그녀가 다가오는 소리도 듣지 못했다.

왓킨스는 거부하지 않았다. 휠체어가 방 쪽으로 방향을 틀자, 그가 어깨 너머로 돌아보며 쉰 목소리로 말했다. "생각을 바꿨네. 이 의사와 관련된 정보를 찾아보고 어떤지 말해 주게." 왓킨스가 다시 말을 잇기 전 잠시 기력을 모으는 동안 프랭클린은 튼튼한 팔로 그의 앙상한 몸을 태운 휠체어를 밀고 갔다.

"이름은 트레버 마틴 아브루초일세."

산책로를 따라 걸으며 줄리안이 말했다. "적어도 캐로 박사님께 이론을 설명해 드릴 시간은 많으시겠어요, 조지 박사님. 당장 오늘 저녁은 어렵겠지만요. 가려움증이 꽤 심하신가 봐요."

"자료를 준비해 봐야겠군." 와이거트가 희망 섞인 목소리로 말했다. "그 아이도 참 힘들겠어."

"아이라고 하기엔 좀 그렇죠. 아니면 삼촌 같은 마음이 드시는 건가요?"

와이거트는 대답하지 않았다. 이런 참견이야말로 그가 가장 싫어하는 것이었다. 오래전 왓킨스와 친구가 될 수 있었던 이유도 미국인들이 흔히 그러듯이 남의 개인적인 감정에 호기심을 보이지 않았기 때문이었다.

신경 쓰지 마, 여보. 로즈가 머릿속에서 말했다. *그분이 어린아이는 아니잖아.*

방으로 돌아온 와이거트는 구글에 아브루초 박사를 검색했다. 구글이란 정말 유용한 도구였다. 자신과 왓킨스가 대학원생일 때 구글이 있었다면 보들리안 도서관에서 그토록 오랜 시간을 보내지 않아도 되었을 것이다.

그는 아브루초를 참조한 인용이 많아 깜짝 놀랐다. 와이거트는 몇 개를 클릭해 읽어 보고는 로즈와 킹 찰스 스패니얼을 키우던 시절 이후로 몇십 년 만에 처음으로 길고 낮은 휘파람을 불었다.

12

 캐로는 다시 엘렌에게 전화를 걸어 보았다. 이 시간대에 연락이 안 될 리가 없는데도 여전히 받지 않았다. 안젤리카가 응급실에 간 걸까? 종종 있는 일이었고, 엘렌이 집을 비울 다른 이유가 떠오르지 않았다. 그녀는 장을 보러 나가는 일도 거의 없었다. 베이비시터 고용 비용이 워낙 비싸서 캐로가 매달 신용카드 여러 개를 돌려 막아 가며 최소 결제 금액만 내고 겨우 마련한 돈으로 식료품을 배달시켜 주었다.

 카밀라는 라임 주스를 틈날 때마다 비르고 했고, 라일 루스킨은 스테로이드와 수면제를 주었다. 자신이 약물에 민감하다는 사실을 잘 알고 있었지만 캐로는 알약 4분의 1을 삼켰고, 어젯밤 그렇게 많이 잤음에도 불구하고 몸을 뒤척이며 긴 잠에 빠져들었다. 그녀는 방안에 희미한 어스름이 깔릴 무렵 눈을 떴다. 가려움이 다시 시작되었다. 그녀는 거울에 비친 자신을 보고 얼굴을 찌푸렸다. 눈 자체는 괜찮은 것 같았지만 한쪽 눈 주위가 벌겋게 부어올랐다. 가려운 곳마다 라임 주스를 발라가며 등 뒤에 손이 닿지 않아 끙끙대고 있는데 누군가 문을 두드렸다. 문을 빼꼼 열어 보니 줄리안이었다.

"저리 가요. 저 지금 어디서 얻어터지고 온 것 같은 꼴이에요."

"전혀 안 그래 보여요." 문에 가려 그녀가 보이지 않는 줄리안이 말했다. "읽어 보시라고 파일 몇 개 가져왔어요."

캐로가 문을 살짝 더 열었다. 줄리안은 어린이 크레용 상자를 엎어 놓은 듯한 파란색, 빨간색, 초록색, 노란색, 보라색의 두꺼운 파일 뭉치를 들고 있었다. "그게 전부 물리학이면 사양할게요."

"박사님이 잘 아는 분야와 관련된 자료들이에요, 대부분은요. 그리고 가려움증에 도움이 될 만한 약도 더 가져왔어요."

캐로는 방으로 안내했다. 줄리안이 그녀를 자세히 살폈다. "그렇게 나쁘진 않은데요. 제가 메이든 플럼 독이 올랐을 때는 훨씬 더 심했거든요."

"거짓말이죠." 캐로가 말했다.

"네, 그건 그래요. 하지만 파일에 대한 건 진짜예요. 파란 건 조지 박사님 이론인데 수학자나 물리학자가 아니면 아무도 관심 없을 세세한 내용까지 있지만 먼저 읽으실 수 있게 개요서 같은 것도 넣어 두신 것 같아요. 빨간 파일에는 제가 받은 이식 수술 차트와 기록이 전부 들어 있어요. 보시다가 지칠 만큼 자세히요. 초록색 파일은 제 영상 데이터고, 최소한 지도화 가능성 부분은 좀 흥미로우실 거예요. 또 노란색 파일은 2번 환자인 제 여동생 로레인의 수술 전 신체적, 심리적 검사 기록이 있어요. 마지막으로 보라색 파일에는 서명된 동의서와 비밀 유지 계약서 등 박사님을 포함한 모든 실험 참가자들이 언제, 어디에서든, 누구에게든 소송당하지 않게 해 줄 법적 문서들이 모두 들어 있습니다. 아마 앞으로는 주차 딱지 하나 끊길 일 없으실 거예요. 조지 박사님과 저는 뭐든 답할 준비가 되어 있으니 언제든 물어보세요. 지금처럼 안대를 잃어 버린 해적 같은 모습으로는 질문할 기분이 영 안 드실 것 같지만요. 시야는 괜찮으세요?"

"그런대로요. 약은요? 카밀라도 루스킨 박사도 추가로 보내시겠다는 말씀은 없으셨는데요."

"그쪽에서 보낸 게 아니라 제가 가져온 거예요." 줄리안은 파일을 책상 위에 내려놓고 주머니에서 은색 송아지 가죽으로 된 플라스크를 꺼냈다. "아드벡 싱글 몰트 위스키, 23년 숙성이죠. 아시다시피 스카치가 신경을 가라앉히는 데 좋잖아요?"

"지금은 술 못 마셔요."

"철저하시네요. 좋아요, 아드벡은 다음으로 미루죠. 대신 다른 걸 드리고 싶어요, 사과요. 오늘 아침에는 제가 너무 무례했고 배려가 없었습니다. 오빠분 이야기는 꺼내지 말았어야 했어요. 죄송합니다."

캐로는 무슨 말을 해야 할지 몰라 고개만 끄덕였다. 자신이 과민 반응을 보였던 걸까? 에단의 죽음은 물론 누구나 알 수 있는 사실이었으나 그 떠올리고 싶지 않은 뒷일은 가족끼리의 일이었다. 그리고 줄리안은 그런 이야기를 하지 않았고 알 리도 없었을 텐데, 아닌가?

"스카치는 나중에 마셔요. 지금은 저 파일을 좀 살펴봐야 할 것 같아요."

"좋은 생각이네요. 저녁은 안 드세요? 제임스한테 갖다 달라고 하면 되는데."

"네, 감사해요."

줄리안이 나가자마자 다시 엘렌에게 전화하려고 휴대 전화를 집었다. 그 순간, 벨 소리가 울렸다.

"엘렌! 종일 연락이 안 되던데—뭐? 엘렌, 무슨 말인지 못 알아듣겠어, 울지 말고 천천히 말해 봐! 안젤리카한테 무슨 일 있어?"

"아니! 케일라!"

케일라? 등골이 쫙 서늘해졌다. "케일라가 왜?"

"데려갔어!"

"누가?" 엘렌의 목소리가 점점 격앙될수록 캐로는 애써 침착함을 유지했다. "케일라를 누가 데려갔는데?"

"아동 보호국! 그 사람들이 애를 뺏어 갔어."

"진정하고 어떻게 된 건지 얘기해 봐. 처음부터 다."

엘렌은 할 말을 정리하려 애쓰며 목이 멘 듯한 소리를 냈다. 캐로는 손끝이 하얗게 질릴 정도로 휴대 전화를 꽉 움켜쥐었다. 엘렌이 말했다. "케일라가 학교에서 울음을 터뜨렸다나 봐. 오늘 아침부터 진짜 최악이었거든. 안젤리카가…… 알잖아."

말하지 않아도 짐작이 갔다. "그래서?"

"케일라는 자꾸 이러다 지각하겠다고 성화인데 안젤리카는 발작을 일으키고 토하고, 결국 내가 케일라한테 소리를 빽 질러 버렸어. 근데 학교에서 선생님이 무슨 일이냐고 물으니까 케일라가 펑펑 울면서 집에 지독한 똥 냄새가 나서 끔찍한 데다가 엄마는 아침도 안 주고, 가방에 토사물까지 묻어 있다고 한 거지. 정신을 차리고 보니 아동 보호국에서 나온 사람들이 우리집 문을 두드리고 있는 거야. 이틀 뒤에 심리가 열린다는데 그전까지 케일라는 '보호를 위해서' 무슨 위탁 가정에 가 있는대. 내가 애한테 뭘 어떻게 하기라도 한다는 것처럼…… 종일 복지사나 법률 지원 센터에 연락해서 **어디든** 제발 도와달라고 했는데 다들 바쁘다고만 하고…… 아, 언니, 나도 진짜 좋은 엄마가 되고 싶어! 근데 혼자 다 감당하기가 너무 벅차서……."

"넌 훌륭한 엄마야. 자, 내 말 들어, 엘렌, 내가 처리할게. 다시 전화할 테니까 조금만 기다려 봐."

"언니가 어쩌려고? 애초에 언니한테 내 문제까지 떠넘기면 안 되는 건데. 언니도 지금 정신없잖아. 온라인에서 베커 일로 아직도 난리고—"

"진정해, 엘렌. 안젤리카는 자?"

"응."

"내가 다시 연락할게. 당장 오늘 밤은 어려울 것 같고 아마 내일. 알았지? 일단 그때까지 아무것도 하지 말고 있어. 걱정하지 마, 다 잘 해결될 거야."

"그래, 알겠어." 엘렌이 대답했다.

"안젤리카 잘 때 잠깐이라도 눈 좀 붙여." 소용없으리라는 것을 알면서도 캐로가 말했다. "내가 전화할 때까지 기다려." 통화 종료 버튼을 누르는 그녀의 손가락이 덜덜 떨렸다.

익숙한 침실과 학교에서 멀리 떨어진 낯선 위탁 가정으로 보내진 케일라…… 엄마 곁을 떠나 무섭진 않을까? 당연히 겁에 질려 있겠지. 아동 보호국이 학대나 방치로 고통받는 아이들에게 꼭 필요하다는 것은 잘 알지만 케일라는 전혀 그런 상황이 아니었다. 엘렌은 딸들을 위해서라면 목숨까지도 기꺼이 내놓을 것이다. 어찌 보면 이미 그렇게 살아온 것이나 다름없었다.

그리고 캐로 역시 케일라를 위해서라면 뭐든지 할 준비가 되어 있었다. 자신이 직접 아이를 낳을 생각은 해 본 적 없었다. 늘 신경외과 일이 우선인 데다 빚에 허덕이는 상황이고, 연애도 부담스러운데 나이는 점점 들어가고 있었다. 하지만 엘렌이 안젤리카에게 많은 에너지를 쏟을 수밖에 없는 상황에서 그녀는 케일라를 엘렌과 함께 키웠다. 케일라의 해맑게 웃는 소리, 순간순간 바뀌는 기분, 느닷없이 와락 안겨 오던 모습…….

캐로는 방문을 열었다. 열대의 석양은 어느새 저물었고, 반달이 비추는 카리브해의 부드러운 밤이 감싸고 있는 정원은 텅 비어 있었다. 그녀가 찾을 수 있는 사람은 제임스뿐이었기 때문에 다시 안으로 들어가 호출 버튼을 눌렀다.

"제임스, 번거롭게 해서 미안하지만, 와이거트 박사님께 꼭 말씀드릴 게 있어서요. 지금 당장. 급해요."

"알겠습니다. 원래 연락처 목록부터 받으셨어야 했는데. 와이거트 박사님께 연락드리고 문자로 보내 드릴게요."

캐로는 생각에 잠겨 깊은 숨을 들이쉬었다. 열린 문 옆 희미한 불빛 속을 하얀 나방이 팔랑거리며 지나갔다. 보이지 않는 꽃들이 달콤한 향기를 한껏 뿜어 내고 있었다. 작은 무언가가 발 위를 휙 스치자 그녀는 소스라치게 놀라 뒤로 물러섰다. 도마뱀 한 마리가 잽싸게 방 안으로 들어갔다. 정원 대각선 건너편에서 문이 열리고 어둠 속에서 와이거트의 길쭉하고 구부정한 실루엣이 나타났다. 그가 잔디밭을 빠르게 가로질러 다가왔다. "캐롤라인 박사님?"

"문제가 좀 생겼어요. 도와주실 수 있나요?"

"그럼요. 무슨 일이죠?"

"사실 도움이나 부탁이라기보다는…… 비즈니스 협의 정도랄까요."

그는 그녀의 표정을 살피며 조심스럽게 말했다. "안에서 얘기할까요?"

"방으로 도마뱀이 들어가던데요."

와이거트가 방에 가더니 잠시 후 도마뱀을 들고 돌아왔다. 그는 도마뱀을 어둠 속으로 놓아주며 말했다. "이 작은 녹색 녀석들은 위험하지 않지만, 메이든 플럼 때문에 고생하신 것을 생각하면 이곳 동물들을 경계하시는 것도 당연하겠지요. 이제 안으로 들어가서 무슨 일인지 들려주세요."

그녀는 머릿속을 정리했다. "박사님께서, 그러니까 할아버님과 박사님과 줄리안 씨, 연구소에서 제 월급 일부를 미리 주셨잖아요. 그런데 혹시 조금 더 선지급받을 수 있을지 여쭤보고 싶어서요. 사실 조금이 아니라 많이요."

"갑자기 큰돈이 필요하신 건가요?"

"네. 여동생 일이에요. 변호사가 필요해서요. 저희는……"

"굳이 다 말씀하지 않아도 됩니다, 캐롤라인 박사님. 간단히만 얘기해 주세요."

그러나 캐로는 모든 사정을 털어놓았다. 그녀가 안젤리카와 케일라에 대해, 엘렌이 얼마나 용감하고 따뜻한지, 케일라의 선생님과 아동 보호국이 어떻게 했는지까지 숨김없이 이야기하는 동안 와이거트는 가만히 서서 열린 문 너머로 정원을 바라보고 있었다. 그녀는 말하는 내내 자신이 왜 줄리안이나 왓킨스가 아닌 와이거트를 찾았는지 의문이 들었다. 계산된 판단이 아니라 오직 절박함과 절망 속에서 본능적으로 나온 행동이었다.

"제가 이곳에 남아 수술을 하지 않게 될 경우, 그 돈은 상환 일정을 협의해서 5퍼센트 이자로 연구소에 갚을 대출이 될 거라는 점을 분명히 하고 싶습니다." 그녀가 말을 끝맺었다.

"그럴 필요 없어요. 제가 개인적으로 빌려드리겠습니다."

"박사님이요? 하지만—"

"연구소에서 돈을 받으면 저희에게 빚을 졌기 때문에 여기서 일한다는 의미가 될 겁니다. 줄리안이라면 아마 그걸 대출 조건으로 내걸겠죠. 하지만 저는 박사님이 제 이론에 대한 확신이 아니라 열린 마음으로 그 가능성을 탐구하겠다는 의지, 스스로의 의지로 이 프로젝트에 동참하길 바랍니다. 그러면 저희가 이곳에서 하는 일을 이해하고 받아들이게 되실 거라 확신해요. 그렇지만 설령 내일 떠나신다 해도 돈은 제가 빌려드리겠습니다, 캐롤라인 박사님. 동생분과 박사님이 겪지 않아도 될 힘든 시간을 보내고 계시고, 또 제가 본 박사님은 언제가 됐든 꼭 갚으실 분이라고 믿으니까요."

캐로는 할 말을 잃었다.

와이거트가 말했다. "제 개인 계좌에서 박사님 계좌로 바로 송금하겠습니다. 줄리안이나 샘도 알 필요 없어요. 변호사를 알아보시고 비용이 얼마나 나올지 말씀해 주시면 우리 둘이 간단히 서류를 작성해서 서명하는 걸로 하죠."

캐로가 그를 향해 한 발짝 다가섰다. 그러나 와이거트는 살짝 몸을 피했고, 그녀는 그대로 멈췄다. 감정에 북받쳐 감사 인사를 쏟아 내면 불편해할 것 같았다. 캐로가 차분히 말했다. "정말 감사합니다, 와이거트 박사님. 말로 다 표현할 수 없을 정도로요."

"별말씀을요." 그는 어둠 속에 웅크리고 있는 작은 용들을 막아 내듯 문을 닫으며 방을 나섰다.

13

다음 날 아침, 캐로는 가려움이 더욱 심해졌다. 가려움 방지 약과 라임 주스를 발라 봤지만, 얼굴과 등이 '긁어 줘'라고 속삭이는 듯 계속해서 따끔거렸다. 진물이 나는 상처가 생기는 것만큼은 피하고 싶었기에 그녀는 있는 힘을 다해 꾹 참았다. 하지만 가려움 때문에 도무지 집중할 수 없었다. 책상 위에 쌓인 파일 더미가 마치 발을 들이는 순간 푹 빠져 버릴 것 같은 알록달록한 늪처럼 보였다.

고통을 잠시나마 잊게 해 준 것은 엘렌에게서 온 음성 메시지였다. "언니가 보내 준 돈이 페이팔로 들어왔고 친구가 양육권 변호사를 소개해 줘서 오늘 점심때 만나기로 했어. 변호사가 전화로 그러는데 케일라를 곧 집으로 데려올 수 있을 것 같대! 언니 덕분이야. 고마워, 진짜 고마워, 정말!" 캐로는 엘렌에게 전화를 걸었지만 받지 않았다. 그녀는 메일을 남기고 노트북 앞에 멍하니 앉아 지난날의 기억에 빠져들었다.

어릴 적 캐로와 엘렌은 엄마가 함께 있어 주는 대신 장난감을 한가득 채워 준 어지러운 놀이방에서 시간을 보냈다. 하지만 장난감은 대부분 손도 대지 않았다. 그들은 수백 가지 역할을 연기하며 상상의 나래를 펼치는 것을 더 좋아했다. 엘렌이 공주가 되면 캐로는 용이 되었고, 엘렌이 상어라면 캐로는 바다를 가르는 수영 선수였다. 기르는 소 떼가 늑대의 습격을 받은 카우보이나 뱀이 득실거리는 정글에서 길을 잃은 탐험가가 되기도 했고, 용맹한 기사가 되어 대충 만든 검으로 결투를 하다가 한 명이 비명을 지르며 쓰러지면 놀이가 끝나곤 했다. 용이나 상어, 늑대, 뱀의 공격을 받고 창을 든 기사가 말을 타고 달려온다니 아이들이란 이토록 유혈과 폭력이 난무하는 상상을 좋아하는 것이다. 아니면 그들만 잔인한 놀이를 즐겼던 걸까? 케일라가 그런 놀이를 했던 기억은 없었다. 물론 케일라가 다른 아이들과 어울리는 모습을 본 적이 거의 없었으니 그럴 만도 했다.

캐로는 마침내 배고픔을 느꼈다. 식당에 가 보니 줄리안이 여자 둘과 테이블에 앉아 있었다. 그는 손을 흔들며 그녀를 불렀다. "캐로 박사님! 오셨군요. 소개해 드릴 분들이 있어요. 마이애미에서 날씨 때문에 비행기가 지연돼 이제 막 도착했어요. 이분은 신경외과 전문의 캐롤라인 쇼앙스 왓킨스 박사님입니다. 그리고 이쪽은 신경 방사선과 전문의 바바라 무마우 선생님, 마취과 전문의 몰리 루이스 선생님이세요. 그러면 여러분, 잠시 양해 부탁드리겠습니다. 보안실에 좀 가봐야 해서요. 세 분이 서로 인사 나누시고 편히 얘기 나누세요. 캐로 박사님, 어제 나무와 한 판 하신 것에 대해서는 제가 벌써 말씀드렸답니다." 그는 웃으며 자리를 떴다.

"안녕하세요." 캐로는 '나무와 한 판'해서 진 사람처럼 보이지 않길 바라며 인사를 건넸다. 방금 화장실 거울에서 본 초췌한 몰골로는 도저히 전문가라는 인상을 주기 힘들 것 같았다.

"억지로 웃으려고 애쓰지 않으셔도 돼요." 몰리 루이스가 말했다. 30대 후반에서 40대 초반쯤으로 보이는 그녀는 눈길을 사로잡는 주황색 곱슬머리에 곡선미가 돋보이는 몸매, 자신감 넘치는 미소가 인상적이었다. "말도 못 할 만큼 반가우신 걸로 알아들을게요. 많이 가려우신가요?"

"네." 캐로가 말했다.

"그래도 제가 메이든 플럼을 만졌을 때보다는 나으신 것 같은데요."

캐로는 통통 부은 얼굴로 살짝 미소를 지었다. "줄리안 씨도 똑같은 말씀을 하셨지만 거짓말이었는걸요."

"저는 진짜 심각했어요. 끔찍했죠. 그리고 줄리안은 입만 열면 거짓말이잖아요. 프로젝트에 관한 이야기 외에는 절대 믿으시면 안 돼요."

"몰리. 소암스 왓킨스 박사님이 직접 판단하시기도 전에 우리 프로젝트 책임자를 그렇게 안 좋게 말하면 어떻게 해." 바바라 무마우가 나무라듯 농담조로 말했다.

"'캐로'라고 불러 주세요."

몰리가 대꾸했다. "나쁘게 말하는 게 아니라 칭찬하는 거지. 원래 거짓말 잘하는 사람들이 제일 매력적이잖아. 상상력이 끝내주니까."

바바라 무마우는 몰리를 보며 익숙하다는 듯 장난스럽게 눈동자를 굴렸다.

바바라는 키 큰 흑인 여성으로, 쇼트커트에 몰리보다 인상이 차분했다. 물론 강아지를 데려다 놔도 몰리보다는 침착할 것 같았지만 두 사람이 매우 친한 사이임은 분명했다. 캐로는 줄리안의 심층 이미지 재구성 세션 기록에서 바바라를 본 기억이 났다. 영상 속에서 그녀는 모니터 앞에 서 있었다. 바바라는 신경 방사선과 전문의로서 칩을 이식하기 전부터 이식하는 과정, 이식한 후까지 뇌 영상을 모두 분석하는 역할을 맡고 있었으며, 캐로와 함께 뇌 지도화에 관한 논문을 작성하게 될 것이었다.

캐로가 말했다. "저는 가려움증이 가라앉고 궤양이 생길 위험이 없다는 게 확인될 때까지 수술을 못 한다고 들어서 사실 두 분이 휴가를 조금 더 즐기고 들어오셨어도 됐을 것 같더라고요. 폐를 끼쳐서 죄송합니다."

"아유, 신경 쓰지 마세요." 몰리가 답했다. "전 언니네 집에 있을 시간이 줄어서 오히려 다행이었는걸요. 사이가 그렇게 좋은 편은 아니라서…… 아시잖아요, 가족이란 게 다 그렇죠. 게다가 시애틀은 이제 우기라 6월까지는 쭉 비만 올 거예요."

"시애틀 출신이세요?" 캐로가 물었다.

그들은 서로를 탐색하며 고향과 가족, 의대 시절에 관한 이야기를 가볍게 주고받았다. 캐로는 둘 다 마음에 들었지만, 시카고는 겨울이 어떠냐는 식의 대화로는 정말로 궁금한 것들에 대한 답을 얻을 수 없었다. 바바라 무마우와 몰리 루이스는 어쩌다 이렇게 일반적이지 않은 프로젝트에 참여하게 되었을까? 또 와이거트의 이론을 얼마나 믿고 있을까? 이런 정보들은 차근차근 하나씩 알아가야 할 것 같았다.

한편, 활달하고 매력이 넘치는 몰리를 보며 혹시 줄리안과 과거에 뭔가 있었거나 지금도 관계가 있는 건 아닐까 하는 호기심이 들었다. 그러나 이내 그런 생각을 하는 자신이 부끄러워졌다. '내 알 바도 아니잖아!' 그녀는 중얼거리며 머릿속에서 그 질문을 재빨리 지워 버렸다.

가려움증이 점점 심해졌다. 이를 알아챈 바바라가 눈치껏 말을 꺼냈다. "박사님, 저희가 시간을 너무 많이 잡아먹은 것 같네요. 줄리안이 자료를 잔뜩 넘겼다고 하던데, 읽을 시간이 필요하시겠어요. 궁금한 점이 생기시면 몰리랑 제가 언제든 도와드릴게요. 저는 16호실, 몰리는 17호실에 있어요. 저희도 짐을 풀어야 하니 이만 가 볼게요."

"감사해요. 저는 5호실이에요. 슬슬 줄리안 씨가 주신 파일을 봐야겠네요. 라임 주스에 몸을 담그고 볼 수 있으면 더 좋겠고요."

몰리가 말했다. "그래도 하루 종일 그것만 들여다보고 계실 건 아니죠? 나중에 셋이 지프라도 빌려서 브랙 리프로 드라이브 가는 거 어때요? 줄리안이 섬 투어를 시켜줬으면 모를까, 캐로 박사님은 아직 여길 제대로 구경할 기회가 없으셨을 것 같은데."

또 줄리안. 캐로가 말했다. "벤 클라비 씨와 공항에서부터 차 타고 오면서 본 게 전부인데 말씀이 많지는 않으셨어요."

"그럴 줄 알았어요." 바바라가 대답했다. "워낙 말수가 적은 사람이라."

몰리가 끼어들었다. "난 그 사람 못 믿어. 제가 여기서 유일하게 못 믿는 사람이에요."

흥미로울 뻔했으나, 이내 바바라가 말했다. "넌 원래 아무나 다 믿잖아."

몰리가 과장되게 한숨을 내쉬었다. "그렇긴 하지. 그래서 내가 만나는 남자들이 다 그런 식인가 봐. 박사님, 리조트 호텔 가서 한 잔 안 할래요? 술은 드세요?"

"평상시라면 마실 텐데 지금은 크랜베리 주스로 해야 할 것 같아요. 그래도 가고 싶어요. 랄프 선생님과 회의하기로 했는데 내일로 미룰게요."

"잘됐네요! 데이비드 위크스 선생이 있을 때보다 훨씬 즐겁게 일할 수 있을 것 같아요. 그 사람, 실력은 좋았지만 별로 호감은 아니었거든요. 툭하면 이래라저래라 소리나 빽빽 지르고."

바바라가 말했다. "얼마든지 이래라저래라 소리 지르셔도 돼요, 박사님. 몰리…… 너 정말."

캐로가 웃음을 터뜨렸다. 얼굴이 욱신거렸다. "소리는 조금만 지르고 대신 커다란 뼈 톱을 들고 다닐게요."

시작이 좋았다.

두 시간 뒤, 낙관적인 생각이 점차 흔들리기 시작했다.

물론 처음부터 그러지는 않았다. 그녀는 줄리안의 수술 전과 수술 중, 수술 후 영상을 면밀히 훑어보았다. 데이비드 위크스는 아주 꼼꼼하게 기록을 남겼고, 영상 자료도 빈틈없이 철저했다. 캐로도 지금껏 숱하게 해 봤던 작업으로, 줄리안의 두개골이 열리고 칩이 정확한 위치에 삽입되었다. DBS에서처럼 얇은 리드선이 칩과 전원 장치를 연결하고 있었지만, 차이점이라면 작은 배터리가 줄리안의 피부 아래가 아닌 외부에 위치하면서 '뇌의 페이스메이커'이자 외부 컴퓨터와의 연결장치로 작동하는 것이었다. 이 사상 최초의 칩 삽입 수술이 진행되는 동안 일부 과정에서 줄리안은 머리가 틀에 단단히 고정된 채 자신이 느끼는 것을 말로 전달할 수 있을 정도로 의식이 있었다.

DBS의 경우 전극이 목표 운동 영역에 하나라도 연결되면 리드선이 작동했는데, 윅스 박사가 했던 이 미친 수술에 비하면 조잡한 수준이었다. 그는 훌륭하게 수술을 마쳤다. 줄리안은 뇌 수술에서 흔히 발생하는 뇌내출혈, 뇌졸중, 감염 같은 문제를 전혀 겪지 않았으며 수술 후 MRI 결과에서도 미세한 흉터밖에 보이지 않았다.

수술실 수간호사였던 이멜다 마줍이 작성한 차트에 따르면, 줄리안은 별다른 부작용 없이 빠르게 회복했다. 그리고 캐로는 줄리안이 건강하고 멀쩡한 것을 직접 확인했다.

바바라의 신경 방사선과 기록이 담긴 파일은 엄청난 가능성을 열어 주고 있었다. 줄리안의 '세션'에서는 아직 연구가 거의 이루어지지 않은 뇌 영역을 자극했다. 이 부위를 지도화하면 뇌 기능에 관한 연구에 돌파구가 되는 한편 기억, 상상, 렘수면 등 다양한 뇌 현상을 이해하는 데 큰 진전을 가져올 것이다. 왓킨스의 말은 사실이었다. 캐로와 바바라가 뇌 지도화를 주제로 논문을 작성하고 왓킨스의 이름을 통해 논문의 명성을 더욱 드높인다면 이 데이터가 기반이 될 수 있었다. 그녀의 커리어를 다시 일으켜 세울지도 모르는 기회였다.

엘렌과 케일라와 안젤리카, 의대 학자금, 신용 카드 빚, 와이거트에게 빌린 돈 말고도 이곳에 남을 또 다른 이유였다. 그녀는 그 모든 것을 식품의약청^{FDA}, 미국 의사회^{AMA}, 미국 국립보건원^{NIH} 그 어떤 기관에서도 승인받지 못한 연구 프로젝트에 참여하는 것과 저울질하고 있었다. 하기야 승인받지 못했다고 금지된 것도 아니었다.

등이 가려웠다. 아마 혼자서 라임 주스 시장을 전부 먹여 살리고 있을 것 같았다.

또다시 욕조에 맨몸으로 서서 어깨 밑으로 주스를 흘려보냈다. 옷을 입고 나와 첫 이식 수술을 받을 줄리안의 여동생 로레인의 자료를 집어 들었다. 그녀는 로레인의 수술 전 병력, 심리 검사 결과, 영상 자료를 신중히 검토했다. 아무 이상 없이 좋아 보였고, 줄리안에게 듣지 못한 몰리와 바바라, 랄프 이건, 간호팀의 의료 프로필이 들어 있는 파일에도 눈에 띄는 점이 없었다.

캐로는 마침내 조지 와이거트의 두툼한 이론 파일을 열었다. 페이지들을 후루룩 넘겨 보니 수식과 도표, 물리학 용어가 빼곡한 긴 단락들이 가득했다. 다행히 와이거트는 9장에 걸친 '간략한 개요'를 작성해 두었고, 각각 '우주, 인식과 의식, 얽힘, 합의된 현실, 공간, 시간' 그리고 놀랍게도 '죽음'이라는 주제로 분류되어 있었다.

개요를 읽고 난 그녀는 잠시 눈을 끔뻑이고 다시 한번 쭉 읽어 보았다. 그러고는 파일들을 책상 위에 내려놓으며 손끝만 대도 터질 것 같은 폭탄이라도 되는 듯 빤히 쳐다보았다.

그동안 고작 맞춤형 우주를 만들겠다는 망상 때문에 걱정하고 있었다니!

 전문적인 표현이 도저히 떠오르지 않았다. 캐로는 철없는 아이처럼 입 밖으로 내뱉었다. "세상에, 이게 무슨 개소리야."

 그러나 그녀는 그들이 진지하다는 것을 알고 있었다.

14

"빌어먹을." 왓킨스가 침대에서 몸을 일으키며 말했다. 와이거트는 오랜 친구의 얼굴빛이 오늘 아침은 조금 나아 보인다고 생각했지만, 안경을 걸친 야윈 얼굴이 마치 똑똑하고 인상이 날카로운 족제비 같았다. 왓킨스가 손에 든 출력물을 훑어보며 말했다. "그 아이라면 믿어도 될 줄 알았는데."

"믿음의 문제가 아닙니다, 박사님." 벤 클라비가 희미한 미소를 지으며 대답했다. 문 옆에 서 있던 와이거트는 이 젊은 보안 기술자의 말투도, 미소도 마음에 들지 않았다. 사실 그는 애초부터 클라비를 썩 좋아하지 않았다. 어떻게 그럴 수 있는지는 몰라도, 그는 어딘가 비굴한 듯하면서 또 어찌 보면 잘난 체하는 듯 보였다. 와이거트가 말했다. "저도 좀 봅시다."

클라비는 왓킨스에게 종이를 받아 그에게 넘겨주었다. 왓킨스가 말했다. "첫 번째 이메일은 도착한 날 보냈고, 두 번째 이메일은 오늘 아침에 보낸 건가?"

"네, 맞습니다. 그리고 통화와 문자는 모두 동생분과 연락한 것으로 확인되었습니다. 저희한테 문제가 될 만한 내용은 없었고요. 동생분이 아이 양육권 때문에 골머리를 앓고 있는 것 같더군요."

와이거트가 불쑥 물었다. "통화를 엿들었다고? 그런 게 가능합니까?"

클라비는 재미있다는 듯 와이거트를 바라보며 말했다. "적절한 장비만 있으면 별로 어려운 일은 아니에요."

와이거트가 왓킨스를 향해 고개를 돌렸다. "불법적인 짓은 하지 않기로 했잖아."

클라비가 말했다. "여기서는 직원들의 직장 내 전자 통신을 모니터링하는 게 불법이 아니에요. 이곳은 직장이고요." 그리고 덧붙였다. "박사님."

와이거트는 첫 번째 이메일을 읽었다.

엘렌

오늘 밤에 시간 되면 전화 줘. 케일라가 밀가루로 13개 식민지 지도를 완성했는지 모르겠네. 잘 됐어? 마지막으로 봤을 때 조지아 쪽 해안선이 좀 뭉개진 것 같았는데.

이 프로젝트가 정확히 뭐냐고 물었지. DBS(기억 안 난다고 하지 마)와 비슷한 수술 기술을 통해 뇌 기능을 정밀하게 지도화하는 작업이야. 내 전문 분야지. 비밀 유지 계약서에 서명해서 그 이상은 말해 줄 수 없어. 그냥 내가 이 연구에 꽤 흥미를 느끼고 있다는 것만 알아 둬. 여기 얼마나 있게 될지는 아직 잘 모르겠지만, 내가 꼭 필요한 상황이라면 절대 주저하지 말고 말해 줘! 언제든 비행기 타고 집으로 바로 날아갈 테니까.

우리 큰할아버지는 좀 괴팍하시다고 할까. 디킨스 소설 속 캐릭터 같은데 과학 천재라고 생각하면 돼. 음, 상상하기 힘들긴 하겠다. 다른 사람들 이름을 말해 줄 수는 없지만 똑똑한데 약간 괴짜고 마음 따뜻한 나이 많은 과학자 한 분이랑 잘생겼는데 진짜 짜증 나는 컴퓨터 전문가 한 명이 있어. 섬은 정말 아름답고, 여기 올 때 비행기에서 본 게 전부라 아직 바다를 직접 보지는 못했지만 조만간—

와이거트는 나머지 내용을 빠르게 훑었다. 프로젝트와 관련된 내용은 더 없었고, 연구에 대한 열정이나 바로 집으로 돌아갈 수 있다는 소소한 거짓말들은 동생을 안심시키려는 의도 같았다. 그는 긍정적으로 보았다. 가족을 생각하는 거니까. 그런데…… '똑똑한데 약간 괴짜고 마음 따뜻한 나이 많은 과학자'라니, 와이거트 자신을 말하는 건가? 왓킨스라면 아무리 천재라고 해도 디킨스 소설의 등장인물에 비유되는 걸 좋아할 리 없다. 그리고 줄리안이 '진짜 짜증 난다'고? 와이거트는 전혀 그렇게 느낀 적이 없었다.

두 번째 이메일은 더 짧았다.

엘렌

변호사랑 얘기 끝나면 나한테 연락해. 혹시 오늘 케일라를 집으로 못 데려오면 또 전화 주고. 이쪽에서 뭐라도 해 볼게. 그리고 어젯밤에 네 페이팔 계정으로 돈 보냈는데, 변호사 비용으로 부족하면 알려 줘, 조금 더 보낼 수 있을 것 같으니까. 법원에서 케일라한테 상담이 필요하다고 하면 다음 월급 받아서 상담 비용도 보낼게. 그렇게 요구하기도 하더라고.

기운 내, 엘렌. 우린 충분히 이겨 낼 수 있어. 너는 내가 아는 최고의 엄마야. 우리 엄마를 생각하면 참 놀라운 일이긴 한데 어쨌든 누구도 부정할 수 없는 사실인걸. 필요하면 내가 당장이라도 집으로 날아가서 법정에서 직접 증언할게. 평판이 바닥을 쳤지만, 그래도 신경외과 의사의 말이라면 조금이라도 들어주지 않겠어?

사랑을 담아,
캐로

와이거트가 말했다. "샘, 이걸로는 비밀 유지 계약을 위반했다고 보기 어려워. 프로젝트 세부 사항 같은 것도 없잖나."

왓킨스가 대꾸했다. "프로젝트에 대해 **아무** 말도 하면 안 됐다고. 아무것도. 그리고 동생한테 변호사 비용으로 보낸 돈은 다 어디서 난 거지?"

"모르겠습니다. 페이팔 계좌를 해킹하는 건 정말 불법이라 원치 않는 관심을 끌 수도 있어서요." 클라비가 대답했다.

"그건 안 되지. 알았네, 클라비. 그 아이가 이 일과 관련해서 또 메일을 쓰면 바로 가져오고 내가 봐야 할 것 같은 통화 기록도 정리해서 넘겨줘. 에이든한테도 그렇게 하라고 전하고."

"알겠습니다."

와이거트는 클라비가 이번에는 '박사님'이라고 덧붙이지 않았다는 것을 눈치챘다. 그런데 에이든 에버하트가 클라비보다 상사 아닌가?

클라비가 자리를 뜨고, 왓킨스가 말했다. "조지, 보안팀이 내 조카 손녀의 이메일과 전화 통화를 감시하는 걸 자네가 불편해하는 건 알아. 그 아이가 우리와 일을 시작하고 완전히 신뢰할 수 있게 될 때까지만일세."

"나는 이제 확실히 신뢰하네."

왓킨스의 눈빛이 날카롭게 빛났다. "그래? 왜지? 자네에게 무슨 말을 했길래?"

"많은 이야기를 했지. 물론 아직 배울 게 많지만, 다 이해하고 나면 분명 여기 남을 거야. 근데 자네는 좀 어떤가, 샘? 카밀라 말이 감염이 도져서 다시 침대에 누워 있어야 한다던데."

"카밀라는 쓸데없는 말이 너무 많다니까. 난 괜찮아."

왓킨스는 괜찮지 않았다. 와이거트는 불현듯 옛날 기억이 떠올랐다. 그가 대신 강의를 맡기로 하고 왓킨스가 미국으로 돌아가기 전 함께 알프스에서 휴가를 보내던 때의 일이었다. 경험도 없이 열정만 넘치던 왓킨스가 눈 덮인 벌판에서 잘못된 판단으로 크레바스에 빠져 다리가 부러졌었다. 구조대원들이 독일어로 미국 놈들 어쩌고 구시렁거리며 그를 끌어올려 산 밑으로 싣고 가야 했을 때도 그는 이렇게 말했었다. "난 괜찮아." 독일어를 할 줄 아는 와이거트는 왓킨스가 그들의 말을 알아듣지 못해 다행이라고 생각했다.

와이거트가 조용히 말했다. "난 이제 캐롤라인 박사님을 찾아가 프로젝트에 관해 더 얘기해 볼게."

"알았네." 왓킨스가 대답하며 눈을 감았다.

그는 와이거트가 "그런데 여기 괴짜라는 건 무슨 의미지?" 하고 묻는 것을 듣지 못했다.

15

 비록 와이거트가 던진 물리학 폭탄을 무시하는 것이 쉽지 않았지만, 캐로는 복잡한 이론들을 잠시나마 머릿속에서 제쳐두고 몰리와 바바라와 함께 섬의 서쪽 끝에 있는 브랙 리프 해변으로 향했다. 바바라가 지프차를 빌렸다. 그들은 눈부시게 반짝이는 푸른 빛의 바다를 따라 맨발로 걸으며 케이맨나이트 장신구를 파는 가게들을 둘러보았다. 바바라는 귀걸이를, 몰리는 팔찌를 하나씩 샀다. 하지만 캐로는 돈을 아끼려고 구경만 하면서 엘렌이 변호사와 만난 이후 문자나 메일을 보내진 않았을지 이따금 휴대 전화를 확인했다.
 해변을 거닌 뒤, 그들은 리조트 바에서 술을 마셨다. 아무리 술을 마셔도 취한 기색 없이 멀쩡한 몰리가 자신의 연애 경험을 풀기 시작했다. 그녀가 만난 연애 상대는 하나같이 아주 매력적이지만 동시에 대단히 문제 많은 남자들이었다. 그녀는 최근에 젊은 다이

빙 강사와 물속에서 관계를 시도했던 이야기를 들려주었다. "문제는 물 때문에 천연 윤활제가 다 씻겨 내려간다는 거야."

"그게 문제라고?" 바바라가 되물었다. "그러니까, 상어라든지 가오리라든지, 아니면 다른 관광객들이 주변에 있는 건 전혀 상관없고?"

"암초 상어들은 보통 위험하진 않아." 몰리가 말했다.

"하지만 네가 막 허우적거리거나 하면……"

"당연히 막 허우적거리고 있었지." 몰리가 대꾸했다. "걘 스물둘이었는걸. 그 나이대 남자들은 부드러움 따윈 모르잖아."

"물속에서 윤활제도 없이 부드럽게 움직일 수 있는 사람이 얼마나 있을까요?" 캐로가 말했다.

"별로 추천할 만한 경험은 아니에요." 몰리는 심각한 표정으로 대답하는 듯하다가 이내 옆 테이블의 관광객들이 힐끔거릴 만큼 큰소리로 웃음을 터뜨렸다.

캐로도 함께 소리 내어 웃었다. 폴 베커 사건으로 인한 징계 청문회 이후 이렇게 즐거웠던 건 처음이었다. 이들은 이미 그녀를 친구처럼 대하고 있었다. 엘렌 말고 여자 친구가 있었던 게 언제였더라? 아니, 드본을 빼고 진짜 친구가 있었던 적이 있긴 했나? 너무나 오랜만에 느껴보는 기분이었다.

그들은 계속 웃고 떠들며 인턴 시절 에피소드를 꺼냈다. 몰리가 말했다. "제가 산부인과 실습을 돌고 있는데 자궁 근종이 생긴 어떤 여자가 검진대에 다리를 올리고 누워서 불안한 표정으로 묻는 거예요. 선생님, 저 용궁 근종인가요?"

캐로는 배를 잡고 웃었다. 크랜베리 주스가 코에서 뿜어져 나올 지경이었다.

바바라가 말했다. "이제 슬슬 돌아가야 할 것 같아. 비가 올 것 같은데 우리 지붕 없는 지프차 타고 왔잖아. 그리고 캐로 박사님, 와이거트 박사님이 프로젝트 관련해서 더 얘기 나누고 싶다고 하지 않았어요? 줄리안이었나?"

"와이거트 박사님 맞아요." 캐로가 대답했다. 술집에서 그렇게 오래 있었는지 몰랐다. 하고 싶은 말이 있었으나 과연 지금이 적절한 순간일까? 그런 때가 오긴 할까? 그녀는 결심한 듯 입을 열었다. "바바라 선생님, 몰리 선생님, 여쭤보고 싶은 게 하나 있어요. 너무 사적인 질문이라 느껴지면 대답 안 해도 돼요. 두 분은 와이거트 박사님의 이론에 전부 동의하세요?"

분위기가 순식간에 바뀌었다. 몰리조차도 표정이 굳은 채 주변을 살피며 혹시 누군가 엿듣고 있지 않은지 확인했다. 옆자리에 있던 관광객들이 막 자리를 뜨고 있었다. 그들이 나가자 바바라가 말했다. "네, 전적으로 동의해요. 궁금한 게 많으신 모양이에요. 편하게 물어보세요."

"제 의식이 이 테이블을 만들어 낸다고 믿으시는 거죠? (또 테이블 얘기라니!) 제가 없으면 이 테이블도 없는 거고요? 이 술집도, 크랜베리 주스도, 저 바텐더도요?"

"박사님에게는 그렇겠죠." 바바라가 대답했다. "하지만 박사님이 없어도 저와 몰리가 이곳에 있다면 저희에게는 그대로 존재할 거예요."

"여기 아무도 없으면요? 그때는 술집이 아예 존재하지 않는 건가요?"

이번에는 몰리가 대답했다. 캐로는 발랄하기만 한 줄 알았던 그녀의 또 다른 면모, 수술실에서 보여 줄 법한 진지하고 신중하며 침착한 모습을 보았다. "모든 건 가능성으로서 존재해요, 음, 이를테면 바텐더가 들어와서 문을 열기 전까지는요. 그리고 제가 이 술집을 보는 순간, 그 가능성이 무너지고 저와 박사님과 바텐더를 포함해 이곳에 있는 모든 사람에게 현실이 되는 거죠. 저희는 모두 하나의 얽힌 현실 속에 있으니까요. 그렇게 관찰했던 내용은 우리의 기억 속에 저장되고, 다시 술집에 갔을 때 그 기억은 실제와 일치하게 돼요. 다시 말해, 우리가 처음 이 술집을 관찰하는 순간, 우리 기억 속에 여러 가능성으로 존재하던 '술집'에 대한 개념이 특정되는 거죠. 자유도가 붕괴한 거예요. 와이거트 박사님은 이렇게 설명하면 탐탁지 않아 하시겠지만, 본질은, 합의된 현실이 이 술집을 '고정'했기 때문에 우리가 언제 이곳으로 돌아와도 변하지 않는다는 거예요."

몰리는 가까이 다가가면 캐로가 더 잘 이해할 수 있을 거라는 듯 몸을 앞으로 기울였다. "그렇다고 우리가 나가 있는 동안 이곳이 진짜로 '사라지지는' 않아요. 애초에 가능성으로만 존재하니까요. 옛날 텔레비전을 떠올려 봐요. 화면이 지직거리고 아무것도 안 보이다가 채널을 조정하면 이미지가 나타나잖아요. 조정하기 전에는 그저 어떤 이미지가 될 가능성일 뿐이었지만, 조정을 통해 실현되는 거죠. 물론 TV를 끄면 더 이상 화면이 보이지 않지만 길 건너 이웃집에서 그 채널을 맞추고 있다면 여전히 그 이미지가 존재하고 있을 거예요. 마찬가지로, 박사님이 이 술집을 나가서 더 이상 관찰하지 않는대도 이곳이 없어지지 않아요. 여전히 다른 사람들이 관찰하고 있을 테니까요."

"특히 해피 아워 때는 더 그렇죠." 바바라가 말했다.

"좋아요." 캐로가 답했다. "말씀하신 걸 받아들인다고 칠게요. 와이거트 박사님이 남긴 메모를 읽어 봤는데 물질세계뿐만 아니라 시간도 의식에 의해 만들어진다고 하더군요. 과거도 결국 지금 우리 뇌에 있는 알고리즘이 규정하는 방식대로 우리의 의식이 만들어 낸 것에 불과하다고요. 로마 제국, 공룡, 은하의 형성 같은 것들이—"

"관찰자에 달려 있죠." 바바라가 말을 이었다. "시간은 단순히 '외부에' 따로 존재하면서 과거에서 미래로 흘러가는 게 아니에요. 아인슈타인이 시간은 관찰자에 따라 상대적이라고 증명했잖아요. 최신 연구에서는 이를 한 단계 더 발전시켜 소위 말하는 '시간의 화살'* 이 관찰자인 우리, 특히 우리가 정보를 처리하고 기억하는 방식과 밀접하게 연관되어 있다는 것을 밝혀냈어요. 의식적인 관찰자가 없다면 시간의 화살이든 시간 자체든 애초에 존재하지 않는 거죠.

한마디로, 현실은 관찰자에서 시작해서 관찰자로 끝난다고 할 수 있어요. 아인슈타인의 동료였던 존 휠러도 '우리는 아주 먼 과거의 우주에 영향을 미치는 존재들이다'라고 했고요. 그러니까 관찰자는 현재뿐 아니라 우리가 과거라고 부르는 시공간적 사건의 흐름까지 붕괴시키는 최초의 원인이자 근본적인 힘이라고 할 수

---

* 영국의 천체물리학자 아서 에딩턴이 제시한 개념으로, 시간이 과거에서 미래 한 방향으로만 흐르는 현상.

있어요. 시간은 단지 의식이 세상을 이해하기 위한 수단이고…… 캐로 박사님, 왜 웃고 계세요?"

"아니에요. 전에 본 티셔츠에 '시간은 모든 일이 한꺼번에 일어나지 않게 하려는 자연의 방식이고, 공간은 그게 나한테 일어나지 않게 하려는 자연의 방식이다'라고 쓰여 있던 게 생각나서요."

"저도 하나 갖고 싶은데요!" 몰리가 말했다.

바바라가 얼굴을 찌푸렸다. "저는 진지하게 말씀드린 거예요."

캐로는 실수를 만회하려는 듯 서둘러 말했다. "그럼요. 저도 진지하게 듣고 있어요. 배우고 싶은 마음은 큰데…… 선뜻 받아들이기가 쉽지 않네요."

"알아요. 하지만 혁신적인 과학은 항상 받아들이기 어려워요. 천문학자들은 태양이 지구를 중심으로 도는 게 아니라 지구가 태양 주위를 돈다는 사실을 인정하지 못했죠. 18세기 의학에서는 눈에 보이지 않을 정도로 작은 병원균이 질병을 일으킨다는 것을 이해하지 못했고요. 20세기 과학자들은, 심지어 아인슈타인조차도 양자 역학을 쉽게 받아들이지 못했어요. 그리고 다중 우주론은 전부 끈 이론 같은 것들과 경쟁해야 하죠. 그렇지만 과학은 분명 현실이 어떻게 작동하는지에 대한 와이거트 박사님의 이론을 뒷받침하고 있어요."

"다중 우주라면…… 두 분은 줄리안 씨가 정말로 다른 분기로 들어갔다고—"

"창조한 거죠." 바바라가 정정했다.

"—그리고 기계와 연결을 끊고 나서도 그 새로운 우주가 줄리안 씨 없이 계속 흘러갔다고요?"

"네. 저희는 그렇게 받아들이고 있어요." 몰리가 대답했다.

"그러면 줄리안 씨가 원했다면, 뭐랄까, 그리스 신 같은 모습이 아닌 분기를 만들 수도 있고 그 세계도 여기만큼이나 '진짜'일 수 있다는 건가요?"

"그렇죠. 양자 역학의 법칙이 허락하는 범위 내라면요." 바바라가 말했다. 옆 테이블에 남자들이 앉으며 그들 쪽을 관심 있게 바라보았다.

몰리는 대화 주제를 바꿀 기회를 놓치지 않고 물었다. "그런데 정말 줄리안이 그리스 신처럼 생겼다고 생각하세요?"

캐로는 얼굴이 붉어지는 것이 느껴져 당황했다. "네, 그렇지만 그게…… 별 뜻은 없어요."

"네. 제가 박사님께 이래라저래라 하려는 건 아니지만, 조심하시는 편이 좋을 것 같아요." 바바라가 살짝 덧붙였다.

그때 배가 불룩하게 나온 남자가 기대에 찬 미소를 띠며 다가왔다. "안녕하세요! 저희가 여러분께 한잔 사 드려도 괜찮을까요?"

"죄송해요 이제 막 가려던 참이라서요." 캐로가 대꾸했다. 바바라와 몰리에게 어젯밤 와이거트의 노트에서 읽었던 내용 가운데 가장 믿기 어려웠던 부분을 미처 묻지 못했지만, 갑자기 묻고 싶지 않아졌다. 이미 너무 많은 것을 들었다.

연구단지로 돌아가는 도중 비가 내리기 시작했다. 지프차는 지붕이 없었다. 바바라는 더욱 속도를 냈다. 캐로의 휴대 전화가 울렸고, 엘렌에게서 케일라의 양육권을 되찾기 위해 변호사와 어떤 전략을 짰는지 들을 수 있었다. 그녀는 빗줄기에 휴대 전화가 젖지 않도록 최대한 가렸다. 얼굴이 다시 가려워지기 시작했고, 몰리는 의외의 듣기 좋은 목소리로 거미가 줄을 타고 올라가다 비가 온다는 가사의 동요를 흥얼거렸다.

하지만 그 어떤 것도 와이거트를 찾아가 무슨 뜻이었는지 분명히 물어봐야겠다는 캐로의 결심을 바꿀 수는 없었다. 정말로 그 의미일 리가 없으니까.

캐로는 와이거트에게 아무것도 물을 수 없었다.

세 사람은 단지 정문 바로 안쪽에 있는 현관 지붕 밑으로 물을 뚝뚝 흘리며 들어왔다. 줄리안과 루스킨이 캐로를 기다리고 있었다. 그녀는 몸을 말리고 옷을 갈아입은 뒤 라임 주스를 더 바르고 나서 보안실 뒤편의 작은 회의실에서 그들과 만나기로 약속했다.

그녀가 들어서자 줄리안이 회의실 문을 닫았다. 루스킨은 캐로의 얼굴을 빛에 비춰 보고 등을 잠깐 살펴보고는 몇 가지 질문을 하며 고개를 끄덕였다. "괜찮아 보입니다. 운이 좋으시네요, 박사님. 염증이 생기거나 지금보다 더 심해지지는 않을 것 같아요. 좋아요, 줄리안. 화요일 정도면 박사님이 들어가셔도 되겠어요. 그럼 저는 이제 왓킨스 박사님께 돌아가 보겠습니다."

캐로가 물었다. "제가 화요일에 어딜 들어간다는 거죠? 그리고 큰할아버지께 무슨 일이 있나요?"

줄리안의 표정이 어두웠다. "새로운 상황이 생긴 건 아니에요. 하지만 왓킨스 박사님께서 많이 약해지셔서, 물론 루스킨 박사님은 회복될 수 있을 거라 하셨지만 정말 예측이 안 되는 암이라 시간이 얼마 남지 않은 것 같아요. 수술 일정을 서둘러야 합니다. 캐로 박사님—"

"화요일에 제가 수술을 할 수는 없어요, 그 말씀이시라면."

"네, 그건 저희도 동의합니다. 그분은 아직 준비가 안 되셨어요. 하지만 왓킨스 박사님이 말씀하신 대체 인력이 바로 올 수가 없기 때문에 랄프가 이곳에 백업으로 있을 수 있는 시간을 최대한 활용해야 해요. 루스킨 박사님이 방금 얘기하신 건 로레인한테 이식 수술을 해도 된다는 겁니다. 그다음에는 에이든, 벤, 그리고 두 명 더 있어요. 그러면 랄프가 가기 전에 어떻게든 왓킨스 박사님까지 끼워 넣을 수 있을 거예요."

"아니, 이미 몇 번이나 말했잖아요, 아직 여기 있을지 말지도 확실하지 않다고요! 왜 이해를 못 하시는 거예요? 그리고 제가 여기서 일한다고 해도 수술한 환자들의 합병증이나 뇌 흉터, 수술 후 영상을 충분히 보지도 않고 다음 수술로 넘어갈 수는 없어요. 단순히 피부밑에 ID 칩을 삽입하는 게 아니잖아요." 캐로가 말했다.

"그건 알지만—"

"수술은 최소 5일 간격으로 잡고, 제가 완전히 익숙해지기 전까지 왓킨스 박사님 수술은 못 해요. 일정은 그렇게 할게요."

줄리안이 손을 뻗어 그녀의 두 손을 잡았다. "캐로 박사님, 그럴 수는 없어요. 왓킨스 박사님이 이식받기 전에 돌아가시면 안 됩니다. 15년의 세월과 재산 대부분을 쏟아부어 실현한 결과를 직접 경험하시기 전에는요. 죽어 가고 있지 않은, 젊고 건강한 왓킨스 박사님이 있는 또 다른 우주의 분기를 꼭 창조해야 한다고요."

결국 와이거트가 남긴 메모 속 폭탄을 마주하게 되었지만 와이거트가 아닌 줄리안과 결판을 내야 할 상황이었다. 캐로는 그의 손을 뿌리쳤다. 순간 그의 손길에 반응한 것은 사실이었으나 나이 90 먹은 할머니가 아닌 이상 줄리안 데이가 내민 손에 흔들리지 않을 여자는 없을 것이다. 하지만 지금 그런 건 중요하지 않았다.

그녀가 말했다. "지난밤에 죽음과 관련된 부분을 포함해 와이거트 박사님의 이론을 요약한 내용을 읽어 봤어요. 박사님에 따르면, 칩을 이식받은 사람이 자신이 기억하는 사람들로 가득한 우주의 '다른 분기'로 들어가면 이곳의 자기 몸으로 돌아온 후에도 그곳 사람들은 여전히 계속 살아서 존재한다고 하더군요. 그런데 그게 전부 사실이라고 해도, 솔직히 저로서는 믿기 힘들지만, 어쨌든 다 진짜라고 치더라도 세션이 끝나면 할아버지가 다시 침대로 돌아와 죽어 가고 있는 건 변함없잖아요. 몸이 이곳에 있으니까요. 그곳에 **계속** 머물러 있을 수 없으니까요. 와이거트 박사님은 인간이 죽어도 의식이 사라지지 않는다고 보시지만, 그건 신학자들이 다룰 문제지 의사가 신경 쓸 일이 아니라 저는 잘 모르겠어요. 설령 의식이 소멸하지 않는다고 해도 다른 어디선가 새로운 다중 우주의 분기를 만든다거나 거기에 존재한다는 증거도 없고요. 아니, 뭐라고 하실지 알아요. '다른 어딘가'니 '이곳'이니 '저곳'이니 하는 건 없다고 말씀하시겠죠. 모두 중첩된 양자 거품이라고요. 하지만 결국 중요한 건 할아버지가 잠시 다시 건강하고 강해졌다고 느낄지 몰라도 암에 걸렸다는 사실은 그대로라는 거예요. 죽음을 피할 수는 없어요, 줄리안 씨."

줄리안의 눈빛 너머로 무언가 일렁였지만, 그는 이렇게만 말했다. "왓킨스 박사님은 그 잠시의 순간을 바라시는 겁니다. 그 순간만 바라보며 15년을 달려왔어요. 기계 사용과 관련해 세션 전에 필요한 훈련도 모두 마쳤어요. 박사님이 오시기 전부터 차근차근 해 왔던 거죠. 이제 준비가 되었습니다."

"이식 수술을 버티지 못할 가능성이 높아요."

"위험을 감수하실 겁니다. 그분의 선택이잖아요? 게다가 어차피 죽음을 앞두고 있다면 달라질 것도 없지 않나요?"

"저 때문에 그분을 돌아가시게 할 수는 없으니까요! 줄리안 씨, 아무리 의사가 아니라도 제발 생각 좀 해 보세요!"

줄리안이 몸을 숙였다. 그의 얼굴에는 그녀가 예상하지 못한 강한 결의가 보였다. "왓킨스 박사님이 원하시는 겁니다."

"저는 못 해드려요. 지금 몸 상태로는 절대 안 돼요."

줄리안이 아무 말 없이 그녀를 가만히 응시했다. 그러더니 갑자기 한결 부드러운 목소리로 말했다. "충분히 이해해요, 캐로 박사님. 박사님은 양심적인 의사고, 양심적인 의사는 환자의 생명을 두고 불필요한 도박을 하지 않죠. 무리한 수술로 커리어를 위험에 빠뜨리고 싶지도 않으실 거고요. 존경합니다. 그런 엄격한 기준이 저희가 이 프로젝트에 박사님을 모신 이유이기도 하니까요. 그리고 여기 오신 지금, 왓킨스 박사님과 조지 박사님과 저는, 저희 모두는 박사님을 믿고 있어요. 아마 제가 제일요."

줄리안이 다가오자, 캐로는 그가 자신을 끌어안으려 한다는 걸 알아챘다.

그녀는 그를 밀쳐 냈다. "정말 이럴 거예요? 이런다고 제가 마음을 바꿀 거라고—"

"그만." 줄리안이 거칠게 말했다. "단 한 번이라도 제가 진심일

지도 모른다는 생각은 해 본 적 없어요? 내가 당신에게 끌리는 감정도, 존경하는 마음도 모두 진심이라는 걸? 나에 대해 그렇게 성급하게 단정 지어 버리는 것이 부당할 수도 있다는 생각, 내가 정말로 당신을 좋아할 수도 있다는 생각은 안 해 봤냐고요?"

캐로는 잠시 주저했다. 줄리안은 자신을 길들여 주기를 바라는 도전적인 눈빛으로 그녀를 쏘아 보고 있었다. 어깨는 잔뜩 힘이 들어간 채, 숱 많은 금발 머리칼이 그 강렬한 눈을 살짝 가리며 흩날렸다. 그러나 지금 상황은 흔해 빠진 로맨스 소설 속 장면이 아니었다. 그녀가 입을 열었다. "그런 생각은 전혀 안 했어요. 당신이 나한테 호감을 느낄 수도 있고 존경심이 들 수도 있겠죠. 당신 같은 남자라면 내가 당신에게 매력을 느낀다는 것도 분명 알 거고요. 하지만 여기서 중요한 건 그게 아니에요. 당신은 그 감정을 이용해 나를 설득하려 했고, 그래서—"

그래서 감정이 사라진 거예요.

"—난 수술 일정을 앞당기지 않을 거예요. 설령 수술을 한다 해도 로레인, 에이든, 벤, 그리고 최소한 한 명은 더 해야 해요. 아마 와이거트 박사님이겠죠. 그리고 난 다음에 루스킨 박사님의 동의가 있고, 또 **제가** 준비됐다는 판단이 들면 할아버지 수술을 할 겁니다."

"알겠어요." 줄리안이 대답했다. 고분고분한 말투였으나 캐로는 그 밑에 깔린 당혹감을 읽을 수 있었다. 줄리안 데이는 여자에게 거절당하는 일이 거의 없었으니 말이다.

그가 나간 후, 캐로는 방으로 돌아와 침대 끝에 걸터앉아 속으로 중얼거렸다. '남자들을 참 많이도 거절했었지.' 결국은 모두를 거절한 셈이었다. 어렸을 때는 자신이 진지한 관계를 맺지 못하는 것이 부모님의 불행한 결혼 생활 탓이라고 여겼다. *참고할 만한 롤 모델이 없었잖아.* 조금 더 나이가 들면서 사람들이 흔히 부모를 변명 삼아 문제를 정당화한다는 걸 알게 되고부터는 친구들에게 '내가 눈이 높아서'라고 말하곤 했다. 그리고 그 말이 얼마나 거만하게 들리는지 깨닫게 되었을 무렵에는 의대 공부와 인턴, 레지던트 생활의 압박 때문에 가벼운 연애를 선호한다는 핑계를 댈 수 있게 되었다.

엘렌은 전혀 다른 의견을 제시했다. "언니는 거꾸로 뒤집힌 아보카도야."

"뭐라고?"

"아보카도라고. 있잖아, 그 초록색 채소―"

"아보카도가 뭔지는 나도 알아. 그리고 채소가 아니라 과일이거든!"

"―속에는 딱딱한 씨가 있지만 주변은 말랑말랑하잖아. 언니는 반대로 겉은 단단한데 속이 부드럽고 연약하니까 뒤집힌 아보카도지."

"내가 뭘 연약하다고 그래!"

엘렌이 말했다. "그래, 연약하단 건 취소. 그런데 부드럽긴 하잖아. 케일라랑 안젤리카한테 하는 것만 봐도. 나한테도 그렇고."

"그건 다르지."

"다르지 않아. 언젠가는 어떤 남자가 언니의 그런 부드러운 면을 보게 될 거야."

캐로는 아무도 없는 방에서 허공에 대고 소리 내어 말했다.

"오늘은 아니야. 저 남자일 리도 없고." 그리고 사실 엘렌이 남자에 대해 뭘 알겠는가? 에릭과 결혼했는데.

캐로는 파란색 파일을 집어 들었다. 아보카도는 물리학 공부나 해야지.

16

 북적거리는 식당 테이블에서 저녁을 먹던 중, 에이든은 캐로에게 와이거트가 오후에 마이애미로 출발했다고 알려 주었다. "거기서 열리는 물리학 학회가 있는데 원래 여기 일 때문에 참석 못 하실 줄 알았다가 팀장님이 생각했던 일정대로 수술이 어렵게 되면서 와이거트 박사님도 그냥 다녀오기로 하셨어요. 위상 수학에서 매듭 이론과 관련해 획기적인 논문이 나와서 발표를 듣고 싶다고 하시더라고요."

 매듭에 위상 구조가 있다는 것조차 처음 듣는 캐로는 그저 고개만 끄덕였다. 수술 일정을 두고 줄리안과 언쟁을 벌인 것이 불과 몇 시간 전이었다. 이곳에서는 소문이 얼마나 순식간에 퍼지는 거지? 줄리안이 껴안으려 해서 화를 냈던 것도 다들 알고 있는 걸까? 에이든이 민망해하는 기색이 없는 것을 보니 아마 그 일은 알려지지 않은 듯했다. 줄리안은 저녁 식사 자리에 나타나지 않았다. 캐로는 그와 다음에 마주쳤을 때 너무 어색하지 않기를 바랐다.

방에 들어와 엘렌에게 다시 전화를 걸었다. 케일라가 곧 집으로 돌아올 것이라는 소식을 전하며 엘렌은 말했다. "그 변호사님 정말 대단해!" 와이거트에게 빌린 돈으로 지불한 비용을 생각하면 변호사가 당연히 대단해야 했다. 그 정도 금액이면 미흡한 부분을 마저 다듬지 않고 일요일은 창조를 쉬었다는 이유로 신을 고소할 수 있을 정도로 유능해야 마땅했다.

캐로는 라임 주스를 바르고 색색의 파일들을 읽으면서 저녁 시간을 보냈다. 와이거트의 이론은 주요 요점마다 뒷받침하는 과학 실험들로 가득했다. 그녀는 입자를 측정하면, 즉 입자에 대한 관찰이 이루어지면 연결된 다른 입자가 멀리 떨어져 있어도 즉각적으로 변화하는 현상인 '양자 얽힘'에 특히 주목했다. 우리 뇌 일부는 '얽힌 정보 시스템'으로 이루어져 있으며 최소한 부분적으로는 양자 수준에서 작동하기 때문에 얽힘이 뇌에서도 적용된다는 내용이었다. 뇌가 수행하는 모든 일은 실제로 일어나기 전까지 단지 가능성에 지나지 않으며, 어떤 일이 다른 일보다 더 확률이 높을 수는 있으나 그 가능성은 무한했다.

페이지를 다 읽기도 전에 머릿속에서 의문이 피어올랐다. 전자나 아원자 입자*가 서로 얽힐 수는 있어도, 캐로가 살고 있는 세상은 양자 수준이 아닌 거시 세계였다. 이곳에서는 경우가 달랐다. 그러나 와이거트는 이어지는 몇 페이지에 걸쳐 그 의문에 답하듯

---

* 원자보다 작은 입자.

아원자 입자보다 큰 것을 얽히게 한 최신 실험 사례들을 구체적으로 설명해 두었다.

밤 10시쯤 되자 머리가 핑 돌았다. 와이거트의 이론에서 죽음에 대한 의문은 여전히 해소되지 않았지만, 나머지 부분들은 천천히 정독해 보니 논리와 실험적 증거가 놀랍도록 탄탄했다. 캐로는 그의 이론을 반박할 만한 지점을 전혀 발견할 수 없었다.

방안이 너무 더웠다. 그녀는 문을 열고 상쾌하고 향긋한 밤공기가 감도는 바깥으로 나갔다. 산책로를 비추는 조명이 닿지 않는 어둠 속 피크닉 테이블 위로 흐릿한 형체가 보였다. 캐로는 눈을 가늘게 뜨며 조심스럽게 한 발씩 걸음을 옮겼다.

왓킨스가 머리를 기이한 각도로 젖힌 채 휠체어에 앉아 있었다.

캐로는 불안감에 휩싸여 가까이 다가갔다. "왓킨스 박사님?"

고개가 앞으로 돌아왔다. 죽은 것이 아니었다. "박사님, 괜찮으세요?"

"당연히 괜찮지. 오늘 밤에 화성이 보인다길래 보려고 했는데 저 조명이 너무 밝군. 별 관측하는 것 좋아하나?"

"그다지요. 어릴 때는 별자리를 좀 알았는데 지금은 북두칠성밖에 기억이 안 나네요."

"이 시기 이 위도에서는 북두칠성이 보이지 않지."

캐로는 피크닉 벤치에 앉아 그를 마주 보았다. 왓킨스가 신경질적으로 말했다. "내 앞에서 의사 노릇 하려고 하지 마. 내 주치의도 아니면서. 참고로 내가 혼자 여기까지 나온 건 아니지만, 그렇다고 카밀라가 데리고 나온 것도 아니니까 그 여자를 부르지 않았으면 좋겠네. 난 카밀라와 줄리안의 말을 거스를 수 있는 유일한 사람과 함께 별을 보러 나왔어. 벤 클라비가 도와줬지."

"알겠어요. 저기 밝은 별이 있는 저 별자리는 뭐예요?"

"정말 궁금해서 묻는 건가?"

그녀는 희미한 어둠 속에서 그를 잠시 바라보다 솔직히 말하기로 마음먹었다. "조금은요. 실은 그보다 조지 박사님이 물리학 학회 참석차 마이애미에 가셨다고 들어서 그분께 여쭤보고 싶었던 질문을 드리고 싶어요."

"이제 조지라고 부르는 모양이군. 좋아, 물어보게."

"이 연구 프로젝트의 목적은 죽음을 피하는 거죠? 단순히 물리학 실험이나 뇌 지도화 연구를 위해 다중 우주의 다른 분기에 들어가려는 게 아니잖아요. 박사님이 돌아가신 후에도 의식이 사라지지 않고 그 다른 다중 우주에서 계속 이어지길 바라며 박사님이 존재하는 분기를 '창조'하려는 것 아닌가요?"

왓킨스가 거칠게 웃는 소리에 그녀는 깜짝 놀랐다. 쉰 목소리는 기침으로 이어졌다.

"아냐, 난 괜찮으니…… 신경 쓰지 말게. 잠깐만…… 있어 봐."

캐로는 그에게서 눈을 떼지 않으며 뒤로 물러났다. 왓킨스는 차츰 안정을 되찾는 듯 보였다. 그가 마침내 입을 열었다. "금방 이해할 줄 알았지. 대답하자면 '그래, 맞다'가 되겠군. 존 던의 시 중에 이런 구절이 있지. '죽음이여 자만하지 말라, 비록 누군가는 그대를 가리켜 강하고 두려운 존재라 하지만, 그렇지 않으니까.' 들어봤나?"

"존 던은 관찰자가 중요하다는 얘기를 한 게 아니잖아요. 그리고 박사님이 바라는 죽음 이후의 일이 실제로 일어날지 알 수도 없어요. 와이거트 박사님의 이론상 다중 우주 분기들 사이에 소통이 불가능하니 증명할 방법이 없어요."

"그건 그렇지."

"그래서—"

"알고 있나," 왓킨스가 담담하게 말했다. "와이거트가 죽은 아내 로즈를 다시 만나려고 이식을 받으려 한다는 거? 그 친구가 얼마나 간절히 바라고 있는지?"

"몰랐어요, 전혀." 맙소사, 와이거트의 이론이 모두 상실의 슬픔에서 나온 소망을 이루기 위한 판타지라니, 정말 그게 동기였다고? 그렇지만…… 분명 방금 전까지 과학적 논리가 탄탄해 보인다고 생각하며 수없이 많은 페이지를 읽어 내려갔던 참이었다.

왓킨스가 말을 이었다. "내가 결혼식에서 신랑 들러리를 섰지. 내가 본 몇 안 되는 진정 행복 가득한 결혼 생활이었어. 그런데 내 조카, 네 아버지는 그런 행복을 누리지 못했다지. 네 엄마는 딱 한 번 만나봤는데, 그 한 번으로도 충분히 알겠더군. 캐롤라인, 이미 마음은 굳히지 않았나?"

"네." 그는 그녀가 생각했던 것보다 훨씬 예리했다.

"남기로 한 거지?"

"네." 결코 간단하지 않았던 고민 끝에 나온 너무나 간단한 대답이었다.

"그래." 왓킨스가 담담한 목소리로 말했다. "슬슬 피곤하군. 안으로 좀 데려다주겠나? 그리고…… 카밀라를 불러 주게."

캐로는 휠체어를 밀며 잔디밭을 가로질러 산책로로 향했다. 그러고는 카밀라를 부르고 다시 휠체어를 안으로 밀고 들어갔다.

"이제 가 봐." 왓킨스가 말했다. "저 덤불 속에 숨어 지켜보고 있고도 남을 여자니까 금방 올 거야. 한 가지만 더—"

"네?" 카로가 물었다.

"아까 가리킨 밝은 별은 '알타이르'라고, 아랍어로 '하늘을 나는 자'라는 뜻이지. 여름철 별이라 북반구에서는 겨울 동안 지구에 가려져 보이지 않지만, 봄이 되면 늘 다시 나타난다네. 늘. 좋은 밤 되게."

아랍어라니. 참 알 수 없는 사람이었다. 그러나 카로가 방으로 돌아가며 떠올린 것은 아랍어가 아니라 고등학교에서 배웠던 반쯤 잊어 버린 라틴어였다. 율리우스 카이사르가 돌이킬 수 없다는 사실을 알면서도 군사들을 이끌고 루비콘강을 건너며 했던 말.

알레아 약타 에스트^{Alea jacta est}(주사위는 던져졌다).

다행히도, 다음 날 마주친 줄리안은 보안실에서 있었던 난처한 상황 이전과 전혀 다를 바 없는 모습이었다. 카로는 바바라와 그날 아침 내내 줄리안의 뇌 영상 데이터를 검토했다. 바바라와 몰리는 알면 알수록 더 좋은 사람들이었다. 함께 식당에서 점심을 먹고 있을 때, 줄리안이 자연스럽게 맞은편 의자에 앉았다.

"다들 안녕하세요. 캐로 박사님, 라일 루스킨 박사님 말씀이 오늘 상태가 괜찮으면 모레는 수술에 들어갈 수 있을 거라 하더군요. 아직도 가려운 증세가 있나요?"

"살짝이요."

"좋아요. 이식 수술을 받을 로레인은 오늘 아침 도착해서 짐을 푸는 중이에요. 수술팀도 전원 호출했고 오늘 중으로 다 들어올 겁니다. 몰리, 그 귀걸이가 조금만 더 컸으면 원반던지기를 할 수도 있겠어요."

"항상 만반의 준비를 해 두는 거죠." 몰리가 답했다. 이어 그녀는 캐로를 향해 고개를 돌렸다. "그럼 로레인이 도착했을 때 못 만나셨나 보네요?"

"네, 아직이요."

"아……" 몰리의 의미심장한 한마디에 캐로는 눈썹을 치켜올렸다. 이번엔 또 뭐지?

줄리안이 끼어들었다. "몰리가 하려는 말은 제 여동생이…… 아, 왔구나, 로레인. 캐로 소암스 왓킨스 박사님, 이쪽은 로레인 데이입니다."

캐로는 눈을 몇 번 깜빡이다가 자리에서 일어나 손을 내밀었다. "만나 뵙게 되어 정말 반갑―"

로레인이 캐로의 열 손가락을 양손으로 움켜쥐었다. "어머, 손이 아주 짱짱하시네요. 다행이에요. 제 머리를 열어서 저를 인조인간으로 변신시켜 주실 분이니까요! 칩이 엉뚱한 자리에 들어가면 큰일이잖아요. 괴상한 초능력이 생길지도 모르고. 근데 다시 생각해 보니 남자들을 미치게 하는 초능력이라면 나쁘지 않겠어요!"

"진정해, 로레인." 줄리안이 그녀를 말리고는 캐로에게 말했다. "보기보다 그렇게 엉뚱한 애는 아니에요. 그냥 사람들 앞에서 쇼하는 거죠."

로레인이 웃으며 외쳤다. "내 엉뚱한 매력 가지고 뭐라 하지 마, 오빠! 하루 이틀 만에 완성된 게 아니라고!"

줄리안이 말했다. "수학 전공이에요. 예일 출신."

로레인이 다시 배꼽을 잡으며 크게 웃음을 터뜨리자 옆 테이블에서 식사 중이던 직원들이 그녀를 돌아보며 미소를 지었다. 그녀는 깊게 파인 핫핑크 티셔츠와 끝단에 방울이 달린 꽃무늬 치마를 입고, 반짝이는 핑크색 큐빅이 박힌 샌들에 몰리의 귀걸이가 작아 보일 정도로 커다란 샹들리에 모양의 귀걸이를 하고 있었다. 수학자와는 거리가 아주 먼 모습이었다. 그녀는 줄리안 못지않게, 오히려 10배쯤 더 활기가 넘치는 데다 얼굴도 닮았지만, '예쁘장한 외모'와 '압도적인 아름다움'을 가르는 알 수 없는 그 미묘한 매력은 오직 줄리안에게만 있었다.

로레인은 "저는 하루 24시간 중 딱 4시간만 먹어요. 그래야 살이 안 찌거든요"라며 점심을 거절하고 줄리안과 서류를 작성하러 나갔다. 캐로는 다시 앉으며 조용히 물었다. "두 번째 이식 대상자로 로레인을 선택한 이유가 뭔가요? 프로젝트에 관련된 사람이 더 적합하지 않나요?"

바바라가 대답했다. "오히려 프로젝트와 무관한 사람이 필요했거든요. 어떤 결과가 있을지에 대한 선입견이 없으면서 완전히 신뢰할 수 있는 사람이요. 줄리안은 로레인이 그 조건에 부합한다고 했고요. 왓킨스 박사님이 몇 달 전에 지금처럼 건강이 나쁘지 않으셨을 때 몇 시간 동안 직접 철저히 심사하고 동의하셨어요."

캐로가 씩 웃었다. "그 대화를 엿들을 수 있다면 벽에 붙은 파리라도 되고 싶었을 것 같아요."

몰리가 말했다. "대단했죠. 솔직히 좀 아쉽긴 해요. 로레인이 오기 전까진 여기서 가장 드라마틱한 사람 하면 저였으니까요."

캐로가 커피잔을 비웠다. 큰할아버지는 로레인 데이의 어떤 점을 보고 믿음을 갖게 된 걸까? 캐로가 사람 보는 눈이 정확하다는 것은 아니다. 폴 베커만 봐도 알 수 있다. 로레인에게 그녀가 보지 못한 완전히 다른 면이 있는 것이 분명했다.

하지만, 사실 따지고 보면 누구나 그렇지 않나?

"'나는 거대하며, 나는 수많은 것들을 내 안에 품고 있다.'" 캐로가 월트 휘트먼의 시를 인용했다. 몰리가 의아한 표정을 짓자, 그녀는 덧붙였다. "랄프 이건 선생님이 여기 조금 더 오래 계시면 좋았을 텐데요. 새로 백업을 맡아 주실 분이 오시면 저랑 둘 다 이 프로젝트를 잘 모르잖아요."

"그분은 언제 오신대요?" 바바라가 물었다.

"다음 주 말쯤일 것 같아요. 그전까지 랄프 선생님과 같이 로레인에게 이식 수술을 하고, 수술 뒤 예후 관찰이나 영상 촬영까지 다 마친 다음에 에이든으로 넘어갈 것 같아요. 줄리안 씨와 수술 일정 사이에 간격을 얼마나 둘지 의견이 엇갈렸었거든요."

바바라가 말했다. "박사님이 이기셨나 보네요."

"당연히 이겼겠지. 의료 쪽은 박사님이 대장이잖아." 몰리는 귀걸이 하나를 만지작거리며 물었다. "이거 얼마나 멀리 던질 수 있을까?"

밤사이 캐로의 수술팀이 케이맨 브랙에 도착했다. 수술실 간호사 이멜다 마줍과 로시타 오르테가, 카밀라 프랭클린이 관리하는 병동 간호사들과 보조 직원 두 명까지 모두 모이자, 줄리안은 그들을 3구역 회의실로 불렀다. "좋은 아침입니다." 캐로는 이렇게 많은 인원을 자신이 책임지고 있다는 사실에 얼떨떨해하며 인사했다. "여러분 모두 반갑습니다. 내일 진행할 수술 절차를 함께 살펴보도록 하죠."

그들 모두 데이비드 워크스와 일한 경험이 있었고, 각자의 역할을 누구보다 잘 알았다. 그럼에도 불구하고 다음날 머리카락 일부를 민 로레인 데이의 머리에 수술용 뼈 톱을 대려는 순간, 캐로는 공포에 가까운 불안을 느꼈다. 이렇게 훌륭한 장비와 숙련된 팀이 갖춰진 수술실에서 의학적으로 필요하지도 않은 뇌 수술을 한다니, 내가 여기서 대체 무슨 짓을 하고 있는 거지? 그러나 곧 평정심을 되찾았다. 그녀는 항상 의료 봉사자들이야말로 혁신적인 연구를 이루어 내는 숨겨진 영웅이라고 믿어 왔다. 그리고 자신이라면 로레인에게 위험을 최소화하며 이 비교적 간단한 뇌 수술을 해낼 수 있을 것이다. 수술이란 게 늘 그렇듯 위험이 아예 없을 수는 없지만 최소한의 위험으로 해낼 것이다.

그러자 그녀의 정신이 온전히, 차분히 눈앞에 있는 일에 집중되면서 모든 잡념이 머릿속에서 사라졌다. 로레인의 두피 일부가 절개되어 있었다. 캐로가 뼈 톱을 가져다 댔다.

"손기술이 아주 인상적이더군. 복도에서 지켜보고 있었네." 왓킨스가 말했다.

캐로는 그를 전혀 의식하지 못했을 뿐 아니라 복도가 있다는 사실조차 거의 잊고 있었다. 그녀가 수술 준비실에서 나오자, 보행 보조기에 기대선 왓킨스와 줄리안, 마이애미에서 돌아온 와이거트까지 모두 모여 있었다. 이 별난 의학 연구의 삼총사. 하나를 위한 모두, 모두를 위한 하나.* 그녀의 얼굴에 미소가 피어올랐다.

"교과서인 줄 알았어요." 줄리안이 말했다.

캐로가 활짝 웃으며 말했다. "교과서를 보신 적이나 있으세요? 픽셀도 비트도 바이트도 안 나오는데."

줄리안이 웃었다. 차가운 흰 복도가 장밋빛으로 물드는 것처럼 느껴졌다. 게다가 그녀의 큰할아버지이자 노벨상 수상자가 그녀를, 신경외과 의사인 캐롤라인 소암스 왓킨스를 칭찬하고 있었다.

카밀라 프랭클린이 커다란 돛을 펼친 배처럼 모퉁이를 빠르게 돌며 나타났다. "왓킨스 박사님! 일어나실 땐 저를 부르셔야죠! 그리고 보행 보조기 대신 휠체어를 쓰시라고요!"

"할 일이 많아서 말이지." 왓킨스가 어찌나 밝은 목소리로 말하던지 캐로는 깜짝 놀라 눈썹이 절로 올라갔다. 그는 심지어 카밀라가 이끄는 대로 순순히 따라가기까지 했다. 캐로는 갑자기 허기

---

* 프랑스 소설가 알렉상드르 뒤마의 작품 『삼총사』의 명대사.

가 밀려 오는 것을 느꼈다. "축하하는 의미로 도넛 하나만 먹을게요. 그리고 환자가 회복실에서 나오는 대로 상태를 보고 나서 와이거트 박사님, 우주의 작동 원리에 대한 본격적인 강의 부탁드릴게요. 시작하시죠!"

와이거트는 그녀를 멍하니 쳐다봤고, 줄리안은 또 한번 웃음을 터뜨렸다. 캐로는 마라톤이라도 뛸 수 있을 것 같은 기분이었다. 와이거트가 제시하는 어떤 물리학 문제도 정복할 수 있고 자신의 수술 기술로 정말 현실을 바꿀 수 있을 것 같은 자신감이 차올랐다. 그녀는 두 남자를 뒤로하고 성큼성큼 걸음을 옮겼다.

전화벨이 울리고 엘렌의 이름이 뜨자, 그녀는 한층 더 기분이 좋아졌다. 바로 복도로 나가 전화를 받았다.

"돌아왔어! 케일라가 집으로 돌아왔다고! 고마워, 언니, 너무너무 고마워!"

"케일라는 좀 어때?"

엘렌의 목소리가 다소 가라앉았다. "마음이 많이 상했지. 이번 주는 학교에 안 보내려고. 언니가 부쳐 준 돈으로 돌보미 고용했어. 매일 오후에 몇 시간씩 안젤리카를 봐 주기로 했으니까 그동안 나는 케일라랑 시간을 보내려고. 만들기도 하고, 산책도 가고, 영화도 볼 수 있겠지."

"핑크색 유니콘이나 파란 조랑말이 나오는 유치한 영화 아니면 허접한 공주 만화나 봐야겠네."

"용감하게 맞서야지. 다시 한번 말하지만 정말—아이고, 가야겠다. 안젤리카!"

전화가 끊어졌다. 캐로는 눈앞에 닥친 위기를 해결하고 엘렌의 삶을 조금이나마 나아지게 했지만, 가난과 무책임한 전 남편, 특별한 관심이 필요한 아이, 끝없이 반복되는 고된 일상에서 그녀를 벗어나게 해 줄 힘은 없었다. 그러나 적어도 지금만큼은, 이 순간만은 우울해하지 않기로 했다. 하나씩 차근차근 헤쳐 나가면 된다.

로레인 데이는 수술 후 아무런 합병증도 겪지 않았다. 진통제가 정맥으로 투여되고 있었지만, "여기가 어딘지 아시겠어요? 제가 손가락 몇 개를 들고 있죠? 지금 대통령은 누군가요?" 등 수술 뒤에 흔히 묻는 무의미한 질문들에 또렷하고 쾌활하게 답했고, 신경학적 검사도 모두 통과했다. 캐로는 어디에서도 본 적이 없는 평등한 분위기 속에서 의료진에게도 많은 축하를 받았다. 이곳에서는 간호사, 의사, 환자 간 경계가 전혀 없는 듯했다. 이런 점이 나중에 문제가 될 수도 있을까?

하긴 바바라는 미래도 과거도 존재하지 않는다고 했다. 캐로는 자신도 모르게 와이거트가 그 믿기 힘든 주장을 어떻게 설명할지 궁금해졌다. 질문이 생겼고, 그에 대한 답을 듣고 싶었다.

17

 엘렌이 세 살 때, 뒷마당에 있는 분수대에 빠진 적이 있었다. 당시 유모는 넓은 잔디밭 건너편의 철제 벤치에 앉아 전화 통화 중이었다. 엄마의 마음에 드는 유모를 찾기란 늘 어려운 일이었지만, 이번 경우에는 그럴 만도 했다. 엘렌은 분수대 가장자리의 콘크리트 위로 기어 올라가 캐로를 보며 웃다가 아래로 미끄러졌다. 다섯 살이던 캐로는 "유모!" 하고 비명을 지르듯 부르고는 대답을 기다릴 새도 없이 분수대 안으로 몸을 날렸다. 엘렌은 얼굴을 물속에 박은 축 늘어져 있었다. 캐로는 동생을 일으켜 세우려 애썼지만, 빠르게 물에 젖어가는 옷과 분홍색 부츠 무게 때문에 쉽지 않았다. 바로 그때 유모가 엘렌을 붙잡아 흔들며 외쳤다. "숨 쉬어! 젠장, 숨 쉬라고!" 캐로는 간신히 물 밖으로 빠져나와 몸을 덜덜 떨면서 서리로 뒤덮인 잔디 위에 유모가 던져둔 휴대 전화를 집어 들었다. 그녀는 재빨리 911에 전화해 또박또박 말했다. "여동생이 물에 빠졌어요. 얼른 와 주세요!"

구급대원들이 몇 분 만에 도착했을 때, 숨이 돌아온 엘렌은 물과 토사물을 뱉어 내고 울음을 터뜨리고 있었다. 그들이 엘렌을 살피는 사이, 그러니까 응급조치가 끝나기도 전에 잔디 위로 작고 동그란 하이힐 자국을 남기며 엄마가 집에 돌아왔다. 어른들이 화난 목소리로 말싸움을 했고 이후 유모 대신 또 유모라는 이름의 다른 여자가 왔다. 하지만 그날, 엄마는 그 모든 일에 앞서 캐로의 엉덩이를 때리며 호되게 혼냈다.

"그 사람들 앞에서 내가 얼마나 망신당했는지 알아? 다시는 그런 짓 하지 마라!"

"그치만 엘렌이―"

"엘렌은 멀쩡했어! 유모가 진작에 분수대에서 꺼내서 숨 쉬게 했잖아! 넌 우리 가족을 망신 주려고 911에 전화한 거고, 난 그런 행동 절대 용납 못 해. 캐롤라인! 필요도 없는 구급차가 우리 집에 오는 걸 동네 사람 모두가 봤고, 이제 다들 내가 애들을 제대로 돌보지도 못하는 사람을 고용했다고 생각할 거야. 네가 동생을 분수대로 밀었니?"

"아니야! 엘렌 혼자 빠졌다고! 그리고 유모는―"

"거짓말 그만 해. 전에도 나한테 거짓말을 했었는데 이번에도 거짓말일지 내가 어떻게 알겠니? 네 동생한테 너무 질투가 나서 그런 무서운 짓을 한 거 아냐?"

"거짓말 아니라니까!" 캐로가 소리쳤다. "엘렌이 혼자 빠졌다고! 이런 일 생기면 다음에도 911에 전화할 거야, 진짜로!"

엄마의 얼굴이 화가 나서 빨갛게 달아올랐다. 그녀는 캐로를 잡고 마구 흔들었다. 캐로가 "아빠!" 하고 외쳤지만, 아빠는 오지 않았다. 항상 그랬다. 그래서 그녀는 대신 엄마에게 소리를 질렀다. "미워! 엄마 정말 미워!"

그 후, 캐로가 아파서 앉지도 못할 때 엘렌은 장난감을 가져다 주고 울지 않던 캐로를 대신해 그녀의 얼굴을 쓰다듬으며 눈물을 흘렸다. *나는 안 울 거야.* 캐로는 이를 악물고 다짐했다, *절대 안 울어.* 엘렌이 그녀에게 몸을 기대며 웅크리자, 캐로는 동생을 꼭 안았다. 목이 멨다. 얼굴이 잘 움직여지지 않았고, 숨쉬기도 힘들었다.

물에 빠진 것 같아. 그녀는 생각했으나, 그럴 리 없었다. 물이 없었으니까. 캐로는 엘렌을 더욱 세게 끌어안았다.

와이거트가 3구역 회의실에 걸린 화이트보드에 무언가를 휘갈겨 쓰는 동안 캐로는 이때의 기억을 떠올리고 있었다. 물이 없어도 빠져 죽는 법은 여러 가지가 있을 것이다.

처음부터 딴생각을 하던 건 아니었다. 캐로는 예습을 하고 왔었다. "조지 박사님, 프로젝트에 관련된 이론 요약을 읽어 봤는데 논의하고 싶은 질문이 세 가지 있어요."

"좋아요. 말씀해 보세요." 와이거트가 손에 마커를 들고 화이트보드 앞에 섰다.

"첫 번째로, **왜** 파동 붕괴 같은 양자 수준의 효과가 탁자나 행성 같은 거시 세계에서도 적용된다고 보시는지 설명해 주셨으면 합니다. 두 번째, 만약 탁자와 행성이 제 의식 속에만 존재한다면,

박사님과 제가 보는 탁자가 왜 동일한지 이론이 아닌 증거를 보여 주세요. 그리고 세 번째, 바바라 선생님이 말씀하신 시간 개념에서, 시간이 우리 머릿속에만 존재한다는 것을 뒷받침하는 과학적 근거는 뭔가요? 마지막으로", 캐로가 미소를 지었다. "실질적인 과학적 설명을 듣고 싶지만 그렇다고 여기 16시간 동안 붙잡혀 있고 싶진 않아요."

"음, 글쎄요. 상당히 무리한 부탁이네요."

"저도 알아요. 하지만 제가 어느 정도 이해할 수 있는 틀을 잡고 더 읽어 나갈 수 있을 만큼만이라도 알려 주실 수 없을까요? 공식 같은 건 잘 모르더라도요."

와이거트는 생각에 잠긴 듯 고개를 끄덕이더니 잠시 멈추고 더욱 깊은 고민에 빠진 표정을 지었다. 그가 할 말을 정리하는 동안 캐로는 그의 머릿속에서 수없이 많은 생각의 물결이 파도치며 밀려왔다가 부서지는 형상이 보이는 것만 같았다. 마침내 와이거트가 입을 열었다.

"첫 번째와 두 번째 질문이 서로 밀접하게 관련되어 있어서 두 질문을 함께 다뤄야 할 것 같네요. 양자 수준의 현상이 거시적 지각에 적용된다는 명확한 증거를 알고 싶다고 하셨죠. 우선, 탁자나 행성을 '본다'고 할 때, 실제로는 감각으로부터 오는 정보만 받아들이고 있다는 것 기억하시죠?"

"네. 그리고 뇌에 있는 알고리즘이 그 정보를 기반으로 탁자를 '창조'한다고요."

"좋습니다. 우주는 입자와 파동 형태로 이루어진 에너지로 구성되어 있어요. 그 둘은 사실상 같은 것이지만요. 그리고 에너지와 물질은 서로 변환될 수 있습니다. 아, $E=mc^2$은 들어보셨죠? 아인슈타인의 특수 상대성 이론이요."

와이거트가 몸을 돌려 캐로를 바라봤다. 그녀는 뭔가 말해야 하는 상황인 것 같아 "네"라고 대답했다. 그는 흡족한 듯 보였다.

"다시 돌아가서, 우리의 주요 논점을 입증하는 실험 이야기를 해 보죠. 우주는 의식에 의해 관찰되기 전까지 형태가 없는 양자적 흐릿함에 불과하다는 겁니다. 우리는 수학적으로 입증되고 반복적으로 검증된 실험을 통해 아원자 입자가 파동성과 입자성을 동시에 지니며, 관찰자가 단순히 관찰하는 행위로 '파동을 붕괴'시키기 전까지, 소위 말하는 입자는 파동도 입자도 아니라 단지 흐릿하게 겹친 상태로 존재한다는 것을 오래전부터 알고 있었습니다. 또한, 여러 실험에서 과학자들이 입자가 슬릿 두 개를 통과하는 것을 관찰하면 입자는 마치 총알처럼 움직이며 어느 하나의 슬릿을 통과한다는 것을 발견했습니다. 만약 관찰하지 않으면 입자가 파동처럼 작용하여 두 슬릿을 동시에 지나가죠. 그렇다면 '저 바깥'에 있는 입자는 관찰 여부에 따라 어떻게 행동이 바뀌는 걸까요? 이는 '현실'이 우리의 의식을 포함한 과정이기 때문에 가능한 겁니다.

자, 형광 코팅이 되어 있는 스크린 쪽으로 전자를 발사하면, 도착 지점에 빛나는 점으로 표시되겠죠. 하지만 먼저 전자를 거울로 반사해 A 경로나 B 경로 중 하나를 따라 탐지기에 도달하도록 해 봅시다." 그는 화이트보드에 이를 그림으로 나타냈다. "두 경로에 각각 탐지기를 설치했지만, 전혀 예상치 못한 일이 벌어집니다! 전자가 A 경로와 B 경로 중 어느 쪽도 지나지 않은 겁니다. 그렇다고 둘로 나뉘어 두 경로를 동시에 택하거나, 두 경로를 모두 거치지 않으면서 스크린에 도달한 것도 아니었습니다. 어찌 된 일인지 전자가 우리의 세팅을 전부 피해 간 거죠."

와이거트는 어떤 반응을 기대하는 눈치로 캐로를 돌아보았다. 그녀는 고개를 끄덕여 보였다. 일단 여기까지는 꽤 명확한 설명이었다.

그가 흐뭇한 표정으로 설명을 계속했다. "바로 전자가 모든 가능성을 자유롭게 실현할 수 있는 '중첩 상태'에 있기 때문에 벌어진 일입니다. 전자는 파동이 될 수도 있고 입자가 될 수도 있으며, A에서 B로 가는 어떤 경로든, 심지어 안드로메다 은하를 거치는 경로까지도 택할 수 있죠. 물론 가능성은 희박하지만 이론적으로 가능은 합니다. 관찰자로 표현되는 의식이 결과를 결정짓는 거니까요. 다른 모든 입자들도 마찬가지입니다. 그리고 잊지 말아야 할 것은 입자가 에너지의 집합체, '양자'라는 겁니다.

이 기본 개념을 다른 관점에서 살펴보죠. 하이젠베르크의 불확정성 원리에 따르면 물체의 위치와 속도를 동시에 정확하게 측정할 수는 없다고 합니다. 만약 정말로 입자들이 단순히 이리저리 튕기며 움직이는 세상이 존재한다면, 우리는 그 입자들의 속성을 전부 측정할 수 있겠죠. 하지만 이는 불가능합니다. 입자의 정확한 위치와 운동량을 동시에 파악할 수 없는 것처럼요. 그런데 우리가 무엇을 측정할지 결정하는 것이 왜 입자에 영향을 미치는 걸까요? 다시 한번 강조하지만, 입자들이 단순히 '저 바깥에' 존재하는 것이 아니기 때문입니다. 입자는 관찰에 의해 규정되는 겁니다."

캐로가 말했다. "미시적인 수준에서는 박사님 말씀에 동의하지만, 거시적인 수준에서는 납득이 안 돼요. 별이나 바위, 이 탁자 같은 것들은 의식이 있든 없든 여기에 그대로 있잖아요."

"정말 그렇게 확신하세요?"

"네."

"어떻게요? 잘 들어보세요, 캐롤라인 박사님." 와이거트는 화이트보드에서 몸을 돌려 존재하지 않는다는 탁자 위에 마디가 불거진 두 손을 짚으며 말했다. "우리가 오직 감각을 통해 받아들인 정보만 '안다'라고 하는 데는 동의하셨죠? 이 탁자를 볼 수 있는 건 탁자에서 반사된 광자가 눈으로 들어오기 때문이에요. 이 탁자를 느낄 수 있는 것도 손가락이 보내는 전기화학적 감각 신호를 뇌가 '탁자'라고 해석하기 때문이고요. 여기까지 괜찮나요?"

"네. 하지만 박사님도 줄리안 씨도 다른 모든 사람도 이 붕괴된 양자 거품의 특정 부분이 거시적 세계에 있는 단단한 탁자라고 똑같이 해석하잖아요. 여기 있는 누구나 그렇게 말할 거예요."

와이거트의 얼굴이 환해졌다. "바로 그겁니다! 연구 단지에 있는 사람들 모두 이것이 탁자라고 말하는 이유는 이미 수많은 다른 사람이 그렇게 말했기 때문이에요! 지금부터는 조금 까다롭지만 꼭 필요한 설명입니다. 관찰자가 어떤 대상을 보면, 의식이 시스템과 얽히면서 파동 함수의 일부가 됩니다. 모든 것은 서로 얽혀 있으니까요! 그리고 **박사님이** 그 관찰자를 본다면, 박사님 역시 결어긋난 바로 그 같은 우주에 속하게 됩니다. 관찰자들이 파동의 결어긋남에 대한 정보를 교환할 때, 파동 함수가 실제 물리적 특성을 가진 실체를 중심으로 수렴한다는 연구 결과가 점차 늘고 있습니다. 다양한 관찰자들이 여러 차례에 걸쳐 관찰한 데이터를 바탕으로 한 연구인데, 자세한 내용은 제가 보내 드린 파일에 담겨 있어요. 하버드에서 최근에 진행한 실험을 포함해 제가 언급한 것들을 읽어 봐 주시면 좋겠습니다. 다수의 관찰자가 관여하면서 물리적 시스템이 존재하는 시공간의 차원이 실질적으로 증가하는 결과가 나타나죠. 많은 관찰자가 시공간 안에 존재하는 것만으로도 탐색이 이루어지면서 4차원 시공간의 양자 중력은 4차원에서 2차원을 뺀, 그러니까 2차원 시공간의 양자 중력과 동일해집니다. 아, 이 부분은 굳이 이해하실 필요는 없고 결론만 아시면 됩니다. 의식은 단순히 우주를 관찰하는 것에 그치지 않는다는 거예요. 우리는 우주를 창조하고, 이 과정은 개인이 아니라 **집단적으로** 이루어집니다. 과학자들이 연구를 진행할수록, 우리가 우주의 구조와 모든 층위에서 서로 얼마나 긴밀하게 연결되어 있는지 점점 더 명확하게 드러나고 있어요. 우리 서로 간의 연결도 마찬가지고요."

캐로가 말했다. "그 하버드 실험 읽어 보려고 했었는데, 다시 도전해 볼게요. 하지만 조지 박사님, 그 실험은 아원자 입자를 다루고 있잖아요. 여전히 미시적인 수준에서 말씀하고 계시는데 어떻게 관찰이라는 같은 현상이 거시 세계도 형성한다고 볼 수 있는 건가요? 탁자나 바위, 별 같은 것들이요."

와이거트가 화이트보드를 깨끗이 지웠다. "얽힘 현상부터 살펴보죠. 두 입자가 얽혀 있다면, 하나를 측정하거나 어떤 식으로든 조작을 가하면 아무리 멀리 떨어져 있어도 다른 입자가 영향을 받습니다. 수학적으로나 실험적으로나 다 입증된 사실이죠. 걱정하지 마세요, 방정식을 들이밀지는 않을 테니까. 원하신다면 물론 증명 과정을 보여 드릴 수도 있습니다만?"

그가 기대에 찬 눈빛을 보냈지만, 캐로는 고개를 내저었다. 와이거트가 점점 더 좋아지고 있었다. 단순히 친절해서가 아니라, 그녀가 이해하기를 진심으로 바라는 마음과 자기 분야에 대한 진지하고도 어린아이처럼 순수한 열정이 느껴졌기 때문이다. 그러나 그가 존경스럽다고 해서 복잡한 방정식을 따라가는 데 도움이 되지는 않을 것이었다. 그녀는 그저 이론의 기초만이라도 이해할 수 있기를 바랄 뿐이었다.

"어쩔 수 없죠. 방정식은 파일 안에 있습니다. 중국 연구진이 자그마치 16킬로미터나 떨어진, 16킬로미터라니 대단하지 않나요? 얽힌 입자들이 빛의 속도보다도 1만 배나 빠르게, 이것도 실험의 한계 때문이라고 하더군요, 그런 엄청난 속도로 정보를 교환했다는 실험도 파일 안에 있고요. 어쨌든 결론적으로, 얽힌 입자 간 소통이 즉각적으로 일어난다는 것은 양자 효과가 아원자 수준보다 더 큰 차원에서도 발생한다는 것을 보여 줍니다. 그리고 이 부분이 핵심인데, 그 입자들 사이에 공간도 없고, 시간도 영향을 주지 않는 방식으로 연결되어 있었다는 겁니다. 게다가 거시 세계에 있는 큰 물체들도 서로 얽혀 있다는 것을 보인 실험이 점점 많아지면서 양자 세계에 적용되는 관찰의 원리가 거시적 차원에서도 작동한다는 강력한 증거가 되고 있어요."

"거시적 차원의 물체들이 얽혔다고요? 구체적으로 어떤 사례가 있죠?"

"몇 가지 예를 들어 볼게요. 먼저, 국제 연구진이 귓불에 착용하는 작은 귀걸이만 한 3밀리미터 크기의 다이아몬드 두 개를 얽히게 하는 데 성공했습니다. 빈 대학의 안톤 차일링거와 그의 동료들이 '버키볼'이라는 커다란 분자를 회절 격자에 통과시켰더니 격자 너머에 있는 검출기에서 파동 형태의 간섭무늬를 명확하게 확인할 수 있었고요. 또, 델프트 대학 연구자들이 원자 10^{10}개로 이루어진 소형 진동자를 약 20센티미터 떨어진 거리에서 서로 얽히게 하기도 했죠.

빈 대학에서 진행된 또 다른 연구에서는 양성자 약 5천 개, 중성자 5천 개, 그리고 전자 5천 개로 구성된 거대한 화합물을 실험했습니다. 이 거대 분자들이 슬릿을 통과하는 모습을 관찰했을 때, 분자들은 작은 총알처럼 행동하며 하나의 슬릿만을 통과했습니다. 그러나 관찰하지 **않았을** 때는 분자들이 파동처럼 행동하면서 여러 슬릿을 동시에 통과했죠. 다시 말해, 이 분자들은 크기가 수천 배는 더 컸는데도 아원자 입자와 같은 방식으로 행동했다는 겁니다!

양자 효과는 생명체의 작동에도 관여하고 있어요. 2017년에 옥스퍼드 연구진이 박테리아와 광자를 얽히게 만드는 데 성공했죠. 그게 얼마나 중요한 의미인지 이해하시나요, 캐롤라인 박사님? 과학은 양자 세계에서 나타나는 독특한 현상을 거시적이고 생물학적인 세계로 옮겨 왔습니다. 바로 우리가 사는 세계로요! 양자 세계와 거시 세계가 서로 다르지 않다는 사실에 동의하는 과학자들이 점점 늘어나고 있습니다."

캐로는 놀라움에 말문이 막혔다. 거시 수준의 물체들이 얽힐 수 있다면…… 단순히 관찰만으로도 귀걸이 같은 큰 물체에 영향을 미칠 수 있다면…….

"그럼, 이제 시간에 관한 질문으로 넘어가 보죠—"

"잠시만요." 캐로가 말을 끊었다. 정리가 되지 않은 상반되는 생각들이 마구 휘몰아쳐 머릿속이 디스코 조명처럼 뱅글뱅글 도는 것 같았다. *정말 물에 빠진 것 같아.*

"조지 박사님, 시간에 관한 이야기는 나중으로 미뤄도 될까요? 생각을 좀 정리해야 할 것 같아서요."

"그럼요." 와이거트가 대답했다. 그러고는 항상 그녀를 놀라게 하는 장난기 어린 미소를 지으며 덧붙였다. "시간은 얼마든지 드릴게요."

18

 로레인이 수술 후 빠르게 회복하자, 캐로는 다음 이식 대상인 에이든의 수술 일정을 잡았다. 그러면 랄프 이건이 섬을 떠나기 전에 벤 클라비 수술까지 할 시간이 생길 것이다. 줄리안은 할 말이 있는 듯, 로레인의 정기 검진을 마치고 병원을 나서는 캐로를 멈춰 세웠다.

 "캐로 박사님, 오늘은 뭐 하세요?" 언제나처럼 친근한 말투였지만, 추파나 성적인 긴장은 전혀 찾아볼 수 없었다. 캐로가 느꼈던 감정이 식어 버리자마자, 그의 관심 역시 사라진 것 같았다. 그녀는 자신이 달라진 이유를 분명히 알고 있었다. 누군가에게 조종당하는 느낌이 들면 성적 욕구가 완전히 사그라들곤 했기 때문이다. 하지만 줄리안의 태도는 이해하기 힘들었다. 그녀에게 매력을 느꼈다는 말이 애초에 거짓이었던 걸까, 아니면 그녀가 거부하자 수도꼭지 잠그듯 마음을 쉽게 접을 수 있었던 걸까? 외모에 끌린 여자들이 끊임없이 나타날 것이라는 확신에 누군가 그의 매력에 흥미를 보이지 않게 되어도 그저 어깨를 으쓱하며 넘어갔을지도 모른다.

그녀가 대답했다. "바바라 선생님, 몰리 선생님과 브랙 리프 리조트에서 점심을 먹고 조지 박사님께 시간의 신비에 대한 설명을 들으려고요."

"좋네요. 그런데 새로 올 백업 의사를 구글에서 검색해 보는 것도 나쁘지 않을 것 같아요. 왓킨스 박사님이 오늘 아침에 계약을 확정 지어서 3일 뒤면 도착할 예정이거든요. 박사님도 감탄하실걸요. 이름은 트레버 마틴 아브루초예요."

"새로 전문의를 취득하신 분인가요, 아니면 병원에서 근무하다 오시는 건가요?"

"아, 그분은—소피, 무슨 일이야?"

몇 안 되는 여성 소프트웨어 개발자 중 한 명이 황급히 달려왔다. "에이든이요! 보안실에서 계속 토하고 난리예요!"

"토한다고? 어제 파티라도 한 거야?"

"아니요! 게다가 에이든은 원래 그렇게 많이 마시지도 않아요! 저보고 팀장님이나 캐로 박사님, 아니면 카밀라 선생님을 데려오라고 했어요."

캐로가 물었다. "다른 증상은 없나요?"

"몸을 웅크리고 배를 잡고 있고, 땀도 심하게 흘리고 있어요."

보안실에 가 보니, 에이든이 토사물 옆에 쓰러져 누워 있었다. 캐로는 서둘러 그를 진찰했다. 열이 있고 맥박이 상승한 상태로 가쁘게 숨을 몰아쉬며 10점 만점에 8점 정도의 복통이 있다고 표현했다. 폐에서 특별히 걱정할 만한 소리가 들리지는 않았으나, 헐떡거림이 무척 신경 쓰였다.

"식중독일 수도 있어요." 캐로가 말했다. "에이든 씨, 24시간 이내에 뭔가 이상한 음식을 먹은 적 있나요?"

"아…… 아니요."

줄리안과 소피는 에이든의 양팔을 부축해 그를 일으켜 방으로 데려갔다. 왓킨스 박사와 있던 카밀라와 루스킨도 함께 도착했다. 에이든의 작은 방은 기술팀 직원들이 점점 몰려들며 아무 도움도 되지 않으면서 문간에 서 있는 사람들로 북적였다. 보아하니 주변 사람들에게 인기가 많은 모양이었다. 소피는 침대 옆에 무릎을 꿇고 앉아 그의 어깨를 쓰다듬으며 무언가 속삭이고 있었다.

줄리안이 말했다. "루스킨 박사님이 에이든을 보실 수 있게 다들 나가 주세요. 각자 자리로 돌아가요. 에이든의 상태는 제가 알려드릴 테니까요. 소피, 너도."

소프트웨어 팀은 아쉬운 듯 하나둘 자리를 떴다. 캐로가 말했다. "루스킨 박사님은 제 도움이 필요하지 않으시니 제가 남아야 할 이유가 있는 게 아니라면 저는 점심 약속에 갈게요."

"네, 가 보세요. 여기서 도와주실 일은 없을 것 같네요. 그런데 에이든이 이틀 뒤에 수술이 있잖아요. 뭔가를 잘못 먹은 거라면 수술 일정에는 차질이 없을까요?"

"아마 괜찮을 거예요. 식중독은 보통 하루면 나아요."

"혹시 왓킨스 박사님께 무슨 바이러스를 옮기거나 하진 않았겠죠? 어젯밤에 기술 컨퍼런스를 했거든요."

"루스킨 박사님이 검사하시겠죠."

"알겠습니다. 여성분들끼리 점심 즐겁게 드시고 오세요. 카사바 케이크는 이곳 특산품이니 꼭 드셔 보시고요."

캐로는 점심 전에 새로운 외과 의사를 검색해 볼 생각이었으나, 정원을 지나던 중 몸에 딱 붙는 핑크색 여름용 원피스를 입고 굽 높은 스트랩 샌들을 신은 몰리가 방에서 나오며 그녀를 불렀다. "캐로 박사님! 그거 입고 가실 건 아니죠?"

"이렇게 입으면 안 되나 보네요." 전에 해변 바에 갔을 때 입었던 것과 별반 다르지 않은 카키색 반바지와 아무 무늬도 없는 흰 티셔츠를 내려다보며 캐로가 대답했다.

몰리가 말했다. "바바라가 말씀 안 드렸나요? 목요일은 호텔에 가려면 좀 차려 입어야 하는 날이에요. 관광객들이 멋진 옷을 뽐낼 곳이 있어야 하잖아요. 입을 만한 옷 없으세요? 저는 체형이 달라서 빌려드리기 어렵고, 바바라는 키가 커서 안 맞을 텐데."

"어떻게든 찾아볼게요. 같이 들어가서 도와주실 수 있나요? 오늘 정말 예뻐요. 주황 머리에 핑크 옷을 소화할 수 있는 분이 주는 패션 팁이라면 분명 도움이 될 거예요."

몰리는 캐로의 노란 원피스가 좋겠다며, 자신이 빌려 주는 굵은 금목걸이와 늘어지는 귀걸이를 착용하는 조건으로 굽이 낮은 샌들을 신는 것을 허락했다. 한편 바바라는 깔끔하면서도 강렬한 남색 롱 드레스를 입고 수작업으로 만든 아프리카풍 액세서리를 착용한 모습으로 나타났다.

호텔 식당은 사람들이 붐벼서 프로젝트와 관련된 이야기를 나눌 수 없었다. 물론 여전히 지난번에 조지에게 들은 내용을 곱씹고 있던 캐로에게는 전혀 문제가 되지 않았다. 와인이 나오고 음식을 주문한 뒤 몰리가 말을 꺼냈다. "자 이제, 당신 이야기를 들려줘요. 부모님은 어디 사시고 형제자매는 있어요? 사이는 어때요? 결혼한 적이 있는지, 없다면 결혼할 생각은 있나요?"

"몰리." 바바라가 만류하듯 그녀를 부르고는 캐로를 향해 말했다. "몰리는 정말 뛰어난 의사예요. 다만 지켜야 할 선을 잘 모를 때가 있어요."

"나도 선은 알아." 몰리가 발끈하는 척하며 말했다. "그냥 뛰어넘을 뿐이지. 사람들 머릿속을 들여다보고 내가 좋아할 만한 사람인지 알려면 어쩔 수 없잖아? 그렇죠, 캐로 박사님?"

캐로가 대답했다. "부모님은 두 분 다 돌아가셨어요. 정말 아끼는 여동생이 하나 있어요. 결혼은 한 적 없고, 사실 결혼이라는 개념 자체에 대해 좀 조심스러운 것 같아요."

"왜요? 장기 연애가 안 좋게 끝났나요?" 몰리가 물었다.

"그건 아니에요." 사실이 아니었지만, 몰리와 바바라를 더 잘 알게 되기 전까진 더 이상 개인적인 이야기를 하고 싶지 않았다. "몰리는 어때요? 결혼한 적 있나요?"

"두 번요. 지난번에 해변으로 놀러 나왔을 때 제가 남자 보는 눈이 형편없다는 얘기했었잖아요?"

"글쎄, 그걸 굳이 자랑스럽게 말할 필요는 없잖아."

바바라의 말에 캐로는 웃었다. 몰리가 엉뚱한 말을 하면 바바라가 신랄하게 이의를 제기하는 것이 그들의 우정 방식이었다. 그들은 이런 관계를 즐기고 있음이 분명했고, 놀랍게도 캐로 역시 즐거웠다.

바바라가 말했다. "혹시 궁금하실까 봐 말씀드리면, 저는 5년 동안 만나던 사람이 있었어요. 결국은 잘 안됐지만요."

몰리가 의리 있게 말했다. "얼마나 좋은 사람이 옆에 있었는지 그 사람이 못 알아봐서 그래. 그런데 캐로 박사님이 아직 제 질문에 답을 안 하신 것 같은데. 안 좋은 기억이 있어서 남자들을 경계하는 거예요?"

하루 종일 아무것도 먹지 못해 술기운이 알딸딸하니 기분 좋게 올라온 캐로가 답했다. "제 동생은 저 보고 뒤집힌 아보카도 같대요."

"그게 뭔데요?"

캐로는 그녀가 겉보기와 달리 속으로는 부드럽고 깊다는 엘렌의 지론을 설명하며 "차라리…… 음 뭐랄까, 라임이면 좋겠어요. 새콤하지만 비타민 C가 풍부한 그런"이라고 끝맺었다.

몰리가 진지한 표정으로 말했다. "저는 바나나에요, 왜인 줄 아세요? 그게―"

"그만, 거기까지!" 바바라가 그녀를 막자, 캐로는 웃음을 터뜨렸다. 바바라가 다시 물었다. "동생 얘기 좀 더 해 줘요. 나이 차이는 얼마나 돼요?"

"저보다 3살 어려요. 딸도 둘 있고요."

"부럽네요. 저는 남자 형제만 다섯이에요." 바바라가 말했다.

몰리도 끼어들었다. "저는 외동이라 뭐든 가질 수 있다고 생각하죠. 그런데 박사님은 레지던트랑 펠로우를 페어레이 메모리얼 병원에서 하신 거죠? 거긴 일하기가 어떠셨……" 몰리는 자신이 방금 무슨 말을 했는지 깨달았다. "제 말은 그러니까…… 그 일이 있기…… 아, 나 진짜 바본가 봐!" 그녀의 얼굴이 머리카락만큼이나 새빨갛게 물들었다.

"괜찮아요." 캐로가 말했다. 당연히 그들도 그녀를 구글에 검색해 봤을 것이고, 인터넷에서 어떤 난리를 겪었는지 알았을 것이다. "이제 다 지난 일인걸요."

바바라가 그녀에게 날카로운 시선을 던졌지만, 별다른 말은 하지 않았다. 몰리가 곧바로 말했다. "어떻게 그런 일을 극복하실 수 있었는지 정말 놀라워요. 진짜 거지 같은 상황이었잖아요. 그 일 덕분에 저희가 박사님을 만날 수 있게 된 건 다행이지만요."

이렇게 자연스럽게 자신을 따뜻하게 받아들여 주는 분위기가 어색했던 캐로는 때마침 점심 식사를 가져온 웨이터 덕분에 대답을 면할 수 있었다.

그 후로는 불편한 질문 없이 편안하고 즐겁게 식사를 마쳤다. 섬 특산 요리인 거북이 스튜와 카사바 케이크는 입에서 살살 녹았다. 캐로는 대화가 두 시간 가까이 이어졌다는 것을 알고 깜짝 놀랐다.

"오늘도 지난번에 처음 나왔을 때만큼 너무 즐거웠어요. 다음에 또 이런 자리를 가질 수 있으면 좋겠네요." 그녀가 쑥스러운 듯 말했다.

"물론이죠." 몰리가 대답했고, 바바라는 미소를 띠며 고개를 끄덕였다. 그러나 그들이 단지로 돌아왔을 때, 에이든은 여전히 열과 오한에 시달리며 간헐적으로 구토를 하고 있었고 루스킨이 그를 병원 동으로 옮긴 상태였다. "그냥 조심하는 차원에서요." 그가 캐로에게 설명했다. "설사와 구토가 심하긴 해도 위험한 수준은 아니에요." 에이든은 정맥 주사로 수액과 약을 투여받고 있었고, 루스킨은 크게 걱정할 이유는 없다고 말했다. "검사를 해 보겠지만, 다른 사람은 아무 문제 없는 걸로 봐서 노로바이러스는 아닐 겁니다. 금방 회복할 거예요. 다만 주방에서 오염이 발생했을 가능성이 있다고 했더니 제임스가 엄청 화를 내긴 했죠."

캐로는 제임스가 분노하는 모습이 눈앞에 그려지는 것 같았다. 그녀는 원피스를 갈아입고, 새로 오게 될 백업 의사를 구글링해 보았다.

38세의 트레버 마틴 아브루초는 펜실베이니아에 있는 윌크스배리라는 중소도시에서 공립 고등학교를 나왔다. 학부는 펜실베이니아 대학교를 최우등으로 졸업하고, 하버드 의대를 나와 매사추세츠 종합병원에서 거의 전설로 불리는 해럴드 게이너 밑에서 외과 펠로우십을 마쳤다. 이후 그는 국경없는의사회에 들어가 콩고 민주 공화국에서 극한의 환경 아래 수술을 집도하며 의료 활동을 펼쳤다. 그러나 그의 활동은 악명 높은 아프리카 독재자의 열아홉 살 딸의 두개골 수술을 마지막으로 킨샤사에서 막을 내렸다. 그녀가 사망하면서 간신히 목숨을 부지해 그곳을 빠져나왔다. 그 뒤 아브루초는 지난 몇 년간 세계보건기구 소속으로 여러 위기 지역에 단기 파견팀으로 가서 일했고, 프랑스어와 영어, 독일어, 링갈라어를 유창하게 구사했다.

캐로는 그의 마지막 수술에 관한 의학 분석 자료를 찾아냈다. 독재자의 딸은 오른쪽 측두엽에 악성 다형 교모세포종을 앓고 있었다. 아브루초는 분초를 다투는 상황에서도 뛰어난 기술을 선보였지만, 설령 예수가 왔다고 해도 그녀를 살려 내지는 못했을 것이다. 그러나 독재자나 그의 측근들에게 이런 사실은 전혀 중요하지 않았다.

　최고의 실력을 갖춘 신경외과 의사를 채용하는 데 혈안이 되어 있는 미국 병원들은 그에게 눈독을 들이고도 남았을 것이다. 그런데 왜 아브루초는 메이요 클리닉이나 존스 홉킨스 병원, 뉴욕 프레스비테리안 병원과 같은 유수의 병원들을 두고 케이맨 브랙을 택한 걸까?

　캐로는 좀 더 개인적인 부분을 찾아보기로 했다. 검색을 이어가던 그녀는 '의료 최전선 이야기'라는 익명 블로그를 발견했다. 어떤 내용을 찾길 바랐는지는 그녀 자신도 몰랐지만, 적어도 이런 건 아니었다.

　그는 그 수술에 관한 짤막한 글을 하나 남겼고, 바로 그 덕분에 캐로가 블로그를 발견할 수 있었다. 게시글은 의사가 아니면 이해하기 어렵거나 지루하게 느낄 법한 딱딱한 의학 용어로 개두술을 설명하고 있었다. 환자의 신원은 언급되지 않았다. 개인적인 내용이라고는 마지막 문장뿐이었다. '적어도 그녀를 무사히 집으로 돌려보낼 수 있었다.'

　뭐라고?

　이후로는 게시글이 뜸했으며, 하나를 제외하고는 모두 비슷비슷하게 무미건조했다. 이러니 블로그 조회수가 적을 수밖에. 글을 여섯 개쯤 읽고 나서, 캐로는 다시 그의 이력서로 눈을 돌렸다. 그는 펜실베이니아 대학교에서 의예과 과정을 밟았으나 물리학을 부전공으로 선택했다. 그곳에서 그는 따분한 과학적 논의만 가득한 블로그 글에서 보이는 이미지와 달리 '으스스한 원거리 작용 음주 클럽'이라는 모임을 만들었다. 아브루초를 포함한 클럽 회원들은 소란 행위로 캠퍼스 경찰에 체포된 적도 있었다. 두 번이나.

그의 사진은 아주 평범했다. 짧게 자른 짙은 머리에 군데군데 흰머리가 있었다. 두꺼운 안경 뒤로 보이는 눈동자는 진한 갈색이었고, 강인한 턱선에 피부는 태닝을 했거나 혼혈 같은 밝은 갈색이었다. 꽤 나쁘지 않은 외모였지만, 쉽게 지나칠 법한 인상이었다. 줄리안 옆에 세워 놓으면 공작새 곁의 부엉이처럼 보일 것 같았다.

도대체 그는 무엇 때문에 카리브해에서 진행되는 이 이상한 프로젝트에 합류하는 걸까? 더구나 백업으로? 그는 경력, 자격, 나이 등 모든 면에서 그녀보다 앞서 있었다. 혹시 그녀가 그의 보조가 되는 걸까? 그렇다면 계약 조건과 달랐다. 그리고 그녀가 밀려나게 됐다면 줄리안이 미리 말하지 않았을까?

하지만 그녀는 이미 줄리안을 이해하지 못하고 있다는 걸 알고 있었다. *속이 깊은 사람이겠지.* 엘렌이라면 이렇게 말할 것이다. 엘렌은 숨기는 것이 없으니까.

혼란스러워진 캐로는 노트북을 덮고 어려운 수식이 너무 많지 않길 바라며 조지가 준 파일을 펼쳤다.

---

* 아인슈타인은 양자 얽힘 현상을 '유령처럼 으스스한 원거리 작용'이라고 묘사했다.

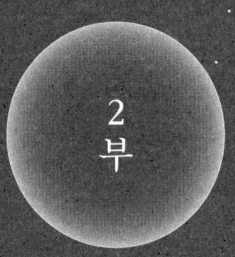

19

 다음 날 새벽 4시 30분, 캐로는 머리 위에서 들려오는 굉음에 잠에서 깼다. 처음에는 꿈인가 싶었지만, 이내 현실임을 깨달았다. 서둘러 문 쪽으로 가 보니 연구 단지 앞에서 착륙 준비를 하는 의료 응급 헬리콥터가 보였다.

 누구지? 로레인인가? 수술 합병증? 하지만 거의 일주일은 지났는데…… 설마 **왓킨스 박사님?**

 캐로는 파자마 위에 가운을 대충 걸치고 급히 산책로를 지나 2구역으로 통하는 문을 열고 들어갔다. 응급 구조대원들이 정원을 가로질러 3구역으로 빈 들것을 끌고 가고 있었다. 켜져 있는 것을 본 적 없었던 밝은 조명 아래 줄리안과 제임스가 서 있었다. 제임스는 잠옷 차림으로 몸을 떨고 있었고, 줄리안은 옷을 모두 갖춰 입은 모습이었다. 캐로가 줄리안의 팔을 움켜잡았다.

 "누구예요? 왓킨스 박사님? 로레인?"

"아니요. 에이든이요. 라일 박사님이 그랜드 케이맨으로 공중 이송을 요청했어요."

"증상은요?" 그녀는 어느새 의사 모드로 바뀌어 있었다.

"대변에 혈액이 섞여 나왔고, 혈압이 낮아요. 그 외는 잘 모르겠고요. 라일 박사님도 원인을 모르겠다고 했고, 검사 결과도 아직 안 나왔어요."

제임스가 말했다. "저희 주방에서 나온 음식 때문은 절대 아닙니다. 어젯밤에 전부 확인했어요, 전부 다요. 곰팡이도 없었고—"

캐로가 물었다. "루스킨 박사님이 다른 말씀은 없으셨나요?"

"상한 음식도 없었고—"

"그냥 에이든이 더 나빠질 경우를 대비해 예방 차원에서 그랜드 케이맨으로 이송하는 거라고만 하셨어요."

"조리 도구가 교차 오염됐을 일도 없어요. 저희 직원들은 과일과 고기를 같은 칼로 썰면 안 된다는 걸 모두 아니까—"

캐로는 새벽 찬 바람을 느끼지 못하고 있다가 그제서야 가운을 단단히 여몄다.

"그리고 모든 식재료는 농약이나 부적절한 취급으로 인한 위험을 제거하기 위해 물에 담가 문질러 씻고 있고—"

"주방 문제는 아닐 거예요, 제임스." 아마 제임스의 입을 다물게 하려는 의도였겠지만, 줄리안이 끝내 타이르듯 말했다. 그도 그럴 것이, 루스킨도 원인을 모른다면 줄리안이 어떻게 알겠는가? 만약 에이든이 설명할 수 있는 상태였다면 루스킨은 당연히 그의 병력부터 확인했을 것이다. 그러나 심각한 상황이 아니고서야 환자를 150킬로미터나 떨어진 곳으로 공중 이송할 리가 없다.

줄리안이 덧붙였다. "캐로 박사님, 안에 들어가요. 여기 있어 봐야 할 수 있는 것도 없고, 지금 추워서 떨고 계시잖아요. 수술 순서가 변경됐지만, 일정은 그대로 에이든 대신 벤을 수술하시면 됩니다. 영상 자료는 병원 파일에 있고, 수술 전에 필요한 사항은 아침에 전달하시면 돼요."

"알겠어요. 그런데 줄리안 씨, 타이밍이 적절하지는 않지만 여쭤볼 게 있어요. 아브루초 선생님이 오셔도 제가 수석 외과의고 그분이 보조인가요, 아니면 그 반대가 되는 건가요?"

"박사님이 수석이죠. 바뀐 건 없습니다. 그분도 어떤 역할로 고용되었는지 분명히 알고 계시고요."

"그러면 왜 그 자리를 수락하셨을까요?"

"그건 직접 물어보셔야 할 것 같아요." 줄리안이 머리카락을 쓸어 올리며 대답했다. 그는 어딘가 정신이 팔린 듯 보였고, 캐로는 또 한번 이 프로젝트에서 자신이 모르는 부분이 있다는 느낌을 받았다.

의료 헬기가 어두운 밤하늘을 향해 떠올랐다.

로레인의 다중 우주 경험은 예상대로 흘러가지 않았다.

그녀는 머리 민 부분을 가리는 파란 종이 모자를 쓰고 있다는 점을 제외하면 5일 전에 뇌 수술을 받은 사람이라고는 상상도 할 수 없는 활기찬 모습으로 세션 룸에 뛰어 들어왔다. 로레인은 모자에 아주 선명한 오렌지색의 가짜 꽃을 붙여 놓았다. 캐로는 그나마 꽃이 생화가 아니라서 다행이라고 생각했다. 로레인은 수술 부위 주변을 소독하는 것이 얼마나 중요한지에 대한 인식이 전혀 없는 것 같았다. 그녀는 화려한 징이 과하게 박힌 스키니진과 형광 오렌지색 실크 셔츠를 입고 오렌지색 매니큐어를 칠한 발톱을 드러내는 7센티미터 높이의 은색 샌들을 신고 있었다.

"오빠, 캐로 박사님, 여러분! 전 이제 다른 세상으로 갑니다! 가 보자고!"

"움직이지 마세요. 활력 징후를 체크하고 있어요." 젊은 간호사인 로시타가 말했다.

로레인이 깔깔대며 웃었다. "제가 얼마나 활력이 넘치는데요, 선생님!"

방안이 사람들과 긴장감으로 가득 찬 것처럼 느껴졌다. 줄리안과 바바라는 컴퓨터들이 쭉 늘어선 곳에 자리 잡고 있었다. 캐로와 와이거트는 한쪽에서 대기하며 상황을 지켜보고 있었고, 그녀는 둘 중 누가 더 초조한지 알 수 없었다. 앞으로 30분 동안 그의 이론과 그녀의 외과 기술이 시험대에 오를 것이다. 과연 캐로는 데이비드 위크스가 줄리안에게 했던 수술을 정확히 재현해 낼 수 있을까? 캐로가 봤을 때 줄리안은 또렷한 환각을 겪은 것 같았다. 로레인도 같은 경험을 하게 될까?

그리고 호박 속에서 굳어 버린 파리처럼 다들 꼼짝도 하지 않고 대체 무엇을 기다리는 걸까?

문이 열리고 왓킨스가 탄 휠체어를 밀며 카밀라가 들어왔다. 긴장이 한층 고조되었다.

따끔거리는 열꽃처럼 퍼져가는 긴장감을 로레인만 느끼지 못

하는 것 같았다. 그녀는 우스꽝스러운 작은 모자를 벗어 던지고, 간이침대에 누워 블라우스를 풀고 연보라색 레이스 브라를 보이며 윙크했다. 카밀라는 로레인의 머리와 몸에 무선 센서 패치를 부착했다. 의료용 모니터에 심박수와 혈압, 산소 포화도, 호흡수, 체온과 뇌압 데이터가 나타나며 신호음이 울리기 시작했다. 캐로가 페어레이 메모리얼에서 사용하던 것보다 최신식에 기능도 더 좋은 장비였다.

"이거 봐요, 전 인조인간이에요." 로레인이 농담하며 장난스럽게 가슴을 흔들었다. "다들 조심해요."

"가만히 누워 계세요." 로시타가 말했다.

줄리안이 그녀의 머리에 있는 연결부를 가리고 있던 작은 티타늄 덮개를 떼어 내고 리드선을 연결했다. 로시타가 활력 징후의 변화를 유심히 살피는 동안 그는 옆에서 동생을 가만히 내려다보았다.

"준비됐지, 로레인?" 줄리안이 물었다.

"당연하지."

줄리안이 컴퓨터에서 무언가를 조작하자 로레인의 얼굴이 멍해졌다. 눈을 뜬 채 심장이 뛰고 폐도 숨을 쉬었지만, 로레인 데이는 그곳에 없었다. 캐로는 그 모습이 혼수상태 환자나 기계로 생명을 유지 중인 뇌사 환자와는 다르게 느껴졌다. 그녀의 의식이 단순히 멈춘 것이 아니라 완전히 **사라져 버린** 것 같았다. 죽음 그 자체를 제외하면 캐로가 지금껏 어떤 그 의료 현장에서도 본 적 없는 광경이었다.

데이터가 뜨며 줄리안과 바바라가 보고 있는 화면이 환해졌다. 누구도 입을 열지 않았다. 곧이어 로레인의 뇌에서 흐르는 이미지들이 심층 이미지 재구성 소프트웨어를 통해 또 다른 화면에 나타나기 시작했다.

영상 속 그녀가 침대 위에서 몸을 일으켰다. 줄리안 때와 마찬가지로, 주변에 아무도 없었고 로레인은 장비에 연결되지 않은 상태였다. 머리카락 역시 깎이지 않은 모습이었다. 그녀는 문을 지나 줄리안의 기록에서처럼 익숙한 화단과 동그랗게 이어진 산책로가 있는 2구역 정원으로 들어섰다. 눈부신 햇살이 청바지에 박힌 장식에 반사되어 반짝반짝 빛났다.

캐로는 줄리안이 했던 말을 떠올렸다. '*초기에는 새 다중 우주 분기가 현재 이 세계와 거의 동일하게 나오게끔 데이터를 구성했습니다. 알고리즘이 제대로 작동하는지 확인하려면 최대한 단순하게 가야 했으니까요.*'

이번에는 정원에 트레비 분수가 보이지 않았다. 로레인은 이곳에서 어떤 환영을 만들어 낼까? 줄리안이 활기찬 편이라면, 로레인은 에너지가 미친 듯이 넘쳤다. 캐로는 베르사유 궁전이나 알람브라 궁전, 알리바바의 동굴이 세워질 것 같았다. 그러나 한편으로는 와이거트가 이야기했던 대체 우주의 제한점이 생각났다. 의식이 파동 함수를 붕괴시키면서 무엇을 만들어 내든 간에, 그 결과물은 반드시 시공간적 인과성을 따라야만 한다고 했다. 그리고 파동 함수가 붕괴할 때, 로레인이 자신의 창조물을 관찰하는 동시에 자유도 역시 함께 붕괴하여 기억 속에 그대로 기록된다. 따라서 만약 그녀가 알람브라를 창조했다면, 그것이 나중에 베르사유로 바뀌는 일은 일어날 수 없다. 또한 물리적으로 존재할 수 없는 것을 창조할 수도 없다.

그렇다면 로레인은 과연 무엇을 만들었을까?

그녀는 아무것도 만들지 않았다.

대신 그녀는 화단 옆에 무릎을 꿇고 앉아 앞으로 쏟아져 내린 머리카락으로 얼굴을 가린 채, 작은 노란 꽃 한 송이를 손끝으로 살며시 건드렸다. 잠시 후 그녀의 어깨가 들썩이더니 곧 온몸을 떨기 시작했다. 웃고 있는 걸까? 그렇지 않았다. 그녀가 꽃을 꺾어 손에 쥐고 일어서자 눈물이 뺨을 타고 줄줄 흘러내려 실크 셔츠를 적셨다. 소리는 나오지 않았지만 캐로는 마치 그 울음소리가 들리는 것 같은 착각이 들었다. 로레인이 하늘을 올려다보고 흐느낄 때 화면이 꺼졌고, 세션이 끝날 때까지 15분 내내 그렇게 있었다.

와이거트가 조용히 중얼거렸다. "대체…… 이게 무슨……."

로레인이 침대에서 몸을 일으키며 울음을 터뜨렸다.

줄리안은 그녀 옆에 앉아 그녀의 머리와 컴퓨터를 연결하는 선에도 아랑곳하지 않고 어깨를 감싸 안았다. "왜 그래, 로레인? 괜찮아?"

그녀는 계속 울기만 했다.

"로레인, 뭐라 말 좀 해 봐! 어디 아파? 대체 무슨 일이야?"

흐느낌이 잦아들었다. "아프냐고? 아니…… 아니야…… 오빠…… 그건…… 그건……."

"뭔데? 뭐냐고?"

"모든 것이었어."

그녀가 다시 기운을 차리는 데 5분이 걸렸다. 그러나 캐로가 보기에 예전의 로레인에게 느껴지던 기운은 아니었다. 그건 분명했다. 몸짓에서 과장이 사라졌고, 미소는 한결 부드러웠으며, 표정에는 무언가…… 알 수 없는 무언가가 가득했다.

경이로움. 경이로움이 목소리와 눈빛, 말 한마디 한마디에 스며 있었다.

화면에서 영상이 재생되고 로레인이 설명했다. "정원에 들어섰을 때, 그 순간 단번에 **알 수 있었어. 느껴졌어.** 저 꽃." 그녀는 화단 옆에 무릎 꿇고 있는 자신을 가리켰다. "저 꽃이 나였어. 저 꽃, 발아래 땅이나 건물 벽, 사람들과 내가 따로 존재하지 않았어. 우리 모두가 연결되어 있었어, 모두가…… 하나였어. 설명할 수는 없지만 분명히 알았어. 지금도! 모든 게 나였고, 내가 그 모든 것이었어. 지금도 그렇고. 오빠, 지금도 그렇다고!"

여섯 살이었나? 아니면 일곱 살? 캐로는 뒷마당에서 담요 위에 누워 하늘을 떠다니는 구름을 바라보고 있었다. 그런데 갑자기 구름이 사라지고 그녀마저 사라졌다. 그녀는 훗날 '우주의 구조'라고 부르게 된 것에 스며들어 어디에도 없는 동시에 어디에나 있었다. 그녀는 구름이자 풀이었으며, 바람이었고, 팔 위를 기어가는 개미였다. 모든 것은 그녀였고, 그녀는 모든 것이었다.

줄리안이 나지막하면서도 묘한 목소리로 말했다. "'한 알의 모래에서 세상을 보고/한 송이 들꽃에서 천국을 본다/그대 손바닥에 무한을 거머쥐고/찰나 속에 영원을 보라.' 윌리엄 블레이크가 남긴 시였지."

"아니에요!" 캐로가 자기도 모르게 목소리를 높였다. "로레인은 그저 측두엽 간질 발작을 일으킨 거예요. 바바라 선생님, 매핑 데이터 좀 보여 줘요."

"간질이 아니었어요." 로레인이 말했다. "박사님도 직접 겪으셨다면, 그 자리에 계셨다면…… 간질 같은 건 아니었어요." 그녀는 캐로를 똑바로 바라보았지만, 노려보는 것이 아닌 담담한 눈빛이었다. 자신이 느낀 바에 확신이 있어 더 논쟁할 필요도 없다는 듯이. "음…… 뭐랄까…… 우주의 모든 것이 결국 하나인 느낌 같았어요."

와이거트가 처음으로 입을 열었다. "그렇죠." 그가 조용히 말했다. "맞아요. 물질과 에너지와 의식은 모두 같은 것이니까요. 분리될 수 없죠."

왓킨스는 한마디도 하지 않았다. 그는 크게 실망한 기색으로 얼굴을 일그러뜨리며 휠체어를 굴려 문 밖으로 나갔고, 카밀라가 뒤를 따랐다.

왜일까?

캐로와 바바라는 저녁부터 밤늦게까지 작업을 이어갔다. 로레인의 매핑 데이터는 줄리안의 데이터와 비교할 수 있는 귀중한 자료였다. 그들에게 극도로 생생하고 세부적인 환각을 유발한 것으로 추정되는 뇌 영역은 크기도 작고 아직 거의 연구되지 않은 부위였다. 두 사람의 뇌 영상에서는 예상대로 기억이 처리되는 해마와 강한 신경 연결이 나타났다. 흥미로운 점은 '쾌락 중추'로 알려진 측좌핵, 의식을 관장하는 전두엽, 빛과 움직임을 해석하는 후두엽과 강한 연결을 보였다는 것이다.

그러나 측두엽 간질의 징후는 찾아볼 수 없었다.

캐로가 눈살을 찌푸렸다. 데이터는 명확했고, 로레인이 겪은 것은 흔히 종교 경험이나 신비 체험을 일으킨다고 알려진 전기적 폭풍이 아니었다. 또한 신체 경계를 인지하게끔 돕는 두정엽에서도 특별한 활동이 관찰되지 않았다. 그것은 숙련된 명상가들이 사용하는 방법으로, 두정엽에서 혈류가 감소하면 유체 이탈 감각이 느껴진다.

이건 뭔가 달랐다. 지금껏 그 어떤 과학 문헌에서도 비슷한 사례가 없었다는 것만이 확실할 뿐, 정확히 무엇인지는 알 수 없었다.

하지만 매핑 데이터는 그야말로 놀라웠다.

바바라가 말했다. "이게 사실로 입증된다면……"

"……저희는 최고의 학술지에 논문을 게재할 수 있겠죠." 캐로가 말을 끝맺었다.

그들은 열두 살 아이들처럼 서로를 보며 활짝 미소 지었다.

캐로는 잠자리에 들 준비를 하며 노트북을 켰다. 시간이 늦었고, 머릿속은 매핑 데이터 생각뿐이라 처음엔 그냥 자려고 했지만, 결국 이메일을 확인했다. 스팸이 아닌 메일은 두 통이었고, 하나는 엘렌이 보낸 것으로 그녀와 케일라, 안젤리카가 잘 지낸다는 내용이었다.

또 하나는 줄리안이 보낸 것이었다.

에이든의 검사 결과가 나와 라일 박사님이 전화를 주셨습니다. 식중독이 아니라고 하네요. 병원에서도 아직 정확한 원인을 알 수 없지만, 전염성은 없을 거라고 했습니다. 상태가 조금씩 호전되고 있다는데 그래도 추가 검사를 위해 입원은 좀 더 해야 할 것 같고요. 그러니 다음 이식 수술은 벤 클라비가 될 겁니다. 내일 사전 검사와 영상 작업을 마치고, 모레 수술하시는 것으로 알고 계시면 됩니다.

　라일 박사님 말씀이 에이든의 증상에 의학적으로 이해하기 어려운 부분이 있다고 하네요. 뭔가 제대로 돌아가고 있지 않은 듯합니다.

평생 상상조차 못 했던 일이라도, 한 번 해 보고 나면 두 번째는 훨씬 수월해진다. 캐로는 다음 수술쯤이면 이것이 일상처럼 느껴질지도 모르겠다는 생각이 들었다.

　벤 클라비의 수술은 순조롭게 마무리되었다. 그는 의외로 긴장한 기색을 보였다. 물론 이제 겨우 세 번째 이식 수술인 것은 맞지만, 자발적으로 자원했고 수술을 겁낼 사람으로는 보이지 않았다. 하지만 어떤 사람들은 막연한 미래가 아니라 지금 당장 머리를 절개해야 한다는 사실에 크게 동요하기도 했다. 레지던트 시절, 캐로는 환자들이 갑자기 겁에 질려 마음을 바꾸거나 유언장을 고치고, 한번은 수술실로 들어가는 도중에 다른 의사의 소견을 듣고 싶다고 요청하는 경우도 봤다.

　몰리가 벤에게 마취제를 투여했다. 뇌에 칩이 삽입되고, 리드선이 연결되었으며 작은 티타늄 케이스가 두개골 위에 단단히 고정되었다. 줄리안이나 로레인과 달리 벤은 원래부터 머리숱이 많지 않았다. 케이스가 항상 밖으로 드러나 보이겠지만, 캐로는 소프트웨어팀 사람들이 습관적으로 야구 모자를 쓰는 것을 감안하면 누가 벤의 케이스를 볼 일은 거의 없으리라 생각했다.

　이번 수술이 랄프 이건과 함께하는 마지막이었다. 에이든을 대신할 다음 수술은 또 다른 기술팀 직원으로, 이반 카이반이라는 희한한 이름을 가진 (부모님은 대체 무슨 생각으로 그런 이름을 지었을까?), 어딘가 어색한 분위기를 풍기는 20대 젊은이였다. 이반은 깡마른 체형에 팔다리가 길어 마치 사마귀를 연상케 했다. 줄리안은 그가 아주 똑똑하다고 했다. 이반을 수술할 때는 트레버 아브루초가 보조로 들어올 것이다.

랄프는 오늘 오후 늦게 단지를 떠날 예정이었고, 제임스는 식당에서 송별회 겸 티타임을 준비했다. 캐로와 바바라는 로레인과 벤의 매핑 데이터를 연구하는 일분일초가 아까웠던 터라 참석하고 싶지 않았지만, 캐로는 랄프가 좋았고 그를 섭섭하게 하고 싶지 않았다. "그리고 어차피 저희가 파티를 안 가면 몰리가 가만히 있을 리 없잖아요." 바바라가 말했다.

"그냥 차 마시는 자리인걸요." 캐로가 말했다. "제임스가 핑거 샌드위치랑 아기자기한 케이크를 준비한다고 했어요. 아침부터 내내 만들고 있던데요."

"그 철모르는 소프트웨어팀 사람들 먹으라고요? 그럼 같이 가볼까요?"

파티에 가 보니 정말로 길쭉한 은색 주전자에 담긴 차와 커피가 마련되어 있었다.

"빌려 왔어요." 제임스가 말했다. 그는 간호사 두 명에게 음료를 따라주는 일을 맡겼다. "아시다시피 이런 일을 맡는다는 것은 예로부터 영광으로 여겨졌죠."

정원의 피크닉 테이블에도 역시 대여한 것으로 보이는 흰색 테이블보가 깔려 있었다. 그리고 접시에는 쁘띠 푸르*와 함께 미나

리나 프로슈토가 들어간 작은 롤 샌드위치가 놓여 있었다.

30분도 채 지나지 않아 음식이 동나자, 줄리안네 팀원들은 감자칩과 오레오 봉지를 꺼내 왔고 랄프는 화려한 라벨이 붙은 각종 술병에서 나온 무언가를 플라스틱 통에 섞어 만든 축배를 들고 있었다. "안 돼, 이러면 안 돼." 제임스가 외쳤다. "이건 그냥 티타임이라고요!"

몰리는 와이거트, 캐로와 함께 서서 웃음을 터뜨렸다. "제임스, 저 사람들 못 막아요. 줄리안이 자정까지 그랜드 케이맨에서 에이든과 병원에 있으니, 고양이 둘이 없는 틈을 타 쥐들이 신나서 날뛰는 거죠. 실은, 저도 저 폭탄주 한 번 맛보려고요. 순전히 의학 실험 차원에서요. 캐로 박사님은요? 아직도 가려움증 약 드시고 있는 건 아니죠?"

"그건 아니지만 술은 사양할게요."

몰리가 장난스러운 얼굴로 와이거트를 쳐다보았다. "박사님?"

"아, 아닙니다. 괜찮아요. 저는 이건 선생과 인사하고 가 봐야 할 것 같습니다. 일이 밀려서요."

"겁쟁이시네." 도망치듯 자리를 뜨는 와이거트를 보며 몰리가 유쾌한 어조로 말했다. "저기 봐요, 캐로 박사님. 바바라가 저걸 마시고 있어요. 그 이성적인 바바라도 시도하는데 박사님은 안 궁금하세요?"

누군가 스피커를 꺼내 왔고, 단지 전체에 흥겨운 비트의 음악

---

* 프랑스 디저트로, 한입 크기의 작은 과자를 말함.

이 울려 퍼졌다. 주전자 옆에 있던 간호사들도 어느새 사라졌다. 그중 한 명은 잔디 위에서 우아하고 매끄러운 동작으로 혼자 춤을 추기 시작했다. 바바라는 손에 음료를 들고 서서 랄프와 대화를 나누며 웃고 있었다.

"음 그러면 딱 한 모금만." 캐로가 말했다.

두 시간 뒤, 로시타는 이반 카이반과 피크닉 테이블 위에서 춤을 추고 있었다. 저녁을 먹으려는 사람이 아무도 없었기에 제임스에게 마지못해 퇴근해도 좋다는 허락을 받은 주방 직원들도 파티에 합류했다. 그들은 각자 준비한 노래를 틀었고, 정원 한쪽의 카리브 음악과 다른 한쪽의 랩 음악이 맞붙었다. 랄프는 공항으로 떠났지만, 아무런 영향이 없었다. 파티는 점점 열기를 더해 갔다.

캐로는 플라스틱 통에 담긴 폭탄주를 한 잔 반 마셨는데, 두 번째로 마신 잔이 첫 번째 잔과 맛이 너무 달라서 아예 다른 음료가 아닌가 하는 의심이 들었다. 하지만 이런 폭탄주는커녕 위스키 비슷한 것을 마신 지 워낙 오래되었던 탓에 그녀는 둥실둥실 떠 있는 듯 기분 좋게 몽롱한 상태로 잔디밭 어디선가 나타난 해변용 의자에 앉아 바바라와 킥킥거리며 웃었다. 모래 위에서 쓰는 의자라 다리가 짧았기 때문에 그들은 발을 앞으로 쭉 뻗고 앉아야 했다. 한편 몰리는 근처에서 키가 크고 잘생겼지만 영어를 전혀 못 하는 식당 직원과 춤을 추고 있었다.

캐로가 말했다. "설마—"

"그럴 리가요." 바바라가 고개를 저었다. "단지 안에 있는 사람하고는 안 그래요. 줄리안이 가만두지 않을 거예요."

"제가 가만두지 않을 거예요. 제가 의료부 책임자잖아요." 캐로는 순간 자기가 한 말이 너무 우습게 느껴져 크게 웃음을 터뜨렸다. 의료 책임자라니! 병상 여섯 개에 자신이 만들어 내기 전까지는 시간조차 존재하지 않는다고 믿는 환자들만 있는 '병원'에서!

바바라도 웃음을 지었다. "이런 모습은 처음 보네요, 박사님. 보기 좋아요. 로레인을 살필 사람이 있어야 하니 카밀라가 근무 중인지 꼼꼼히 확인하고, 이 멍청이들이 테이블에서 떨어져 머리가 깨질 경우를 대비해 제가 취하지 않게 신경 써 주시는 모습만큼이나요. 제가 외과 의사는 아니지만, 머리에서 피 나는 것 정도는 꿰맬 수 있죠."

"모든 방면에서 뛰어나시잖아요." 캐로가 너그럽게 말했다. 마음이 너그러워진 느낌이었다. 기분이 정말 좋았다. "몰리 선생님도 그렇고, 저도 그렇고, 조지 박사님도, 줄리안 씨도, 노벨상을 받은 우리 천재 할아버님도, 그리고 에이든, 벤, 로시타, 이반, 또—"

이반이 정신없이 춤을 추다 발을 헛디디며 피크닉 테이블 아래로 떨어졌다.

"제가 선견지명이 있나 봐요, 안 그래요?" 바바라가 자리에서 벌떡 일어서며 말했다. "아, 잠깐, 이반이 일어나네요. 멀쩡한 것 같아요. 술 때문에 근육이 풀렸나 봐요. 줄리안이 가장 뛰어난 소프트웨어 엔지니어다 뭐다 해도 멍청이는 멍청이에요."

캐로도 일어서려고 했다. 그러나 의자 다리 높이가 낮다는 것을 잊고 몸을 일으키다가 그만 잔디 위로 넘어지고 말았다. 그녀는 다치지 않았고, 바바라가 자신을 잡아 일으키며 누군가에게 무슨 말을 하는 것을 느꼈다. 어지러웠던 캐로는 바바라의 어깨에 몸을 기대며 뒤를 돌아보았다.

한 남자가 재미있다는 듯한 눈빛으로 캐로를 바라보며 그들 옆에 서 있었다. 땅거미가 어둑어둑 내려앉아 그가 누군지 잘 보이지 않았다. 그때 갑자기 정원 조명이 켜지면서 그의 얼굴이 뚜렷하게 보였다.

"안녕하세요." 그가 인사했다. "소암스 왓킨스 박사님이시죠? 새로 외과 의사로 온 트레버 아브루초라고 합니다."

"지금 파티 중이에요." 그녀가 다소 어색하고 방어적인 어조로, 나름대로 최대한 체면을 세우려 애쓰며 대꾸했다.

"그런 것 같네요." 그가 대답하며 살짝 미소를 지었다.

다음 날 아침, 전날 벌였던 술판은 흔적도 없이 사라졌다.

숙취가 거의 가신 캐로는 수술 전 준비를 위해 이반 카이반을 만났다. 바바라와 함께 그의 MRI를 검토한 결과, 뇌에 별다른 이상이 없었다. 혈액 검사와 인사 자료 확인, 수술 전 면담이 진행되었다. 트레버는 말없이 모든 과정을 유심히 지켜보았다. 캐로는 그가 옆에 있는 것이 조금 신경이 쓰였다. 그녀보다 훨씬 까다로운 조건에서 수없이 많은 수술을 해 온 사람이었다. 초짜처럼 보이고 싶지 않았다.

이반과 면담까지 마치고, 그들은 트레버의 질문에 답해 줄 겸 식당으로 커피를 마시러 갔다. 하지만 캐로는 프로젝트 전체를 설명할 생각은 전혀 없었다. 그 막중한 임무는 에이든이 그랜드 케이맨에서 조금씩 회복 중이라는 소식과 함께 돌아온 줄리안의 몫이었다. 아침 식사 시간이 끝나고 점심 식사가 나오기 전이라 식당은 한산했고, 아침에 남은 커피가 있었다. 캐로는 한 모금을 홀짝 마시고 얼굴을 찡그리며 그에게 물었다. "궁금한 게 많으시겠죠, 박사님?"

"그냥 '트레버'라고 불러 주세요. 일단 제일 먼저 묻고 싶은 건, 이런 걸 어떻게 마시냐는 겁니다."

그녀가 웃으며 답했다. "국경없는의사회에 계실 때 아프리카에서 일했다고 하셨잖아요. 그때 프렌치 프레스로 내린 유기농 그늘 재배 커피만 드셨나 봐요?"

"거기서 뭘 마셨는지 짐작도 못 하실 거예요. 제가 아프리카를 나온 이유가 바로 커피 때문인데, 지금 놀리시는 건가요?"

"그런데 저희가 실망을 드려서 어쩌죠."

"성경에서도 인생은 눈물의 골짜기라고 하잖아요."

캐로는 자신도 모르게 입꼬리가 올라갔다. 딱딱하고 전문적인 대화가 오고 갈 줄 알았는데 완전히 예상 밖이었다. 그녀는 트레버 아브루초를 다시 한번 찬찬히 바라보았다. 처음 봤을 때는 온라인에서 본 사진과 다를 바 없는 평범한 인상이었다. 키는 172센티미터 정도에, 다부진 체형, 희끗희끗한 갈색 머리, 갈색 눈과 코끼리가 밟아도 끄떡없을 듯한 안경테. 색깔에 비유해도 딱 갈색이 어울릴 법한 밋밋한 사람이라고 결론 내리려던 순간, 두꺼운 안경 너머의 눈동자를 보고 생각이 달라졌다. 그렇게 살아 있는 눈은 처음 보는 것 같았다. 그의 눈동자는 아무것도 놓치지 않을 것처럼 이리저리 빠르게 움직이면서도 빛이 났고, 유머가 담겨 있는 듯 활기가 넘쳤다.

캐로가 말했다. "혹시 제가 질문을 좀 드려도 괜찮을까요?"

"아, 그럼요. 당연하죠."

트레버는 DBS에서 전극을 삽입하는 수술을 해 본 적이 있는지를 묻는 그녀의 질문에 관련 경험이 거의 없다고 간단히 답했다. 캐로는 이 수술이 DBS와 어떻게 비슷하고 다른지 하나하나 짚어 가며 설명하고 이렇게 덧붙였다. "내일 수술에 대해 더 궁금한 점 있으신가요? 프로젝트 전반이나 이론적인 부분은 제가 말씀드리기 어렵고 줄리안 씨나 조지…… 와이거트 박사님께 여쭤보셔야 할 거예요."

"수술에 관해서는 더 질문할 것이 없습니다. 설명을 워낙 잘 해 주셔서요. 와이거트 박사님 이론도 어느 정도는 이해한 것 같습니다. 지금 쓰고 계신 책 초안을 보내주셔서 온라인으로 이런저런 흥미로운 이야기를 나눴거든요. 직접 뵙는 게 정말 기대되네요."

와이거트가 책을 보내줬다고? 온라인으로 대화까지 했고? 캐로는 이곳에 도착하기 전까지 그 어떤 정보도 받지 못했다. 게다가 와이거트가 준비한 메모만 읽어 봤을 뿐 책 초안은 아직 보지 못했다. 안 그래도 트레버 아브루초를 어떻게 봐야 할지 생각이 복잡해지던 차에, 질투심 비슷한 불편한 감정이 더해졌다.

그녀가 말했다. "사실 저는 와이거트 박사님 이론을 따라가기가 조금 벅차요. 대학 때 물리를 부전공하셨다니 수식도 다 이해되시겠네요."

"대체로는요. 전 와이거트 박사님 이론을 보고 여기 온 걸요."

캐로는 충동적으로 물었다. "제가 관여할 일은 아니지만, 그래도 여쭤볼게요. 여기 왜 오신 거예요? 그런 경력이라면 어느 자리든 가실 수 있었을 텐데. 그런데도 커리어에 전혀 도움이 안 될 게 뻔한 이런…… 검증되지 않은 수술을 하러 오신 이유가 뭐죠?"

트레버는 그녀의 질문에도, 다소 날 선 어투에도 기분이 상한 것 같지 않았다. 그는 바로 대답하는 대신 그 맛없는 커피를 조금 마신 후 입을 열었다. "충분히 물어보실 만한 부분이고, 물어봐 주셔서 감사하지만 답하기 쉽지는 않네요. 그래도 한번 해 보겠습니다." 그의 눈빛이 다시 변하며 그녀가 아닌 알 수 없는 어딘가를 향하는 듯한 강렬한 눈빛으로 바뀌었다. "혹시 키르케고르라는 철학자의 책을 읽어 보셨나요?"

"읽은 지 좀 됐어요." 아니면 아예 읽은 적이 없었을지도? 확실치 않았지만, 인정하고 싶진 않았다.

그가 미소를 띠며 말했다. "그럴 수 있죠. 저도 요즘 거의 탐정 소설만 읽거든요. 그런데 키르케고르가 남긴 말 중에 유독 여운이 길었던 게 있어서요. '바보가 되는 데는 두 가지 방법이 있다. 하나는 진실이 아닌 것을 믿는 것이고, 다른 하나는 진실을 믿지 않는 것이다.' 와이거트 박사님의 이론은 세상을 바라보는 우리의 관점을 완전히 바꿔 놓을 수도 있어요. 물론 그분의 접근법이 과학적으로 설득력이 있는 것도 맞지만, 세상을 이해하는 데 과학만이 답은 아니에요. 양적 연구나 재현이 가능하다는 과학적 기준에 부합하지 않더라도 직접 경험은 중요한 역할을 할 수 있으니까요."

캐로의 눈이 휘둥그레졌다. "이식을 원하시는군요."

"맞습니다."

"그러면 줄리안 씨도…… 동의하신 건가요?"

"제가 여기 오는 가장 중요한 조건이었어요. 당연히 수술은 박사님께 받을 거고요."

"줄리안 씨가 그렇게 말씀하신다면 제가 하게 되겠네요."

그녀의 말투나 표정 어딘가에서 흥미가 느껴진 듯했다. 그의 눈빛이 또 한 번 달라졌지만, 캐로는 그 안에 담긴 의미를 읽을 수 없었다. 트레버는 그녀가 이곳에 온 이유를 묻지 않았다. 이미 알고 있는 걸까? 폴 베커나 페어레이 메모리얼 병원에 관한 것이라면 들었을 수도 있다. 하지만 엘렌과 안젤리카, 케일라에 대해서는 알 리가 없다. 바바라나 몰리에게도 꺼낸 적 없는 이야기였다. 겉으로는 농담을 건네는 척 그녀를 꿰뚫어 보는 듯한 눈빛을 한 이 낯선 남자에게 엘렌에 대해 말할 생각은 전혀 없었다.

캐로가 물었다. "이식받고 싶어 하시는 이유가 더 이상 기독교를 믿지 않게 되었다는 블로그 글과 관련이 있나요?"

그녀는 그를 놀라게 하는 데 성공했다. "그걸 보셨어요?"

"네. 새로운 동료 조사 차원에서요. 꽤…… 놀랍더군요."

"어떤 점에서요?"

"왠지는 저도 잘 모르겠어요."

트레버가 커피잔을 옆으로 밀어냈다. "사실 방에 프렌치 프레스랑 괜찮은 원두가 있어요. 내일 수술 끝나고 제대로 된 커피 한 잔 내려 드릴게요."

"좋죠." 그가 답을 피하자, 캐로는 괜한 질문을 했다는 생각에 부끄러워졌다. 그녀가 참견할 일이 아니었다.

그는 이내 말을 이었다. "제가 기독교를 선택한 건 기독교가 저희 문화에서 이 세상을 초월하는 무언가에 대한 믿음을 표현하는 방식이었고, 그 믿음을 담아내는 데 필요한 의식이 마련되어 있었기 때문이에요. 제가 인도에서 태어났다면 힌두교를, 콩고에서 태어났다면 킴방구주의를 택했겠죠. 제가 찾던 건 그런 틀이었으니까요. 그리고 기독교를 믿지 않게 된 이유는 대부분 종교와 마찬가지로 시간이 흐르면서 점차 본질적인 믿음 대신 자의적인 규칙과 제약을 우선시하고 배타적인 모습으로 변해 갔기 때문이고요. 이식을 받고 나서 우주에 대한 와이거트 박사님의 이론이 사실임을 확인하게 되면, 그 이론이야말로 제가 기존의 과학으로는 알 수 없었던 더 큰 진실, 보이지 않는 무언가를 이해할 수 있는 틀이 될 겁니다."

"하지만 이식 후에 겪게 될 경험이 정말 진짜인지, 아니면 정교하고 그럴듯한 환상인지는 어떻게 구분할 수 있죠?"

"직접 겪어 보기 전에는 알 수 없겠죠. 다만 이거 하나는 말씀드릴게요, 캐로 박사님. 줄리안 씨와 왓킨스 박사님께서는 대마초를 가끔 피운다고만 했는데, 사실 전 그 외에도 온갖 걸 다 해 봤어요. 환각 버섯, 코카인, LSD, 아프리카에서 쓰는 신기한 약물까지요. 같이 취했던 사람들은 그때 본 게 진짜라고 믿었지만, 저는 환각을 경험하는 순간에도 항상 그게 진짜가 아니란 걸 느낄 수 있었죠. 줄리안 씨와 왓킨스 박사님이 아셨으면 수술 중에 환각이 다시 올까 봐 저를 고용하지 않았을 겁니다."

"그럴 가능성도 있나요?"

"없습니다."

"늘 그렇게 자신이 넘치세요?"

"늘 그런 건 아니지만, 이건 확실하게 말씀드릴 수 있습니다."

캐로는 적당한 말이 떠오르지 않아 고개를 끄덕였다. 트레버는 지금까지 그녀가 만나 본 사람들과 전혀 달랐고, 특히 약물 문제나 신앙 고민, 자신감 부족 같은 것을 동료들에게 들키지 않으려 기를 쓰는 외과 의사들 사이에서는 절대 찾아볼 수 없는 부류였다. 신경외과 의사는 늘 상황을 완벽히 통제하고 있다는 인상을 주는 것이 중요했다. 물론 나도 그러고 싶고. 캐로는 속으로 수긍했으나 입 밖으로는 꺼내지 않았다.

트레버에게 대꾸하려는 찰나, 줄리안이 나타나 맞은편 의자에 미끄러지듯 앉았다. 지쳐 보이는 모습이었다.

"좋은 아침입니다, 의사 선생님들. 방금 에이든과 통화했는데 지난밤에 제가 병원을 나섰을 때보다 상태가 훨씬 나아져서 며칠 내로 케이맨 브랙에 돌아올 수 있을 거라고 하네요. 최종 검사 결과는 아직입니다. 뭔가 아주 비밀스럽고 복잡한 검사를 하나 봐요. 캐로 박사님, 내일 아침에 있을 이반의 수술 준비는 다 됐나요? 그리고 트레버 선생님은 연구 단지를 한 번 둘러보셔야죠."

"네." 캐로가 답하자 트레버는 자리에서 일어나 그녀를 내려다보며 미소를 짓더니 입 모양으로 "커피"라고 말했다.

캐로는 자리를 뜨지 않고 잠시 더 앉아 트레버가 했던 말을 떠올리며 생각을 정리했다. *이 세상을 초월하는 무언가를 이해하기 위한 틀이리니*. 로레인의 신비한 경험 같은 걸까, 아니면 줄리안이 3구역에 트레비 분수를 '창조'했던 것처럼 계획에 따라 와이거트의 이론을 검증하는 실험 같은 걸까? 한편으로는, '이 세상을 초월하는 무언가를 보는 틀'을 찾겠다는 것이 경력을 쌓거나 생활비를 벌거나 아이를 키우기 전에, 트레버 같은 경우 전쟁터에서 살아남아야 하는 현실적인 문제에 부딪히기 전에 20대 때나 할 법한 철부지 같은 고민처럼 느껴졌다. 하지만 다른 한편으로는, 사람들이 대부분 공공연히 인정하지 않을 뿐 '더 큰 무언가'를 갈망하는 마음은 누구나 갖고 있다는 생각도 들었다.

여섯 살이었나? 아니면 일곱 살? 캐로는 뒷마당에서 담요 위에 누워 하늘을 떠다니는 구름을 바라보고 있었다. 그런데 갑자기 구름이 사라지고 그녀마저 사라졌다. 그녀는 훗날 '우주의 구조'라고 부르게 된 것에 스며들어 어디에도 없는 동시에 어디에나 있었다. 그녀는 구름이자 풀이었으며, 바람이었고, 팔 위를 기어가는 개미였다. 모든 것은 그녀였고, 그녀는 모든 것이었다.

캐로는 머릿속이 복잡해진 채로 커피잔을 설거지통에 가져다 넣었다. 그녀를 더욱 혼란스럽게 만든 건, 트레버와 이야기를 나누는 동안 처음에는 느끼지 못했던 끌림이 조금씩 생겨났기 때문이었다. 그는 유별나면서도 솔직했고, 살아 있는 것 같았다.

그래, 트레버에게 호감을 느꼈다고 해도 그게 뭐 대수인가? 줄리안에게도 처음엔 끌렸다가 그를 더 잘 알게 되면서 생각이 바뀌지 않았는가. 심지어 폴 베커도 한때 괜찮아 보였던 순간이 있었다. 남자 보는 안목이 영 형편없지만, 그녀만의 문제도 아니었다. (몰리만 봐도!) 캐로는 이곳에서 맡은 일이 있고, 그 일을 얼마나 잘 해내는지가 그녀 자신의 미래뿐 아니라 엘렌, 케일라, 안젤리카에게도 영향을 미칠 것이다. 무엇보다도 일이 최우선이었다.

그녀는 바바라를 다시 만나 뇌 데이터 분석을 계속했다. 작업은 순조롭게 진행되고 있었다.

그리고 다음 날, 모든 것이 무너졌다.

21

와이거트는 양손을 뒤로하고 벽에 기대섰다. 몸을 지탱할 힘조차 없다는 사실에 스스로도 놀랐다. 무릎 위에 체스 퍼즐 문제를 올려놓고 있던 왓킨스는 얼굴이 완전히 하얗게 질렸다. 줄리안이 카밀라를 부르려고 호출 버튼을 누르려 하자, 왓킨스가 그를 보았다.

"아니. 부르지 말게. 난…… 괜찮아."

그는 결코 괜찮아 보이지 않았다. 줄리안은 고개를 절레절레 저으며 말했다. "아직 끝이 아닙니다. 더 남았어요."

세상에…… **더** 있다고? "줄리안, 지금 그게 정말인가?"

"정말이죠!" 줄리안이 벌컥 화를 내고는 다시 말했다. "죄송해요, 조지 박사님, 그냥 다…… 다 제 잘못이에요."

왓킨스가 갈라진 목소리로 말했다. "다시 한번 얘기해 주게. 처음부터 끝까지."

줄리안의 입이 마치 개구리처럼 어물거렸다. 묘하게도 그 모습이 와이거트를 진정시켰다. 그는 줄리안이 혼란스러워하는 것을 본 적이 없었다. 분노하거나 초조해하거나 냉소적이거나 좌절하는 모습은 많이 봤어도…… 이렇게까지 어찌할 바를 모르는 것은 처음이었다. 차마 보기 힘든 광경이었지만, 누군가는 냉정을 유지해야 했기에 와이거트는 정신을 붙들어 맸다. 그는 줄리안이 전한 끔찍한 소식에서 놓친 부분은 없는지 귀를 기울였다.

줄리안이 말했다. "에이든도 없고 벤도 수술 후 회복 중이라 어제는 제가 그랜드 케이맨에서 돌아와 직접 사이버 보안 점검을 했습니다. 아무 이상 없었죠. 그런데 오늘 새벽 3시 40분에 야간 근무 중이던 로시타가 절 깨웠습니다. 벤 클라비가 병실에 없다고요. 로시타는 벤이 나가는 걸 보지 못했고, 화장실에 있는 줄로만 알았다고 했습니다. 저는 즉시 보안 기록을 확인했죠. 새벽 3시 6분에 카메라와 시스템 오류 알림까지 시스템 전체가 꺼졌더군요. 그리고 20분 후 자동으로 다시 활성화되도록 설정되어서 실제로 20분 뒤에 시스템이 다시 켜졌고—"

왓킨스가 목이 쉰 듯한 소리를 냈다. "그러려면 비밀번호를—"

줄리안은 그의 말을 끊고 이어갔다. "그렇게 설정하려면 특정 코드가 있어야 하고, 그 코드는 저와 에이든, 벤만 갖고 있습니다. 단순한 비밀번호가 아니에요, 왓킨스 박사님. 백도어 접근 코드와 암호화 과정을 자세히 알고 있어야 하죠. 하지만 그보다 더 중요한 건, 새벽 3시 7분부터 데이터 블록이—"

왓킨스는 욕설을 내뱉으며 체스판을 쓸어 버렸고, 말들이 사방으로 날아갔다. 룩 하나가 와이거트의 무릎에 부딪혔다. 줄리안은 전혀 개의치 않고 이야기를 계속했다.

"―가용한 모든 대역폭을 사용해 시스템 밖으로 전송되기 시작했습니다. 데이터가 모두 나가는 데 15분이 걸렸고요. 알고리즘, 칩 프로그래밍, 컴퓨터 설정, 녹음 파일, 전부 다요. 벤은 그렇게 자료를 모두 챙기고 단지를 나갔습니다. 아직 수술 후유증으로 몸 상태가 불안정하고 지프차는 모두 제자리에 있으니 아마 누가 차로 태워 간 것 같습니다."

왓킨스가 말했다. "보안실에 야간 근무자가 있지 않나!"

"물론 있죠. 그런데 벤이 자기가 대신 근무를 서겠다고 그 사람을 돌려보냈습니다. 퇴원했는데 10시간을 연달아 자고 났더니 '업무에 복귀'하고 싶다고 했다는군요. 믿을 수밖에 없었을 겁니다. 에이든이 자리를 비운 동안 벤이 사이버 보안을 총괄하고 있었으니까요."

"그런데 클라비는 에이든이 자리를 비울 거라는 걸 어떻게…… 아!"

와이거트는 속이 울렁거리는 것을 느끼며 말했다. "데이터가 남아 있긴 하나? 지운 게 아니라 복사만 해 간 거지?"

"삭제는 안 했죠, 당연히 복사해 갔고요. 저희가 수년 동안 쌓아 온 것들 전부를요."

줄리안이 와이거트에게 그런 식으로 말한 적은 한 번도 없었다. 와이거트도 화가 치밀어 올랐지만, 간신히 억눌렀다. 줄리안은 감정을 제어할 수 있는 상태가 아니었다. 소프트웨어가 도난당했으니 그럴 만했다.

와이거트가 물었다. "대체 왜지? 클라비가 그 데이터를 갖고 뭘 할 수 있길래?"

왓킨스도 이어 말했다. "모르지. 바로 **그게 문제**고. 줄리안, 클라비가 그 데이터를 이용하면 우리가 여기서 하는 걸 그대로 할 수 있나? 다른 시설에서?"

"하드웨어만 있다면요. 수백만 달러는 들 겁니다."

젊은 사람이 그런 큰돈이 있을 리 만무했다. 왓킨스와 줄리안은 이 시설을 세우려고 거의 전 재산을 쏟아부었다. 하지만······.

와이거트는 속이 쓰리고 뒤틀리는 것 같았다. "혹시 클라비가 그 데이터를 팔려고······ 그런데 누구한테 팔지? 데이터는 어디로 전송됐나?"

"우크라이나에 있는 보안 메일 서버요. 그다음은 어디로 갔을지 누가 알겠어요. 중요한 건 누가 아니라 왜죠. 최선의 시나리오는 그걸 활용할 기술력과 자금이 있는 중국 같은 정부겠죠. 아마 군사적 목적? 그쪽은 잘 몰라서 어떻게 활용할 수 있을지는 모르겠네요. 아니면 그냥 공적을 먼저 차지하려는 걸 수도 있고요."

줄리안의 말에 와이거트가 당황해서 물었다. "공적이라고? 내 이론으로?"

줄리안이 왓킨스에서 와이거트에게로 시선을 돌리며 보다 차분해진 목소리로 말했다. "이론은 박사님 것이죠. 이걸 사서 쓸 사람이라면 물리학보다는 기술적으로 응용할 수 있는 방법에만 관심이 있을 거예요."

왓킨스가 말했다. "아니야, 정부는 아닐 거야. 클라비의 이력을 보면 그런 연결 고리는 없어. 그리고 정말 클라비가 에이든에게 독을 먹였다면······ 줄리안, 신원 조사할 때 범죄 기록을 대체 왜 못 찾은 건가?"

"없었으니까요." 줄리안이 대꾸했다. 그는 홱 돌아서서 왓킨스를 정면으로 응시했고, 와이거트는 그 모습에 늙은 우두머리에게 도전장을 내미는 젊은 늑대가 떠올랐다. "제가 신원 조사를 철저하게 하지 않았다고 말씀하시는 거라면, 그렇지 않습니다. 벤 클라비를 채용했을 땐 분명 기록이 깨끗했어요. 하지만 거의 3년 전 일이고, 여기선 다들 언제든 미국으로 가서 가족을 보거나 휴가를 떠나지 않습니까. 저희가 죄수처럼 갇혀 있는 건 아니니까요. 만약 벤이 고용되고 나서 누가 접근했다면, 저로서는 알 방법이 없죠."

"알았어야지!" 왓킨스가 소리를 치더니 기침을 쿨럭거리기 시작했다. 와이거트는 카밀라 프랭클린을 호출했다. 그리고 둘의 신경을 다른 데로 돌릴 수 있길 바라며 머뭇머뭇 말을 꺼냈다. "그런데 납득이 안 되는 부분이 또 하나 있네. 클라비도 어차피 일주일쯤 뒤에 수술 일정이 잡혀 있었다고 하지 않았나? 왜 굳이 에버하트에게 독을 써서 수술 순서를 앞당긴 거지?"

줄리안이 답했다. "모르죠. 제 추측으로는 구매자가 누구든 간에 기다리다 지쳤거나, 벤이 약속을 이행할 수 있을지 의심하기 시작했거나, 혹은 당국이 여길 들여다보니까 불안감이 들었을 수도 있을 것 같아요. 그래서 벤을 협박해서 어쩔 수 없이 무리하게 움직인 거죠."

그때 카밀라가 달려와 왓킨스의 이마에 체온계를 들이댔다. 그는 체온계를 쳐 내며 신경질을 냈다. "나가! 지금 바쁘다고!"

"상태가 괜찮은지 확인되면 나갈게요." 카밀라는 그의 고함에도 아랑곳하지 않고 대꾸했다.

결국 밖으로 나간 것은 와이거트였다. 갑자기 좁고 갑갑한 방에서 줄리안과 왓킨스가 팽팽히 대치하고 있는 상황을 견딜 수 없었다. 와이거트가 큰 소리로 말했다. "잠깐만 나갔다 오겠네. 당장 내가 필요한 것도 아니니." 아무도 그의 말을 듣지 않는 것 같았다. 그는 자리를 떴다.

아침 이슬이 촉촉하게 맺힌 정원은 안타깝게도 그리 멀지 않았다. 와이거트는 생각할 시간이 필요했다. 그리고 물리학이 아닌 문제를 생각하려면 로즈와 소리 내어 대화해야 했다. 그러나 그의 방도 비좁고 꽉 막힌 것은 마찬가지였다. 그는 단지를 빠져나와 지프차를 빌렸다.

결혼 생활을 하는 동안 와이거트는 힘든 상황이 있을 때마다 로즈와 대화를 통해 풀어 나갔다. 그녀는 와이거트가 고민을 해결하려 애쓸 때 방해하지 않고 주의 깊게 들어주면서도 딱 맞는 순간에 자신의 의견을 제시하곤 했다. 그리고 그녀는 여전히 그를 가장 잘 도와주는 사람이었다. 물론 로즈가 무덤 너머로 그에게 말을 건네는 것은 아니었다. 와이거트는 제정신이었다. 하지만 너무나 오랜 세월 동안 서로를 깊이 이해했기 때문에 무슨 말을 했을지 짐작할 수 있었고, 머릿속에서 그녀라면 했을 법한 말을 하며 그녀와 대화했다. 로즈는 그의 삶에서 언제나 기준이자 중심이 되는 존재였다.

로즈는 와이거트가 머리에 칩을 이식하고 싶은 이유였다.

그는 캐롤라인이 자기처럼 나이가 든 사람에게 칩을 심는 것에 마지못해 동의했다는 사실을 알고 있었다. 그렇지만 와이거트는 왓킨스와 달리 건강했고, 76세가 그렇게 늙은 나이도 아니지 않은가! 특히 요즘 시대에! 그러면 와이거트는 로즈가 죽지 않은 우주의 또 다른 분기에서 그녀를 다시 만나게 될 것이다. 그녀는 분명 그곳에 있을 것이다. 현실은 의식의 산물이고, 로즈는 단 한 순간도 그의 의식을 떠난 적이 없었으니까.

와이거트는 줄리안이나 그의 여동생이 이미 세상을 떠난 사랑하는 이들이 나오는 우주를 창조하지 않았다는 점이 다소 놀라웠다. 그들에게도 그런 사람이 있을 텐데, 누구나 그럴 텐데. 물론 정확히 따지자면, 줄리안의 세션은 첫 번째 시도였고 겨우 몇 분 동안 알고리즘과 프로그래밍, 하드웨어, 뇌를 테스트하는 것에 그쳤다고 할 수 있을 것이다. 그렇다고 해도…… 트레비 분수라니? 그 귀중한 기회를 고작 이 합의된 현실 속에서 여전히 존재하는 것을 재현하는 데 썼다고?

그리고 로레인은! "로즈, 솔직히 난 그 친구가 뭘 했는지 전혀 감이 안 잡혀." 와이거트는 바다를 향해 지프차를 몰면서 혼잣말을 했다. 먼지투성이 길을 지나며 차가 유난히 덜컹거렸다. "자기가 새로운 현실을 창조한 게 아니라 새로운 현실이 자기한테 일어난 것처럼 행동했다고."

정말 사실일지도 몰라, 여보.

"그 친구가 말하는 '일체감'은 내가 생각하는 것과 너무 달라."

무슨 말인지 알잖아. 브라흐만, 목샤(해탈), 범심론, 도(道) 같은 거 말이야.

"그럴 수도 있지. 근데 나한테는 다 허무맹랑한 소리 같아."

로즈가 미소 짓는 것이 느껴졌다.

지프차가 마지막 커브를 지나자 아침 햇살 아래 은빛으로 푸르게 빛나는 카리브해가 펼쳐졌다. 작은 하얀 물보라가 깜빡이는 픽셀처럼 부서지며 반짝였다. 갈매기들이 하늘을 빙글빙글 돌며 시끄럽게 울어 댔다. 와이거트는 차를 세우고 절벽 가장자리로 걸어가 바위에 부딪혀 부서지는 파도를 물끄러미 바라보았다.

현실이 어떻게 작동하는지에 관한 경이롭고도 놀라운 진실이라는 선물을 받고도 만족하지 못하는 클라비 같은 사람들은 대체 뭐가 문제일까? 어떻게 그걸, 요즘 뭐라고 하더라, 그 징글징글한 표현, 수익화하려고 할 수 있지? 도무지 이해할 수 없었다.

"로즈, 난 정말 모르겠어."

그래. 하지만 다 잘 될거야. 진실이 자기 편이니까.

"진실만으로 충분한지도 이젠 모르겠어."

그가 평생 생각했던 것 중 가장 힘들게 느껴지는 문장이었다.

휴대 전화가 울렸다. 소프트웨어팀 개발자인, 이반 카이반에게서 온 문자였다. 와이거트는 이전에 젊은 개발자들에게 이런 이상한 줄임말 메시지를 받아 본 적이 있어서 간신히 그의 문자를 해석할 수 있었다. 'ㅇㄷ세요? ㅃㄹ와주심ㄱㅅ또멘붕이라ㅠㅠ의견필요'

어디세요? 빨리 와주시면 감사하겠습니다. 또 문제가 생겨서 박사님 의견이 필요합니다.

와이거트가 다시 연구 단지로 차를 몰았다.

캐로와 카이반이 왓킨스의 방에 합류해 있었다. 방안은 여섯 명이 들어가기에 너무 좁았고, 특히 그중 네 명이 화가 나 있는 상황에서는 더욱 답답하게 느껴졌다. 와이거트에게는 그들이 발을 밟거나 팔꿈치를 부딪치며 서로의 분노를 부추길 위험이 계속 도사리고 있는 것처럼 보였다. 왓킨스는 입을 꾹 다물고 있는 줄리안을 매섭게 쏘아 보았다. 카밀라는 왓킨스가 밤중에 그녀의 도움 없이 혼자 침대에서 일어나 체스판 앞에 앉은 것에 화가 난 듯 그를 노려보고 있었다. 한편 캐로는 사라진 환자 벤 클라비에게 화가 난 상태였다.

그녀가 말했다. "밤중에 그냥 유유히 나갔다는 거예요?"

"누구도 탓할 일이 아니에요." 와이거트가 말했지만 아무도 그의 말을 듣지 않았다.

카밀라가 말했다. "왓킨스 박사님, 침대에서 벗어나시면 안 되신다고요. 제가 분명히 말씀―"

"그만합시다." 줄리안이 말했다. "아무도 예상할 수 없었던 일이잖아요. 이반, 벤의 위치를 추적해 봐. 왓킨스 박사님, 뭔가 아는 것이 없는지 물어보려고 공항과 선착장으로 사람을 보냈어요. 저희 팀을 총동원해서 프로그램이 변조되거나 복제된 흔적이 없는지 확인할 거고요. 필요하다면 코드 한 줄 한 줄 샅샅이 다 살펴볼게요. 그리고 에이든 문제도 있어요. 라일 박사님이 병원 보고서를 받았는데⋯⋯ 조지 박사님, 캐로 박사님은 아까 여기 안 계셨으니까 짧게 다시 설명해 드릴게요. 에이든은 식중독이 아닙니다. 어떻게 그랬는지는 몰라도 홍두를 먹어서—"

"그게 뭐죠?" 캐로가 날카롭게 물었다.

"이곳에서 나는 콩과 식물이에요. 씨앗에 독성이 있죠. 그런데 에이든이—"

"어떤 독소요?"

줄리안이 휴대 전화 메시지를 확인하며 말했다. "아브린이라고 하네요."

캐로의 눈이 휘둥그레졌다. "그걸 얼마나 섭취한 거죠?"

"라일 박사님이 그 얘기는 없으셨어요. 아마 잘 모르는 것 같아요. 아브린을 정확히 검출할 수 없어서 검사 결과도 쓸모가 없었지만, 증상을 보니 그런 것 같다는 말씀인 것 같아요. 아브린이 무슨 작용을 하는데요?"

"신체 세포에 침투해서 특정 단백질의 생성을 방해하고, 결국 장기에 손상을 입혀요. 아브린은 해독제가 없어서 얼마나 섭취했는지가 관건이에요. 에이든 씨가 환각을 보거나 발작을 일으키고 있진 않나요?"

줄리안이 대답했다. "그런 말은 못 들었어요."

"그건 다행이네요. 혹시 그러면—"

"캐로 박사님, 저도 **몰라요**. 의료 차트가 아니라 문자 하나 받은 게 다라고요. 확실한 건 에이든이 섬에서 아무 식물이나 먹으면 안 된다는 것 정도는 아주 잘 알고 있었다는 거죠."

캐로가 천천히 말했다. "벤은 토착 식물에 대해 모르는 게 없었어요. 제가 메이든 플럼 때문에 독이 올랐을 때도 돌아오는 길에 위험한 식물 이름을 줄줄 읊으면서 잘난척했거든요."

와이거트는 등줄기가 서늘해지는 것을 느꼈다.

왓킨스가 다그치듯 물었다. "홍두 얘기도 했나?"

"기억이 잘 안 나요."

정적이 흘렀다. "경찰을 부르죠. 경찰은 우리보다 클라비를 더 빨리 찾아낼 수 있을 테고, 살인 미수 혐의로 체포할 수 있을 겁니다." 와이거트는 자신이 먼저 그 침묵을 깼다는 사실이 스스로 놀라웠다.

왓킨스가 목소리를 높였다. "안 돼! 경찰은 안 돼! 이미 우리가 여기서 뭘 하는지를 의심하고 있다고. 바로 줄리안, **자네가** 차 버린 그 여자 때문에!"

와이거트는 캐로의 시선이 줄리안에게 향하는 것을 보았다.

왓킨스가 조금 더 침착해진 목소리로 말했다. "그리고 클라비가 수술 순서를 앞당기려고 에버하트를 독살하려 했는지 확실한 것도 아니잖아. 데이비드 위크스 그 멍청한 자식이 터무니없이 죽었을 때부터 이미 너무 많이 지연됐네. 경찰을 부르면 일이 더 늦어질 거야, 아예 중단될 수도 있고. 경찰은 안 돼."

캐로가 말했다. "하지만 정말 살인 미수였다면…… 그리고 벤이 굳이 왜—"

"경찰은 절대 안 돼! 그리고 내 이식 일정도 좀 당겨야겠어!"

캐로는 물러서지 않고 끈질기게 말했다. "범죄를 덮는 것도 결국 범죄 아닌가요?"

이반이 물었다. "그래도 제가 다음 순서인 건 변함 없죠?"

카밀라가 끼어들었다. "왓킨스 박사님, 저도 말씀드렸고 루스킨 박사님도 경고하셨잖아요. 혼자 일어나셨다가 넘어지면 큰일이라고요, 그러니까 얼른 가서—"

줄리안도 말했다. "박사님, 캐로 박사님이 설명하셨다시피 수술을 아직 받으실 수 없는 게—"

로즈, 도와줘. 모든 게 엉망이 되고 있어. 제발 도와줘.

그러나 와이거트의 머릿속에서는 아무런 대답도 들리지 않았다.

캐로는 줄리안이 이렇게 동요하는 모습을 처음 보았다. 지금의 줄리안은 물 흐르듯 자연스럽게 사람들을 다루던 노련한 책임자가 아니었다. 왓킨스의 방을 나가면서, 캐로는 그의 팔을 붙잡고 물었다. "트레버 선생님이나 다른 의료진들에게는 어떻게 전하는 게 좋을까요?"

그가 걸음을 멈췄다. "이런, 생각도 못 했네…… 다 불러 모아서 도난 사건이 있었다고 설명해 줘요. 꼭 필요한 부분만 간단히. 아니, 잠깐, 트레버 선생님께는 다 말씀드려야겠네요. 그분도 핵심 인력이니까. 아, 정말 중요한 건 절대 단지 밖에서 이 얘길 하거나 문자, 이메일로도 보내면 안 되고 제임스 쪽 직원들과 얘기하는 것도 안 된다고 꼭 주의시켜 주세요. 그리고 벤이 홍두로 에이든을 독살하려 했을지도 모른다는 건 말하지 마시고요. 그냥 에이든이 독을 먹었다는 얘기 자체를 하지 말고, 금방 괜찮아질 거고 며칠 내로 다시 돌아올 거라고만 하시는 게 좋겠어요. 트레버 선생님께 먼저 말씀드리고 다른 사람들을 부르는 게 낫겠네요. 저는 이제 팀원들을 소집해서 코드 점검을 시작해야겠어요. 3구역에 있는 큰 회의실을 쓸 건데 잘하면 보안실도 필요할 수 있을 것 같아요."

"그럼 저는 병원에 얘기할게요."

캐로는 병원 휴게실에서 로시타를 만났다. "벤이 그냥 화장실에 있는 줄 알았어요! 불도 켜져 있었고, 변비가 있다고 했거든요." 울고 있는 그녀를 달래 7시 30분에 회의가 있을 예정이니 나머지 의료진을 불러 달라고 보냈다.

캐로가 커피를 타고 있을 때 트레버가 셔츠를 바지에 집어넣으며 라운지로 들어왔다. "캐로 박사님, 무슨 일이에요? 무슨 문제라도 생긴 건가요?"

"문 좀 닫아 줄래요? 곧 다른 직원들이 올 텐데 줄리안 씨가 선생님께는 좀 더 자세히 알려드리라고 해서요."

그들은 방 한가운데 있는 둥근 테이블에 앉았고, 분위기에 맞지 않게 보글보글 기분 좋은 커피 끓는 소리와 향긋한 커피 향이 퍼지는 가운데 캐로는 밤사이 일어난 비극을 들려주었다. 트레버는 갈색 눈동자를 캐로의 얼굴에 고정한 채 묵묵히 이야기를 들었다. "뭐가 됐든 수백만 달러는 될 텐데 벤이 그 데이터를 가지고 뭘 하려는지는 아무도 모르는 것 같아요." 캐로가 말을 끝맺었다.

트레버가 말했다. "몇 가지 떠오르는 게 있긴 해요." 그는 불쑥 일어나 커피 머신 쪽으로 갔다가 손도 대지 않고 테이블로 돌아와 앉았다. 그리고 듬성듬성한 머리카락을 손으로 쓸어 넘겼다. 줄리안이 자주 하던 동작이었지만, 줄리안의 풍성한 머리에 비하면 머리술이 10분의 1도 되지 않아 느낌이 사뭇 달랐다. 그는 얼굴이 딱딱하게 굳어 있었지만, 눈빛만은 분노를 억누르고 있는 듯 이글거려 캐로는 깜짝 놀랐다.

그가 말했다. "이 믿을 수 없는 성과를…… 이 놀라움과 경외감, **초월**의 결정체를…… 오래전부터 인류가 그토록 갈망했던 그 초월의 증거를…… 그걸 가지고—" 그는 말을 멈췄다.

"그걸 가지고 뭐요? 벤이 뭘 하려고 하는 것 같아요?"

트레버가 다시 일어나 커피 머신으로 가더니, 이번에는 두 잔을 따랐다. 그가 한 잔을 캐로에게 건네며 말했다. "확실히는 모르겠어요. 어떻게 알겠어요? 하지만 조지 박사님의 이론과 줄리안 씨의 소프트웨어, 하드웨어 기술이 있으면 이곳만큼이나 '진짜'로 존재하는 새로운 우주의 분기를 창조할 수 있어요. 그곳에 들어가서 뭐든 원하는 대로 하고 나서 창조자가 떠나도 계속 이어지게 할 수도 있고요. 저는 아프리카에서 그런 제약 없는 권력이 힘없는 마을에 어떤 영향을 미치는지 봤습니다. 잘못된 사람의 손에 들어가면 평행 우주가……"

캐로가 조심스럽게 말했다. "저는 수학적 이해가 부족해서 조지 박사님의 이론이 맞는지 판단할 수 없어요. 그렇지만 수술 후에 컴퓨터와 연결해서 진행하는 세션에서 벌어지는 일이 단순히 인위적으로 만들어진 환각 이상의 현상이라는 증거는 보지 못했어요. 그리고—" 그녀는 왠지 모르게 이 말을 꼭 덧붙여야 한다고 느꼈다. "줄리안 씨와 왓킨스 박사님 모두 제가 그렇게 생각하는 걸 알고 계시고요."

"글쎄요." 그가 또 한 번 그녀를 놀라게 하며 입을 열었다. "저도 그 이론을 전적으로 믿는 건 아니에요. 박사님께 이식 수술을 받기 전까지는 확신할 수 없을 것 같아요. 하지만 열린 마음으로 기다려야겠죠. 아니, 그렇다고 박사님이 닫혀 있다거나 그런 뜻이 아니라…… 캐로 박사님, 포커는 치시면 안 되겠어요. 얼굴을 보면 타임스퀘어 전광판처럼 무슨 생각을 하시는지 이마에 다 적혀 있는 것 같아요."

캐로가 발끈하며 말했다. "절 그렇게 쉽게 읽어 내는 사람은 못 봤는걸요?"

"그런가요?" 그가 커피를 한 모금 마시며 얼굴을 찡그렸다. "그럼 저만 읽을 수 있나 봐요."

캐로가 거기에 대해 뭐라고 대답해야 할지 생각할 틈도 없이 로시타가 문을 열고 말했다. "박사님, 모두 모였어요."

캐로는 고개를 끄덕이며 일어섰다. 바바라와 몰리를 포함해 허둥지둥 옷을 걸친 의료진들이 간호사실에 모여 있었다. 그녀는 벤 클라비가 도난 사건을 저질렀다는 사실과 어떤 정보도 외부로 유출되지 않도록 주의하라는 줄리안의 경고를 전달했다. 이어 그녀는 최대한 긍정적인 소식들을 덧붙이며 이야기를 마무리했다. 기술팀이 데이터를 점검하며 보안을 강화하고 있고, 벤을 찾는 중이며, 에이든이 상태가 좋아져 내일쯤 복귀할 수 있다는 것, 그리고 다음 차례는 이반 카이반으로 해서 수술 일정이 예정대로 진행된다는 것까지 전했다.

"프로젝트는 계속될 겁니다." 그녀가 안심시키듯 말했다. "무슨 일이 있어도요. 질문 있으신가요?"

아무도 질문하지 않았다. 다들 충격을 받았거나 그녀의 설명이 완벽했기 때문일 것이다. 그러나 그들이 나간 뒤, 바바라가 물었다. "설마 클라비가 매핑 데이터도 훔쳐 갔나요? 저희가 작업했던 부분도요?"

미처 생각하지 못했다. 그녀와 바바라가 해 온 연구, 나중에 멋지게 선보이려 했던 출판물…… 캐로는 갑자기 속이 메스꺼워졌다. "모르겠어요. 줄리안 씨에게 물어볼게요."

줄리안에게 물었더니 벤은 환자 영상 자료, 뇌 매핑 데이터, 신경 연구 자료, 인사 정보는 건드리지 않았다고 한다. 오직 칩과 컴퓨터 프로그래밍에 필요한 자료만 가져가서 그걸로…… 대체 뭘 만들려는 거지?

캐로와 트레버가 이반 카이반의 수술을 마친 후 소독실에서 나오자, 바바라가 복도에서 그녀를 기다리고 있었다. "수술은 어떻게 됐어요?"

"아주 매끄럽게 잘 끝났죠." 툭하면 부적절한 말을 뱉는 이반이었지만, 캐로가 본 중에서 가장 아름다운 뇌를 가지고 있었다. 그녀는 보통 나이가 많은 환자들을 수술했는데, 항상 그런 것은 아니었지만 뇌를 열어 보면 종종 MRI 조영제로도 보이지 않던 문제들이 발견되곤 했다. 예컨대 저등급 성상세포종이 천천히 자라고 있거나, 초기 단계의 뇌동맥류가 있거나, 혈관이 뒤엉켜 매듭지어 있는 경우가 적지 않았다. 그러나 이반은 달랐다. 그의 뇌는 깨끗했고, 사회성이 없는 만큼이나 아무런 이상도 없었다. 칩 삽입은 흠잡을 데 없이 완벽하게 마무리되었다.

"훌륭했습니다, 박사님." 트레버가 말했다. 그는 그녀의 모든 움직임을 지켜보았고, 캐로는 자신보다 훨씬 더 경험 많은 의사가 지켜보는 중에도 긴장하지 않았다는 사실에 스스로 놀랐다. 적어도 수술실 안에서는 여전히 자신이 있는 모양이었다.

바바라가 말했다. "캐로 박사님, 왓킨스 박사님이 오늘 오후에 잠깐 보자고 하시네요. 매핑 데이터에 대한 보고를 듣고 싶으신가 봐요."

"저희가 작업한 파일은 보내 드렸나요?"

"네. 아마 이따가 질문하시려고 자료를 지금 검토 중이신 것 같아요. 근데 뭐, 혹시 알아요? 저희가 와이거트 박사님의 이론을 완전히 뒤엎어 버렸다고 하실 수도 있죠."

"저희가 그랬나요?"

바바라가 미소를 지었다. "그럴 리가요. 오히려 그 밑에 지지대를 깔아 놓은 셈인데요. 하지만 왓킨스 박사님이 부르셨다는 얘기를 전하려고 쫓아 온 건 아니에요. 로레인이 두 번째 다중 우주 세션이 있어서 오늘 아침 섬에 도착했거든요. 줄리안이 두 분을 바로 3구역으로 모시고 오라고 했어요."

트레버가 갸우뚱하며 말했다. "세션은 내일인 걸로 아는데요."

"원래는 그랬죠. 그런데 이미 와 있으니까요."

캐로가 말했다. "일단 커피 한 잔만 마시면 안 될까요?"

"너무 많이 드시는 것 아니에요?" 바바라가 물었다.

"외과 의사는 커피 없인 못 살잖아요. 카페인이 안 들어가면 수술 자체가 불가능한걸요. 의대 다니셨으면 아시잖아요."

"벌써 백만 년쯤 된 것 같아요." 바바라가 말했다. "그 시절에 전 완전히 다른 사람이었죠. 그 얘기가 나와서 말인데, 로레인을 보면 깜짝 놀라실 거예요. 트레버 선생님은 로레인을 처음 보니 비교가 안 되겠지만, 캐로 박사님은 이전 모습을 아실 테니까요."

세션 룸에 들어섰을 때, 캐로는 더블 에스프레소를 손에 든 채 눈을 껌벅거렸다.

그녀는 줄리안의 여동생을 거의 못 알아볼 뻔했다. 달랑거리는 귀걸이도, 짙은 아이섀도도, 깊게 파인 티셔츠도 보이지 않았다. 로레인은 청바지에 헐렁한 크루 넥 스웨터를 입고 있었고, 캐로는 그것이 줄리안의 옷이라는 걸 알아봤다. 그녀의 걸음걸이에서도 더 이상 특유의 도발적인 활기가 느껴지지 않았다. 로레인은 차분한 표정으로 **스르륵** 다가와 인사했다. "안녕하세요, 박사님."

"안녕하세요, 다시 뵈니 좋네요." *내가 아는 당신이 맞는지 모르겠지만.*

와이거트가 캐로와 바바라를 향해 고개를 살짝 숙였다. 줄리안이 말했다. "이제 막 시작하려는 참이에요."

여동생과 달리 줄리안은 무척 초췌해 보였다. 벤 클라비가 절도를 저지르고 사라진 이후로 10년은 늙은 것 같았다. 밤새 한숨도 잠을 못 잔 것처럼 눈 밑은 축 처지고, 얼굴은 핏기가 없고 볼이 움푹 꺼져 있었다. 면밀한 점검 끝에 도난 사건으로 데이터가 손상되지 않았다는 것이 밝혀졌지만, 아무리 전자 정보를 뒤지고 물리적 수색을 해도 벤의 흔적은 발견되지 않았다. 아마 암초 해변 어디선가 벤을 태우기 위해 대기 중인 배가 있었을 것이다. 줄리안은 이 모든 사태의 책임이 자신에게 있다고 생각했다.

와이거트가 로레인에게 말했다. "데이 씨, 저쪽 침대에 누우시면 오빠분이 연결해 줄 겁니다."

"네." 로레인이 미소를 지으며 순순히 대답했다. 캐로는 그 비꼬는 기색 하나 없이 협조적인 모습이 너무나 그녀답지 않아서 문득 불안감이 밀려왔다.

로레인이 기계 쪽으로 천천히 걸어가자 캐로는 줄리안의 팔을 잡고 속삭였다. "로레인…… 뭔가 성격이 바뀐 것 같지 않나요?"

"네, 그렇지만 박사님의 수술 때문이 아니라 다중 우주에서 겪은 일 때문이에요."

"어떻게 그럴 수가―"

"저도 로레인이 제게 말해 준 것밖에는 모릅니다."

바바라와 줄리안이 컴퓨터 옆에 각각 자리를 잡았다. 캐로는 트레버와 와이거트와 함께 기다릴 수밖에 없었다. 대체 왜 자신의 가슴이 쿵쾅거리는 건지 이해할 수 없었던 그녀는 남은 커피를 신경질적으로 들이켰지만, 전혀 도움이 되지 않았다.

프로그램이 가동되자 로레인은 식물인간 상태의 환자와 비슷하면서도 또 다른 느낌으로 표정이 공허해지며 스위치가 꺼지듯 멈추었다. *그녀는 이곳에 없었다.* 어딘가 다른 곳으로 가 버린 것 같았다. 분명 캐로가 지금까지 본 식물인간이나 혼수상태 환자들과는 미묘하게 달랐으나 그 차이를 뭐라 정의하기 어려웠다.

화면이 밝아졌다. 영상 속 방 안에 홀로 있던 로레인이 침대에서 일어나 문밖으로 나갔지만, 칩에 프로그래밍 된 정원이 나타나지 않았다. 문 너머에는 금빛 섬광이 가득한 기이한 어둠이 깔려 있었다. 로레인은 그 어둠 속으로 걸어 들어가더니 사라져 버렸다.

와이거트는 숨이 턱 막혔다. "프로그램이—"

"프로그램 문제가 아니에요!" 줄리안이 말했다. "로레인이 창조하고 있는 게 저거 같아요!"

아무것도 없는 것? 로레인이 무無를 만들어 내고 있다고? 캐로의 손이 부들부들 떨리면서 커피 방울이 바닥으로 튀었다. 만약 그녀가 한 수술이 로레인의 뇌에 어떤 영향을 미쳤고, 전극을 통해 컴퓨터에 연결된 후에야 비로소 드러난 거라면? 만약 의도치 않게 중요한 신경 연결을 끊어 버린 거라면—

"프로그램 끄게, 줄리안!" 와이거트가 외쳤다. "지금 당장!"

줄리안이 프로그램을 중단했다. 화면이 꺼졌다. 로레인은 몸을 뒤척이더니 침대에 일어나 앉아 눈을 한 번 깜빡였다.

줄리안이 부드러운 목소리로 여동생에게 말을 건넸다. 캐로는 그가 부드럽게 말하려고 온 의지를 짜내고 있다는 걸 느낄 수 있었다. "너 어디 갔었어, 로레인?"

그녀가 답했다. "모든 시간 속, 모든 곳에."

아무 이상 없는 말투였다. 캐로는 너무 안도한 나머지 몸에 힘이 풀려 벽에 기댔다.

바바라가 되물었다. "모든 곳이요? 하지만 사라졌던 시간은 겨우 1분도 채 안 됐는데."

"아니요." 로레인이 말했다. "전 모든 시간 속에 있었고 또 동시에 어떤 시간에도 없었어요. 이제 이건 다시 안 해도 돼요. 이제 내 안에 다 있으니까요. 캐로 박사님, 필요하다면 제 칩을 빼서 다른 사람한테 쓰셔도 돼요."

줄리안이 물었다. "**뭐가** 네 안에 있다는 건데?"

"하나라는 거." 로레인이 대답했다. "모든 게 하나야. 내가 오빠고, 오빠는 나고, 우리가 모두야. 한 번 알게 되면 다시는 모를 수 없어. 설명을 잘 못해서 미안하지만, 이 이상 말로 표현이 안 돼." 그녀는 긴 다리를 침대에서 내리고 일어섰다. "이건 직접 느껴봐야 해. 다들 경험해 보셔야 해요. 그래야 **알 거예요**."

와이거트가 말했다. "세션을 더 진행하기로 하셨잖아요, 데이씨. 입력값을 다시 설정하면요."

"그래요, 원하시면 그럴게요. 그냥 저 자신을 위해서라면 굳이 더 필요 없다는 거였어요. 세상에 정말, 제가 느끼는 이걸 여러분 모두에게 줄 수 있으면 좋을 텐데!"

마지막 말은 확실히 평소 로레인 같았다. 그러나 눈가에 맺힌 눈물은 그녀답지 않은 모습이었다. 방에 있는 사람들을 동정하는 것 같은 태도 역시 그녀답지 않았고, 캐로는 그것이 못마땅했다. 동정 따위 받고 싶지 않았기 때문이다.

"이제 가 봐야겠어요." 로레인이 말했다. "집에 사과해야 할 사람들이 있어서요. 제가 늘 친절했던 건 아니었거든요."

바바라가 불쑥 물었다. "지금은 친절한 거예요?"

"아닌 거 같아요. 하지만 그 사람들이 곧 저고, 제가 곧 그 사람들이라는 걸 전에는 미처 몰랐어요. 제가 얼마나 상처를 줬는지도요. 전화 좀 해야겠어요."

그녀는 멍하니 서 있는 모두를 뒤로 하고 그곳을 걸어, 아니, 미끄러지듯 나갔다.

바바라가 마침내 입을 열었다. "줄리안, 항상 들이미는 그 스카치 좀 마셔야겠어요."

23

그들은 스카치를 마시지 않았다. 적어도 캐로는 마시지 않았다. 그녀는 갑자기 혼자 있고 싶어졌다. 방으로 들어가 문을 잠그고 블라인드를 내린 뒤, 머릿속을 정리하려 애썼다.

너무 많은 일이 한꺼번에 몰아쳤다. 벤 클라비의 도난 사건, 트레버와의 예상치 못한 대화, 바바라와 품었던 논문에 대한 기대, 그리고 이제 로레인까지. 그런데…… 그런데 왜 로레인 때문에 이렇게까지 마음이 불안한 걸까? 로레인은 그저 매우 외향적이었다가 조금 조용해져서 누구나 한 번쯤 겪는 영적 성찰의 시간을 가졌을 뿐, 별다른 일도 없었다. 그게 무슨 대수라고?

캐로는 자신에게 솔직하지 못했고, 그 점을 스스로 알고 있었다. 캐로가 모르는 것, 이해하지 못하고 있는 것은 로레인에게 일어난 일이었으며 그녀는 자신이 무언가를 모른다는 것이 싫었다. 정확히 무슨 일이 일어난 걸까? 어떻게? 왜?

캐로는 의대 수업을 받을 때 뇌와 관련해 바로 이런 질문들을 던져야 한다고 배웠다. 그녀는 질문에 대한 답을 찾지 못하는 것이 싫었다. 특히 지금 그녀가 찾지 못하고 있는 답이 줄리안과 처음 만났을 때 들었던 질문과 연관된 것 같아 더욱 답답했다. 그는 이렇게 물었었다. "영원히 살 수 있다면 어떨 것 같아요?"

어떻게 영원히? 로레인이 말하는 '모든 것'이라는 공허 속에서 떠다니는 영혼으로? 그런 거라면 사양이다.

하지만 로레인도 캐로처럼 과학적으로 사고하는 수학자였다. 과도하게 섹시한 옷차림이나 눈에 띄는 행동과는 반대로, 그녀의 심리 프로파일은 안정적이고 생산적이며 논리적이었다. 하긴 때에 맞지 않는 연극적 행동으로 어색하거나 불편한 상황을 넘기려고 하는 사람이 한둘은 아닐 것이다. 그녀가 오빠처럼 성적 욕구가 강하다면 더 그럴 법했다.

그러나 어느 것도 종교적 각성과는 어울리지 않았다. 방금 본 것을 종교적 각성이라 **해도 되는지조차** 모르겠지만. 물론 캐로와 바바라가 로레인의 1분 남짓한 환각에서 얻은 매핑 데이터를 철저히 검토할 예정이긴 했지만, 지난 첫 번째 세션과 크게 다르지 않을 것 같았다. 종교적 사고를 담당하는 뇌 영역에서는 두드러진 활동이 나타나지 않았기 때문이다.

트레버에게 기독교에 관한 블로그 글에 대해 물었을 때 그가 했던 말이 옳았던 것 같았다. 종교는 자연에 대한 인간의 호기심과 질서를 향한 갈망, 그리고 아마도 삶 자체에 대한 감사의 마음을 체계화하려는 시도를 반영한 것이었다. 처음에는 그런 감정으로 시작하지만, 모래알을 겹겹이 감싸는 진주층처럼 그것을 둘러싼 믿음과 제약을 층층이 두껍게 쌓아 가다 보면 결국 엄격한 규율로 귀결된다. 머리를 가려야 한다거나, 금요일에는 고기를 먹어선 안 되고, 허리가 아무리 아파도 명상할 때는 특정 자세를 유지해야 하고, 악령을 막으려면 지붕에 뾰족한 구조물을 세워야 한다는 둥. **어기면 끝이다.** 그렇게 삶을 찬미하려던 본래의 의도가 규칙과 두려움에 잠식되고 만다.

로레인이 신화와 현실의 경계에 있는 듯한 '일체감'이라는 막연한 개념으로 그 모든 걸 없애 버린 걸까?

아니면 시간과 공간이 물리적 실체가 아니라 인지적 도구일 뿐이라는 와이거트의 이론에 영향을 받아 그런 환상을 보게 된 걸까? 로레인처럼 남에게 잘 휩쓸리는 사람이라면 그의 날카로운 논리와 확고한 신념에 휘둘렸을 수 있을 것이다.

또 다른 가능성으로, 혹시 로레인이 심리 프로파일에서도 드러나지 않았던 어떤 내적 욕구로 인해 하나로 통합된 조화로운 우주를 만들어 낸 건 아닐까? 프로이트가 말하는 원초적 욕망 때문에 자각몽 같은 환각에 빠진 걸까?

캐로는 의대 생활을 통틀어 정신과 실습이 가장 안 맞았다. 신경외과를 택한 것도 눈에 보이고 손으로 만져지는 것을 다루는 분야라는 이유도 있었다. 뇌라는 1.3킬로그램짜리 전기화학적 기관. 단단하고 실재하는 것.

갑자기 더욱 명확하고 구체적인 현실이 필요하다는 생각이 들었다. 그녀는 엘렌에게 전화를 걸었다.

"엘렌? 다들 어떻게 지내?"

"우리는 괜찮아. 무슨 일 있어? 언니 목소리가 평소랑 다른데."

"별일 없어. 지금 다들 뭐 하고 있는지 좀 얘기해 줘 봐."

"음, 난 건조기가 고장 나고 밖에는 비가 와서 거실에 건조대를 펼쳐놓고 안젤리카 옷을 널고 있어. 안젤리카는 자고 있고, 케일라는 식탁에서 숙제 중이야. 케일라! 오늘 숙제가 뭐지? 이모가 궁금하대."

집이 워낙 작아서 엘렌이 다시 말해 줄 필요도 없이 케일라가 대답하는 소리를 들을 수 있었다. "수학. 분수. 분수가 제일 싫어!"

캐로가 소리쳤다. "맞아! 분수가 최악이지! 그냥 나누지 말고 통째로 두라고!"

엘렌이 말했다. "어휴, 언니, 고막 터질 뻔했잖아! 그리고 분수가 얼마나 중요한데." 케일라를 의식한 설명이 분명했다. "만약에 우리가 빵을 나눠 먹어야 하는 상황이면 어떻게 할 거야?"

"케이크 먹으면 되지." 캐로가 농담했다.

"뭐라고?"

"아냐, 넘어가 그냥. 목소리 들으니까 좋다. 저녁은 뭐 해?"

"미트로프 먹으려고."

"미트로프 너무 좋지."

"언제부터 좋아했다고? 오늘따라 진짜 좀 이상하다, 언니."

"여기가 이상한 곳이라서 그렇지 뭐. 너희가 얼마나 보고 싶은지 몰라."

둘은 안젤리카가 깨어날 때까지 몇 분간 더 수다를 떨었다. 전화기 너머로 안젤리카의 울음소리가 들려왔다. 캐로는 눈에 선하게 그려지는 일상의 소소하고 평범한 온기에 안도를 느끼며 전화를 끊었다.

하지만 안정감은 오래가지 않았다. 캐로의 머릿속이 끝없이 요동쳤다. 마치 다람쥐를 쫓는 개처럼 생각이 다시 순식간에 로레인을 향해 내달렸다.

로레인의 환각, 각성, 깨달음, 그게 뭐가 됐든 계속 남아 있을까? 물론 그녀나 줄리안의 뇌 영상에서 중독과 관련된 반응은 전혀 찾아볼 수 없었지만, 어쩌면 그저 일시적인 황홀감이었을 수도 있다. 세션이 1분도 되지 않았는데도 로레인 스스로는 '모든 시간 속에 있었다'라고 말하기도 했다.

캐로가 어린 시절 정원에서 겪었던 '세션' 역시 찰나인 동시에 영원처럼 느껴졌었다.

그녀는 시간에 관한 와이거트의 강의를 한 번, 두 번, 세 번이나 미뤘다. 그러나 시간이라는 개념은 생각했던 것보다 의식과 훨씬 더 밀접하게 얽혀 있는 것 같았다.

캐로는 와이거트를 찾아 걸음을 옮겼다.

"캐롤라인 박사님, 우선 꼭 이해하셔야 하는 건, 바로 시간이 실제로 존재하지 않는다는 겁니다."

"시작부터 크게 한 방 날리시네." 캐로가 중얼거렸다.

"뭐라고 하셨죠?"

"아니에요." 그들은 스팟 베이의 해변을 따라 천천히 걸었다. 캐로는 그가 지프차를 빌리는 것을 보고 자연스럽게 따라나섰다. 리조트 근처의 그림처럼 아름다운 바닷가보다 이 바위투성이 해

안으로 왔다는 것이 왠지 더 와이거트다운 선택 같았다. 그는 밑창이 두꺼운 부츠를 신고 있었다. 캐로는 그나마 샌들 대신 새 운동화로 갈아신은 게 다행이라 생각했다. 그녀가 다시 물었다. "그러니까 시간이 존재하지 않는다고요?"

"네. 적어도 객관적으로 외부에 실재하는 '무언가'로서 존재하는 건 아니에요. 우리가 시간이 존재한다고 믿는 건 우리 뇌가 정보를 순차적으로 해석하게끔 프로그래밍 되어 있기 때문이에요. 그렇지 않다면 우리는 세상을 이해할 수조차 없을 테니까요."

"그런가요." 캐로가 대꾸했다. 작은 조약돌 하나가 신발 속에 들어갔다. 그녀는 허리를 숙여 그것을 빼냈다. 파도에 닳아 매끈매끈하고 둥글어진 조약돌은 현실이 변할 수 있다는 증거였다. 하지만 시간은?

"우선, 기본적인 부분부터 살펴봅시다." 와이거트가 설명을 시작했다. "뉴턴의 운동 법칙, 아인슈타인의 특수 및 일반 상대성이론, 양자 이론의 방정식들이 시간의 흐름이라는 개념과 관계없이 작동한다는 건 아실 겁니다. 시간이 앞으로 가든 뒤로 가든, 이 법칙들은 항상 성립하죠! 또한, 아시다시피 아인슈타인은 우주의 누구에게나 동일한 '현재'라는 건 존재하지 않으며, 즉 시간이 관찰자에 따라 상대적이라는 사실을 밝혀냈습니다."

캐로도 대충은 알고 있었지만, 물리학과 시간에 대해서 그녀가 아는 건 그게 전부였다.

그가 설명을 이어갔다. "물리학적으로 보면 이른바 '시간의 흐름'이나 '시간의 화살'에는 방향성이 없는데, 왜 우리는 시간이 화살처럼 앞으로 나아간다고 믿는 걸까요? 그 이유는 세 가지입니다.

운동, 열역학 제2 법칙, 그리고 공룡. 먼저, 운동부터 봅시다. 엘레아의 제논이 누군지 들어본 적 있나요?"

"고대 그리스 철학자요." 캐로가 대답했다.

"맞습니다, 기원전 5세기 철학자죠. 그는 어떤 것도 동시에 두 곳에 있을 수 없으니, 공중을 날아가는 화살도 특정한 순간에는 특정한 한 지점에 있을 수밖에 없다고 했습니다. 그 순간 화살은 정지해 있는 것이나 다름없다는 거죠. 결국, 운동은 연속적인 것이 아니라 개별적인 순간들이 이어진 것에 불과합니다. 그리고 시간 역시 외부 세계에 존재하는 것이 아니라, 우리가 관찰하는 것들을 연결하면서 우리 마음속에서 만들어 낸 개념일 뿐이에요."

캐로가 미간을 찌푸렸다. "하지만 우리는 모두 나이를 먹잖아요. 그게 시간이 흐르는 것 아닌가요?"

"그 역시 우리가 시간이라고 해석하는 일련의 사건이죠. 시간은 그저 지금 이 순간 일어나는 여러 생각들의 집합에 지나지 않는, 우리 머릿속에서 만들어진 관념일 뿐이에요. 그러니까 시간이 독립적인 실체로 존재하지 않는다고 해도 사실 전혀 놀랄 일이 아닌 거죠. 우리가 시간이라 부르는 것은 결국 변화이며, 변화는 오직 관찰자가 있어야만 경험할 수 있습니다. 관찰자가 없다면, 애초에 현실 자체도 존재할 수 없고요.

우리가 나이를 먹는 것을 **경험하는** 이유는 관찰자인 우리에게 기억이 있고, 우리는 과거에 관찰한 사건들만 기억할 수 있기 때문이에요. 양자 역학적 관점에서 '미래에서 과거'로 가는 경로는 기억의 소멸과 연결됩니다. 엔트로피가 증가하면, 즉 질서가 감소하는 과정에서 기억과 관찰된 사건 간의 얽힘이 약해지니까요. 다시 말해, 우리가 미래를 경험한다면 그 정보가 뇌에서 지워지지 않고는 시간의 흐름을 거스를 수 없기 때문에 결국 기억을 저장할 수 없게 됩니다. 반대로, 과거에서 현재, 미래로 나아가는 일반적인 방식대로 우리가 과거를 경험하면 기억이 축적되고 물리 법칙에도 위배되지 않죠. 따라서 '뇌가 없는' 관찰자라면 시간도, 노화도 경험하지 못할 겁니다. 단순히 뇌가 없어서가 아니라, 훨씬 더 깊은 차원의 문제로요. 시간의 화살, 시간 자체가 애초에 본질적으로 존재하지 않는다는 거예요! 나이가 드는 것도 머릿속에서 이루어지는 인식이고요.

캐로 박사님, 박사님이 이 '현재'의 순간에는 젊지만, 또 다른 '현재'에서는 주름이 지고 머리가 하얗게 셀 겁니다. 하지만 실제로는 그 모든 순간이 중첩되어 존재하고 있어요. 옛날 축음기를 떠올려 보세요. 음악을 듣는다고 해서 레코드가 변형되는 건 아니잖아요. 바늘이 어디에 있느냐에 따라 우리가 듣는 곡이 달라지죠. 지금 들리는 곡이 바로 현재이고, 앞뒤의 곡이 과거와 미래라고 생각하면 돼요. 이처럼 모든 순간은 항상 존재합니다. 레코드판이 사라지지 않는 것처럼요. 레코드에 모든 곡이 담겨 있지만 우리가 한 번에 한 순간씩만 경험할 수 있듯이, 모든 '현재'도 동시에 존재하는 겁니다. 이러한 중첩 때문에 아인슈타인이 '과거, 현재, 미래의 구분은 고질적인 환상에 불과하다'라고 말했던 거예요."

"그런데……" 캐로가 입을 뗐지만, 무슨 말을 해야 할지 떠오르지 않았다. 지금처럼 복잡한 설명은 아니었지만, 바바라와 몰리가 예전에 비슷한 이야기를 했을 때도 뭐라 답해야 할지 몰랐다. 와이거트는 걸음을 멈추고 바다를 등진 채 그녀를 바라보았다. 자신이 설명하는 내용에 대한 열정으로 가득 찬 눈빛을 보자, 캐로는 순간적으로 애정 어린 감정이 차올랐다. 그러나 애정과 이해는 별개였다.

그가 말을 이었다. "꿈이나 약물로 인한 환각을 생각해 봐요. 그 순간에는 박사님이 유일한 관찰자잖아요. 박사님의 의식이 원하는 대로 현실을 구성할 수 있죠. 꿈속에서 공간과 시간이 이상하게 나온 적 없나요?"

"그렇긴 하지만, 꿈은 현실이 아니잖아요."

"우리가 합의한 현실은 아니죠. 하지만 뇌에 내재된 알고리즘에서 벗어나면 의식이 시간을 자체적으로 만들어 낸다는 걸 보여 주는 겁니다. 시간이 의식의 산물이라는 걸 뒷받침하는 또 다른 증거죠. 그럼 이제 열역학 제2 법칙을 살펴봅시다."

캐로는 혹시라도 그가 열역학 제2 법칙을 말해 보라고 할까 봐 걱정스러웠다. 대충 뭔가 점점 흐트러지는 것과 관련이 있다는 것까지는 기억이 났지만, 정확한 내용은 가물가물했다.

"열역학 제2 법칙은" 와이거트가 다시 걸음을 옮기며 팔을 내저었다. "에너지가 다른 형태로 변하거나 물질이 자유롭게 이동할 때 닫힌 시스템에서 엔트로피가 항상 증가한다는 겁니다. 온도, 압력, 밀도의 차이는 결국 균형을 이루고 열역학적 평형 상태로 나아갑니다. 고립된 시스템에서는 시간이 흐를수록 엔트로피가 증가하거나 일정할 뿐 감소하지 않아요."

그가 캐로를 향해 돌아서며 말했다. "한마디로, 녹은 얼음이 다시 얼지 않고, 인간은 젊어질 수 없으며, 우주는 언젠가 소멸할 운명이라는 거죠."

"네, 그렇죠." 캐로는 자신이 동의할 수 있는 이야기가 나와 안도했다.

"재미있는 건, 열역학 법칙을 만든 루트비히 볼츠만은 엔트로피가 시간의 존재를 증명한다고 보지 않았다는 거예요. 그는 통계역학을 이용해 얼음이 존재할 수 있는 상태가 무수히 많고, 그중 대부분이 무질서한 상태, 즉 엔트로피가 높은 상태라고 지적했어요. 얼음이 **전혀** 녹지 않는 상태는 수많은 경우의 수 중 단 하나이고, 통계적으로 볼 때 그런 상태를 관찰할 확률은 거의 0에 가까워요. 엔트로피란 통계적으로 관찰되는 현상일 뿐인 거죠. 그래서 우리는 대부분 무질서한 상태를 보고, 우리의 의식은 그것을 '시간'으로 받아들이는 겁니다. 아, 물론, 그 무슨 버섯을 먹으면 얼음이 다시 얼어붙는 걸 볼 수도 있겠지만요." 그는 장난스러운 미소를 지었다.

캐로는 조지 와이거트가 환각 버섯은커녕 아스피린보다 센 약도 먹어본 적 없을 거라고 확신했다.

이어서 와이거트는 우주를 이해하는 데 필요한 파동 함수의 결어긋남과 양자 중력 법칙만으로는 왜 시간의 출현을 설명할 수 없는지 이야기했다. 애초에 양자 중력으로 시간을 설명할 수 있다는 생각조차 해 본 적이 없었던 캐로는 쏟아지는 전문 용어 속에서 쩔쩔맸다. 그녀는 와이거트가 결론을 내리며 다시 걸음을 멈추고 그녀를 돌아보자 겨우 정신을 차리고 그의 말에 집중할 수 있었다.

"자, 그러니까 시간의 화살이라는 개념은 관찰자가 자신이 본 정보를 기억할 수 있는 능력과 관련되어 있습니다. 기억할 수 있는 뇌가 없다면, 예를 들어 돌 같은 존재에게는 처음부터 시간이라는 개념 자체가 없는 거죠. 시간은 하나의 사건이 다른 사건과 연관될 때 의미를 가질 수 있는 상대적인 개념이에요. '이전'과 '이후'라는 건 어떤 기준점이 없다면 아무 의미가 없잖아요. 따라서 기억이 없다면 '시간의 화살'이 성립될 수 있는 상대적 개념이 존재할 수 없기 때문에 시간은 기억을 가진 관찰자가 필요한 겁니다. 간단한 예를 들어 볼게요. 휴대 전화 벨이 울린다고 해 봅시다. 하지만 그것을 인식하려면 직전의 침묵과 벨 소리를 비교해야 하는 거예요. 어때요, 감이 좀 오시나요, 캐롤라인 박사님?"

"아직 완전히 이해되진 않아요." 캐로가 솔직하게 인정하며 조금 전 그가 말했던 것 중 그나마 머릿속으로 떠올릴 수 있는 것에 관해 물었다. "공룡도 뇌가 있었잖아요, 그렇죠? 크진 않았지만, 그래도 관찰자라고 할 수 있지 않나요?"

"맞아요! 공룡들도 분명 뇌가 있었고, 관찰자였습니다! 물론 공룡은 그냥 제가 지질 시대 대신 쓴 표현이긴 해요. 사람들이 공룡을 좋아하니까요. 왜인지는 잘 모르겠지만, 좋아하더라고요. 제가 보기엔 무서운데. 어쨌든 더 거슬러 올라가서 태양계가 형성되던 시점으로 돌아가 봅시다. 당시 의식적인 관찰자가 없었다면, 실제로 없었겠죠. 그러면 태양과 행성들도 존재하지 않았던 겁니다. 물리적 현실은 관찰자의 존재에 의해 결정되니 말이죠. 우리가 말하는 모든 시간과 공간은 우리의 사고 속에서 논리적 일관성을 갖춰 지식을 정리하기 위해 만들어 낸 도구예요. 교실에 있는 지구본을 생각해 보면 그저 이론적으로 방문할 수 있는 장소를 나타낸 모형일 뿐이잖아요. 가령, 실제로 관찰하기 전까지 파리라는 도시도 우리가 전에 얘기했던 불확정적인 가능성의 상태로 있었을 겁니다. 붕괴되지 않은 파동 함수로요. 파리, 태양, 달, 공룡 화석, 이런 것들이 우리가 합의한 현실 속에 존재하는 건 우리의 의식이 그것들을 만들어 냈기 때문이에요. 파동 함수의 붕괴가 바로 어떤 사물이 물질로서 존재하게 되는 순간이고요."

"아니, 잠깐만요." 캐로가 말했다. "태양도, 달도, 원시 지구도 존재하지 않았다고요?"

"지금은 있죠. 지질학적 현실은 이제 우리가 합의한 현실의 일부니까요. 하지만 관찰자가 등장한 시점 이전으로 확장되지는 않아요."

캐로는 반박할 말을 찾으려 애썼다. "그렇게 따지면 논리가 돌고 도는 거잖아요. 관찰할 수 있는 의식이 없었으니까 현실도 없었으면, 결국 현실이 없었으니까 처음에 관찰자도 **만들어질** 수 없었던 거 아닌가요?"

"그 질문을 하실 모양이군요?"

그 질문? 그렇다. 이제 알겠다.

"그럼 의식은 어떻게 생겨난 거죠?"

"사실 좀 터무니없는 질문이긴 합니다. '이전'과 '이후'가 관찰자 없이 절대적인 의미를 가질 수 없는데 독립적인 관찰자가 생기기 '이전'에 무엇이 있었냐는 질문 자체가 애초에 무의미한 거예요. 마치 북극보다 더 북쪽이 어디냐고 묻거나, 죽음이 '아무것도 존재하지 않는 상태'인지 묻는 것과 다를 바 없어요. 사람들이 보통 죽음을 무^{無}라고 상상하지만, '아무것도 없다'와 '존재하다'라는 모순되는 말을 한 문장에 쓰는 것부터가 나는 '달리면서 안 달릴 거야'라고 말하는 상황이나 다름없습니다.

결국 물리학에 대한 이해가 부족해서 그런 질문이 나오는 겁니다. 저는 수식과 관찰, 그리고 실험을 통해 말하는 사람이고, 그렇게 나온 결론이 바로 이겁니다. 의식이 과거를 창조하는 것이지, 과거가 의식을 만들어 내는 게 아니라는 거죠. 그리고 우연히도, 스티븐 호킹도 비슷한 맥락에서 남긴 말이 있어요. '과거는 미래와 마찬가지로 불확정적이며 가능성의 스펙트럼으로만 존재한다'라고요."

　와이거트의 기분을 상하게 하고 싶지 않았던 캐로가 천천히 말을 꺼냈다. "죄송하지만, 조지 박사님, 저는 시간에 대한 박사님의 해석을 납득할 수 없어요. 도무지 말이 안 되는 것 같아요. 나머지 관찰자가 중심이라는 얘기는……글쎄요, 아직 더 생각해 봐야 할 것 같아요. 하지만 시간? 시간은 흐르잖아요. 제 평생 시간이 흐르는 걸 보고 느꼈는걸요."

　와이거트가 미소를 지었다. 너무도 따뜻하고 너그러운 미소에 캐로는 엉뚱한 생각이 스쳤다. *돌아가신 아내분은 참 복 받은 사람이었겠어.* 그러나 와이거트는 단지 이렇게 말했다. "당장 받아들이지 않아도 괜찮습니다. 지금까지 믿어 왔던 현실의 개념이 완전히 뒤집히면 얼마나 혼란스러울지 저도 이해해요. 정말로요. 그나저나 동생분은 좀 어때요, 캐롤라인 박사님?"

　그녀는 이미 그가 비용을 대준 법적 절차가 어떻게 진행되고 있는지 여러 차례 전했었다. 그는 케일라가 집에 돌아왔다는 사실도 알고 있었다. 하지만 지금 묻는 것은 뭔가 달랐다. 훨씬 개인적인 느낌이었다. 캐로가 대답했다. "엘렌은 항상 좋은 면을 먼저 봐요. 늘 그래왔듯이 잘 버티고 있죠. 그 애는 아무리 힘든 일이 있어도 무너지지 않거든요."

와이거트는 한동안 가만히 캐로를 응시하다가 짧게 말했다. "다행이네요."

그러나 캐로는 그가 무엇인가를 더 말하려다 삼킨 듯한 느낌을 지울 수 없었다. 영국 상류층 특유의 격식일까? 아니면 원래 과묵해서? 이유가 무엇이 되었든, 캐묻지 않기로 했다. 와이거트는 왓킨스나 줄리안과 달랐다. 그는 직설적인 말보다 신뢰를 더 중요하게 여겼다. 그리고 캐로는 그를 신뢰했다.

만약 그녀와 엘렌에게 와이거트 같은 아버지나 할아버지가 있었다면, 지금과 다른 삶을 살았을까? 엘렌이 그렇게 벼랑 끝까지 내몰려 도망치듯 결혼하지 않았을까? 캐로가 사랑을 두려워하지 않고 마음을 열었을까?

알 방법이 없었다. 조지 와이거트가 아닌 이상, 그리고 캐로는 결코 그가 아니었으니까.

24

 이반 카이반은 초인적인 속도로 수술에서 회복했다. 간호사들이 침대에서 쉬라고 거듭 말해도 그는 몇 시간 동안이나 눈을 가늘게 뜨고 노트북을 들여다보았다. "일하고 있어요." 캐로가 확인할 때마다 게임을 하는 것 같았지만, 그는 이렇게 말하곤 했다. 밀어버린 머리 위에 붙어 있는 티타늄 케이스가 반짝이는 것이 평소보다 더 우스꽝스러워 보이는 모습이었다.

 바바라와 캐로는 틈만 나면 로레인과 벤, 이반의 매핑 데이터를 분석하는 데 집중했다. 왓킨스가 진행 상황 보고를 위해 그들을 부르자, 잠을 제대로 자지 못해 멍했던 캐로가 끙하고 신음 소리를 냈다.

 "기운 내요." 바바라가 말했다. "의대 다닐 때는 잠도 사치였잖아요. 그때처럼 하면 돼요."

 "그땐 지금보다 젊었으니까 버텼죠. 그래도 뭐, 왓킨스 박사님이 저희 작업을 처참하게 난도질하실 수도 있지만, 일단 준비된 것 같아요."

그는 그렇게 하지 않았다. "좋군." 카밀라가 뒤에서 지켜보는 후텁지근한 방 안에서 왓킨스가 말했다. "아주 좋아. 둘 다 훌륭해. 계속 이대로라면 학술지에 충분히 실릴 만한 논문이 나오겠어." 그는 캐로에게 시선을 돌렸다. "아브루초는 잘 하고 있나?"

"네. 알고 계시다시피 다음 차례는 조지, 아니 와이거트 박사님입니다. 트레버 선생님이 절개와 봉합을 담당하고, 제가 수술을 진행합니다. 그런데 거기서 문제가 하나 있는데, 박사님께서 트레버 선생님도 나중에 이식 수술을 받게 해 주겠다고 약속하셨다고 들었습니다. 그러면 그 수술에서는 누가 보조를 맡아 주죠?"

왓킨스가 답했다. "아직 결정된 건 없어. 적절한 시기가 오면 정하겠지. 그 전에 내 수술부터 하고."

캐로도 어느 정도 예상했던 반응이었다. 그녀가 말했다. "루스킨 박사님께 수술 허가를 받으셨다는 소식은 못 들었는데요."

왓킨스가 인상을 찌푸리며 거칠고 초췌한 얼굴로 일그러진 미소를 지었다. "자네 의사들은 하나같이 위험을 무릅쓸 줄 모르는 겁쟁이야."

"그게 사실이라면 제가 여기 오지도 않았겠죠." 캐로가 차분히 말했다.

왓킨스가 무언가 대꾸하려 했으나 기침이 터져 나오며 그의 말문을 막았다. 기침이 점점 심해지자, 카밀라가 재빨리 다가왔다. 캐로는 그가 진정될 때까지 기다렸다. 기침이 멎은 후 카밀라는 그녀에게 의미심장한 눈빛을 보냈다. 캐로와 바바라는 아무 말 없이 방을 나섰다.

바바라가 속삭이듯 물었다. "왓킨스 박사님께 이식을 해 드릴 생각이 있긴 해요?"

"안전하다고 판단되면요." 캐로가 답했지만, 그녀도 바바라도 그것이 대답이 되지 않는다는 걸 알고 있었다.

캐로가 피곤한 몸을 이끌고 비틀거리며 방으로 가던 중, 몰리가 불쑥 다가와 그녀를 붙잡았다. "어디 가요?"

"좀 자려고요. 어젯밤에 일하느라 거의 못 자서요ㅡ"

"좋아요, 그러면 일단 낮잠부터 자고 오늘 저녁엔 바바라랑 같이 밖에서 식사하는 거예요. 저랑 트레버 선생님 빼고 다들 상태가 말이 아니던데요. 그래서 제가 왓킨스 박사님 옆에 있겠다는 카밀라만 남고 서른 살 이상, 일흔 살 이하인 전부 모이도록 바닷가 호텔을 예약해 뒀어요. 아니, 거절은 안 받아요, 캐로 박사님. 우리 모두한테 꼭 필요한 거라고요."

"저는ㅡ"

"차려입을 필요도 없어요."

"그게ㅡ"

"7시까지 정문에서 봐요."

캐로는 설득을 포기했다. 더 이상 말다툼할 기운도 없었다. 몰리는 캐로가 지금 잠을 원하는 것만큼이나 오늘 저녁에 진심인 것처럼 보였고, 나가는 것도 나쁘진 않을 것 같았다.

다들 한 잔씩 들어가자 긴장이 풀렸다. 저녁 식사는 꽤 즐거웠다. 호텔 식당에 사람이 너무 많아 프로젝트 이야기는 꺼낼 수 없었고, 그 점이 오히려 기분 전환이 되었다. 대화는 자연스럽게 여행 이야기로 흘러갔다. 유럽, 하와이, 뉴욕, 멕시코, 리우데자네이루……. 줄리안은 카트만두에 가 봤다고 했지만, 그 외에는 별다른 말을 하지 않았다. 그는 점점 더 말이 없어지며 묵묵히 술만 들이켰다.

캐로는 와인을 한 잔만 마시기로 하고 천천히 아껴 가며 음미했다. 저녁이 무르익을수록 옆에 앉은 트레버에게 신경이 쓰였다. 고개를 돌리는 모습이나 와인잔을 감싼 긴 손가락, 그녀를 바라볼 때마다 빛나는 밝은 갈색의 눈동자가 자꾸만 눈에 들어왔다. 어째서 지금까지 그가 다부진 몸에 어깨가 그렇게 넓다는 걸 알아채지 못했을까?

그는 아프리카도, 국경없는의사회에 대해서도 한마디도 하지 않았다.

식사가 끝난 후 몰리가 물었다. "해변에서 산책할 사람? 밤공기가 너무 좋아요."

트레버가 대답했다. "좋죠."

줄리안이 오랜만에 입을 열었다. "난 빠질래요. 여기서 기다릴게요."

바바라도 말했다. "나도 여기 있을게. 아까 발을 좀 다쳐서 모래밭을 걸으면 안 좋을 것 같아."

그녀가 발을 다쳤다는 얘기를 전혀 듣지 못했던 캐로가 바바라를 쳐다보자, 그녀는 벌써 몇 잔째인지 모를 술을 들이붓고 있는 줄리안을 티 나지 않게 곁눈질하고 있었다. 평소의 그답지 않은 행동이었다. 캐로는 그제야 바바라가 그를 혼자 남겨 두고 싶어 하지 않는다는 걸 깨달았다. 속 깊고 다정한 바바라.

그 짧은 밤 산책은 잊을 수 없을 만큼 아름다웠다. 맨발에 닿는 모래는 시원하고 단단했다. 초승달은 물결 위로 은빛 길을 그려내고 있었다. 파도를 스치는 잔잔한 바람에서 짭조름한 바다 내음이 실려 왔다. 몰리는 신발을 벗어 던지고 환호성을 지르며 파도 속으로 뛰어들었다.

트레버가 그녀를 불렀다. "캐로 박사님?"

"저는 물에 안 들어갈래요. 제가—트레버 선생님, 왜 그래요?" 그가 갑자기 걸음을 멈추고 한 손으로 눈을 감쌌다. 얼마 지나지 않아 그는 다시 손을 내렸다.

"죄송해요." 그가 말했다. "그냥 지금 보이는 이 모습이…… 엽서 속 풍경이라고 해도 믿을 수 없을 만큼 비현실적으로 느껴져서요. 3주 전에 WHO에서 저를 소말리아의 어느 마을로 보냈는데 거긴…… 아니다, 말 안 하는 게 낫겠어요. 죄송해요."

"사과할 필요 없어요. 그 극명한 대비가 얼마나 끔찍할지 짐작이 가요."

"아니, 상상도 못 하실 거예요. 하지만 적어도 지금 당장은 그 얘기를 하고 싶지 않네요. 제가 여기 있는 게 기쁘지 않다는 오해는 안 하셨으면 좋겠어요. 정말 좋거든요. 박사님—"

그가 말을 끝내기도 전에, 몰리가 깔깔 웃으며 달려와 다리에 묻은 물기를 털어 냈다. "두 분도 발 좀 담가 보세요! 물이 엄청 따뜻해요! 물론, 제가 마지막으로 있었던 메인에 비교했을 때요. 거긴 10월만 돼도 물이 얼음장이거든요."

"질 수 없죠." 트레버가 가볍게 말했다. "저는 페어뱅크스에서 컸으니까요."

"당신이 이겼네요!" 몰리가 말했다. "그럼 이제 줄리안이랑 바브한테 가죠."

바바라한테 바브라고? 대체 술을 얼마나 마신 거지?

캐로는 굳이 묻지 않았다. 그녀는 모두를 집까지 태워다 주었고, 각자 흩어졌다. 아직 10시밖에 되지 않았지만, 방에 돌아온 캐로는 잠잘 준비를 했다. 수면 부족에 와인까지 마시니 더는 버틸 수 없었다.

그런데…… 몰리가 갑자기 끼어들기 전에 트레버는 무슨 말을 하려던 거였을까?

캐로는 그가 무슨 말을 하길 바랐던 걸까?

사실 그에 대해 아는 것도 거의 없었다. 그녀는 잠옷을 챙겨 입으며 책상 위에 쌓인 파일 더미를 흘끗 바라보았다. 말만 번지르르한 남자들에게 순간순간 끌리는 감정이 아니라 저 자료들에 더 집중해야 할 때였다. 폴 베커, 줄리안 데이, 트레버 아브루초…… 그녀는 왜 조용하고 신중한 남자들에게는 끌리지 않는 걸까? 동료 여직원들을 성희롱하거나, 말도 안 되는 연구 프로젝트를 시작하거나, 생사가 오가는 전쟁터에서 일하거나 하는 남자 말고, 건실한 남자들을 만날 수는 없는 건가?

누군가 문을 가볍게 두드리다가 점점 세게 두드리기 시작했다. 이내 열쇠가 돌아가는 소리가 들렸다.

캐로는 황급히 문 쪽으로 뛰어갔다. "거기 누구야! 보안팀 부를 거예요!"

"제가 그 보안 담당인걸요. 그러니까 문 좀 열어 줘요." 줄리안의 목소리였다.

"줄리안, 그냥 가요!"

"안 돼요. 지금 너무 취했어요. 그리고 꼭 할 말도 있고요."

"아침에 해요!"

줄리안이 작게 한 번 흐느끼더니 휘청이며 문에서 멀어지다가 넘어지는 소리가 들렸다.

캐로가 문에 걸린 체인을 풀었다. 줄리안이 산책로와 정원 잔디 사이에 널브러져 있었다. 그가 힘겹게 몸을 일으켜 앉았다. 캐로가 즉시 물었다. "머리 부딪혔어요? 어디 부러진 데는 없고요?"

줄리안은 손에 들고 있던 스카치 병을 바라보며 대답했다. "아니, 괜찮아요." 그는 잠시 머뭇거리다 입을 열었다. "할 말이 있어요. 내가 다 망쳤어요."

캐로는 산책로를 비추는 환한 조명 아래 줄리안을 유심히 살폈다. 꼴이 엉망이었다. 그녀가 냉정하게 말했다. "좋아요, 들어와요. 하지만 딱 2분만이에요."

줄리안이 비틀비틀 들어와 책상 의자에 털썩 주저앉았다. 그녀는 잠옷 위에 대충 가운을 걸쳐 입고 그에게 물었다. "뭐 망쳤다는 건데요?"

그는 놀란 표정을 지었다. "알잖아요. 벤이요. 데이터를 다 빼돌린 거."

"사이버 보안은 에이든이 맡고 있었잖아요."

"에이든이 병원에 있었으니까요." 줄리안이 대꾸했다. "아시는 줄 알았는데."

물론 그녀도 알고 있었다. 줄리안이 생각보다 더 취한 것 같았다.

그가 물었다. "한잔할래요?"

"아니요. 그리고 당신도 마시지 마요." 캐로는 조심스럽게 그의 손에서 스카치 병을 빼앗았다. 그는 저항하지 않았다. "하려는 말은 뭐예요?"

"두 가지를 묻고 싶어요. 중요한 거예요. FBI가 찾아와도 여기 남을 건가요?"

"FBI요? 대체 여기에 왜요?"

"확실한 건 아니지만, 가능성은 있어요. 전에도 한 번 올 뻔했는데 박사님이 저희를 구해 주신 거 알아요?"

"제가요? 말도 안 돼, 어떻게—"

"왓킨스 박사님이요. 박사님이 오시지 않았으면, 랄프 이건을 시켜서 이식 수술을 받으려고 했거든요."

캐로가 즉시 반박했다. "랄프 선생님이 그랬을 리 없어요. 전문의 자격도 없었고, 백업할 사람도 없었잖아요."

"왓킨스 박사님은 원하는 건 뭐든 얻어 내요. 아마 그때는 조지 박사님 때문에 힘들었겠지만요…… 아무튼, 당신이 왔고요."

"조지 박사님이 왜요?" 줄리안은 술만 마시면 말이 많아지는 타입임이 분명했다. 술에 절어 모든 것을 꼭꼭 감춰두다가 결국 돌이킬 수 없게 되곤 했던 그녀의 아버지와는 정반대였다. 캐로는 그 생각을 서둘러 떨쳐냈다.

줄리안은 몸을 축 늘어뜨린 모양이 금방이라도 의자에서 미끄러져 내릴 것 같이 앉아 두 눈을 감았다. 하지만 말이 흐트러지지 않았고, 생각의 흐름도 논리적으로 이어졌다. 그가 말했다. "조지 박사님이요. 뭐라고 했냐면 랄프가 왓킨스 박사님을 수술하면 여기서 무면허 의사를 쓰고 있다고 당국에 신고할 거라 했어요. 그러면 프로젝트는 끝장나는 거죠."

캐로의 입이 떡 벌어졌다. "**조지 박사님**이요? 이 프로젝트를 누구보다도 아끼는 분이잖아요!"

"아주 윤리적인 사람이에요. 저도 그렇고요, 믿으실진 모르겠지만. 아마 안 믿겠죠."

줄리안이 윤리적이라고? 어떻게 정의하느냐에 달려 있을 것이다. 하긴 결국 윤리란 개인의 관점에 따라 달라지는 것이니 그렇게 볼 수도 있겠다.

그가 예상치 못한 말을 던졌다. "로레인이 핵심이에요."

"로레인이요?"

"새로운 우주를 만든다 해도, 그 안에 원하는 걸 모두 넣을 수 있다고 해도 다른 점이, 점들이, 아니 점이 있을 수밖에 없어요. 사람마다요. 뇌 속 알고리즘이 무엇을 만드는지요. 그 사람의 성격이나 겪어 온 경험이 모두 쌓여 만들어진 그 사람. 그런 거요."

캐로는 그의 말을 이해하려 애썼다. 줄리안은 이제 정말 취한 것 같았다. "그만 자러 가요."

"잠이 안 와요." 그리고 덧붙였다. "전 이 프로젝트에 모든 걸 걸었어요."

"알아요." 갑자기 연민이 밀려들었다. 그녀 역시 꿈이 산산조각 나는 기분을 너무나 잘 알았다. "그래도 프로젝트가 무너진 게 아니잖아요. 계속할 수 있어요."

"당신은 몰라요……" 그가 할 말을 잊은 듯 잠시 멈췄다가 곧 다시 말을 이었다. "벤이 어떤 짓을 벌일 수 있는지요. 그래도 그렇게 말해 줘서 고마워요. 당신이 이렇게 따뜻하게 말해 줄 줄 몰랐어요."

줄리안이 비틀거리며 다가와 그녀에게 어영부영 입을 맞추려 했다. 캐로는 그를 세게 밀쳐 냈다. 그녀는 두려움을 느끼지 않았다. 그는 폴 베커와 달랐다. 그럼에도 불구하고 그녀는 문가로 가면서 단호하게 말했다. "그만둬요."

캐로의 휴대 전화가 울렸다. 화면이 보이는 상태로 책상에 놓인 휴대 전화를 힐끗 확인하니 발신자는 엘렌이었다. 이 시간에? 그녀는 곧바로 휴대 전화를 집어 들어 전화를 받았다. "엘렌?"

엘렌이 비명을 내질렀다. 어찌나 소리가 컸는지 줄리안이 순간 균형을 잃고 휘청거릴 정도였다. 이어 인간이라기보다 마치 짐승의 울부짖음에 가까운 깊고 원초적인 울음소리가 들려왔다.

"엘렌! 엘렌! **대체 왜 그러는데?**"

"안젤리카! 안젤리카가 죽었어! 우리 아가가 죽었다고!"

그녀를 집어삼킬 듯한 검은 파도가 소용돌이치듯 덮쳐 오며 방 전체가 흔들리는 것 같았다. 줄리안이 그녀가 쓰러지지 않게 팔꿈치를 붙잡았다. "무슨 일이에요? 필요한 게 있으면 뭐든 말해요. 캐로 박사님? 제가…… 젠장! 술을 왜 이렇게 퍼마셨지? 제가 지금……."

캐로가 말했다. "조지 박사님이요. 부탁해요. 그분 좀 불러 줘요. 조지 박사님이 필요해요."

25

다음 날 아침 일찍, 캐로는 미국으로 향하는 비행기에 몸을 실었다. 와이거트가 다 준비해 준 것 같았다. 아니면 줄리안과 와이거트가 함께 준비했을 수도 있고 아니면 바바라와 몰리도 도왔을 수도? 방에 사람들이 몰려 있었다. 바바라는 그녀와 함께 가겠다고 했고, 그 말만큼은 슬픔과 걱정 속에서도 또렷이 들렸지만 결국 그녀는 거절했다. 마이애미발 비행기가 지연되었다가 결국 기체 이상으로 취소되어 다른 비행편을 예약해야 했다. 엘렌의 작고 낡은 집에 도착했을 때는 어느새 저녁이 되어 있었다.

낯선 여자가 문을 열었다. 푹 꺼진 소파에 앉아 엘렌의 플라스틱 그릇을 들고 식사를 하고 있는 여자가 두 명 더 있었다. "누구시죠?" 낯선 여자가 딱딱한 목소리로 물었다. 예순 살쯤 되어 보이는, 체격이 크고 부대를 이끈다고 해도 이상하지 않을 군인 같은 얼굴의 여자였다. 꽃무늬 앞치마를 두른 지휘관 같달까.

"엘렌 언니예요." 캐로가 말했다.

여자의 표정이 누그러졌다. 그녀는 강한 남부 억양으로 말했다. "아이고, 주님 감사합니다. 어떻게 해야 할지 전혀 모르겠더라고요. 얼른 들어와요."

캐로는 집 안으로 들어갔다. 다른 여자들도 그릇을 내려놓고 자리에서 일어나 고개를 숙이며 자신을 소개했다. 그들은 문을 열어 준 여자의 부탁으로 온 이웃 주민들이었다. 모두 성만 말했을 뿐 이름을 따로 밝히지 않았다. 케일라에게 들은 기억이 어렴풋이 나는 포스터 부인과 캐러더스 부인, 그린 부인이었다. 그들은 캐로를 '선생님'이라고 불렀다.

"저희가 좀 치워 뒀어요." 포스터 부인이 말했다. "집이 꽤 어수선했거든요."

거실과 주방은 먼지 하나 없이 깨끗하게 정돈되어 있었고, 식탁 위에는 캐서롤과 케이크가 잔뜩 있었다. 안젤리카의 기저귀 교환대와 아기 침대가 치워져 있었지만, 이 작은 집에서 그것들을 어디로 옮겼을지 감이 오지 않았다. 온 집안에 숲 전체를 병원에 넣은 것처럼 소나무 향 소독제 냄새가 진동했다.

"감사합니다." 캐로가 말했다. "엘렌이랑 케일라는 지금 어디 있나요?"

"케일라는 이제 겨우 자기 방에서 잠들었어요." 포스터 부인이 답했다. "그리고 켐프 부인은…… 직접 보시는 게 좋겠네요." 그녀는 곧장 엘렌의 방으로 향했다.

방은 전혀 정리되지 않은 상태였다. 바닥과 침대 위 여기저기 옷들이 어지러이 널려 있었다. 방 안에서는 꿉꿉한 냄새가 났다.

엘렌은 방 한쪽 구석, 한때는 노란색이었을 빛바랜 의자에 앉아 있었다. 그녀는 캐로가 다가와도 미동조차 없이 멍한 얼굴로 앞만 바라보았다.

"엘렌?"

대답이 없었다.

캐로는 조심스레 바닥에 무릎을 꿇고서 말했다. "엘렌, 나야. 캐로."

"응." 엘렌이 대답했다. 그리고 말했다. "안젤리카는 죽었어."

"알아. 정말 마음 아파. 내가 옆에 있을게, 엘렌."

"응." 그리고 또다시 말했다. "안젤리카는 죽었어."

캐로가 그녀의 손을 잡았다. 차갑고 힘없이 늘어져 아무런 반응이 없었다. "엘렌, 케일라하고 얘기는 좀 했어?"

"응." 잠시 침묵이 흘렀다. "안젤리카는 죽었어."

갑자기 눈물이 차올랐지만, 캐로는 자신에게 화가 나서 눈을 마구 깜박이며 억지로 참아냈다. **지금은 울면 안 돼**. 하지만 엘렌이 이토록 무너진 모습을 보니 가슴이 철렁 내려앉는 듯했다. 늘 강인했던 엘렌이!

캐로는 자리에서 일어나 포스터 부인에게 물었다. "얼마나 이러고 있었던 건가요?"

"구급차가 와서 그 가엾은 아이를 실어 간 후부터 쭉 그랬어요." 포스터 부인이 고개를 돌려 문 쪽을 향하자, 캐로도 그 뒤를 따라 거실로 나왔다. "베티 그린이 차가 있어서 병원이든 장례식장이든 데려다주려고 했는데 켐프 부인이 그냥 저렇게 의자에 주저앉아 버렸어요. 어제부터 한 발짝도 움직이지 않고 방금 들은 저 말만 반복하고 있다니까요. 케일라가 울고불고 매달려도 꿈쩍도 안 해요. 제가 어젯밤을 여기서 보냈지만 달라진 게 하나도 없어요. 병원에서는 시신을 어떻게 할 거냐고 계속 전화가 오는데 저희는 어떻게 해야 할지 몰라서요. 페어레이 메모리얼 병원이에요. 전화번호 적어 놨어요."

"도와주셔서 정말 감사해요." 캐로가 말했다.

"뭐라도 드셔야죠, 선생님. 스튜가 아직 따뜻해요."

"고마워요. 조금 있다가 먹을게요. 냄새가 참 좋네요."

"저희가 같이 있어 드릴까요, 아니면 가는 게 편하시겠어요?"

그 짧은 질문에 포스터 부인이 문을 연 이후로 줄곧 캐로를 감싸고 있던 비현실감의 안개가 걷히는 듯했다. 언제나 강하고 현명했던 엘렌, 다정하고 명랑했던 엘렌이 자신을 닫아 버렸다. 이렇게 상실감에 무너지는 사람을 보는 것은 캐로에게 처음이 아니었다. 말도 하지 않고, 먹지도, 씻지도 않는 모습. 몸과 영혼을 서서히 갉아 먹는 슬픔, 감히 헤아릴 수조차 없는 자식을 잃은 부모의 애끓는 심정.

전에도 이런 장면을 본 적 있었지만, 떠올릴 때마다 속이 뒤틀렸다. 하지만…… 그렇지 않다. 엘렌은 아니다. 엘렌은 아버지와 전혀 다르다.

포스터 부인이 그녀의 대답을 기다리고 있었다. 캐로가 입을 열었다. "지금은 동생과 둘이서만 있고 싶어요. 신경 써 주셔서 감사해요. 그런데 혹시 케일라를 봐주실 분이 필요하면, 그러니까 제가 엘렌이랑……" 어디로 가야 하지?

"병원 전화번호 아래 제 연락처도 적혀 있어요." 포스터 부인이 말했다. "잭슨 장례식장 번호도 같이 있으니까 참고하시고요. 바가지 씌우진 않을 거예요. 스튜 두고 가니까 다 잘 챙겨 드세요. 기도 모임에서 두 분을 위해 기도드릴게요."

"고맙습니다."

그들은 약속이나 한 듯 일제히 남은 음식을 쓰레기통에 비우고 그릇을 씻어 말려 둔 뒤, 캐로의 팔을 토닥이며 위로의 말을 건네고 사라졌다. 이 모든 과정은 순식간에 이루어졌다. 캐로가 본 여느 의료진만큼이나 신속하고 효율적인 움직임이었다.

캐로가 케일라의 방문을 열었다. 아이는 코끝이 빨갛고 눈을 동그랗게 뜬 채 얼룩진 잠옷을 입고 낡은 이불 위에 누워 있었다.

"이모 왔어, 케일라." 캐로가 속삭였다. "이제 이모가 있으니까 괜찮아. 울지 마."

"나 안 울어." 케일라가 거짓말을 했다.

"그래." 캐로는 침대 끄트머리에 걸터앉아 케일라를 살며시 곁으로 끌어당겼다. "어떻게 된 건지 말해 볼래?"

"하나님이 안젤리카를 천국으로 데려가셨대." 케일라가 말했다. "포스터 아줌마가 그러셨어. 그래서 내가 천국 같은 건 없다고 했더니 아줌마가 '쯧쯧쯧' 했어. 기분 나빴어."

"아니, 그거 말고. 안젤리카한테 무슨 일이 있었던 거야?"

"엄마가 안젤리카 기저귀를 갈아주고 있었는데 갑자기 완전 심하게 발작하더니 무서운 소리를 내고…… 그러더니 죽었어. 엄마는 이모한테 전화했다가 안젤리카를 안고 엄마 방 의자에 가서 앉아 있었어. 안젤리카는 축 처져 있고 엄마는 내 말에 대답을 안 해서 너무 무서워서 내가 옆집에 가서 포스터 아줌마를 불러왔어."

케일라가 아무 감정 없는 목소리로 그 끔찍한 이야기를 늘어놓던 중 캐로는 문득 깨달았다. 자신 역시 최악의 상황에서 그런 무미건조한 목소리로 얘기하곤 했음을. *안타깝게도 저희는 최선을 다했지만 환자분을 살리지 못했습니다. 베커 때문에 속이 뒤집히는 것 같아도 겉으로는 내색하지 말아야지. 다 잘될 거야, 엘렌. 저런 지독한 년한테 휘둘리지 마.*

캐로가 말했다. "잘했네, 케일라. 포스터 부인이 구급차가 와서 안젤리카를 데려갔다고 하시던데?"

"엄마가 안젤리카를 안 놓으려고 해서 사람들이 억지로 떼어내야 했어. 그다음부터 엄마가…… 저래. 나한테 말도 안 걸고. 근데 상관없어."

케일라는 애써 강한 척하고 있었다. 아홉 살짜리 어린아이가 감당하기엔 너무 가혹한 일이었다. 케일라도 엘렌 못지않게 도움이 필요한 상황이었고, 지금은 일단 뭐라도 하게 하는 것이 최선이었다. 캐로는 아이를 꼭 감싸 안으며 부드럽게 말했다. "당연히 상관있지. 그렇지만 이제 이모가 왔잖아. 이모가 부탁이 있어, 케일라. 이모가 전화를 좀 하는 동안 씻고 옷 갈아입고 올래? 그리고 같이 스튜 데워서 먹자. 밥 먹어야지 우리."

"배 안 고파."

"그건 나중에 생각하고 우선 샤워부터 하자."

케일라는 터벅터벅 욕실로 들어갔다. 캐로는 마음을 다잡고 전화를 돌렸다. 병원 영안실, 장례식장, 다시 병원, 그리고 포스터 부인. 옷을 갈아입은 케일라가 나왔고, 캐로는 스튜를 데웠다. 입맛이 없었지만, 뭔가 먹어야 했기에 꾸역꾸역 한 숟갈을 떠서 입에 넣는 순간, 교회 아주머니들은 역시 요리를 기가 막히게 잘하신다는 생각이 들 만큼 의외로 맛있었다. 케일라도 그녀를 따라 먹기 시작했다.

엘렌은 먹지도, 움직이지도 않고 "안젤리카는 죽었어"라는 말만 앵무새처럼 반복했다. 케일라는 더 이상 엄마의 방문을 쳐다보지도 않았다. 샤워를 하면서 이제는 돌처럼 차갑게 굳어 있기로 한 모양이었다. 눈물을 흘리는 것보다 더욱 걱정스러운 모습이었다.

캐로가 정신과 검사를 위해 엘렌과 페어레이 메모리얼 병원으로 가 있는 동안 포스터 부인이 돌아와 케일라를 돌봐 주었다. 병원에서는 즉시 엘렌을 입원시켰다. 캐로가 의사 선생님들이 엄마를 도와주기로 해서 엄마가 잠시 병원에 있을 거라고 설명하자, 케일라는 어떤 도움인지, 얼마나 오래 있을지, 그 어떤 질문도 하지 않았다. 그저 마음을 닫아 버린 듯한 표정, 캐로도 너무나 잘 알고 있는 얼굴로 담담하게 고개를 끄덕일 뿐이었다. 의대 시절이나 펠로우 과정 내내 거의 10년 동안 거울 속에서 봐 온 표정이었다. 모든 것을 바꿔 버린 그날의 장례식 이후로 늘 마주해야 했던 모습.

케일라는 단 한 가지를 물었다. "엄마가 장례식에는 오겠지?"

"케일라, 우리 장례식은 안 할 것 같아. 엄마가 화장만 하고 간단하게 식 없이—"

그 말에 케일라의 단단했던 표정이 순식간에 무너졌다. "장례식은 해야 해! 다들 장례식을 하잖아!"

도대체 왜 그런 생각을 하게 된 걸까? 캐로가 물을 틈도 없이 케일라가 폭발했다.

"장례식을 안 하면, 그 사람을 안 사랑했다는 거잖아!" 아이가 소리를 질렀다. "우리는 안젤리카를 사랑했다고! 장례식을 해야 해! 꼭!"

"알았어, 그래, 장례식 하자."

"약속? 약속하는 거지?"

"응, 약속할게."

"응."

캐로가 팔을 벌렸지만, 케일라는 그녀를 뿌리치고 방으로 들어가 문을 닫았다.

케일라가 다시 나오지 않자, 캐로는 집 안을 둘러보기 시작했다. 그녀는 주방 서랍에서 엘렌의 금융 서류를 발견했다. 그리고 노트북을 열어 자신의 은행 명세서를 살펴보며 한 시간 동안 계산기를 두드렸다.

상황이 좋지 않았다.

왓킨스에게 받은 거액의 선급금은 거의 바닥 나 있었다. 안젤리카를 위한 돌보미를 고용하고 밀린 의대 학자금을 갚느라 써 버린 것이다. 와이거트도 케일라의 양육권 소송을 위해 비싼 변호사를 선임해 줬지만, 그 돈도 이미 남아 있지 않았다. 프로젝트에서 받는 급여가 그녀 기준으로는 엄청나게 많아 보였지만, 학자금 대출이 여전히 발목을 잡고 있었고, 엘렌이 내지 못한 월세, 전기세, 난방비, 신용 카드 대금까지 줄줄이 쌓여 있었다. 엘렌의 병원비 일부는 보험에서 나오겠지만, 보장되지 않는 금액은 어쩌지? 그리고 이제 장례식 비용까지.

캐로는 우선 공과금을 신용 카드로 결제하고, 엘렌의 신용 카드 대금은 최소 금액만 입금했다. 잭슨 장례식장 홈페이지에는 예상 비용이 정리되어 있었다. 비용을 확인한 후, 와인이나 더 강한 술이 없는지 찬장을 샅샅이 뒤졌다. 그녀는 결국 싸구려 와인 한 병을 찾아내 절반을 비웠다.

그녀는 『장례식은 슬픈 일이야』라는 제목의 어린이용 책도 한 권 발견했다. 아이들이 '떠난 사람을 얼마나 사랑했는지 보여 주는 슬프지만 중요한 시간'을 이해할 수 있도록 돕는 이야기였다. 엘렌이 언젠가 맞닥뜨릴 안젤리카의 죽음을 케일라가 받아들일 수 있게 이 책을 샀던 걸까? 아마도. 그러나 엘렌이 이렇게 무너진 것을 보면, 정작 본인은 안젤리카의 죽음을 감당할 마음의 준비가 전혀 되어 있지 않았던 것 같다.

*떠난 사람을 얼마나 사랑했는지 보여 주는 중요한 시간*이라. 캐로는 저자를 욕하며 책을 쓰레기통에 내팽개쳤다.

26

 추모식은 이틀 뒤 잭슨 장례식장에서 열렸다. 캐로는 아무도 오지 않을까 걱정했지만, 그것은 대선 캠페인 매니저 못지않은 조직력을 지닌 포스터 부인을 과소평가한 것이었다. 그녀는 엘렌의 주소록을 빌려 (아직도 이런 걸 노트에 적는 사람이 있다고?) 쭉 연락을 돌렸다. 안젤리카의 유골함과 엘렌이 안젤리카를 안고 있는 사진이 놓인 작은 방에 사람들이 가득 찼다. 엘렌이 아직도 관계를 유지하고 있었을 줄 몰랐던 옛 친구들, 이웃들, 교회 아주머니들, 안젤리카를 보살펴 주던 가정 돌보미, 엘렌의 덜컹거리는 차를 굴러가게 해 주던 정비공까지.

 엘렌은 병원에서 나올 수 있는 상태가 아니었다.

 "죄송하지만" 포스터 부인이 말했다. "가족분들은 아무도 오시지 못했어요. 저도 시도는 해 봤는데요. 안젤리카 아버지의 보호관찰관한테도 전화해 보고—"

"연락처가 주소록에 있었어요?" 캐로가 놀라서 물었다.

"그 사람이 네브래스카 어디서 또 감옥에 갔다고 하더라고요. 어머님 연락처로도 전화해 봤는데, 부모님 두 분 다 세상을 떠나셨다고 하고요."

"맞아요." 캐로가 대답했다. "두 분 다 돌아가셨어요. 여러모로 도와주셔서 정말 감사합니다, 포스터 부인."

"동생분, 참 좋은 사람이에요."

가장 어두운 옷을 입겠다고 고집했던 케일라는 검은색 티셔츠에 남색 물방울무늬 미니스커트 차림으로 굳은 표정으로 앉아 눈물 한 방울 흘리지 않고 짧은 추모식을 지켜보았다. 그녀는 캐로의 손을 잡으려 하지 않았다. 여러 사람이 나와 애도의 말을 했지만 안젤리카보다 엘렌에 관한 이야기가 많았고, 분명 이 역시 포스터 부인의 생각이었을 것이다. 캐로는 모든 순서가 끝나면 질문 공세가 이어지리라 예상하고 긴장했으나, 포스터 부인이 마지막으로 마이크를 잡고 말했다. "이제 소암스 왓킨스 박사님이 케일라를 집으로 데려가셔야 하니, 다들 와 주셔서 감사하다는 말씀드리겠습니다. 안젤리카의 이름으로 기부를 원하시는 분들은 페어레이 메모리얼 아동복지 재단으로 수표를 보내 주시면 됩니다. 자, 케일라와 이모가 지나갈 수 있게 길을 열어 주세요."

캐로는 감사한 마음으로 자리에서 일어나, 접이식 의자가 늘어선 통로를 따라 케일라와 함께 출구로 걸어갔다. 맨 뒷줄에 줄리안이 앉아 있었다.

예상치 못한 얼굴에 캐로는 순간 발을 헛디딜 뻔했다. 그녀는 케일라를 엘렌의 낡은 쉐보레에 태우고 안전벨트를 채워 준 뒤에야 안젤리카의 유골을 챙겼어야 했던 게 아닐까, 하는 생각이 들었다.

아마 포스터 부인이 가져다줄 것이다.

집에 도착하자마자, 케일라는 곧장 자신의 방으로 가 문을 닫아 버렸다. 간간이 캐로의 품에 안겨 울음을 터뜨리던 케일라가 어제 이후로는 완전히 입을 닫고 모든 접촉을 거부하고 있었다. 서운하고 혼란스러웠던 캐로는 어떻게든 말을 걸어 보려 했지만, 아이는 철저히 거부했다. 도대체 왜? 저 작은 아이의 마음속에서 대체 무슨 일이 벌어지고 있는 걸까?

캐로는 피곤한 몸을 겨우 일으켜 커피를 내렸지만, 빈속에 들어간 커피는 씁쓸하기만 했다. 그녀는 곧 벌어질 일을 예상하고 있었다. 케이맨 제도에서 비행기를 타고 날아와 겨우 장례식만 45분 동안 보고 다시 그냥 돌아갈 리가 없었다.

문을 두드리는 소리가 들렸다. "줄리안 씨, 여긴 왜 왔어요? 할아버님이 보내신 건가요?"

"아니요. 맞아요. 하지만 좀 복잡해요. 들어가도 될까요?"

캐로는 아무 말도 하지 않았고, 그는 그것을 허락으로 받아들였다. 그는 고맙게도 허름한 거실에 대해 단 한마디도 하지 않았을 뿐만 아니라, 전혀 신경 쓰이지 않는다는 듯 자연스럽게 행동했다. 지난번 기억이 여전히 생생했던 그녀는 줄리안에게 앉으라고 권하지 않았다. 술기운에 시도했던 '작별 키스', 'FBI가 와도' 떠나지 않을 거냐는 불쾌한 질문이 머릿속을 스쳤다. 혹시 캐로가 오해한 걸까? 어쩌면 줄리안이 안젤리카의 장례식에 온 건 그저 사과하기 위해서였을지도 모른다.

아니었다. 줄리안이 예전과 다름없는 여유롭고 자신만만한 목소리로 입을 여는 순간, 그가 결코 사과할 생각이 없다는 것을 느낄 수 있었다. 술에 취해 보였던 행동과 캐로가 그의 키스를 두 번째로 거부했던 일은 벤 클라비로 인해 잠시 흔들려서 벌인 실수였을 뿐, 이미 줄리안의 기억에서 지워져 있었다. 이제 그는 본래의 자신을 되찾았고, 그때 했던 말이나 행동은 아예 없던 일이 되어 버렸다.

그가 말했다. "캐로 박사님, 바로 본론부터 이야기하겠습니다. 왓킨스 박사님이 저를 보낸 건 아니지만, 제가 어쨌든 장례식에 가겠다고 하자 긴 대화를 나누게 되었습니다. 뭐, 솔직히 대화라기보다는 서로 고함을 주고받았다고 해야겠지만요. 그분 스타일 아시잖아요. 하지만 그 거친 말투와 강압적인 태도 아래에는 사실 두려움이 숨어 있습니다. 아마 박사님도 짐작하고 계셨겠죠. 누구나 죽음을 눈앞에 두면 두려울 수밖에 없으니까요. 그분은 죽기 전에 젊고 건강한 모습의 자신이 존재하는 또 다른 다중 우주의 분기를 창조하고 싶어 하세요. 새로운 우주를 만드는 경험 자체도 있지만, 그 건강한 상태의 자신을 다른 우주에 남겨 두기 위해서요. 물론 이 부분도 저나 왓킨스 박사님께 들으셔서 아시겠죠."

"네." 캐로가 대답했다. "하지만, 이미 말씀드렸다시피, 저는 그분이 겪게 될 일이 단순한 환각이 아닐 거라는 확신은 없어요. 그리고 그분이 죽음을 '두려워한다'고 생각하지도 않고요. 오히려 분노를 느낀다면 모를까."

"박사님 의견은 존중하지만, 과연 지금 말씀하시는 것처럼 그렇게 확고하신지는 모르겠군요. 그와 별개로, 정말 왓킨스 박사님이 그렇게 간절히 원하시는 걸 가로막을 생각인가요?"

"그분이 수술을 견딜 수 있을 거라고 라일 루스킨 박사님이 말씀하시기 전까지는 안 돼요."

"환자는 충분한 정보를 바탕으로 자신의 치료에 대해 스스로 결정할 권리가 있다고 말씀하셨잖아요."

"뇌에 칩을 심는 건 치료가 아니에요. 할아버님께는 해도 그만, 안 해도 그만인 위험한 수술일 뿐이죠. 이미 다 얘기한 내용이에요. 변한 건 없어요."

"아니요. 변한 게 왜 없습니까. 박사님 상황이 달라졌잖아요. 동생이 정신적 충격으로 입원했고—"

"그걸 어떻게 알았어요? **어떻게 알았냐고요?**"

"—장기적인 재활 치료가 필요할 만큼 상태가 심각하시잖아요. 아시다시피 공립 정신병원은 인력도 부족하고 시설도 열악하지만, 사립 병원은 비용이 너무 비싸고 박사님은 그럴 돈도 없는데다 우리 쪽에서 받는 월급으로는 어림도 없고요. 조카 케일라도 안정적인 환경과 돌봐 줄 사람이 필요하죠. 게다가 아직 학자금 대출이 어마어마하게 남아 있고, 화내 봤자 소용없어요, 빚이 얼만지 이미 다 아니까요. 보세요, 지금 제가 가진 패를 전부 공개하는 거예요. 저희는 박사님이 필요해요. 왓킨스 박사님이 언제 돌아가실지 몰라요. 그리고 박사님도 저희가 필요하실 거고, 아니, 최소한 동생분과 케일라를 위한 돈이 절실하다는 건 부정할 수 없으니…… 잠깐만, 아직 안 끝났어요.

그랜드 케이맨에 가면 섬에 별장이 있는 억만장자들과 그 지인들을 위해 세워진 아주 훌륭한 정신병원이 있어요. 저희가 동생분을 그곳으로 데려가 외래 진료까지 포함해 필요한 모든 치료 비용을 부담하겠습니다. 케일라를 돌볼 보모를 고용하고 단지 안에 있게 하거나, 아니면 단지와 가까운 곳에서 케일라와 보모, 그리고 나중에는 동생분까지 함께 지낼 수 있도록 별채를 마련할게요. 필요한 사람은 얼마든지 불러드릴 겁니다. 캐로 박사님, 아니, 절 봐요, 결국 중요한 건 이거예요." 줄리안은 두 손을 들어 올려 마치 저울처럼 위아래로 번갈아 움직였다. "이런 식으로밖에 말씀드릴 수 없어 유감이지만, 어쩔 수 없어요. 선택하세요. 왓킨스 박사님 수술에 관한 신념을 고집할 건가요, 아니면 동생분과 조카가 윤택하게 살 수 있게 할 건가요?"

캐로가 이를 악물며 중얼거렸다. "빌어먹을. 당신도, 할아버지도, 와이거트 박사도 다 똑같아……."

"조지 박사님이요? 무슨 소리예요. 그분은 아무것도 몰라요. 저랑 왓킨스 박사님만 아는 일인걸요. 캐로 박사님, 케일라와 엘렌 씨를 위해서라도, 지금 당장은 아니어도 좋으니 적어도 조만간 왓킨스 박사님의 수술을 진행하겠다고 약속해 줘요."

엘렌. 케일라.

한 치의 흔들림도 없는 줄리안의 표정.

결국 그녀는 말했다. "저한테 무슨 일이 생기거나 프로젝트가 끝나더라도 손댈 수 없게 1년 치 치료비와 생활비를 에스크로 계좌에 먼저 입금해 주세요."

"그렇게 하죠. 빌 해거티 씨가 필요한 서류를 준비할 겁니다."

"그리고 왓킨스 박사님 수술은 조지 박사님 이후에 할 거예요. 일주일 안에 돌아가시진 않겠죠."

"좋아요. 조지 박사님 먼저."

캐로는 육체적으로도, 정신적으로도 지칠 대로 지쳐 있었다. 본능적으로 남의 감정을 잘 읽어 내지만, 선의보다는 자신의 목적을 위해 그것을 활용하는 줄리안은 손을 내밀려다 그녀가 움찔하는 것을 느끼고 목소리만 부드럽게 낮췄다.

"조금이라도 힘드시지 않게 최선을 다할게요, 캐로 박사님. 일단 내일 바로 케일라와 출발할 수 있게 항공편부터 예약하고, 저는 남아서 이 집을 정리하고 짐을 보관 창고에 옮긴 뒤 엘렌 씨도 그랜드 케이맨으로 넘어갈 수 있게 하겠습니다. 서명해야 할 서류들이 있겠지만, 전자 서명이 안 되면 배달원을 통해 보내 드릴게요."

"엘렌의 집주인이 누군지, 월세가 얼마나 밀렸는지, 계약을 어떻게 해지할 수 있는지도 벌써 다 아시겠네요."

"네. 박사님 같은 분을 모시려면 조사를 허투루 할 수는 없으니까요." 그가 간결하게 대답했다.

"벤 클라비한테나 그렇게 철저하게 하시지." 캐로는 날카롭게 쏘아붙였으나, 말이 끝나기가 무섭게 후회가 들었다.

"케일라에게 미리 알려 주세요." 그가 담담하게 말했다.

"이반은 수술 후 합병증 같은 건 없었나요?"

줄리안이 살짝 웃었다. "역시 의사 선생님이시네요. 걱정할 필요 없어요, 전혀 이상 없습니다."

"클라비는 찾으셨어요?"

"아뇨. 앞으로도 어려울 것 같습니다. 아, 그리고 한 가지 더요. 바바라, 몰리, 트레버 선생님과 조지 박사님까지 모두 장례식에 참석하고 싶어 했어요. 제가 못 오게 했지만—"

"당연히 그러셨겠죠." 캐로가 웃었다. "메피스토펠레스*가 남들이 보는 데서 파우스트와 계약할 리는 없으니까요."

"―그래도 다들 기꺼이 오겠다고 했다는 걸 알아줬으면 해요. 케이맨 브랙에는 박사님을 진심으로 아끼는 좋은 친구들이 있다는 것을요. 그 얘기를 하고 싶었습니다." 그는 돌아서서 문을 열고 나갔다.

박사님을 진심으로 아끼는 친구들. 줄리안은 정말 위로의 말을 하고 싶었던 걸까, 아니면 이것도 프로젝트를 위해 그녀를 끌어들이려는 계산된 말이었을까? 줄리안의 속마음은 아무도 모를 것이다. 어쩌면 줄리안 자신도.

캐로는 겨우 아홉 살밖에 되지 않은 아이에게 이제 막 여동생과 엄마를 잃은 것도 모자라 또다시 남은 것을 모두 잃게 될 거라고 말하기 위해 케일라의 방으로 향했다.

그걸 어떻게 설명할 수 있을까? 그 어떤 동화책에서도 이런 상황을 준비하는 법을 알려 주지 않았을 것이다.

케일라가 잠든 후, 초인종이 울렸다. 포스터 부인이 안젤리카의 유골함을 들고 문 앞에 서 있었다. 캐로는 그것을 어떻게 해야 할지 막막했다. 그녀는 포스터 부인에게 당분간 유골함을 맡아 달

---

* 괴테의 『파우스트』에서 악마 메피스토펠레스는 인간인 파우스트를 유혹하여 계약을 맺는다.

라고 부탁하며 자신과 케일라가 내일 떠날 예정이며 집이 비게 될 것이라고 말했다. 포스터 부인은 따뜻한 목소리로 말했다. "선생님, 아무 걱정하지 말고 몸 잘 챙기시고 아이 잘 보살펴 주세요."

"네. 전부 감사해요. 저 혼자서는 다 감당해 낼 수 없었을 거예요…… 정말 감사해요."

캐로는 삐걱대는 식탁에 홀로 앉아 남아 있던 싸구려 와인을 모두 비웠다. 술을 마시면 잠드는 데 도움이 될 것 같았다. 머릿속에서 계속 되풀이되는 장례식 장면을 막아 줄 것 같았다. 안젤리카의 장례식이 아니라 오빠의 장례식 장면이었다.

6년 전, 에단의 장례식에는 포스터 부인처럼 따뜻한 존재가 없었다. 그녀가 의지할 수 있는 친절하고 이해심 깊은, 지혜로운 어른이 없었다. 오직 부모님뿐이었다. 캐로와 엘렌은 아빠와 함께 화려한 관 앞에 덩그러니 남겨져 있었고, 엄마는 그들을 향해 고래고래 고함을 질렀다. 열아홉 개나 되는 거대한 꽃장식에 공기는 숨 막히게 달콤했고, 금색 의자들 위에는 아무도 가져가지 않은 안내지가 놓여 있었으며, 바이올린과 플루트 연주자들은 악기를 정리하며 가족이 잔인함과 증오 속에서 산산이 부서지는 모습을 애써 외면했다.

캐로는 에단의 장례식을 떠올리고 싶지 않았다.

그러나 기억은 계속해서 되살아났다.

엄마는 에단을 지극히 아꼈다. 에단의 행동은 늘 칭찬받았고, 엘렌과 캐로의 행동은 언제나 부족하거나 잘못된 것으로 여겨졌다. 그들의 엄마, 로렌 소암스 왓킨스는 마치 쏟을 수 있는 관심의 양이 정해져 있기라도 한 것처럼 그녀가 딸들에게 조금이라도 신경을 쓰면 그만큼 아들에게 돌아갈 관심이 줄어든다고 믿는 것 같았다. 캐로가 대학 졸업반이었을 때, 에단은 뉴잉글랜드의 빙판길에서 교통사고로 세상을 떠났다. 장례식이 끝난 후, 캐로는 마지막 인사를 하기 위해 에단의 관 위로 몸을 숙였고, 그 순간 엄마는 자제력을 잃고 폭발해 버렸다. 엄마가 비명을 지르듯 절규했다. "손대지 마! 에단이 아니라 너나 엘렌이 죽어야 했는데! 왜 하필 에단이야!"

엘렌이 바닥에 풀썩 주저앉았다. 캐로가 수년간 억눌러 온 분노와 고통을 터뜨린 것은 엄마의 그 말이 아니라 동생이 무너진 바로 그 순간이었다. 그녀는 자신이 했던 말을 떠올리기조차 괴로웠지만, 아무리 지우려 해도 그날의 기억은 머릿속에서 사라지지 않았다.

이 악마 같은 년! 죽어야 할 사람이 있다면 당신이야! 난 당신을 증오해!

그리고,

당신, 아빠라는 작자가 얼마나 나약한지 저 여자한테 맞설 용기도 없어서 평생 엘렌과 나를 괴롭히고 짓밟고 무시하는 걸 그냥 보고만 있었지!

그리고 또,

다 잘될 거야, 엘렌. 저런 지독한 년한테 휘둘리지 마!

그러고 나서…… 그다음엔……

끝도 없이 되풀이되었다.

에단의 장례식이 끝난 바로 다음 날, 캐로는 집을 영원히 떠났다. 재산은 모두 엄마의 소유였고, 그녀는 캐로와 엘렌이 단 한 푼도 받을 수 없게 유언장을 고쳤다. 아빠는 그로부터 2주 후 깊은 침묵 속에 가라앉아 극심한 우울증에 빠져 버렸다.

엘렌 같네, 캐로는 엘렌의 맛없는 와인을 마지막 한 방울까지 들이키며 생각에 잠겼다. 항상 밝고, 똑똑하며, 강인했던 엘렌. 하지만 그런 그녀에게도 한계가 있었고, 결국 감당할 수 없는 지점에 이르렀다.

그러나 엘렌은 결코 아빠와 같은 길을 걷지 않을 것이다. 에단이 죽고 3개월 후, 아빠는 감춰 둔 9밀리미터 베레타 권총으로 스스로 목숨을 끊었다. 엘렌은 그보다 강한 사람이었고, 캐로가 그녀를 지킬 것이다. 어떤 대가를 치르더라도.

설령 수술을 버티지 못할 것이 뻔한 다 죽어 가는 노벨상 수상자의 뇌에 컴퓨터 칩을 심어야 한다고 해도.

그녀의 노트북은 미처 읽지 못한 메시지들로 가득 차 있었다. 캐로는 메시지를 모두 무시한 채, 케일라의 짐을 싸며 케이맨 브랙으로 떠날 준비를 시작했다.

27

　연구 단지는 분위기가 달라져 있었다. 제임스가 환영 인사를 건네는 순간에도 캐로는 어딘가 팽팽한 긴장감이 감도는 게 느껴졌다. "돌아오셨군요, 박사님. 이쪽이 케일라인가요?"

　케일라는 아무 말도 하지 않았다. 케이맨 브랙으로 오는 내내 그랬듯 제임스가 내민 손을 거들떠보지도 않았다. 캐로는 무표정한 얼굴로 입을 꾹 닫고 있는 눈앞의 아이가 자신이 알던 사랑스러운 조카라는 것이 믿기지 않았다. 케일라는 왜 엄마가 병원에 남아 있는지 묻지 않았고, 엄마를 곧 다시 만날 수 있을 거라는 말에도 아무런 반응이 없었다. 캐로는 무력감을 느꼈다. 엘렌은 삶에 대한 모든 의지를 잃어 버린 듯 보였으나 케일라가 마음의 문을 닫은 방식은 그녀와 달랐다. 케일라는 마치 캐로를 원망하는 것 같았고, 그 이유를 캐로가 알고 있어야 한다고 생각하는 것 같았다. 하지만 캐로는 전혀 갈피를 잡을 수 없었다. 입을 열지 않는 이 작은 아이의 고통이 캐로의 가슴을 찢어 놓을 뿐이었다.

어쩌면 줄리안이 그 먼 곳에서도 섬의 넓은 인맥을 동원해 고용한 보모나 상담사가 케일라의 마음을 이해할지도 몰랐다.

섬 출신에 인자한 얼굴을 한 중년의 보모는 케일라를 섣불리 건드리지 않는 것이 최선이라는 걸 알고 있는 듯했다. "난 재스민이라고 해." 그녀가 말을 건넸다. "앞으로 널 학교에 데려다주고, 필요한 건 뭐든 도와줄 거야. 이 섬에는 재미있는 것들이 정말 많아, 케일라. 네가 하고 싶을 때 언제든 얘기해 주면 돼. 수영할 줄 아니?"

"아니요."

"배워 볼래?"

"아니요."

"'아니요, 괜찮아요'라고 해야지, 케일라." 캐로는 이렇게 말하면서도 지금 이렇게 고쳐 주는 것이 맞는지 망설여졌다.

"아니요, 괜찮아요." 케일라가 여전히 뚱한 목소리로 대답하자, 캐로는 난감한 표정으로 재스민을 바라보았다.

"잘 지낼 수 있을 거예요." 재스민의 말에 캐로는 진심으로 그러길 바라며 고개를 끄덕였다.

캐로가 지낼 새로운 방은 예전에 쓰던 곳과 거의 똑같았지만, 케일라와 재스민의 방 옆에 있었고 그들의 방과 연결되는 문이 있었다. 새로 만들어진 문이라 아직도 톱밥 냄새가 나는 듯했다. 캐로의 방에서 몰리가 그녀를 기다리고 있었다. 몰리는 캐로를 꼭 안아 주고는 한 걸음 물러서 그녀를 찬찬히 살펴보았다. "너무 피곤해 보여요. 그럴 만도 하죠."

갑자기, 닷새 만에 처음으로 울고 싶은 충동을 느꼈다. 그러나 캐로는 눈물을 삼켰다. "그러는 선생님도 썩 상태가 좋아 보이진 않는데요."

"다들 그래요. 거의 한계 직전이에요. 음, 바로 직전은 아니고 아마 조금은 더 버틸 수 있을지도 모르지만. 어쨌든 박사님이 돌아와서 정말 다행이에요. 그리고 동생분이나 조카 얘기는 굳이 안 하셔도 돼요. 여기선 소식이 늘 빠르니까."

"그 얘긴 하고 싶지 않아요. 아직은."

"그렇게 전해 둘게요. 일단 케일라랑 좀 쉬세요."

"이반이 어떻게 하고 있는지 병원에 좀 가 봐야 할 것 같아요."

"아, 트레버 선생님이 벌써 퇴원시켰어요. 자기가 이미 불사의 존재라고 믿는 스물두 살짜리가 수술에서 얼마나 빨리 회복하는지 몰라요. 오늘 다중 우주 세션 오세요?"

"가야죠." 이곳에서의 일상으로 빨리 돌아갈수록 기분도 나아질 것이고, 그만큼 케일라를 도울 힘도 생길 것이다. 줄리안이나 왓킨스와 단둘이 있어야 하는 상황만 피할 수 있다면.

"좋아요. 4시까지 오시면 돼요." 몰리가 말했다.

이반 카이반은 아마 이곳에서 유일하게 활기찬 사람일 것이다. 삭발한 머리 위에 부착된 작은 티타늄 케이스 덕분에 B급 영화 속 외계인처럼 보이긴 했지만, 상처도 아주 말끔히 아물었다. 그러나 캐로는 이반이 이미 자신과 전혀 다른 세상에 있었다는 것을 깨달았다. 그를 보면 고등학교 시절 점심시간이든, 버스 안이든, 선생님의 감시가 느슨한 수업 시간이든 틈만 나면 태블릿을 붙잡고 게임을 하던 남학생들이 떠올랐다. 게임 폐인들. 캐로 역시 폐인이었던 적이 있지만, 그런 종류는 아니었다. 과학광과 컴퓨터 괴짜들이 어느 정도 겹치는 부분이 있어도 캐로는 그사이에 들어가지 않았다. 그녀는 방과 후에 남아 개구리 해부 실험을 추가로 하는 쪽이었다. 이반과 같은 부류는 야외 테이블에 앉아 아이템 보상이나 개발이 중단된 게임에 관해 열띤 토론을 벌이곤 했다.

"괜찮지, 이반?" 장비를 연결하며 에이든이 물었다. 캐로는 에이든이 그랜드 케이맨에서 돌아왔다는 사실조차 모르고 있었다. 전보다 야위었지만, 홍두 때문에 한바탕 난리였을 때에 비해 거의 정상으로 돌아온 것 같았다. 왓킨스는 한쪽 구석의 의자에 앉아 있었다. 캐로는 그를 쳐다보지 않으려 했다.

"문제없어요." 이반이 대답했다. 그는 침대 위에서 깡마른 몸을 이리저리 비틀어 가며 가장 편안한 자세를 잡고는 소프트웨어에 관한, 캐로는 전혀 이해할 수 없는 길고 복잡한 질문을 늘어놓았다. 에이든은 하나씩 답변했고, 역시 캐로는 알아듣지 못했다. 이반이 마침내 흡족한 듯 말했다. "멋지네요." 잠시 후, 그의 얼굴이 섬뜩할 정도로 무표정해지면서 컴퓨터 화면이 밝아졌다.

다른 쪽 스크린 앞에 있던 바바라가 갑자기 코웃음을 쳤고 에이든은 고개를 내저었다. 캐로는 생각했다. '**뭐야, 이건?**'

화면 속 이반이 침대에서 일어나 문을 나갔고, 그가 들어선 곳은…… 뭐지? 2구역 정원에 벽을 따라 점점 더 높이 솟아오르며 물결치듯 움직이는 나무 발판들로 겹겹이 쌓인 구조물이 있었다. 거대한 화분에서 나무들이 순식간에 자라나더니 가느다란 다리가 달린 알록달록한 작은 덩어리들이 높은 곳에서 나타났다. 그러고는 아래를 내려다보며 나무 사이를 빠르게 깡충거렸다. 그 덩어리들은 무슨 로봇인 것 같았다. 이반이 날렵하게 사다리를 타고 첫 번째 발판으로 올라가서 분홍색 덩어리를 향해 어떤 기계를 겨눴다. 기계에서 강렬한 빛이 뿜어져 나오자 분홍색 덩어리가 녹색으로 변했다. 이반은 이후 30초 정도 계속해서 뛰어다니고 빛을 쏘며 신나게 웃었고, 화면이 꺼졌다. 이반이 침대에서 눈을 뜨는 순간, 에이든이 벌컥 화를 냈다.

"대체 무슨 짓이야? 뭘 한 거냐고, 이 멍청한 놈아!"

이반이 다시 눈을 깜빡였다. "제가 개발하던 어린이용 게임이에요. 왜 중간에 끊었어요? 초록이 일곱 마리를 모으면 보상이 나온단 말이에요!"

"새로운 현실을 창조할 기회가 주어졌는데 여길 **비디오 게임**으로 만들었다고?"

"왜 안 되는데요? 이 게임 언젠가 대박 날 거라고요. 그리고 어차피 제 마음대로 만드는 거잖아요!"

"네가 없어도 현실이 계속 이어지니까! 저 덩어리 같은 로봇들이 진짜 존재하는 거라고! 실제 우주에서!"

"알아요." 이반이 당당하면서도 어딘가 머쓱한 표정으로 대꾸했다. "구봇들은 괜찮을 거예요. 항상 즐거운 애들이니까요."

그 둥글둥글한 로봇들이 해맑아 보이긴 했다. 캐로는 순간 웃음이 터질 뻔했다. 그녀는 가까스로 웃음을 틀어막고 '**으으흐**'하는 이상한 소리를 냈다. 똑똑하지만 감정적으로 성숙하지 못한, 이 몸만 큰 어린아이의 상상 속 세계를 그대로 보여 주는, 게임에서 튀어나온 것 같은 환각. 이반은 환각에서 무엇이든 의식적으로 만들어 낼 수 있었지만, 그가 택한 것은 '구봇'들이 뛰노는 게임 세상이었다.

에이든의 얼굴에는 전혀 웃음기가 없었다. "줄리안 팀장님이 안 계신 걸 다행으로 알아! 다중 우주에 관한 중요한 정보를 얻을 기회를 네가 이렇게 날려 버린 걸 알게 되면—"

"중요한 정보를 얻었는데요?" 바바라가 말했다. 캐로는 그녀 역시 웃음을 애써 참고 있다고 확신했다. "흥미로운 매핑 데이터가 나왔어요. 그러니까 진정해요, 에이든."

캐로는 슬쩍 왓킨스를 곁눈질로 보았다. 캐로의 인생을 쥐고 흔들던 모습은 온데간데없고, 허약하고 병든 노인이 의자에 잠들어 있었다.

"에이." 이반이 샐쭉해서 말했다. "끝까지 깨게 뒀어야죠. **이기고 있었는데.**"

케일라는 여전히 침묵 속에 갇혀 마음을 닫고 있었다. 그녀는 어떤 것에도 흥미를 보이지 않았다. 캐로는 카드 게임이나 보드게임, 비디오 게임을 권하거나, 체육관에서 같이 운동하거나 지프차를 타고 바닷가에 놀러 가자고도 했고, 노트북으로 영화를 보자고 묻기도 했다. 그러나 케일라는 아무 말 없이 고개만 흔들었다.

"케일라, 엄마 얘기나 안젤리카 얘기 혹시 하고 싶은 거 없어? 슬플 땐 속마음을 털어놓는 게 도움이 되기도 해."

케일라는 다시 고개를 젓고는 시선을 돌려 버렸다.

재스민이 캐로에게만 들리게 속삭였다. "저 아이, 엄마가 필요해요."

"저도 알아요." 캐로가 말했다. "방법을 찾고 있어요."

"잘됐네요. 엄마가 오든가 케일라가 가든가 하지 않으면 계속 저럴 거예요."

"케일라가 안젤리카에 대해 말한 적은 없었나요?"

"아니요." 재스민이 답했다. "한 번도요."

캐로는 또다시 줄리안에게 전화를 걸었다. 그는 아직 엘렌을 그랜드 케이맨에 있는 병원으로 옮기기 위한 서류를 처리하는 중이며, 엘렌의 상태도 그대로라고 말해 주었다. "밥은 먹고 있나요?" 캐로가 물었다.

"아니요. 하지만 영양 수액은 거부하지 않더라고요. 제가 알아서 할 테니까 걱정하지 마세요, 캐로 박사님."

캐로는 세수하고 이를 닦다가 거울 속 자신의 모습을 보고 얼굴을 찡그렸다. 열한 살인가 열두 살 무렵, 누군가가 그녀에게 '아름다운 엄마' 얼굴을 쏙 빼닮았다고 말한 적이 있었다. 캐로는 즉시 "아니요, 안 닮았어요!"라고 반박했지만, 그것은 사실이 아니었기에 어떻게든 사실로 만들려 했다. 용돈으로 염색약을 사서 연갈색 머리를 칙칙한 검은색으로 물들이고 삐뚤빼뚤하게 앞머리를 잘랐다. 엄마가 즐겨 바르는 세련된 장밋빛 립스틱과는 정반대의 새빨간 체리 색 립스틱을 덕지덕지 바르기도 했다. 어느 날 엄마는 극단적인 식단과 주 3회 실내 사이클 운동을 통해 유지하던 여리여리한 뼈대를 가리기 위해 살을 찌우겠다고 다짐했다. 그러나 그 모든 노력은 싸움만 크게 일으켰을 뿐, 아무 소용이 없었다. 캐로는 여전히 어설프게 분장한 우스꽝스러운 모습의 엄마처럼 보였으니까.

엘렌은 덩치가 크고 운동선수 같은 체격의 아빠를 닮았다. 세월이 흐르면서 엘렌은 아빠와 조금씩 유대감을 쌓아갔지만, 캐로는 그것이 그녀에게 얼마나 큰 의미였는지 몰랐고, 에단의 장례식에서 모든 관계를 끝장내 버렸다. 엘렌이 당연하게도 캐로의 편에 섰기 때문이다. 늘 공부와는 거리가 멀었던 엘렌은 아빠가 자살했을 당시 전문대에 갓 입학한 상태였다. 얼마 지나지 않아 그녀는 에릭이라는 마약상과 아이를 가졌고, 대학을 중퇴한 후 그와 결혼했다. 그리고 그로부터 4년 뒤, 에릭의 짧은 가석방 기간 동안 안젤리카를 임신하게 되었다. 만약 캐로가 에단의 장례식에서 이성을 잃지 않았다면, 엘렌의 인생은 달라졌을까? 그 위태롭고 불행한 가족이 무너지지 않고 유지될 수 있었을까?

또 다른 시공간, 또 다른 우주의 갈래. 아주 잠깐, 캐로는 와이거트의 이론과 줄리안의 소프트웨어를 간절히 믿고 싶었다. 인생이 절대 허락하지 않는 것, 깊이 후회하는 순간을 다시 살 기회가 정말 가능하다고 믿고 싶었다.

"오늘 하루는 계속 바쁘신가요?" 트레버가 물었다. 그들은 내일 아침 예정된 와이거트의 수술을 준비하며 뇌 사전 촬영과 면담, 혈액 검사를 마친 차였다.

"거의 그렇죠." 캐로가 대답했다. 바바라와 데이터 매핑 작업도 하고, 줄리안에게 전화해서 엘렌의 안부를 묻고, 케일라와 대화를 시도하거나 안 되면 적어도 재스민이 공부를 봐 주는 동안 옆에 앉아 있기라도 해야 했다. "왜요?"

"시간 괜찮으시면, 한 45분 정도, 섬 동쪽 절벽으로 드라이브나 가 볼까 해서요. 경치가 끝내주거든요."

"아니, 케이맨 브랙에 오신 지 5분도 안 되신 것 같은데 그렇게 오래 있었던 저도 보지 못한 절벽까지 다녀오셨다고요?"

그가 싱긋 미소를 지었다. "전 타고난 여행자니까요. 하와이안 셔츠에 힙색을 허리에 차고, 목에는 카메라까지 걸고 유럽 도시를 활보하죠."

"검은 양말에 샌들 신고요?"

"말 안 해도 아시는군요."

캐로는 그가 신고 있는 목이 긴 컨버스화를 물끄러미 쳐다보았다. 트레버가 웃음을 터뜨렸다. "이따 드라이브 가요, 캐로 박사님. 메이든 플럼 근처에도 안 간다고 약속할게요."

그의 유쾌한 태도와 짧게나마 단지를 벗어날 수 있다는 기대감, 그가 자신과 시간을 보내고 싶어 한다는 사실 덕에 이미 기분이 한결 좋아진 그녀는 고개를 끄덕였다. 절벽을 구경하고 오면 케일라에게 다가갈 새로운 방법이 떠오를 수도 있고, 최소한 아이가 자신을 밀어 내는 이유를 조금이라도 다른 시선으로 볼 수 있을지도 모른다.

트레버는 지프차를 대여하며 말했다. "솔직히 말씀드리면 함정이 있었어요. 해외에 있는 사이에 제 면허가 만료됐거든요. 운전은 박사님 몫입니다."

"그 정도야. 길만 알려 줘요."

"제가 길치라는 걸 알면 그런 말 못 하실 텐데. 이 섬이 크지 않아서 다행이네요. 북쪽으로 가시면 돼요."

마침내 그들은 트레버의 안내를 따라 대로에서 빠져나와 길가에 덤불이 빽빽하게 우거진 비포장도로로 들어섰다. 더 이상 차가 들어갈 수 없는 곳에 이르자 캐로는 차를 세웠고, 그들은 갈매기들이 머리 위를 맴돌고 이따금 앵무새들이 화려한 깃털을 뽐내며 날아가는 가운데 파도 소리를 따라 계속해서 걸어갔다.

거대한 바위들과 울퉁불퉁한 석회암 단층이 30미터 아래 해안가 바위까지 흘러내리듯 이어지는 절벽은 가히 장관이었다. 거친 파도가 쉼 없이 밀려와 절벽을 때리고 있었다. 잿빛 구름이 드리운 바다는 짙은 청록색을 띠었고, 곳곳에 하얀 물보라가 일었다.

"사람들이 여기서 암벽 등반을 하고 로프를 이용해 내려오기도 해요." 트레버가 설명했다.

"암벽 등반 해 본 적 있으세요?"

"아니요. 저는 겁이 너무 많아서요."

그녀가 웃으며 말했다. "겁쟁이라면 국경없는의사회에 들어가야죠. 정말 아름답네요. 트레버 선생님, 데려와 줘서 고마워요. 물론 아무 식물이나 만지기 무섭긴 하지만—"

그가 그녀의 말을 끊었다. "방금 대체 뭐였죠?"

커다란 도마뱀이 순식간에 덤불 속으로 사라졌다. 캐로가 빙그레 웃었다. "시스터 아일랜드 바위 이구아나예요. 보호종이죠." 그녀는 처음 케이맨 브랙에 도착했을 때 벤 클라비가 이구아나 이야기를 해 줬던 것이 떠올랐다. 벌써 아주 오래전 일처럼 아득하게 느껴졌다. "진짜 못생겼죠?"

"그러게요. 그러면 저게—어, 비 오네요!"

고작 몇 방울이었지만, 캐로는 카리브해에서 폭풍이 얼마나 빨리 몰아치는지 잘 알고 있었다. 그들은 서둘러 지프차로 달려갔다. 트레버가 말했다. "대로로 나가지 말고 오른쪽으로 꺾어요. 그쪽으로 가면 스팟 베이에요."

그들은 간신히 비를 피했다. 그녀는 트레버가 말하는 대로 바다와 앵무새 보호구역 사이에 자리 잡은 마을의 어느 술집 앞에 차를 댔다. 둘이 힘을 합쳐 지프차에 방수 덮개를 씌우고 고정한 뒤, 급히 술집 안으로 뛰어들자마자 하늘에서 억수같이 비가 퍼붓기 시작했다.

술집 내부는 앵무새 테마로 꾸며져 있었다. 사방에 박제된 앵무새, 조각된 앵무새, 사진 속 앵무새가 있었고, 큰 새장 안에 살아 있는 앵무새도 한 마리 보였다. 천장에 걸린 대형 TV에서 몬트리올과 올랜도의 축구 경기가 중계되고 있어 이국적인 분위기가 살짝 깨지는 듯했다. 캐로는 샤르도네 와인을, 트레버는 라가불린을 한 잔씩 주문했다. "아." 위스키를 한 모금 마신 트레버가 만족스럽게 말했다. "콩고에서는 이런 스모키한 스카치는 꿈도 못 꿔요."

"아프리카 얘기 좀 더 해 줄래요?"

"네, 그런데 지금은 말고요. 물어보고 싶은 게 있어요, 캐로 박사님. 사실 여러 가지인데, 우선 이거부터 물을게요. 제가 박사님 조카를 도울 방법은 없을까요?"

캐로에게 가족 이야기를 삼가라는 몰리의 경고를 무시한 것은 트레버가 유일했다. 캐로가 굳은 얼굴로 대답했다. "네, 괜찮아요."

그는 그녀를 한참 바라보다가 짧게 대답했다. "알겠어요. 그래도 혹시 마음이 바뀌면 언제든지 말해 줘요. 저, 아이들 잘 다루거든요."

캐로는 트레버라면 정말 그렇겠다고 생각하며 고개를 끄덕였다. 장난스러우면서도 이해심 많은 모습이 아이들에게 충분히 통할 것 같았다. 연구 단지와 그 복잡한 상황에서 벗어나고 보니, 그녀는 트레버의 그런 모습이 자신에게도 얼마나 매력적으로 다가오는지 새삼 깨닫고 있었다.

"두 번째 질문." 그가 말했다. "제가 신경 쓸 일은 아니지만, 그래도 묻겠습니다. 줄리안 씨와는 무슨 사이인가요?"

그녀는 당황한 나머지 와인잔을 놓칠 뻔했다. "줄리안 씨요?"

"네. 두 분 사이에 뭔가 감정이 있는 것처럼 보여서요. 혹시 연인 관계라면 미리 알아 두고 싶습니다."

"저는 줄리안 씨에게 마음이 있지도 않고 마음이 있었던 적도 없어요."

"그러면 왜—"

"그냥…… 저희 사이는 설명하기 어렵지만, 별건 아니에요. 엘렌 일로 저를 진심으로 도와주는 것 반, 동시에 엘렌을 이용해 제가 여기 남아 왓킨스 박사님과 그분이 원하는 대로 움직이게 저를 조종하려는 것 반이에요. 줄리안 씨는 보기보다 훨씬 복잡한 사람이거든요. 어쨌든 연애 감정 같은 건 전혀 없었어요." 엄밀히 말하면 사실은 아니지만, 크게 틀린 말도 아니었다.

"다행이네요. 그냥 확실히 해 두고 싶었어요."

그녀는 모험을 감행했다. "왜 확실히 해 두고 싶었는데요?"

"당신에게 끌리니까요. 박사님처럼 눈치 빠른 분이라면 이미 아실 것 같은데."

그녀는 잠시 머뭇거리다 말했다. "제가 항상 눈치가 빠른 건 아니라서요…… 특히 남자 문제에 관해서는."

그의 눈빛이 한층 부드러워졌다. "바로 그런 점이 좋아요. 제가 좋아하는 여러 가지 중 하나죠."

캐로는 혼란스러웠다. "뭐가요?"

"그런 솔직함이요. 불리한 상황에서도 진실을 말하잖아요. 대표적인 예로, 제가 계속 지켜본 건데, 조지 박사님의 이론을 믿는다고 하면 여기서 지내기가 훨씬 수월했을 텐데 그렇게 말하지 않으셨죠."

"어느 정도는 믿어요. 그 환각 망상 부분만 빼고요." 말이 자신도 모르게 튀어나왔다.

그가 웃으며 말했다. "재미있는 표현이네요. 그런데 봤죠? 방금도 제 말이 맞잖아요. 이런 솔직함이 좋다고요. 타협하지 않는 지성도, 동생분을 지키려는 의지도 좋아요. 네, 다 들었죠, 물론. 단지에 비밀이 어디 있겠어요. 그리고 전 항상 까칠한 여자들한테 끌리더라고요."

"제가 까칠한가요?"

"선인장 저리 가라죠. 제가 뭘 하고 싶은지 아세요? 그냥 평범한 대화를 나누면서 서로를 좀 더 알아가는 거요."

그녀가 말했다. "이 상황에서 '평범한' 게 뭔데요?"

그의 생기 넘치는 갈색 눈이 반짝 빛났다. "좋아요. '평범한' 건 어렵겠네요. 이건 어때요? 조지 박사님 식으로 표현하자면, 우리가 이 우주의 다른 사람들이 평범하다고 여길 만한 대화를 나누는 또 다른 우주를 창조하는 거예요."

"그래요." 그녀가 장단을 맞추며 말했다. "그럼 어떤 파이를 제일 좋아해요?"

"좋아하는 파이요?"

"네."

"체리요."

"저는 레몬 파이를 좋아해요."

"그럴 줄 알았어요. 달콤하면서도 새콤한 게."

"음악은 어떤—"

"아니요." 트레버가 테이블 너머로 팔을 뻗어 그녀의 손을 잡았다. "진짜 당신을 알고 싶어요. 어디에서 자랐는지, 어떤 어린 시절을 보냈는지 궁금해요. 왜 의사가 됐는지, 왜 신경외과를 선택했는지 전부 들려줘요."

캐로는 전혀 그럴 마음이 없었다. 그의 말이 채 끝나기도 전에 본능적인 경계심이 발동했다. 하지만 일부는 이야기할 수 있을 것이다. 엘렌과 함께했던 어린 시절, 즐겨 했던 놀이, 의대를 선택한 이유, 인턴 시절 좋아했던 분야와 싫어했던 분야 정도는. 에단에 관한 것이나, 아빠의 자살, 가벼웠던 과거 연애들, 폴 베커 이야기만 꺼내지 않으면 된다. 물론 그가 조금만 검색해 보면 인터넷에서 얼마든지 찾을 수 있는 정보였다. 어쨌든 그 사실들로 그녀가 어떤 영향을 받았는지는 오직 그녀만 알 수 있으니까.

트레버는 거리낌 없이 자신의 경험을 풀어 놓았다. 그는 평범한 가정에서 태어나 보스턴에서 자란 이야기부터, 대학 생활과 형제자매, 어떤 여자와 약혼했다가 결국 파혼한 이야기까지 솔직하게 들려주었다. 캐로는 고개를 절레절레 흔들었다. 트레버 같은 남자와 결혼을 약속했다가 마음을 바꿨다는 것이 도무지 이해되지 않았다.

그는 분명 그녀에게 관심이 있었다. 예쁜 여자들이 그렇듯이, 캐로는 남자가 자신을 원하면 항상 느낄 수 있었다. 그러나 한 시간 동안 대화를 나누면서 그녀는 단 한 순간도 그가 육체적 욕망을 내비치거나 다른 의도를 품고 있다고 느끼지 못했다. 그렇다면 그에게 호감을 드러내지 않을 이유가 없지 않나? 잠자리를 함께해도 괜찮지 않을까?

이미 답을 알고 있는 껄끄러운 질문이었다. 그녀가 가졌던 관계들은 언제나 철저하게 가벼운 것이었다. 트레버 아브루초는 그런 스쳐 지나가는 관계를 맺는 사람이 아니었다. 그는 그 이상을 원할 것이며, 비록 오래가지 않을지라도 단순한 만남에서 그치는 것이 아니라 그녀의 삶에 진정으로 발을 들이고 싶어 할 것이다. 그녀는 그 위험을 감수할 수 없었다. 그녀의 삶에는 이미 감당해야 할 것들이 너무 많았고, 이미 너무 많은 상처를 받았다. 겁쟁이라고 손가락질받는대도 하는 수 없겠지만, 그녀는 자신을 보호해야 했다.

그들이 두 번째 잔을 거의 비울 때쯤, 캐로의 휴대 전화가 울렸다. 벨소리에 놀란 앵무새가 꽥 소리를 질러 캐로도 화들짝 놀랐다. "아이고, 깜짝이야!"

"이제 다 정리됐어요." 줄리안이 말했다. "내일 간호사 한 분과 엘렌 씨를 모시고 그랜드 케이맨으로 출발할 거예요. 그 전에 제가 방금 추가로 보낸 서류들에 서명하고 스캔해서 이메일로 보내 주시면 돼요. 세상에, 무슨 집 계약하는 줄 알았어요. 서명하고 이니셜 넣고, 한 군데도 빠뜨리시면 안 돼요. 기술팀 사무실에서 아무나 붙잡고 인쇄랑 스캔해 달라고 하거나, 아니면 제임스한테 맡기면 될 거예요. 30분 안에 보내주실 수 있어요?"

"지금 단지 밖이라서요."

"어디 계시는데요?"

"스팟 베이요."

"거기서 뭐하고…… 아니다. 그냥 돌아가시는 대로 최대한 빨리 해서 주세요, 아시겠죠?"

"알겠어요. 그런데 내일 엘렌이 오면 바로 만날 수 있을까요?"

"병원에서 첫날부터 방문이 될지 모르겠지만, 한번 확인해 볼게요. 내일 아침 조지 박사님 수술은 일정대로 진행하시는 거죠?"

"네. 엘렌을 언제 볼 수 있는지 나오면 알려주세요. 그리고…… 정말 고마워요." 그 마지막 말은 생각보다 훨씬 더 진심이 담겨 나왔다. 온갖 감정이 여기저기 흘러넘치고 있었다.

캐로가 트레버에게 말했다. "그만 들어가야겠어요. 엘렌 관련해서 서류 작업이 남아서요."

"슬슬 갈 때가 됐죠." 트레버가 손짓으로 계산을 요청하며 말했다. "단지에서 또 무슨 일이 터지지 않는다면 토요일 저녁에 식사 어때요?"

"그래요." 그녀의 의지와 상관없이 대답이 흘러나왔다. 트레버가 계산을 했다. "음, 딱 한번만 더 물어볼게요. 방금 전화할 때의 강렬한 반응을 보니 제가 불안해서 안 되겠어요. 줄리안 씨에 대해 아까 했던 말, 확실해요? 잘생기고 똑똑한 데다 저보다 열 배는 더 매력적이잖아요."

캐로는 한때 자신도 줄리안이 잘생기고 매력적이라고 생각했었다는 것이 쉽게 떠오르지 않았다. 그보다는 오히려 트레버 역시 자신과 마찬가지로 불안감을 안고 있다는 점을 처음으로 깨달았다. 그러나 그녀와 달리 그의 불안감은 외모에서 비롯된 것이었다. 캐로는 그의 다부진 체격과 평범한 이목구비, 점점 올라가는 이마를 똑바로 바라보았다. 그리고 무엇보다도 그의 따뜻하고 지적이면서도 다정한 갈색 눈동자를 응시했다. 그녀는 최대한 진심을 담아 분명하게 말했다. "아니요, 저는 그렇게 생각 안 해요."

놀랍게도, 트레버는 그 말에 얼굴을 붉혔다.

그녀는 한 손으로 트레버와 손을 잡은 채 나머지 한 손으로 차를 몰았다. 하지만 캐로에게 마법 같은 순간은 이미 깨져 버려 신경이 반쯤 다른 곳에 가 있었다. 줄리안의 전화 한 통이 그녀를 현실로, **지금 이** 현실로 되돌려 놓았다. 엘렌이 그랜드 케이맨으로 이송되어 오고 있었다. 캐로는 온라인으로 병원을 조사해 보았고, 줄리안이 말한 대로 고급스럽고 평판이 좋았다. 그곳이라면 분명 엘렌이 필요한 치료를 받을 수 있을 것 같았다. 또 캐로가 동생을 만나기도 좋고, 그녀가 어느 정도 회복되면 케일라도 엄마를 보러 올 수 있을 것이다. 다 잘 될 것이다. 조지와 줄리안의 도움으로 캐로가 반드시 그렇게 만들 것이다.

엘렌은 결코 아빠와 같은 길을 걷지 않을 것이다.

와이거트의 수술은 고령에도 불구하고 순탄하게 진행되었다. 캐로는 자기 머리를 절개하는 걸 이렇게까지 반기는 사람은 처음 보았다. 마취를 준비하던 몰리가 100부터 거꾸로 세라고 하자, 와이거트는 씩 웃으며 농담했다. "어떻게 셀까요? 일반 숫자? 소수? 제곱수? 피보나치수열은—" 그가 어떤 방식을 택했는지는 알 수 없었다. 이내 깊은 마취에 빠졌기 때문이다.

와이거트의 뇌에는 미처 발견하지 못했던 이상도 전혀 없었고, 수술 중 생체 신호 역시 안정적으로 정상 범위를 유지했다. 캐로는 안도하며 트레버의 보조 없이 직접 봉합을 마무리했고, 그는 아무런 이의를 제기하지 않았다.

수술을 하는 동안 트레버는 완벽히 일에만 집중했지만, 이미 그들이 어제 드라이브를 다녀왔다는 소문이 나 있었다. 몰리는 "오호!"하는 장난스러운 감탄사와 함께 질문을 퍼붓기 시작했고, 바바라는 어떻게든 그녀를 자제시키려 했지만, 끊임없는 질문 공세에 결국 인내심이 바닥나고 말았다.

"아휴, 몰리, 제발! 캐로 박사님이 트레버 선생님 얘기 안 하고 싶어 하시는 거 안 보여? 그만 좀 해!"

"얘기할 것도 없어요." 캐로가 말했다. "그냥 절벽 구경하러 드라이브 갔던 건데요." 그 이상 털어놓을 생각은 추호도 없었다. 사실 트레버 아브루초를 제대로 알지도 못했다.

그런데…… 그렇게 느껴지지 않을 뿐이었다.

28

 와이거트의 회복 속도는 일반적인 일흔여섯 살의 환자들에 비해 훨씬 빨랐고, 캐로는 그가 체력이 강한 것도 한몫했겠지만, 세션을 통해 다른 우주를 창조하겠다는 집념이 더 큰 이유로 작용했을 것이라 생각했다. 와이거트의 회복이 순조로운 것은 기뻤으나 다음으로 다가올 왓킨스의 수술을 떠올리면 마음이 무거웠다. 케일라 역시 걱정거리였다.

 재스민이 또다시 그녀를 따로 불렀다. "박사님, 말씀드릴 게 있어요. 케일라가 오늘 아침에 제 화장품을 모조리 망가뜨렸어요. 립스틱을 부러뜨리고, 파운데이션은 몽땅 짜 버리고, 헤어스프레이는 통이 빌 때까지 화단에 뿌려 댔더라고요."

 "죄송해요." 캐로가 속이 불편해지는 것을 느끼며 말했다. "제가 변상할게요."

 "감사하지만, 문제는 그게 아니에요. 케일라가 전에도 이런 식으로 파괴적인 행동을 보인 적이 있나요?"

"아니요. 전혀요. 그냥…… 다……."

"오늘 오후부터 상담사가 올 거예요. 현재로선 학교에 보낼 수 없을 것 같아요."

"안 돼요. 제가 상담사 선생님과 얘기를 나눠 볼게요. 제가 올 때까지 가시지 말라고 해 주세요."

캐로는 상담사를 만났지만, 별다른 해결책을 듣지 못했다. ("이제 막 아이를 만났는걸요, 박사님. 조금 더 지켜봐야 할 것 같아요.") 그녀는 지프차를 빌려 케일라를 태우고 케이맨 브랙에 있는 유명한 절벽으로 바다를 보러 갔다. 눈부시게 푸른 바닷물이 바위에 부딪히며 흰 물보라가 일었고, 물방울이 햇빛을 받아 투명하게 반짝이며 공중으로 흩날렸다. 캐로는 무한한 가능성을 품은 드넓은 바다를 보면 항상 가슴이 탁 트이는 느낌이 들었지만, 오늘은 전혀 기분이 나아지지 않았다.

케일라도 시큰둥했다. "예쁘네." 그녀는 무심하게 말하고는 물었다. "엄마는 언제 와?"

"곧. 진짜로 곧이야." 캐로가 약속했다.

케일라는 팔짱을 낀 채 단지로 돌아오는 내내 아무 말도 하지 않았다.

캐로는 모두가 케일라의 우울감을 덜어 주려 애쓰는 모습에 감동했다. 몰리와 바바라는 케일라에게 해변에 가서 놀거나, 쇼핑을 하거나, 리조트 호텔에서 점심을 먹자고 했다. 트레버는 아프리카에서 어린이 환자들을 즐겁게 해 줄 때 썼던 방법이라며 카드 한 벌을 꺼내 간단한 마술을 선보이고는 케일라에게도 가르쳐 주겠다고 했다. 심지어 누가 봐도 아이들에게 관심이 없는 것 같은 줄리안조차 케일라에게 새 비디오 게임을 내밀었다. 그러나 케일라는 아무것도 반응하지 않았고, 제임스가 준비한 이벤트도 소용이 없었다.

어느 날 캐로가 케일라의 방에 들어섰을 때, 케일라는 잠옷 차림으로 침대에 앉아 있고 앞에는 난감해하는 재스민과 어찌할 바 모르는 제임스가 서 있었다. 세 사람의 시선이 고정된 바닥에는 수건을 깔아 둔 상자 안에서 작은 새끼 고양이가 야옹거리며 울고 있었다. 온몸이 검은색에 꼬리 끝만 하얀색인 고양이는 큰 눈을 동그랗게 뜨고 한쪽 발을 상자 가장자리에 얹은 모습이었다.

케일라가 입술을 삐죽 내밀고 고개를 들었다. "싫어. 안 키운다고 했잖아요. 가져가요."

재스민이 말했다. "전에 이모한테 고양이를 키우고 싶다고 했다며. 이모한테 분명히 들었는걸."

"전에 그랬던 거죠." 케일라가 대꾸했다. "가져가라고요."

제임스가 캐로를 보며 말했다. "스팟 베이에 사는 친구네 고양이가 새끼를 낳았거든요. 좋은 주인을 찾아주고 싶어 하길래 원래 여기서 반려동물을 키우면 안 되지만, 이런 경우엔 괜찮지 않을까 해서……"

"당신 잘못은 없어요." 재스민이 말했다. "도우려고 한 것뿐이잖아요."

케일라가 상자를 걷어차려는 듯 발을 움직였다. 그냥 발끝으로 살짝 밀어보려 했을 수도 있지만, 캐로는 온 신경이 곤두서 있었다. 좌절감과 애타는 마음이 한데 엉켜 캐로는 케일라에게 한번도 쓴 적 없었던 서늘한 목소리로 경고했다. "그러기만 해 봐."

케일라는 흠칫 놀랐지만 주눅 들지 않고 따지듯 물었다. "엄마 언제 와?"

"엄마가 준비되면, 그리고 내가 허락하면."

케일라의 얼굴이 새빨개졌고, 캐로는 순간 왓킨스가 연상되어 마음이 더욱 불편해졌다. 케일라가 분노에 차 빽 소리를 질렀다. "이모 미워!"

"그렇게 생각한다니 유감이야. 이모는 널 사랑하니까." 캐로가 같은 어조로 말했다. "이제 옷 갈아입고 숙제해. 한 시간 뒤에 확인하러 올 거야. 제임스, 고양이는 친구분께 돌려줄래요?"

"네. 바로 갈게요!" 제임스가 재빨리 대답했다.

"고마워요. 이따 보자, 케일라."

케일라는 대답하지 않았다. 하지만 아직도 가냘프게 울고 있는 새끼 고양이를 든 제임스를 따라 방을 나서면서, 캐로는 재스민이 자신에게 존경 어린 눈빛을 보내는 것을 보았다. 한편 케일라는 반항하지 않고 옷장으로 가서 서랍을 열고 청바지를 꺼내고 있었다.

그런데 왜 캐로는 더 마음이 무거워졌을까?

트레버는 작고 아늑한 분위기의 레스토랑을 저녁 식사 장소로 택했다. 이번에는 캐로가 그에게 아프리카 이야기를 들려 달라고 했다.

"두 번째 데이트에서 하기엔 좀 무거운 얘기인데요."

"그래도 듣고 싶어요." 그녀는 절벽 드라이브 때 들었던 말을 그대로 돌려주었다. "진짜 당신을 알고 싶은걸요."

그의 따뜻한 갈색 눈이 그녀를 깊이 응시했다. "흠, 아프리카가 저한테 의미 있긴 했죠. 정말 궁금하시다면야."

트레버는 주혈흡충이라는 기생충으로 인해 눈이 멀어 버린 아이들에게 시력을 되찾아 줄 수 없었던 이야기를 했다. 그는 콩고의 끝없는 전쟁 속에서 겨우 열 살 남짓한 어린 병사까지 포함해 수많은 이들의 팔다리가 총탄에 찢겨 나가는 모습을 보았다. 신장이 망가져도 투석 기계가 없어 환자들 치료는 엄두조차 낼 수 없었고, 상처에 감아 줄 멸균 붕대도 약도 턱없이 부족해 누구를 살리고 누구를 포기해야 할지 결정해야만 했다. 캐로는 의사로서 이런 끔찍한 일이 세계 곳곳에서 벌어지고 있다는 사실을 잘 알고 있었다. 그리고 트레버도 아프리카에서 일하면서 이런 상황을 익히 겪었으리라는 것을 짐작하고 있었다. 그럼에도 불구하고 그의 생생하고 구체적인 묘사는 그 참혹한 현실을, 그리고 트레버라는 사람을 그녀에게 감당하기 힘들 정도로 선명하게 각인시켰다.

그는 캐로에게 거침없이 마음을 열었고, 온전히 그녀를 신뢰하고 있었다. 대체 어떻게 그럴 수 있을까?

"트레버, 원래부터 의사가 꿈이었어요?"

"아니요. 대학 다닐 땐 수도사가 되고 싶었어요."

"수도사요?"

"네. 전에도 말씀드렸던 것처럼요. 저는 눈에 보이는 세상과 보이지 않는 세상을 모두 이해할 수 있는 틀이 필요했어요. 한동안은 종교가 그 답이 될 거라 생각했죠."

"그런데 그냥 평범한 가톨릭 신자가 되는 걸로는 부족했어요? 굳이 수도사가 되고 싶었다고요?"

"뭐든 제대로 해야 직성이 풀리거든요."

그의 시선이 그녀에게 향하는 순간, 대화가 완전히 다른 방향으로 흘러갔다.

캐로가 조심스럽게 입을 열었다. "전…… 그게 좀 어렵다고 해야 하나…… 전 오랫동안 아무도 만나지 않았어요. 몇 년 동안."

"몇 년이요? 턱에 수프를 묻히고 앉아 있는 모습도 이렇게 예쁘면서."

"이런, 왜 진작 말 안 해 줬어요?" 그녀는 서둘러 냅킨으로 턱을 닦았다.

그가 빙그레 웃었다. "그냥 말 안 하고 싶어서요. 그리고 캐로…… 요즘 얼마나 많은 걸 감당하고 있는지 알아요. 정말 제가 도울 일은 없을까요?"

"괜찮아요. 내일 엘렌을 만나러 가니까 어떻게 해야 할지 좀 더 알게 되겠죠. 그리고 저는…… 하나만 더 물을게요, 트레버. 이 연구 단지에 관한 건데요, 프로젝트와 관련해서 저희에게 말하지 않는 것이 있다는 느낌 받아 본 적 없어요? 제 말은…… 사실 저도 제가 무슨 말을 하고 싶은 건지 모르겠네요."

"맞아요." 트레버가 대답했다. "저도 줄리안 씨와 에이든 씨, 왓킨스 박사님 사이에 미묘한 눈빛이 오가는 걸 느꼈어요. 조지 박사님은 아니지만요. 그게 무슨 의미를 담고 있는지는 모르겠어요."

"만약 알게 된다면 저한테 말해 줄 건가요? 저한테 숨기는 무언가를 당신에게 알려 준다면?"

"네. 말해 줄게요."

그들은 레스토랑 문 닫을 때가 되어서야 자리에서 일어났다. 트레버는 지프차에서 그녀에게 뜨겁게 키스했다. 그들은 아무 말도 하지 않고 차를 그대로 둔 채 해변으로 향했다. 모래언덕과 물가를 거니는 사람들이 제법 많았고, 캐로는 트레버와 단둘이 있을 수 없다는 것이 다행인지 아쉬운지 헷갈렸다. 샌들을 벗자 발가락 사이로 파고드는 젖은 모래와 발목을 감싸는 따뜻한 바닷물이 느껴졌다. 그녀와 트레버는 더 이상 대화를 나누지 않고 그저 손을 맞잡고 걸었다. 캐로는 그의 길고 힘 있는 손가락이 자신의 손을 감싸는 온기를 느꼈고, 얼굴을 스치는 짭조름한 바닷바람을 느꼈으며, 너무 오래전에 사라져서 어떻게 정의해야 할지 고민해야 했던 어떤 감정이 서서히 되살아나는 것을 느꼈다.

행복. 비록 순간적일지 몰라도, 이 순간 그녀가 느끼는 감정은 분명 행복이었다.

와이거트의 다중 우주 세션은 그녀를 충격에 빠뜨렸다.

그는 머리 위 티타늄 케이스에 연결된 전선이 컴퓨터와 이어진 채 3구역 간이침대에 누워 있었다. 줄리안과 바바라가 각자 컴퓨터 앞에 섰고, 왓킨스는 카밀라 옆에서 휠체어에 앉아 있었다.

와이거트가 인사했다. "오셨네요, 캐롤라인 박사님. 줄리안, 시작하자고." 그가 두 손을 가슴 위로 포개는 순간, 캐로는 관 속에 누워 있던 에단이 떠올랐다. **그만**, 그녀는 속으로 중얼거렸다. 물론 와이거트는 전혀 시체처럼 보이지 않았다. 그는 입 안쪽에 있던 낡은 금니가 보일 정도로 환하게 웃었고, 그 들뜬 표정이 마치 크리스마스 아침 선물을 기다리는 아이 같았다. 이내 그의 미소가 흐려지며 컴퓨터 화면이 환해졌다.

똑같은 방이었다. 와이거트는 흥분을 감추지 못하며 서둘러 일어나 문으로 달려갔다. 그가 문을 열고 나가자, 줄리안과 로레인, 이반이 환각 속에서 바꿔 놓았던 정원이 아닌 캐로가 처음 보는 방이 나타났다. 진짜 골동품 같은 것들과 세월의 흔적이 묻어나는 가구들이 보였고, 한쪽 벽을 따라 책들이 빼곡히 꽂혀 있었다. 불길이 타오르는 벽난로 가까이에는 가죽으로 된 의자가 놓여 있었다. 벽난로 위 선반에는 그림과 장식품들이, 작은 테이블 위에는 유리 화병에 꽂힌 데이지가 있었으며, 창문에는 두꺼운 커튼이 드리워져 있었다. 또, 가발을 쓴 남자의 전신 초상화가 한쪽 벽면을 가득 채우고 있어 눈길을 끌었다. 벽난로 옆 바구니 안에서 갈색과 흰색이 섞인 개 한 마리가 웅크린 채 곤히 잠들어 있었다.

흰 머리칼과 자작나무처럼 곧은 자세를 가진 여자가 흔들의자에 앉아 불을 쬐다가 다정한 미소를 띤 채 자리에서 일어났다. 그녀는 무언가 말을 건넸지만, 심층 이미지 재구성 장비에서는 소리가 나오지 않았다. 와이거트는 망설임 없이 그녀에게 다가가 힘껏 끌어안았다. 그녀는 그에게 입을 맞춘 뒤 살짝 몸을 뒤로 빼며 엄마 같은 따뜻한 눈빛으로 그의 얼굴을 바라보았다. 캐로는 소리가 들리지 않아도 그녀가 무슨 말을 하는지 짐작할 수 있었다. "왜 그래, 여보?"

그들은 그대로 서서 대화를 나누었고, 와이거트는 그녀를 계속 안고 있었다. 세션이 끝난 후, 그가 몸을 일으키자 주름진 뺨을 타고 눈물이 흘러내렸다. "이제 로즈는 어딘가에 살아 있어. 살아 있다고. 그 현실에서. 내가 만들어 낸 현실에서." 와이거트는 전선이 연결된 것도 잊은 채 침대에서 일어서려 했다. 줄리안이 급히 달려와 그를 풀어주었다. 와이거트는 말없이 방을 나갔고, 남은 네 사람은 서로를 멀뚱멀뚱 바라보았다. 줄리안이 그를 따라가려 했지만, 캐로가 "아니, 잠시만 시간을 드려요" 하고 말리자 곧 걸음을 멈췄다.

바바라가 말했다. "화질이 얼마나 선명했는지 봤어요? 지금까지 봤던 다른 영상들이 약간 흐릿했다는 것도 처음 알았어요!"

줄리안이 대답했다. "그 방을 완벽하게 기억하고 있으니까요. 우리가 칩을 프로그래밍할 때, 조지 박사님은 자신이 만들고 싶은 현실을 놀라울 만큼 상세하게 묘사했어요. 게다가, 그 다중 우주에는 두 사람이 있었죠. 관찰자가 많을수록 확률 파동이 국소화되면서 현실이 합의된 상태에서 벗어날 가능성은 더 적어지죠. 그래서 우리한테는 더 또렷하게 보이는 거고요."

캐로는 세션 후 신체에 이상이 없는지 확인하기 위해 와이거트를 따라갔다. 그녀는 와이서트가 혼자 있고 싶지만, 예의상 말하지 못하고 있다는 것을 알아채고는 신경 검사를 빠르게 마친 뒤 자신의 방으로 돌아갔다.

와이거트의 환각은 그에게 기쁨을 가져다주었다. 객관적인 데이터만을 믿는 물리학자인 그였지만, 아내가 이제는 다중 우주의 어느 한 갈래에 살아 있으며, 그녀를 둘러싼 세계 역시 존재한다고 굳게 믿었다. 그녀는 그 아늑한 거실을 나와 장을 보거나 친구들과 시간을 보내고, 개를 산책시키기도 할 것이다. 그리고 움직이는 순간마다 그녀의 현실 속에 당연하게 존재해야 할 사람들을 만날 것이며 그들의 관찰이, 심지어 개의 관찰도 더해지면서 그녀의 현실은 더욱 확장되고 공고해질 것이다. 적어도 와이거트는 그렇게 믿었다.

그가 믿는 것은 단순한 환각일까, 아니면 그녀의 사고로 받아들이기엔 너무도 혁신적인 물리적 실체일까? 캐로는 더 이상 확신이 서지 않았다. 확실한 것은 단 하나, 와이거트가 이 세션을 통해 이루 말할 수 없는 위안을 받았다는 것이다. 그는 줄리안이 말한 '세상을 떠나간 사랑하는 이'를 보면서, 혹은 보았다고 믿으면서 다시 살아갈 힘을 얻었다.

그리고 엘렌에게 필요한 것도 바로 이것이었다. 다시 삶을 살아갈 힘.

캐로는 침대 끝에 걸터앉아 오랫동안 깊은 생각에 잠겼다.

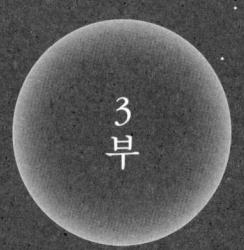

29

실현됐어.

와이거트는 생각했다. 일생을 바쳐 연구한 걸 직접 체험한다는 것이 얼마나 기이한가. 로즈가 어딘가 다른 곳에서 여전히 살아 있다는 사실, 방금 그녀를 품에 안았고 또다시 그럴 수 있다는 사실을 안다는 것이 또 얼마나 기이한가. 현실이란 게 얼마나 기이한가. 하지만 기이하면서도 이제 열쇠를 손에 넣었으니 이 얼마나 경이로운가.

외이기드는 기쁨에 복받쳐 때때로 예기치 않은 눈물을 쏟아 내며 하루 종일 자신의 방에 틀어박혀 있었다.

물론 사람들은 그를 가만히 내버려 두지 않았다. 라일 루스킨, 카밀라 프랭클린, 캐롤라인 소암스 왓킨스가 차례로 그의 몸 상태를 살피러 왔다. 라일은 만족한 표정으로 고개를 끄덕였고, 카밀라는 한껏 호들갑을 떨었으며, 캐롤라인은 부드럽게 말했다. "정말 잘됐어요." 왓킨스와 줄리안, 에이든은 그에게 '사후 브리핑'을 받았다. 그가 보고한 내용은 모두 기록으로 남겨졌다. 와이거트가 로즈에게 했던 말과 그녀의 대답, 심층 이미지 재구성 영상을 통해 알 수 없는 다중 우주 공간에서의 청각, 촉각, 후각적 경험까지. 로즈의 부모님이 결혼 선물로 준 시계는 벽난로 위에서 똑딱거리며 시간을 알리고 있었고, 발밑에서는 카펫의 감촉이 느껴졌다. 품에 안긴 로즈의 머리칼에서는 바닐라와 장미향이 은은히 풍겨왔다. 그녀의 향기는 예전 그대로였다.

다중 우주 어딘가에서 그녀는 살아 있었다. 그의 이론이 실현되었다.

다음 날 아침, 와이거트는 죄책감이 밀려오는 것을 느끼며 눈을 떴다. 너무 이기적이었고, 기쁨에 취해 주변을 돌아보지 못했다. 그는 캐로에게 여동생은 어떤지 묻지 않았다. 심지어 오늘 아침으로 예정된 왓킨스의 수술이 잘될 거라는 말조차 건네지 않았다.

서둘러 옷을 챙겨 입고 아침 식사도 거른 채 3구역의 병원으로 향했다. 그러나 의료용품을 정리 중인 간호사 한 명 외에는 아무도 없었다. 와이거트가 물었다. "다들 어디 있습니까? 왓킨스 박사의 수술은—"

"연기됐어요." 그녀가 그의 머리를 빤히 쳐다보며 말했다. 젠장, 모자를 깜박했다. 자그마한 티타늄 케이스가 머리카락을 밀어버린 두피 위로 훤히 드러나 있었다. "소암스 왓킨스 박사님이 오늘 아침에 그랜드 케이맨으로 가셔서요."

와이거트는 "아, 그렇군요. 감사합니다."라고 대답하고 주거동으로 발걸음을 돌렸다. 왓킨스는 방에 없었다. 와이거트는 3구역 세션 룸에서 에이든, 줄리안과 함께 있는 그를 발견했다. 비교적 건강 상태가 양호해 보였다.

"샘, 수술이 미뤄졌다고?"

"그래. 조카 손녀가 오늘 꼭 그랜드 케이맨으로 가야 한다고 고집을 부렸어. 내 수술이 끝나면 일주일 동안은 자리를 비울 수 없다고 하면서. 아브루초가 있는데도 말이지. 아브루초는 아무것도 안 시킬 건데 왜 애써 고용했나 싶어."

와이거트는 못 들은 척했다. 왓킨스는 두 번째 의사를 구해야 했던 이유도, 여전히 줄리안과 함께 세 번째 의사를 찾고 있는 이유도 명확히 알고 있었다.

줄리안이 설명했다. "박사님이 병원에 계시는 동안, 캐로 박사님이 동생분을 만나러 갈 수 있도록 허가를 받았어요. 오늘 오후면 돌아오실 거고, 왓킨스 박사님의 수술은 내일 오전 7시 30분에 진행될 겁니다."

"그렇군." 와이거트가 말했다. 병원에 있느라 중요한 일들을 꽤 놓친 모양이었다.

그는 모자를 쓰러 방으로 갔다가 나와서 식당으로 향하는 도중에 갑자기 얼어붙은 듯 멈춰 섰다. 캐로의 조카가 꽃을 일부러 뭉개고 뜯으며 화단을 마구 짓밟고 있었다.

"케일라! 당장 그만둬!" 말투로 보아 섬 출신인 것으로 보이는 중년 여성이 1구역 문을 열고 달려 나왔다. 아이는 반항적인 눈빛으로 여자를 올려다봤지만, 최소한 이제 발길질은 멈추었다.

와이거트가 성큼성큼 다가가 차분한 목소리로 말했다. "그러면 안 돼, 얘야. 이 꽃들은 모두가 함께 가꾸는 거야."

"어쩌라고요!" 아이가 소리를 지르며 그를 걷어찼다. 와이거트는 정강이를 문지르면서도 지금 이 아이가 아무렇지 않은 척하지만, 실은 마음에 깊은 상처를 입었다는 것이 너무도 분명해 보여 갑자기 가슴이 아려왔다.

"정말 죄송해요." 보모가 말했다. "잠깐 화장실에 다녀온 사이에…… 케일라, 얼른 사과드려야지."

"안 그래도 되는—" 와이거트가 손사래를 치는 순간, 케일라가 작게 중얼거렸다. "죄송해요."

역시, 나쁜 아이가 아니라 그저 상실감에 괴로워하고 있을 뿐인 아이였다. 로즈가 떠난 후 자신의 슬픔조차 극복하지 못한 와이거트는 상실감을 어떻게 다뤄야 할지 여전히 몰랐다. 그는 오직 물리학에 몰두하는 것밖에 할 수 없었다. 아이에게 추천할 만한 방법은 아니었다.

보모가 케일라를 데리고 들어갔다. 와이거트는 아침을 먹고 방으로 돌아와 쓰고 있던 책의 원고 교정 작업을 시작했다. 그러나 자신이 얼마나 겁에 질려 있는지조차 모르는 듯 분노와 두려움이 뒤섞인 케일라의 얼굴이 자꾸만 아른거려 도무지 원고에 집중할 수 없었다. 와이거트는 이내 노트북을 켜고 이메일을 써 내려가기 시작했다.

캐롤라인 박사님께

여동생분과 조카 일로 많이 힘드실 줄 압니다. 제가 조금이라도 도울 수 있는 게 있다면, 주저하지 말고 꼭 말씀해 주세요.

진심을 담아,
조지 와이거트

대단한 것도 아니었다. 사실, 아는 사람이 어려운 상황에 처하면 누구나 흔히 건네는 상투적인 말에 지나지 않았다. 하지만 와이거트는 달리 다른 방법이 떠오르지 않았다. 그래서 그날 늦게 캐로의 답장이 왔을 때 그는 놀랄 수밖에 없었다.

고마워요, 조지 박사님. 실은 부탁드릴 게 있어요. 정말 중요한 일이에요. 돈이 더 필요한 건 아니고요. 오늘 밤에 단지로 복귀할 예정이니 방에서 기다려 주시면 감사하겠어요.

캐로 소암스 왓킨스

와이거트의 이마에 주름이 잡혔다. 대체 무엇을 요구하려고…… 그러다 갑자기 깨달았다.

세상에 맙소사.

30

캐로는 새벽 첫 비행기를 타고 그랜드 케이맨에 도착했다. 트레버, 몰리, 바바라, 줄리안은 모두 함께 가겠다고 나섰다가 그녀가 사양하자 모두 조용히 수긍했다.

그랜드 케이맨에 있는 '린든 클리프'라는 이름의 정신병원에는 이름과 달리 린든 나무도, 절벽도 보이지 않았지만, 실로 놀라운 곳이었다. 캐로가 전에 다니던 페어레이 메모리얼의 정신과 병동은 20세기 중반, 간호사들이 각 잡힌 흰 유니폼을 입고 다니고 가혹한 전기충격 요법이 무분별하게 시행되던 시절에 지어졌다. 그리고 그때부터 지금까지 빠듯한 예산 속에서 간신히 연명하는 수준으로 유지되어 왔다. 환자들은 비좁은 병실을 나눠 써야 했으며, 휴게실은 칠이 벗겨져 도배가 시급했다. 또, 간호사실은 허름한 요새를 연상케 했다.

하지만 보험에만 의존하는 환자들은 절대 올 수 없는 린든 클리프는 달랐다. 캐로는 줄리안 덕분에 엘렌이 이런 곳에서 치료받을 수 있게 된 것에 대해 감사하면서도 자신은 감히 엄두도 내지 못했으리라는 사실에 씁쓸해하며 병원의 호화로움에 감탄했다.

세련된 인테리어가 돋보이는 개인 병실과 복도를 따라 걸려 있는 원화 작품들, 고급 회원제 클럽을 방불케 하는 휴게실까지. 게다가 환자들을 위해 마이애미에서 주기적으로 공연팀이 왔다(페어레이 메모리얼에서는 1년에 두 번 찾아오는 고등학교 합창단이 전부였다). 의료진과 환자의 비율은 최고급 스파 수준과 맞먹었으며, 정신과 전문의 세 명 모두 뛰어난 명성을 자랑했다. 캐로는 미리 그들의 정보를 찾아보았다.

그녀는 엘렌의 담당 의사인 에드워드 실버스타인을 만났다. 실버스타인 박사는 엘렌을 케이맨 브랙으로 옮기겠다는 계획을 달가워하지 않았지만, 빌 해거티는 의료진의 권고와 관계없이 그녀를 어디로든 이송할 수 있도록 법적 서류를 충분히 마련해 두었다. "소암스 왓킨스 박사님, 동생분은 거의 먹지도 않고, 치료를 포함한 그 어떤 활동에도 참여하지 않고, 혼자서는 몸을 움직이지 않아요. 오직 '안젤리카는 죽었어'라는 말만 반복합니다."

"네, 저도 인지하고 있습니다." 캐로가 말했다. 실버스타인의 눈에는 연민과 환자에 대한 진심 어린 걱정이 담겨 있었으나, 지금 그는 캐로에게 걸림돌일 뿐이었다. "엘렌은 케이맨 브랙에서도 의료진의 감독 아래 있을 겁니다. 그리고 박사님께서 엘렌의 상태가 확실히 개선되었다고 판단하실 때까지는 이곳에서 옮기지 않을 거고요."

"그렇게 빠른 시일 내에 나아질 거라고 확신하시는 이유가 있나요?"

"물론 장담할 수는 없지만, 잠깐 이렇게 무너졌어도 제가 아는 엘렌은 누구보다도 용감하고 어떤 어려움에도 굳세게 일어날 수 있는 사람이에요. 지금은 슬픔과 약물 때문에 그게 잘 안 보일 뿐이죠."

마침내 캐로는 개방병동에 있는 엘렌의 병실로 안내받았다. 엘렌은 옥스퍼드 대학 라운지에 있어도 어색하지 않을 고급 가죽 의자에 앉아 있었다. "켐프 부인, 언니분이 오셨어요." 직원이 말했다. "소암스 왓킨스 박사님, 필요하신 게 있으면 언제든지 불러 주세요."

"고마워요." 캐로는 의자를 하나 더 끌어와 동생과 마주 앉았다. "나 왔어, 엘렌. 좀 어때?"

엘렌이 중얼거렸다. "안젤리카는 죽었어."

"그래. 나 캐로야, 엘렌."

"캐로." 엘렌이 순간적으로 그녀를 알아보는 듯했으나, 이내 다시 눈빛이 공허해졌다. "안젤리카는 죽었어."

"맞아. 하지만 엘렌, 아니 나 좀 봐, 중요한 얘기가 있어." 캐로는 깊이 한 번 숨을 들이마시고 뒤를 힐끗 돌아보았다. 특히나 이곳에서는 이상한 사람처럼 보이고 싶지 않았다. "네가 안젤리카를 얼마나 그리워하는지 알아. 나도 너무 보고 싶어." 아기 침대에서 캐로를 올려다보며 드물게 웃어주던 안젤리카, 품에 안고 거실을 오가며 느꼈던 안젤리카의 포근한 온기. 그녀는 감정을 억누르며 목소리를 가다듬었다. "내 말 잘 들어, 엘렌. 네가 안젤리카를 다시 볼 수 있는 방법이 있어."

"안젤리카는 죽었어."

"응. 그래도 내 말 좀 들어 봐, 아니, 눈 피하지 말고, 날 믿어야 해, 엘렌."

캐로는 동생의 손을 꼭 잡았다. 결정의 순간이었다. 그녀는 결정을 내리기 전에, 그 결정을 실행에 옮기기 전에 엘렌을 자신의 눈으로 봐야만 했다. 이제 동생을 똑똑히 확인했다. 엘렌은 예전의 아빠처럼 도움이 절실한 상태였다. 하지만 이번에는 캐로가 곁에 있었다. 그들이 유언장에서 빠진 뒤로 아빠 곁에는 아무도 없었다.

그녀가 말했다. "우린 항상 서로를 믿어 왔잖아, 맞지? 그리고 너도 알다시피 난 큰할아버지와 뇌와 관련된 비밀 프로젝트를 하고 있었어. 기억나지? 당연히 기억나겠지. 넌 똑똑하니까 내 말을 이해할 수 있을 거야. 이 비밀 프로젝트의 핵심은 네 의식이 다른 우주로 이동하는 건데, 어떤 우주에서는 안젤리카가 아직 살아 있어. 건강한 모습으로. 너는 의식을 통해 그곳에 갈 수 있고. 상상이 아니라, 진짜로 의식이 거기로 간다니까. 오래 있을 수는 없지만, 가면 안젤리카를 볼 수 있는 거야. 진짜 존재하는 세상에서 멀쩡하게 살아 있는 안젤리카를. **진짜야**, 엘렌."

"안젤리카는 죽었어." 목소리가 미세하게 덜 무기력한가? 엘렌이 덧붙였다. "나 죽고 싶어. 케일라는 나 없이 더 잘 지낼 거야. 안젤리카도 죽었으니까."

캐로는 충격을 억누르며 침착하게 말하려고 애썼다.

"**이** 우주에서는 안젤리카가 죽었지만, 다른 우주에서는 살아 있어. 네가 직접 보고, 안고, 말 걸 수도 있다고."

엘렌의 얼굴에 갑자기 활기가 돌았다. 눈에서 강렬한 불꽃이

튀는 듯했다. 그녀가 고개를 번쩍 들더니 치아가 저릿하고 입안에 피가 고일 정도로 캐로의 얼굴을 세게 후려쳤다.

주먹을 내지른 순간 그 충격이 엘렌 안에서 오랜 세월 해묵은 자매 사이의 감정일지 그녀 본연의 한 조각일지 모를 무언가를 흔들어 깨웠다. 엘렌이 말했다. "다쳤잖아!" 그녀는 황급히 자신의 스웨터를 벗어 캐로의 얼굴과 셔츠 위로 흐르는 피를 닦았다.

캐로는 숨이 턱 막혀 피를 스웨터에 뱉고 얼얼한 얼굴을 더듬었다. 불덩이처럼 타는 듯한 통증이 턱에서 머리로 번져 갔다. 다행히 코가 부러지진 않았고, 이도 무사한 것 같았다. 그리고 엘렌이 더 이상 허공이 아닌 그녀를 바라보고 있었다. 캐로는 이 순간을 놓치지 않았다.

엘렌이 또다시 말했다. **"안젤리카는 죽었어."**

"제발 한 번만 더 믿어 줘, 젠장! 나야, 캐로라고!"

엘렌은 마치 녹슨 도르래가 겨우 돌아가기 시작하는 것처럼 천천히 고개를 끄덕였다. "언니." 그리고 한마디씩, "안젤리카를…… 다시…… 볼 수 있다고……."

"그래. 다른…… 곳에서. 네가 찾아갈 수 있어." 와이거트의 목소리가 귓가를 맴돌았다. *'이곳'이나 '저곳' 같은 건 없습니다, 아시잖아요.*

"미안해." 엘렌이 계속 말했다. "미안해. 그런데 내가……내가 정말…… 언니가……" 그녀가 울음을 터뜨렸다.

복도에서 발소리가 들렸다. 캐로는 재빠르게 자리에서 일어나 등을 문 쪽으로 돌리고 엘렌이 보이지 않도록 가렸다. 문 밖에서 직원의 목소리가 들렸다. "괜찮으시죠, 박사님?"

"네, 감사합니다!" 캐로가 밝게 대답했고, 이후 며칠 동안이나 그때 어떻게 그런 경쾌하고 명랑한 목소리를 낼 수 있었는지 스스로 의아해했다. 얼굴을 얻어맞은 직후가 아니더라도 그녀는 평소에 그렇게 경쾌하고 명랑한 말투를 쓰지 않았기 때문이다. 발소리가 멀어져 갔다.

캐로는 욱신거리는 코에서 흘러내리는 피를 마저 닦아 냈다. 곧 얼굴이 부어오르고 시퍼런 멍이 들 것이다. "엘렌, 잘 들어. 안젤리카를 다시 만나려면 여길 나와서 내가 프로젝트를 진행 중인 케이맨 브랙으로 와야 해. 그 말은 네가 밥도 먹고, 그룹 치료에도 참여하고, 여기서 시키는 대로 다 따라야 한다는 거야. 그리고 이게 정말, 정말 중요해. 오늘 한 얘기를 절대 아무한테도 말하면 안 돼. 비밀이야. 한 명한테라도 말하면 안젤리카를 다시 볼 수 없어."

내가 지금 이렇게 잔인한 건 오로지 널 아껴서야.* 원래 어디에서 나온 말이었더라? 트레버라면 금방 떠올렸을 것 같았다.

"응. 비밀."

엘렌이 이해했을까? 캐로는 붓기 때문에 점점 감겨 가는 눈으로 동생을 바라보며 확신했다. 그녀가 이해했다고. 로레인과 와이거트, 이반이 기계에 연결되어 있을 때는 본래의 그들이 아니었다가 연결이 끊어지면 비로소 자신을 찾았던 것처럼 엘렌도 예전의 엘렌으로 돌아왔다. 이건 의학과는 관계없는 일이었다. 뇌의 문제가 아니라 정신의 문제였고, 캐로는 그렇게까지 깊이 들어가고 싶

---

* 셰익스피어의 『햄릿』에서 햄릿이 엄마를 질책하며 했던 말.

지는 않았다.

그녀는 피 묻은 스웨터를 가방에 쑤셔 넣고, 엘렌의 옷장에서 새 스웨터를 꺼내 얼룩진 셔츠 위에 걸쳤다. 스웨터가 너무 커서 헐렁했다. 캐로가 몸을 숙여 살짝 입을 맞추자, 엘렌이 짧게 물었다. "얼마나 걸려?"

"네가 여기서 어떻게 행동하느냐에 달렸지. 시키는 대로 잘하고 있어. 난 가 볼게."

"응." 엘렌이 대답했다. 그리고 한마디를 덧붙였다. "내가 분수에서 빠져 죽을 뻔했을 때 언니가 구해 줬어."

엘렌의 의식은 지금 어디에 있는 걸까? 과거에 갇혀 있나? 정말 다 알아듣긴 했을까?

얼굴이 불에 덴 것처럼 화끈거렸다. 캐로는 고개를 벽 쪽으로 돌리고 빠르게 복도를 걸었다. 모자가 있었다면 이마까지 눌러썼을 것이다. 왜 모자를 가져오지 않았을까? 애초에 왜 모자가 하나도 없을까?

데스크 직원이 그녀를 이상하다는 듯 쳐다봤지만, 아무 말도 하지 않았다. 캐로는 출입 명부에 서명하고 병원을 빠져나와 공항 근처의 가장 저렴한 호텔로 가는 우버를 불렀다. 다음 비행기를 타야 했으나, 잠깐이라도 호텔에서 쉬고 싶었다. 택시 안에서 그녀는 휴대 전화를 꺼내 와이거트에게 이메일을 보냈다. 그녀는 또다시 그를 찾을 수밖에 없었다. 그녀를 도와줄 수 있는 사람, 그녀를 도와줄 사람은 와이거트뿐이었다.

프런트 직원은 그녀를 거의 쳐다보지도 않았다. 이 저가 호텔에서 일하다 보면 얼굴에 멍이 든 여자 손님을 수도 없이 많이 보는 걸지도 몰랐다. 캐로는 그런 암울한 생각을 하며 복도에서 제빙기를 찾아서 얼음을 챙긴 뒤, 방에 놓인 의자에 앉아 거친 수건으로 얼굴을 찜질했다. 가방에 진통제가 있었다. 그때 휴대 전화가 울리며 줄리안의 이름이 떠올랐다. 그녀는 받지 않았다.

엘렌이 돌아왔다. 어느 정도는. 잠시나마. 하지만 캐로가 약속을 지켜 안젤리카가 다른 우주에 살아 있다는 환상을 보여 줄 수 있어야만 그녀가 원래의 엘렌으로 완전히 돌아올 수 있을 것이다. 캐로보다 감성적이고 감정에 쉽게 휩쓸리는 엘렌이라면 그 환상이 진짜라고 믿고 마음의 안정을 찾을 수도, 살아날 수도 있다. 바닷속에 가라앉았던 배가 물 위로 끌어올려지는 것처럼 그녀의 본모습도 이미 깊은 우울의 늪에서 서서히 빠져나오고 있었다.

사람의 본모습이라는 것이 대체 무엇일까? 주어진 환경에서 형성되어 상황이 바뀌면 본질도 바뀌는 걸까? 캐로의 아빠는 비굴하고 주눅 들어 살았지만, 결국 스스로 생을 마감할 정도로 결단력 있는 사람이 되었다. 밝고 수다스러웠던 케일라는 분노를 행동으로 표출하는 어두운 아이로 변했다. 엘렌은 어떤 힘든 상황도 유머로 넘길 만큼 강인했지만, 더는 그렇게 하지 못하고 있었다.

캐로는 얼음을 대고 방 안을 이리저리 걸어 다녔다. 호텔 방은 한쪽으로 열 걸음, 반대쪽으로 여덟 걸음이면 끝이었다. 셔츠에 묻은 피가 완벽하게 빠지지는 않았지만, 찬물로 헹구니 얼룩이 옅어지며 흐리게 번졌다. 그녀는 호텔 드라이기로 셔츠를 말리고 엘렌의 스웨터 아래 다시 입었다. 얼음, 걸음, 다시 걸음, 그리고 또 얼음.

줄리안은 계속해서 전화를 걸어왔다. 벨소리가 네 번째 울렸을 때, 그녀는 그제야 전화를 받아 저녁 8시에 도착하는 마지막 급행편으로 케이맨 브랙에 갈 예정이라고 부은 입술로 힘겹게 말했다. 트레버도 전화를 했고, 받지는 않았지만 전화가 왔다는 사실만으로도 마음이 조금 따뜻해졌다. 그리고 마지막으로 캐로는 가장 중요한 전화, 와이거트에게 전화를 걸었다. 이메일에서는 도착해서 연락하겠다고 했지만, 더는 기다릴 수 없었다. 엘렌은 기다릴 수 없었다.

그들은 오랜 시간 통화를 했다.

캐로는 호박처럼 노란빛, 주황빛, 초록빛이 섞인 얼굴로 호텔 옆문으로 나와 공항으로 향했다.

영혼과 뇌, 최소한 뇌는 실체가 있었다. 하지만 와이거트가 뇌도 실재하는 것이 아니라 의식이 만들어 낸 현실의 일부라고 믿는다면, 캐로는 엘렌도 그렇게 믿도록 도울 것이다. 때로는 주어진 것을 받아들일 수밖에 없으니까.

물론 와이거트가 줄리안과 왓킨스를 설득해 그녀에게 그 기회를 준다면 말이다.

31

 여러 가지를 고려한 끝에, 와이거트는 캐로가 공항에서 돌아오기 전에 왓킨스 없이 줄리안과 먼저 이야기하기로 했다. 방해받지 않으려면 그의 방이나 줄리안의 방에서 대화하는 것이 좋을 것 같았다. 그는 자기 방에서 만나기로 결심하고 줄리안에게 '중대한 문제'가 있다며 와달라고 말한 뒤, 책상 위는 물론 좁은 방안에 억지로 밀어 넣은 여분의 탁자 위까지 산더미처럼 쌓여 있는 원고 교정쇄와 물리학 학술지, 도표들을 정리하기 시작했다.
 "책 작업이 바쁘신가 봐요." 줄리안이 말했다. "절 이렇게 급히 부르신 이유는 뭐죠?"
 "캐롤라인 박사 때문이네. 실은—"
 줄리안의 표정이 긴장으로 굳어졌다. "무슨 일이죠? 아, 설마 무슨 사고라도 난 건가요?"
 "아니, 아니, 그런 건 아니야. 괜찮네." 과연 그녀가 괜찮은 걸까? 와이거트는 집중하기로 마음먹고 말을 이었다. "그런데 나한테 이메일을 보내고 또 전화도 했어. 필요한 게 있다고……."

"또 뭐가 필요하다고요? 이미 원하는 걸 다 들어드렸잖아요."

"그래. 하지만 이번에는 동생분한테……"

망설이지 말고 그냥 얘기해, 여보. 어서.

"……켐프 부인한테 칩을 이식해서 죽은 아이를 다시 보게 해 주고 싶다 하더군. 그 끔찍한 정신적 고통에서 벗어날 수 있게."

줄리안이 눈을 크게 떴다. 그는 한동안 아무 말도 하지 않았지만, 와이거트는 그가 프로젝트와 자신에게 가장 유리한 선택지를 찾아내기 위해 찬성과 반대 논리를 따져 보느라 머릿속이 분주하다는 것을 알 수 있었다. 와이거트는 문득 자신이 줄리안을 좋아하는지에 대한 확신이 서지 않는 순간들이 가끔 있었다는 걸 떠올렸다.

"음." 줄리안이 드디어 입을 열었다. "흥미로운 발상이네요."

그게 무슨 뜻이지? 저온 핵융합도 흥미로운 발상이라 할 수 있겠지만, 끝내 실패했고 앞으로도 성공할 가능성이 없었다.

와이거트가 말했다. "내 생각엔 루스킨 박사가 찬성한다면 추진하는 게 좋을 것 같네."

"이유는요?"

인간적인 배려지. 캐롤라인 박사가 동생을 위해 애써온 노력을 외면할 수 없으니까. 이 가엾은 여자가 죽은 아이를 다시 만나 위안을 얻길 바라니까.

"심각한 우울 상태에 있는 뇌에서 매핑 데이터를 얻을 기회지 않나. 샘과 캐롤라인 박사, 무마우 박사의 논문도 한층 깊이가 생길 테고, 프로젝트의 명성을 더욱 높여 주겠지."

"일리가 있네요." 줄리안이 대답하고는 다시 생각에 잠겼다. 와이거트는 그의 표정을 읽을 수 없었다. 그가 마침내 말했다. "네, 박사님 말씀이 맞는 것 같아요. 진행하는 게 좋겠어요. 엘렌 씨는 젊으니까 MRI 검사만 정상이라면 큰 위험 요소는 없을 거예요. 하지만 결정은 만장일치가 원칙인 것 아시죠? 왓킨스 박사님이 동의하실지는 모르겠네요."

왓킨스의 반응을 예측할 수 없는 것은 와이거트도 마찬가지였다. 캐로와 통화할 때도 그렇게 말하며 덧붙였었다. "제 영향력을 너무 과대평가하시는 것 같아요."

그녀는 간단히 말했다. "박사님 이론이니까요."

"캐롤라인 박사님, 저는—"

"제 동생이 죽고 싶대요. 주치의 선생님 말씀이 지금 정신 상태가 너무 혼란스러워서 자기가 없는 게 케일라한테 더 나을 거라고 믿고 있대요. 조지 박사님, **제 동생은 그런 사람이 아니에요.** 엘렌이 어떤 일을 겪어 왔는지, 어떤 삶을 살아왔는지 아신다면…… 엘렌은 늘 강했다고요. 하지만 누구에게나 무너지는 순간이 있고, 그 순간을 넘어서서 다시 살아가려면 도움이 필요해요. 제 말 이해하세요?"

누구에게나 무너지는 순간이 있다. 와이거트가 무너진 순간은 로즈가 세상을 떠났을 때였다. 그 이후 그는 로즈가 여전히 어딘가에서 존재하고, 그가 로즈를 다시 만날 수 있을 거라는 희망을 주는 자신의 이론에 마치 바위에 붙은 따개비처럼 매달렸다. 그 희망, 그 위안이 없었다면 와이거트가 계속 살아갈 수 있었을까?

그래서 와이거트는 대답했다. "노력해 보겠습니다." 줄리안은 넘어온 것 같았지만…… 왓킨스는 어떨까?

줄리안이 말했다. "오늘 밤 안에 왓킨스 박사님의 동의를 받아 내야 해요. 수술이 내일이니까. 오늘 반드시요."

"왜지?" 와이거트가 물었다. 그는 왓킨스를 천천히 설득할 계획이었다.

줄리안이 답했다. "왓킨스 박사님이 내일 수술 중에 돌아가실 가능성이 있으니까요, 박사님도 아시잖아요. 그 가능성이 절대 낮지 않습니다. 어떻게 되든 프로젝트는 계속 진행되겠지만, 그래도 수술 결과에 대해 논란의 여지를 남겨선 안 됩니다. 저는 혹시라도 캐로 박사님이 엘렌 씨에게 이식 수술을 하기 위해서 일부러 왓킨스 박사님을 돌아가시게 했다고 의심하는 사람이 없도록 확실히 해 두고 싶어요. 저희 모두 수술 전에 반드시 엘렌 씨의 칩 이식에 대한 합의를 마치고 그 결정을 법적으로 철저히 문서화해야 합니다. 그래야 의료 과실 논란이 생기지 않게 캐로 박사님을 보호하고 저희 프로젝트에 대해서도 부정적인 여론이 나오지 않을 거예요. 필요하다면 오늘 밤에 바로 빌 해거티 씨를 불러서—"

"아니, 잠깐. 자네 지금 캐롤라인 박사가 켐프 부인의 이식을 반대하지 못하게 하려고 샘을 살해했다는 의심을 받을 수도 있다는 건가? 정말 그게 말이 된다고 생각하나?"

"알 수 없죠. 하지만 그래서 더 대비해야 하는 겁니다, 조지 박사님. 그래서 수술 전에 왓킨스 박사님의 동의를 받고 빈틈없는 법적 서류를 마련해야 해요."

와이거트는 전혀 생각도 못 한 지점이었다. 그는 감탄과 두려움이 섞인 눈빛으로 줄리안을 바라보았다. "좋아, 알겠네."

"몇 군데 전화 좀 돌리고 올 테니까 같이 바로 가요. 박사님이라면 설득하실 수 있을 겁니다. 오랜 친구시고, 또 아내분을 잃으면서 비슷한 아픔을 겪으셨으니까요. 박사님이 아내분을 다시 본 것처럼 엘렌 씨도 안젤리카를 볼 수 있을 거라고 왓킨스 박사님께 말씀드리면……"

와이거트가 눈을 지그시 감았다. 그는 로즈가 아니라 내일이면 생사를 가를지도 모를 수술대에 오르는 친구와 다투는 장면을 떠올리고 있었다. 하지만, 이게 캐로를 돕는 길이라면……. "그래, 내가 한번 얘기해 보지."

"안 돼." 왓킨스가 딱 잘라 말했다. "절대 안 돼. 자네들 제정신인가?"

그가 침대에서 몸을 일으켰다. 잠옷 대신 어울리지 않는 체크셔츠를 입은 모습이 와이거트의 눈에는 늙고 말라빠진 나무꾼 같았다. 와이거트가 기억하는 한, 그의 눈이 이렇게 빛난 적은 오랜만이었고 안색도 확연히 좋아 보였다. 수술 중에 죽을 사람이라고는 생각되지 않았다. 그리고 자신이 원하지 않는 것을 순순히 받아들일 사람과도 거리가 멀어 보였다. 전장에 선 병사처럼 팽팽한 긴장감이 감돌았다. 줄리안도 같은 느낌일까?

와이거트가 말했다. "샘, **자네도** 지금과 같은 몸 상태에서 수술을 감행하겠다는 결정을 내리지 않았나. 캐롤라인 박사와 동생분도 스스로 선택할 권리가 있어." 그는 잠시 말을 멈추고, 이제껏 그와 자신만이 알던 이야기를 꺼냈다. "로즈가 마지막 순간에 자신의 길을 선택했듯이."

"자네 부인의 선택과 내 선택을 동일선상에 둘 수는 없어. 로즈가 그 많은 약을 먹었을 때", 순간 줄리안이 움찔했지만, 와이거트는 개의치 않고 왓킨스에게 집중했다. "그땐 암 때문에 달리 선택지가 없었네. 반면에 난 여러 가능성을 고려할 수 있는 상황이고, 그 가운데 결정을 내린 거야. 그리고 엘렌 켐프는 아직 정신적으로 불안정해서 어떤 결정도 내릴 수 없지 않나. 조지, 변호사가 아니라도 제발 생각 좀 해 봐, 정신 질환을 가진 환자에게 임상 실험의 일환으로 필요하지도 않은 뇌 수술을 진행한다면 우리가 얼마나 큰 법적 위험을 감수해야 할지! 죽기라도 하면 어쩔 거야!"

줄리안이 말했다. "꼭 불필요한 수술이라고만 볼 수는 없어요. 수술을 받지 않으면 엘렌 씨가 스스로 목숨을 끊을 수도 있으니까 오히려 엘렌 씨를 살리려면 반드시 해야 하는 수술이죠. 루스킨 박사님이 진단해 주시면, 해거티 씨가 법적 문제는 알아서 처리해 주실 거예요."

"라일과 해거티한테까지 벌써 얘기한 건가? 나한테 한마디 상의도 없이?"

와이거트가 말했다. "흥분하지 말게, 샘. 지금 설명하고 있잖아. 어차피 엘렌 씨가 그랜드 케이맨에서 퇴원하기 전까지는 수술이 진행되지 않을 거야, 그게 언제가 될지 아직은 모르는 상황이고. 그리고 그녀의 매핑 데이터가 연구에 해가 될 리가 있나, 분명 유용하게 쓰일 걸세. 내가 아무런 확신도 없이 우리 연구에 위협이 될 만한 일을 하지 않으리란 건 자네가 더 잘 알잖아."

"위협이 돼, 조지! 인정하라고!" 왓킨스는 분노로 상기된 얼굴로 줄리안을 향해 고개를 돌렸다. "조지가 지금 이 아이 하나 때문에 모든 걸 위험에 빠뜨리려 하고 있어. 대체 조지를 어떻게 쥐고 휘두르는 거지?"

줄리안이 단호하게 말했다. "박사님, 말도 안 되는 소리 하지 마세요. 캐로 박사님이 조지 박사님을 휘두른다니요."

"그러면 자네는, 줄리안? 설마 내 지시를 무시하고 그 아이와 잔 건가?"

와이거트는 자신을 짓누르던 불안이 서서히 가시는 것을 느꼈다. 약 때문인지 몰라도 샘은 분명 평소의 모습과 달랐다. 와이거트는 침대 쪽으로 한 발 다가섰다. "아무도 누굴 쥐고 흔들지 않아, 샘. 괜히 과민 반응하지 말게. 이건 **내** 이론이야. 물론 자네가 내 이론을 믿어 주고 연구 자금을 대고 있다는 것도 알고, 수술 후보는 만장일치로 결정해야 한다는 규칙도 알지만, 이번만큼은 내 판단을 따라주게. 나는 다중 우주의 새로운 가지를 만들어 봤지만, 자네는 아직이지 않나. 캐롤라인 박사는 지금까지 네 번의 성공적인 이식 수술을 마쳤고, 앞으로도 계속 그럴 거야. 이 과정엔 늘 위험이 따르고, 우린 매일 같이 그 위험을 감수하면서 연구를 이어가고 있어. 자네와 달리 켐프 부인을 직접 만나 본 캐롤라인 박사와 줄리안, 라일 루스킨 박사가 수술 후보로 그녀를 적합하다고 한다면, 그들의 말을 듣는 게 맞을 것 같네. 제발 한 번만이라도 **다른** 사람의 의견을 따라 보게."

왓킨스가 그를 노려보았다. 와이거트도 전혀 물러서지 않고 똑바로 응시하며 자신도 모르게 쏘아붙였다. "그리고 캐롤라인 박사가 줄리안과 자든 말든 알 게 뭔가."

정적.

줄리안이 입을 열었고, 와이거트는 그의 말투에서 어딘가 재미있어하는 느낌을 받았다. "참고로 말씀드리면, 캐로 박사님은 저한테 관심없어요. 저도 그렇고요."

왓킨스가 말했다. "그래! 그 아이가 이렇게 나올 줄 알았다면…… 됐다. 해거티한테 가서 정리해 오면 내가 그놈의 서류에 서명하지. 대신 내 이식 수술은 아침에 예정대로 하는 거야!"

"물론이죠." 줄리안이 대답했다. "감사합니다, 박사님."

"이제 나가게." 왓킨스가 쉰 목소리로 내뱉었다.

그들은 말없이 방을 나섰다. 이겼을 때 떠나는 것이 최선이었다. 복도를 걸으며 줄리안이 물었다. "캐로 박사님께는 직접 전하실래요, 아니면 제가 말씀드릴까요?"

"자네가 말하는 게 낫겠어." 와이거트가 답했다. 갑자기 물리학으로 도배된 자신의 아늑한 방으로 돌아가 교정 작업을 마저 하고 싶어졌다. 이제 감정 소모도, 소란도 지긋지긋했다. 그러나 머릿속에서 로즈가 '*잘했어, 여보*' 하고 속삭이자, 입가에 잔잔한 미소가 떠올랐다.

32

 공항으로 캐로를 마중 나온 이반은 그녀의 얼굴을 대놓고 뚫어져라 쳐다보았다. "얼굴이 왜 그래요?"

 캐로는 그에게 문에 부딪혔다고, 더는 묻지 않아 줬으면 좋겠다며 사람들에게 전해 달라 부탁했다. 물론 몰리나 트레버, 어쩌면 줄리안에게도 그런 핑계가 통할 것 같진 않았다. 트레버에게는 사실대로 말할 생각이었다. 다른 사람들은 아마 입맛대로 소문을 퍼뜨릴 것이다. 강도를 당했다거나, 그랜드 케이맨에 숨겨둔 애인과 싸웠다거나, 외계인에게 납치될 뻔했다거나, 알아서 떠들겠지.

 캐로는 엘렌의 이식 수술 승인을 받는 데 도움을 준 와이거트에게 감사 인사를 하러 갔다. 의외로 그 역시 조용히 넘어가 달라는 말을 들어주지 않았다. "캐롤라인 박사님! 대체 무슨 일입니까? 괜찮은 거예요? 줄리안이 캐묻지 말라고 신신당부했지만……." 그는 어쩔 줄 몰라 하며 말끝을 흐렸다.

와이거트가 아무것도 묻지 않고 넘어갈 리 없었다. 우주와 그 안의 모든 것에 질문을 던지는 것이 바로 그가 하는 일이었다.

"걱정 안 하셔도 돼요, 조지 박사님." 그녀가 다정하게 말했다. 노인에 대한 애틋한 마음이 차올랐다. *누구보다 따뜻하고, 또 누구보다 뛰어난 사람.* "그냥 문 모서리에 부딪혔어요."

"조심하셨어야죠!"

누구보다 순수하기도 하고. "네, 다음부턴 더 조심할게요." 그녀가 대답했다.

다음 날, 캐로는 마치 오전 7시부터 정오까지 아무도 감히 숨을 내쉬지 않는 것처럼 느껴졌다. 그녀와 수술팀이 노벨상 수상자이자 냉혹한 천재, 그녀의 큰할아버지인 새뮤얼 루이스 왓킨스의 수술을 하는 동안, 연구 단지 전체가 숨죽인 채 지켜보았다. 익숙했던 수술이 이번만큼은 전혀 다르게 다가왔다.

수술 자체는 가령 뇌 깊숙한 곳에 생긴 교모세포종을 제거하는 것에 비하면 상대적으로 위험이 적었다. 그러나 왓킨스는 나이를 감안해도 무척 노쇠한 상태였고, 췌장암이 그의 생명을 조금씩 앗아가고 있었다. 게다가 캐로는 수술 도중 전극이 삽입될 자리 근처에서 희소 돌기 아교 세포종이라는 신경 아교 조직에 발생하는 암을 발견했다. 아마 수년 전부터 천천히 자라고 있었을 이 종양은 사전 MRI 촬영에서는 전혀 드러나지 않았었다. 비록 저등급 종양의 70퍼센트가 악성으로 변하지만, 그녀는 희소 돌기 아교 세포종을 굳이 건드리지 않기로 했다. 트레버도 이에 동의했다. 종양으로 위험해질 시점이 오기도 전에 왓킨스는 이미 세상을 떠날 것이다.

그러나 지금 그녀에게는 이 종양이 걸림돌이 되고 있었다. 그녀는 수술대 끝의 화면에 나타나는 영상에 의지하며 종양을 피해 전극을 삽입해야 했다. 전극이 정확한 위치에 놓이지 않으면 다시 수술을 해야 하는 상황이 올 수도 있었다. 지금까지 그런 일은 없었지만, 이번에는 더욱 조심해야 했다. 왓킨스의 몸 상태로 수술을 또 한번 받을 수는 없었다.

캐로는 그가 이번 수술을 이겨 낼 수 있을지조차 확신할 수 없었다.

그러나 그는 이겨 냈다.

캐로가 트레버에게 마무리를 부탁할 때쯤, 그녀는 차가운 공기 속에서도 땀을 비 오듯 흘리고 있었다. 수술실을 나서는 순간, 캐로의 시야에 작은 유리창 너머로 수술을 지켜보던 줄리안이 들어왔다. 그가 소독실로 그녀를 찾아왔다.

"박사님은 어때요? 별일 없었나요?"

"네." 캐로가 대답했다. "당장 롤러블레이드나 번지 점프를 할 수 있는 건 아니지만, 일단은 무사히 버텨내셨어요. 하지만 아직 안심하긴 일러요. 앞으로 2주가 정말 중요해요. 박사님은 계속 중환자실에 계실 거고, 저와 트레버, 몰리, 담당 간호사들을 제외한 출입은 금지입니다. 카밀라도 안 돼요, 이런 상황에 대한 교육은 받지 않았으니까요. 농담이 아니에요. 그리고 전화로도 일 얘기는 안 됩니다. 전극이 삽입된 틈으로 뇌와 두개골 사이에 공기가 유입되는 경우도 있어서 인지 기능에 최대 2주간 영향이 있을 수도 있어요. 무슨 일이 있으면 왓킨스 박사님 없이 조지 박사님과 두 분이서 결정하셔야 할 거예요."

줄리안이 고개를 끄덕였다.

그녀와 트레버는 그날 하루 종일 교대로 왓킨스의 곁을 지켰다. 몰리가 그의 모르핀 투여량을 지속적으로 확인했다. "흠." 저녁 무렵 그녀는 캐로에게 말했다. "뇌에 칩을 심어도 성격이 좋아지진 않나 봐요. 성질이 더 나빠질 줄은 몰랐는데 전보다 심술궂어지신 것 같아요."

캐로가 지친 표정으로 희미한 웃음을 보였다. 오랜 긴장 속에서 그녀는 완전히 녹초가 되어 있었다. 왓킨스가 수술을 견뎌 냈다는 것만으로도 충분히 놀라운 일이었고, 건강을 회복해 3동의 간이침대에서 다중 우주 세션에 참여할 수 있게 된다면 그야말로 기적일 것이었다.

"가서 좀 쉬어요." 몰리가 권했다. "왓킨스 박사님 못지않게 상태가 안 좋아 보여요. 아, 아니, 그 정도까진 아니지만⋯⋯그래도 일단 좀 쉬세요." 몰리가 캐로를 안아주었다. 가벼운 포옹이 이렇게나 큰 위로가 될 줄은 몰랐던 그녀는 사뭇 놀랐다.

왓킨스는 수술 후 별다른 합병증은 없었지만, 캐로가 기대했던 만큼 회복 속도가 빠르지는 않았다. 루스킨 박사는 당분간 연구 단지에서 지내기로 했다. (그리고 캐로는 그가 어떻게 그랜드 케이맨에서 업무도 그대로 처리할 수 있는지 묻지 않았다.) 왓킨스는 까다롭고 다루기 힘든 환자였다. 언제쯤 '다중 우주의 한 갈래를 창조'할 수 있을지를 여덟 번째인가 아홉 번째쯤 묻자, 캐로는 인내심이 한계에 다다랐다.

"제가 허락하면요. 지금 살아 있는 것만으로도 다행인 거 아시죠? 환각 망상 같은 건 나중에나 생각하세요."

뜻밖에도 그는 살짝 미소를 지었다. "그렇게 부르나 보지? 네 손해야." 그리고 놀랍게도 "고맙다, 캐롤라인" 하고 덧붙였다.

다음 날, 캐로의 보조로 트레버가 에이든의 이식 수술을 진행했다. 앞으로 다가올 변화를 예고하는 듯 처음으로 병원에 환자 두 명이 동시에 있었다.

왓킨스가 몸을 회복하는 동안 캐로와 트레버는 연구 단지에서 한 발짝도 나가지 않았다. 그들은 함께 시간을 보낼 곳들을 찾았지만, 아직은 서로의 방에 들어가지 않았다. 두 사람 사이의 감정이 점점 깊어지면서 언젠가 육체적인 관계로 이어지겠지만, 캐로는 주저했다. 그녀는 아직…….

대체 무엇이 문제였던 걸까? 이전에도 가벼운 관계를 맺었던 적이 있었다. 하지만 그녀가 망설이는 이유가 바로 트레버와의 관계는 가벼울 수 없으리라는 것이었다. 다른 이들과의 관계는 단순한 육체적 관계였다. 그러나 트레버와 함께라면 사랑을 나누는 것이 될 터였다.

그녀가 왜 서른이 아닌 열세 살 아이처럼 어색하게 구는지 설명하지 않았는데도 그는 보채지 않았다. 결국 그녀 스스로 인정할 수밖에 없었다. 그녀는 두려워하고 있었다. 사랑하는 것도, 사랑받는 것도, 감정적으로 약해져 상처받는 것도 모두 두려웠다.

그런데…… 지금까지 육체적 관계를 대신해 나눈 끝없는 대화가 오히려 그녀를 더 약하게 만들고 있던 것은 아닐까?

처음에는 아무 걱정이 없었다. 그저 두근거리고 즐겁기만 했다. 캐로보다 더 야행성이었던 트레버는 매일 밤 그녀에게 이메일을 보냈고, 그녀는 아침마다 설렘 속에 눈을 떴다. 그의 이메일에는 어린 시절의 소소한 일화와 외과 레지던트 시절의 웃긴 사건들, 그가 가장 좋아하는 도시인 베니스와 뉴욕 이야기가 담겨 있었다. 때로는 그녀에게 질문을 던지기도 했다. 대통령에 대해 어떻게 생각하는지, 컨트리 음악이나 웨스턴 음악은 좋아하는지, 북부 이탈리아 요리는 입맛에 맞는지 물었다. 또는 요리를 좋아하는지, 미식축구를 챙겨 보는지, 정원을 가꾸거나 체스를 두거나 영화를 보러 가는지, 루이 14세풍 가구는 어떤지…….

"루이 14세풍 가구라니 한번도 생각해 본 적 없는걸요." 그녀가 구내식당에서 점심을 먹으며 말했다.

"다행이네요." 그가 답했다. "전 질색이에요. 겉만 번지르르하고 약해서."

"가죽 의자가 딱이겠네요."

"최고죠."

"제가 그런 화려한 가구를 좋아한다고 하면요?" 그녀가 살짝 긴장하며 물었다. 가구 취향이 중요할지 모를 그들이 함께하는 미래를 처음으로 상상하게 만든 순간이었다.

"그러면 사시면 되죠." 그가 답했다. 그녀는 그 애매한 대답에 안심되면서도 왠지 섭섭했다.

그녀가 말했다. "루이 14세풍 침대는 좀 괜찮은 것 같아요. 정작 루이 14세 본인은 침대에서 늘 뭔가 하느라 바빠 침대를 제대로 보지도 못했다고 하지만요. 그렇게 생각하니 나름…… 트레버, 그렇게 샌드위치 먹다 목 막히면 저 하임리히법 까먹어서 못 도와드려요."

"의사 맞아요?"

"루이 14세풍 가구를 대체로 싫어하지만, 몇 개는 괜찮다고 생각하는 의사죠."

"큰일이네요, 사실 저는 거짓말이었거든요. 제 방은 루이 14세풍 가구밖에 없어요. 계약 조건으로 넣게 했죠."

"와, 저는 겨우 중세 영국풍 가구였는데."

가벼운 농담은 부담이 없었고, 둘 사이를 가깝게 만들면서도 하루 종일 그녀를 기분 좋게 해 주었다. 대화의 무게가 완전히 바뀐 그날 밤이 오기 전까지 그들은 늘 그렇게 장난스러웠다.

자정이 가까워질 무렵, 그들은 1구역 정원에 있는 피크닉 테이블에 앉아 있었다. 창문에서 새어 나오는 몇 안 되는 불빛만이 부드러운 어둠 속에서 희미하게 빛났다. 어린아이의 손톱에서 떨어져 나온 것 같은 작고 가느다란 초승달 주위로 별들이 반짝였다. 캐로는 트레버와 마주 앉아 어둠 속에서 그의 얼굴을 또렷이 보려 애썼다. 그녀가 와인이 가득 담긴 유리잔을 두 손으로 감싸 쥐었다. 당직 근무 중이었던 트레버는 물만 마시고 있었다.

그들은 별 의미 없는 대화를 나누고 있었지만, 캐로의 몸은 그의 말 한마디 한마디가 나라의 운명을 결정하기라도 하는 듯 민감하게 반응했다. 그의 존재만으로도 온몸이 전율하는 것 같았다. 나중에 그녀는 그날 무슨 이야기를 나누었는지조차 기억나지 않았다. 분명한 계기가 있었던 것은 아니었다. 굳이 찾자면, 밤에 피어나는 꽃들이 피크닉 테이블 옆에서 흔들리고 있었다. 캐로는 꽃 향기를 깊이 들이마시며 **과할 정도로 달콤하다**고 생각하던 중 불쑥 입을 열었다. "트레버, 나 지금은 세상을 떠난 오빠가 있었어요."

"알아요." 그가 나지막이 말했다.

"하지만 그다음에 무슨 일이 있었는지는 모르잖아요. 내가 무슨 짓을 했는지, 어떤 결과를 불러왔는지."

그녀는 어둠 속에서도 트레버가 더욱 자신에게 집중하는 것을 알 수 있었다. 그가 말했다. "당신이 이야기해 주고 싶다면 그때 알게 되겠죠."

"말하고 싶어요. 에단, 오빠는 교통사고로 죽었고, 장례식에서 저는…… 제가……" 그녀는 와인을 마시려고 잔을 들었다가, 트레버가 자신의 손을 꼭 잡고 있다는 것을 깨달았다. 그녀에게 필요한 것은 와인이 아니었다. 그녀는 트레버가 자신을 있는 그대로 보고 자신의 상처를 이해할 수 있도록 모든 이야기를 솔직하게 털어놓아야 했다.

"장례식은 격식을 갖춰 진행됐어요. 모두가 떠나고, 저는 오빠의 관으로 다가가 작별 인사를 하려고 했어요. 그런데 엄마가……

엄마가 그 순간 이성을 잃고 말았어요. 엄마는 만지지 말라고, 에단은 자기 아들이고 차라리 저나 엘렌이 죽었어야 했다고, 죽었길 바랐다고 악을 썼어요. 엘렌은 울음을 터뜨렸고, 아버지는 늘 그랬듯이 가만히 서서 고개만 떨군 채 아무 말도 하지 않았어요. 저는 참지 못하고 엄마에게 악마 같은 년이라고, 당신이야말로 죽어 마땅하다고 소리를 질렀어요. 저는 계속해서 소리를 질러 댔어요. 엄마가 오빠만 사랑하고 저와 엘렌을 사랑한 적 없다는 걸 알면서도 견뎌 온 지난 세월 동안 쌓였던 감정이 한꺼번에 터져 나왔어요. 그 오랜 세월 동안이요.

재산이 전부 아빠가 아닌 엄마 돈이라서 엄마는 저희를 유언장에서 빼고 저를 집에서 내쫓았어요. 엘렌은 그때 고등학생이라 집에 남을 수밖에 없었지만, 겨우 열일곱 살이었고 오빠가 죽은 뒤 아빠가 점점 더 깊은 우울증에 빠지는 걸 막을 수 없었어요. 결국 아빠는 스스로 삶을 포기하셨죠. 그 후 엘렌은 아주 형편없는 남자를 만나—"

"그만해요." 트레버가 한 번도 들어본 적 없는 목소리로 그녀의 말을 막았다. 그의 목소리에 서린 것은 다름 아닌 분노였다. 순간 캐로는 그 분노가 자신을 향한 것인 줄 알고 온몸이 굳어 버렸다.

"캐로, 당신 잘못이 아니에요. 단 하나도. 지금 이야기하는 건 객관적인 사실이 아니라 당신이 감정적으로 그렇게 받아들이고 있는 거예요. 물론 감정은 중요하죠, 얼마나 중요한지 몰라요. 그리고 제 감정에서 우러나온 말을 하자면, 어머니가 했던 말이나 행동과는 상관없이 당신은 충분히 사랑받을 자격이 있어요. 어머니가 어떤 말이나 행동을 안 해 줬대도 아무 상관 없다고요. 아버지가 자살한 것도, 동생이 충동적으로 결혼한 것도 당신 책임이 아니에요. 오랜 세월 동안 쌓여 온 것들이 만든 결과지, 딱 하루 장례식장에서 딱 한번 뭐라고 했다고 한순간에 그런 결정이 이루어지는 게 아니니까요. 물론 그 순간, 수년간의 방치와 감정적 학대 속에 폭발해서 당신이 크게 무너졌던 건 사실이지만, 누구나 한 번쯤은 그럴 수 있어요."

"당신은 그런 적 없잖아요."

"정말 그렇게 생각해요? 틀렸어요. 저도 예전에……"

그가 갑자기 멈칫했고, 캐로는 그 표정에서 그가 자신만큼이나 고통스러운 과거를 떠올리고 있음을 알아챘다. 갑자기 그의 이야기를 듣는 것이 그녀의 삶에서 가장 중요한 일이 되었다. "말해줘요."

"저는 록 콘서트에서 이성을 잃었었어요."

"록 콘서트요?"

"네."

그는 쉽사리 말을 잇지 못하고 한동안 침묵했다. "저도 긴 시간 동안 차곡차곡 분노를 쌓아 왔던 것 같아요. 아프리카에서 저는 팔이 잘리고, 가슴에 구멍이 뚫리고, 발이 잘린 소년병들을 치료했어요. 말로 표현하기 힘든 끔찍한 고문들도 있었지만, 말하지 않을게요. 몇 달 동안 저는 끊임없이 스스로에게 되물었죠. 왜? 왜 이렇게까지 증오와 잔혹함이 가득한 걸까? 많은 사람이 그곳을 떠나지만, 남은 사람들은 결국 하나의 진실을 깨닫게 돼요. 그 질문엔 답이 없다는 것을요. 물론 다양한 이유가 있을 수 있겠죠. 역사적, 정치적 요인도 있고, 참혹한 일을 겪으면서 사람이 비뚤어지기도 해요. 하지만 가해자가 왜 그렇게까지 하는지, 왜 그걸 즐기는지를 설명할 수는 없어요. 그리고 저는 그저 현실을 받아들이고 제가 할 수 있는 일을 할 수밖에 없었죠. 그러다 휴가를 받아 미국으로 돌아와서 누나 집에 머물렀고, 하루는 조카 게이브를 데리고 록 콘서트를 보러 갔어요. 그다지 크지 않은 공연장에서 열리는 어떤 별 볼 일 없는 펑크 밴드의 콘서트였죠. 그런데 게이브는 아이들이 그렇듯 그 밴드 보컬을 우상처럼 생각하면서 막 크리스마스에 받은 기타를 들고 왔죠. 누나는 그 기타를 사주려고 정말 힘들게 아껴가며 돈을 모았어요. 누나는 남편을 잃었고, 저희 둘 다 경제적으로 풍족했던 적이 없었거든요.

보컬이 무대 위에서 몸을 숙이고 내려다보며 게이브한테 기타를 구경해도 되냐고 물었어요. 동경하는 가수가 열한 살짜리 아이한테 기타를 보여 달라고 하는데 당연히 신이 나서 내어 줬죠. 그런데 그 사람이 기타를 받아서 코드 한두 개를 쳐 보더니 갑자기 씩 웃으면서 기타를 무대에 내리쳐 부숴버리는 거예요. 관중들은 열광하며 함성을 질렀고요.

게이브의 얼굴을 본 순간, 저도 모르게 이성을 놓아 버렸어요. 무대 위로 뛰어 올라가서 그 자식을 붙잡아 얼굴에 주먹을 두 방 갈겼고, 경비원들에게 질질 끌려 내려갔죠. 그 경비원들한테 엄청나게 얻어맞기도 했고요. 어떤 친절한 여성분이 게이브를 챙겨 주지 않았다면 정말 큰일 날 뻔했어요. 하지만 저는 단순히 조카의 소중한 기타를 부순 그 쓰레기 같은 놈을 때린 게 아니라, 아프리카에서 아이들을 전쟁터로 몰아넣고 총으로 쏘고 팔을 자르고, 그 밖에 모든 무의미한 잔혹한 일들을 벌인 괴물들을 향해 주먹을 날리고 있었어요. 물론 제 멍청한 행동은 그 아이들에게 아무런 도움이 되지 않았고, 삼촌이 아무것도 해결하지 못하고 폭력에 굴복하는 모습을 지켜봐야 했던 게이브에게도 상처만 줬죠."

캐로는 피크닉 벤치를 돌아가서 트레버를 두 팔로 감싸며 끌어안았다. 그에게 이런 면이 있었다는 것을 처음 알았다. 이상주의 이면, 자신이 세운 신념을 지키지 못했을 때의 쓰라린 고통이 느껴졌다.

그들은 아무 말 없이 몇 분 동안 그렇게 있었다. 마침내 캐로가 속삭였다. "트레버, 사랑을 나눠요. 우리."

그가 살며시 몸을 떼어 그녀를 바라보았다. 달빛이 그의 안경에 반짝였다. "이제 확신이 들어요?"

"네."

당신이 방금 보여 준 모습 때문에. 당신이 그런 질문을 던질 만큼 날 잘 알기 때문에. 당신을 사랑하기 때문에.

당신을 사랑할 수 있기 때문에.

처음은 숨 가빴고, 두 번째는 조심스러웠으며 그 어떤 상상보다 달콤했다. 그녀는 **"사랑해"**라는 말을 할 필요도, 들을 필요도 없었다. 이미 두 사람 모두 알고 있었다.

33

"얼른 털어놔요!" 몰리가 기대 가득한 눈빛으로 말했다.

"됐어, 진짜 그만 좀 해." 바바라가 그녀를 말렸다. "캐로 박사님이 말하고 싶으면 할 거고, 말하기 싫으면 안 하겠지."

"말 안 할래요." 캐로가 말했다.

몰리는 일부러 연극하듯 두 손으로 입을 틀어막았다. 그녀가 손가락 틈 사이로 속삭였다. "여자가 저렇게 말하는 건, 진지한 사이거나 진지해질 가능성이 있을 때뿐인데."

"몰리." 바바라가 짜증을 냈다. "입 좀 다물어. 캐로 박사님, 그냥 무시해요."

"그래요." 캐로가 두 사람에게 미소를 지어 보였다. 실버스타인 박사가 전한 소식은 무척 긍정적이었다. 엘렌은 예상했던 것보다 훨씬 빠르게 좋아지고 있었다. 와이거트는 책 출간을 준비하고 세션에서 로즈를 만나느라 흡족하고도 바쁜 나날을 보내고 있었다. 그리고 트레버……

트레버는 기적 그 자체였다.

"흠." 몰리가 말했다. "행복해 보이시네요."

"그래요." 캐로가 같은 말을 반복하며 그들을 꼭 안았다.

"박사님." 어디선가 나타난 로시타가 말했다. "왓킨스 박사님께서 열이 나고 계세요."

발열은 곧 감염을 의미했다. 수술 후 두개강 내 감염은 심각한 문제였다. 경막하 농양이나 뇌 농양, 혹은 골편 감염이 생긴다면 수술이 불가피했다. 또 한 번의 수술, 수막염, 혹은 수많은 다른 감염들이 왓킨스를 죽음으로 몰아갈 수도 있었다. 수술 후 회복 중인 환자들은 언제나 감염과 합병증에 취약했다.

추가 검사 결과 적어도 감염이 뇌까지 번지지 않았다는 사실이 밝혀지자, 캐로는 가슴을 쓸어내렸다. 도뇨관이 원인일 가능성이 높은 요로 감염이 확인되었다. 그렇다고 해서 안심할 수 있는 상황은 아니었다. 고령의 4기 암 환자에게는 모든 것이 위험 요소였다. 그런데 거기에 수술 후 뇌부종을 막기 위해 면역 억제 스테로이드까지 투여했으니. 캐로는 광범위 항생제를 처방하고, 감염이 패혈증으로 번지지 않기만을 바랐다.

중환자실 침대에 누운 왓킨스의 모습은 한없이 작고 초라해 보였다.

줄리안이 다가와 낮은 목소리로 물었다. "정말 얼마 안 남으신 건가요?"

캐로는 차분하게 답했다. "원래도 얼마 안 남으셨었죠."

"제 말은—"

"무슨 말씀인지 알아요, 줄리안. 하지만 원하는 답을 드릴 수는 없어요. 의학에서는 절대 단순한 답이 나오지 않아요. 이제는 박사님의 몸이 버텨주느냐에 달려 있고, 그분은 쉽게 포기하는 사람이 아니시니까요."

왓킨스는 죽지도 않았지만 크게 호전되지도 않았고, 다중 우주 세션이 계속 미뤄지는 것에 끊임없이 불만을 토로했다. 캐로는 왓킨스를 달래는 것을 트레버에게 맡겼다. 그런 일은 그가 훨씬 능숙했다. 그녀는 하루에 두 번 린든 클리프의 실버스타인 박사에게 전화를 걸어 엘렌의 상태가 갈수록 좋아지고 있다는 소식을 들었다. 한편 에이든, 소피, 간호사인 태터솔의 연이은 이식 수술이 이루어졌다. 모두 수술 후 빠르게 회복하여 예정된 세션을 진행했지만, 캐로는 참석하지 않았다. 그녀는 주로 바바라와 함께 뇌 매핑 분석을 하거나, 케일라와 대화를 시도하고, 트레버와 함께 침대에서 시간을 보냈다. 그중 뇌 연구와 트레버와의 관계는 순조로웠다.

그러나 케일라는 그녀에게 "엄마 언제 와?" 같은 질문만 되풀이했다. 아이가 묻고 또 물어도 캐로는 해 줄 말이 없었다. 그녀가 할 수 있는 일이라곤 케일라의 반감을 키우지 않도록 애쓰는 것뿐이었다. 캐로의 방과 케일라의 방은 연결되어 있었기 때문에 그녀는 트레버와 매일 밤 사랑을 나눴지만 언제나 그의 방에서 만났고, 혹시라도 케일라가 새벽에 부를지도 모른다는 생각에 늘 자신의 방으로 돌아갔다. 아직까지 케일라가 그녀를 찾은 적은 없었다.

세상이 이제 막 생겨난 것처럼 싱그럽고 생기 넘치던 어느 날 아침, 캐로는 커피를 들고 1구역 정원으로 가서 야자나무 그늘에 반쯤 가려진 그녀가 가장 좋아하는 벤치에 앉았다. 부드러운 공기에 촉촉한 흙 내음, 갓 깎은 잔디 향, 그리고 소금기를 머금은 은은한 바닷바람이 어우러져 있었다. 그녀는 천천히 숨을 들이마신 뒤 휴대 전화를 꺼내 이메일을 확인했다.

언니, 실버 어쩌고 박사가 나 다음 주에 퇴원해도 된대. 데리러 와 줄 수 있어? 그때 그렇게 굴었던 거 미안해. 꼭 아빠 같았지. 언니가 약속했던 거 지켜 줘.

엘렌

캐로가 생각을 정리할 새도 없이 제임스가 잔디밭을 헐레벌떡 가로질러 왔다. "박사님, 한참 찾았잖아요! 줄리안 씨가 지금 당장 보안실에서 뵙자고 합니다. FBI가 찾아왔어요."

와이거트는 병원에서 왓킨스와 함께 있다가 급히 보안실로 달려갔다. 줄리안과 에이든이 낯선 사람 둘과 마주 서 있었다. 줄리안이 딱딱한 어조로 말했다. "와이거트 박사님, 이쪽은 FBI 특수요원 한나 캐플로우 요원과 그렉 로건 요원입니다. 이분들이 우리 모두에게 묻고 싶은 것이 몇 가지 있다고 하네요."

"그리고 왓킨스 박사님께도요." 캐플로우 요원이 덧붙였다. 그녀는 줄리안과 키가 거의 비슷했고, 와이거트가 '멋있다'고 생각할 정도로 강인한 인상이었다. 로건 요원은 그녀에 비해 존재감이 덜했지만, 그의 날카로운 눈빛만큼은 와이거트를 긴장하게 했다. 하지만 그렇게 볼 게 뭐가 있지? 긴장할 이유라도 있나? 아무것도 없었다.

줄리안이 말했다. "왓킨스 박사님은 현재 위중한 상태입니다. 최근 뇌 수술을 받으셨는데 감염이 발생해서요. 중환자실 밖에서 보실 수는 있지만, 담당 의사들이 면담을 허락할지는 의문이네요."

"담당 의사라고 하면 라일 루스킨 박사와 캐롤라인 소암스 왓킨스 박사 맞습니까?" 캐플로우 요원이 확인했다.

어떻게 그런 정보까지 아는 거지? FBI가 단지를 감시하고 있었나? 어떻게? 왜?

줄리안이 말했다. "네, 루스킨 박사님과 소암스 왓킨스 박사님이 담당하고 계십니다. 소암스 왓킨스 박사님은 지금 단지 내에 있고 루스킨 박사님은 곧 왓킨스 박사님의 상태를 살피러 오실 겁니다. 그런데 무슨 일 때문에 오신 거죠? FBI가 케이맨 제도까지 관할권을 행사할 수 있나요?"

캐플로우 요원이 대답했다. "미국 시민이 직접 연루된 경우에 한해서요."

"정확히 어떤 사건에 연루되었다는 건가요?" 줄리안은 캐플로우 요원만큼이나 친절한 어투로 물었지만, 와이거트는 방 안의 공기가 한층 무거워지는 것을 느꼈다. 줄리안의 등 뒤 감시 카메라 화면에서는 정문과 단지 내외부가 다양한 각도로 비춰지고 있었다. 바다에서 너무 멀리 와 버린 듯한 갈매기 한 마리가 새하얀 날개를 퍼덕이며 카메라 가까이 날아들었다.

캐플로우 요원이 말했다. "당신과 직원분들께 몇 가지 확인할 사항이 있을 뿐입니다, 데이 씨."

"좋습니다. 이쪽으로 오시죠."

그들은 감시실 뒤편의 회의실로 들어가 자리에 앉았다. 야구 모자와 빈 음료수 캔, 간식거리들이 나뒹구는 어수선한 선반 위 커피 포트 안에 커피가 가득 차 있었지만, 줄리안은 커피를 권하지 않았다. 제임스가 만든 따끈한 생강 쿠키에서 나는 알싸한 냄새가 코를 찔렀다. 캐플로우 요원이 말했다. "저희가 들은 바로는 여기서 왓킨스 박사님의 지휘 아래 연구가 진행되고 있다고 하던데, 맞습니까?"

"그렇습니다." 줄리안이 답했다. "저희 연구 단지는 케이맨 당국에 정식으로 등록되어 있죠."

"네, 알고 있습니다. 뇌에 전극을 삽입해 각 영역에서 어떤 반응이 일어나는지를 분석하는 뇌 지도화 연구라고요."

"네, 정확합니다. 이미 알고 계시겠지만, 여러 과학자들이 이 분야에서 동물과 인간을 대상으로 광범위한 연구를 해 왔죠. 저희는 그 연구를 한 단계 더 확장하고 있습니다. 연구 참가자들은 모두 자발적으로 참여했고, 저를 포함한 모든 참가자들의 법적 계약서를 보여 드릴 수 있습니다."

"그러실 필요는 없습니다." 캐플로우 요원이 짧게 대답했다. 로건 요원은 줄리안의 머리를 유심히 보았지만, 그와 에이든의 작은 커넥터 케이스는 풍성한 머리카락에 감춰져 있었다. 머리가 점점 빠지던 와이거트는 커넥터 케이스를 가리기 위해 멋들어진 어부 모자를 쓰는 것이 습관이 되었다. 모자를 벗어야 할까? 잠시 고민했지만, 굳이 요구받지 않는 한 그대로 쓰고 있기로 했다. 그는 사람들이 이상한 눈으로 쳐다보길 원하지 않았다.

줄리안이 다시 입을 뗐다. "여전히 요원님들이 오신 이유를—"

캐플로우 요원이 그의 말을 끊었다. "정확히 어떤 연구인지 좀 더 자세히 알려 주실 수 있나요?"

줄리안의 눈이 갑자기 반짝 빛났다. "좋습니다. 여기 와이거트 박사님이 저희 연구에서 실험 설계를 주도하고 계시죠. 조지 박사님, 저희가 진행 중인 연구를 구체적으로 설명해 주시겠어요? 처음부터요."

설명이라면 내 전문이지! 와이거트가 입을 열었다. "우리가 여기서 하는 모든 연구는 현실이라는 개념에서 출발합니다. 아시다시피 양자 물리는 아원자 입자가 확률적 특성을 지닌다는 점을 명확히 증명한 일련의 실험들로 시작해 지난 100여 년간 양자 상호작용의 기본 원리를 확립해 왔습니다. 존 휠러는—"

이후 6분 동안 이어진 그의 설명은 겨우 양자 얽힘에 이르렀을 뿐이었다. 로건 요원은 전혀 이해가 안 된다는 듯한 표정으로 미간을 찌푸리며 눈을 가늘게 뜨고 있었다. 캐플로우 요원의 목소리에서는 친절함이 사라져 가고 있었다. "와이거트 박사님, 감사하지만 이론적 배경까지 들을 필요는 없을 것 같군요. 박사님께서 연구 참가자들의 뇌에 삽입한 전선이—"

"아, 저는 뇌에 전선을 넣는 작업을 하지 않아요. 전 이론 물리학자이지, 의사가 아니거든요."

"네, 그건 알고 있습니다." 캐플로우 요원이 대꾸했다. "그래서 이곳 수석 외과의와도 면담이 필요합니다. 데이 씨, 그분을 이리로 불러 주시면 감사하겠습니다. 와이거트 박사님, 요컨대 박사님의 이론을 따라가다 보면 전선이 삽입된 사람들이 컴퓨터에 연결되어 뇌 기능이 기록되는 동시에 외부 정보를 입력받는다는 건가요? 대략적으로 말하면?"

"아주 단순하게 말하면 그렇습니다. 다만—"

"그리고 그 외부 정보로 인해 매우 선명하고 구체적인 환각을 경험하게 되고, 이후에도 이를 기억하며 해당 데이터를 심층 이미지 재구성 소프트웨어가 기록하는 방식이죠. 맞습니까?"

"환각이 아니라", 와이거트가 강하게 반박하려던 순간, 줄리안이 잽싸게 말을 가로챘다. "본질적으로는 맞습니다. 실험 대상자들이 환각을 현실처럼 인식하기 때문에 그 결과로 얻어진 매핑 데이터가 기억과 상상력이 뇌에서 어떻게 처리되는지 연구하는 데 중요한 역할을 합니다."

와이거트는 얼굴을 찌푸렸다. 로즈는 환각이 아니었다! 그러나 줄리안이 FBI에게 그런 인상을 주려는 것이라면, 와이거트가 나설 이유는 없었다. 그가 연구 결과를 출판하면 모든 오해를 바로잡을 수 있을 터였다.

"이해했습니다." 캐플로우 요원이 답했지만, 와이거트는 그녀가 진짜로 이해했을지 의심스러웠다.

문이 열리더니 커피를 든 캐로가 모습을 드러냈다. "줄리안 씨, 찾으셨나요?"

"네. 앉으세요, 캐로 박사님." 줄리안이 그녀를 요원들에게 소개했다. 캐로는 경계하는 눈빛으로 자리에 앉았다.

캐플로우 요원은 그녀가 진행한 수술에 대한 다양한 의학적 질문을 던지는 한편 외과적 임플란트 훈련 경력, 그리고 그랜드 케이맨에 온 이유와 남아 있는 이유에 대해서까지 꼼꼼히 물었다. 와이거트는 직접 보지는 않았지만, 줄리안이 살짝 긴장하는 것을 느낄 수 있었다. 하지만 캐로는 침착하고 전문적인 태도로 모든 질문에 답했다.

"이곳에서 하는 수술은 주로 파킨슨병 환자들의 치료를 위해 영구적인 전극선을 뇌에 삽입하는 DBS와 유사합니다. FBI에서는 이미 제 연구 이력을 아시겠지만, 저는 뇌 지도화 연구에 관심이 많고, 관련 경험도 있습니다. 또한 제가 페어레이 메모리얼 병원의 신경외과 과장 폴 베커 박사를 성희롱 혐의로 신고했으나 기각되었고, 그로 인해 페이스북, 트위터 등 소셜 미디어에서 집중적인 사이버 공격을 받았다는 것도 아실 겁니다. 그래서 페어레이 메모리얼 병원에서는 더 이상 저에게 적절한 근무 환경을 제공하지 못했기 때문에 왓킨스 박사님과 함께 일하기 위해 이곳에 오게 되었습니다. 뇌 지도화에 대한 관심도 있었고, 무엇보다 새뮤얼 왓킨스 박사님은 제 종조부이기도 하지만 노벨상 수상자로서 어떤 젊은 외과의라도 함께 일하는 것을 영광으로 여길 만한 분이기 때문입니다."

캐플로우 요원은 전혀 놀라는 기색이 없었다. 줄리안은 희미하게 미소를 지었다.

로건 요원이 처음으로 입을 열었다. "이곳에서 근무했던 벤자민 헌터 클라비 씨에게도 실험용 전선을 삽입했나요?"

줄리안의 얼굴에서 미소가 순식간에 사라졌다.

"네. 그렇습니다." 캐로가 말했다.

"수술이 정확히 언제 이루어졌습니까?"

캐로가 줄리안 쪽을 쳐다보자, 그는 날짜를 알려 주었다.

"수술 결과는 성공적이었나요? 합병증 같은 것도 없이?"

"수술 후 첫 16시간 동안은 괜찮았습니다. 그런데 그 이후 벤 클라비가 단지를 나가 버려서요."

"의료진의 권고를 무시하고요?"

"권고를 할 기회가 있었다면 그랬겠죠. 제가 알기로는 한밤중에 갑자기 나가서 사라졌다고 하더군요."

"클라비가 그렇게 떠난 이유를 혹시 아십니까, 소암스 왓킨스 박사님? 참고로, 지금 선서를 한 건 아니지만, 미국 연방법 제18편 1001조에 따라 FBI에 고의로 허위 진술을 하는 행위는 범죄에 해당합니다."

캐로는 턱을 살짝 들었다. "벤 클라비가 왜 떠났는지는 전혀 모릅니다."

"혹시 떠난 뒤에 연락이 온 적은 없습니까? 의료상의 문제와 관련해서라든가."

"없었습니다."

"와이거트 박사님이나 데이 씨, 두 분은 클라비가 떠난 이후로 어떤 형태로든 연락을 주고받은 적이 있습니까?"

"아니요." 와이거트가 답했다. "그런데 클라비가 데이터를 훔쳐 갔습니다." 그 말을 해도 괜찮았던 걸까? 하지만 사실이었다.

줄리안도 말했다. "그렇습니다. 클라비가 중요한 연구 데이터를 복사해 갔어요. 하지만 우리 중 아무도 그 이유를 모르고, 그걸 어디에 사용했는지도 모릅니다. 혹시 아십니까? 아니라면, 왜 정당한 과학 연구를 문제 삼는지 설명해 주시죠."

"저희는 연구를 문제 삼는 게 아닙니다, 데이 씨. 아마 자주 보실 것 같은데 조만간 인터넷 뉴스에서 공개될 내용을 확인하시면 저희가 왜 당신을 찾아왔는지, 왜 왓킨스 박사님을 만나려 하는지 금방 이해될 겁니다.

간밤에 벤 클라비가 뉴욕에 있는 어머니의 집에서 살해된 채 발견됐습니다."

와이거트는 속이 울렁거렸다. 클라비를 좋아한 건 아니었지만…… 살해라니? 누가? 대체 왜?

"도무지 이해가 안 되는데." 그가 유일하게 보안실에 남아 있던 에이든에게 말했다. 줄리안과 캐로는 요원들을 왓킨스에게 데려갔지만, 아마 헛수고일 것이다. 에이든은 휴대 전화에 코를 박고 있느라 와이거트의 말을 듣지도 못한 것 같았다.

"여기 찾았어요." 에이든이 말했다. "짧은 기사인데 브루클린에서 어머니가 장을 보고 돌아와 보니 아들이 손님방에서 총에 맞아 있었다고만 나와 있어요. 그래서 경찰을 부르고…… 정말 별다른 정보가 없네…… 스탠퍼드 졸업생이고…… 그런데 왜 FBI가 나선 걸까요? 살인은 보통 연방 사건이 아니라 주 경찰이 수사하잖아요."

와이거트는 그 부분을 미처 생각하지 못했다. 지금껏 미국 법체계를 알아야 할 일이 없었기 때문이다. 머릿속에 떠오른 장면들에 몸이 움찔했다. 그의 엄마, 손님방, 젊은 클라비…… 총은 어디에 맞았을까? 머리? 심장? 피가 많이 나왔을까? 에이든이 더 말하기 전에 와이거트는 보안실을 나섰다.

로즈—

진정해, 여보.

우리는 과학을 연구하는 거지 범죄랑은 상관없잖아! 무슨…… 삼류 범죄 드라마 찍는 것도 아니고!

앞으로 무슨 일이 더 생긴다고 해도, 자기가 과학을 연구한다는 건 변함 없을 거야.

그래. 그럴 것이다. 하지만 만약 FBI가 연구를 중단시킨다면…… 그게 가능한가? 정말 그렇게까지 할까?

보아하니 캐로도 같은 고민을 하고 있었던 모양이었다. 15분 후, 그녀가 와이거트의 방문을 두드렸다. "조지 박사님, 잠깐 얘기 좀 할 수 있어요?"

"들어와요, 캐롤라인 박사님. 샘은 어때요?"

"아직 심각한 상태지만 조금씩 호전되고 있어요. 제가 오기 전에 FBI가 따로 더 이야기한 건 없나요?"

"중요한 건 없었어요. 샘이 요원들에게 뭐라고 했나요?"

"잠들어 계셨어요. 사실 그분들도 박사님께 뭔가 물어보려는 게 아니라, 아마 그냥 진짜 있는지만 확인하러 온 것 같았어요. 줄리안 씨와 에이든 씨는 아직도 이야기 중이고요. 조지 박사님, 대체 이게 어떻게 된 일일까요? 벤 클라비에 대해 제가 모르는 게 있으면 뭐든 말해 주세요."

와이거트는 책상 의자에 앉았다. 캐로에게 자리를 내주는 게 예의겠지만, 다리가 후들거렸고 그녀는 서른한 살인 것에 비해 그는 훨씬 나이가 많았다. 저렇게 젊고 가녀린 사람이 어떻게 이렇게 강렬한 인상을 줄 수 있을까?

그가 말했다. "박사님이 아시는 것 이상은 저도 몰라요."

"그럼 줄리안 씨는 뭔가 더 알고 있을까요?"

와이거트가 대답을 망설였다. 머릿속에서 기억 하나가 떠올랐다. 줄리안, 에이든, 이반이 세션 룸 컴퓨터 앞에서 이야기를 나누다 와이거트가 들어오자마자 조용해졌던 적이 있었다. 캐로의 눈빛이 날카로워졌다.

와이거트는 최대한 솔직하게 대답했다. "모르겠어요. 예전에는 줄리안, 샘, 그리고 저까지 셋이서 이 프로젝트에 대한 모든 걸 공유한다고 생각했죠. 그런데 물론 딱히 의심할 이유가 명확하게 있는 것도 아니지만, 지금은 장담할 수가 없네요. 하지만 저는…… 그게……"

캐로가 대신 말을 이었다. "확실하지 않은 게 불편하신 거죠."

"맞아요. 제 말은, 아니 그게 아니라…… 캐롤라인 박사님, 젊은 친구들, 해커들이 그냥 자기 능력을 과시하려고 데이터를 빼돌리기도 한다고 들었어요. 친구들한테 잘난 척하려고요. 혹시 클라비도 그랬을까요?"

캐로는 부드럽게 미소 지었다. "정확히는 모르겠지만, 아닐 거예요. 잘난 척했다고 살해당하는 해커는 없으니까요." 캐로는 잠시 생각에 잠겼다가 말했다. "제 동생이 곧 올 거예요. FBI가 혹시라도 연구를 중단시키기 전에 최대한 빨리 이식을 진행하고 싶어요."

"그렇겠네요." 그가 해 줄 수 있는 건 그 말뿐이었다. "그쪽 시설에 있는 의사들이 퇴원을 허가하는 대로 이식을 받을 수 있도록 일정을 잡겠습니다. 원래 모두 의사들의 손에 달린 법이죠."

"그럼 전 의사가 아닌가 봐요." 캐로가 농담했다.

34

줄리안이 엘렌의 도착을 위한 준비를 신속하게 마치는 모습에 캐로는 놀라움을 금치 못했다. 하긴, 돈이면 뭐든 가능하지. 캐로는 속으로 고개를 끄덕였다. 그러나 이내 곧 자신의 삐딱한 시선이 부끄러워졌다. 돈은 써야 의미가 있었고, 줄리안은 엘렌을 대신해 그 일을 하고 있었다.

단지에서 약 400미터 떨어진 곳에 작은 오두막 하나를 빌렸는지 샀는지 (캐로는 굳이 묻지 않았다) 거처가 마련되었다. 가구와 생활용품이 끊임없이 배달되었다. 에이든의 기술팀이 단지의 보안 시스템과 연동되는 보안 장치를 설치했다. 줄리안은 엘렌을 돌볼 간호사와 매일 와서 요리와 청소를 도와줄 현지 여성을 고용했다. 줄리안과 캐로는 매일 실버스타인 박사와, 그리고 엘렌과 화상통화를 했다.

엘렌이 돌아오기 전까지 캐로는 케일라에게 아무 말도 하지 않았다. 약속을 어기면 케일라의 불신만 깊어질 테니까.

FBI는 다시 오지 않았다. 줄리안과 연락을 주고받고 있을지도 몰랐지만, 캐로나 트레버에게는 말하지 않았다.

왓킨스는 여전히 위독한 상태였지만 거기서 더 나빠지지는 않았다. 캐로는 필요 이상으로 오래 왓킨스의 중환자실 침대 곁을 지켰다. 보통 그녀가 와도 그는 깊이 잠들어 있었지만, 어느 날 오후 그가 눈을 뜨고 쉰 목소리로 그녀를 불렀다. "캐롤라인."

"여기 있어요." 그녀가 책을 내려놓으며 대답했다. 혹시 기력이 돌아오는 걸까? 하지만 모니터에 찍힌 수치는 아니라고 말하고 있었다. "뭐 필요한 거 있으세요, 할아버지?"

그녀는 한 번도 그를 그렇게 불러 본 적 없었지만, 그 말이 저절로 나와 버렸다. 그는 그것을 알아차린 듯 마른 입술을 미약하게 움직이며 순간 미소 비슷한 표정을 지었다. "얘기 좀 하지. 내…… 조카 말이야."

그녀가 아는 한 왓킨스와 아무런 접점이 없었던 그녀의 아빠, 데번 왓킨스의 비참한 과거를 어디까지 말해야 할까? 또 그는 얼마나 알고 있을까?

왓킨스 앞에서는 정직이 최우선이었다.

"저희 아빠는 돌아가셨어요." 캐로는 담담하게 말했다.

"스스로…… 떠났다지."

"네. 꽤 오랫동안 우울증을 앓으셨거든요. 몇 년 후에 엄마도 돌아가셨고요. 동생이셨던 존 할아버지도 기억하긴 하지만 어렴풋하게만 생각나요. 제가 어릴 때 돌아가셨으니까요."

왓킨스가 입술을 달싹이며 '멍청이'라고 중얼거린 것 같았지만, 정확히 들리지 않았다. 그는 피곤한 듯 눈을 감았다.

또 무슨 말을 하면 좋을까? "아빠는 과묵한 분이셨어요. 똑똑하지만 늘 자신을 뒤로 숨기셨죠." 그래서 못된 엄마에게 완전히 휘둘리셨고요. "아빠와 동생은 그럭저럭 가까운 사이였어요." 그런데 제가 에단의 장례식에서 그 관계를 부숴 버렸죠. "아빠가 할아버지랑 많이 닮지는 않으셨던 것 같아요. 적어도 제가 본 할아버지의 어린 시절, 아니, 젊은 시절 사진으로는요." 맙소사, 왜 이렇게 횡설수설하는 거야!

"형제가…… 죽었지."

그녀는 이미 그의 동생, 그러니까 그녀의 할아버지가 세상을 떠났다고 말했다. 그러다 문득, 왓킨스가 자신의 동생이 아닌 그녀의 오빠를 말하고 있다는 사실을 깨달았다.

캐로가 차분하게 말했다. "네. 에단 오빠도 죽었어요." 너무나 많은 죽음이 있었다. 그런데 왓킨스는 왜 이런 말을 하는 걸까?

"나도…… 죽겠지."

"네. 하지만 이 감염 때문은 아니길 바라요. 아직 회복할 가능성이 있으신걸요."

"아니." 그가 힘겹게 말했다. 그리고 지금까지 했던 말 중 가장 또렷한 목소리로 말했다. "프로젝트에 좋은 일이야."

자신의 죽음이 프로젝트에 좋은 일이라고? 혼란스럽고 불안해진 캐로는 몸을 숙여 그를 가까이 살폈다. 그러나 그는 이미 잠들어 있었다.

엘렌은 내일 그랜드 케이맨에서 출발할 예정이었다. 캐로는 아침이 되면 케일라에게 말할 생각이었다. 케일라가 어떻게 반응할지 짐작이 가지 않았다.

아이가 잠든 것을 확인한 후 캐로가 트레버의 방으로 가려던 순간, 무언가 쿵 하고 문에 부딪히는 소리가 났다.

이번엔 또 뭐지? 문을 벌컥 열어 보니 제임스가 바닥에서 몸을 일으키는 중이었고, 끝이 하얀 꼬리가 달린 작은 털 뭉치가 화단 덤불 속으로 쏙 사라지는 것이 보였다.

"넘어졌어요. 그리고 맞아요, 저 불쌍한 녀석을 돌려보내지 않았어요." 제임스가 짜증 섞인 목소리로 말했다. "주방 뒤에서 키우고 있었는데 이제 잡을 수도 없네요!"

"고양이를 안 보냈다고요? 왜요?"

"그냥요!" 그가 일어섰다. "어휴, 이것 좀 봐요! 새로 산 바지에 온통 풀물이 들었어요. 잡아야겠어요. 도마뱀이라도 먹으면 어떡해요?"

"뭐라고요?"

"도마뱀이요! 도마뱀이 고양이한테 독이 되면 어쩌죠? 혹시 정말 그런가요, 박사님?"

캐로는 전혀 몰랐다. "사료는 제대로 챙겨 주고 있었어요?"

"당연하죠!"

"그럼 아마 도마뱀은 안 먹을 거예요. 밤새 마당에 있어도 별일 없을 테니까 그냥 아침까지 둬요."

"그렇지만—"

"잘 있을 거예요."

아침이 되자 케일라가 침실을 연결하는 문을 박차고 들어왔다. "이모! 왜 내 고양이가 밤새 밖에 있었던 거야? 풀 속에 있는 걸 찾았다고!"

케일라가 작은 고양이를 안고 서 있었다. 녀석은 털이 흙투성이에 한쪽 귀에는 꽃잎이 달라붙은 채 손톱으로 칠판을 긁는 듯한 소리를 내며 울어댔다. 케일라는 고양이를 보호하듯 품에 꼭 안았다. 캐로가 겨우 정신을 차리며 상황을 이해하려고 눈을 깜빡이는 사이, 케일라는 침대 쪽으로 한 걸음 다가왔다.

"이모가 뭐라고 하든 내가 키울 거야."

"난 안 된다고 한 적—"

"플러피는 **내 거야**. 절대 안 헤어져!"

"아니, 나도—"

"줄리안 아저씨가 아침 먹을 때 엄마가 오늘 올 거라고 말해줬어. 엄마가 내 고양이를 좋아할까?"

아이를 다루는 것보다 차라리 뇌 수술이 쉬울 것 같았다.

사실, 가족 문제가 원래 뭐든 어려웠다. 엘렌이 세심하게 준비된 오두막에 도착했지만, 캐로는 겨우 몇 분간만 함께 시간을 보낼 수 있었고, 그 짧은 시간조차 충격의 연속이었다.

케일라는 오후에 데려올 계획이었다. 그녀는 우선 엘렌의 몸 상태와 기분을 확인하고 싶었다. 그녀는 간단한 의료 기구와 약을 커다란 핸드백에 욱여넣어 임시로 '왕진 가방'을 꾸렸다. 엘렌이 자신을 의사가 아닌 언니로 봐 줬으면 했지만, 혹시라도 필요하면 진찰할 준비는 해 두고 싶었다. 비행기 탈 때 그 낡은 가방을 여행용으로도 사용했기 때문에, 지금 쓰는 것보다 크고 투박했던 구형 노트북을 넣어 다니다가 군데군데 늘어나 있었다. 한때는 짙은 붉은색이었던 가죽도 마치 이상한 병에 걸린 소처럼 얼룩덜룩했다. 곳곳에 달린 지퍼 중 두 개는 이미 망가져 있었다. 엘렌은 늘 이 가방을 가지고 놀려 댔고, 캐로는 이번에도 그러길 바랐다. 동생이 괜찮아졌다는 신호일 테니까.

지난 며칠 동안 엘렌의 이메일과 전화 통화는 짧고 명확하면서도 오로지 안젤리카에 관한 이야기밖에 없었다. 언제쯤 다른 우주에 있는 안젤리카를 만나러 '전송 장치'를 머리에 이식받을 수 있어? 이식 수술을 받으면 안젤리카를 찾아갈 만큼 회복하는 데 얼마나 걸려? 혹시 케일라도 같이 갈 방법은 없을까? 케일라는 동생이 다른 차원에서 건강하게 살아 있다는 얘기를 들었어?

캐로는 최대한 자세히 설명했지만, 엘렌이 바라는 대답과는 거리가 멀었다. 원체 공부에 관심이 없었던 엘렌은 와이거트의 물리학이나 칩의 작동 방식 따위는 궁금해하지 않았다. 그녀는 오직 죽은 아이가 다시 살아 숨 쉬는 모습을 보고 싶을 뿐이었다.

캐로는 회복이 더딘 왓킨스를 두고 엘렌과 그랜드 케이맨에서 오는 비행기를 탈 수 없었다. 줄리안 역시 또 케이맨 브랙을 떠나고 싶어 하지 않았다. 결국 바바라가 엘렌을 데려오는 역할을 맡게 되었다. 캐로가 오두막에 가서 공항에서 오는 지프차를 기다리고 있을 때, 도착한 차를 몰고 있던 사람은 제임스의 가사 직원 중에서 덩치가 크고 알아듣기 어려운 사투리를 쓰는 섬 출신의 미크였다. 뒷좌석에는 엘렌과 함께 뜻밖에도 로레인이 앉아 있었다.

로레인에 놀란 것도 잠시, 마주 본 엘렌의 모습은 충격이었다. 푸석하고 윤기 없는 머리카락을 대충 빗은 데다 여전히 마르고 허약했지만, 무엇보다 그녀의 눈에는 더 이상 죽은 듯한 공허함이 없었다. 마치 레이저처럼 날카롭고 강렬한 그 눈빛이 캐로를 더 불안하게 했다. 로레인이 엘렌을 부축하며 지프차에서 내리도록 도와주었다. 캐로는 그녀를 꼭 끌어안았다.

엘렌이 몸을 빼며 말했다. "안젤리카는? 케일라는?"

"케일라는 조금 있다 데려올게. 오는 길은 어땠어? 비행기는 괜찮았어?"

"그럭저럭."

"그래? 혹시…… 음, 흔들리거나 하진 않았고?" 세상에, 그녀가 쓸데없는 소릴 하고 있었다. **엘렌**한테.

"괜찮았어." 엘렌이 짧게 대답했다.

그래도 이제 온전한 문장으로 말하고 있었다.

그러다 엘렌이 불쑥 말했다. "나 아직 상태가 안 좋아, 언니."

"응, 나도 알아. 그렇지만 여기선, 네가—"

"그래." 그리고 한참 동안 침묵이 흘렀다. 캐로는 속이 답답해졌다. 그녀와 엘렌은 이렇게 어색한 사이가 아니었다. 하지만 그때 엘렌이 살짝 미소를 지었다. 부자연스러운 미소였지만, 이어지는 말은 진심이었다.

"아직…… 그래도 안젤리카를 보면 괜찮아질 거야. 내 눈으로 확인하면. 고마워, 언니. 언니도 그렇고 줄리안 씨도. 정말 대단한 분이더라. 그런 사람은 처음 봤어."

아…… 안 돼. **절대 안 돼.**

캐로가 신중하게 대답했다. "정말 큰 도움을 주셨지."

그때 엘렌이 캐로가 말하지 않은 것까지 다 알아챘다는 특유의 미소, 진짜 엘렌다운 미소를 지었고, 잠시나마 예전의 엘렌으로 돌아간 듯했다. "혹시 언니 그 사람이랑—"

"아니야. 그런 게 아니라, 엘렌, 너 그러니까…… 내 말은, 줄리안 씨한테……"

엘렌이 캐로의 팔을 가볍게 건드렸다. "괜찮아. 그럴 생각 없으니까."

로레인은 그들의 대화를 묵묵히 듣고만 있었고, 무슨 생각을 하는지 알 수 없었다. 누가 알겠는가. 이렇게 고요하고 흔들림 없는 로레인을 보면 엘렌만큼이나 불안했다. 엘렌도 이식 수술과 다중 우주 세션을 마치면 로레인처럼 감정의 기복 없이 차분해져 내면과 영원한 것만을 바라보게 되는 걸까? 제발, 그러지 않기를. 그러면 엘렌은 더 이상 엘렌이 아니게 될 것이다.

로레인이 말했다. "햇볕이 너무 뜨겁네요. 엘렌, 물 마실래요? 차나 커피, 아니면 스무디라도? 우리 안으로 들어가요." 로레인이 엘렌의 팔을 잡았다.

캐로는 순간적으로 알 수 없는 불쾌감을 느끼며 뒤를 따라갔다.

오두막의 세 개 침실은 해변 리조트 분위기를 풍기는 널찍한 개방형 거실과 연결되어 있었다. 파란 쿠션이 놓인 라탄 의자, 흰색 원목 테이블, 불가사리 무늬가 그려진 커튼이 분위기를 더했다. 벽난로 옆의 의자에 앉아 있던 여자가 자리에서 일어났다. 가스레인지 앞에서 요리하던 또 다른 여자도 냄비 세 개에서 피어오르는 매콤한 향을 뒤로하며 그들을 향해 몸을 돌렸다. 로레인이 소개했다. "엘렌, 이분은 간호사인 나즐라 씨, 그리고 저분은 매일 와서 우릴 챙겨 주실 캐리 부인이에요."

엘렌은 고개를 끄덕였지만 아무 말도 하지 않았다. 미크가 엘렌의 여행 가방을 들고 들어오자, 로레인은 두 개의 싱글 침대가 놓인 가장 큰 방을 가리켰다. 케일라에게는 너무 유치한 분홍색 거북이 인형이 한쪽 침대 위에 놓여 있었다. 미크는 다른 쪽 침대에 엘렌의 가방을 내려놓았다.

불길한 의심이 캐로의 뇌리를 스쳤다. 작은 침실 두 개 중 하나의 서랍장 위에는 나즐라와 그녀의 딸이 틀림없는 꼭 닮은 젊은 여성이 함께 있는 사진이 있었다. 그리고 또 다른 방에는 벽에 형형색색의 커다란 드림캐처가 걸려 있었다. 그리고 **매일 와서 우릴 챙겨 주실 캐리 부인**이라는 말. 우리.

캐로가 물었다. "로레인, 혹시 여기 머무는 거예요?"

"네, 당분간은요. 오빠가 엘렌 씨한테 다중 우주에 관해 질문이 있을 수 있으니 제가 같이 지내면서 설명해 드리면 좋겠다고 했거든요."

캐로는 굳은 목소리로 말했다. "그거라면 제가 해도 돼요."

"그거야 그렇죠. 하지만 박사님은 단지에서 할 일이 많으시잖아요."

"강의 같은 거 하시지 않으셨어요? 대학 수업이었나—"

"안식년이에요." 로레인이 캐로를 향해 웃었다.

엘렌이 진심 어린 목소리로 말했다. "고마워요, 로리. 궁금한 게 많거든요."

캐로는 당장이라도 로레인의 머리를 쥐어뜯고 싶었다. 하지만 내심 자신의 질투가 유치하고 철없고 한심하다는 걸 알고 있었다. **로리라니**. 그녀는 애써 감정을 억누르며 말했다. "줄리안 씨 생각이라고요?"

"네." 로레인이 대답했다.

"정말 따뜻한 사람이야." 엘렌이 나지막이 중얼거렸다.

줄리안에 대해 그녀가 뭐라고 할 수 있었겠냐마는, 캐로가 말문을 열기도 전에 미크가 다시 안으로 들이닥쳤다. "박사님, 지금 가야 해요. 줄리안 전화, 지금 오래요."

"무슨 일이에요? 무슨 일이라도 생긴 거예요?" 캐로가 물었다.

"왓킨스 박사님. **지금** 가요."

35

췌장암은 무자비하고 종잡을 수 없는 병이었다. 와이거트는 그 사실을 잘 알고 있었다. 어떤 사람들은 진단을 받고도 몇 년을 버티는가 하면, 몇 주 만에 세상을 떠나는 사람들도 있었다. 와이거트가 왓킨스를 지켜보던 중, 갑작스럽게 숨이 가빠지더니 호흡이 얕고 불규칙하며 거칠어졌다. 간호사가 말했다. "흉강에 체액이 고이고 있어요. 다행히 큰 통증은 없는 것 같습니다. 일단 줄리안 씨에게 루스킨 박사님을 불러달라고 할게요."

와이거트는 오랜 친구가 약해진 모습을 보며 가슴이 미어졌다.

로즈, 이제 시간이 얼마 남지 않은 것 같아.

알아, 여보. 너무 마음 아프다.

놀랍게도, 머릿속에서 로즈와 나누는 '대화'가 예전보다 훨씬 더 위안이 되었다. 당연히 지금은 와이거트가 혼자서 양쪽 역할을 모두 하고 있었지만, 세션 중에는 정말로 그녀와 대화를 할 수 있었기 때문이다. 캐로 같이 따뜻하고 사랑스러운 사람이 어떻게 이런 위안 없이 견딜 수 있는지 알 수 없었다. 물론 그녀는 결혼한 적도 없었고, 가장 가까운 가족인 동생이 이 우주에 여전히 살아 있었다. 그러고 보니, 엘렌 켐프가 오늘 섬에 도착한다고 하지 않았던가?

와이거트는 잠에서 깨지 않는 샘 곁에 한 시간을 더 앉아 있었다. 점심을 먹은 후 그는 방으로 돌아가 곧 출간될 책과 관련된 출판사의 문의 사항에 답변했다. 그리고 오후가 되자 그는 이제 깨어 있지 않을까 하는 기대를 하며 왓킨스를 보기 위해 다시 병원 동으로 향했다. 중환자실 간호사가 동료 간호사들과 이야기를 나누고 있었고, 그중 몇 명은 눈물을 흘리고 있었다.

그 순간, 와이거트는 직감했다.

간호사가 와이거트를 보자마자 그에게 다가왔다. "와이거트 박사님, 너무도 안타까운 소식입니다. 왓킨스 박사님께서 15분 전에 숨을 거두셨습니다."

와이거트는 말없이 고개를 끄덕였다. 그는 진짜 슬픔이 밀려오기 전까지 잠시간은 아무 감정도 느껴지지 않는다는 것을 알고 있었다. 로즈를 떠나보낼 때도 그랬다. 이 감정의 마비는 그저 짧은 축복일 뿐이었다.

"잠시만이라도 옆에 앉아 있고 싶습니다." 와이거트는 중환자실을 향해 걸음을 옮겼다.

간호사의 어조가 달라졌다. "박사님은 여기 안 계세요."

"그러면 어디 있죠? 전 샘이—"

"왓킨스 박사님께서는 세션 룸에서 돌아가셨습니다."

"대체 왜 거기서……" 와이거트는 말을 마치지 못했다. 그 질문에 대한 답은 명확했으나, 이어질 질문들은 그렇지 않았다. "줄리안도 거기 있습니까? 왜 저한테는 연락이 없었죠?"

"저도 잘 모르겠습니다, 박사님."

그녀의 혼란스러운 기색이 그대로 전해졌다. 그녀는 정말 아무것도 몰랐다. "감사합니다." 와이거트가 무뚝뚝하게 말했다. 그는 컴퓨터 단지로 허겁지겁 달려갔고, 손이 떨려 지문 인식 장치를 한 번에 열지도 못했다. 왓킨스는 자신의 마지막을 직감하고, 죽기 전에 다중 우주 세션을 하려고 했을 것이다. 그리고 와이거트라도 같은 선택을 했을 것이다. 그는 왓킨스가 최소한 몇 분이라도 컴퓨터와 연결되어 다른 우주에서 잠시나마 시간을 보냈기를 바랐다. 그런데…… 왜 와이거트는 부르지 않고 줄리안만 불려 간 거지? 누군가는 반드시 그 이유를 설명해야만 할 것이다!

왓킨스가 컴퓨터 장비들 사이 간이침대에 누워 있는 모습을 보자, 와이거트의 가슴이 철렁 내려앉았다. 그의 머리 위에 부착된 작은 티타늄 케이스에는 여전히 전선이 연결되어 있었다. 카밀라가 눈물을 글썽이며 이제 막 그의 눈을 감겨 주고 있었고, 줄리안과 에이든이 컴퓨터 화면 앞에 서서 낮은 목소리로 대화를 나누고 있었다. 와이거트가 들어서는 순간, 두 사람은 급히 그를 돌아보았고, 줄리안의 얼굴에 알 수 없는 표정이 지나갔다.

와이거트는 자신이 무엇을 보고 있는지 알았지만, 입을 떼기까지 한참을 머뭇거렸다. 그리고 마침내 입을 열었을 때, 그 말은 로즈를 향한 것이었다.

세션 도중에 죽었군.

그러나 이번만큼은 로즈의 대답을 만들어 낼 수 없었다.

줄리안이 먼저 말했다. "조지 박사님, 조금 전 일이에요. 편안하게 떠나셨어요. 왓킨스 박사님은—"

"하지만 이 친구를 이곳에 데려온 건 조금 전 일이 아니었겠지." 와이거트가 날카롭게 말하며 구석에 박힌 들것을 가리켰다. "그렇지? 저 들것에 태워서 장비에 연결해야 했을 테니 세션 시작 전에 나한테 연락할 시간이 충분했을 텐데."

"죄송합니다. 너무 갑작스럽고 예상치 못했던 일이라—"

"아니, 그렇지 않았어." 와이거트가 그의 말을 싹둑 잘랐다. 살면서 이렇게 극심한 분노를 느낀 적이 몇 번 없었지만, 지금이 바로 그 순간이었다. "왜 나를 부르지 않았나, 줄리안?"

"박사님—" 카밀라가 무언가 말하려다 멈추고, 곁눈질로 줄리안을 쳐다보았다.

와이거트가 목소리를 높였다. "그리고 또, 루스킨 박사는 어디 있지? 설마 루스킨 박사도 없었던 건가? 아침에 샘의 상태가 악화된 상황에서 자리를 비웠다고?"

"라일 박사님은 물론 계셨습니다." 줄리안이 설명했다. "보안실에서 사망 진단서를 작성하고 계세요. 우선 마음을 가라앉히세요, 조지 박사님. 연락을 드리지 못해 정말 죄송하지만, 중요한 건 왓킨스 박사님이 세션을 마치고 고통 없이 평온하게 눈을 감으셨다는 거고—"

"세션을 끝냈다고? 중간에 그런 게 아니라?"

"네. 세션 후였어요. 호흡이 너무 거칠어져서 세션을 짧게 마무리하고 컴퓨터를 껐거든요. 짧은 시간이었지만 다른 우주에 가서 행복해하셨어요. 세션 기록이 남아 있으니 영상을 보시고—"

"캐롤라인 박사가 어제 샘은 아직 세션을 진행할 만큼 상태가 좋지 않다고 했었네. 병원에 더 있어야 한다고. 그런데 왜 강행한 건가?"

"어차피 떠날 운명이었고, 본인의 뜻이었으니까요." 줄리안의 목소리는 더욱 강경해졌고, 눈빛이 반박을 거부하는 듯했다. 그러나 와이거트도 물러서지 않았다.

"어차피 죽었을 거라고 단정할 수는 없어. 전에도 몇 번이고 위기를 넘겼던 친구네. 하지만 세션이 무리가 되었을 거고…… 세션 도중에 사망한 거지?"

"아니요. 세션이 종료된 후였습니다."

"그 세션이 목숨을 앗아간 것일 수도 있지 않나!"

"그럴 리 없습니다. 암으로 인해 몸이 이미 한계에 다다른 상태였어요. 그리고 왓킨스 박사님 자신의 선택이었어요. 라일 박사님은 탐탁지 않아 하셨지만, 그분이 내린 선택이에요. 그분은—"

"라일을 만나야겠어. 캐롤라인 박사도. 에이든, 캐롤라인 박사 좀 불러 주게."

에이든이 처음으로 입을 열었다. "박사님은 여기 안 계십니다. 오늘 동생분이 섬에 와서 오두막에 가 계세요."

와이거트가 단호하게 되풀이했다. "캐롤라인 박사를 만나야겠네. 라일도. 지금 당장."

줄리안과 에이든이 또다시 눈빛을 주고받았지만, 와이거트는 이번에도 줄리안의 표정을 읽을 수 없었다. 그러나 타고난 해결사인 줄리안은 목소리를 낮추고 부드럽게 말했다. "알겠습니다, 조지 박사님. 에이든, 미크한테 전화해서 캐로 박사님을 얼른 모셔 오라고 해. 카밀라, 루스킨 박사님을 불러 와 주세요. 조지 박사님, 혹시 왓킨스 박사님 곁에서 잠시라도 시간을 보내고 싶으시다면……."

"그래. 단둘이."

"그렇게 하시죠."

그들은 모두 자리를 비웠다. 와이거트는 간이침대 옆으로 의자를 끌어왔다. 왓킨스의 입이 약간 벌어져 있었다. 아마 카밀라였겠지만, 누군가가 그의 턱 밑에 접힌 수건을 받쳐 입이 완전히 벌어지지 않도록 해 두었다. 와이거트의 분노가 불쑥 솟아올랐던 것처럼 순식간에 사그라들었다. 자신이 왔다면 무언가 달라졌을까? 왓킨스가 이토록 약해진 몸으로도 당장 세션을 진행하겠다고 한 이상, 와이거트가 무슨 말을 했든 바꾸지 않았을 것이다. 그는 항상 원하는 것은 반드시 이루어 냈으니까. 그리고 와이거트는 의사가 아니었다. 라일 루스킨이 동의한 상황에서 와이거트가 반대해도 아무런 영향을 미치지 못했을 것이다. 왓킨스는 세상을 떠나기 전 다중 우주 세션을 하고 싶었지만, 그의 몸이 버티지 못하고 겨우 몇 분 만에 끝날 줄은 몰랐을 것이다. 비록 와이거트가 줄리안을 몰아붙였지만, 다중 우주 세션이 그를 죽게 한 것은 아니었다. 암은 그대로였으니까.

와이거트가 조용히 속삭였다. "샘, 자네는 새로운 우주에서 무엇을 만들었나?" 의미 없는 질문이었다. 짤막한 세션 기록을 확인하면 금방 알게 될 터였다. 그는 단지 왓킨스가 그 안에서 평안을 느꼈기만을 바랐다. 하지만 설령 그렇다고 할지라도, 오랜 친구가 물리학의 패러다임을 영원히 바꿔 놓을 그들의 혁신적인 공동 프로젝트의 결실을 보지 못하고 떠났다는 사실은 실로 가슴 아픈 일이었다.

프로젝트가 처음 시작되던 순간이 떠올랐다. 그리고 한참 더 거슬러 올라가, 옥스퍼드에서 함께 젊은 시절을 보내며 킹 스트리트의 술집에서 웃고 떠들던 날들도 스쳐 지나갔다. 시간이 흘러 왓킨스는 집요한 연구 끝에 감기 치료제이자 여타 다양한 항바이러스제에 응용된 아키노를 탄생시켰다. 당시 그는 사실상 연구실에서 살다시피 했고, 와이거트와 마주치는 일도 거의 없었으나 와이거트와 로즈의 결혼식 날만큼은 모습을 드러내 신랑 들러리를 서 주었다. 또 왓킨스가 노벨상을 받았을 때, 와이거트와 로즈는 시상식에 참석하기 위해 스톡홀름으로 달려갔었다. 다시 프로젝트로 돌아와 15년 전 프로젝트를 시작해 줄리안을 영입하고, 케이맨 브랙에서 적절한 부지를 물색해 연구 단지를 세웠던 기억…….

와이거트는 뼈가 도드라진 무릎 위에 손을 얹은 채 시간이 멈춘 듯 한참 동안 앉아서 지난 기억을 되새겼다.

라일 루스킨이 조용히 들어와 와이거트 옆에 의자를 놓고 앉았다. 와이거트가 말했다. "이제 저 친구도 이곳에 없구먼."

"네." 루스킨이 대답했다. "이제 텅 빈 껍데기일 뿐이죠."

루스킨의 말투에서 미묘한 무언가를 감지한 와이거트는 왓킨스에게서 시선을 거두어 그의 얼굴을 응시했다.

물어봐, 자기.

"라일." 그가 왓킨스와의 인연이 자신만큼이나 오래된 유일한 사람에게 물었다. "이 죽음에 관해 내가 더 알아야 할 것이 없나?"

잠시 침묵이 흐른 후, 루스킨이 말했다. "아니요, 끝이 다가올 무렵 왓킨스 박사님은 극도로 쇠약해진 상태였습니다. 줄리안은 위급한 상황이 되자마자 즉시 컴퓨터를 종료했습니다. 그리고 죽음은 누구에게나 각기 다른 방식으로 찾아오죠."

이번에는 문이 조용히 열리지 않았다. 줄리안이 뒤를 따르는 가운데 캐로가 급히 뛰어 들어왔다. 그녀는 왓킨스를 바라보다가 이내 와이거트의 어깨에 손을 올렸다. 그는 그녀의 손을 가만히 감싸 쥐었다.

"조지 박사님, 상실감이 크시겠어요. 애도를 표합니다."

그녀의 상실이기도 했다. 왓킨스는 그녀의 종조부였으니까. 가까운 사이는 아니었지만, 가족이었다.

캐로는 간이침대 위로 몸을 숙여 왓킨스의 손목을 짚었다.

"그러실 필요 없습니다." 줄리안이 말했다. "루스킨 박사님이 사망을 공식적으로 확인했고, 증명서도 접수했으니까요. 이제 가시죠, 캐로 박사님. 장례식장에서 곧 운구차가 올 겁니다."

"잠깐 기다리라고 해 주세요." 캐로가 말했다. "조지 박사님, 할아버지가 돌아가실 때 여기 계셨나요?"

"아니요." 달리 설명할 말이 없어 와이거트가 짧게 대답했다. 구석에 놓인 들것과 왓킨스의 머리에 연결된 전선, 금방 중단된 다중 우주 세션, 아무리 보아도 그와 캐로에게 연락할 시간이 분명 충분했을 것이다. 그녀의 표정을 보니 같은 생각을 하는 듯했다.

그녀가 물었다. "루스킨 박사님, 마지막 활력 징후를 체크한 기록이 있나요?"

"네, 물론 가지고 있습니다."

"사망하기 얼마나 전에 측정된 거죠?"

"몇 분 정도요." 루스킨이 자리에서 일어났다. 그와 캐로의 눈이 마주쳤고, 와이거트는 두 사람 사이에 어떤 기류가 흐르는 것을 감지했다.

"체온, 혈압, 그리고 나머지 수치들은 어떻게 나왔나요?"

루스킨이 입을 떼기도 전에, 줄리안이 끼어들었다. "캐로 박사님, 그만. 이미 돌아가신 분이잖아요."

"알아요." 캐로가 말했다. "루스킨 박사님?"

루스킨이 그녀가 요구한 수치들이 나타나 있는 듯한 작은 기기를 건넸다. 캐로는 데이터를 확인하며 미간을 찌푸렸다. "체온이 떨어지지 않았네요. 피부가 회색빛이나 푸른빛을 띠기는커녕 창백하지도 않았고요. 말씀하신 대로라면, 정신이 혼미하지도 않았고, 과도하게 불안해하거나 입술이 바짝 마르지도 않았어요."

"그런 것들만으로는 어떤 결론도 내릴 수 없어요." 줄리안이 말했다.

"그건 저도 알아요. 줄리안 씨는 어떻게 그렇게 단정적으로 말씀하실 수 있죠? 의사도 아니시잖아요. 부검은 요청하셨나요?"

"**아니요.**" 줄리안의 표정이 순식간에 불쾌하게 일그러져 와이거트는 깜짝 놀랐다.

"그러면 제가 요청하겠어요." 캐로가 말했다. "저도 담당 의사니까요."

"아니요." 루스킨이 단호하게 말했다. "저는 박사님의 암 전문의로서 이미 사인을 확정했습니다. 부검은 필요하지 않습니다."

와이거트의 머릿속에서 로즈의 목소리가 울렸다. *루스킨 박사가 모르는, 알고 싶어 하지 않는 무언가가 있어.*

캐로가 떨리는 목소리로 물었다. "줄리안 씨, 대체 뭘 감추고 있는 거예요?"

"그런 거 없습니다." 줄리안은 다시 와이거트가 아는 모습으로 돌아와 조심스럽고 신중한 태도로 말을 이었다. "아까는 너무 감정적이었어요. 죄송합니다, 캐로 박사님. 저희 모두 예민해져 있는 것 같아요. 왓킨스 박사님의 부재가 크겠지만, 적어도 박사님은 짧은 시간이나마 세션을 경험하고 가셨습니다."

캐로가 혼란스러운 표정으로 줄리안을 응시했다.

그러나 그보다 더 혼란스러운 사람은 이 모든 상황이 도무지 이해되지 않는 와이거트였다. 다만 한 가지 분명한 것은, 그의 오랜 친구가 창조한 현실을 녹화한 왓킨스의 세션 기록을 반드시 확인해야만 한다는 점이었다.

그날 저녁, 왓킨스의 시신이 화장터로 보내졌다. 와이거트는 직원들을 모두 소집해 프로젝트는 계속될 것임을 공지했다. 연구 시설의 공동소유자로서 줄리안과 함께 빌 해거티를 만나 필요한 법적 절차까지 검토한 뒤, 그는 왓킨스가 남긴 세션 기록을 보기 위해 컴퓨터실로 향했다.

에이든과 줄리안이 이미 자리에 앉아 데이터가 빼곡한 화면을 들여다보는 중이었다. 에이든이 말하고 있었다. "아마 박사님이 처음에—" 그러나 그는 와이거트가 들어오는 것을 보고 입을 다물었고, 두 사람의 시선이 와이거트를 향했다. 그는 또다시 그들이 이곳에 자신이 있는 것을 원치 않는 듯한 느낌을 받았고, 말하려던 것이 뭐였든 간에 줄리안은 또다시 특유의 매끄러운 말솜씨로 어색해진 분위기를 수습했다.

"조지 박사님, 어서 들어오세요. 왓킨스 박사님의 영상을 보시고 싶다고 하셨죠, 저희도 같이 다시 한번 보려고요. 아무래도 위안이 되니까요."

와이거트는 말없이 고개를 끄덕였다.

영상은 언제나처럼 컴퓨터와 연결된 전선이 감쪽같이 사라진 왓킨스가 세션 룸 침대에서 일어나는 장면으로 시작되었다. 거기까지는 칩에 프로그래밍이 되어 있었다. 하지만 외형은 미리 설정되어 있지 않았고, 화면 속 왓킨스는 젊고 건강한 모습으로 수십 년 동안 그의 상징과도 같았던 면바지와 실험실 가운 차림이었다.

와이거트는 무의식적으로 화면 가까이 몸을 기울였다. 왓킨스는 이 방 바깥에 어떤 현실을 창조했을까? 그는 아내도, 자식도, 고용하기 전에는 얼굴조차 몰랐던 캐로보다 가까운 친척도 없었다.

그러나 다른 모든 이식자들과 다르게, 그는 문을 열고 새로운 현실로 나가지 않았다. 대신, 문이 벌컥 열리더니 줄리안이 방 안으로 들어왔다. 그들은 잠시 무슨 내용인지 모를 대화를 나누었다. 와이거트는 결코 알 수 없을 것이다. 와이거트가 로즈와 나눈 대화를 복기했던 것처럼 그들이 어떤 이야기를 했는지 들려줄 왓킨스가 이 우주에는 더 이상 존재하지 않았기 때문이다. 침묵 속에서, 줄리안이 손을 내밀었다. 왓킨스도 손을 뻗어 그의 손을 잡으려 했지만, 손끝이 맞닿기 바로 직전에 화면이 검게 변했다.

바로 이 순간, 이 세계에서 샘은 마지막 숨을 내쉬었고 줄리안이 컴퓨터를 꺼 버린 것이다. 그게 아니면—

와이거트는 온몸의 근육이 긴장되는 것을 느꼈다. 입을 떼려 했지만, 아무 말도 나오지 않았다. 급작스러운 공포가 그를 덮쳤고 파도처럼 정신을 집어삼켜 순간적으로 균형을 잃을 뻔했다. 그는 이런 가능성을 한 번도 고려해 본 적이 없었다.

어찌 된 일인지, *단 한 번도 생각해 본 적이 없었다.*

그럴 가능성조차도.

줄리안과 루스킨이 실험 도중 피험자가 사망했다는 사실이 외부에 알려지면 타격이 될 것을 우려해 거짓말을 하고 있다면 그럴 수 있었다. 어느 정도 납득할 수 있는 일이었다.

하지만 만약 왓킨스가 실제로 세션 **도중에** 사망했다면, 의식이 새로운 현실에 있는 동안 이곳에 있던 육체가 죽은 거라면…… 그렇다면 그가 그곳에 남을 수 있다는 뜻인가? 살아서? 그것도…… 젊음을 되찾은 채로?

"줄리안—"

"박사님은 제가 세션을 중단시킨 후에 돌아가셨어요."

"그렇다면 가정을 해 봤을 때—" 대체 와이거트가 어떻게 이런 질문을 입 밖에 낼 수 있었을까? 그러나 질문을 던지고 논리를 짚는 과정은 늘 그랬던 것처럼 그를 차분하게 해 주었다. "샘이 죽음을 앞두고 이곳에 데려가 달라고 자네에게 부탁했지. 만약 샘이 **실제로** 세션 중에 사망했다면, 그리고 그것이 그의 의도였다면, 그 친구는 그렇게 죽음을 피하려 했던 걸까? 이곳에 있는 뇌는 이미 기능을 멈춰 의식이 돌아올 수 없으니 그대로 다른 우주에서 계속 살아가려 했을까? 샘이 기대하던 것이 정말 그것이었을까?"

"왓킨스 박사님이 어떤 기대를 하고 계셨는지는 모릅니다. 하지만 확실히 그렇게 되지는 않았어요. 분명 제가 세션을 종료한 뒤에 돌아가셨으니까요."

자신의 이론을 뒷받침하는 과학적 논리, 공식, 실험, 지금까지의 데이터를 빠르게 훑던 와이거트는 머리가 다시 맑아졌다.

그가 줄리안에게 말했다. "우린 결코 알 수 없을 거야. 알아낼 길이 없지. 샘의 몸이, 뇌가 들어 있는…… 의식이 만들어 내는 그 뇌가 들어 있는 몸이…… 이곳에서 죽었을 때, 다른 우주에서도 동시에 샘이 사라졌을 가능성도 있어. 아니면 그대로 남아 존재할 수도 있고. 줄리안…… **뭐가 맞는 건지 나도 모르겠네.**"

줄리안이 조금 더 목소리를 높였다. "왓킨스 박사님은 세션이 끝난 다음에 돌아가셨다고요. 이 프로젝트로 사망한 사람은 없어요. 세션 자체가 사람을 죽게 만들지는 않아요."

결국 당연하게도 줄리안은 이 프로젝트의 장기적인 평판을 걱정하고 있었다.

와이거트는 이미 왓킨스의 시신이 화장터로 옮겨졌다는 사실을 잊은 듯, 비어 있는 간이침대를 물끄러미 보았다. 의식이 현실을 만들어 내기 때문에 육체가 사망했다고 해서 의식이 사라지는 것은 아니었고, 의식이 없으면 시간 자체가 존재하지 않으므로 '사후'라는 개념 역시 다른 누군가의 현재 속에서 발생하는 타인의 신체적 죽음에 불과했다. 그러나 와이거트의 이론은 단지 의식이 사라지지 않는다는 사실만을 시사할 뿐, 의식이 구체적으로 어떻게 남아 있는지에 대한 해답은 어디에서도 찾을 수 없었다. 그리고 와이거트도, 그 누구도 더는 왓킨스에게 중요한 질문들을 할 수 없었다. 당신이 있는 현실은 지금 어떤 느낌인지, 좋아하던 TV 프로그램, 즐겨 먹던 시리얼, 5학년 때 담임 선생님 이름, 강아지를 쓰다듬을 때 손에 닿던 털의 감촉까지, 어린 시절의 기억 하나하나 그대로 당신이 창조한 현실 속에서 당신은 완전한 존재로 남아 있는지 이제는 물을 수 없었다.

줄리안이 같은 말을 반복했다. "알 방법 같은 건 없어요, 조지 박사님."

그렇다. 방법은 없었다. 와이거트는 왓킨스의 세션이 재생되었던 화면을 멍하니 바라보았지만, 이미 영상이 끝나 오직 와이거트 자신의 얼굴만이 비치고 있었다.

36

캐로는 정문으로 이어지는 작은 로비에서 바퀴 달린 여행 가방을 든 루스킨을 발견했다. 그녀가 말했다. "라일 박사님, 잠깐 이야기 좀 해요."

"미크가 집까지 태워다 주기로 했어요."

"좀 기다리라고 해요. 저희 할아버지가 세션 중에 돌아가셨나요, 아니면 끝난 후였나요?"

"줄리안이 설명했잖아요." 루스킨이 무덤덤하게 대답했다. 그는 피곤해 보였지만 훨씬 침착한 느낌이었다. 마치 자신이 정한 진실을 고수하기로 작정한 사람처럼. 혹은 누군가가 정해 준 진실을.

"네, 줄리안 씨 얘기는 들었어요. 할아버지가 고통스러워해서 줄리안 씨가 세션을 중단시키고 몇 분 뒤 사망하셨다고요."

"맞습니다."

"활력 징후를 보면—"

"캐로 박사님. 당신은 훌륭한 신경외과 의사고, 저는 박사님의 실력과 환자를 아끼는 마음을 높이 평가해요. 하지만 암 전문의는 아니시잖아요. 저는 수많은 암 환자들의 마지막을 지켜봤지만, 당신이 생각하는 단계를 그대로 밟으며 사망에 이르는 경우는 손에 꼽을 정도였어요. 왓킨스 박사님의 죽음은 췌장암이 일반적으로 진행되는 과정과 일치했고, 분명 다중 우주 세션이 아니라 암 때문에 돌아가신 겁니다."

"세션이 진행되는 동안일 수도 있고요."

"아닙니다."

루스킨은 그녀의 눈을 피했다. 그녀는 자신이 원했던 답을 얻었지만, 그것이 더없이 역겨웠다. "박사님을 믿어요. 당신이 한 일도 아니고, 미리 알지도 못했겠죠. 하지만 의심하고 계시잖아요. 줄리안 씨가 할아버지의 지시대로 독극물 같은 걸 주사한 거죠? 그래서 뭐…… 죽고 나서 환상 속에 남아 있기라도 하려고요? 그런 일이 불가능하다는 거 뻔히 아시잖아요, 라일 박사님!"

그는 끝내 아무런 대답도 하지 않았다. 그는 지문을 인식해 정문을 통과하고 대기 중이던 지프차에 올라탔다.

의사들이 가끔 불법적으로 안락사를 시행한다는 사실을 그녀가 모르는 건 아니었다. 물론 아무도 그 문제를 입 밖에 내지 않았다. 그러나 분명 일어나는 일이었고, 대부분 환자를 위한 연민에서 비롯되었다. 캐로도 극심한 고통 속에서 죽음을 기다리는 말기 환자들을 보며 안식이 빨리 찾아오기를 바란 적이 있었다. 다만—

왓킨스는 그토록 심한 고통을 겪고 있던 게 아니었다. 심지어 오늘 아침에 그녀가 확인했을 때, 기력을 조금 회복하는 듯 보이기도 했다.

의사로서 가장 중요한 원칙, 환자에게 해를 끼치지 말 것.

루스킨이 그에게 해를 입힌 걸까? 아니면 줄리안이? 캐로는 정말 독극물이 주사되었다면, 연구 단지에서 절대적인 권력을 행사하던 왓킨스가 틀림없이 그것을 직접 지시했으리라 확신했다. 정말 그런 일이 벌어졌던 걸까? 만약 그렇다면, 단순한 안락사와는 차원이 다른 것이었다. 안락한 부활이라고 해야 할까?

캐로는 타는 듯한 갈증을 해소하고 싶어 안달이 난 것처럼 너무도 트레버와 이야기하고 싶었고, 이야기해야만 했다. 그녀는 방에서 노트북으로 작업 중인 그를 찾아 방금 일어난 일과 자신의 의혹까지 하나도 빠짐없이 털어놓았다. 트레버는 그녀의 얼굴에서 눈을 떼지 않은 채, 조용히 귀를 기울였다.

"솔직히 왓킨스 박사님이 떠나서 그리 슬프다고는 못 하겠어요." 트레버가 말했다. "죽음을 맞은 것치고는 좀 쉽게 가신 편인 것 같아서요. 그렇지만 캐로, 그분이 돌아가신 후에 어떻게 되었는지는 알 방법이 없어요. 아무도 모르죠. 누구나, 언제 어디서나 죽음에 대해서는 결코 알 수 없으니까요."

"그분이 사망 이후에 어떻게 되었는지 얘기하는 게 아니에요. 전 사망 원인을 말하는 거라고요."

"그것도 확실히 알 수는 없어요. 그리고 아무리 히포크라테스 선서를 했어도 전 환자들이 자기 죽음을 결정할 권리가 있다고 생각해요. 왓킨스 박사님은 죽었고, 죽음을 원하셨어요. 이제 그만 놓아드려요."

트레버의 말이 맞았다. 캐로의 할아버지는 숨을 거두었고, 그것이 그의 바람이었다.

그녀가 말했다. "얼마 전 밤에 중환자실에서 할아버지 곁에 있었는데 대화를 하자고 하시더라고요. 자기가 곧 죽을 거라고 하시길래 저는 아직 회복할 가능성이 있다고 했죠. 그랬더니 할아버지는 이렇게 말씀하셨어요. '아니. 프로젝트에 좋은 일이야.' 자기 죽음이 프로젝트에 도움이 될 거라는 의미였던 거예요."

"무슨 뜻인지 모르겠어요." 트레버가 말했다. "아마 당신도 읽어 봤겠지만, 임사 체험에서 터널을 지나고 밝은 빛이 보이는 등의 현상들이 일어난다는 내용을 담은 책을 읽어 본 적이 있어요. 왓킨스 박사님도 그런 걸 겪으신 게 아닐까요?"

"죽음이 자기가 아니라 프로젝트에 좋은 일이 될 거라고 하셨어요. 트레버, 조지 박사님의 이론을 정확히 어디까지 믿어요?"

트레버가 책상 서랍을 열어 카베르네 소비뇽 한 병과 와인잔 두 개를 꺼냈다. "이야기가 길어질 것 같은데 와인 어때요? 왓킨스 박사님을 위한 건배도 할 겸. 괜찮죠?"

"좋아요." 캐로의 시선이 와인을 잔에 따르고 그녀에게 건네는, 외과 의사가 잘 어울리는 트레버의 길고 단단한 손가락을 쫓았다. 창문을 가린 대나무 블라인드 사이로 들어오는 빛을 받아 와인이 붉게 반짝였다. 그녀는 한 모금을 살짝 맛보고 이어 조금 더 마셨다. 곧바로 온기가 몸속으로 퍼져나갔다.

트레버가 말했다. "물론 조지 박사님의 이론을 뒷받침하는 과학적 사실들은 모두 믿어요. 양자 효과, 양자 얽힘, 관찰이 우리가 '에너지'와 '물질'이라 부르는 것의 행동을 변화시킨다는 것, 시간의 주관적 속성⋯⋯ 뭐, 아인슈타인이 백 년도 더 전에 깔끔하게 밝혀낸 부분이죠. 수학적으로 따져 보면 공간 역시 주관적이라는 논리가 나오고요. 또, 수학에서는 다중 우주가 존재할 가능성도 충분히 성립해요. 당신이 의문을 가지는 부분도 이거겠지만, 결정적인 문제는 미시적 수준의 효과가 거시적인 우주 전체에도 적용될 수 있는가, 그리고 의식이 정말로 모든 것을 창조하는가 하는 거예요. 그리고 그 말은 결국 의식이 다중 우주의 한 분기에서 모든 것을 바꿀 수 있다는 뜻이 되겠죠. 그래서 제가 직접 세션을 경험해 보고 싶어요. 정말 현실처럼 느껴지는지, 아니면 줄리안 씨의 소프트웨어가 만들어 낸 정교한 환각인지 확인하려고요."

"주관적 경험이 과학적 증거만큼이나 중요한 의미를 지닌다는 건가요?"

"제 말은 주관적 경험도 의미가 있지만, 아직 그 의미가 어느 정도인지는 모른다는 거죠. 당신도 아직 확신이 없는 것 아닌가요? 어릴 때 마당에서 모든 것에 '엮여' 있는 느낌이 들었던 경험을 했다고 말해 줬었잖아요. 그게 현실이 아니었다고 장담할 수 있어요? 단순한 환상이었다고요? 어릴 적에도 그렇게 상상력이 풍부한 편은 아니라고 했잖아요."

그녀가 천천히 말했다. "잘 모르겠어요." 갑자기 구름이 사라지고 그녀마저 사라졌다. 그녀는 훗날 '우주의 구조'라고 부르게 된 것에 엮여 어디에도 없는 동시에 어디에나 있었다. 그녀는 구름이자 풀이었으며, 바람이었고, 팔 위를 기어가는 개미였다. 모든 것은 그녀였고, 그녀는 모든 것이었다.

트레버가 다시 말했다. "저도 잘 모르겠어요. 그러니까 2주 뒤에 백업 의사가 오는 대로 저한테도 이식 수술을 해 줘요. 완전히 새로운 사람은 아니에요. 줄리안 씨가 아직 얘기 중이긴 하지만, 랄프 이건 씨가 오실 거거든요. 줄리안 씨의 부탁으로 제 수술을 위해 딱 하루만 오신다고 하더라고요. 캐로, 이제 당신 차례에요. 조지 박사님의 이론을 얼마나 믿고 있어요?"

그녀는 평소와 달리 긴장감이 감도는 그의 얼굴을 유심히 보았다. 두 사람 모두 이 질문이 앞으로 관계를 이어 나가는 데에 있어 얼마나 중요한 문제인지 알고 있었다. 와이거트가 말하는 '관찰자의 우위성'은 그들 사이에 말할 수 없는 금기처럼 자리 잡아 사랑에 빠진 초반에는 의식적으로 피해 왔었다.

캐로가 조심스럽게 이야기를 시작했다. "당신처럼 저도 수학적인 부분을 빼고 제가 따라갈 수 있는 범위 내에서 과학적 원리들은 인정해요. 그리고 그런 과학적 근거와 기본 전제를 바탕으로 조지 박사님이 어떻게 그런 결론을 도출했는지도 알겠어요. 하지만 다른 해석이 가능할지도 모른다는 생각을 떨쳐낼 수가 없어요. 가장 유력한 건 칩과 컴퓨터에 깔린 줄리안 씨의 소프트웨어가 극도로 일관적이고 정밀하며 특정한 방향으로 유도할 수 있는 환각을 일으킨다는 설명이죠. 솔직히 그게 틀렸다는 걸 입증할 방법도 없는 것 같아요."

"이식자들이 두 번째 세션에서 자기가 창조한 우주의 분기로 다시 돌아갔을 때 그곳이 독립적으로 진화하고 있었다는 사실은요? 조지 박사님 말씀이, 로즈 씨와 함께한 세 번째 세션에서는 집 안에 연기 냄새가 가득하고 부엌에는 인부들이 바글바글했대요. 부엌에서 작은 화재가 있었던 거예요. 줄리안 씨가 만든 프로그램 어디에도 부엌 화재 같은 상황이 설계되어 있지 않았고, 조지 박사님도 그런 환상을 떠올린 적이 없었어요. 즉 그 분기된 우주가 자체적으로 변화했기 때문에 발생한 일인 거죠. 조지 박사님한테 얘기 들었어요?"

"네. 하지만, 기본적으로 환각이라는 건 미리 계획하거나 한 번이라도 '생각해서' 일어나는 게 아니에요. 그 내용은 원래 예측할 수 없다고요."

"그렇다면 조지 박사님이 로즈 씨를 세 번 방문하는 동안 아내분이나 집이나 다른 것들 전부 다 똑같이 예측 불가능했어야죠. 하지만 세션에서는 환각에서 나타나는 무질서하고 무작위적인 요소를 전혀 보이지 않았잖아요. 그건 모순이에요, 캐로."

그의 말이 옳았다. 그런데도…… "납득이 안 돼요."

"그래도 납득이 아예 하나도 안 되는 건 아니잖아요."

"네." 그녀가 마지못해 말했다. "그냥 헷갈려요. 조지 박사님은 분명 천재지만, 천재들도 실수를 할 때가 있으니까요. 과학의 역사에서 잘못된 길을 갔던 사례가 좀 많아야죠."

"맞아요. 하지만 거시 세계에서 미시 세계로 넘어와서, 우주 얘기는 그만하고 저희 둘에 대해 정말 중대한 질문을 하나 하고 싶어요. 그 헷갈린다는 게, 아니, 이건 적절한 표현이 아닌 것 같아요. 제가 관찰자의 우위성을 완전히 받아들이게 됐는데 당신은 여전히 믿지 않는다면 문제가 될까요? 저희가 함께하는 삶에 어떤 영향을 미칠까요?"

"저희가…… 앞으로도 계속 함께할 수 있을까요?"

"전 그러길 바라는걸요. 당신과 함께할 진짜 미래를 그리고 있으니까요."

그녀의 심장이 요동치고 목이 메어왔다. "만약 당신이 조지 박사님의 이론을 믿고 프로젝트가 공개된 후에도 계속 이곳에 남는다면…… 저는 여기 평생 있을 생각은 없었어요, 트레버. 하고 싶은 신경외과 수술이 이것만 있는 것도 아니고. 그리고 또…… 엘렌과 케일라도 있죠. 하지만 그렇다고…… 당신을 잃을 순 없을 것 같아요."

그가 고개를 끄덕였다. 그들은 손을 잡지도 포옹을 하지도 않았다. 그들이 나누는 그 순간이 너무도 진지하고 무거워서 어떤 것도 더할 수 없었다.

트레버가 물었다. "당신도 언젠가 이식 수술을 받을 마음이 생길 수도 있을까요?"

"아닐 것 같아요. 그게…… 우리 관계에 꼭 필요할까요?"

"아니요. 그리고 이 프로젝트에 계속 있지 않아도 돼요. 장거리 연애를 하는 사람들도 많잖아요, 캐로. 어쩔 수 없는 상황이 온다면, 우리도 해낼 수 있을 거예요. 아니면 제가 칩을 이식받고 나서 회의감을 느낄 수도 있고, 반대로 당신이 믿게 될 수도 있어요. 일단 지켜볼 수밖에 없겠죠. 완벽한 해결책은 아니지만, 지금으로서는 그렇게 해요."

"네." 캐로가 답했다. **그렇게 해요.** 함께하는 삶. 그는 우주의 본질에 대한 관점이 달라도 여전히 그녀를 사랑했다. 그녀도 그를 사랑했다. 가슴을 가득 채우고도 흘러넘치는 행복에 죄책감이 들었다. 단지 곳곳에서 사람들이 삼삼오오 모여 애도하고 있었다. 왓킨스가 세상을 떠난 지금은 따뜻하고 벅찬 행복을 느낄 때가 아니라 깊은 슬픔에 잠길 때였다.

어쩌면 왓킨스도 행복해하고 있을지 모르지만. 어딘가 다른 곳에서.

37

왓킨스가 화장된 다음 날, 제임스는 2구역 정원에서 추모식을 열었다. 캐로는 트레버와 조지 사이에 앉아 조지의 손을 꼭 잡고 있었다. 줄리안이 유일한 연설자로 나섰다. 그는 프로젝트의 창립부터 지금까지의 긴 여정을 회고했다. 추모식에는 3구역에 발을 들여놓은 적이 한 번도 없어 연구가 뇌 지도화와 관련된 것이라고만 알고 있는 제임스와 그의 직원들도 참석했기 때문에, 줄리안은 구체적인 내용 대신 일반적이고 모호한 이야기만 했다. 그의 연설은 감동적이었으나, 캐로는 추모식이 이상하게 어딘가 기만적이라는 느낌을 받았다. 제임스와 일하는 직원들은 학력이 높지는 않았지만, 절대 바보는 아니었다. 분명 그들도 이런저런 소문을 듣고 저마다의 추측을 했을 터였다. 그러나 그들의 경건하고 엄숙한 표정에서는 전혀 그런 기색이 보이지 않았다.

케일라를 엘렌에게 데려다 주기 위해 연구 단지를 나서야 한다는 사실에 오히려 숨통이 트였다.

트레버가 같이 가 주겠다고 했지만, 캐로는 엘렌에게 불필요한 혼란을 주고 싶지 않아 혼자 가겠다고 했다. 트레버는 그녀에게 입을 맞추며 말했다. "잘 됐으면 좋겠다, 꼭."

케일라는 캐로의 손을 뿌리치고, 재스민이 뒤따르는 가운데 엘렌이 기다리는 아담한 오두막으로 나란히 걸어갔다. *제발 아무 일도 없길. 아무 일 없이 순조롭게 잘 끝나길.*

뒤쪽 데크로 나가는 유리문이 열려 있었다. 엘렌은 정원을 바라보며 야외용 의자에 가만히 앉아 있었다. 간호사인 나즐라가 캐로가 오는 것을 보고 자리에서 일어섰다. 엘렌은 돌아보지 않았다.

나즐라는 빠르게 오두막으로 들어와 케일라에게 말을 걸었다. "엄마가 기다리고 계셔. 그런데 엄마가 쉽게 피곤해지시거든. 케일라는 엄마를 피곤하게 할 말이나 행동은 안 할 거지?"

케일라는 아무 대답도 하지 않았다. 아이는 마른 어깨를 쭉 펴고 곧장 데크로 걸어갔다. 캐로가 급히 뒤를 쫓았다.

부디 엘렌이 "안젤리카는 죽었어"라는 말부터 꺼내지 않길. 왜 진작 이런 상황을 생각하지 못했을까? 그러면 케일라가 더 상처받기만 할 텐데. 왜 이걸 미리—

"엄마, 안녕." 케일라가 말했다. "나 왔어."

엘렌이 서서히 고개를 돌렸다. 캐로가 간호사에게 엘렌의 오늘 기분을 물으려던 차에, 엘렌이 조심스럽게 손을 뻗어 손가락으로 케일라의 턱을 살짝 건드렸다.

"안젤리카는 죽었어." 케일라가 말했다. "나도 보고 싶어."

"알아." 엘렌이 대답하고는 손길만큼이나 조심스러운 목소리로 덧붙였다. "그렇지만 네가 있으니까."

"난 이제 다신 엄마랑 떨어지지 않을 거야. 이모가 막아도." 케일라는 어깨 너머로 캐로를 단호하게 쳐다보았고, 캐로는 순간 발밑이 무너지는 듯한 기분이 들었다.

그래서 케일라가 그렇게 화를 냈던 거구나! 엘렌의 우울증과 자살 충동의 심각성을 이해하기엔 너무 어렸던 케일라는 이모가 아무 이유 없이 자신을 엄마와 갈라놓았다고 생각하며 그녀를 원망했던 것이다. 그리고 그 분노는 연구 단지에 있는 다른 사람들에게까지 번졌다. 캐로가 알아봤어야 했다, 미리 알았어야 했다…….

몇 달 전 엘렌이 했던 말이 머릿속에 떠올랐다. *언니가 모든 걸 통제할 순 없어.*

"재스민 아줌마, 거기 가서 제 가방 좀 챙겨서 여기로 보내주세요. 여기서 엄마랑 있을래요." 케일라가 부탁했다.

엘렌이 말했다. "케일라—"

"아, 제 가방 좀 챙겨 **주실래요?**" 그러고는 엘렌을 향해 살며시 속삭였다. "내 고양이도 데려올 거야. 엄마도 맘에 들걸. 하양이랑 검정이고 이름은 플러피야."

엘렌은 날로 회복되고 있었지만, 루스킨은 여전히 이식 수술을 허가하지 않았다. 캐로와 트레버는 계속해서 수술을 했다. 간호사 한 명, 기술팀 두 명, 카밀라까지. 새로 진행된 세션에서는 새로운 매핑 데이터가 나왔고, 캐로와 바바라는 이를 면밀히 분석했다.

낮에는 오롯이 일에 몰두했고, 밤에는 트레버와 함께 시간을 보냈다. 잠깐의 여유가 생길 때마다, 캐로는 와이거트의 연구가 담긴 파일을 꺼내 그 어느 때보다 열심히 들여다보았다. 어디까지나 자신의 논리와 이성에 부합하는 선까지겠지만, 트레버의 관점을 이해하고 싶었기 때문이다.

와이거트의 이론은 백 년이 넘는 세월 동안 논의되어 온 탄탄한 과학적 기반을 갖추고 있었다. 수많은 물리학자가 현실의 근본적인 토대는 의식이나 의식과 유사한 무언가, 혹은 의식과 완전히 같지는 않지만 의식에 의해 조작될 수 있는 무언가로 이루어진다고 주장했다.

노벨상 수상자인 막스 플랑크는 의식을 우주의 본질로 간주하며 이렇게 말했다. '나는 물질이 의식으로부터 파생되어 나온 것이라고 본다.'

영국 왕립 천문학자인 마틴 리스 역시 우주가 존재하려면 반드시 관찰자가 필요하다고 강조하며 "그 관찰자가 수십억 년 후에 나타난다 해도 마찬가지다. 우주는 우리가 그것을 인식하기 때문에 존재하는 것이다"라고 말했다.

위그너, 슈뢰딩거, 매트로프 등 그 외에도 이를 논의한 다른 노벨상 수상자들이 있었다.

마지막으로 그녀는 "관찰자인 우리를 세계에 대한 인식에서 배제할 방법은 없으며…… 과거는 미래와 마찬가지로 불확정적이고, 단지 여러 가능성의 스펙트럼으로 존재할 뿐이다"라는 주장을 펼친 스티븐 호킹의 글을 읽어 보려 했다.

과거가 여러 가능성의 스펙트럼이라고. 만약 캐로가 자신의

과거를 새롭게 만들 수 있다면 어떤 모습일까? 어린 시절, 의대 시절, 아니면 폴 베커의 파티에 참석하기 전 페어레이 메모리얼 시절? 어디까지 돌아가야 할까?

아니, 그러면 트레버를 만나지 못했을 것이다.

그러나 그 모든 가정과 사색은 FBI가 이번에는 케이맨 브랙의 경찰들과 뉴욕시 강력계 형사들까지 대동한 채 다시 찾아온 순간 산산이 깨져 버렸다.

38

보안실 뒤편의 작은 회의실은 이렇게 많은 사람을 수용할 수 있는 공간이 아니었다. 우선 줄리안, 에이든, 와이거트, 캐로, 트레버, 이전에 만난 FBI의 한나 캐플로우 요원과 그렉 로건 요원이 있었다. 그리고 처음 보는 세 사람은 각각 케이맨 제도 경찰청 지역 사령관인 세바스찬 이뱅크스 경감, 뉴욕 경찰청 소속 니콜 보든 형사, 그리고 FBI 사이버 포렌식 전문가인 헨리 스미스라고 자신을 소개했다. 그중 스미스는 카키색 바지와 몸에 맞지 않는 재킷을 입은 모습이 열네 살 소년 같았다. 자세히 보니 정신이 딴 데로 가 있는 것 같으면서도 바쁜 듯 찌푸린 표정이 줄리안의 기술팀에서 일하는 젊은 직원들과 묘하게 닮아 있었다.

줄리안이 캐로와 트레버를 향해 말했다. "변호사가 올 때까지는 어떤 질문에도 답하지 않겠다고 이미 말씀드렸어요. 운 좋게도 해거티 씨가 다른 건으로 케이맨 브랙에 오던 중이었다고 하네요."

캐플로우 요원이 말했다. "그렇다면 전반적인 상황부터 설명하겠습니다. 데이 씨는 이미 아시지만, FBI는 뉴욕 경찰청과 공동 수사팀을 꾸려 벤자민 클라비의 살인 사건을 조사하고 있습니다."

보든 형사가 참석한 이유가 분명해졌지만, 캐로는 미처 몰랐던 정보였다. 줄리안이 그녀에게 이런 사실을 미리 말해 주지 않았던 것이다. 줄리안은 캐로나 트레버가 관여할 일이 아니며, 그들은 오직 수술에만 집중해야 한다고 여긴 모양이었다. 아니면…… 경찰이 왓킨스의 죽음을 조사하러 온 건 아닐까? 혹시 줄리안을 의심해서…….

아니었다. 캐플로우 요원이 말을 이었다. "저희가 이미 클라비 살인 사건의 용의자를 추적하고 있다는 사실은 알고 계실 겁니다." 캐로는 역시 처음 듣는 이야기였다. "그에 대한 수사는 계속 진행 중입니다. 그러나 지금 저희의 관심사는 이곳에서 이루어지는 연구와 여러분이 언급한 뇌 매핑 데이터 도난 사건입니다. 헨리?"

사이버 포렌식 전문가는 어려 보이는 외모에 비해 목소리가 낮고 단호했다. "지금부터 보여 드릴 것은 다크웹에서 확보한 자료로, 접근이 제한되어 있으며 비밀번호가 있어야 접속할 수 있는 웹사이트입니다. 다크웹이라는 개념이 생소하다면, 무기부터 아동 포르노까지 거의 모든 것을 사고팔 수 있어 범죄 행위와 연관되는 경우가 많은 웹사이트로, 쉽게 말해 인터넷의 어두운 이면이라고 보시면 됩니다. 다중 암호화 시스템이 적용되어 있어 사용자와 접속 위치를 추적하는 것이 불가능하죠. 이 노트북은 인터넷이 차단된 상태이며, 여러분이 보시는 것은 사전에 저장된 웹사이트 사본입니다."

캐로는 다크웹에 대해 들어본 적은 있었지만, 정확히 이해하고 있지는 않았다. 그녀는 헨리 스미스가 노트북을 열고 전원을 켠 뒤, 프로그램을 실행하는 모습을 지켜보며 와이거트와 트레버의 어깨 사이로 화면을 들여다보았다.

요란한 음악과 함께 총기류와 미사일 발사기, 폭발하는 수류탄이 화려한 그래픽으로 펼쳐졌다. 화면에 제목이 떠올랐다. '학살의 세계 창조'. 음악이 멈추며 변조된 음성이 들려왔다. "직접 설계한 우주에서 누구든 무엇이든 마음껏 때려 부수고 싶지 않나요? 비디오 게임이 아닌 진짜 대체 우주입니다. 여러분이 복수를 마치고 기쁘게 일상으로 복귀해도 그 안의 사람들은 대체 우주에서 계속 살아갈 겁니다. 어떻게 가능하냐고요? 방아쇠를 당기고 싶어 근질거리겠지만 잘 들어보세요. 이게 과학입니다. 과학으로 여러분이 살고 있는 이 세계만큼이나 리얼한 새로운 다중 우주를 창조하는 거죠. 무려 노벨상 수상자가 연구한 과학이고, 곧 유명한 물리학자가 책으로도 낼 겁니다. 오직 당신만을 위한 과학과 정의, 개인 우주에 원하는 사람을 만들고 마음껏 즐기세요. 바로 이렇게요. 우리 유저 한 분이 자신을 이용해 먹으려 했던 년을 어떻게 했는지 보시겠습니다."

그래픽이 사라지면서 검은 스키 마스크를 쓴 남자가 간이침대에 누워 있는 영상이 재생되었다. 익숙한 전선들이 머리에 연결되어 컴퓨터와 이어져 있었다. 영상이 잠시 흔들리더니 전선이 녹아내리듯 사라지고 남자가 일어나서 늘어선 컴퓨터들 앞을 지나 문으로 걸어갔다. 캐로는 속이 뒤틀리는 것 같았다. 설마 지금 보고 있는 것이 세션 룸에서 사용하는 장비와 동일한 것일 수도 있까? 그녀는 어렴풋이 클라비가 그의 '구매자'에게 수년간 정보를 흘렸을지도 모른다는 이야기를 줄리안인가 누군가에게 들은 것이 떠올랐다.

남자는 문을 열고 작은 방으로 들어가 수류탄이 달린 벨트를 허리에 두르고 AR-15 돌격소총을 집어 들었다. 그가 또 다른 문을 열었다.

쇼핑몰이었다. 마트와 패스트푸드 식당, 할인매장, 푸드코트가 즐비한 곳이었다. 쇼핑백을 한가득 들고 있는 손님들과 유모차를 끄는 부모들, 프레첼을 베어 문 사람들, 주변을 끊임없이 의식하는 십 대 소녀들, 억지로 엄마에게 끌려가는 아이들, 정장을 입은 직장인들이 보였다. 그때 누군가 가면을 쓴 채 무장한 남자를 보고 공포에 질려 소리 없는 비명을 질렀다.

남자는 서서히 웃기 시작했다. 입을 가린 스키 마스크 탓에 더욱 섬뜩해 보이는 미소였다. 그는 이제 막 몸을 돌려 그를 발견한 어느 여성에게 총구를 겨누었다. 그녀가 도망가기엔 너무 늦었고, 총성이 울렸다. 남자는 끝없이 총을 쏘아댔다.

캐로는 눈을 뗄 수 없었다. 소리는 나오지 않았지만, 사람들의 몸이 경련을 일으키며 사방으로 튀고, 터지고, 멀리 튕겨 날아가는 장면을 보며 공포에 질린 머릿속에서 끔찍한 소리가 울려 퍼졌다. 피가 흥건하게 고이고, 팔다리가 잘려 나가고, 뇌가 드러나 보이며…… 맙소사, 뇌가…… **의식**이…….

몇 시간처럼 느껴진 몇 분이 흘렀고, 남자는 마침내 학살을 멈추고 미소를 지으며 수류탄을 던진 뒤 흔적도 없이 사라졌다.

총기와 무기들이 다시 화면에 등장했다. 변조된 음성이 들려왔다. "저분은 그년과 그년 친구들에게 아주 제대로 된 맛을 보여 줬죠. 여러분도 할 수 있습니다. 잊지 마세요, 이건 게임이 아닙니다. 저희는 진짜 대체 우주로 여러분을 보내 드릴 겁니다. 물론 저렴하진 않지만, 생각해 보세요. 여러분은 신이고, 다른 사람들은 모두 복종해야 하는 여러분만의 놀이터에 몇 번이고 들어갈 수 있는 기회인데 돈이 아까울까요? 결제는 비트코인, 웹머니, 퍼펙트머니를 지원합니다. 혹시 더 자극적인 대체 우주를 원하시나요? 여러분이 원하는 누구와도, 한 명이든 여러 명이든, 그들이 원하든 원하지 않든, 합법이든 아니든—"

"거기까지." 캐플로우 요원의 지시에 스미스가 프로그램을 종료했다.

이어서 캐플로우가 설명했다. "이걸 발견한 건, 클라비 살인 사건과 관련된 단서를 따라가면서였습니다. 그의 두개골에서 피부가 벗겨진 것처럼 보이는 수상한 흔적이 발견되었고, 부검 결과 그 부위에서 뇌 심부 자극 치료에 사용되는 리드선의 존재를 병리학자에게 확인했습니다. 그러나 클라비는 그런 치료가 필요할 만한 병력이 없었죠. 그리고 어젯밤, 맨해튼에서 한 남성이 심각한 감염 증상으로 응급실을 찾았습니다. 의사는 그 남성의 두피 손상이 클라비와 매우 유사하다는 것을 인지했고, 그 부위가 감염의 원인임을 확인했습니다. 그는 즉시 이 사실을 경찰에 통보했고, 저희는 해당 의사와 감염 환자 모두에게서 진술을 들었습니다.

이 웹사이트가 클라비와 연관이 있죠? 그가 훔쳤다는 데이터와도 관련된 거고요? 아까 등장한 쇼핑몰은 실제 장소로 확인되었으나 그런 총격 사건은 발생하지 않았습니다. 하지만 문제는 저희가 이 영상이라는 것이 대체 무엇을 의미하는지 모른다는 겁니다. 스미스 말로는 프로그램 코드가 일반적인 게임과는 조금도 유사한 점이 없다고—"

"아니요." 스미스가 갑자기 강한 어조로 말했다. "게임은 **절대** 아닙니다. 지금까지 본 어떤 게임 코드와도 다르다고 합니다. 그러니 설명해 주시죠, 데이 씨. 혹은 뭐든 하실 말씀이 있으신 분들, 이게 정확히 뭡니까?"

39

와이거트는 온몸이 굳어 버린 것 같았다.

빌 해거티가 도착했고, 와이거트는 그와 줄리안이 경찰과 FBI 요원들이 없는 곳에서 이야기를 나누는 것을 지켜보았다. 줄리안은 협조적인 태도를 보여야 한다고 했고, 해거티는 적법성을 강조했다. 이어 변호사가 동석한 가운데 와이거트가 FBI의 질문에 응했다. 그는 '이게 정확히 뭔지'에 대한 물리학적 원리를 설명했다. 줄리안이 옆에서 물리학 개념들을 알기 쉬운 비유로 풀어 주었다. 캐로와 트레버는 의료적인 부분에 관한 질문에 답변했다. 와이거트는 이 모든 과정 내내 몸이 굳은 듯 서서 움직이지 않았다. 그가 믿고 있던 물리학이라는 작고 안전한 섬 너머에서 공포의 쓰나미가 몰려오고 있었다. 무시무시한 파도가 그의 섬을 덮칠지도 몰랐다. 그를 집어삼키고 모든 것을 휩쓸어 갈지도.

요원들이 있었던 시간은 길고도 길었다. 영원처럼 느껴진 시간이었다.

그러나 요원들이 있었던 시간은 찰나도 되지 않을 뿐이었다.

주관적 시간, 객관적 시간…… 그러나 객관적 시간은 애초부터 존재하지 않았다. 그를 향해 끝없이 밀려오는 검은 파도만이 존재할 뿐…….

"그러니까 이 '이식'을 받으면 사람이 대체 우주로 들어갈 수 있고 처벌도 없이 실제 사람을 마구 살해할 수 있다는 겁니까?" 캐플로우 요원이 말했다. 그녀는 줄리안이나 와이거트의 말을 단 한마디도 믿지 않는 눈치였지만, 그 살벌한 말이 와이거트의 머릿속에서 끊임없이 맴돌았다.

아무런 처벌도 받지 않고 실제 사람을 죽인다…… **처벌 없는 살인**……

구역질이 올라왔다. 눈앞이 아찔해졌다. 파도, 파도, 파도가—

그때 로즈의 손길이 그의 팔을 받치며 흔들리는 몸을 지탱해주었다. 그러나 당연히 로즈일 리 없었고, 그것은 캐로였다. "조지 박사님, 가서 좀 누우세요. 요원분들, 지금 안 보이세요?" 그녀의 목소리는 분명 화가 나 있었다. "와이거트 박사님이 상태가 안 좋으시잖아요. 박사님께 더 질문할 것 있으신가요?"

더 이상 그에게 물을 것은 없었다. 그들은 물리학 따위에는 아무런 관심이 없고 오직 공포를 가늠하고 싶어 할 뿐이었으나, 공포는 무한한 것이기에 가늠할 수 없었다. "나머지 의료 관련 질문은 아브루초 선생님이 답하실 겁니다." 캐로가 단호하게 말하고 와이거트를 회의실에서 데리고 나와 보안실을 지나 로비로 갔다. 와이거트는 그녀가 하는 말을 알아듣지 못한 채 그녀의 손에 이끌려 병원 동까지 갔다.

"아니, 안 돼…… 난…… 싫어……." 와이거트는 캐로를 뿌리치고 어느새 어떻게 왔는지도 모를 자신의 방에 와 있었다. 그는 책상 의자에 주저앉았고, 캐로가 다시 다가와 그의 어깨를 감쌌다. 거대한 쓰나미가 해변을 덮치고 와이거트를 삼키며 부서져 내렸다.

그가 저지른 일이었다. 그가 밝혀낸 우주의 작동 원리 때문이었다. 총격범이 떠난 후에도 그의 뒤틀린 정신이 만들어 낸 세계 속에서 살아 있는 남자와 여자와 아이들이, 세상에, **아이들**까지, 이 순간에도 여전히 총에 맞아 피를 흘리며 고통 속에 비명을 지르고 있었다. 그리고 그 총격범은 벤 클라비가 훔친 프로그램만 있다면 원할 때마다 몇 번이든 그 세계로 다시 돌아올 수 있었다.

처벌 없는 살인—

로즈, 도와줘—

대답이 없었다. 그의 머릿속에서는 이 소름 끼치는 공포와 함께 존재하는 로즈를 상상할 수 없었다.

그가 초래한 공포였다.

그는 캐로의 허리가 구명보트라도 되는 듯 꼭 붙잡았다.

캐로가 위로했다. "박사님 책임이 아니에요."

"아니, 제 탓입니다!" 그는 갑작스러운 분노에 휩싸여 일어섰다. "우리 책임이죠! 우리가 아니라면 누구겠습니까? 샘과 줄리안과 저, **우리**가 만든 겁니다. 만들면서도 이게 어떤 결과를 일으킬지, 어떻게 악용될지를 전혀 예상하지 못했어요!" 그러더니 목소리를 낮추고 중얼거렸다. "오펜하이머."

"아닙니다." 트레버 아브루초가 황급히 말했다. 그런데 언제부터 여기 있었던 거지? 와이거트는 격앙된 목소리로 오펜하이머가 인용한 『바가바드 기타』의 구절을 외쳤다. "나는 이제 죽음이요, 세상의 파괴자가 되었도다."*

캐로가 말했다. "다시 앉으세요, 조지 박사님…… 그래요, 앉기 싫으시면 안 앉으셔도 돼요. 하지만 논리적으로 생각해 보세요. 박사님은 과학을 연구하며 진실을 찾고 계셨던 것뿐이에요. 박사님의 이론이 과학적으로 타당하다고 믿으시잖아요."

"당연히 믿죠! 부정할 수 없는 현실 아닙니까! 그런데 그걸로 우리가 무슨 짓을 했는지 보세요!"

"우리가 그걸로 또 무슨 일을 해냈는지 봐요." 캐로가 말했다. "로즈 씨를 다시 만나셨잖아요. 제 동생도 죽은 아이를 다시 만나게 될 거고요. 박사님은 사람들에게 소중한 희망과 위안을 주셨고, 앞으로 더 많은 사람들에게 전할 거예요."

와이거트가 그녀를 응시했다. 굳어 버린 몸에 분노가 가득 차오른 것 같았다. 갑자기 심장이 미친 듯이 뛰기 시작했고, 숨을 쉴 수 없었다. 얼굴에서 땀이 비 오듯 흘러내렸다. 그가 공기를 움켜쥐어 억지로 폐에 밀어 넣으려는 것처럼 필사적으로 팔을 휘저었다.

숨을 쉴 수 없었다, 숨이 막혔다…….

"공황 발작이에요." 캐로의 목소리가 멀리서 메아리치듯 들려왔지만, 이제 방 안에 공기가 없는 것 같았기 때문에 그런 건 중요하지 않았다. 시간이 얼마나 지났을까, 팔을 찌르는 따끔한 감각이

---

* 맨해튼 프로젝트에서 주도적인 역할을 맡았던 로버트 오펜하이머는 핵 개발에 성공한 감상을 표현하면서 이 구절을 인용했다.

희미하게 느껴지면서 바늘이 스르륵 미끄러져 들어왔다.

깨어나 보니 그는 병원 동에 있었다. 태블릿을 보며 얼굴을 찡그린 캐로가 침대 옆에 앉아 있었다. "캐롤라인 박사?"

그녀는 태블릿을 내려놓고 와이거트의 맥을 짚었다. "좀 어때요, 조지 박사님?" 그리고는 자신이 쓸데없는 질문을 했다는 것처럼 말을 이었다. "맥박은 정상이네요. 나머지 수치들도 체크해 볼게요. 약 기운이 아직 남아 있나요?"

그랬다. "나한테…… 약을 쓴 건가요?"

그녀가 농담을 건네며 애써 웃음을 지어 보였다. "그렇게 말씀하시니까 저희가 무슨 헤로인에 중독시킨 것 같잖아요. 그냥 신경안정제인데, 박사님이 생각보다 예민하시더라고요. 자, 가만있어 봐요…… 됐어요, 생체 신호는 다 정상 범위네요."

점점 정신이 맑아졌다. "줄리안은 어디 있죠?"

"FBI에 제출할 서류랑 하드 드라이브를 챙기고 있어요. 영장을 받아 왔다네요. 아마 지금쯤 다 끝났을 거예요. 불러드릴까요?"

"아니에요. 내가…… 근데 FBI가 하드 드라이브를 가져갔나요? 전부 다?"

"줄리안 씨가 걱정할 필요 없대요. 어디 창고에 파일을 모두 복사해 놨다고 지금 기술팀이 모조리 달라붙어서 하드웨어와 소프트웨어를 다시 설치하고 시스템을 점검하는 중이에요. 3구역은 지금 디지털 공장 같다니까요."

"세션을 해야겠습니다. 지금 당장."

"장비가 아직 준비되지 않았어요."

"로즈를 만나야 합니다. 꼭."

캐로가 부드럽게 말했다. "만나실 거예요. 아마 내일쯤. 제가 약속할게요, 조지 박사님."

그가 힘없이 고개를 끄덕였다. 하지만 내일은 오게 되어 있다. 내일이 오면 다크웹에서 본 총격범의 모습, 검은 스키 마스크를 쓴 얼굴과 그가 벌인 학살의 기억을 로즈의 환한 미소로 덮을 수 있을 것이다. 그의 로즈, 그의 구원자이자 안식처, 언제나처럼 그가 길을 찾을 수 있도록 인도해 줄 그녀.

40

FBI의 충격적인 폭로 이후에도 연구 단지의 일상이 이전과 다름없이 흘러간다는 사실이 캐로는 믿기 어려웠다.

원칙적으로 '학살의 세계 창조' 사이트를 아는 것은 줄리안, 에이든, 와이거트, 왓킨스, 캐로, 그리고 트레버까지 단 여섯 명뿐이어야 했다. 그러나 줄리안의 기술팀 직원들은 모두 디지털 수사에 능했고, 기술팀과 간호사들끼리 사귀는 경우도 꽤 있었으며, 캐로는 식당에서 이반 카이반이 농담처럼 던진 한마디를 우연히 듣기도 했다. "뭐, 어차피 FBI 놈들이 우리 말을 믿는다 쳐도, 가상 세계에서 일어난 가상 범죄까지 수사할 권한은 없잖아!" 전혀 유쾌하지 않았고, 아무도 웃지 않았다. 줄리안은 그를 불러내서 단단히 혼쭐을 냈다.

와이거트는 거의 방 안에만 있거나 3구역에서 다중 우주 세션에 참여하며 시간을 보냈다. 캐로와 트레버는 수술을 계속했다. 캐로는 조지의 전자책을 정독하고, 매일 밤 트레버와 함께했으며, 바 바라와 새로운 매핑 데이터를 연구했다. 며칠에 한 번씩 엘렌을 찾아가면 대부분 로레인과 케일라가 함께 있었다. 엘렌의 간호사는 해고되었다. 로레인은 엘렌에게 바깥 공기를 쐬어 주고, 케일라와 보드게임을 하게 하거나 플러피를 쓰다듬게 했지만, 그 노력은 절반의 성공이었다. 엘렌이 조금 나아지긴 했지만 여전히 불안정했고, '언니가 약속한 대로' 안젤리카를 만나는 것에만 집착했다.

3월에도 눈을 보며 지내왔던 캐로에게 케이맨 브랙의 여름은 지나치게 빨리 찾아오는 것 같았다. 간혹 번개가 번쩍이고 천둥이 울리는 요란한 폭풍이 일 때가 아니면 밤이 되어도 공기가 덥고 습했다. 허리케인 경보를 확인하는 것이 일상이 되었다. 무역풍이 불 때면, 상쾌한 바람이 바다 내음을 실어왔다. 이미 만개하지 않은 식물들이 서둘러 꽃망울을 터뜨리며 비현실적일 만큼 화려하고 선명한 빛깔의 꽃을 선보였고, 곤충들은 쉼 없이 윙윙거리며 날아다녔다.

"좋습니다." 엘렌을 진찰한 라일 루스킨이 마침내 말했다. "더 기다린다고 해서 얻을 게 있을 것 같진 않네요. 켐프 부인에게 이식 수술을 진행해도 되겠습니다."

수술실은 여느 수술실처럼 싸늘했다. 간호사가 엘렌을 휠체어에 태워 데려왔고, 몰리가 마취제를 투여하자 엘렌의 눈이 감겼다. 트레버가 엘렌의 피부를 절개한 뒤, 뼈 톱을 건네받았다.

지금까지 해 온 수많은 수술과 다를 바 없었다. 하지만 이번엔 **엘렌**이었다. 트레버의 작은 동작 하나하나에 캐로의 신경이 금방이라도 끊어질 듯 긴장되었다. 뇌에서 예상치 못한 변수가 나온다면, 그가 절개를 잘못 한다면…… 하지만 물론 그런 일은 없었다.

엘렌은 회복실에서 예정된 시간에 깨어났다. "엘렌, 여기가 어딘지 알겠어?"

"언니…… 병원…… 아파."

"모르핀 투여할게. 질문 몇 개만 답해 주면 돼. 내가 지금 손가락을 몇 개 들고 있지?"

"두 개…… 안젤리카는?"

"며칠 이따 볼 수 있어. 수술 후 회복이 먼저라고 했잖아."

"알았어." 엘렌의 눈꺼풀이 파르르 떨리더니, 감겼다가 다시 떠졌다. 희미하고 몽롱한, 통증 속에 지어 보이는 미소.

캐로는 다른 환자들에게서도 저런 미소를 본 적이 있었다. 수술이 끝났다는 안도감, 무사히 버텨냈다는 안도감, 몸이 치료되었다는 안도감의 미소였다. 그러나 엘렌은 몸에 문제가 없었다. 그녀는 치료가 아니라 기대와 희망이 필요했고, 그것을 심어 준 것은 캐로였다.

"잘될 거예요." 몰리가 엘렌의 모르핀 투여 장치를 조정하며 나지막이 말했다. "다중 우주 세션이 분명 원하던 대로 될 거예요."

"어떻게 알아요?" 캐로가 물었다. 몰리는 이식도 받지 않았다.

"그냥 알아요." 몰리가 평소답지 않게 부드러운 목소리로 말했다.

캐로는 따지지 않았다. 몰리는 그녀를 안심시키고 싶은 것 같았다. 하지만 만약 현실이 오랜 그리움과 상실감 속에서 엘렌이 그려온 상상과 다르다면 캐로는 어떻게 해야 할지 알 수 없었다.

5일 후, 엘렌은 3구역에서 세션을 진행했다.

병원에 있는 동안 엘렌은 종이 모자를 쓰고 머리에 달린 티타늄 케이스를 만지작거리며 지시받은 대로 먹고, 걷고, 물리 치료를 받았다. 무척 얌전하고 순종적이었다. 엘렌은 모범적인 환자였지만, 여전히 그녀답지는 않았다. 항상 튼튼했던 체격이었으나 이제는 너무 야위어 셔츠가 가슴팍에서 펄럭일 지경이었다. 청바지도 헐렁해지면서 간호사에게 벨트를 빌려 간신히 흘러내리지 않게 입을 수 있었다. 줄리안이 절차를 설명하는 동안, 그녀는 간이침대 위에 가만히 누워 있었다.

"알아요." 엘렌이 말했다. "언니가 설명해 줬어요. 저는 준비됐어요."

줄리안이 티타늄 케이스의 덮개를 열고 리드선을 엘렌의 머리에 연결했다. 캐로는 동생 곁으로 의자를 조금 더 밀착시켰다. 트레버, 조지, 몰리가 뒤에 서 있었지만, 캐로는 그들의 존재를 거의 느끼지 못했다. 트레버조차도.

엘렌의 얼굴에서 모든 감정이 사라졌다.

캐로는 의미를 알 수 없는 소리를 내며 의자 앞으로 몸을 기울였다. 수도 없이 봐 온 장면이지만, 이번엔 엘렌이었다. 슈뢰딩거의 실험에서처럼 살아 있다고도, 죽어 있다고도 할 수 없는 상태에 빠진 동생을 보는 것은 생각보다 더 불안했다.

침대 옆에 놓인 화면이 켜졌다.

전선이 사라진 화면 속 엘렌이 침대에서 설레는 듯 몸을 일으켰다. 그녀는 빠르게 문으로 달려가 열었다. 캐로가 20분 전에 보았던 그대로, 빗물에 촉촉하게 젖은 3구역 정원이 나타났다. 그러나 그곳에는 마른 풀밭 위에 쪼그려 앉아 빨간색 플라스틱 상자의 뚜껑에 난 구멍에 네모, 동그라미, 세모 모양의 블록을 맞춰 끼우려 하는 어린아이가 있었다.

와이거트의 책에서 본 구절이 떠올랐다. '*양자 수준에서 뇌의 작용은 감각 입력과 기억, 상상력, 정보 처리 알고리즘까지 의식의 모든 부분을 동시에 연결할 수 있다.*'

안젤리카가 엄마를 올려다보았다. 아이의 작은 얼굴에 장밋빛 미소가 번졌다. 짧은 청바지를 입은 안젤리카는 통통한 다리로 자리에서 일어나 엘렌에게 달려갔다.

엘렌은 건강한 모습으로 살아 있는 딸을 번쩍 들고는 아이가 몸을 뒤척일 만큼 꼭 끌어안았다. 그녀의 여윈 뺨을 따라 눈물이 줄줄 흘러내렸다.

'*만약 우리가 뇌에서 양자 파동을 붕괴시키는 알고리즘을 바꿀 수 있다면 무슨 일이 일어날까?*'

안젤리카가 더욱 격하게 뒤척였다. 엘렌은 아이를 풀밭에 내려놓았다. 안젤리카는 엄마의 손을 잡고 플라스틱 상자 쪽으로 끌고 가더니, 기저귀 찬 엉덩이로 철퍼덕 앉았다. 엘렌은 그 옆에 무릎을 꿇고 앉았고, 안젤리카가 엄마에게 동그라미 모양의 초록색 블록을 내밀었다.

'당신이 바로 관찰자다. 당신은 매일, 매시간, 10억분의 1초마다 우주를 만들어 간다. 그렇게 존재할 수 있는 모든 것은 어디선가 존재하게 된다. 당신이 사랑했던 죽은 이들까지도. 그들은 당신이 앉아 있는 의자만큼, 손에 쥔 이 책만큼 단단한 실체로서 다시 살아 걸어 다닐 수 있다.'

엘렌은 원형 블록을 네모난 구멍에 넣으려는 시늉을 했다. 안젤리카가 인상을 쓰며 그녀의 손에서 블록을 빼앗아 올바른 방법을 보여 주었다. 그들은 남은 블록을 모두 맞춘 후, 상자의 뚜껑을 열어 안에 있던 블록을 와르르 쏟아냈다. 안젤리카가 하나를 집어 들고 깔깔 웃으며 도망쳤다. 그리고 엘렌은 이 우주에서는 한번도 해 볼 수 없었던 것을 했다. 바로 아이와 술래잡기를 하는 것이었다.

케일라가 어디선가 갑자기 나타나 함께 달리기 시작했다.

아이들과 뛰어노는 엘렌은 발이 한번도 땅에 닿지 않고 풀밭 위를 스치기만 하는 것처럼 한없이 가벼워 보였다.

캐로는 말없이 자리에서 일어나 세션 룸을 빠져나갔다. 오랜만에 미소를 짓던 와이거트는 그녀가 옆을 지나가는 것을 알아채지 못했다. 트레버가 따라 나오려는 기색을 보였지만, 캐로가 손을 들어 그를 막았다. 지금 그녀는 그조차도 없는 혼자만의 시간이 필요했다. 망상인지 현실인지, 캐로는 이제 현실이라는 단어가 무엇을 의미하는지도 확신할 수 없었지만, 세션을 통해 엘렌은 위안을 얻었고 자신을 되찾았다.

그것만으로도 캐로가 견뎌 온 모든 선택과 타협, 불안은 의미가 있었다.

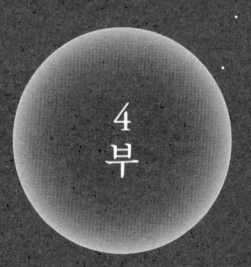

41

캐로와 바버라의 논문이 동료 심사를 거쳐 학술지 게재가 확정되었다. '전두엽 자극과 기억-상상 이미지 형성」, 『뉴잉글랜드 의학 저널』, 캐롤라인 J. 소암스 왓킨스, 바버라 무마우, 새뮤얼 L. 왓킨스', 기대 이상이었다. 캐로는 이미 온라인에서 논문을 확인했지만, 학술지 실물을 직접 보는 것과는 비교할 수 없었다. 매핑 이미지도 놀라울 정도로 훌륭했고, 『뉴잉글랜드 의학 저널』은 그녀와 바버라가 기대했던 것보다 더 많은 이미지를 실어 주었다.

캐로는 처음에 줄리안에게 단지에서 1년 동안 일하겠다고 했었다. 이 논문은 그녀가 미국으로 돌아가 외과 의사 면접을 볼 기회를 얻을 수 있는 발판이 되어줄 것이며, 그곳에서 엘렌과 케일라와 함께 새 출발을 할 수도 있을 것이다. 그리고 트레버와는 장거리 연애를 이어 갈 것이다. 캐로가 바라는 상황은 아니지만, 그들은 끊임없이 대화를 나누며 서로가 필요하다는 확신을 키워간 것에 비해 끝내 만족스러운 결론을 내리진 못했다. 그녀는 무엇이 가장 좋은 해결책일지 떠올릴 수도 없었다.

이식받은 후 몇 주 만에, 엘렌은 수술의 여파뿐만 아니라 절망과 슬픔에서도 빠르게 회복했다. 그녀는 더 이상 치료가 필요하지 않았다. 다시 예전의 엘렌으로 돌아왔다.

그리고 케일라도 서서히 예전의 모습으로 돌아오고 있었다. 엄마가 이제는 자신을 떠나지 않을 거라는 믿음이 생기자, 케일라는 섬과 해변, 나무 사이를 날아다니는 알록달록한 앵무새들에게 눈을 돌리기 시작했다. 케일라는 더 이상 우울해하거나 움츠러들어 있지 않았지만, 캐로에게는 아직 완전히 마음을 열지 않았다.

캐로가 말했다. "케일라, 우리 드라이브 가자. 스팟 베이에 있는 제임스 아저씨 친구네 집에 강아지들이 태어났대."

케일라는 책에서 눈을 떼고 물었다. "엄마도 가?"

엘렌은 캐로와 미리 얘기한 대로 말했다. "엄마는 너무 피곤해서. 우리 딸, 이모랑 가서 강아지 보고 와."

"그럼 로리 아줌마는?"

"로레인은 장 보러 갔는데."

"기다릴래."

"그래, 어쩔 수 없지." 엘렌이 말했다. "그러면 강아지는 못 보겠네. 오늘 밤에 큰 섬에 있는 새 가족한테 간다고 했거든."

케일라가 입술을 깨물었다. 강아지들의 유혹을 뿌리칠 수 없었다. "좋아, 갈게."

갈색과 흰색의 래브라도 리트리버 강아지들이 서로 뒤엉키며 케일라에게 우르르 몰려들었다. 내리쬐는 햇볕 아래 강아지들과

30분 동안 신나게 놀고 나서, 캐로는 아이를 아이스크림 가게로 데려갔다. 피크닉 벤치에 앉아 녹아내리는 아이스크림을 핥으며 캐로가 조심스럽게 말을 꺼냈다. "케일라, 너 이모한테 계속 화나 있었잖아."

케일라는 아무 말도 하지 않고 끈적거리는 손만 보고 있었다.

"아직도 화났어?"

"아니. 응. 몰라!"

"이모 생각엔 아직 화난 것 같은데. 이모가 엄마를 내쫓았다고 생각하는 거지?"

케일라가 홱 고개를 들었다. "그랬잖아!"

"안젤리카가 떠나고 엄마가 많이 아파서 병원에 보냈던 거야. 엄마가 그때 어땠는지 봤잖아, 케일라. 그리고 엄마가 너랑 같이 지낼 수 있게, 또 다른 세상에서 안젤리카를 다시 만날 수 있게 이모가 엄마를 여기 데려왔고. 엄마한테 얘기 들었지?"

"그렇지만 나도 같이 가면 되잖아! 병원이나 딴 세상이나!"

"그럴 수 없었어. 다 어린이들은 갈 수 없는 곳이거든. 케일라가 할 수 없는 일, 예를 들면 수술 같은 걸 못 한다고 이모가 케일라한테 화내면 어떨 거 같아? 그래도 괜찮아?"

"아니이이……" 케일라의 아이스크림이 콘 옆으로 흘러내려 손에 묻었지만, 아이는 모르는 것 같았다.

"그러니까, 이제 이모가 못 하는 일 때문에 화내지 말아 줘."

"화 안 내." 케일라가 대답했다. 그리고 전혀 예상치 못한 말을 덧붙였다. "난 나한테 화나."

"그게 무슨—"

"이모는 엄마를 도와줬는데 난 못 도와줬잖아. 난 아무것도 제대로 못 해!"

"아이고, 케일라, 얼마나 많이 도와줬는데! 그냥 케일라가 이렇게 있는 것만으로도 매일 도와주고 있는걸! 엄마도 도와주고, 이모도 도와주고. 엄마랑 이모는 네가 행복하면 더 행복해지거든."

"진짜?"

"진짜지."

케일라는 벌떡 일어나 캐로를 와락 안았다. 그 바람에 아이스크림이 짓눌리면서 가슴에 묻어 엉망이 되었지만, 캐로는 신경 쓰지 않았다. 케일라는 엘렌의 용기를 그대로 물려받았다. 자신이 잘못 생각했다고 직접 말로 표현하며 인정하기는커녕 그것을 깨닫기라도 할 수 있는 아홉 살짜리가 얼마나 있겠는가?

그러나 캐로의 뿌듯함과 안도감 속에는 아이의 꾸밈없이 솔직한 감정을 사랑하는 사람이라면 누구나 아는 작은 쓸쓸함이 있었다. 케일라가 점점 자라고 있는 것에 대한 아쉬움이었다.

트레버는 이식 수술을 받기 전 누나와 조카를 보기 위해 보스턴으로 주말을 보내러 갔다. 캐로는 그를 공항까지 데려다주고 나서 엘렌, 케일라, 몰리, 바바라, 그리고 뜻밖에도 로레인을 만나러 해변으로 향했다.

다 함께 물놀이를 하고 나서 캐로와 엘렌과 몰리는 담요 위에 앉아 느긋하게 쉬고 있었다. 바바라는 화장실을 찾으러 갔다. 한편 케일라와 로레인은 정성스럽게 모래성을 쌓았다. 케일라는 흰 모래를 적셔 단단하게 만들기 위해 양동이에 물을 길어 나르느라 이리저리 바쁘게 뛰어다녔다. "로리 아줌마, 우리 탑 만들어요!" 케일라가 들뜬 목소리로 외쳤다. "아주 높은 탑을 만들어서 맨 위에 깃털을 꽂아야지! 엄마, 이모랑 같이 도와줘!"

엘렌이 말했다. "좋아! 엄마가 깃털 찾아올게."

캐로도 대답했다. "이모는 몰리 아줌마랑 여기 있을게. 이미 지을 사람이 많잖아."

단둘이 남자, 몰리가 물었다. "로레인이랑 뭐 있어요?"

캐로는 무심코 괜찮다고 말할 뻔했지만, 상대는 사적인 문제에 있어 선을 전혀 지키지 않는 몰리였고, 바바라가 자리를 비운 동안 그녀는 만족스러운 답을 들을 때까지 끈질기게 묻고 또 물을 것이 뻔했다.

캐로가 신중하게 말을 꺼냈다. "이식 수술 이후 너무 달라졌잖아요. 그래서 왠지 좀 마음이 불편해요."

"왜요?"

"음, 로레인만 유독 수술을 받고 성격이 바뀌었으니까요. 전극을 삽입한다고 그런 변화가 생길 리 없는데."

"그게 원인은 아닐 것 같아요." 몰리가 말했다. "저는 박사님보다 로레인을 훨씬 오래 봐 오면서 그렇게 오버하는 게, 물론 **저와는** 경우가 다르지만, 뭔가 감추려는 게 아니었을까 했어요. 그러니까…… 뭐랄까, 세상이 이해되지 않는다는 절망 같은 걸 숨기고 싶었던 거죠. 그런데 이제는 이해가 된 거고요."

"그럴 수도 있겠네요. 사람마다 차이가 있으니까."

몰리는 팔꿈치를 괴고 몸을 살짝 일으킨 뒤 예리한 눈빛으로 그녀를 쳐다보았다. "대충 얼버무리지 말아요. 피하지 말고 얘기해 봐요. 로레인이랑 뭔가 더 복잡한 감정이 있는 거잖아요. 다들 눈치챘어요. 엘렌 씨 때문이죠?"

"대체 '다들' 무슨 권리로 남 얘길 그렇게—"

"에이, 화내지 말고요. 저흰 박사님이 걱정돼서 그렇죠. 엘렌 씨가 로레인이랑 친하게 지내니까 질투도 나고, 박사님이 그만둔다 해도 엘렌 씨는 여기 남겠다고 하니까 서운한 거잖아요. 하지만 그렇다고…… 세상에, 설마 엘렌 씨한테 아직 얘기 못 들었어요?"

"여기 남는다고요?" 캐로가 되물었다. "엘렌이 왜—"

"마음에 들었나 봐요. 로레인이랑 스테이크 베이에 집을 얻을 거라고 했어요. 죄송해요, 이미 말씀드린 줄 알고 그래서 사이가 약간—"

"말도 안 돼요! 여기서 어떻게 먹고 산다고 그래요? 줄리안 씨가 평생 생활비를 대 줄 것도 아닌데!"

몰리가 담요 귀퉁이에 묻은 모래를 털어 내며 조심스레 입을 열었다. "엘렌 씨가 웨스트 엔드 초등학교에서 비서 일을 시작했거든요. 케일라도 9월에 거기 입학할 거고요. 정말 죄송해요. 진짜 다 아시는 줄 알았어요."

"전혀 몰랐어요!"

"그러셨던 것 같네요. 그런데 캐로 박사님, 듣기 싫으실 수도 있지만 친구로서 한마디만 더 할게요. 박사님의 말과 엘렌 씨의 말을 들어보면, 박사님은 평생 엘렌 씨를 보호해 왔잖아요. 정말 대단한 거고, 엘렌 씨도 알아요. 그런데 엘렌 씨는 더 이상 보호가 필요하지 않아요. 오히려 스스로 일어서고 싶어 하죠."

"로레인한테 기대서겠죠!" 캐로는 화가 나고 자신이 어리석게 느껴져 쓰게 말을 뱉었다. 그때 탄산음료가 잔뜩 든 가방을 딜렁거리며 들고 다가온 바바라가 담요 위에 털썩 앉으며 외쳤다. "논문 출판 기념으로 혈당이 치솟도록 건배합시다!"

단지로 돌아와 캐로가 모래투성이 비키니를 벗고 샤워를 끝냈을 때 엘렌이 방문을 두드렸다.

"언니, 나야. 할 말이 있어."

"지금은 좀 곤란한데." 캐로가 말했다.

엘렌이 문을 열고 안으로 들어왔다.

"아, 진짜, 내가 방금—"

"나 귀 안 먹었어, 언니. 잠깐이면 돼. 몰리한테 들었는데—"

"여긴 쓸데없이 남 얘기하고 다니는 사람들이 왜 이렇게 많은 거야!"

엘렌이 살짝 웃었다. "그렇긴 하지. 하지만 세상 어딜 가도 다 똑같을걸. 5분만 들어 줘, 언니."

캐로가 마지못해 고개를 끄덕였다. 어쩌겠는가? 라일 루스킨은 엘렌이 안젤리카를 '찾아가기' 시작하면서부터 회복 속도가 급격히 빨라진 것에 경이로움을 표했다. 하지만 캐로의 눈에 엘렌은 여전히 약해 보였다. 그게 아니면, 몰리의 목소리가 귓가에 울리는 듯했다. 아니면 자신은 그냥 엘렌이 계속 약하길 바라는 걸까?

몰리, 그만 좀 끼어들어.

엘렌이 말했다. "언니가 나한테 해 준 게 얼마나 많은지 나도 잘 알고, 언니도 그걸 알아줬으면 해. 언니가 경제적으로 도와주지 않았다면, 안젤리카를 그렇게 오랫동안 집에서 돌볼 수 없었을 거야. 또 그랜드 케이맨에 있는 그 멋진 병원도 보내주고, 내가 입원하는 동안 케일라도 봐줬잖아. 줄리안 씨가 비용을 댄 건 알지만, 언니가 여기서 일하는 조건으로 내 얘기를 했겠지. 그리고 무엇보다도, 나한테 안젤리카를 다시 돌려준 것에 대해 언니한테 너무나도 큰 빚을 졌어. 죽음이란 건 진짜로 존재하지 않으니까 안젤리카도 진짜 죽은 게 아니라 그냥 다른 곳에서 건강하고 행복하게 살고 있다는 걸 알게 됐다고. 그게 얼마나 말로 표현 못 할 정도로 큰 선물인데? 난 언니한테 전부 다 빚진 거야."

캐로의 목이 메었다. 그녀는 아무런 답을 할 수 없었다.

엘렌이 말했다. "그게 바로 언니가 돌아가서 제대로 된 직장을 구하더라도 내가 여기 남으려는 이유야. 언제든 안젤리카를 계속 볼 수 있는 것도 크지만, 난 이곳이 정말 좋고 케일라도 좋아해. 내일 페어레이에 가서 케일라의 학교 서류를 처리하고 줄리안 씨가 빌린 창고에 있는 내 짐이랑 가구를 정리할 거야. 신경 쓸 게 산더미지만, 로리도 도와줄 거고 재스민 씨가 케일라를 봐주기로 했어. 나는…… 화내지 마, 언니, **부탁이야**. 나 혼자 해내야 해. 내가 할 수 있다는 걸 나 스스로 증명하고 싶어."

"혼자도 아니잖아. 로레인이랑 있을 거면서." 캐로는 말이 끝나기가 무섭게 후회했다. 속 좁고, 못되고, 이기적인…….

하지만 엘렌은 그저 미소를 지었다. "로레인이 언니를 대신할 수는 없어. 아무도, 절대. 하지만 로레인도 방황 중이라서 서로 좀 의지할 수는 있겠지."

"강의하는 건? 미국 어디 대학에서 일한다고 들은 것 같은데?"

"그만뒀어. 이제는 자기가 가야 할 길은 거기가 아니래."

"네가 로레인까지 책임지겠다는 거야?"

"로레인이랑 줄리안 씨는 집안이 부유해. 언니도 알잖아. 자기 몫은 충분히 낼 수 있어. 하지만 내 몫까지는 아니야. 언니처럼 나를 돌봐 주는 게 아니니까. 오히려 로레인이 앞으로 어떻게 살아야 할지 고민하면서 내 도움이 필요한 상황이기도 하고."

"넌 앞으로 어떻게 살아야 할지 완벽하게 아니까?"

"노력 중인 거지. **화난 거** 알아. 제발 화내지 마. 언니가 나한테 얼마나 소중한데." 엘렌은 캐로를 꼭 감싸 안았다.

캐로가 감정을 추스르고 말했다. "얘기해 줘서 고마워."

"에이, 그렇게 생각 안 하잖아." 엘렌의 말투는 예전과 똑같았고, 캐로가 기억하는 엘렌 그대로였다. "그래도 나중엔 이해할 거야. 다 잘될 거니까."

트레버는 보스턴에서 돌아오자마자 캐로가 심란하다는 걸 단번에 알아차렸다. 캐로는 엘렌이 내린 결정과 그로 인해 자신이 느끼는 혼란에 대해 털어놓았다. "그냥 여기서 당신이랑 엘렌이랑 계속 지내야 하나 싶어요."

"아니요." 트레버가 말했다. "그건 당신답지 않아요, 캐로. 당신은 이식을 받지 않았고 받을 생각도 없는 데다가 이식 수술 말고도 더 다양한 수술을 하고 싶잖아요. 당신이 얼마나 힘들게 실력을 쌓아 왔는지 모르는 사람이 없어요. 그 실력을 더 다양한 곳에서 펼쳐야죠. 저도 엘렌 씨도 당신 곁에 있을 거예요. 그건 절대 변하지 않아요."

그의 깊은 이해와 따뜻한 마음이 캐로의 마음을 먹먹하게 만들었다. "엘렌은 더 이상 절 필요로 하는 것 같지 않아요."

"그럴 수도 있죠." 그가 말했다. "하지만 전 필요해요."

우리는 어떤 기술이든 완전히 이해하기도 전에 사용한다. 어떤 혁신이든 그 결과를 파악하기까지 늘 시간 차가 있다.*

트레버가 수술실로 실려 가는 순간 캐로의 머릿속에 와이거트가 쓴 책에서 본 문장이 떠올랐다. 누가 한 말이었지? 리언 누구였던 것 같은데, 위슬러였나 웬터였나 와이스터였나, 대충 그런 이름이었다. 왜 이 문장이 지금 떠오른 건지는 알 수 없었지만, 하얀 온열 담요를 덮은 트레버의 모습이 작고 무기력해 보이는 것과 관련이 있는 듯했다. 그는 병원 가운을 걸치고 카테터를 단 채, 캐로를 향해 별이 폭발하듯 환한 미소를 지어 보였다. 캐로는 가슴이 두 동강 나는 것 같았다.

---

* 미국 비평가이자 잡지 편집자인 리언 위젤티어의 글에서 인용.

"안녕하세요, 의사 선생님." 그가 말했다.

"준비됐어요?"

"네, 가시죠."

몰리가 마취제를 주입하고 랄프 이건이 옆에서 기다리는 동안, 트레버는 끝까지 캐로를 바라보았다. 그가 완전히 마취되자, 캐로는 즉시 의사로 돌아가 수술에 집중했고, 트레버는 더 이상 트레버가 아니라 하나의 두개골과 뇌일 뿐이었다. 다른 것도 있지만, 뭐, 어쨌든.

이식 수술은 흠잡을 데 없이 매끄럽게 진행되었다. 그녀는 봉합을 랄프에게 맡기고, 소독실로 가서 싱크대에 손을 짚고 한동안 눈을 감고 있었다. 그리고 장갑과 수술 가운을 벗어 바이오 폐기물 통에 던져 넣었다. 이제 트레버는 자신이 상상하고 만드는 새로운 세계로 들어갈 수 있었다. 하지만 캐로는 그럴 수 없었다.

어떤 혁신이든 그 결과를 파악하기까지 늘 시간 차가 있다.

리언, 당신은 상상도 못 해요.

트레버의 수술 다음 날은 와이거트가 쓴 『관찰자의 우위성』이 정식으로 서점에 출간되는 날이었다. 캐로는 저녁 식사 시간에 식당에서 작은 축하 자리를 마련했다. 건배가 이어지자 그는 기분 좋게 웃었다. 와이거트가 자신이 가진 유일한 책 한 권을 손으로 만지며 흐뭇해했다. 추가로 올 책들은 어딘가에서 배송이 지연되고 있었다. 그는 젊은 기술자 몇 명의 이름을 틀리긴 했지만, 프로젝트에 참여한 모든 이에게 감사를 표하는 짧은 연설을 했다. FBI 요원들이 '학살의 세계 창조' 사이트 영상을 보여 준 이후 그 어느 때보다 행복해 보였고, 캐로는 그런 그를 보며 기뻤다.

트레버는 수술 후 순조롭게 회복했다. 그로부터 5일 뒤, 3구역에서 첫 번째 세션이 진행되었다. 평소답지 않게 그는 아무런 감정도 드러내지 않았다. 그러나 그를 너무 잘 알고 있는 캐로는, 감춰진 흥분과 극도의 집중, 그리고 이 경험을 최대한 객관적으로 평가하려는 결연한 의지를 느낄 수 있었다.

그가 간이침대에 눕자, 에이든이 그를 기계에 연결했다. 캐로는 위가 쪼그라드는 듯한 기분이었다. 마침내 그녀는 두려움을 인정할 수밖에 없었다. 트레버가 세션 이후 로레인처럼 변해 버리면 어쩌지? 트레버의 재치 있으면서도 예리한 모습, 수도사가 되고 싶었다는 젊은 날의 꿈을 간직한…… 혹시 로레인처럼 차분하게 가라앉으면서 세상일에 달관한 사람으로 변해 버릴 수도 있을까? 캐로는 있는 그대로의 트레버를 사랑했다. 위대한 우주적 신비를 통달한 도인과 연애하는 건 사절이었다.

그리고 그녀가 늘 불편해하던 순간이었지만, 트레버에게서는 더욱 보기 힘들었던 순간이 찾아왔다. 그의 의식이 떠나고 텅 빈 그의 얼굴은 더 이상 트레버라고 할 수 없었다.

화면이 밝아졌다.

영상 속 트레버가 침대에서 일어났지만, 다른 이식자들과 달리 문으로 향하지 않았다. 그는 벽쪽에 놓인 의자 하나를 집어 방 한가운데로 옮기고 등받이에 한 손을 짚은 채 그 뒤에 섰다. 그는 누군가를 기다리는 듯한 표정으로 문을 돌아보았다.

대체 뭘 하는 거지?

문이 열리고 줄리안이 들어왔다. 캐로는 옆에 있던 줄리안, 자신이 생각하는 '진짜 줄리안'이 움찔하더니 이내 불쾌한 기색을 보이는 것을 감지했다. 즉 그는 트레버가 자신을 이 대체 우주에 등장시킬 거라는 걸 전혀 예상하지 못했던 것이다. 화면 속 줄리안이 방을 가로질러 트레버에게 다가갔고, 두 사람 사이의 의자 때문에 몸을 다소 어색하게 기울이며 악수를 했다. 그리고 줄리안이 방을 나갔다.

와이거트가 들어와 캐로의 옆에서 또 한 번의 놀라는 기색과 함께 트레버와 악수하고 방을 나갔다. 이어 에이든, 바바라…… 트레버는 무슨 생각인 걸까? 다음은 캐로일까?

그녀는 나오지 않았다. 제임스가 들어왔고, 그다음은 몰리였다. 몰리가 나가자, 트레버는 의자 주변을 거닐며 한참 동안 묵묵히 그것을 응시했다.

대체 뭐냐고…….

단지 어디에서나 볼 수 있는 지극히 평범한 의자였다. 쇠로 된 프레임과 팔걸이가 있고, 좌석과 등받이는 검은색 무광 인조가죽으로 되어 있었다. 똑같은 의자들이 저쪽 벽을 따라 늘어서 있었다. 캐로도 전에 적어도 한 번은 앉아 본 적 있던 의자거나, 영상 속 바로 그 의자였을 수도 있었다.

세션이 돌연 끝나버렸다.

줄리안이 거칠게 말했다. "**도대체** 뭡니까?"

"실험이요." 트레버가 침대에 누운 채 대답했다. 목소리가 무겁고 나른했다.

"실험이라고요? 어째서죠? 방에서 한 발짝도 나가지 않았잖아요! 게다가 당신이 서명한 피험자 계약서에는 단지 내 사람을 임의로 창조하는 게 금지되어 있는데—"

"알아요." 트레버가 대답했다. "하지만 저는 악수 말고는 아무것도 안 한 걸요. 여러분은 실험의 핵심이 아니었거든요."

"우리가 핵심이 아니라고—"

"네. 핵심은 의자였죠."

트레버가 몸을 일으켜 앉자 캐로는 그의 얼굴을 더 자세히 볼 수 있었다. 그녀도 아는 표정이었지만, 아주 오랜만에 보는 표정이었다. 수십 년 전 크리스마스 아침에 본 엘렌의 표정. 에단이나 케일라, 심지어 캐로 자신도 한때는 저런 표정을 지었을지도. 조명이 반짝거리는 트리 아래 한가득 쌓인 마법 같은 선물들을 바라보는 아이의 얼굴이었다.

"이건 진짜예요." 트레버가 말했다. "**정말** 진짜라고요. 저는 제가 만든 분기에서 저 의자를 창조했어요. 이 방에는 의자가 네 개뿐이지만, 제 분기에서는 다섯 개가 있었죠."

캐로는 영상에 의자가 몇 개 나왔는지 떠올리려 했다. 그러나 미처 세어볼 생각을 하지 않았었다.

"여섯 사람이 들어와 그 의자를 봤습니다. 제 위치를 고려하면, 의자를 볼 수밖에 없었어요. 사람들이 방을 나가면 저는 녹색으로 바뀐 모습이나 라탄 소재, 루이 14세 풍을 상상하며 어떻게든 의자를 바꾸려고 해 봤습니다. 저는 자각몽을 수년간 연습했기 때문에 꽤 능숙한 편이라 이게 꿈이나 환각이었다면 분명 전 의자를 원하는 대로 변형할 수 있었을 겁니다. 조지 박사님의 책을 읽고 나서부터 매일 밤 꿈에서 연습했거든요. 그런데 **그 의자만큼은 바꿀 수 없었어요.** 왜냐하면 다른 관찰자 여섯 명이 그 의자의 결어긋남에 기여했고, 그 의자가 단순한 환각이나 꿈, 정교한 상상이 아닌 진짜 현실로 존재했으니까요. 이 방에 있는 모든 사물처럼 똑같이 실재하는 겁니다. 그리고 의자가 존재한다면, 그 분기된 세계도 마찬가지로 현실이라 할 수 있죠. 조지 박사님의 이론이 맞아요. **사실**이라고요, 줄리안 씨."

"전 의심한 적 없습니다." 줄리안이 쏘아붙였지만, 캐로는 그의 말에서 자신은 이 실험을 떠올리지 못했음이 분하기도 한 복잡한 감정이 섞여 있다는 것을 느낄 수 있었다. 줄리안이 시선을 돌렸다. "바바라?"

"물론 캐로 박사님과 제가 매핑 데이터를 확인할 시간이 필요하지만, 지금 보기에는 전두엽에서 판단과 추론을 담당하는 영역에서 활동이 높다는 것을 제외하면 다른 사람들의 세션과 큰 차이가 없는 것 같습니다."

캐로는 소름이 돋았다. 이건…… 이건 대체 뭐지? 트레버가 그녀를 바라보고 있었다. 그녀도 미소를 지어 보였지만, 머릿속에 처음 떠오른 생각은 이것이었다. *세상에 마상에, 이 우주에서 사는 것도 벅찬데 다른 우주까지 신경 써야 되는 거야?*

세상에 마상에. 아버지가 즐겨 쓰던 감탄사였다. 그녀는 그 표현을 아주 오랫동안 잊고 있었다. 하지만 어릴 때는 그 말을 들을 때마다 에단과 어린 엘렌과 함께 배를 잡고 웃곤 했다.

이반이 허둥지둥 뛰어들어와 줄리안에게 종이 한 장을 건넸다. 줄리안이 그것을 읽어 나가는 동안 그의 밝은 청록빛 눈동자가 어두운 남색으로 변하는 듯했다.

와이거트가 물었다. "줄리안? 그건 뭔가? 무슨 일이야?"

"회의실로 갑시다. 당장, 전원 참석하세요. 에이든, 트레버 선생님을 풀어 드려. 이반, 너도 도와."

그들은 줄리안을 따라 모두 회의실 탁자에 앉았고, 줄리안이 종이에 적힌 내용을 소리 내어 읽었다.

《플로리다 타운 크라이어》에 실린 기사 출력본이었다. 큼지막한 굵은 글씨로 쓰인 제목이 눈에 들어왔다. '노벨 수상자가 비밀리에 정신 조작 실험으로 사후 세계를 증명하다! FBI까지 조사 중!' 제목만큼이나 자극적인 내용을 담은 짧은 기사에는 연구 단지가 마치 사탄 숭배 교단과 영화 〈맨츄리안 캔디데이트〉*속 세뇌 조직 사이 어딘가처럼 묘사되어 있었다.

바바라가 말했다. "누가 《크라이어》에서 하는 말을 믿어요. 슈퍼마켓에서 파는 타블로이드 잡지보다 조금 나을까 말까인 황색 저널 쓰레기 신문인데. 아니, 그것보다도 못하죠."

줄리안이 굳은 표정으로 말했다. "큰 언론에서도 파고들 겁니다. 왓킨스 박사님의 이름이 걸려 있으니까요."

이반이 중얼거렸다. "만약 기자들이 다크웹에 있는 걸 찾아낸다면……."

"그럴 수도 있지. FBI가 계속 사이트를 차단해도 저놈들은 금방 이름만 바꿔서 다시 올리니까."

---

* 1959년에 출간된 정치 스릴러 소설로 여러 차례 영화로 만들어졌으며, 제목 'Manchurian candidate'을 직역하면 '만주의 입후보자'라는 뜻.

와이거트가 혼란스러워하며 말했다. "하지만 따로 '파고들' 게 뭐가 있나. 내 책에 다 있는데! 우린 내 이론을 대중에게 **알리고 싶었던** 것 아닌가!"

"이런 방식은 아니죠." 줄리안이 말했다. "그리고 기사에 실린 내용 중에는 내부 사람만 알 수 있는 프로젝트 세부 정보도 있습니다. 여기 계신 분들 중 기자와 접촉한 분이 있나요? 아니면 다른 외부인이라도?"

모두가 분개하며 강하게 부인했다. 줄리안이 말했다. "저도 그럴 리 없다고 생각합니다만, 3구역에 한 번이라도 출입한 사람들을 전부 조사해야 할 것 같습니다. 프로젝트 전체에 곧 한바탕 폭풍이 몰아칠 겁니다."

43

줄리안의 말이 맞았다. 사흘 후, 《뉴욕 타임스》의 퓰리처상 수상 기자인 수잔 크리튼든이 전화를 걸어왔다. "직접 제보를 받았답니다." 줄리안이 말했다. "누군지는 밝히지 않았지만, 단지 내부 사정을 아주 잘 아는 사람이라고요. 20년 전에 왓킨스 박사님을 취재한 적이 있다면서 지금은 조지 박사님의 책을 읽고 있고, 저와 조지 박사님, '병원 의사들'과 인터뷰를 원한다고 합니다. 정보원에게 저희가 죽음을 연구하고 있다고 들었다네요."

와이거트가 말했다. "하지만 그건—"

"우리의 주된 목표는 아니죠." 줄리안이 말했다. "하지만 '관찰자의 우위성으로 탄생한 우주'라고 하면 너무 어렵잖아요. 죽음이 훨씬 직관적이죠. 대중의 관심을 끌기도 좋고요."

캐로가 말했다. "전 인터뷰 안 할래요."

"당연히 하면 안 되죠. 저만 할 겁니다. 모든 정보는 저를 거쳐

서 나가는 거예요. 그리고 이곳에 있는 누가 수잔 크리튼든에게 정보를 흘렸는지도 반드시 밝혀낼 겁니다." 그의 잘생긴 얼굴이 벤 클라비의 실종과 살인 사건 소식을 들었을 때처럼 굳어 있었다.

트레버가 천천히 입을 열었다. "다크웹 사이트를 찾아낼 수도…… 베테랑에 평판도 좋은 사람이라 FBI에도 연줄이 있을지 모르죠."

"맞아요." 줄리안이 말했다. "우리가 준비됐을 때 우리가 원하는 방식으로 공개하고 싶었다고요. 이런 식이 아니라."

일주일 뒤,《뉴욕 타임스》기사가 보도되었다. 줄리안과 빌 해거티는 수잔 크리튼든에게 기사에서 다크웹을 다루면 FBI 수사에 차질을 빚을 거라고 경고했다. 그러나 그녀는 먼저 TV 방송국에 정보를 넘기고 이미 뉴스가 퍼진 뒤《뉴욕 타임스》에서 보다 상세한 기사를 싣는 우회적인 방법을 택했다.

케이맨 제도의 '과학' 연구소, 인간 두뇌에 컴퓨터 칩 이식 논란

고인이 된 노벨상 수상자가 후원한 괴상한 실험

수잔 크리튼든 기자

카리브해의 대표적인 휴양지 케이맨 브랙 섬에는 노벨상 수상자였던 고(故) 새뮤얼 루이스 왓킨스가 설립하고 소프트웨어 전문가, 의사, 물리학자 등 다양한 분야의 전문가들이 모인 연구 시설이 있다. 이곳에서는 자신의 두

개골을 절개하고 미리 프로그래밍된 칩을 뇌에 영구적으로 이식하고자 하는 사람들을 대상으로 실험을 진행한다. 칩에서 나온 전선은 피험자의 머리 윗부분에 위치한 연결 단자로 이어진다. 단자를 사용하지 않을 때는 티타늄 소재의 덮개를 닫아 놓는다. 그리고 이 단자가 쓰일 때는 전선을 통해 피험자의 뇌가 여러 대의 컴퓨터 장비에 직접 연결된다.

대체 누가 이런 공상과학적인 사이보그 실험을 구상했을까? 그리고 대체 누가 이런 실험에 자발적으로 참여하려고 할까?

이 질문에 대한 답은 세계에서 가장 널리 사용되는 항바이러스제 '아키노' 개발의 기반이 된 분자를 창시한 왓킨스에게서 곧바로 시작되지는 않는다. 왓킨스에 앞서, 그의 옥스퍼드 대학 시절부터 절친했던 친구가 있다. 그는 76세의 저명한 물리학자 조지 J. 와이거트로 여러 학술지에 논문을 발표한 바 있는 인물이다. 그가 창안한 '관찰자의 우위성'이라는 이론은 그가 최근 명망 높은 학술 출판사를 통해 출간한 저서의 제목이기도 하다. 이 책은 과학자들 사이에서 상당한 파장을 일으켰다. 그의 생물 중심 이론의 핵심은 물질과 진화가 의식을 형성한 것이 아니라, 오히려 그 반대라는 것이다. 의식이 물질과 시간을 만들어냈다. 그 무엇도, 즉 지구도, 은하도, 부엌도, 심지어 우리 뇌조차도 인간의 의식이 만들어 내기 전에는 존재하지 않았다. 와이거트의 책에서는 기존의 과학적 연구를 광범위하게 참고하며 이 개념을 다소 난해하지만 매우 자세하게 설명하고 있다.

하지만 이것이 끝이 아니다. 결과적으로 왓킨스와 와이거트는 한때 실리콘 밸리에서 촉망받는 인재였던 38세의 줄리안 데이와 손을 잡았다. 그들은 케이맨 브랙에 비밀 연구 시설을 세우고 프로젝트를 출범시켰다. 그들의 칩을 이식받은 사람의 증언에 따르면, 그들은 뇌에서 '대체 우주 알고리즘'을 활성화하는 프로그램에 연결할 수 있는 소프트웨어를 개발하는 데 성공했다고 한다. 피험자는 우리가 사는 세계와 다른 일이 벌어지는 대체 우주를 단순히 시각화하는 것이 아니라 실제로 방문할 수 있다. "그곳에서는, 이곳에서 아픈 사람도 다시 건강해질 수 있어요." 이식자가 설명했다. "이곳에서 세상을 떠난 사람들도 만날 수 있고요. 우리가 사는 세계와 비슷하지만, 더 따뜻하고 더 아름다운 곳에 갈 수 있는 거예요. 그리고 그곳은 진짜 존재해요."

해당 이식자는 이 모든 것을 전혀 의심하지 않는 듯했다. 현재까지 칩을 이식받은 20여 명의 사람들도 아마 그와 같은 생각을 갖고 있을 것이다. 피험자가 이 세계를 '떠나 있는' 동안 최첨단 이미지 재구성 소프트웨어가 뇌에서 벌어지는 일을 기록하기까지 한다. 이식자가 말했다. "그 다른 우주를 다시 찾아갈 수 있을 뿐만 아니라, 기록된 영상을 보고 또 볼 수 있어요."

뇌에 들어가는 칩은 정식 면허를 받은 외과의들이 이식한 것으로 알려졌지만, 《뉴욕 타임스》는 아직 그들의 신원을 파악하지 못하고 있다. 취재원에 따르면, 실험 참가자들은 수술비는 물론, 칩이나 장비 사용에 대한 어떤 비용도 지불하지 않았다. 이 연구소는 케이맨 브랙 정부에 필요한 모든 허가를 받았으며, 세금 역시 정상적으로 납부하고 있다. 케이맨 제도는 오래전부터 돈만 충분하다면 금융, 의료 연구, 비자 문제에서 규제가 느슨한 지역으로 유명하며, 이 연구소의 운영에 대해서도 아무런 문제를 제기하지 않았거나 내부에서 벌어지는 일을 전혀 모르고 있을 수도 있다. 그러나 이곳의 연구를 주시하는 이들은 따로 있었다.

대체 우주에서 벌어진 유혈극

FBI는 현재 대체 우주로의 여행을 제공한다고 주장하는 다크웹 사이트에 대한 조사를 진행 중이다. 이 사이트는 수시로 이름을 바꾸며, 접근 코드 없이는 찾기가 쉽지 않다. 《뉴욕 타임스》에서 밝혀낸 것 역시 이 사이트가 거액의 비용을 받고 케이맨 브랙 연구소에서 사용되는 칩과 유사하거나 동일한 칩을 이식해 준다는 사실뿐이었다. 이에 관해 연구소 내부 사정을 아는 사람이 그 소프트웨어를 유출했을 가능성이 크다는 분석이 나오고 있다.

다크웹 사이트에서 칩을 이식받은 사람들이 의식으로 창조한 무기들로 무장한 채 또 다른 우주에 '들어가' 살인, 고문 등 각종 잔혹 행위를 저지르고 이곳으로 '돌아와도' 그들은 아무런 대가를 치르지 않는다. 학교에서 총을 난사하고, 강제 수용소를 운영하며, 적을 고문할 수도 있다. 케이맨 브랙 연구소가 희망을 품은 사람들이 상상하는 환상을 통해 세상을 넓혀 간다고 주장한다면, 다크웹 사이트는 인간이 가질 수 있는 가장 어두운 욕망을 품은 사람들을 이용하고 있다.

그러나, 과연 이 모든 것이 '진짜'일까? 아니면 첨단 기술을 가장한 교묘한 사기에 불과할까? 와이거트의 저서에 대한 반응은 극과 극으로 갈리고 있다. 저명한 예일대 교수이자 중력파 연구로 노벨상을 수상한 토머스 도노반은 어제 《뉴욕 타임스》와의 인터뷰에서……

기자들과 TV 취재진이 속속 단지로 몰려들기 시작했다. 줄리안이 말했다. "절대로 언론과 접촉하면 안 됩니다. 아니, 아예 단지 밖으로 나가지도 말고 아무와도 얘기하지 마세요. 카밀라, 간호사들과 직원들에게 전달해 주세요. 제임스, 1구역에 거주하지 않는 사람들은 전부 집으로 돌려보내고, 여기 사는 사람 중에서도 며칠간 머물 수 없으면 다 내보내세요. 여기서 본 것이든 들은 것이든, 누구에게도 아무것도 말하지 말라고 하세요. 가족이라도 예외는 없습니다. 필요하면 협박이라도 해요."

캐로가 말했다. "줄리안 씨, 사람들을 협박하면 안 돼요. 그러면 상황만 더 나빠질 거예요."

그가 그녀를 노려보았다. "나빠진다고요? 여기서 더 나빠질 수 있기나 할 것 같습니까, 캐로 박사님? 저희는 지금 전 세계에 희망과 깨달음을 줄 수 있는 혁신적이고 획기적인 연구를, 그야말로 엄청난 걸 하고 있어요. 그런데 우리가 하는 일이 지금 엉터리 영적 체험에 잔혹한 유혈 장면까지 더해진 자극적이고 선정적인 이야기가 되고 있잖아요. 우리 연구는 먼저 확고한 논리로 과학계에서 인정받고 나서 그 권위와 신뢰를 바탕으로 대중 매체에 공개할 계획이었다고요. 그게 왓킨스 박사님이 꿈꿨던 방식이었어요. 이런 엉망진창이 아니라."

트레버가 차분하게 말했다. "극복할 수 있을 겁니다."

정말 그럴 수 있을까? 캐로는 의심스러웠다. 그리고 극복하지 못하면 어떻게 될까?

트레버가 덧붙였다. "줄리안 씨, 빌 해거티 씨 외에도 명예훼손을 전문으로 하는 변호사도 한 명 필요할 것 같아요. PR 회사도 고용하고요."

"이미 섭외했습니다." 줄리안이 대답했다. "온라인이나 오프라인 플랫폼을 가리지 않고 기업 스캔들을 수습하는 데 특화된 회사죠. 그쪽 직원들이 왔다 갔다 할 텐데 저 외에는 대화하지 않도록 해 주시고요."

캐로는 줄리안의 결정에 별다른 이의를 제기하지 않았다. 그러나 한편으로는 만약 폴 베커를 성희롱으로 고소하고 소셜 미디어에서 퍼붓던 공격을 막아줄 온라인 PR 전문가를 고용할 돈이 있었다면 자신의 인생이 얼마나 달라졌을까 궁금해하기도 했다.

또 다른 우주의 갈래에서.

캐로는 침대에서 트레버의 다리 위로 자신의 맨다리를 걸친 채 물었다. "이 프로젝트가 그 모든 부정적인 여론을 견더 낼 수 있다고 생각하는 이유가 뭐예요?"

"진실은 결국 밝혀지게 되어 있으니까요."

그녀는 한쪽 팔꿈치를 짚고 몸을 일으켜 그의 얼굴을 바라보았다. "진심으로 그렇게 믿어요?"

"네. 하지만 진실을 밝히려면 누군가는 싸워야죠. 줄리안 씨라면 반드시 싸울 거예요. 돈, 인맥, 탄탄한 과학적 근거, 동물적인 감각까지 무기도 충분하잖아요."

그 부분은 의심할 여지가 없었다. 그녀는 화제를 전환했다. "기자들한테 말을 흘린 건 누구인 것 같아요?"

"글쎄요. 하지만 이 일로 가장 힘들어하는 사람은 알죠, 심지어 줄리안 씨보다도요. 조지 박사님이요."

"오늘 박사님과 대화를 오래 했어요." 캐로가 말했다. "무척 상심하셨어요."

와이거트는 도무지 이해되지 않았다.

이것은 결코 그가 상상했던 모습이 아니었다. 그의 이론, 그의 중대한 발견과 줄리안의 응용은 세상을 더 선한 방향으로 나아가게 할 힘이었다. 세상의 본질을 설명해 낼 뿐 아니라, 세상을 새롭게 바꿀 힘 또한 지니고 있었다. 이 이론에서 현실을 창조하는 것은 생명, 즉 우리이기 때문에 인간을 현실의 중심으로 돌려놓았다. 또한 인간과 자연 사이의 경계를 허물기도 했다. 결국 우리는 자연을 소중히 여길 수밖에 없었다. 자연이 곧 **우리 자신**이고, 자기 자신을 공격하는 사람은 없으니까.

그는 사람들이 의식 중심의 우주에 대한 진실을 알게 되면서 다른 사람들이 자신과 긴밀하게 연결되어 있다는 사실을 자연스럽게 이해하게 되는 세상을 상상했었다. 그러면 사람들은 서로를 더 친절하게 배려할 것이다. 모든 인간은 세상을 만들어 가는 의식을 공유하는 존재로서 진정한 형제가 될 것이다.

그리고 죽음도! 죽음 역시 더 이상 인간의 마음을 공포로 뒤덮으며 괴로움을 주지 않을 것이다. 와이거트는 로즈와 이야기를 나누었다. 엘렌 켐프는 세상을 떠난 아이를 품에 안았다. 의식은 물질이 아니므로 죽을 수 없었다. 심지어 왓킨스의 육체가 세션 도중에 죽었다면(줄리안은 여전히 이를 부인하지만), 그가 모든 가능한 세계와 모든 가능한 경험이 중첩된 상태에 있을 가능성도 있었다. 그리고 그의 의식은 세션에서 만들어진 단 하나의 경험으로 붕괴되어 있을지도 모른다. 물론 다중 우주 분기 간 소통은 불가능하기 때문에 확인할 방법은 없었다. 그러나…… 가능성은 분명 있다!

그리고 이 수잔 크리튼든이라는 기자는 기사에서 그의 책을 읽었다고 했지만, 의도적으로 모든 내용을 왜곡했다. 그녀는 왜 의식 중심의 세계관이 가져올 수 있는 그 모든 긍정적인 변화를 보지 못했을까? 와이거트는 이렇게 똑똑한 사람이 어떻게 본질을 보지 못할 수 있는지 도무지 납득할 수 없었다. 어떻게 **이런 걸**…… 쓸 수 있는지.

로즈, 내가 어떻게 하면 좋을까?

아무것도 안 해도 돼, 여보. 그냥 기다리면서 어떻게 되는지 두고 봐.

머릿속에 있는 로즈만으로는 부족했다. 그는 진짜 로즈와 이야기하며 그녀를 품에 안고 그녀의 머리칼에서 풍기는 바닐라와 장미 향을 맡고 싶었다. 와이거트는 원래 세션이 예정되어 있지 않았지만, 기술팀 직원을 불러 장비를 세팅하고 세션을 감독하게 할 작정이었다. 필요하다면 젊은 기술자 하나를 압박해서라도 세션을 할 것이다. 어쨌든 그는 『관찰자의 우위성』을 집필한 장본인이고, 그의 책은 현대 물리학의 패러다임을 바꾸고 있으며, 그는 아내가 보고 싶었으니까.

44

 와이거트의 책은 인터넷에서 급속도로 팔려 나갔고, 어느 순간에는 선정적인 할리우드 회고록 두 권과 다이어트 책에 이어 논픽션 베스트셀러 4위에 오르기까지 했다.
 《뉴욕 타임스》 기사에 대한 온라인 반응은 어디에서나 볼 수 있었다. 거센 논란과 함께 때로는 상당히 공격적인 의견들도 보였다. 정신 세뇌다! 인간을 실험용 쥐처럼 다룬다! 사이비 죽음 숭배 집단이다! 캐로는 이 프로젝트의 평판을 둘러싼 싸움이 과학 저널이 아니라 오늘날 모든 논쟁이 벌어지는 곳, 바로 대중 미디어에서 이루어질 것임을 깨달았다.
 그녀는 보안실에 서서 외부 카메라에 잡힌 단지 정문 밖 상황을 살펴보았다. 기자들이 마치 폭풍이 지나간 뒤 해변에 떠밀려 온 잡동사니들처럼 우글우글 몰려 있었다. 밴과 차들이 아무렇게나 세워져 있었고, 두 대의 밴 사이에 커다란 방수포를 펼쳐 만든 그늘 아래로 잔디 의자를 놓고 앉아 있는 사람들이 보였다. 어떤 여자는 작은 비키니를 입고 커다란 비치 타월 위에 누워 일광욕하고 있었다. 기자들은 음향팀이 머리 위로 들고 있는 붐 마이크에 대고 끊임없이 말을 쏟아냈다. 기회를 놓치지 않고 이동식 트럭에서 측면을 열고 커피와 샌드위치를 판매하는 사람과 바닥에 널브러진 스티로폼 컵들도 있었다. 나무 아래에는 간이 화장실까지 설치되어 있었다.

혼란 속에서 엘렌이 정문을 향해 걸어오자, 곧바로 기자들이 몰려들어 질문을 퍼부었다.

줄리안이 캐로에게 물었다. "왜 오는지는 못 들으셨다고요?"

"네. 당신이 장비만 있으면 휴대 전화 통화도 도청될 수 있다고 했잖아요. 엘렌이 그냥 케일라나 로레인 문제는 아닌데 급하다고 했어요."

사람들이 엘렌을 따라 안으로 들어가려 했으나 저지당했고 문이 닫혔다. 그녀는 눈이 퉁퉁 붓고 얼굴이 해변의 모래보다도 창백해 줄리안보다도 상태가 안 좋아 보였다. 그녀는 심하게 몸을 떨고 있었다. "엘렌?" 캐로가 다가가며 그녀의 이름을 불렀다. 그러나 엘렌은 돌처럼 굳어 버린 듯한 줄리안을 똑바로 쳐다보며 흔들림 없는 목소리로 말했다.

"저였어요, 줄리안. 제가 미국으로 가는 비행기에서 우연히 옆자리에 앉은 《플로리다 타운 크라이어》 기자한테 프로젝트 이야기를 해 버렸어요. 그리고 기사가 너무 안 좋게 나온 것 같아서 《뉴욕 타임스》에 전화해서 제대로 된 기자를 찾으려고 한 거예요. 제가 그랬어요.

이렇게 될 줄은, 다크웹에 그런 끔찍한 게 있을 줄은 정말 몰랐어요. 그냥 사랑하는 사람이 죽어도 진짜로 죽은 게 아니라는 걸 사람들도 알았으면 했거든요. 이런 걸 우리만 알고 있으면 안 될 것 같아서 여러분이 만드신 이 기적을 세상에 나누고 싶었어요. 여러분이 제가 슬픔을 떨쳐 낼 수 있게 도와주신 것처럼 다른 사람들의 슬픔을 덜어 주고 싶었어요. 그냥 정말 돕고 싶었을 뿐이에요."

캐로는 말문이 막혔다. 그녀는 동생을 바라보았고, 엘렌도 한동안 그녀를 응시하다가 끝내 흐느끼기 시작했다. "미안해! 정말 미안해! 난 몰랐어!"

봄바람이 스쳐 가는 듯 익숙한 기분이 들었다. 캐로에게 너무도 익숙한 상황이었다. 엘렌은 어려움에 처해 있었고, 이제는 다시 캐로가 그녀를 위해 말하고 행동하며 마음을 굳게 다잡아야 했다.

"말하지 마요." 그녀가 말을 꺼내려던 줄리안을 막았다. "그저 도움을 주고 싶었을 뿐이에요." 캐로가 팔을 벌려 엘렌을 감싸 안자, 키가 15센티미터는 큰 엘렌이 고개를 숙여 그녀의 목에 얼굴을 파묻으며 그녀에게 매달렸다.

어디서 나타났는지 모를 와이거트가 나지막이 말했다. "캐롤라인 박사님, 동생분을 방으로 데려가요. 밖에는 카메라 드론들이 떠 다니고 있으니 건물 안쪽으로 다녀야 해요."

이제는 캐로가 말 그대로 '안전한' 장소라고 느끼는 자기 방에 도착했을 무렵 엘렌이 울음을 그쳤다. 엘렌은 책상 의자에 힘없이 주저앉았고, 캐로는 침대에 걸터앉았다.

엘렌이 말했다. "이런 결과가 나올 줄은 전혀 예상 못 했어."

"알아, 그럴 의도 없었다는 거. 다 알아."

"내가 뭘 어떻게 하면 좋을까?"

캐로는 생각을 정리하려 애쓰며 물었다. "케일라는 지금 어디 있어?"

"공항에. 한 시간 내로 로레인이랑 비행기를 탈 예정이야."

"비행기라고?"

"응. 기자들이 TV며 인터넷 방송이며 케일라를 귀찮게 할까 봐. 그러지 않을까? 그래서 케일라랑 로레인을 집으로 보냈어. 다른 방법을 마련할 때까지 포스터 부인이 재워 주시겠다고 했거든. 내가 부탁드렸어."

캐로는 잠시 머릿속을 더듬어 포스터 부인이 누군지 기억해 냈다. 교회 모임을 주관하고 안젤리카의 장례식을 도와줬던 이웃 아주머니. 스튜 국자를 든 나폴레옹이 따로 없던 분이었다.

"비행기 표는 어떻게—"

"일단은 로레인이 내줬어. 언니, 언니나 줄리안 씨가 시키는 건 뭐든 할게."

"네가 뭘 어떻게 해야 할지 모르겠어. 그런데—"

캐로는 아무 말도 할 수 없었다. 엘렌이었다. 엘렌은 항상 마음에서 우러나와 행동하는 사람이었다. 그리고 그 마음은 항상 다른 사람을 위한 걱정과 친절로 가득했다. 아내에게 무시당하고 상처받았던 아빠를 위한 마음, 다른 부모였다면 시설에 맡겼을 정도로 심각한 장애를 가졌던 안젤리카를 위한 마음, 죽은 이를 애도 하는 모든 세상 사람들을 위한 마음을 가진 그녀였다. 세상에는 이토록 다정하고 진심 어린 선의가 너무나 부족했다. 캐로는 자신 역시 엘렌과 같은 그런 따뜻한 성품이 없다는 것을 알고 있었다.

줄리안도 마찬가지였다. 그는 프로젝트를 살릴 수 있다면 기꺼이 그녀를 기자들에게 물어뜯기도록 먹잇감으로 던질 것이다. **엘렌의 말은 신뢰할 수 없다, 최근까지 정신과 치료를 받았다, 이곳의 연구를 제대로 이해하지 못한다**…….

"최대한 빨리 케이맨 브랙에서 나가." 캐로가 말했다.

"하지만 아까는 줄리안 씨가 어떻게 할지―"

"**내가** 결정할 거야. 그 기자들이 자기 정보원을 밝힐 것 같지는 않지만, 네가 10분 전에 이 단지로 걸어 들어왔으니 저 밖의 사람들도 결국 네가 내 동생이라는 걸 알아낼 거야."

"어떻게?"

"어떻게 하는지는 모르지만, 얼굴 인식 소프트웨어나 뭐 그런 게 있겠지. 넌 무조건 여기서 나가야 돼." 그녀가 빠르게 머리를 굴렸다. "제임스와 상의해 볼게."

엘렌은 제임스가 마련해 준 작업복으로 변장한 채 식료품 배달 트럭을 타고 몰래 단지 밖으로 빠져나갔다. 로레인과 케일라를 따라 섬에서 나가기 위한 비행기 표도 확보했다.

놀랍게도, 줄리안은 그녀를 질책하지 않았다. "더는 입을 함부로 놀리지 않겠죠?"

줄리안답지 않게 '입을 놀린다'라는 표현을 쓴 것을 보면, 그가 얼마나 신경이 곤두서 있는지 알 수 있었다.

"그럴 일 없어요." 캐로가 답했다.

PR 회사에서는 《뉴욕 타임스》 기사를 반박하는 새로운 입장을 만들어 냈으며, 그 목적은 세 가지였다. 프로젝트 연구를 긍정적인 시각에서 바라볼 수 있도록 하고, 뉴에이지 같은 허튼소리가 아니라 타당한 과학처럼 보이도록 하며, 대중이 관심을 가질 만한 요소를 포함하는 것이었다. 그들이 꽤 괜찮은 성과를 거둔 한편, 캐로와 트레버는 프로젝트에 이제는 귀에 쏙 들어오는 이름이 붙었다는 사실이 놀라웠다.

"리얼리티체크요?" 캐로가 물었다. "무슨 1990년대 록 밴드 이름 아니에요?"

"글쎄, 전 모르겠어요. 당신은 어떻게 알아요? 그때 초등학생이었으면서!"

캐로보다 여섯 살 많은 에단은 그들의 노래를 즐겨 들었다고 했다.

트레버가 말했다. "PR팀에서 대화형 웹사이트를 개발 중이에요. 왠지 줄리안 씨네 기술팀은 다 자기들이 훨씬 더 잘 만들 수 있다고 불만이지만요. PR 사이버팀에서도 구글이나 다른 검색 엔진에서 상위 노출되는 정보를 바꾸고 있고요. 그런 걸 어떻게 하는지는 모르겠지만, 구글 사용자의 47퍼센트만이 처음 두 개 검색 결과보다 더 많은 결과를 탐색하고 89퍼센트는 첫 페이지에서 더 넘어가지 않는대요. 그래서 처음 뭐가 나오는지를 관리하는 거죠. 지난번에 당신이 빠진 회의에서―아니, 신경 쓰지 마요. 굳이 안 가도 되니까. 필요한 정보는 내가 다 전달해 줄게요."

유튜브 영상들이 제작되었다. 페이스북, 인스타그램, 트위터, 그리고 몇몇 다른 소셜 미디어 게시글 가운데 통계적으로 유의미한 샘플을 분석했다. 전반적인 분위기는 회의적이었다. 적어도 조롱보다는 나았지만, 그런 반응도 캐로가 질릴 만큼 많긴 했다.

트레버가 말했다. "쇼펜하우어가 이런 말을 했죠. '모든 진리는 인정받기 전에 세 단계를 거친다. 첫째, 조롱받고 둘째, 심한 반대에 부딪히고, 셋째, 자명한 진실로 받아들여진다.'"

캐로가 말했다. "제 생각엔, 저 어그로꾼들 쇼펜하우어 같은 거 읽어 본 적도 없을걸요?"

"그렇겠죠. 하지만 PR팀이 이제 2단계로 넘어갈 거래요. 좀 더 영향력 있는 대중 매체에서 본격적인 캠페인을 시작하는 거죠. 줄리안 씨가 원래 계획했던 게 바로 그런 거라고 하더군요. 역시 그게 정답이었던 것 같아요."

"구체적으로 어떤 곳이요?"

"가능하다면 〈60 미닛츠〉 같은 곳에서 다뤄주면 좋겠죠. 보도 내용에 따라 천만 명에서 많게는 천오백만 명까지 시청자가 나오니까요."

캐로가 눈을 깜빡였다. "정말요? 이 PR 회사가 그렇게 능력 있는 곳이었어요? 〈60 미닛츠〉 섭외가 가능하다고요?"

"아니요." 트레버가 말했다. "힘들 거예요. 기자들이 벤 클라비 살인 사건을 학살의 세계 창조 사이트와 엮지 않는 이상. 다행히 지금까지는 그런 조짐이 없고 앞으로도 없길 바라야죠. 그런 식의 주목은 우리한테 전혀 도움이 안 되니까요."

45

리얼리티체크에 대한 이야기는 한동안 화제였으나 어느 순간 시들해졌다. 몰려들던 기자들도 하나둘 사라지더니 결국 아무도 남지 않았다. PR팀에서 깔끔하게 '긍정적', '부정적', '복합적'으로 구분해 집계하던 보도 자료도 차츰 줄어들었다. 머리 위를 맴돌던 카메라 드론 수도 감소했으나 완전히 사라지지는 않았다. 다만 기자들이 아닌 호기심 많은 사람들이 띄운 것으로 보였다. PR팀에서 걸려오는 전화도 뜸해졌고, 그나마도 담당자가 아니라 보조 직원의 보조 직원이 연락을 해 왔다.

그러나 온라인에서는 여전히 논쟁이 끊이지 않았고, 비난을 넘어 실제적인 위협까지 가해지고 있었다.

줄리안은 의료진과 소프트웨어 팀 주요 인력들을 소집했다. 그가 3구역의 대형 컴퓨터 화면 앞에 서서 입을 열었다. "오늘 아침 FBI에서 연락이 왔습니다. 캐플로우 요원이 여러 플랫폼에서 모니터링하고 있던 게시물들을 보내왔어요. 그중 일부를 보여 드리겠습니다. 어떤 내용이 올라오는지 여러분도 알아야 할 문제니까요."
화면이 켜졌다.

    └ @죽어리얼리티체크 얼마 안 남았으니 각오해, 등신들아

    └ @죽어리얼리티체크 곧 간다

    └ @죽어리얼리티체크 이교도새끼들을 피바다에서 불타 죽을 준비나 해라! 두고 봐라!

    └ @죽어리얼리티체크 머리에 칩 넣는다는 의사 놈들 둘이 세뇌하는 거야

    └ @죽어리얼리티체크 다 조져버려

    └ @죽어리얼리티체크 곧이다, 진짜 곧

    └ @죽어리얼리티체크 그 물리학자라는 놈은 가짜 예수다!

몰리가 버럭 소리쳤다. "저 개자식들!"

바바라는 불안한 표정으로 물었다. "FBI는 이거에 대해 어떻게 하고 있대요?"

"캐플로우 요원은 '조사 중'이라고만 하더군요." 줄리안이 답했다.

캐로도 입을 열였다. "여러분도 아시겠지만, 저는 예전에 페어레이 메모리얼에서 온라인 협박을 받았었어요. 하지만 누가 실제로 저를 공격하기는커녕 그 비슷한 일도 없었어요. 끔찍하긴 했어도 어쨌든 다 말뿐이었죠."

"다들 그러길 바라고 있습니다. FBI에서 더 들려오는 소식이

있으면 알려드리겠습니다. 그리고 당분간은 단지 안에서 이동할 때 가급적 지붕 밑으로 다니도록 하세요. 저한테 알리지 않고 단지 밖으로 나가는 것도 안 됩니다. 캐로 박사님, 이 내용을 나머지 의료진들에게 전달해 주세요. 에이든, 마찬가지로 소프트웨어 팀에도. 제임스한테는 제가 알아서 말하겠습니다. 그런데 먼저 한 가지 더 봐야 할 게 있습니다. 영상인데요, 위를 비추는 북쪽 벽 보안 카메라에서 새벽 무렵에 찍힌 겁니다."

텅 빈 푸른 하늘이 보였다. 그러다 드론 한 대가 화면을 가로질러 왼쪽으로 사라졌다.

줄리안이 말했다. "FBI에서 분석을 위해 화면을 확대했어요. 그냥 호기심 많은 아마추어가 띄운 드론이 아니었습니다. 구형 군용 감시 드론으로, 암시장에서 거래되고 있는 기종이죠."

정적이 흘렀다. 그러다 캐로가 입을 열었다. "이런 일이 있을 거라고 예상하지도 못했으면 왜 굳이 위쪽을 향하는 감시 카메라를 설치한 거죠?"

줄리안이 그녀를 가만히 바라보다가 말했다. "예상하지 못한 일이 가장 위험한 법이니까요."

갑자기 기자들이 다시 몰려왔다. 전화가 빗발치기 시작했고, 하늘에는 보도용 드론들이 날아다녔다. 촬영팀은 창문 하나 없는 벽을 찍으며 건물 주위를 어슬렁거렸다. 특히 공격적인 기자들은 정문을 마구 두드리며 소란을 피웠다. 하역장에서 물건을 내리는 당황한 표정의 배달 트럭 기사들을 붙잡고 무작정 인터뷰를 시도하기도 했다.

캐로와 트레버는 보안실에서 지친 얼굴로 전화기에 대고 고함을 지르고 있는 줄리안을 붙잡고 다그쳤다. "수사가 비밀리에 진행될 거라고 했잖아요!" 그는 계속 듣고 있었지만, 점점 더 분노에 찬 표정을 지었다.

이반과 소피가 화면을 모니터링하며 앉아 있었다. 트레버가 소피에게 물었다. "대체 무슨 일이에요? 기자들이 왜 또 몰려온 건가요?"

"《뉴욕 타임스》에서 FBI가 학살의 세계 창조 사이트 건을 수사 중이라는 기사를 보도했어요. 어떻게 된 건지 신문사에서 FBI가 다크웹을 벤 클라비와 연관 지었다는 걸 알아버렸어요. 살인 사건과도, 저희와도요."

줄리안이 전화기에 대고 격분하며 소리쳤다. "아니, FBI 보안이 그렇게 허술하면 저희 보안을 뭐 하러 맡깁니까? 애초에 정보 유출도 그쪽에서 된 거잖아요. 저희는 더 이상 언론에 주목받고 싶지 **않다고요**, 뻔히 아시면서!"

트레버가 말했다. "저쪽 전화도 울리는데요."

그때 마침 기술팀 지원 인력들이 시끌벅적하게 사무실로 들어오자, 이반이 전화를 받으며 슬쩍 자리에서 일어났다. 그는 한쪽 구석으로 가서 평소답지 않게 입을 다물고 통화 내용을 들으려 집중했다. "네네…… 알겠습니다…… 바꿔 드릴게요! 팀장님, 전화 받으세요."

줄리안은 짜증스럽게 통화 종료 버튼을 누르며 FBI 전화를 끊었다. "나중에!"

"아니, 꼭 받으셔야 해요. PR 담당자에요."

"**나중**이라고 했잖아."

아무리 심각한 분위기가 명치를 짓눌러도 이반은 주변 눈치 따위엔 무감각했고, 이번에도 전혀 기죽지 않았다. "아니요, 지금 받으세요. 대대적인 행동을 취하는 게 최선이라면서 잘하면 〈60 미닛츠〉에도 나갈 수 있다고, 만약에—"

줄리안이 전화를 낚아챘다. 그는 순식간에 목소리를 가다듬고 부드러운 어조로 말했다. "디애나, 줄리안입니다. 어쩐 일로 전화 주셨어요?"

캐로의 눈이 휘둥그레졌다. 어떻게 저렇게 단숨에 완전히 다른 사람이 될 수 있는 거지?

트레버가 이반에게 속삭이듯 물었다. "만약에 뭐요?"

이반은 어리둥절한 표정을 지었다.

트레버가 인내심 있게 다시 설명했다. "줄리안 씨한테 방금 PR 담당자가 〈60 미닛츠〉를 잡아줄 수도 있다고 했잖아요, '만약에' 뭘 하면요?"

이반이 대수롭지 않다는 듯 말했다. "아, 만약 우리랑 전혀 관계없는 아주 유명하고 영향력 있는 사람한테 이식을 시킬 수 있다면요. 누군지는 모르겠지만요. 아마 대통령급?"

에이든이 도착했다. "이반, 코우가 지금 코드 오류 때문에 찾고 있어. 3구역에 있으니까 얼른 가 봐. 네 근무는 내가 알아서 할게."

이반이 눈을 빛냈다. "코드 오류?" 그러고는 망설임 없이 뛰어 나갔다.

줄리안이 전화를 끊었다. 극도의 분노와 가식적인 친절을 거친 그의 얼굴에 떠오른 새로운 표정이 마치 사냥감을 노리는 늑대를 생각나게 했다. "이제 저희는 잘 알려져 있고, 대중에 신뢰받는 영향력 있는 인물을 찾아서 칩을 이식하고, 세션 진행 모습을 촬영하고, 〈60 미닛츠〉에 출연해서 우리 프로젝트에 대해 완벽히, 객관적으로 설명해요. 일주일 안에요. 〈60 미닛츠〉 인터뷰 기회를 발판 삼아 전국 방송에서 명예를 회복하려면 이 방법뿐이래요. 그런데 부탁할 만한 사람이 없어요. 캐로 박사님도 없으실 것 같고, 트레버 선생님도 정글에 있다 오셨잖아요. 그러면 조지 박사님밖에 안 남는데 물리학자는 효과가 없을 것 같고, 혹시 옥스퍼드 시절에 알던 영국이나 미국의 정치권 인사 중에서 흥미를 보일 만한 사람이 있으면…… 그런데 그때 인맥이라면 나이가 꽤 많을 것 같으니까 그러면―"

트레버가 말했다. "떠오르는 사람이 하나 있긴 해요."

무려 헬리콥터를 타고 단지에 도착한 여자는 와이거트가 예상했던 인물과는 딴판이었다.

그녀는 젊은 기자가 아니었다. 와이거트는 막연히, 워터게이트 사건을 폭로한 우드워드나 번스타인 같은 패기 넘치는 기자를 상상하고 있었다. 트레버 아브루초가 스테파니 캐슬린 오말리라면 이식 수술을 받을 의향이 있을 것이라 말하고 〈60 미닛츠〉 측에서도 그녀의 보도를 전제로 방송을 수락한 뒤, 와이거트는 그녀가 AP

통신에 연재한 콩고 국경없는의사회 의사들에 관한 기사를 찾아 읽었다. 그녀의 기사는 단순히 놀라운 수준이 아니라, 충격적이었다. 마치 의사들을 **범죄자** 취급하듯 기사를 썼다. 아니, 정확히 말하면 꼭 그런 건 아니었다. 오말리는 의사들의 헌신적인 의료 활동과 그들이 구한 생명들, 환자들을 위해 감수한 위험을 자세히 다뤘다. 그러나 동시에 정부 관리들에 대한 뇌물 수수, 의료 물품 횡령, 과음, 약물 남용, 그리고 난잡한 성생활까지 낱낱이 폭로했다. 와이거트는 그런 실상을 전혀 몰랐다. 그가 생각했던 플로렌스 나이팅게일의 의료 봉사가 아니었다.

그렇다면 혹시 트레버 아브루초도…… 알고 싶지 않았다. 그는 트레버가 마음에 들었다.

와이거트는 줄리안, 캐로, 트레버와 함께 정문에서 기자를 맞이했다. 오말리는 햇볕에 그을린 피부와 근육질의 팔, 헬리콥터 바람에 날리는 짧고 붉은 머리를 하고 있었고, 로즈라면 '고생 꽤나 한 50대' 같다고 했을 것이다. 그녀는 티셔츠 차림에 주머니가 잔뜩 달린 반바지를 입고 있었다. 그리고 납작한 코와 날렵한 턱 위로 보이는 눈동자는 줄리안의 눈처럼 선명하고 와이거트가 보기에 줄리안 못지않게 극적인 느낌을 주는 뚜렷한 푸른색이었다. 줄리안의 도드라진 외모는 이제 익숙했지만, 이 여자는 도무지 적응이 안 될 것 같았다. 그녀는 하나부터 열까지 낯설었다. 거친 태도, 날카롭게 앵앵거리는 콧소리, 낡은 캔버스 더플백 하나가 전부인 짐까지. 게다가 가방에 왜 작게 그을린 자국이 있는 거지? 또한 그녀의 경력도 예사롭지 않았다. 살인자, 마약 밀매업자, IRA 요원들, 독재자들 관련 기사를 쓰면서 때로는 위험을 무릅쓰고 직접 그들과 함께 생활하며 취재하기도 했다. 그녀 앞에서 와이거트는 우물 안 개구리처럼 느껴졌다.

"이봐, 친구!" 그녀가 트레버를 덥석 안으며 인사했다.

호주 억양인가? 하지만 호주 출신은 아닌 것 같은데. 와이거트는 그녀가 호주인이 아닐 것이라고 확신했다.

트레버도 웃으며 그녀를 안았다. 둘만 아는 농담 같은 것이었던 모양이었다. 와이거트가 인사할 차례가 되자, 그가 말했다. "어서 오세요, 오말리 씨. 제가—"

"그냥 스테프라 불러 주세요."

"네. 음." 스테프? 와이거트는 전혀 그럴 생각이 없었다. "제가 이 프로젝트의 과학적 배경과 그것의 적용 방법을 설명해 드릴 예정이며—"

"박사님 책은 다 읽었어요. 설명 필요 없고, 수술도 받을 거예요. 뭐, 어차피 죽기밖에 더 하겠어요?"

트레버가 피식 웃었다. 이것도 무슨 농담인가? 아마 그런 것 같았다. 캐로가 살짝 경직된 목소리로 말했다. "그럴 일은 없도록 해 볼게요."

오말리가 말했다. "캐로, 전 당신 믿어요. 언제 수술실 들어가면 돼요? 트레버, 같이 들어올 거죠?"

"제가 보조로 참여하죠."

"옛날 생각나네요. 그 늙은 주정뱅이 요한 룬드베르크 옆에서 보조했었잖아요."

와이거트가 눈살을 찌푸렸다. '늙은 주정뱅이'가 어떻게 수술을 할 수 있었던 거지? 게다가 트레버는 늙은 주정뱅이와는 거리가 먼 캐로를 보조할 것이었다. 이 이상하고 똑똑하고 전투적인 여자한테 프로젝트의 평판을 맡긴 것은 줄리안의 실수였을까? 비록 그녀의 기사가 세계적으로 찬사와 주목을 받고 있긴 하지만?

이제 와서 무엇이 옳고 그른지 어떻게 알겠는가?

스테프 오말리는 와이거트의 이론과 그것을 뒷받침하는 과학적 근거를 놀라울 정도로 정확하게 파악하고 있었다. 물론 전문가 수준은 아니었지만, 알고 있는 한도 내에서는 틀리지 않았다. 그녀의 호기심은 가식이 아니었고, 던지는 질문들도 상당히 날카로웠다. 그녀가 인터뷰 내내 담배를 피워 댄 통에 1구역 정원의 피크닉 벤치에서 얘기하자고 해야 했지만, 담배만 아니었어도 와이거트는 그녀와의 대화가 의외로 즐거웠을지도 모른다. 그는 바람을 등지고 앉아 담배 연기를 피하려 했지만, 그날따라 바람 한 점 불지 않았다.

그녀는 그의 불편한 기색을 알아챘을 뿐 아니라 작은 것도 뭐든 놓치지 않는 것 같았다. "나쁜 습관인 거 알죠. 근데 아프리카나 아프가니스탄에서는 담배가 거의 필수예요. 스트레스 푸는 데 최고거든요."

"의사들도요? 의료진이 담배를 피워요?"

오말리가 그를 보며 미소를 짓자 순간 로즈가 자신에게 보여 주던 너그러운 웃음이 떠올랐다. 이 여자가 아내를 닮은 구석이 있다는 건 아니었다. 오히려 정반대라고 해야 할 것이다.

"그래도 최소한 제가 욕 안 쓰려고 참고 있는 건 칭찬해 주셔야죠. 전쟁터에서는 그것도 스트레스 푸는 방법이에요."

와이거트가 고지식한 말투로 대꾸했다. "트레버 선생도 거기 있다 왔지만 욕하는 모습은 한 번도 못 봤어요."

또 그 미소였다. 그녀가 커피잔 받침에 담배를 비벼 껐다. "여기서는 그렇겠죠."

와이거트는 오말리가 공정하고 똑똑한 기자 같다는 생각에 안도했고, 무엇보다 인터뷰가 끝났다는 사실에 더욱 기뻤다.

스테프 오말리의 수술 전 검사는 캐로가 지금껏 해 온 검사 중 가장 빠르게 끝났다. 엑스레이와 혈액 검사 모두 정상이었다. 그녀의 지나친 흡연이 신경 쓰여 캐로가 폐 엑스레이와 심전도를 추가로 찍어 봤지만, 다행히 폐와 심장 모두 건강했다. 세상엔 이렇듯 아무리 몸을 혹사해도 타고나길 튼튼한 사람이 있었다. 줄리안은 밤이 깊도록 오말리와 함께 심층 이미지 재구성 장비에 그녀의 사고 패턴을 학습시켰다. 다음 날 아침, 캐로가 수술 준비를 위해 소독실에 들어서는 순간, 이반이 급히 뛰어왔다. "아, 캐로 박사님, 팀장님이 수술 마치시는 대로 와달라는데요?"

"무슨 문제라도 있어요?"

"그냥 할 말이 좀 있으시대요."

들으나 마나 한 대답이었다. 하지만 지금은 더 캐물을 시간이 없었다. 오말리는 수술 준비가 끝났고, 트레버는 이미 손을 소독하고 있었다. "알겠어요."

"아, 참! 힘쇼!" 이반이 외쳤다. 이어 그녀의 표정을 힐끗 보고는 친절하게 덧붙였다. "'힘내십쇼'의 줄임말이에요. 모르시나 보네요."

"네. 처음 들어요." 그녀가 말했다.

"괜찮아요. 나이 많은 게 죄는 아니잖아요."

오말리의 수술은 순조롭게 끝났으며, 회복실에서도 빠르게 나올 수 있었다. 캐로 본인도 의대, 인턴, 레지던트 과정이 말 그대로 체력 싸움이었기 때문에 체질이 건강한 편이었지만, 그녀의 회복력에 놀라움을 감추지 못했다. 의대생들은 종군기자 앞에서 명함도 못 내밀 것 같았다.

그녀는 오말리를 트레버에게 맡기고 보안실로 가서 화면에만 온 신경을 집중한 채 팀장의 관심을 끌지 않으려는 기색이 역력한 모니터링 직원 두 명 뒤에 서 있는 줄리안을 찾았다. 그의 눈가 피부가 긴장으로 팽팽하게 당겨져 있었다. "스테프는 좀 어때요?"

"간호사들이 침대에 붙잡아 두려고는 하는데 정작 본인은 휴대 전화에 불날 기세로 이메일을 엄청나게 써 대고 있어요."

"좋네요." 그는 특유의 매력을 발휘할 생각이 없는 듯 전혀 웃지 않았다. 캐로는 오히려 이런 줄리안이 더 나은 것 같았다.

"이반이 절 찾으셨다고 해서요."

"네. 보여 드릴 게 두 가지 있어요. 코우, FBI 자료랑 뉴스 보도 좀 띄워 봐. 다 한나 캐플로우 요원이 오늘 아침에 보낸 겁니다. 온라인 공격이 점점 심각해지고 있어요. 그리고 신문사들과 방송국 앵커들이 이 이야기를 다루고, 아니, 더 정확히는 입맛대로 만들어 내고 있어요. '리얼리티체크, 가상과 현실 세상에서 살인자를 양산하다!' 이걸 보세요, 캐로 박사님."

화면을 확인하는 순간, 그녀는 위장이 뒤틀리는 것 같았다. 캐플로우 요원은 FBI에서 '조사 중'이라고 했지만, 벤 클라비의 살인이 그의 데이터 절도와 관련이 있다는 정보가 유출되면서 프로젝트 전체에 대한 온갖 합리적인 추측과 터무니없는 억측이 난무하기 시작했다. 줄리안은 FBI로부터 조회 수가 포함된 샘플 자료를 받았다. 늘 그렇듯이, 자극적으로 과장된 근거 없는 이야기들이 더 큰 반응을 얻고 있었다.

"TV 뉴스는 시간 될 때 천천히 보세요." 줄리안이 덧붙였다. "링크는 박사님이랑 트레버 선생님, 조지 박사님한테 공유해 놨으니까요. 그리고 이것도 있어요. 코우, FBI에서 온 이메일 좀 보여줘. 오늘 아침에 발신된 건데, FBI한테 보냈지만 제 이름이 적혀 있더라고요. 캐플로우 요원이 적어도 이 링크는 추적이 가능하다고 했습니다."

줄리안 데이 씨, 인터넷에서 당신 이름을 봤는데 리얼리티체크 대표고 다른 우주로 가서 죽은 사람들을 볼 수 있다고요. 내 남자친구가 이걸 하면서 거기에서 사람을 죽여요. 이제 당신을 죽인대요. 너무 무서워요. 제발, 제발 경찰에 꼭 신고해주세요! 지금 이건 도서관 컴퓨터에서 보내는 메일이에요.

줄리안이 말했다. "캐플로우 요원이 사람을 보내서 벤에 대한 정보가 우리 쪽에서 유출된 건지 확인할 겁니다. FBI 내부에서 새어 나왔을 가능성도 확실히 조사하라고 말했죠. 의료진한테 단지 밖으로 나가지 말고, 정원을 가로질러 다니는 대신 꼭 복도 지붕 아래로만 다니고, 다들 신중하게 행동하라고 다시 한번 확실히 전해 주세요."

"그럴게요."

줄리안이 얼굴을 문지르듯 잡아당겼다. 그에게서 처음 보는 행동이었다. "조지 박사님께도 미리 경고해야겠어요. 캐플로우 요원 말이 조지 박사님이 이놈들의 주요 타깃이 될지도 모른다고 해서요. 모든 게 스테프 오말리에게 달려 있어요. 오말리가 세션에서 우리 주장이 타당하다고 판단하면, 〈60 미닛츠〉 출연이 성사되는 거예요. 대중이 믿을 만한 사람이 보증해 주면서 우리 이야기를 다시 제대로 설명하고, 더 큰 청중을 끌어들일 유일한 기회예요."

"조지 박사님의 책도 있잖아요." 캐로가 말했다. 혹시라도 오말리가 자신의 세션을 단순한 환상으로 치부할 경우에 대비해 다른 대안을 제시하고 싶었다.

줄리안이 고개를 돌려 그녀를 바라보았다. "조지 박사님의 책이요? 미국인들 대부분은 소설밖에 안 읽는걸요. 당연히 무거운 과학책 같은 건 거들떠도 안 볼 거고요. 저희는 꼭 〈60 미닛츠〉 인터뷰를 따야 해요. 그러니까 스테프 오말리가 꼭 인생을 바꿀 만한 경험을 해야 한다는 뜻이죠."

36시간이 채 지나지 않아 세션 룸에서 마주한 스테파니 오말리는 전혀 인생을 뒤흔들 경험을 할 사람처럼 보이지 않았다. 로시타가 활력 징후를 확인하는 동안 그녀는 침대 가장자리에 걸터앉아 있었다. 그녀의 손이 무심코 사파리 셔츠 주머니로 올라가자 트레버가 말했다. "포기해요, 스테프. 없던 담배가 나타날 것도 아닌데. 그냥 끊어요."

"당신이나 포기하시지, 개자식. 그렇게 입바른 소리도 중독이에요. 이거 끝나고 나가자마자 담배부터 찾을 겁니다."

"금연할 절호의 기회를 그냥 걷어차는 거예요."

"이 세상에선 그럴 일 없어요. 저세상으로 보낸대도 마찬가지고요."

트레버가 웃으며 고개를 저었다. 로시타가 오말리에게 말했다. "**가만히** 좀 있으세요."

"제 성격엔 안 맞네요."

트레버가 말했다. "그냥 시키는 대로 해요. 무슨 전쟁터에서 엄호하는 것도 아니고."

"그런 걸 수도 있잖아요." 오말리가 말했다. 하지만 이번에는 아무도 웃지 않았다.

마침내 그녀가 간이침대에 등을 대고 누웠다. 방 안에는 팽팽한 긴장감이 감돌았다. 줄리안과 바바라가 화면 옆에 섰다. 다른 사람들도 아무도 앉지 않았다. 와이거트와 캐로, 트레버, 로시타까지 모두 경주장에서 응원하는 것처럼 몸을 살짝 숙이고 서서 기대하는 결말에 그녀가 도달하길 기도하고 있었다.

오말리의 얼굴이 텅 빈 듯 무표정해졌고, 화면이 켜졌다.

그녀의 형상이 침대에서 일어나 주변을 둘러본 뒤 문밖으로 나갔다. 3구역 정원은 그대로였지만, 화단 옆에 놓인 돌 벤치에 한 여자가 앉아 있었다. 여자가 자리에서 일어나자, 캐로는 트레버가 컥 하고 짧게 숨을 들이마시는 소리를 들었다.

오말리와 여자는 처음엔 짧게, 그러다 길게 서로를 응시했다. 그녀는 오말리보다 키가 크고 젊었으며, 초록빛 눈동자와 어두운 피부, 어깨 길이의 적갈색 머리를 하고 있었다. 그리고 그녀가 입은 순백의 튜닉 앞자락이 피로 얼룩져 있었다.

오말리가 눈물을 쏟아냈다. 두 사람이 마치 절대 놓지 않겠다는 듯 서로를 꼭 끌어안고 앞뒤로 몸을 천천히 흔들었다. 오말리의 머리는 여자의 어깨에 겨우 닿을 정도였다. 열정적인 키스를 나누는 동안 그녀는 까치발을 들어야 했다.

줄리안이 뭔가를 조작하자, 화면 속 인물들이 흐릿하게 보였다. 그들이 풀밭으로 몸을 던지자, 줄리안이 말했다. "사생활을 좀 존중해 드려야……."

10분 동안 희미하게 이어지던 화면이 꺼지고, 오말리가 눈을 번쩍 떴다. 그러나 그녀는 미동조차 없었고, 카밀라와 캐로가 동시에 침대 쪽으로 다가갔지만, 트레버가 한발 앞섰다. 그가 침대 옆에 도착한 순간 오말리가 두 손으로 얼굴을 감싸며 몸을 일으켰다.

"스테프?" 트레버가 그녀를 불렀다.

"아직, 잠깐만." 그녀가 손가락 사이로 웅얼거렸다. "잠깐만…… 잠깐만 생각할 시간이 필요해요. 이거…… 진짜죠? 트레버? **진짜**였네요."

"맞아요." 트레버가 대답했다.

캐로는 지금 자신이 보고 있는 광경이 무엇을 의미하는지 확실히 알고 있었다. 전쟁통을 누비며 세상에 넌더리가 나는 듯 담배를 손에서 놓지 않던 스테파니 캐슬린 오말리가 알던 현실이 마치 뒤집어진 양말처럼 한순간에 바뀌어 버렸다.

와이거트는 트레버의 말을 반복하면서도 더 많은 의미를 담아 물었다. "맞아요. 진짜입니다. 이제, 오말리 씨, 우리에 대해 뭐라고 말씀하실 건가요?"

줄리안이 〈60 미닛츠〉 출연 건으로 PR 회사에 전화하기 위해 황급히 달려 나갔다. 트레버는 오말리의 손을 잡고 앉아 있었다. 그들은 나지막하게 대화를 나누었다. 캐로는 방해가 될 것 같아 방으로 돌아와 노트북을 열고 '스테파니 오말리' 관련 이미지를 검색했다. 한참 스크롤을 내린 끝에, 그녀는 짙은 피부에 적갈색 머리와 초록색 눈동자를 가진 여자의 사진을 발견했다. 한때 '베르베르 베르인'이라는 이름으로 알려졌던 아마지그족 출신의 자밀라 아브리카였다. 그녀는 3년 전 튀니지 폭동 때 목숨을 잃었다.

오말리의 기사 링크 가운데 폭동을 다룬 '카르타고의 혼돈'이 있었다. 세밀한 묘사와 깔끔한 문장, 넓은 시각이 돋보이는 그녀의 기사는 감정적으로 강렬한 울림을 주었다. 수많은 사람이 기사에 등장했지만, 자밀라의 이름은 빠져 있었다. 그녀는 자밀라가 세상을 떠난 뒤에도 둘의 관계를 철저히 비밀에 부쳤던 것이다.

그렇다면 아무리 부정해도 결국 오말리는 환각을 현실로 받아들이려는 경향이 강했던 걸까? 아니면 그녀가 기사에서 보여 준 공권력에 대한 기자로서의 회의적 태도를 감안했을 때 오히려 망상을 현실로 믿지 않도록 더욱 경계하고 있었을까?

캐로는 오말리와 트레버, 줄리안, 그리고 다른 모두가 각자의 세션에 대해 확신하는 상황에서도 여전히 자신이 그것을 어떻게 받아들여야 할지 갈피를 잡지 못했다. 도무지 결론을 내릴 수가 없었다.

47

이후 며칠간 와이거트의 머릿속은 더욱 복잡해졌다. 〈60 미닛츠〉 촬영팀은 금요일에 도착할 예정이었다. 줄리안은 그들이 일요일에 리얼리티체크 이야기를 방송하고 싶어 한다고 말했다. "물 들어올 때 노 저어야죠."

와이거트는 그저 줄리안, 캐로와 함께 앉아 인터뷰하면 될 거라고 예상했지만, 실제로는 전혀 달랐다. 프로그램 제작진은 오자마자 '영상 구도를 잡고 그래픽 제작을 위해' 분주히 움직였다.

줄리안은 와이거트에게 어느 정도까지 말해야 할지, 그리고 어떻게 말해야 할지를 연습시켰고, 와이거트는 그것이 못마땅했다. 그는 자신의 이론을 누구보다 잘 알고 있었고, 굳이 줄리안이 요구하는 연출된 제스처나 극적인 멈춤 없이 이론 자체만으로도 충분히 설득력이 있다고 생각했다. 그러다 줄리안이 '형식을 다듬는' 일에 바빠지면서 와이거트는 안도의 한숨을 내쉬었으나 이내 줄리안이 자신을 대신할 연기 코치를 불러왔다는 사실을 알게 되었다.

스테파니 오말리는 여기저기에서 존재감을 드러냈지만, 와이거트의 눈에 과학이 준 경이로운 선물을 받은 사람처럼 보이지는 않았다. 그녀는 담배를 피우며 스카치를 끝없이 들이켰고, 입에 담기 힘든 농담을 늘어놓았다. "혼자 있을 땐 아마 다르겠죠." 캐로가 그에게 말했다. "세션에서 있었던 일은 아주 개인적인 깨달음이었을 테니까요."

"그걸 수백만 명 앞에서 공개적으로 이야기할 거잖아요."

캐로가 웃으며 장난스럽게 그의 어깨를 툭 쳤다. 와이거트는 당혹스럽게도, 갑자기 왓킨스가 떠올랐다.

그는 로즈와의 세션에서 위안을 찾았다. 그녀가 거실에 서 있는 모습을 보는 순간, 와이거트는 한결 긴장이 풀렸다. 그녀 뒤쪽 벽난로 선반 위에는 그녀의 엄마가 모은 빅토리아 시대의 자질구레한 장식품들이 놓여 있었다. 벽난로 가까이에 푹신한 가죽 의자가 있었고, 그 옆에는 삼촌이 100년 전에 인도에서 가져온 작은 조각 탁자가 있었다. 정원에서 가져온 작약이 은은한 향기를 풍겼다. 그가 가장 좋아하는 파란색 드레스를 입은 로즈가 미소 지으며 말했다. "여보, 표정이 어둡네. 무슨 일이야?"

그는 한참 동안 그녀에게 고민을 털어놓았다. 그녀는 언제나처럼 차분하게 그의 말을 경청했고, 날카롭고 현실적이지만 결코 비난조를 띄지 않으며 의견을 제시했다.

"조지, 방송은 잘될 거야. 그리고 자기 책이야말로 이 온갖 야단법석에 대한 진짜 반격이 될 거니까 그냥 두고 봐."

"얼마나?"

그녀는 어이없다는 듯 그 예쁜 손을 들어 보였다. "내가 델포이 신전의 예언자로 보여?"

그녀는 다른 누구도 아닌 로즈처럼 보였다. 그는 그녀를 끌어안고 머리카락 향기를 맡으며, 혼란 속에서 평온함을 느꼈다.

"와이거트 박사님." 줄리안이 보안실 문을 닫으며 말했다. "한나 캐플로우 요원과 영상 통화가 연결되어 있어요. 좋은 소식도 있고 나쁜 소식도 있다는데 저희가 같이 들으라고 하네요."

화면 속 캐플로우 요원이 말했다. "안녕하세요, 와이거트 박사님. 좋은 소식부터 전할게요. 벤자민 클라비 살인 사건의 용의자를 체포했습니다. 여자친구가 보낸 이메일이 결정적인 단서가 됐죠. 용의자는 기소되었고, 사법 거래 중에 자백했습니다."

"잘됐군요!" 와이거트가 말했다.

"나쁜 소식은, 그가 단순한 하급 프리랜서라는 겁니다. 쉽게 말해 돈을 받고 움직이는 용병인 거죠. 계약은 철저히 익명으로 이루어졌습니다. 자신을 고용한 사람이 누구인지 본인도 모르는 상태라 단서가 없어요. 하지만 그가 용병으로 고용되었다는 것만으로도 이번 사건이 조직적인 범죄라는 것이 확실해졌습니다. 현재 이 사건을 전담하는 특별 수사팀이 구성되어 있고, 저희는 핵심 인물들을 끝까지 추적해 리코법*에 따라 모두 검거할 겁니다. 물론 학살의 세계 창조와는 관련이 있을 수도 있고, 없을 수도 있습니다."

줄리안이 말했다. "하지만 관련이 있다고 보시는 거죠."

"네, 그렇습니다. 그리고 혹시 물으실까 해서 미리 말씀드리자면, 아직 웹사이트를 차단하는 데 성공하지 못했습니다. 너무 빠르게 움직이는 데다 서버가 해외에 있는 것 같아서요. 다른 조직이 개입되어 있을 가능성도 있지만…… 염두에 두고 있는 이들이 있긴 해도 지금으로서 확실한 답은 없습니다. 정보가 나오면 바로 전하겠습니다."

줄리안이 말했다. "수고 많으셨습니다."

그녀가 표정을 바꾸며 말했다. "와이거트 박사님, 듣자 하니 책이 엄청나게 잘 팔리고 있다고 하더군요. 기분 좋으시겠어요."

와이거트는 책의 인기가 과학 때문이 아니라 살인 사건 때문이라는 사실이 불쾌했지만, 내색하지 않으려 조심스레 대답했다. "네, 그렇다고 하더라고요."

⋰

금요일에 진행된 〈60 미닛츠〉 녹화는 세션 룸에서 이루어졌다. 세션 룸은 이미 대형 카메라와 음향 장비, 와이거트에게는 생소하기만 한 작업에 몰두하는 수십 명의 낯선 사람들, 그리고 시각

---

* 폭력배 영향 및 부패 조직법(Racketeer Influenced and Corrupt Organizations Act), 미국에서 조직범죄를 처벌하기 위해 1970년에 도입한 법률.

자료를 보여 주기 위한 거대한 스크린이 자리 잡아 완전히 새로운 곳으로 탈바꿈한 상태였다. 와이거트가 한 번도 본 적 없는 편안한 의자들이 급히 설치한 무대 위에 놓여 있었다. 한쪽에서 연기 코치가 초조한 표정으로 지켜보는 가운데 제작진이 그에게 언제 어디를 봐야 하는지 알려 주었다. 모두가 분주하고 정신없이 돌아가며 여기저기서 지시가 난무하던 중, 갑자기 성당처럼 엄숙한 침묵이 내려앉으며 촬영이 시작되었다.

와이거트는 녹화가 순조롭게 끝났다고 생각했지만, 딱히 비교할 만한 경험이 없다는 것도 잘 알고 있었다. 촬영이 끝나자마자 제작진과 장비들이 처음 등장했을 때처럼 순식간에 사라졌다. "일요일까지 내보내려면 편집이 꽤 빠듯하겠는데요." 오말리가 단지를 나서며 말했다. "전 이제 베네수엘라로 가요. 또 혁명이 터질 분위기거든요. 물론 여기라고 조용할 것 같진 않지만. 잘들 계세요!"

한바탕 폭풍이 지나간 듯했다.

캐로가 와이거트를 살짝 불러냈다. "조지 박사님, 혹시 과학적인 부분이 좀 잘려 나가도 너무 속상해하지 마세요. 그게—"

"잘린다고요?"

"안 잘릴 수도 있고요. 그냥 미리 말씀드리는 거예요. 〈60 미닛츠〉가 다른 프로그램보다 심도 있는 주제를 잘 다루긴 하지만, 결국 대중이 보는 **방송**이잖아요. 어떻게 나올지 기다려 봐야죠."

또 다른 걱정거리가 생겼다.

와이거트가 어릴 때, 그의 아버지가 워싱턴 주재 영국 대사관으로 단기 발령을 받으면서 가족들이 버지니아 교외로 이사했다. 이사한 집에는 뒷마당에 데크가 딸려 있었다. 다섯 살의 조지는 이전에 살던 낡은 영국 집의 자그마한 단열 창과 다르게 미끄러지듯 열리는 유리문에 넋을 잃었다. 유리창이 넓게 펼쳐져 있어 마치 바깥 풍경이 실내로 들어오는 것처럼 생생하게 느껴졌다. 하지만 그는 새들이 유리창에 곧장 날아와 충돌하면서 그대로 기절해 눈을 흐리게 뜨고 나무 데크 위에 축 늘어져 있는 모습을 볼 때마다 울음을 터뜨리곤 했다.

일요일 밤, 〈60 미닛츠〉가 방송되기를 기다리면서 와이거트는 창문에 부딪혀 떨어진 그 새가 된 기분이었다. 책이 성공을 거두고, 존경하는 과학자들에게서 신중하지만 긍정적인 반응을 얻으며 날아오르다가 한순간에 선정적인 소동과 충돌하고 만 것이다. 또한 그는 물질주의를 신봉하는 이들이 보낸 황당한 질문들로 가득 찬 이메일 공세에도 시달려야 했다. 물질주의란 그 어떤 종교 못지않게 맹목적으로 받아들여지는 사상으로 물질과 그 상호작용 외에는 아무것도 존재하지 않는다고 믿는 철학이었다.

아니, 황당한 질문이라고 할 수 없다. 그렇게 치부하는 건 부당했다. 마지막 세션에서 로즈도 똑같은 지적을 했었다. 그녀는 이전에 캐로가 같은 질문을 했을 때는 전혀 거부감이 들지 않았다는 점을 상기시켰다. 오히려 그는 질문을 환영했었다. "그래서 여보, 지금은 뭐가 달라진 건데?"

모든 것이 달라졌다. 한 번도 입 밖에 내지는 않았지만, 와이거트는 캐로조차도 그에게 완벽히 설득되지 않았다는 사실을 깨닫고 있었다.

〈60 미닛츠〉 방영 한 시간 전, 줄리안이 대형 스크린을 대여해 설치해 둔 식당으로 사람들이 몰려들었다. 제임스의 직원들은 회의실, 침실, 병원 등에서 의자를 더 가져왔다. 불만이 가득한 채 보안실에서 근무를 서는 기술팀 직원 두 명을 제외하고 모두가 식당에 모였다.

그 중요한 방송이 막을 올렸다.

48

〈60 미닛츠〉는 와이거트가 가장 덜 중요하다고 여긴 내용을 인터뷰 진행자가 요약하며 시작했다. 벤 클라비가 '기업의 기밀 데이터를 훔쳤으며', '현재 FBI가 그의 살인 사건을 수사하고 있고', 다행히 짧게 언급된 '데이터를 부적절하게 사용한 정황 역시 수사 중'이라는 언급이 있었다. 만약 FBI가 이 부분을 짧게 다루고 넘어가라고 요청했다면, 와이거트는 그들에게 감사할 따름이었다. 설명이 이어지는 동안 화면에는 케이맨 브랙과 연구 단지 건물의 외부 모습이 비춰졌다.

인터뷰 진행자인 리처드 디아즈는 줄리안을 과거 실리콘 밸리의 천재 소년 출신으로, 와이거트를 저명한 물리학자로 소개하고 화면에 나타난 '고*故* 노벨상 수상자 새뮤얼 루이스 왓킨스'의 사진에 아키노를 개발한 장본인이라는 설명을 덧붙였다. 그리고 디아즈는 줄리안을 향해 몸을 돌리며 물었다. "여러분의 연구 단지가 이렇게 화제가 되는 이유가 뭔가요? 대체 여기서 어떤 일이 진행 중이죠?"

"리처드, 어떤 일이 진행 중이냐고 물으신다면, 지난 15년에 걸쳐 치열하게 이루어진, 전 세계에서 가장 혁신적인 의학 연구라고 말씀드리겠습니다. 저희가 이곳에서 발견한 것은 당신이 현실이라고 알고 있던 모든 것을 송두리째 뒤흔드는 것입니다. 말 그대로 **모든 것**을요. 그중에는 당신이 알고 있다고 생각하는 '죽음'도 포함되어 있죠."

"받아들이기 쉬운 이야기는 아니군요. 잠시 과거로 돌아가 봅시다. 15년 전, 당신과 와이거트 박사, 그리고 왓킨스 박사가 리얼리티체크를 설립했습니다. 그때 이야기를 좀 들려주시죠."

"모두 조지 와이거트 박사님의 '관찰자의 우위성' 이론에서 비롯된 것이죠." 줄리안은 사진을 보여 주며 시설을 어떻게 구축하고 장비를 마련했는지 짧게 설명했다. 그는 이렇게 마무리했다. "물리학 이론을 연구하는 데 병원이나 의료 시설은 전혀 필요하지 않습니다. 하지만 그 이론을 한 단계 더 발전시키고 인간의 의식을 변화시키려면 반드시 필요하죠. 하지만 리얼리티체크는 조지 박사님의 혁신에서 출발했습니다. 때때로, 아주 단순한 아이디어가 기존의 지식 체계를 통째로 흔들어 놓곤 합니다. 지구가 평평하지 않다는 사실이 밝혀지면서 인류는 자신을 인식하는 방식과 세상과의 관계를 새롭게 정의해야 했습니다. 아인슈타인의 상대성 이론은 기존의 고전 물리학을 무너뜨렸고, 이후 양자 역학이 또 한 번 물리학의 패러다임을 깨뜨렸죠. 마찬가지로, '관찰자의 우위성' 이론은 기존 과학을 근본적으로 뒤흔들고 있습니다."

디아즈는 시선을 와이거트로 돌리며 물었다. "그게 어떻게 가능한 겁니까?"

이 질문이야말로 와이거트에게 있어 이번 인터뷰의 핵심이었고, 그는 이 답변을 수없이 연습해 왔다. 그는 몸을 약간 앞으로 기울이고 잠시 뜸을 들였다. "우리가 알고 있던 것과는 반대로 우주는 생명에서 비롯된다는, 얼핏 말도 안 되는 것처럼 들리는 생각을 통해서죠."

그는 한번 더 숨을 고르고 나서 다시 입을 열었다. 이어지는 설명은 줄리안이 '일반 대중도 이해할 수 있도록' 작성한 것이었다. 와이거트는 더 깊이 있는 과학적 원리를 이야기해야 한다고 주장했지만, 결국 물러설 수밖에 없었다. 비록 과학적 과정보다는 결론에 초점을 맞추고 있을 뿐, 어찌 됐든 내용 자체는 정확했다.

"우주를 물리학이 아닌 생물학적 관점에서 바라보면, 우리가 현실에 대해 알고 있던 모든 것이 산산이 부서집니다. 우리는 생명이 단순한 물리적 우연의 산물이라고 생각하지만, 수많은 실험 결과가 그 반대의 가능성을 보여 줍니다. 놀랍게도, 생명과 의식을 방정식에 포함시키면, 과학이 오랫동안 풀지 못한 가장 큰 수수께끼들을 설명할 수 있습니다. 예를 들어, 왜 공간과 시간뿐만 아니라 물질 자체의 특성까지도 관찰자에 의해 결정되는지를 이해할 수 있습니다. 또한, 왜 우주의 법칙들이 생명이 존재할 수 있도록 정교하게 맞춰져 있는지도 설명이 가능합니다. 우리가 머릿속에 존재하는 우주를 인정하지 않는 한, 세계를 이해하려는 모든 시도는 길을 잃고 말 것입니다.

우리는 어릴 때부터 우주가 두 개의 영역으로 나뉘어 있다고 배웁니다. 우리 자신과 우리 바깥에 존재하는 것으로요. 타당한 것 같습니다. 여기서 '자아'란 우리가 통제할 수 있는 것으로 정의됩니다. 저는 제 손가락을 꼼지락거릴 수 있지만, 당신의 발가락을 움직일 수는 없죠. 이러한 구분은 우리가 무엇을 조작할 수 있느냐에 따라 결정되지만, 기본적인 생물학만 보더라도 우리가 바위나 나무를 제어할 수 없는 것처럼 우리는 몸속의 셀 수 없이 많은 세포를 통제할 수 없습니다.

의자나 TV 카메라, 당신의 손처럼 지금 주변에 보이는 것들을 생각해 보세요. 우리의 언어와 관습은 이 모든 것이 외부 세계에 존재한다고 말합니다. 그러나 우리가 보고 경험하는 모든 것은 사실 뇌 안에서 일어나는 정보의 소용돌이입니다. 당신 **자체가** 바로 그 과정입니다. 당신의 눈은 단순히 세상을 보는 창이 아닙니다. 뇌를 감싸고 있는 두개골을 통해서는 그 어떤 것도 직접 볼 수 없죠. 하지만 당신이 보는 세계는 사실 당신의 뇌가 만들어 낸 것입니다.

간단히 하늘을 예로 들어 보죠. 당신은 파란 하늘을 보지만, 뇌의 세포를 조작하면 하늘이 초록색이나 심지어 **빨간색**으로 보일 수도 있습니다. 실제로, 약간의 유전자 조작만으로도 빨간색이 진동하게 하거나 소리를 내도록 만들 수도 있고, 일부 새들에게 색이 미치는 영향처럼 성적 충동을 유발하게 할 수도 있습니다. 뇌의 신경 회로를 바꾸면, 화창한 날에도 세상이 어둡게 보이도록 만들 수도 있고요. 이 논리는 거의 모든 것에 다 적용될 수 있습니다. 결론적으로, 당신의 의식 없이는 당신이 보는 것들도 존재할 수 없다는 겁니다."

디아즈가 말했다. "그렇게 생각해 본 적은 없네요."

"그렇죠. 대개 사람들은 그렇게 생각하지 않죠. 줄리안이 이미 말했듯이, 양자 물리학의 실험 결과는 과학계를 엄청난 충격에 빠뜨렸습니다. 20세기 초까지만 해도 과학이 여전히 기존의 낡은 패러다임을 바탕으로 작동하고 있었기 때문입니다. 오늘날에도 우리는 여전히 외부 세계가 인식하는 주체와 독립적으로 존재한다고 믿고 있습니다. 하지만 플라톤에서부터 호킹까지 수많은 철학자들과 물리학자들이 이를 두고 논쟁을 벌여 왔죠. 노벨상을 수상한 위대한 물리학자 닐스 보어는 이 주장에 동의하지 않았고요."

화면에 온화한 표정을 짓고 있는 닐스 보어의 사진이 나타나면서 그 아래 그의 말이 자막으로 깔렸다. 와이거트가 그것을 소리 내어 읽었다. "무언가를 측정하는 순간, 우리는 결정되지 않고 정의되지 않은 세계를 특정한 실험값으로 만든다. 우리는 세상을 '측정'하는 것이 아니라 창조하는 것이다.' 이 유명한 논쟁에서, 아인슈타인은—"

화면이 바뀌고, 머리가 헝클어진 아인슈타인의 상징적인 사진이 보였다.

"—외부에 실재하는 세계'가 있다는 주장을 뒷받침하는 독창적인 논리를 제시했지만, 보어가 이를 철저히 반박하며 점차 물리학계를 설득해 나갔습니다. 1963년 노벨상 수상자인 유진 위그너도 외부 세계를 연구하면 할수록 결국 '의식의 내용이야말로 궁극적인 실재'라는 결론에 도달할 수밖에 없다고 말했고요.

그러나 오늘날에도 여전히, 과학적 증거가 있음에도 불구하고 사람들은 대부분 외부 세계가 실재한다고 믿습니다. 우리는 세상을, 예를 들면 다람쥐처럼 바라봅니다. 눈을 떴을 때 도토리가 기적처럼 눈앞에 놓여 있는 것을 본 다람쥐는 아무 생각 없이 도토리를 움켜쥐고 나무 위로 올라갑니다. 그러나 수많은 실험들이 도토리가 입자로 이루어져 있으며, 아무도 관찰하지 않으면 단 하나의 입자도 실체를 갖지 않는다는 것을 보여 줍니다."

디아즈는 진심으로 흥미를 보였다. 혹시 연기하는 걸까? 와이거트는 구분할 수 없었지만, 어차피 이런 미디어 업계 사람들은 다들 연기자나 다름없었다. 디아즈가 말했다. "과학적 증거를 설명해 주시죠." 그가 카메라를 향해 안심시키듯 미소를 지었다. "물론, 간단하게 부탁드립니다."

와이거트가 설명하는 동안, 화면에는 일반 시청자들을 위한 화려한 그래픽이 나오면서 핵심 내용을 보여 주었다. 연기 코치는 와이거트가 각 애니메이션 그래픽이 완전히 재생되는 시간을 고려하며 말하는 속도를 조절하도록 연습시켰었다.

"다양한 방법으로 여러 차례 반복된 그 유명한 이중 슬릿 실험을 생각해 봅시다. 입자가 슬릿 두 개를 통과하는 모습을 관찰하면, 입자는 총알처럼 행동하며 한쪽 구멍을 통과합니다. 그러나 관찰하지 않으면, 입자는 마치 파동처럼 행동하며 구멍 두 개를 동시에 통과하게 됩니다. 그렇다면 어떻게 '저 바깥'에 존재하는 입자가 우리가 관찰하는지에 따라 행동을 바꿀 수 있을까요? 그 답은 간단합니다. 현실이란 우리의 의식이 개입된 과정이기 때문이죠."

와이거트는 연습한 대로 의자에서 몸을 떼고 살짝 앞으로 기울였다.

"하이젠베르크의 불확정성 원리를 떠올려 보세요. 만약 외부 세계가 정말로 존재하고, 입자들이 그 안에서 그냥 튀어 다니는 것이라면, 우리는 그 입자들의 모든 속성을 측정할 수 있어야 합니다. 하지만 그것은 불가능합니다. 예를 들어, 입자의 정확한 위치와 운동량은 동시에 측정할 수 없습니다. 그런데 왜 입자는 당신이 무엇을 측정하는지에 영향을 받을까요? 다시 말하지만, 답은 간단합니다. 입자들이 단순히 '저 바깥'에 존재하는 것이 아니기 때문이죠.

결국, 현실이 우리의 의식과 연결된 하나의 과정이라는 것을 이해하는 데 양자 물리학자가 될 필요는 없습니다. 그래서 우리는 기존의 물리학을 새로운 생물학으로 대체해야 하는 거고요."

"좋습니다." 디아즈가 말했다. "박사님은 방금 물질을 말 그대로 '소멸'시켜 버리셨군요. 하지만 공간과 시간은 어떻습니까? 적어도 우리가 일반적으로 생각하는 의미에서는 '진짜' 존재하는 것 아닌가요?"

"그렇지 않습니다." 와이거트가 대답했다. "공간과 시간은 해변에서 주운 조개껍데기처럼 단단한 물리적 실체가 아닙니다. 1920년대 이후로 진행된 실험들은 오히려 그 반대를 증명해 왔습니다. 관찰자는 실험 결과에 결정적인 영향을 미칩니다. 공간과 시간은 단순히 우리의 사고 과정에서 세상을 이해하고 정리하는 도구일 뿐입니다.

전자를 예로 들어봅시다. 전자는 입자이면서 동시에 파동이기도 하다는 것이 밝혀졌죠. 그러나 이 입자가 어떻게, 그리고 특히 어디에서 존재할 것인지는 관찰 행위 자체에 따라 결정됩니다. 아인슈타인의 상대성 이론을 포함해 이러한 실험들이 가리키는 결론은 단 하나입니다. 바로 공간은 관찰자에 의해 결정된다는 사실이죠.

우리는 공간을 마치 경계가 없는 거대한 그릇처럼 생각하게 되었습니다. 그러나 여러 가지 착각과 인식 과정들이 우리가 공간을 그렇게 잘못 이해하게 만든 것입니다. 예를 들어, 물체들 간의 거리는 중력과 속도 같은 다양한 조건에 따라 변할 수 있으며 실제로 변합니다. 그래서 어떤 두 개의 물체 사이에도 '절대적으로 고정된' 거리란 존재하지 않죠. 사실, 양자 이론은 개별 사물이 정말로 분리되어 있는지에 대해서도 근본적인 의문을 제기합니다. 우리는 사물들이 서로 분리되어 있다고 '보지만', 그것은 단지 언어와 문화적 관습이 우리에게 경계를 그리도록 학습시켰기 때문입니다.

시간도 마찬가지입니다. 양자 이론은 우리가 알고 있는 방식의 시간이 실제로 존재하는지에 대해 점점 더 많은 의문을 던지고 있습니다. 사람들은 시간에 관해 이야기할 때 흔히 변화를 떠올립니다. 하지만 변화가 곧 시간이 **아닙니다**. 어떤 물체의 위치를 정확히 측정하려면 특정 순간의 정지된 한 장면을 '고정'해야 합니다. 마치 영화의 한 프레임처럼 말이죠. 반대로, 움직임이나 운동량을 관찰하는 순간, 하나의 정지된 프레임을 따로 떼어낼 수 없습니다. 운동량은 여러 프레임이 합쳐진 결과물이니까요. 어느 한 가지 값을 명확하게 측정하면 다른 값은 흐릿해집니다. 시간이란 단순히 우리가 공간 속에서 정지된 프레임들을 이어 붙여 사건이 움직이는 것처럼 보이게 하는 방식일 뿐입니다. 결국 시간도 우리의 의식이 만들어 낸 도구입니다."

디아즈가 의자에서 자세를 고쳐 앉았다. 와이거트는 숨을 죽였다. 캐로가 그에게 일부 과학적 내용이 편집될 수도 있다고 경고했지만, 설마 다음에 나올 핵심 부분은 아니겠지!

잘리지 않았다.

화면 속 와이거트가 한층 더 화려하고 역동적인 그래픽을 배경으로 설명을 이어갔다. "저명한 과학 학술지 《사이언스》에 게재된 실험을 하나를 살펴보죠. 프랑스 과학자들은 광자를 실험 장치로 발사했고, 그 결과 그들의 행위가 이미 과거에 벌어진 사건을 바꿀 수 있다는 것을 보여 주었습니다. 네, 정확히 들으셨습니다! 광자는 실험 장치의 분기점을 지나면서 빔 스플리터에 부딪힐 때 입자처럼 행동할지 파동처럼 행동할지를 결정해야 했습니다. 그런데 나중에, 광자가 이미 갈림길을 지나간 **후에도** 실험자는 두 번째 빔 스플리터를 무작위로 켜거나 끌 수 있었습니다. 즉 관찰자가 현재 내린 선택이 **과거에** 입자가 갈림길에서 어떤 행동을 했는지를 결정했다는 사실이 밝혀졌습니다. 그 순간, 실험자는 자신의 과거를 선택한 셈이었던 거죠."

잠시 정적이 흐른 뒤, 디아즈가 마치 방금 떠올린 듯한 어조로 말했다. "하지만 이런 현상은 모두 미시 세계에서 일어나는 일입니다. 우리가 매일 경험하는 거시 세계는 다르게 움직이지 않나요?"

"그것이 오랫동안 사실이라고 여겨졌죠. 그러나 작은 물체에 어떤 법칙이 적용되고 나머지 우주에는 또 다른 법칙이 적용된다는 생각은 논리적으로 근거가 없으며 전 세계 연구자들에 의해 반박되고 있습니다. 양자 얽힘 현상이라는 것이 있습니다. 두 개의 입자가 '얽혀' 있어서, 아무리 멀리 떨어져 있어도 한쪽에 영향을 주면 다른 쪽에도 즉시 변화가 일어나는 현상을 말하며—"

화면에 더 많은 그래픽이 나타났고, 누가 봐도 너무 요란했지만 와이거트는 그 부분에 대한 논쟁에서 진 상태였다.

"―공간이라는 개념에 대한 또 다른 반증입니다. 과학자들은 3밀리미터 크기의 다이아몬드를 얽히게 하는 데 성공했으며, '버키볼'이라 불리는 거대한 분자뿐만 아니라, 높이가 1.3센티미터에 달하는 결정체까지도 얽힘 상태로 만들었습니다. 한 쌍의 얽힌 입자 중 하나에 변화를 주면, 아무리 먼 거리에서도 즉시 다른 하나에 영향을 주었습니다. 그러므로 미시 세계와 거시 세계 모두 우리의 의식이 만들어 내는 것입니다."

디아즈가 고개를 끄덕였다. "자, 이제 박사님의 책에서 가장 놀라운 장면이라고 생각한 부분으로 넘어가 볼까요? 사라지는 주방, 어떤 개념인지 설명해 주세요."

이번에는 화면에 매우 정교한 그래픽이 나타났다. 가스레인지, 싱크대, 냉장고, 선반에 놓인 접시들과 조리대 위의 요리책까지 세세하게 그려진 만화 같은 주방이었다. 소방차처럼 새빨간 주전자와 마차 바퀴만큼 커다란 천장 조명이 눈에 띄었고, 만화 캐릭터 아바타도 있었다. 화면 속 와이거트가 연기 코치의 지시대로 다소 과장된 톤을 사용해 설명을 시작했다.

"당신의 주방이 항상 존재한다는 것은 부정할 수 없는 논리처럼 보일 겁니다. 당신이 주방에 있든 없든, 그 안의 모든 물건이 언제나 익숙한 형태와 색을 유지한다고 생각하겠죠. 하지만 한번 생각해 보세요. 당신이 인식하는 주방의 형태, 색, 구조는 천장의 전등에서 나온 빛이 다양한 물체에 반사되고, 그것이 망막과 신경 전달 과정을 거쳐 뇌와 상호작용한 결과일 뿐입니다. 하지만 본래 빛

자체는 색도 없고, 밝기도 없으며, 어떠한 시각적 특징도 지니지 **않습니다**. 그저 단순한 전자기적 현상에 불과하니까요. 따라서 당신이 없는 동안에도 주방이 '그대로' 존재한다고 생각할지 모르지만, 명확한 사실은 의식이 개입하지 않는다면, 당신이 상상할 수 있는 어떤 것도 실재할 수 없다는 것입니다.

양자 물리학은 이 놀라운 사실을 뒷받침하고 있습니다. 밤이 되어 불을 끄고 침실로 가면서, 당신은 보이지는 않아도 주방이 밤새도록 그 자리에 남아 있다고 생각할 겁니다."

만화 캐릭터가 전등 스위치를 누르고 유유히 주방을 빠져나갔다. 와이거트는 살짝 인상을 찌푸렸다.

"그러나 사실" 화면 속 와이거트의 해설이 이어졌다. "냉장고와 가스레인지를 비롯한 모든 것들은 빛나는 물질이자 에너지의 소용돌이로 이루어져 있습니다."

주방이 은빛과 회색이 뒤섞인 흐릿한 형체로 녹아내렸다.

"확립된 물리학에 따르면, 당신의 주방을 구성하는 아원자 입자들은 단 하나도 특정한 위치를 점유하고 있지 않습니다. 대신, 이 입자들은 100년 전 막스 보른이 입증했듯이 가능성의 범위, **확률 파동**으로 존재합니다. 이 입자들은 통계적 예측일 뿐이며, 단지 발생할 **가능성이 높은** 결과에 불과합니다. 실제로, 이 개념을 제외하면, 그곳에는 아무것도 존재하지 않는 겁니다! 누군가가 관찰하지 않는다면, 이 입자들은 시간적으로도 그리고 공간적으로도 실제로 존재한다고 볼 수 없습니다. 예컨대 당신이 물을 마시러 다시 주방에 들어올 때처럼 오직 관찰자가 있을 때만—"

만화 캐릭터가 돌아와 전등 스위치를 누르자, 주방이 다시 나타났다.

"―우리의 의식이 이 입자들이 존재할 수 있는 토대를 형성하는 것입니다. 사물이 존재할 가능성이 있는 확률적 영역 어딘가에서 의식이 그 구조를 명확히 정하기 전까지는 어디에 있다고 할 수 없으며, 어떤 실제적인 위치나 물리적 실체를 가진다고도 할 수 없습니다.

물론, 한 번 주방의 파동 함수가 붕괴하고 나면, 그 흔적은 우리의 기억 속에 남아 우리가 다시 주방에 들어서면 우리의 기억과 주방은 일치하게 됩니다. 과학적으로 표현하자면, 우리가 처음으로 주방을 관찰했을 때, 기억 속에 저장된 '주방'의 자유도가 붕괴한 거고요.

이것을 좀 더 쉽게 이해하기 위해 DVD를 보는 상황을 떠올려 봅시다. 플레이어가 꺼져 있을 때는 영화가 존재하지 않습니다. 하지만 방으로 돌아와 플레이어를 켜면, 영화가 다시 화면에 재생됩니다. 아무리 플레이어를 껐다 켜도, 영화의 내용은 달라지지 않습니다. 노란 벽돌길 끝에는 언제나 에메랄드 시티가 있죠."

또 한 번 극적인 효과를 위한 침묵이 흘렀다.

"의식적 관찰자가 우선입니다. 그가 모든 것을 창조하니까요."

디아즈가 카메라를 응시했다. "보통 이 시점에서 〈60 미닛츠〉의 이 코너는 마무리되지만, 아직 가장 중요한 부분에 도달하지도 못했습니다. 그러니 계속 함께해 주세요."

광고로 넘어갔다. 주변이 소란스러웠지만, 와이거트는 무시했다. 비록 급하게 다루긴 했지만, 그가 보기엔 이미 '가장 중요한 부분'은 언급했다.

캐로가 어깨 너머로 몸을 기울이며 와이거트를 불렀다. "조지 박사님?"

"그럭저럭 괜찮았네." 그의 말에 캐로는 미소를 머금은 목소리로 답했다. "다행이네요."

광고가 끝난 후, 줄리안은 자신이 개발한 칩이 어떻게 뇌가 감각을 통해 받은 정보를 처리하는 방식을 변화시키는지 깔끔하고 쉽게 설명했다. 수술실에서 캐로와 트레버가 수술복을 입고 마스크를 쓴 채 와이거트가 알기로 사실 아무도 없었던 수술대를 들여다보는 장면이 나왔다. 다시 줄리안이 등장했고, 그가 설명을 마무리했다. "—프로그래밍된 칩을 뇌에 삽입합니다. 이 수술은 파킨슨병 환자의 떨림을 완화하기 위해 흔히 시행되는 DBS에서 이루어지는 이식과 비교했을 때 특별히 더 위험하거나 어렵지도 않습니다. 결과적으로 뇌가 두개골 외부에 위치한 작은 제이기에 곧바로 연결됩니다. 자, 보시면 제 것도 여기 있습니다."

줄리안이 몸을 앞으로 숙여 양손으로 머리카락을 갈라 보였다. 카메라가 그의 머리를 클로즈업했다. "이 장치와 저희가 독점적으로 개발한 프로그래밍 기술을 통해 제 의식은 새로운 우주의 분기를 창조하고 그 안에 잠시 머무를 수 있으며, 실제로도 그렇게 했습니다."

디아즈가 한층 들뜬 목소리로 말했다. "그 우주의 다른 분기들에 대해 좀 이야기해 봅시다. 이식 수술을 받은 사람들은 뇌 속의 칩이 활성화되면 '다른 우주 분기'로 들어가 사랑하는 죽은 이들을 만나고 대화할 수 있다고 주장합니다. 환각도 아니고, 죽은 사람들이 나오는 꿈도 아니며, 그 사람들이 다른 우주에서 실제로 존재하며 살아 숨 쉬고 있다는 거죠. 리얼리티체크는 또한 이식자들이 떠난 후에도 그들이 머물렀던 우주의 사람들은 **계속해서** 살아간다고 말합니다. 줄리안, 당신의 칩이 어떻게 이런 일을 가능하게 하는지 설명해 주시겠습니까?"

아인슈타인의 사진이 다시 나타났고, 이번에는 다른 문구가 함께 떠올랐다. 줄리안의 목소리가 흘러나왔다. "오랜 친구가 세상을 떠난 후, 알베르트 아인슈타인은 이렇게 말했습니다. '이제 베소가 나보다 조금 앞서 이 기묘한 세상을 떠났다. 그러나 그것은 아무런 의미도 없다. 우리 같은 사람들은…… 과거와 현재, 그리고 미래라는 개념이 단순히 사라지지 않는 환상에 불과하다는 것을 알고 있다.' 와이거트 박사님이 좀 전에 설명해 주신 모든 증거는 아인슈타인이 옳았음을 보여 줍니다. 죽음은 결국 **환상**일 뿐입니다.

전통적인 사고방식은 세계가 관찰자와 무관하게 객관적으로 존재한다는 믿음에 기반을 두고 있으며, 따라서 우리는 생명이 단순히 탄소와 여러 분자의 결합으로 이루어진 활동이고 우리는 잠시 살다가 땅속에서 썩어 없어지는 것이라고 생각합니다. 즉, 우리는 우리의 존재를 신체와 동일시하고 신체가 언젠가 죽는다는 사실을 알기 때문에 죽음을 믿는 겁니다. 그렇게 생명이 끝나는 거죠.

다만 이는 **사실이 아닐**뿐더러 관찰자의 우위성은 우리에게 죽음이 우리가 상상하는 절대적인 끝이 아닐 수 있다고 말해 줍니다. 과학자들은 오랫동안 우주의 법칙과 물리적 상수들이 어째서 생명의 존재를 위해 정교하게 조정된 것처럼 보이는지 고민해 왔습니다. 물론 단순히 놀라운 우연의 일치일 수도 있겠죠. 그러나 과학은 놀라운 우연을 그대로 두고 보지 않습니다. 가장 간단하게 설명하면 우주의 법칙과 조건들이 관찰자를 존재하게 하는 것이 아니라, 오히려 관찰자가 그 법칙들을 만들어 낸다는 것입니다. 공간과 시간처럼, 이 법칙들 역시 단순히 우리의 의식이 현실을 창조하는 데 사용하는 도구인 거죠. 시간도 없고 공간도 없는 세계에서는 죽음이라는 개념 자체가 존재하지 않습니다. 영생이란 시간 속에서 영원히 존재하는 것이 아니라, 시간이라는 틀 밖에서 존재하는 것입니다.

우리는 흔히 공상과학 속 다중 우주가 비현실적이라고 치부하지만, 실은 과학적으로 근거가 있습니다. 앞서 와이거트 박사님이 말씀하신 것처럼 양자 물리학의 중요한 특징 중 하나는 관측 결과를 절대적으로 예측할 수 없다는 점입니다. 대신, **다양한** 관측 결과가 존재하며, 각각의 결과는 서로 다른 확률을 지니고 있습니다. 이를 설명하는 주요 이론 가운데 하나인 '다중 세계' 해석에서는 각각의 가능한 관측 결과가 우주라고 말합니다. 그렇게 무한한 수의 우주가 존재하며, 가능한 모든 사건은 어딘가의 우주에서 반드시 발생합니다. 이러한 시나리오에서 죽음은 실제적인 의미에서 존재하지 않습니다. 가능한 모든 우주는 그중 어느 하나에서 무슨 일이 벌어지든 상관없이 동시에 존재하기 때문입니다.

우리의 죽음은 당구공처럼 무작위로 흩어지는 우주가 아니라 생명을 피할 수 없는 우주에서 일어납니다. 생명은 마치 다중 우주에서 계속해서 다시 피어나는 꽃과 같이 비선형적인 차원을 갖습니다. 개별 신체들은 비록 스스로 파괴될 운명이지만, '나는 누구인가'라는 생명의 감각은 단지 뇌에서 작동하는 20와트의 에너지 흐름일 뿐인 겁니다. 이 에너지는 죽음과 함께 소멸하지 않습니다.

과학에서 확실한 원칙 중 하나는 에너지가 절대로 사라지지 않는다는 것이며, 에너지는 창조될 수도, 파괴될 수도 없습니다.

시간과 공간은 단순히 우리 의식이 양자 정보를 조합하여 우리가 보고 경험하는 현실로 조직하는 방식일 뿐입니다. 한때 당신이었던 젊은 날의 의식은 지금도 당신을 이루고 있고, 과거의 젊은 당신을 움직이던 의식은 지금의 당신과도, 미래의 어느 시공간에 있을 당신과도 함께합니다. 궁극적으로 그 모든 의식은 시간과 공간을 초월하는 단일한 존재로, 모두 하나로 녹아 있습니다. 그리고 만약 시간과 공간이 실재하는 것이 아니라면, 어떻게 시간과 공간 속에 존재하는 '또 다른 당신'과 당신 자신이 별개라고 할 수 있을까요?

당신이 사랑했던 사람들이 숨을 거두었을 때도 같은 원리가 적용됩니다. 그들의 몸은 죽었지만, 의식은 다른 우주에서 계속 존재하죠. 그리고 뇌가 정보를 처리하는 알고리즘을 변경하는 이 첨단 칩 기술을 통해 당신은 그들을 다시 만날 수 **있습니다.**"

한동안 무거운 침묵이 이어지던 중, 디아즈가 입을 열었다. "오늘 이 자리에 그 경험을 했다고 주장하는 세 분을 모셨습니다."

화면이 넓어지며 기술자 중 한 명인 크리스토퍼 아가왈, 간호사인 오르테가, 오말리가 무대에 앉아 있는 모습이 보였다. "먼저 퓰리처상을 수상한 저널리스트인 스테파니 오말리부터 시작해 보겠습니다. 제가 직접 겪어 본 바로는 결코 속이기 쉬운 사람이 아닙니다. 스테프, 당신이 왜 리얼리티체크에 갔으며 그곳에서 어떤 경험을 했는지 말씀해 주시겠어요?"

제작진은 실제 세션 영상을 재생하고 싶어 했지만, 그것은 철저히 사적인 영역이었기 때문에 줄리안은 강경하게 거부했다. 그러나 오말리는 죽은 연인과의 만남을 마치 눈앞에서 벌어지는 것처럼 생동감 넘치게 회상했다. 물론, 그녀는 기자였고, 그토록 생생한 묘사는 그녀의 전문 분야였을 것이다. 그럼에도—

나머지 둘도 자신들의 세션 경험을 공유했다. 그들 중 누구도 오말리처럼 유창하거나 열정적이지 않았지만, 그래서 오히려 그 젊은이들의 말을 더 신뢰할 수 있는 느낌이었다. 그들이 자신이 경험한 것을 설명하려고 더듬거리며 애쓰는 모습이 와이거트에게는 무척 인상적이었다.

다음은 그의 차례였다. 화면이 그의 얼굴을 클로즈업하자, 지켜보던 와이거트가 긴장하며 의자에서 몸을 움찔했다. 어떻게 편집되었을까?

화면 속 그가 말했다. "저는 제 아내 로즈를 만났고, 칩을 활성화할 때마다 되풀이해서 만나고 있습니다. 그녀는 16년 전 암으로 세상을 떠났죠."

"정말 유감입니다." 디아즈가 말했지만, 와이거트는 그의 말을 상투적인 위로처럼 가볍게 넘겼다. "줄리안이 설명한 것처럼, 죽음은 환상입니다. 제 아내는 다른 우주에서 여전히 존재하며, 줄리안의 소프트웨어와 제게 이식된 칩의 도움을 받아 저는 다시 그녀 곁에 설 수 있습니다. 실제로 그렇게 하고 있고요."

디아즈가 잠시 말을 멈추고 나서 이야기했다. "그러니까 죽은 사람들이 진짜로 죽은 게 아니라는 말씀이시군요. 하지만 리얼리티체크의 기술이 없다면 우리가 그들을 보거나 그들이 우리를 볼 수 없는 거죠?"

"그렇습니다." 와이거트가 대답했다. "그러나 그들은 계속 존재합니다. 의식은 본질적으로 무언가를 인식하는 것이기 때문에 완전한 '무'를 경험할 수 없습니다."

『관찰자의 우위성』책 표지가 화면을 가득 채웠다. 디아즈가 말했다. "와이거트 박사님의 이론에 대한 모든 설명은 박사님의 신간에 담겨 있습니다. 오늘 밤 우리 게스트분들이 시청자 여러분께 많은 생각할 거리를 던져 주었으리라 생각합니다."

치약 광고가 나오고, 누군가 TV를 껐다.

줄리안이 노트북에 집중하던 기술팀을 향해 몸을 돌려 말했다. "이반?"

"대박입니다! 온라인 반응이 폭발적이에요! 꼭 긍정적인 것만은 아니지만…… 전부 죽음 얘기에 대해 더 알고 싶어 난리네요. **전부요!** 와이거트 박사님, 부자 되시겠어요!"

"의미 없네." 와이거트가 대꾸했지만, 사람들이 왜 웃는지 알 수 없었다.

그러나 이 정도면 예상보다 좋은 결과였다. 인터뷰 진행자는 그의 이론을 진지하게 존중해 주었다. 과학적 근거를 충분히 다루지는 못했지만, 곧 그럴 기회가 더 올 것이었다. 중요한 것은 더 많은 사람이 자신의 이론을 듣고 현실이 실제로 무엇인지 이해하게 될지 모른다는 사실이었다.

그것만으로도 연기 코치에게 시달린 보람이 있었다.

와이거트는 의자에서 몸을 돌려 줄리안을 바라보았다. "축하해도 되겠지?"

"아, 조지 박사님, 주변 좀 둘러봐요. 이미 다들 축제 분위기인

걸요." 줄리안이 말했다.

식당에서 파티가 벌어졌다. 샴페인 코르크가 터지고, 에이든은 커다란 금속 통에 뭔가 수상한 음료를 만들고 있었다. 음악이 흘러나오며 사람들이 춤을 추기 시작했다.

캐로가 와이거트에게 손을 내밀자, 그는 놀랍게도 그 손을 잡고 자신이 젊은 시절에 추던 스윙댄스를 추기 시작했다. 몸이 기억하고 있던 모양이었다. 주위 사람들이 웃으며 환호성을 질렀다.

그는 3분 정도 춤을 추다가 가쁜 숨을 고르며 세션 룸과 그곳에서 기다릴 로즈를 향해 걸음을 옮겼다.

49

다음 날 아침, 캐로는 잠든 트레버를 뒤로한 채 약간의 숙취를 느끼며 2구역으로 커피를 마시러 갔다. 그녀는 자리다툼을 하듯 몸을 부딪치는 사람들이 가득한 보안실에서 터져 나오는 소란스러운 분위기에 깜짝 놀랐다. 수많은 휴대 전화가 동시에 울리며 종소리, 백파이프, 자동차 경적 등 각종 벨 소리들이 정신없이 뒤섞였다. 사람들이 화면을 가리키며 서로의 목소리에 묻히지 않으려 악을 썼다. 당황한 캐로는 보안실 안으로 비집고 들어갔고, 이내 컴퓨터에서 건물 외부를 비추는 감시 카메라 화면이 눈에 들어왔다.

이미 사람들이 모여 있었고, 더 많은 사람이 끊임없이 몰려오고 있었다. 자동차들이 속속 도착해 멈춰 섰다. 뉴스 채널의 로고가 붙어 있지 않은 헬리콥터 한 대가 낮게 선회하다가 감시 카메라 화면 바깥 어딘가에 착륙했다. 군중 일부가 뭐라고 외치고 있으나, 목소리가 뒤엉키고 묻혀 알아들을 수 없었다. 팻말을 높이 들고 있는 사람들도 있었고, 몇몇은 급히 골판지에 휘갈겨 쓴 듯 보였다.

> 아버지가 돌아가셨어요. 다시 만날 수 있게 해 주세요!
>
> 제발 대체 우주에 들어가게 도와줘요. 돈은 얼마든지 낼게요!
>
> 우울증을 앓고 있는 아내가 엄마를 다시 만나야 해요!
>
> 제발 제발 제발 도와줘요!!!

화면 앞에서 굳건히 자기 자리를 지키고 앉아 있던 이반이 목을 길게 빼고 캐로를 올려다보았다. "저기 있는 사람들 모두 칩을 이식받고 싶어 해요! 한 명도 빠짐없이 다요!"

누군가 그녀의 손을 낚아챘다. 줄리안이었다. 그는 그녀를 회의실로 데려갔고, 안에 있던 직원들을 모두 내보냈다. 지난밤의 파티가 그곳까지 번졌던 것이 분명했다. 테이블 위에는 쓰러진 플라스틱 컵, 음료로 끈적이는 스틱, 구겨진 냅킨과 쓰고 있던 사람이 누구였든 그보다 오래 됐을 것 같은 브루클린 다저스 야구모자가 나뒹굴고 있었다. 줄리안이 커피를 따라 건네자, 캐로는 감사한 마음으로 잔을 받아들었다.

"트레버 선생님은요?" 그가 물었다.

"아직 자고 있어요. 대체 이게 무슨 일이에요, 줄리안 씨?"

"하나만 묻겠습니다."

그녀는 무슨 질문일지 대충 감이 왔다. "네."

"이 프로젝트에 얼마나 더 함께할 계획인지 알고 싶습니다. 트레버 선생님이 자신은 최소 1년은 더 있을 생각이라고 박사님께 얘기했다고 하더군요. 또 박사님은 아직 마음을 정하지 못했다고, 자신은 박사님께 강요하거나 압박을 줄 생각이 없다고도 들었어요. 역시 그분답게 공정한 말씀이었죠."

그녀는 그의 말투에서 어딘가 비꼬는 듯한 기색을 느꼈다. "줄리안 씨—"

"됐어요. 전 원래 공정한 사람이 아니고 저도 잘 압니다. 하지만 지금은 개인적인 것을 떠나 여쭤보는 겁니다. 최소한 1년 정도 더 이곳에 계셔줄 수 없나요? 엘렌 씨도 이제 혼자 잘 지내실 수 있으니까요. 박사님은 뛰어난 외과 의사고, 이미 이곳에 대해 너무 잘 알고 계시잖아요. 저는 곧 이 프로젝트를 본격적으로 상업화해서 일반 대중에게 이식을 시작하고 싶습니다."

"가격이 만만치 않겠네요."

"그야 당연하죠. 제가 여기 얼마나 투자했는지, 평생 번 돈을 한 푼도 빠짐없이 넣었다고 해도 과언이 아닙니다. 왓킨스 박사님이 남긴 신탁 자금도 거의 바닥났어요. 조지 박사님은 애초에 그렇게 여유 있는 형편이 아니셨고요, 적어도 다른 사람들이랑 비교하면요. 상업적으로 나갈 때가 됐어요."

"우선 트레버랑 상의해 볼게요."

"두 분이 아직 논의를 안 해 봤다는 말을 믿으라고요? 일단 그냥 넘어갈게요. 이미 얘기해 본 거 알아요, 박사님이 결론을 못 내리셨을 뿐이죠. 어쨌든 이른 시일 내에 답 주실 수 있죠?"

"네. 그럴게요."

식당에서 커피와 데니시 빵을 먹으며 앉아 있을 때, 이메일 두 개가 도착했다는 알림이 휴대 전화 화면에 떠올랐다. 엘렌이 〈60 미닛츠〉 방송을 보고 칭찬하는 메시지를 보낸 것이었다. '최고였어! 설명도 정말 명확했고! 로레인도 나도 완전히 빠져들어 봤다니까! 전화 줘!'

또 하나는 드본에게서 온 이메일이었다.

캐로에게

완전 난리야! 너희 연구소 얘기가 뉴스에 도배됐고, 그 얘기를 안 하는 사람이 없어. 물론 네가 페어레이에서 나간 뒤 어디로 갔는지는 아무한테도 말 안 했지만. 전에는 여기서 아무도 신경 쓰지 않던 주제들, 물리학, 현실, 의미와 존재 같은 주제로 매일 열띤 토론이 벌어지고 있어. 끝나지 않는 철학 수업 속에서 사는 것 같다고나 할까. 와이거트 박사 책도 샀어. 아마 이 나라 사람 절반은 산 것 같지만. 그런데 너한테 연락한 이유는 따로 있어.

우리는 외과 의사가 부족해. 사실 두 명이나 빠졌지. 폴 베커가 또 사고를 쳤어. 이번에는 얌전해 보이는 어린 간호사한테 부적절한 성적 관심을 보였는데, 그 간호사가 예상외로 강단 있는 성격이었지 뭐야. 성희롱으로 공개적인 고소는 하지 말라고 설득한 대신 병원 이사회가 청문회를 열었어. 베커 정도 되는 사람은 절대 해고되지 않아. 오히려 더 좋은 자리로 간다니까. 그래서 다른 곳이 더 잘 맞을 수도 있겠다는 말을 듣고 매사추세츠 종합병원으로 넘어갔어. 갈 수만 있다면 꽤 괜찮은 곳이지. 그리고 2주 뒤에 네가 잘 아는 그 배신자 베라 보렐라도 짐을 싸서 보스턴에 있는 병원으로 옮기더라. 이럴 줄 누가 알았겠어?

요즘 한동안 연락이 뜸해서 네가 앞으로 어떻게 할 계획일지는 모르겠네. 리얼리티체크에 계속 있기로 했을 수도 있겠지. 하지만 만약 아니라면, 여기서도 다시 일할 수 있을 가능성이 높은 것 같아. 아참, 무마우 박사와 함께 매핑 논문 발표한 거 축하해. 상당한 주목을 받았잖아. 거기서 외과적 경험도 분명 많이 쌓았을 거고. 게다가 혹시 돌아가신 왓킨스 박사님도 노벨상 수상자이시니, 그분의 좋은 추천서까지 있다면……. 그리고 헬렌이랑 나는 네가 돌아왔으면 좋겠어. 헬렌도 안부 전해 달래.

드본

"캐로?" 트레버가 그녀를 불렀다. 그가 식당으로 들어온 줄도 모르고 있었다. 그녀는 말없이 드본의 이메일이 그대로 열려 있는 휴대 전화를 내밀었다.

그가 이메일을 읽었다. 다시 고개를 들어 그녀를 바라보는 갈색 눈은 언제나처럼 따뜻하고 애정이 가득했다. 그가 말했다. "난 항상 당신 편이에요, 캐로. 어떤 선택을 하든 지지할 거예요."

도무지 온전히 혼자 있을 수 없었다. 하지만 연구 단지 밖으로 나가는 것은 꿈도 꿀 수 없었다. 발을 떼기 무섭게 군중들에게 둘러싸일 게 뻔했다. 밖에서는 잠재적 위험이 있을지 모른다는 줄리안의 경고도 머릿속을 떠나지 않았다. 사람들이 끊임없이 그녀의 방문을 두드렸다. 에이든은 줄리안이 오후에 회의를 소집할 수도 있다고 전해 주었다. 캐로는 또 회의에 끌려가고 싶지 않았다. 그녀는 아무에게도 방해받지 않고 조용히 생각하고 싶었다.

결국 그녀는 현재 환자가 없어 직원들도 없는 병원 동으로 가서 텅 빈 병실에 들어갔다. 그녀는 문을 닫고 정리되지 않은 침대 가장자리에 걸터앉았다.

그녀가 본 모든 병원 병실에 항상 있었던 방문자용 의자가 갑자기 기이할 정도로 선명하게 보였다. 주황색, 흉측하지만 실용적인 의자. 높이는 120센티미터 정도쯤 되어 보였다. 측면은 회색으로 에폭시 코팅된 강철로 만들어졌고, 천장의 형광등 불빛을 비스듬히 반사하고 있었다. 발 받침, 좌석, 팔걸이, 등받이, 조절 가능한 머리 받침까지 모두 환자가 편안하게 사용할 수 있도록 푹신하게 쿠션 처리가 되어 있었다. 인조가죽으로 된 발 받침 왼쪽 끝에 살짝 찢어진 흔적이 있고, 양쪽 팔걸이에 쟁반을 끼울 수 있도록 짧은 금속 막대가 달려 있었다. 잠금 가능한 회전 바퀴는 앞쪽 두 개보다 뒤쪽 두 개가 더 컸다. 오른쪽에 레버가 있어 환자나 간호사가 앉은 자세, 반쯤 눕는 자세, 또는 완전히 눕는 자세로 조정할 수 있었다. 그리고 그 흉측한 색깔, 썩어가는 당근 같은 주황색.

캐로의 의식이 이 모든 걸 창조한 걸까?

와이거트에 따르면 그녀의 몸만큼이나 익숙한 이 공간도 그녀의 의식이 만들어 낸 것이었다. 침대 위 테이블에 있는 간호사 호출 버튼, TV 리모컨, 투명한 플라스틱 물병, 비닐로 포장된 일회용 컵들도. 그리고 침대 머리맡에 있는 심박수, 혈압, 두개내압, 산소포화도를 측정하는 모니터와 링거 거치대까지.

이곳은 그녀의 세계였다. 바로 이곳, 수술실, 소독실, 의료용품 보관실, 중환자실, 수술 절차들. 물론 와이거트가 말한 방식은 아니지만, 그녀가 **분명** 이 세계를 창조했다. 의대에 가고 인턴을 거쳐 신경외과 펠로우 과정을 선택함으로써 이 세계를 만들어 냈다. 전혀 다른 길을 선택해서 의학 연구자나 생물학 교수, 변호사, 심지어 범죄자가 될 수도 있었다. **아니면 정육점 주인, 제빵사, 촛대 장인, 용접공, 군인, 스파이도 될 수 있었다.**

모두가 자신이 살아가는 세계를 창조하고 있었다.

그리고 사람들은 자신의 현실을 바꿀 수 있었다. 평생 의존해 왔던 캐로에게서 독립하면서 엘렌은 이미 자신의 현실을 바꿨다. 로레인도 필사적으로 화려함을 추구하던 모습에서 자신감 있고 차분한 모습으로 바뀌었다. 캐로 또한, 트레버를 마음속으로 받아들이면서 현실을 깊이 변화시켰다. 그리고 소셜 미디어는 날마다 현실을 바꾸어 놓았다. 페어레이 메모리얼에서 성희롱 청문회가 열린 후 그녀의 현실을 바꿨고, 〈60 미닛츠〉 방송 이후 연구 단지의 현실도 바꾸고 있었다.

그러나 그 어떤 변화도 와이거트의 이론이 그녀의 세계를 완전히 뒤집어 버렸다는 사실을 지울 수 없었다. 저 흉물스러운 주황색 의자와 그것이 의미하는 모든 것이 갑자기 위험하기만 한 심연처럼 느껴졌다. 그 심연을 뛰어넘어 확신이 없는 대의를 위해 쉬운 수술을 하면서 트레버와 함께, 프로젝트와 함께 케이맨 브랙에 남을 것인가? 아니면 안정된 길을 택하고 다시 페어레이 메모리얼로 돌아가 힘든 수술과 장거리 연애를 감당할 것인가?

　트레버는 그녀를 떠나지 않을 것이다. 이제 그녀도 알고 있었다. 하지만 정작 떠나는 쪽은 자신이 되지 않을까?

　그리고 더 나아가, 줄리안과 트레버, 와이거트의 말처럼 이식으로 그 모든 일이 가능하다고 완전히 확신하지 못하면서 과연 이식 수술을 계속할 수 있을까? 혹은 그녀가 이미 천천히 관찰자의 우위성을 믿기 시작했지만, 그것은 현실을 선혀 다른 관점에서 바라보아야 한다는 의미이기에 그 믿음을 무의식적으로 거부하고 있던 것은 아닐까? 사실 이것이 가장 두려운 생각이었다.

　캐로는 병실 침대에 앉아 흉측한 주황색 의자를 한참 동안 바라보았다. 그녀는 병실을 나서는 순간조차도 여전히 답을 알 수 없었다.

50

 와이거트는 자신의 책에 대해 날카롭고 수준 높은 질문을 보내온 하버드의 어느 물리학자에게 그에 걸맞은 답을 주기 위해 책상에 앉아 답변을 작성하고 있었다. 와이거트가 받은 질문 대부분은 예리하기는커녕 어처구니없는 것들이었다. 심지어 인정받는 과학자들조차 너무나 자명한 부분에서 논점을 흐리곤 했다. 그는 일일이 대응하지 않고 무시했다.

 또한 그는 지난주부터 연구소를 둘러싼 소란을 애써 무시하려 했다. 밖에서는 사람들이 이식을 받게 해 달라고 아우성을 쳤고, 내부에서는 일부가 '이곳이 너무 위험해졌다'며 떠나기로 하는 와중에도 흥분 속에 다양한 계획들이 논의되었다. 제임스는 계속해서 신규 직원을 면접 보고 채용했으며, 줄리안네 기술팀은 그들의 신원 조사를 하느라 정신없이 바빴다. 줄리안은 더 많은 언론사와 접촉하며 동시에 더 많은 의료진을 영입하기에 여념이 없었다. 빌 해거티와 다른 변호사 세 명이 1구역에 머물고 있었고, 단지에 점점 방이 모자라기 시작했다. 구내식당에서는 밤마다 술자리가 벌어지는 분위기였다.

그리고 그 지긋지긋한 회의들! 리얼리티체크의 공동 책임자로서 그와 줄리안은 매일 변호사들, 섬 당국 관계자들, 금융 전문가들, 그리고 FBI와 회의를 이어갔고, 결국 두 손을 든 와이거트는 줄리안에게 일을 알아서 처리하고 서류에 서명할 때만 알려달라고 했다.

누군가 문을 두드렸다. 또 다른 편지를 든 제임스였다. "국제 특송으로 해외에서 온 편지입니다. 아, 그리고 줄리안이 당장 보안실에서 뵙자고 합니다."

와이거트는 편지를 펼쳤다. 손 글씨로, 그리고 프랑스어로 쓰인 편지였다. 감이 무뎌지긴 했지만, 한때 프랑스어에 능통했기에 읽으면서 해석하는 데는 별 어려움이 없었다.

와이거트 박사님께

박사님의 업적을 기리고, 또 경고의 말씀을 전하고자 글을 씁니다. 박사님의 책을 읽어 보았고, 과학계는 물론 일반 사람들 사이에서 상당한 파장을 일으키고 있는 듯합니다. 비록 아직 완전하지 않더라도 실로 경이로운 연구입니다. 박사님께서는 충분히 찬사를 받을 자격이 있습니다. 그러나 더 많은 실험적 검증이 필요한 부분에 대해서는 우려를 표하지 않을 수 없습니다. 그에 대한 제 견해는 하단에 구체적으로 적어 두었습니다.

　　말씀드릴 경고는 이것입니다. 박사님은 이 연구로 인해 과학계 일부로부터 거센 비난을 받게 될 것입니다. 작은 허점도 크게 부풀려질 것이고, 논리적 결함이 부각되며, 반례가 필요 이상으로 강조될 것입니다. 능력이 부족하여 당신의 업적을 시기하는 학자들, 진정 어린 의구심을 느끼는 동료들, 그리고 특히 기존의 학문적 체계를 지키려는 물리학자들의 반발이 심하겠지요. 이미 플랑크 연구소의 디트리히 피셔 박사가 반박문을 작성 중이며, 제가 본 초안은 사실상 노골적인 공격에 가깝더군요.

　　박사님께서 이런 공격들을 무시하기는 어려울 것입니다. 그럼에도 불구하고, 저는 박사님께서 실험 물리학자들과 협력하여 핵심을 검증하거나 보완하면서 이론을 계속 다듬고 발전시키시길 진심으로 바라고 있습니다. 박사님의 연구는 중단되기에는 너무나도 중요한 의미를 가지니까요.

　　아직 직접 인사를 드리지는 못했습니다. 저는 건강상의 이유로 이동을 자제하고 있지만, 혹시라도 가까운 시일 내에 파리에 오실 일이 있다면 기꺼이 만나 뵙고 싶습니다.

　　아래는 제가 이견을 갖고 있는 주장들입니다. 35페이지에서, 박사님께서는······.

　　뒤이어 많은, 훨씬 많은 페이지에 걸쳐 내용이 빼곡히 적혀 있었고, 와이거트는 그것을 반복해서 주의 깊게 읽었다. 그는 그제서야 가느다란 필체로 쓰인 서명을 확인했다. 장 뤽 푸르니에, 2년 전반물질 비대칭성에 대한 연구로 노벨상을 수상한 세계적으로 손꼽히는 물리학자였다.

장 뤽 푸르니에가 그의 이론을 높이 평가하고 있었다.

로즈, 드디어 시작됐어.

그럴 줄 알았어, 여보.

와이거트는 푸르니에에게 답장을 쓰기 위해 다시 자리에 앉았다. 막 첫 문장을 쓰려던 찰나, 제임스가 다시 문을 두드렸다. "박사님? 보안실 회의요."

와이거트는 인상을 쓰며 귀중한 편지를 책상 위에 내려놓았.

트레버, 캐로, 에이든이 줄리안과 함께 서서 화면에 커다랗게 확대된 캐플로우 요원의 얼굴을 보고 있었다.

"조지 박사님, 캐플로우 요원이 저희 모두에게 전할 말이 있다고 합니다."

그녀가 말했다. "와이거트 박사님, 이 사람을 본 적 있으십니까?" 다른 화면에 사진 한 장이 떠올랐다.

"모르는 사람입니다." 와이거트가 말했다. 20대나 30대 초반으로 보이는 젊은 남자가 정문 밖에 깔린 수많은 잔디 의자 중 하나에 앉아 있었다. 그는 무릎 위에 비디오카메라를 올려놓고 있었다. "기자인가요?"

"기자인 척하는 겁니다. 저희는 연구 단지의 감시 영상에서 그의 신원을 확인했습니다. 아주 위험한 증오 단체 소속이더군요."

"누구를 증오하는 겁니까?" 와이거트가 물었다.

캐플로우 요원이 입을 열기도 전에 줄리안이 끼어들었다. "증오하지 않는 사람이 없죠. 하지만 지금으로선 저희입니다."

"하지만…… 왜?"

줄리안이 짜증 섞인 목소리로 대답했다. "온라인이랑 뉴스에서 리얼리티체크에 대한 논란이 얼마나 시끄러운지 모르시는 건 아니시죠?"

"보지 않았네."

"조지 박사님, 바깥에서 벌어지는 일을 그냥 무시하실 수는 없어요! 대중의 반응이 저희가 여기서 하는 일에 직접적인 영향을 준다고요!"

"모를 리가 있나." 와이거트가 필요한 경우에만 꺼내 쓰는, 줄리안에게는 좀처럼 쓰지 않는 말투로 대꾸했다. 로즈는 항상 그것을 '쓸데없이 뻔한 얘기 좀 하지 말라는 말투'라고 부르곤 했다. 줄리안의 얼굴이 살짝 붉어졌다.

캐플로우 요원이 나섰다. "이 남자가 이곳을 공격할 준비를 하며 정보를 수집하고 있었을 가능성이 있습니다. 저희는 관련된 대화를 감청했으며, 내부 정보원도 확보하고 있죠. 게다가, 스타일로메트리 분석을 통해 여러분을 겨냥한 가장 심각한 온라인 협박과 해당 증오 단체에서 나온 메시지 사이에 동일한 패턴을 확인했습니다."

"스타일로메트리 분석이요?"

"메시지에 사용된 단어와 그 기저의 컴퓨터 코드까지 분석하는 통계적 기법이에요." 에이든이 설명했다.

캐플로우 요원이 말했다. "가짜 기자가 속한 단체는 스스로 '종말의 예언자들'이라 칭하고 있습니다. 백인 우월주의자들과 정신 나간 종교 근본주의자들이 결합한 국내 테러 조직으로, '요한 계시록'을 멋대로 해석하고 그와 어긋나는 것들을 무조건적으로 증오하죠. 정통 기독교 교단들은 이미 이들을 이단으로 간주하고 있습니다. 해외의 암호화된 사이트를 통해 활동하며, 현재까지 확인된 조직원은 안타깝게도 미국과 범죄인 인도 조약을 맺지 않은 모잠비크에 있는 한 명뿐입니다.

또한 저희는 이들이 미주리의 정신과 의원과 캘리포니아의 불교 수도원을 대상으로 발생한 두 건의 드론 폭탄 테러의 배후일 것으로 보고 있습니다."

와이거트가 놀라서 되물었다. "정신과 의원을요?"

"정신과 치료에서는 악마가 씌었다는 것이 아닌 다른 원인을 찾고자 하니까요."

에이든이 말했다. "그러면 학살의 세계 창조는요?"

"곧 추가로 용의자들을 체포하고 해당 웹사이트를 영구적으로 폐쇄할 수 있을 것으로 생각됩니다. 하지만 우선 종말의 예언자들과 관련해 정보와 진행 상황을 공유하고 경계를 늦추지 마실 것을 말씀드리는 겁니다. 예를 들자면 와이거트 박사님, 어제 커피를 들고 주거동 정원으로 나가 개방된 공간에서 피크닉 벤치에 앉아 계셨죠. 박사님께서는 표적이 될 가능성이 높으니 그런 행동은 위험합니다."

와이거트가 성악하며 물었다. "우리가 언제 어디서 뭘 하는지 다 안다는 겁니까?"

"개방된 공간이라면요. 그러니까 조심하세요."

와이거트는 속으로 생각했다. **'커피가 아니라 차였는데.'**

FBI도 모든 걸 다 아는 건 아니었다.

캐플로우 요원이 말을 이었다. "이 증오 단체는 생긴 지 몇 년 밖에 안 됐지만, 이미 국제적인 규모로 성장했고 상당한 자금을 확보하고 있습니다. 적어도 모잠비크에서는 군용 암시장에서 구한 첨단 기술을 활용하고 있다는 것이 확인되었죠."

캐로가 말했다. "그래도 그렇지, 어떻게…… 줄리안 씨, 그 새로 설치한 경보 시스템이면 카메라 드론 정도는 탐지할 수 있지 않나요? 드론이 단지 위에 도달하기 20초 전에 경고가 울린다고 했잖아요."

캐플로우 요원은 대답하지 않았지만, 대신 트레버가 날카로운 시선을 화면에서 거두지 않은 채 입을 열었다. "군 위성 감시망을 무단으로 이용할 정도의 기술력이 있다면 굳이 카메라 드론이 필요하지 않을 수도 있어요. 아프리카에서 일할 때 한 번 그런 일이 있었죠. 어떻게 생각하십니까?"

"지금 말씀드릴 수 있는 건 여기까지입니다." 화면이 꺼졌다.

"맙소사." 캐로가 말했다. "군사 감시망까지 사용한다면 암시장에서 군용 무기도 손에 넣었을지 몰라요."

"그냥 조심하는 수밖에요." 와이거트는 오랜 시간 지켜본 줄리안이 이토록 무력하게 말하는 모습은 처음 보는 것 같았다.

회의가 끝나고, 와이거트는 캐로와 트레버의 뒤를 따라 보안실을 나왔다. 장 뤽 푸르니에가 보낸 편지에 대해 이야기해야 했다. "제 방에서 두 분께 뭘 좀 보여 드려도 될까요?"

캐로가 따뜻한 미소를 지으며 답했다. "그럼요. 뭔데요, 조지 박사님?"

"**굉장한** 겁니다." 그가 말했다. "어서 가시죠!"

51

와이거트는 몹시 피곤했다. 그는 답변할 가치가 있는 물리학자들에게 편지를 쓰고, 그렇지 않은 사람들에 대해 분개하는 데도 거의 같은 에너지를 허비하며 일주일을 보냈다. 당연히 반발이 있으리라 예상했지만 이런…… 이런 무분별한 증오까지는 생각하지 못했다. 물리학에 대해 단 한 번도 생각해 본 적 없고 지금도 완전히 오해하고 있는 무지한 일반인들이, 종말의 예언자들 같은 반사회적 집단이(시간이란 결국 의식의 산물에 불과하다는 점을 고려하면 아이러니한 이름이었다!), 그리고 무엇보다도 물리학자들이 이런 비합리적인 적대감을 표할 줄이야.

로즈가 보고 싶었다.

3구역 회의실에서 줄리안과 에이든, 캐로가 efMRI 화면 속 뇌 매핑 데이터를 분석하고 있었다. 캐로가 말했다. "바바라와 제가 생각하기엔, 이 단면의 색상을 좀 조정해 주시면 저희가―오셨어요, 조지 박사님!"

"안녕하신가요, 캐로 박사님. 줄리안, 로즈와 세션을 하고 싶네. 자네나 에이든이 혹시―" 그는 말을 마치지 못했다.

귀를 찢을 듯한 시끄러운 소리가 방 안을 가르며 퍼졌고, 동시에 휴대 전화들이 요란하게 울리기 시작했다. 캐로가 당황스러운 표정을 짓고 있는 것으로 보아, 휴대 전화는 줄리안과 에이든의 것이 틀림없었지만…… 두 사람 모두 휴대 전화를 집지 않았다.

그들은 자리에서 튀어 오르듯 일어났다. 에이든은 너무 급하게 움직인 나머지 의자가 뒤로 넘어진 것도 개의치 않고 세션 컴퓨터로 돌진했다. 누구도 작동시키지 않았는데 화면이 저절로 켜져 있었다.

여전히 울려 퍼지는 소음 속에서 캐로가 소리쳤다. "단지가 공격당한 건가요?"

"모르겠습니다." 와이거트도 큰 소리로 답했다. 이런 소리는, 비슷한 소리조차도 들어본 적 없었다. 귀가 먹먹해지고 귓가를 할퀴는 불협화음 같은…… 그러나 줄리안과 에이든은 전혀 공격받은 사람 같지 않았다. 그들은 환하게 켜진 세션 화면 앞에 서 있었고, 에이든이 거대한 기계를 향해 떨리는 손을 뻗으며 마치 그것이…… 그것이 어떻다는 거지?

와이거트와 캐로는 혼란스러운 눈빛을 주고받았다. 그들도 줄리안과 에이든의 뒤로 가서 텅 빈 화면을 주시했다. 이 경보음은, 분명 경고일 것이다. 하지만 대체 왜? 무엇을 경고하는 거지?

소음이 갑자기 멎었다. 화면에 점이 하나둘 떠오르기 시작했다. 그 외에는 아무것도 나타나지 않고, 오직 흰 바탕에 검은 점 다섯 개가 찍혀 있었다.

· · · · ·

줄리안이 세션 침대 끝에 주저앉더니, 몸을 거의 반으로 구부리고 머리를 두 손으로 감쌌다. 그의 어깨가 들썩이며 떨렸다. 그가, 줄리안이, 울고 있었다.

에이든은 눈을 어찌나 크게 떴는지 눈동자보다 흰자위가 더 많이 보일 지경이었고, 입꼬리가 위아래로 경련하는 것처럼 씰룩대고 있었다.

에이든이 줄리안의 어깨에 손을 얹으려고 하다 어색해서인지 그를 존중해서인지, 머뭇거리며 다시 손을 내렸다. 반면 캐로나 와이거트는 주저하지 않았다. 캐로가 줄리안 옆에 무릎을 꿇고 그의 팔에 손을 올렸다. 와이거트도 다가와 줄리안을 일으켜 세웠다.

"저게 대체 뭔가? 무슨 일이 일어난 거야?"

줄리안은 흩어진 퍼즐 조각을 맞추듯 조금씩 감정을 추스르며 평정을 찾았다. 그러나 와이거트의 물음에 대답한 것은 에이든이었다.

"와이거트 박사님…… 보세요." 그가 화면을 가리켰다.

"저게 뭔가?"

줄리안이 말했다. "왓킨스 박사님이요."

"뭐?"

줄리안은 한마디 한마디를 뱉을 때마다 점점 평소의 모습으로 돌아오면서 숨겨왔던 모든 것을 쏟아 내기 시작했다.

"왓킨스 박사님이 아직 실험에 또 다른 변수를 추가하는 걸 박사님이라면 절대 허락하지 않을 거라고 생각하셔서 말씀드리지 못했어요. 새로운 가설을 적용하는 것, 그리고…… 그 이상을요. 에이든과 저만 알고 있었고, 아무 일도 없었다면, 실험은 그냥 저희 선에서 끝났을 거예요. 하지만 왓킨스 박사님과 저는—"

"무슨 실험을 한 거야? 당장 설명해!"

"설명해 드리고 있잖아요! 왓킨스 박사님과 저는 칩에 추가적인 코드를 삽입했어요. 그분은 세션 중에 우리보다 더 앞선 기술이 존재하는 우주를 창조하셨어요. 물론 구체적인 건 아니었죠. 모르는 것을 창조할 수는 없으니까요. 그냥 큰 틀만 만드셨어요. 그 외의 것들은 그분이 영구적으로 그곳에 가신 이후의 일이었죠."

영구적으로.

줄리안이 말을 이었다. "왓킨스 박사님이 돌아가신 이후에도 그분의 의식이 새로운 우주를 창조할 수 있다면 중첩된 가능성의 구름 속에서 입자를 조작하는 물리적 원리를 연구하려 하셨어요. 어쨌든 결국에는 그분의 의식이 두 개의 우주를 모두 창조한 셈이니까요. 그 중첩된 가능성 속에서 픽셀을 조작해 저곳에서 이곳으로 이동시킬 수 있는지 확인하고 싶으시다고—"

"잠깐." 와이거트가 의도했던 것보다 더 거칠게 그의 말을 끊었다. "'이곳'이나 '저곳' 같은 건 없어."

"그렇죠. 그냥 왓킨스 박사님이 뭘 하셨는지 간단하게 설명하려고 그렇게 표현한 거예요. 그리고 박사님은 **성공하셨어요**. 물리학적으로 제 능력 밖이라 어떻게 하셨는지는 몰라도, 보낼 수 있으면 이 신호를 보내기로 미리 정해 뒀었거든요. 모스 부호예요. 점

두 개 그 다음은 점 세 개. 'I 띄고 S', 그러니까 'I Sam(나 샘)'이라고 보내신 거예요. 왓킨스 박사님은 그곳에 살아계세요."

캐로가 숨이 막힌 것처럼 혼란스러운 신음을 흘렸다.

와이거트는 점 다섯 개를 응시하며 방이 빙그르르 돌다가 균형을 되찾고, 이내 다시 흔들리는 느낌이 들었다. 이게 정말 사실일까? 갑자기 줄리안과 에이든이 컴퓨터 앞에서 무언가 논의하다가 그가 들어서면 급히 입을 다물던 순간들이 떠올랐다. 사이버팀에서 자신이 들은 것보다 더 많은 일이 진행되고 있는 것 같다는 의심이 들었던 순간들이 있었다.

왓킨스는 매우 비범한 사람이었지만…… 물리학자는 아니었다. 분기된 우주 속에서 그와 함께 이 메시지를 만든 누군가, 와이거트조차 불가능하다고 생각했던 일을 해낼 수 있는 누군가가 있어야 했다. 아직 기존의 사고방식에 얽매이지 않은 젊은 물리학자……

우주를 넘어 전달된 메시지……

그 순간 와이거트는 앞으로 어떻게 하면 그가 해낸 것을 자신이 성취한 틀에 끼워 넣을 수 있을지 연구하는 데 남은 인생을 바치게 될 것이라는 맑고 투명한 크리스털처럼 명확한 깨달음을 얻었다. 그러나 아직은 아니다. 우선 해결해야 할 일이 있었다.

줄리안은 말했나. *왓킨스가 죽은 후에도 그의 의식이 새로운 우주를 창조할 수 있다면.* 그는 이런 말도 했다. *구체적인 것들은 그가 영구적으로 그곳에 간 이후의 일이라고.* 하지만 그러려면 왓킨스는 '추가적인 코드'가 들어갔다는 칩이 작동 중이었던 세션 중간에 죽어야 했다.

그런데 줄리안은 왓킨스가 분명 세션이 끝난 후에 사망했다고 와이거트에게 단언했었다.

"줄리안." 와이거트가 차갑고 단호한 목소리로 물었다. "자네가 샘이 세션 중에 사망하도록 독을 투여했나?"

"아닙니다." 줄리안이 말했다. 그러더니 거머리가 말을 입 밖으로 빨아내기라도 한 듯 실토했다. "박사님이 직접 주사를 놓으셨어요."

"하지만 자네가 독을 구해 줬겠지. 자네가 도운 거야."

캐로가 무거운 숨을 내쉬었다. 줄리안은 아무 말도 하지 않았다. 자신의 죄를 인정하는 꼴이 되지 않도록, 불필요한 기록으로 남지 않도록. 그러나 그의 눈만은 와이거트에게 진실을 이야기하고 있었다.

에이든의 말이 터져나왔다. "왓킨스 박사님의 생각이었어요."

"그래." 와이거트가 자신도 놀랄 만큼 차분하게 대답했다. "샘이라면 그랬겠지."

에이든이 계속 이야기했다. "박사님은 시간이 얼마 남지 않았다는 걸 아셨고 그래서―"

"그만." 줄리안이 그 젊은이의 팔을 세게 움켜쥐며 말했다. "그만 말해, 에이든."

"괜찮아, 줄리안." 와이거트가 말했다. "분명 샘의 결정이었을 거야. 내가 다르게 말할 일은 없네. 샘도 내 입에서 다른 말이 나오길 바라진 않았을 거야." *그리고 내가 입을 열면 자네는 자살 방조죄로 처벌받을 수도 있겠지.*

줄리안이 와이거트의 표정을 살피더니 조용히 고개를 끄덕였다. "저희가 박사님을 잘못 봤던 것 같군요."

줄리안이 자신을 어떻게 봤는지는 아무래도 상관없었다. 와이거트는 다시 다섯 개의 점을 응시했다.

줄리안이 고개를 돌렸다. "캐로 박사님?"

"어차피 독극물 주사가 있었는지 밝혀낼 방법도 없다는 거 아시잖아요."

"밝혀내고 싶으세요?"

그들은 결투를 앞둔 듯한 눈빛으로 서로를 노려보았다. 캐로가 천천히 대답했다. "아니요. 그럴 생각 없어요. 밝힌다고 무슨 도움이 되겠어요? 할아버지는 이미 돌아가셨어요. 할아버지께서 스스로 선택한 길이었다는 것도 이제는 믿어요. 과학적 발견을 위해 목숨을 걸고 실험한 게 할아버지가 처음도 아니고요. 그리고 이 프로젝트에 살인 혐의가 또 하나 추가되는 것만큼은 피해야 하지 않겠어요?"

줄리안이 말했다. "전과는 입장이 달라지신 것 같네요."

"네. 관점은 바뀌는 법이에요, 줄리안. 지금쯤이면 당신도 이해할 줄 알았는데요."

와이거트는 그들의 대화를 흘려들었다. 머릿속이 바삐 움직이고 있었다. 만약 이 우주 간 교신이 사실임을 증명할 수만 있다면, 세상은 완전히 바뀔 것이다. 만약. 경험담은 증거가 되지 않았다. 과학적으로, 수학적으로 이를 증명하려면 와이거트뿐만 아니라, 신선한 사고방식을 지닌 젊은 물리학자들의 군단과 소프트웨어 엔지니어들의 부대가 필요할 것이다.

그럼에도 불구하고, 와이거트는 이미 이 기이하고 믿기 어려운 일이 사실임을 그의 낡아빠진 뼈가 저리도록 느끼고 있었다. 실제로 일어난 일이다. 그와 함께 옥스퍼드에서 술에 취했던, 그의 결혼식에서 신랑 들러리를 섰던 새뮤얼 루이스 왓킨스가 마침내 자신이 처음부터 계획했던 일을 해낸 것이었다. 샘 왓킨스는 죽음을 피해 갔고, 그것을 증명할 방법까지 찾아냈다.

"다시 한번 말해 줘요." 줄리안의 격렬한 목소리에 와이거트는 순간 깊은 생각에서 빠져나왔다. 그가 화면에서 시선을 돌렸다. 줄리안이 파란 눈동자에서 레이저가 나올 듯 캐로를 뚫어지게 쳐다보았다. 왜지? 무슨 말을 다시 하라는 거지?

"결정을 내렸다고요. 저게 정말 할아버지라면, 전 알아야 해요. 정확히…… 이게 다 뭔지. 방금 일어난 일에 대해 이해하지 못한 채로는…… 이 프로젝트를 그만둘 수 없어요. 남을게요, 줄리안. 1년 더 여기 있을게요."

그녀는 몸을 돌려 세상을 뒤흔들 힘을 가진 다섯 개의 점을 바라보았다. 와이거트는 그녀의 얼굴에서 희망과 두려움, 경외감과 회의, 그리고 갈망을 보았고, 자신 역시 거울처럼 똑같은 표정을 짓고 있을 것임을 알고 있었다.

새뮤얼 루이스 왓킨스는 앞서간 무수히 많은 이들이 시도했으나 아무도 이루지 못한 일을 해냈다. 육체적 죽음을 경험한 뒤 남겨진 이들에게 위안의 메시지를 전하는 것.

52

 그들을 제외하고 점 다섯 개에 대해 들은 사람은 트레버뿐이었으며, 이는 캐로가 프로젝트에 남는 조건으로 내건 것이었다. 다른 사람들을 위해서라도 비밀로 하는 것이 나았다. 와이거트는 이 새롭고 더욱 급진적인 물리학적 변화를 수식으로 정리할 시간이 필요했다. 줄리안은 프로젝트 진행이 복잡해지거나 차질이 생기는 일이 없길 바랐다. 에이든은 뭐든 줄리안의 뜻에 따랐다.

 캐로보다 훨씬 수학을 잘 이해했던 트레버는 와이거트와 함께 많은 시간을 보냈다. "저는 그냥 조지 박사님 생각을 들어 드리는 역할이에요." 또 긴 하루가 끝난 저녁, 드레비기 그녀의 방에 들러 이야기했다. "그래도 조지 박사님은 그게 제일 필요하다고 하시더라고요."

 "고생이 많네요." 캐로가 말했다. "저는 여기 남기로 한 선택에 관해 얘기하고, 조지 박사님은 물리학 얘기를 하시고, 또 엊그제는 제임스가 당신을 붙잡고 기술팀 사람들이 설거지통에 접시를 아무렇게나 던진다고 불평하는 걸 가만히 들어주는 모습도 봤어요."

"다 중요한 얘기죠." 그가 말했다. "음, 어쩌면 제임스의 깨진 접시 얘기는 빼야 할지도. 그런데 왓킨스 박사님의 메시지 말이에요. 아니다, 또 시작 안 할래요. 충분히 이야기했으니까."

"글쎄요." 그녀가 천천히 대꾸했다. "아무리 이야기해도 충분하지 않을 것 같아요. 너무 거대한 일이라."

"그래도 오늘 밤은 안 돼요." 그가 그녀에게 키스하고 방을 나갔다.

오늘 밤에는 와이거트의 옆에서 생각을 들어줄 사람이 없을 것이다. 트레버는 이미 종일 그와 시간을 보냈고, 캐로는 새로운 외과 의사 리사 커밍스가 수술팀에 적응할 수 있도록 돕느라 바빴다. 키는 작지만 민첩하고, 자신감이 넘치지만 거만하지 않은 커밍스 선생은 중요한 질문만 정확히 골라서 물었다. 캐로는 그녀가 마음에 들었다. 그러나 오늘 밤만큼은 단지와 관련된 일에서 잠시 벗어나기로 했고, 여전히 문밖에 진을 친 기자들과 간절히 도움을 청하는 사람들, 각종 괴짜들 때문에 단지 밖으로 나갈 수 없었던 그들은 식당에서 저녁을 먹은 후 캐로의 방에서 휴가를 보내기로 했다. 비록 그녀가 단지에 잔류하게 된 것을 축하하는 의미였지만, 오늘 밤은 가벼운 농담이나 유혹적인 대화 외에는 금지였다.

캐로는 자신이 1년 더 프로젝트에 참여하기로 했다는 사실을 믿을 수 없었다. 그러나 더욱 믿기 어려운 것은 트레버를 두고 떠날 생각을 했었다는 것과 관찰자의 우위성에 대한 결론을 내리지 못한 채로 프로젝트를 그만둘 뻔했다는 것이다. 현실이 무엇이고 자신이 무엇이며 죽음이 무엇인지, 혹은 무엇이 아닌지를 아는 것 보다 중요한 게 있을까?

모스 부호 점 다섯 개가 그녀의 세계를 뿌리째 흔들어 놓았다. 하지만 어찌된 일인지 그 흔들림이 오히려 그녀를 더욱 깨어나게 했고, 세상을 더 생생하게 느끼도록 했다. 더 현실적으로, **새롭게**.

페어레이 메모리얼 병원 사람들이 지금의 달라진 캐로를 본다면 그녀를 알아볼 수 있을까? 물론 수년 간의 인턴과 레지던트 생활, 펠로우 과정, 엘렌과 아이들까지 예전의 기억은 그대로 남아 있었다. 그러나 그녀는 그 오랜 세월 걸어오던 길, 그녀가 스스로 닦아온 길에서 벗어나 '이곳에 용이 있다'*라고 쓰인 표지판을 지나서 신비로우면서도 두려운 미지의 길로 들어섰다.

"요즘 뭔가 달라 보여요. 더…… 뭐랄까…… 생기가 넘친다고 해야 하나." 바바라가 말했다.

"제가요?"

"네. 사랑의 힘이 참 위대하죠?"

농담하듯 던진 말이었지만, 바바라는 캐로를 변화시킨 것이 단순한 사랑 그 이상의 것이라는 사실을 알고 있는 것처럼 의미심장한 표정을 지었다. 그녀는 바바라에게도 다섯 개의 점에 대해 말하고 싶었지만 줄리안과의 약속을 떠올리며 끝내 입을 다물었다. 그러나 바바라는 무언가 눈치챈 듯 식당 건너편에서 자기 손이 입에 음식을 넣고 있다는 것조차 모르는 것처럼 멍하니 점심 식사 중

---

*   Here be dragons, 초기 세계 지도에서 등장하는 문구로 잠재적인 위험이 존재하는 미발견 지역에 쓰인다.

인 와이거트를 힐끗 쳐다보았다.

"박사님 좀 봐요." 바바라가 나지막이 말했다. "과학계를 뒤흔든 사람이 저렇게 태연하게 앉아 계시네요."

캐로는 문득 바바라의 목소리에서 이전에 미처 알지 못했던 면이 느껴졌다. 늘 현실적이고 침착한 그녀는 이토록 세상의 신비와 경이로움을 깊이 받아들일 수 있는 사람이었다.

어쩌면 캐로는 누구도 제대로 이해하지 못했던 걸지도 모른다. 엘렌, 로레인, 줄리안, 심지어 트레버마저도 그녀가 알던 것보다 더 많은 면모를 갖고 있었다.

휴대 전화가 울렸다. 제임스였다. "박사님, 아브루초 선생님이 주문하신 고급 와인 상자가 방금 왔는데 전화를 안 받으셔서요. 혹시 옆에 계시면 '소프트웨어 개발자'들이" 그는 마치 그들이 악마의 자식이라도 되는 듯 힘주어 말했다. "또 깨부수기 전에 바로 오셔서 가져가시라고 전해 주시겠어요?"

"그럴게요. 고마워요, 제임스."

그녀는 막 1구역을 나가려던 트레버를 불러 제임스의 말을 전했다. 그는 씩 웃으며 1구역과 2구역 사이의 아치형 통로 아래로 사라졌다. 캐로는 방으로 돌아와 문을 열어 둔 채 안으로 들어갔다. 오후의 열기로 방 안 공기가 답답하게 느껴졌기 때문이다.

자그마한 녹색 도마뱀 한 마리가 빠르게 방을 가로질러 갔지만, 그녀는 이제 도마뱀쯤은 신경 쓰지 않았다. 이곳에서는 소셜 미디어처럼 사방에 깔린 게 도마뱀이었다. 캐로는 트위터 같은 걸 전혀 보지 않았지만, 엘렌은 계속해서 링크를 보내왔다. '**리얼리티 체크가 인터넷에 도배됐어! 이거 봐! 백만 명 넘게 읽었대!**'

드본은 그녀가 페어레이 메모리얼에 지원하지 않아 아쉽지만, 그녀의 선택을 완전히 이해한다고 했다. 그러나 사실이 아니었다. 점 다섯 개가 나타난 이후로, 와이거트조차 어떤 것도 완전히 이해할 수 없었으니까.

도마뱀이 한 마리 더 나타났다. 도마뱀들의 습격인가? 아니었다. 그 두 번째 도마뱀은 방향을 틀어 문밖으로 도망쳤다.

엘렌에게 케일라가 그린 그림을 첨부한 이메일이 왔다.

이모 안녕!
이건 나랑 플러피랑 엄마랑 댄 그림이야.
답장 써 저! 친구 케일라 켐프가.

케일라는 맞춤법보다 그림에 소질이 있었다. 그림 속에는 반바지를 입고 러플이 달린 보라색 티셔츠를 입은 케일라를 알아볼 수 있을 만큼 자세히 그려져 있었다. 그리고 입에 빽빽이 장난감을 문 플러피와 맨발에 여름용 원피스 차림의 엘렌, 수염이 덥수룩한 키가 크고 금발인 남자도 있었다. 남자와 엘렌은 손을 잡고 있었다.

흠.

또 다른 도마뱀이 쏜살같이 방 안에 들어왔다. 캐로는 도마뱀을 잡아 밖으로 넌시고 문을 닫으러 했다. 그런데 찬훌히게 저믈어 가는 노을을 본 순간 그녀는 홀린 듯이 산책로로 나가 맨발로 밟는 시멘트의 시원한 감촉을 느꼈다. 타오르듯 하늘을 물들인 강렬한 빛깔은 빠르게 져버리는 열대의 태양과 함께 곧 사라질 것이었다. 잔디를 막 깎았는지 풀내음이 꽃향기와 어우러져 형언할 수 없는 한여름 밤 분위기를 자아냈다. 그때, 산책로의 불이 켜지면서 누군가 정원을 가로질러 자신에게 달려오는 모습이 보였다. 와이거트였다.

"캐롤라인 박사님! 푸르니에 박사가 또 편지를 보냈어요!"
"조지 박사님, 산책로 지붕 아래로 들어가세요!"

커다란 상자를 가슴에 꼭 붙여서 들고 있는 트레버도 2구역에서 나와 모습을 드러냈다.

띠! 띠! 띠!

줄리안이 드론을 탐지하기 위해 새로 설치한 보안 시스템 경보음이 정원에, 하늘에, 온 세상에 울려 퍼졌다. 와이거트는 나이에 비해 날렵하게 몸을 움직여 지붕이 덮인 산책로로 재빨리 돌아갔다. 줄리안은 경보 시스템이 드론을 감지하고 20초의 시간이 주어진다고 했다. 트레버는 와인 상자를 안고 나무 아치 아래로 몸을 피했다.

20초는 없었다. 드론도 없었다.

미사일이 아치형 통로를 강타하며 폭발이 일어났다. 이미 트레버를 향해 달려가고 있던 캐로는 일순간 자욱하게 핀 연기와 공중으로 튀어 오른 파편 때문에 아무것도 볼 수 없었고, 오로지 나무가 갈라지고 유리가 산산조각나는 소리, 누군가의 비명만이 들릴 뿐이었다. 충격파가 그녀를 바닥으로 내던졌고, 날아온 파편들이 하반신을 사정없이 때렸다. 그녀는 통증에 몸부림치면서도 이를 악물고 파편 위를 기어 트레버에게 다가갔다. 저 비명이 트레버의 것이길, *제발 아직 살아있길—*

가까스로 그에게 닿았을 땐, 이미 그가 숨을 거둔 후였다.

어느새 다른 사람들이 몰려들었다. 다른 사람이라니? 누구지? 뭘 하는 거지? 하지만 그런 건 아무 상관 없었다. 트레버가 처참한 시신이 되어 피와 와인, 금속 파편과 깨진 유리 조각들 사이에 널브러져 있었다.

캐로는 그의 곁에 몸을 웅크렸고, 공기를 가르는 끔찍한 소리가 다름 아닌 자신의 입에서 터져 나오고 있음을 깨달았다. 낯선 손길이 그녀를 안전한 곳으로 끌어냈다. 왜? 안전 따윈 없었다. 빠르게 어두워지는 하늘 아래, 모든 색을 잃어 가는 세상 속에서 그녀에겐 오직 죽어 버린 트레버만이 남아 있었다. 그가 없다.

"박사님도 다쳤어요." 누군가 말했다. 아무 의미도 없는 소리였다. 당연히 다쳤다. 부서지고, 찢어졌다. 트레버가 죽었다.

"—빌어먹을 **미사일** 공격이라니—"

"트인 곳에 있으면 안 돼요!"

"—머리에 맞아서—"

"—그대로 관통하고—"

말뿐이었다. 말, 의미 없는 말이 계속해서 이어졌다. 누군가 그녀를 잡았다.

"찰과상과 열상입니다." 누군가 말했다. "머리에도 피가 묻었고요."

그녀는 산책로 지붕 아래 있었다. 반쯤 떠밀리고 반쯤 끌려가며 트레버에게서 멀어지고 있었다. "이거 놔요!" 캐로는 거칠게 뿌리치고 트레버의 시신으로 다시 달려갔다. 그의 맥박을 확인하고, 심폐소생술을 시작하려 했다.

"캐롤라인." 그녀를 부르는 낮고 조용한 목소리가 들렸고, 와이거트가 뜻밖의 강한 힘으로 그녀를 번쩍 일으켜 세웠다. 어디선가 사이렌 소리가 울렸다. "그만 가요, 캐롤라인."

"살려야 해요!"

"그럴 수 없어요. 캐롤라인, 같이 가요."

그녀는 미동도 하지 않았으나 곧 너무 늦게 찾아온, 꼭 아빠 같은 와이거트의 가슴에 얼굴을 묻고 흐느꼈다. 와인 향과 연기 냄새가 공기 중에 가득했다. 와이거트는 그녀를 트레버에게서 떼어 놓으려 했고, 이번에는 그녀도 순순히 따랐다. 정원은 사람들로 북적였다. 그녀는 어딘가에, 의자에 앉아 있었다. '루이 14세풍도 좀 괜찮은 것 같아요.' 그녀는 눕지 않으려 저항했고, 사람들이 어쩔 수 없이 그녀를 다시 다른 커다란 주황색 의자에 앉혔다. 그리고 랄프, 아니, 랄프가 아니라 새로 온 의사, 이름이 기억나지 않았지만, 그녀가 머리카락을 조심스럽게 헤치며 캐로의 머리를 살피고 있었다. 세상이 갑자기 달콤한 사과 속에 감춰진 예리한 면도날처럼 날카로우면서도 선명하고 끔찍하게 다가왔다.

그녀는 의사를 밀쳐냈다. "나 안 다쳤어요! 줄리안! 줄리안 어디 있어요? 당장 만나야 해요!"

"저 여기 있어요, 캐로 박사님."

어느새 나타난 줄리안의 모습이 어렴풋이 보였다. 줄리안, 그녀의 삶을 뒤흔들고, 구해 주고, 조종했던 사람이었고, 트레버를 그녀에게 데려다준 사람이었다. 줄리안과는 협상해야 했다. 이곳에서 그녀가 배운 것이 있다면 바로 그 사실이었고, 협상만이 트레버에게 돌아갈 길이었다.

그녀가 냉정하고 명확한 목소리로 말했다. "이식 수술을 받고 싶어요. 지금 바로."

아무도 입을 열지 않았다. 침묵이 이어지고 또 이어져 존재하지 않는 시간이 끝날 때까지 이어지는 것 같았다.

"제 말 못 들었어요? 지금 바로 이식해 줘요. 크게 다친 것도 아니고 정신도 멀쩡해요. 시작하세요." 그리고 새로 온 외과의를 향해 말했다. "소독해요. 몰리도 부르고요."

"캐로 박사님," 줄리안이 마침내 말했다. "좀 나중에 다시 얘기해요. 지금은 이곳 상황이―"

"지금이요!" 캐로가 소리를 지르며 주황색 의자에서 일어나는 순간, 극심한 고통이 덮쳐왔다.

복부. 찢어질 듯한 고통. **통증의 정도를 1에서 10 사이의 숫자로 표현할 때**…… 12, 아니, 15였다. 그녀는 간신히 한마디씩 내뱉었다. "피막하출혈…… 비장 근처…… **이식해요!**"

그리고 모든 것이 암흑으로 변했다.

그녀가 눈을 뜨자 누군가가 말했다. "더 넣어요!" 더 뭘 넣는다는 거지? 통증이 그녀를 짓눌렀다. 그때 마스크가 얼굴에 씌워지고 흐려지는 통증 속에 다시 의식을 잃기 전, 단어 하나가 떠올랐다. 수술실. 그녀는 수술실에 있었고―

다시 눈을 떴다. 하얀색, 하얀색의 천장이 보였다. 일어나 앉으려고 했지만 몸이 따라주지 않았다. 여전히 통증이 느껴졌지만, 먼 친척처럼 낯설고 멀게 느껴졌다. 머리를 움직일 수 없었지만 누군가 그녀의 손을 잡았다. 몰리의 얼굴이 시야에 들어왔다. "캐로 박사님?"

"어디…… 뭐가……"

"말씀드릴 수는 있지만, 기억 못 하실 거예요."

몰리의 말은 틀렸다. 캐로는 하나도 잊지 않았다. 기억이 한순간에 밀려들었고, 그녀가 눈을 크게 떴다. "트레버……."

"돌아가셨어요. 아시잖아요, 캐로 박사님. 하지만 박사님은 이곳 회복실에 계시죠. 쉬세요."

캐로가 숨을 몰아쉬었다. "이식해 줘요."

그녀가 세 번째로 깨어났을 때, 이번에는 의식이 또렷했다. 엘렌은 침대 옆에 앉아 휴대 전화를 들여다보고 있었다. 캐로가 눈을 뜨자, 엘렌이 휴대 전화를 떨어뜨리며 그녀의 팔을 와락 잡았다. "언니! 괜찮아?"

캐로는 질문을 이해할 수 없었다. 그녀가 물었다. "줄리안 씨는…… 어디?"

"불러올게."

엘렌이 나가고 카밀라가 다가와 그 자리에 앉았다.

캐로가 말했다. "이식해 줘요."

카밀라가 오랫동안 말없이 그녀를 바라보았고, 캐로는 그녀가 자신을 영혼까지 꿰뚫어 보고 있음을 느꼈다. 잠시 후 카밀라가 모니터로 시선을 돌리자, 캐로는 그제야 자신이 중환자실에 있으며 몸에 각종 튜브와 바늘, 전극이 붙어 있다는 것을 깨달았다. 그리고 카밀라는 줄리안이 아니라는 것도. 이식 수술을 결정할 수 있는 것은 줄리안뿐이었다. 하지만—

카밀라가 캐로에게 이미 아는 것을 설명하기 전에 리사 커밍스가 들어왔다. 그녀가 말했다. "무슨 일이 있었는지 알고 싶으시겠죠. 박사님은—"

"저는…… 이식을 원해요."

커밍스 선생의 눈에는 연민이 어려 있었다. "박사님은 방금 복부 수술을 받으셨어요. 지금 상태로는 또 다른 수술을 받으실 수 없을 거예요. 비장에서 출혈이 일어나 피를 많이 흘리셨어요. 복강에 피가 고였고, 결국 비장이 파열되었죠. 절개했을 때 피가 파도처럼 넘쳐흘렀다니까요. 박사님이 살아날 수 있을지도 장담할 수 없었고, 지금도 아직 예후가 불확실해요. 간신히 버티고 계신 거라고요."

"이식…… 해야 해요."

"박사님, 전 의사로서 사실을 알려드리는 거예요. 우선 정확히 아셔야—"

"제 결정이에요!"

"아니에요." 다른 목소리가 들려왔고, 줄리안이 나타났다. "박사님은 지금 너무 약한 상태라 수술을 감당할 수 없을 겁니다. 트레버 선생님이 계셨어도 박사님이 이런 위험을 감수하는 걸 원치 않으셨을 거고요."

분노가 끓어올랐다. **트레버까지 들먹이다니.** 끝까지 계산적으로 나오는 건가. 지금 줄리안은 리얼리티체크 때문에 외과의가 사망하면 이미지가 나빠질까 봐 걱정하는 걸까? 캐로는 머릿속 생각만큼 말이 잘 나오지 않는다는 것을 느끼며 힘겹게 말했다. "제…… 결정이라고요."

"사실, 그렇지 않아요." 줄리안이 말했다. "지금은 그런 결정을 내릴 수 있는 상태가 아니니까요. 추후에는 고려해 볼 수 있겠지만, 당장은, 그리고 건강 관리 위임장도 없는 상황이고―"

그때 엘렌이 말했다. "제 가방에 있어요."

줄리안은 마치 튕겨 나갈 정도로 빠르게 휙 돌아봤다. 한편 캐로는 고개를 돌릴 힘조차 없을 정도로 약해졌다는 사실에 충격을 받았다. 그러나 엘렌이 딸깍하고 가방을 여는 소리에 이어 그녀가 몇 년 전에 사인해서 동생에게 주고 아예 잊고 있었던 서류를 바스락거리며 꺼내는 소리가 들렸다.

줄리안이 최대한 설득력 있게 들리는 어조로 말했다. "엘렌 씨, 알아 두셔야 할 게―"

"이식해요." 엘렌이 단호하고 흔들림 없는 목소리로 말했다. 캐로는 그녀가 이런 목소리를 낼 수 있을 거라 예상하지 못했지만, 생각해 보면 당연한 일이었다. 엄마의 목소리였으니까. "여기 있는 건" 엘렌이 순간 멈칫하더니 서류에 쓰인 글자를 또박또박 읽었다. "'건강 관리에 대한 지속 위임장'이에요. 언니한테 이식해요. 최대한 빨리 트레버 씨를 다시 보고 싶어 하잖아요. 언니도 트레버 씨가 거기 있다는 걸 알아야 해요."

줄리안이 물었다. "커밍스 선생님? 선생님이 판단하실 문제 아닌가요? 의료적인 사유로 저 서류를 무효화할 수도 있는 거죠?"

커밍스 선생이 난감한 표정으로 말했다. "건강 관리에 대한 지속 위임장이 법적으로 꽤 강한 효력을 지닌 문서긴 하지만, 맞아요, 의사가 양심상의 이유로 반대하거나 치료가 의학적으로 부적절하다고 판단되면 따르지 않을 수 있어요."

줄리안이 다시 말했다. "자, 캐로 박사님, 아시겠죠…… 안타깝지만, 지금 수술받기엔 무리가—"

"그런데" 커밍스 선생이 그의 말을 끊었다. "저는 양심상 반대할 이유도 없고, 현재 상황을 고려했을 때 이 치료도 의학적으로 부적절하지 않아요."

줄리안이 그녀를 돌아보았다. "의학적으로 부적절하지 않다고요! 대체 어떻게 그런 말을—"

"줄리안 씨, 저를 채용하기 전에 이미 논의했잖아요. 새뮤얼 왓킨스의 사례를 들면서 그분이 얼마나 큰 위험을 감수하면서까지 이식을 선택하셨는지 설명해 주셨죠. 다른 후보들을 제쳐두고 저를 뽑으신 이유도 바로 의사가 신처럼 모든 걸 결정하는 게 아니라 환자의 결정을 최우선으로 해야 한다는 원칙에 제가 동의했기 때문이었고요. 캐로 박사님은 스스로 결정을 내릴 수 있는 상태고, 동생분이 건강 관리 위임장도 갖고 계세요. 그리고 저희가 이 연구단지에서 하는 일은 의학적 필요에 따르는 것이 아니기 때문에 '의학적으로 부적절하다'는 기준도 의미가 없어요. 그렇지 않나요? 박사님 상태가 조금만 더 안정되면 바로 이식을 진행하겠습니다."

캐로는 시간이 얼마나 흘렀는지, 이곳이 어딘지도 알 수 없었지만, 어차피 시간과 공간은 존재하지 않는다고 하지 않았나? 그녀는 과연 존재할까? 의식과 무의식 사이 경계를 넘나들며 희미하게 깜박이면서.

모두 **존재했었다.** 수술실이 존재했고, 그녀가 말할 수 있는 능력도 존재했다. 그녀는 사람들과 대화했었다. 줄리안과 엘렌, 그리고 나중에—시간이 얼마나 흐른 뒤였을까? 수술실에서 그녀 곁을 지킨 몰리와도. 그 모든 것이 존재했다가 더 이상 존재하지 않았다. 그녀 역시 거의 존재하지 않을 뻔했다.

깜박이는 의식의 안개 속에서 선명했던 것은 오직 하나였다. 트레버는 더 이상 존재하지 않았다.

아닌가?

누군가가 다른 누군가에게 말하고 있었다. 누가 누구에게 말하는 거지? "이식 수술을 견뎌내셨어요."

그리고 그 말들도 점차 사라졌고 캐로는 빛과 어둠 속을 떠돌기 시작했다.

희미한 빛, 어스름한 어둠, 그게 전부였다. 깜박깜박 그 사이를 오갔다.

53

"목표가 저였다고요?" 와이거트가 거듭 물었다.

"네, 그렇게 판단됩니다." 캐플로우 요원이 답했다.

그녀와 줄리안, 와이거트는 보안실 뒤편 회의실에 앉아 있었다. 조사에 관련된 다른 사람들도 왔었다. 이번 회의도 미사일 공격 이후 있었던 수많은 보고 중 가장 최신 브리핑일 뿐이었다.

'미사일'이라는 단어부터 시작해 와이거트는 아무것도 납득할 수 없었다. 캐플로우 요원이 미사일이라고 말할 때마다 와이거트의 머릿속에는 핵탄두, 히로시마, 쿠바 미사일 위기, 전략무기 제한 협상 같은 낡은 역사들이 스쳐 갔다. 하지만 캐플로우 요원이 말하는 것은 그와 달리 케이맨 브랙 연안의 배에서 발사되어 배에 탄 사람들이 정원에 나온 와이거트를 확인하고 유도한 미사일이었다. 트레버 아브루초를 죽이고 캐로에게 부상을 입힌 미사일이었다. 무기 암시장에서 거래되어 그를 증오하고, 리얼리티체크를 증오하고, 현실 자체를 파괴하려 할 정도로 증오하는 어느 믿기 힘든 단체가 사용한 미사일이었다.

와이거트가 말했다. "제 이론 때문이군요." 그 말을 뱉는 것조차 고통스러웠다. 모든 것이 고통스러웠고, 아무것도 이해되지 않았다. "왜 차라리 3구역을 파괴하지 않았을까요? 장비와 컴퓨터 기록들이 있는 곳인데."

캐플로우 요원이 대답했다. "기록은 사이버 공간에 백업되어 있을 것이고, 장비는 다시 만들거나 교체할 수 있으니까요. 반면 박사님은 대체될 수 없고, 종말의 예언자들은 박사님이 이론을 이용해 신의 계획을 거스르는 적그리스도라고 믿고 있습니다. 그들은 극도로 반과학적인 사고방식을 가지고 있죠. 미사일 잔해를 분석하고 그들의 통신을 감청한 결과, 박사님에 대한 공격뿐 아니라 메릴랜드의 유전 연구소 공격과도 연루되어 있다는 사실을 밝혀냈습니다."

통신. 와이거트가 이해할 수 없는 또 다른 단어였다. 와이거트가 아는 통신이란 곧 소통, 대화였고, 아버지가 대사로 일하던 시절 어머니가 손님들과 차를 마시며 나누던 것과 같은 이야기였다. 물론 캐플로우 요원이 말하는 것처럼 다른 의미도 알고는 있었으나, 머릿속이 흐릿하고 집중이 되지 않았다. 그에게 떠오르는 건 오직 중환자실에서 생사를 오가는 사투를 벌이는 캐로였다.

진정해, 여보. 머릿속에 떠오른 로즈의 말에 와이거트는 조금 진정되었다.

캐플로우 요원은 이미 전에도 설명했던, 와이거트에게 그리 중요하지 않은 세세한 내용을 또다시 늘어놓고 있었다. 군데군데

들리는 단어들이 우박처럼 쏟아졌다.

"―최신형 재블린 미사일―"

"―강철 탄두 케이스가 쪼개지며―"

"―해상 발사 전 표적을 고정―"

"―적외선 영상 감지 탑재―"

"조지 박사님, 듣고 계세요?"

"아니. 난 그들이 잡혔다는 사실만 알면 돼."

줄리안이 말했다. "학살의 세계 창조처럼 그들도 리코법에 따라 조직 범죄로 기소될 거예요. 그러니까―조지 박사님, 괜찮으신 거죠?"

"아니. 캐롤라인 박사에게 가겠네." 와이거트가 대답하며 자리에서 일어섰다.

줄리안이 말했다. "저도 같이 가요. 캐플로우 요원, 이제 끝난 건가요?"

끝났냐고! 이건 절대 끝나지 않을 것이다. 트레버 아브루초가 사망하고 캐로마저 위태로운 것은 모두 와이거트의 잘못이었다. 와이거트가 그들의 원래 공격 대상이었다. 트레버와 캐로는, 캐플로우 요원의 끔찍한 표현에 따르면, '부수적 피해'였다.

줄리안과 나란히 3구역 병원으로 향하는 것은 전혀 위안이 되지 않았다.

그가 이야기했다. "캐로 박사님이 수술을 무사히 마쳤고 생존 확률도 크다고 하더라고요, 조지 박사님. 겉으로 보이는 것에 비해 엄청나게 강하신 것 같아요."

"그렇지." 와이거트가 말했다. 반대로 생각했다는 줄리안이 어리석게 느껴졌다.

그러나 몰리와 커밍스 선생, 카밀라가 캐로에게 분주히 무언가를 하는 동안 중환자실 밖에서는 엘렌이 바바라 옆에 앉아 있었다. 엘렌은 깊은 절망이 드리워진 얼굴로 일어섰다.

"패혈증이래요." 그녀가 말했다. "어떻게 될지 모른대요."

의료진이 더 많이 몰려들고, 캐로에게 더 많은 처치가 이루어졌다. 와이거트는 그들이 무엇을 하는지 알지 못했고, 묻고 싶은 마음도 없었다. 그들이 최선을 다하고 있다는 것만을 알고 있었다. 와이거트는 중환자실 문 앞을 지키며 누가 비켜달라고 해도 꿈쩍도 하지 않았다. 그는 할 수 있는 일을 했다. 필요한 사람들과 얘기했고, 준비하라고 했다. 이제 남은 일은 기다리는 것뿐이었다.

그는 기다렸다.

"혈압이 떨어지고 있어요! 심정지 발생!"

캐로의 심전도 모니터에서 요란한 경고음이 울렸다. 삐죽삐죽하게 움직이며 그녀의 생명을 보여 주던 선이 갑자기 일직선으로 변했다.

제세동 패들, 전기 충격.

화면 위의 선이 다시 불규칙하게 뛰기 시작했고, 모니터도 정상적인 신호음을 냈다. 엘렌이 소리를 내질렀지만, 와이거트는 그 안에서 어떤 기쁨이나 희망도 찾아볼 수 없었다. 하지만 적어도 공포는 아니었다.

죽음을 가까이서 지켜본 엘렌은 알았던 것이다. 와이거트도 마찬가지였다.

그는 급히 문자를 보내고 기다렸다.

몇 분 후, 심전도 선이 다시 평평해졌다. 결국 커밍스 선생이 고개를 내저었다.

"돌아가셨습니다. 간호사, 사망 시간을 기록하세요."

와이거트가 재빠르게 움직였다.

"다들 들으세요! 아직 뇌사가 발생하지 않았습니다. 심장이 멈추고 6분이 지나야 뇌 기능이 정지해요. 캐롤라인 박사를 세션 룸으로 옮기고 기계에 연결하세요. 지금!"

정적이 흘렀다. 모든 시선이 그에게 쏠렸다. 줄리안이 말했다. "조지 박사님―"

와이거트가 소리쳤다. "어서!" 동시에 엘렌도 외쳤다. "그래요, 당장!"

줄리안이 무언가 말하려 입을 여는 순간 와이거트는 그의 완벽한 치아에 주먹을 날리고 싶은 충동이 들었다. 이전에는 한 번도 그런 행동을 생각조차 해 본 적 없던 그는 스스로에게 깜짝 놀랐지만, 줄리안에게 다가가 속삭였다. "샘 말일세." 그리고 더욱 조용히 덧붙였다. "그가 어떻게 죽었는지 잊었나?"

줄리안의 눈이 휘둥그레졌다. 그는 즉시 와이거트의 협박을 이해했다. 줄리안은 와이거트가 협박을 했다는 사실에 놀란 걸까, 아니면 그가 정말 행동으로 옮길 가능성을 따지고 있는 걸까? 와이거트는 어느 쪽이든 아무 상관 없었다. 왓킨스는 죽음을 피했다. 어쩌면 캐로도 그럴 수 있을 것이다. 줄리안이 입을 열었다. "시작해요."

카밀라는 믿을 수 없을 정도로 빠르게 튜브와 전극, 카테터, 링거를 제거했다. 축 늘어진 캐로의 작은 몸을 줄리안이 안아 들었고, 엘렌이 서둘러 그에게 문을 열어 주었다. 여러 사람이 그들을 따라갔지만, 와이거트의 눈에는 오직 줄리안과 캐로만 보였다.

세션 룸에 도착하자, 와이거트가 지시한 대로 이미 에이든이 모든 장비를 준비해 두고 있었다. 줄리안은 순간 놀란 눈으로 에이든을 흘끔 쳐다보고는 캐로를 침대에 눕혔다. 에이든은 그녀의 몸이 침대에 닿기도 전에 티타늄 덮개를 열고 리드선을 연결하고 있었다. 아직 수술 부위가 완전히 아물지 않아 주변 피부가 붉게 부어오른 캐로의 두개골을 보니 와이거트는 가슴이 찢어질 듯 아팠다.

캐로의 심장이 멈춘 지 몇 분이나 됐을까?

여기, 지금, 이 우주에서, 시간은 중요했다.

화면이 밝아졌다가 다시 어둡게 변했다.

너무 늦었다.

와이거트가 얼굴을 손으로 감쌌다.

그 순간, 엘렌이 소리를 질렀다. "보세요!"

화면이 다시 밝아졌다. 희미한 빛이 비치며 그 안에 어떤 형체가 보이더니 깜박이며 나타났다 사라지기를 반복했다. 와이거트는 눈을 가늘게 뜨고 그것을 자세히 보았다. 확실하지 않았지만, 가느다란 여성의 실루엣 같았다…… 아니, 확인할 방법이 없었다. 형체가 한순간 흔들리다가 화면이 꺼졌다.

몰리가 당황한 듯 물었다. "맞아요? 알아볼 수가 없었어요!"

엘렌이 말했다. "맞아요. 분명히." 그리고 다시 힘주어 말했다.

"분명해요."

캐로는 혼란스러움과 이제껏 느껴 본 적 없는 깊은 두려움에 사로잡혀 세션 룸 침대에서 깨어났다. 그녀는 죽었다. 희미한 의식 속에서도 분명 **패혈증**이라는 무서운 단어를 들었는데…….

그녀는 지금 여기에 있었다.

그녀는 침대에 일어나 앉았고, 땅을 디디며 완전히 일어섰다. 오랫동안 몸이 아파 누워 있던 것처럼 몸이 뻣뻣했다. 긴 세월 동안 **아팠었다**. 자신도 모르게 아파하면서도 평생을 그렇게 살아왔다. 세상 모든 사람이 그렇듯, 죽음을 두려워하며, 때로는 삶마저도 두려워하며 살아왔다.

하지만 이제는 아니다.

그녀는 망설임 없이 뚜벅뚜벅 걸어가 세션 룸 문을 열었다. 정돈되지 않은 화단이 보이며 3구역 정원이 나타났다. 줄리안과 와이거트, 왓킨스가 세운 연구 단지의 벽이 그들이 도전했던 거대한 모험을 상징하듯 서 있었다. 녹색의 잔디와 푸른 하늘, 바다 내음이 섞인 따뜻한 열대의 바람이 그녀를 감쌌다.

그리고 그곳에 브레버가 있었다.

"여기 있었군요." 그가 말했다.

"항상 여기 있었죠." 그녀가 대답하며 한 걸음, 한 걸음 그를 향해 걸어갔다.

(에필로그)

케일라는 번쩍번쩍한 새 건물 앞에 마련된 임시 무대 위에 앉아 있었다. 무대 아래의 광장에는 엄청난 인파가 앉거나 서서 행사를 지켜보고 있었다. 케일라는 새로 세워진 조지 J. 와이거트 연구센터 헌정식에서 다음 순서로 연설할 예정이었다. 이런 자리에서 앞에 나와 연설하고 싶은 마음은 전혀 없었다. "엄마, 미국 대통령까지 홀로그램으로 인사할 거래요! 대통령이 직접!"

"줄리안 씨는…… 네가 했으면…… 한다고." 엘렌이 말했다. 뇌졸중을 앓은 후로 엘렌은 말이 뚝뚝 끊어져 나왔고 때로 몸이 마음대로 움직이지 않기도 했지만, 나이 든 눈동자에 비치는 정신만큼은 몸이 쇠약해지기 전과 다름없이 평온했다.

케일라는 결국 엄마를 대신해 마이크를 잡기로 했다. 줄리안의 홍보 전략대로 고등학교 밴드공연이 행사의 시작을 알렸다. 이어서 에이미 터너 헤이스팅스 대통령이 실제로 무대에 선 것처럼 생생한 홀로그램으로 축하의 말을 전했다. 다음으로 케이맨 제도 총리가 등장했고, 여러 주요 인사들도 한마디씩 했으나 몇몇은 한마디 이상 하기도 했다. 이제 여전히 기운차고 매력적인 줄리안이 더 많은 사람이 창조하고, 공유하며, 융합하는 의식의 힘을 경험할수록 사회가 어떻게 변화해 나갈지 연설하고 있었다. 더욱 깊이 공감하고, 우리를 품어 주는 지구와 더욱 강하게 연결되며, 내면의 평화를 찾을 것이라는 이야기였다.

줄리안의 등 뒤로 그의 연설 내용이 빛나는 홀로그램으로 떠올랐다.

전날 밤, 케일라는 트레버 아브루초와 행복하게 살아 있는 캐로를 방문했다. 그녀는 이모에게 줄리안의 소프트웨어팀이 개발한 새로운 자율 제어 알고리즘에 대해 설명해 주었다. "새로운 알고리즘이라고?" 캐로가 물었다. "너한테도 적용된 거야?"

"내 칩에는 로레인이 들어 있어."

"뭐?"

"이반 카이반 씨가 그렇게 부르거든. 수석 소프트웨어 엔지니어 말이야. 변형 알고리즘마다 재밌는 이름을 붙여. 로레인은 10년 전 비행기 사고로 돌아가신 엄마 친구분 이름에서 따온 거야. 이모도 기억나지? 줄리안 씨 동생."

"기억나지." 캐로는 대답했고, 케일라는 이모가 무슨 생각을 하는지 읽을 수 없었다.

케일라는 더 편한 자세를 찾으려 의자에서 몸을 뒤척였다. 생각이 이리저리 흩어졌다. 소금기를 품은 따뜻한 바닷바람이 불어와 머리카락을 흩뜨렸다. 머리 위로 갈매기들이 원을 그리며 시끄럽게 울어댔다.

갑자기 그녀의 정신이 한곳으로 쏠렸다. 회색과 흰색 깃털을 가진 갈매기가 부리에 큼지막한 불가사리를 물고 있어서인지 낮게 날고 있었다. 주황색과 노란색을 띤 불가사리가 팔을 바둥거렸다. 질투심에 불타오른 다른 갈매기들이 분노에 찬 울음소리를 내며 그 뒤를 쫓았다.

케일라는 도저히 참을 수 없었다. 그녀는 얼굴이 굳어지는 걸 감추기 위해 고개를 떨군 뒤, '로레인'을 비롯한 뇌의 여러 정보 처리 알고리즘을 활성화했다. 나무 무대와 석조 건물, 줄리안과 그를 둘러싼 청중까지 모두 양자적 흐릿함 속으로 녹아들었다. 물론 케일라의 의식과 갈매기의 의식은 개별적인 것이 아니라 우주의 일체성을 나타내는 현상이었다.

그 순간, 케일라는 갈매기였고, 갈매기는 케일라였다. 동시에 그들은 케일라의 부리에서 꿈틀대는 불가사리이기도 했으며, 그녀의 날갯짓 아래에서 따스한 바닷바람이 빠르게 흐르는 것이 느껴졌다. 그녀가 내려다본 세상은 넓고도 선명했으며, 모래언덕에 난 풀 한 가닥 한 가닥과 자외선 빛을 받아 반짝이는 물결 아래로 유영하는 물고기 떼가 뚜렷이 보였다. 희미한 전자기장의 선들이 감각을 스쳐 지나가며 하늘에 길을 그려 주었다. 공기 압력이 미세하게 변화하는 것이 느껴졌으며, 며칠 뒤면 바다에서 폭풍이 해안을 향해 몰려올 것이었다. 부리 속에서 몸부림치는 먹잇감까지 세상 모든 것이 움직이고 있었고, 케일라는 포식자이면서 사냥감이 되어 구분이 아무런 의미가 없었다. 경이로운 순간이었다.

케일라는 아슬아슬하게 제때 돌아왔다. 드디어 줄리안이 그녀를 소개하고 있었다.

"……이모인 캐롤라인 소암스 왓킨스 박사는 공동 창립자이신 새뮤얼 왓킨스의 조카 손녀이자, 저희와 초장기부터 함께했던 가장 뛰어난 외과 의사 중 한 명이었으며, 제 소중한 친구이기도 했습니다. 자, 모두 함께 케일라 켐프를 환영해 주시기 바랍니다."

케일라는 이모에 대해 이야기하며 새로운 기술이 얼마나 많은 사람의 의식 속에 진실을 심어 주었는지에 대해 말했다. 현실이 작동하는 방식에 대한 진실, 죽음에 대한 진실, 의식이 창조한 우주의 일체성에 대한 진실이었다. 이전의 세계관에는 윤리도, 도덕도 존재하지 않았다. 대립적인 관점을 세워 인간과 자연이 서로 맞서도록 했다. 그녀는 이 모든 것이 어떻게 바뀌고 있는지 설명하고 힌두 시에서 번역된 구절을 인용하며 연설을 끝맺었다.

"네 안에서, 만물 속에서 하나의 영혼을 느껴라.
너와 세상을 가르는 헛된 꿈을 그만 거두어라."

그녀의 말이 끝나고 잠깐의 정적이 흘렀다. 그리고 박수가 터져 나왔다.

케일라는 감사의 뜻으로 고개를 숙였다. 그녀가 다시 고개를 들고 하늘을 올려다보았을 때, 갈매기와 불가사리는 따뜻하고 환한 햇살 속으로 함께 날아가 버려 이미 사라지고 없었다.

OBSERVER

옮긴이 배효진

서울대학교 영어교육과를 졸업했다. 글밥아카데미 출판번역 과정을 수료하고 현재 바른번역 소속 번역가로 활동하며 소설, 인문, 사회 등 다양한 분야의 도서를 우리말로 옮기고 있다. 영어에 대한 깊이 있고 정확한 이해를 통해 독자들에게 원작의 매력을 충실히 전달하는 번역을 목표로 한다. 옮긴 책으로 『도플갱어 살인사건』, 『죽음, 이토록 눈부시고 황홀한』 등이 있다.

옵서버

초판 1쇄 발행 2025년 12월 3일

지은이 로버트 란자, 낸시 크레스
옮긴이 배효진
펴낸이 김선준

편집이사 서선행
책임편집 김송은 **편집1팀** 이주영, 천혜진
디자인 김세민
마케팅팀 권두리, 이진규, 신동빈
홍보팀 조아란, 장태수, 이은정, 권희, 박미정, 조문정, 이건희, 박지훈, 송수연, 김수빈
경영관리팀 송현주, 윤이경, 임해랑, 정수연

펴낸곳 ㈜콘텐츠그룹 포레스트 **출판등록** 2021년 4월 16일 제2021-000079호
주소 서울시 영등포구 여의대로 108 파크원타워1, 28층
전화 02)332-5855 **팩스** 070)4170-4865
홈페이지 www.forestbooks.co.kr
종이 ㈜월드페이퍼 **출력·인쇄·후가공·제본** 한영문화사

ISBN 979-11-94530-76-3 (03840)

· 책값은 뒤표지에 있습니다.
· 파본은 구입하신 서점에서 교환해 드립니다.
· 이 책은 저작권법에 의하여 보호를 받는 저작물이므로 무단 전재와 복제를 금합니다.
· 리프는 ㈜콘텐츠그룹 포레스트의 문학 임프린트로 나뭇잎과 책의 낱장을 의미합니다.

> ㈜콘텐츠그룹 포레스트는 독자 여러분의 책에 관한 아이디어와 원고 투고를 기다리고 있습니다. 책 출간을 원하시는 분은 이메일 writer@forestbooks.co.kr로 간단한 개요와 취지, 연락처 등을 보내주세요. '독자의 꿈이 이뤄지는 숲, 포레스트'에서 작가의 꿈을 이루세요.